中原学术文库·文集

葛景春学术文集

葛景春 著

中原出版传媒集团
大地传媒

大象出版社
·郑州·

图书在版编目(CIP)数据

葛景春学术文集 / 葛景春著.— 郑州 : 大象出版社, 2017. 5
(中原学术文库. 文集)
ISBN 978-7-5347-8489-7

Ⅰ. ①葛… Ⅱ. ①葛… Ⅲ. ①世界文学—文学研究—文集 Ⅳ. ①I106-53

中国版本图书馆 CIP 数据核字(2016)第 318934 号

中原学术文库 · 文集

葛景春学术文集

葛景春 著

出 版 人 王刘纯
责任编辑 李建平
责任校对 毛 路 裴红燕
装帧设计 王晶晶

出版发行 大象出版社(郑州市开元路 16 号 邮政编码 450044)
发行科 0371-63863551 总编室 0371-65597936
网 址 www.daxiang.cn
印 刷 洛阳和众印刷有限公司
经 销 各地新华书店经销
开 本 787mm×1092mm 1/16
印 张 25.75
字 数 417 千字
版 次 2017 年 5 月第 1 版 2017 年 5 月第 1 次印刷
定 价 120.00 元

自　序

本书共选入 33 篇论文，皆已在杂志或有关论著上发表过，其具体出处皆在论文之末加以注明。之所以选这些文章，是因为这些论文在学术界还有一定的影响，我自己也认为还是有些学术价值可供借鉴的。这些论文共分为四部分，一是李白研究，二是杜甫研究，三是唐代诗人与中外诗人比较研究，四是唐诗文化精神研究及其他。这四部分基本包括我 30 多年来学术研究的主要内容，但研究的重点还是李白和杜甫。

我之所以选择李白与杜甫作为研究的重点对象，主要是基于以下原因：

一、个人兴趣。在青少年时期，我特别喜爱李白，喜爱他大气磅礴、气势宏大、大开大合的七言歌行和灵活多变、构思巧妙、出神入化的五、七言绝句，更喜爱他朝气蓬勃、意气风发的少年精神。后来随着年龄的增长，有了一定的社会阅历和学习传统诗词的感受，对饱经人间冷暖、世事沧桑而有深刻思想文化内涵的杜甫的诗渐加喜爱，尤对杜甫的格律谨严、对仗工整而又下笔有神的五、七言律诗深感兴趣。

二、师承原因。在李白研究方面，深受我的研究生导师、河北大学教授、首届中国李白研究会会长詹锳先生的影响。詹锳先生是现当代李白研究的泰斗人物和奠基者，曾主持国家古籍整理重点项目《李白全集校注汇释集评》。作为他的弟子，本人是此书的主要撰写人之一，并参加此书的整理工作，这对我的学术研究的锻炼和提高很大，也进一步加深了我对李白研究的兴趣。在杜甫研究方面，则受到河南大学华钟彦教授的影响。在改革开放初期，我曾向华教授请教唐诗和传统诗词的创作和吟咏。他作诗师法杜甫，特别擅长五、七言律诗的创作和吟咏,所吟咏的诗歌也多是杜甫的律诗。因此我对杜甫诗歌的兴趣也越来越浓。

三、工作需要。我所从事的科研工作的性质要求我学有专长、专精一门,力争就某个方面有突出成果,有学术的前沿性,就是要求打井要打深井。既打深井,故在研究的对象方面就要选择窄而深的研究方向走。俗话说:打十口不出水的浅井,不如打一口能出水的深井。而李白、杜甫都是大诗人,是两口深不见底的深井,可探讨和挖掘的方面和东西实在是太多。对他们每个人的研究,要想取得一些有学术价值的成绩,都必须付出毕生的精力。又因地方社会科学院要求为本地区的地方文化服务,杜甫是河南诗人的"头牌",故需要做重点研究。河南省的杜甫研究处于全国杜甫研究的薄弱地位,作为诗圣杜甫的老乡,我深感惭愧,非常需要我们改变这种落后状况,选择杜甫研究,也是我们发挥地域文化优势,发扬光大我省优秀传统文化义不容辞的责任。

四、李、杜研究是密切相关的,也是互补的。好在他们二人所处的时代相近,二人的关系又比较密切,有些东西是相通的,研究起来有便利的地方。在研究李白时,也深感杜甫和李白虽都是盛唐诗人,但两人创作风格不同,为人性格不同,也略有先后的年龄差异,他们代表着当时唐代诗坛上的两种风格和文化倾向。李、杜二人两种文化精神和艺术走向合起来才是一个完整的盛唐气象。对他们二人进行对比研究,才能突显二人思想和风格上的异同和各自的优长。离开他们之间的联系和对比,对两个人都是研究不透的,对唐代诗歌和文化精神的理解也是不全面的。所以对二人进行对比研究,最能看出李、杜在唐代诗歌和文化中的特殊地位和不同的历史功绩。

20 世纪 80 年代,解放思想、改革开放的潮流来势凶猛,各种新思想和新思潮也影响了中国古典文学研究界的格局。以文化的视角来重新观照中国古典文学研究,是一种新的视角和研究方法,对我的影响很大。于是我将文化学的理论和方法应用于李白研究。我曾在《李白与唐代文化》的前言中说:"诗歌是文化的一种,它不但要受到文化其他因素的种种制约和影响,而且还是文化的一种反映和表现。如果说文化是一个大系统,那么诗歌就是文化大系统中的一个子系统。子系统是大系统的一部分,同时它与大系统的其他各部分有着千丝万缕的联系。李白的诗歌和唐代文化的关系就是如此,它们是密切相关的。李白的诗歌既受着唐代文化的广泛深刻影响,同时它也犹如一面镜子,折射着唐代文化的光辉。他的诗歌,受到了唐代的政治、经济和唐代文化中的各种因素诸如哲学、历史、宗教、习俗、风尚、旅游、饮食、音乐、舞蹈、绘画、书法等方面的深刻影响,同时,它也是唐代政治、经济和文化各方面的集中表现和反映。二者是互为因果的。如果我们不深入了解唐代文化的灿烂成就,我们就不可能深刻地理解李白的诗歌;同时,通过李白的诗歌我们也可以一窥大唐文化的灿烂和伟大。"这个观点当然也适用于杜甫研究。

李白和杜甫二人都博大精深,都有着深刻的文化内涵,他们都与中国传统文化和地域文化有着密切的关系。因此,从文化学的角度来切入对二人思想和诗歌的研究,是新的研究方向。对中国的文化传统和地域文化研究,是不可或缺的内容和一环。李、杜二人不仅饱读诗书,而且读万卷书,行万里路,他们的足迹几乎涉及大半个中国,从他们诗歌本身的研究,扩展到他们与中国文化传统研究和各地域文化交流的研究是势在必行的。况且二人对前人文化和诗歌的继承是最全面的,他们对后世文学和诗歌的影响也是最大的。他们对前人文化和诗歌的继承和接受,要涉及唐代以前时期及唐代文化史和文学史的研究,他们对其后世中国文化和诗歌的影响,是涉及半部中国文化史和文学史的。所以,我们只能运用"上挂下连,左顾右盼,文史兼顾,全面通贯"的研究方法来进行综合研究,才可能取得新的成绩。我的《李白与中国传统文化》和《李白与唐代文化》的课题研究,就是着重于对李白对唐代以前和唐代文化与文学传统的继承和接受的研究;《李白研究史》课题则是对唐代以后的中国文化和文学受李白影响和对其接受的研究。而《杜甫与中原文化》及《杜甫与地域文化》的课题研究,则是着重杜甫与中原文化及各地域文化之间关系的系统研究。这样,研究的课题虽是对李白和杜甫的个体的研究,实际上则关系到整个中国文化和文学的广泛研究。以小见大,以点带线,以线带面,以局部见整体,以微观见宏观,又以宏观的眼光观照微观研究,是我学术研究的一个尝试和追求。

还有些论文,则是唐诗与文化方面和唐代其他诗人研究的部分成果。其中有对唐诗与唐代文化研究的整体思考,还有的是对唐代其他诗人的研究。我本来是想通过对李、杜的研究,逐渐扩展到唐代其他重要诗人和主要流派研究的大格局中来,但人生苦短,个人的精力有限,这个愿望只好留待来日了。我主要的精力大都用在李、杜研究方面了,无暇旁顾。故其他方面的研究多是零敲碎打,成果有限。这是我今后需要努力的地方。

限于篇幅，本书仅收入了个人认为较有学术价值部分的研究论文。所选入的文章，大部分是单篇论文，以前没有编入我的论著和论文集的文章，为的是减少读者对原文发表刊物检索的困难。本人的思想认识和研究水平有限，若这些文章能对大家还有些参考价值，有所启发，则本人就感到十分欣慰了。

葛景春

于河南省社会科学院

2016年8月25日

目　录

李白研究

杜甫研究

唐代诗人与中外诗人比较研究

唐诗文化精神研究及其他

附录

李白研究

自由精神与理想主义

——李白思想新探

在中国古代诗人中，最具有开放性眼光，最富有自由意识、个性解放和思想色彩的大概应数李白了，李白的一生都在追求自由与光明，自由精神和理想主义是他思想的灵魂。李白的自由观和庄子的自由哲学有着密切的关系，但又不完全同于庄子，而是对庄子精神自由哲学的扬弃。他继承了庄子追求自由的思想，但对其空想主义和逃避现实的虚无主义采取了摒斥态度，同时，他将儒家思想中的积极因素加以选择利用。他将道家的自由精神与儒家的理想主义、道家的浪漫思想与儒家的求实精神、道家的个性解放与儒家的兼善天下、道家的功成身退与儒家的入世态度融会贯通，又对佛教和纵横、任侠、兵、杂等百家思想兼收并蓄，熔铸一体，形成了一个开放型的思想体系，其核心是自由精神和理想主义。

一

李白自由精神的象征，是翱翔云天的大鹏，也可以说，大鹏是李白的“图腾”。这个图腾，就是《庄子·逍遥游》中所说的那个“其翼若垂天之云”“抟扶摇而上者九万里”的神鸟。李白在《大鹏赋》中展开了他无与伦比的丰富想象，把这只传说中神鸟的形象刻画得更加鲜明生动。它不但有“斗转而天动，山摇而海倾”的无比神力，而且还有“跨蹑地络，周旋天纲”的四海之志，它“上摩苍苍，下覆漫漫”，“右翼掩乎西极，左翼蔽乎东荒”，不受任何外物的束缚，可以“登寥廓”之界，逍遥乎自由之境。在大鹏的形象上，诗人倾注了极大的热情，寄寓了追求自由、追求无限的崇高理想。可以说，赋中的大鹏就是诗人李白自己的形象。庄子超乎时空、物我，逍遥于天地万物的主体自由思想已化为李白自由的灵魂。庄子的图腾大鹏和孔子的图腾凤鸟大不相同。大鹏是自由的象征，而凤鸟却是仁义道德的象征①。有趣的是诗圣杜甫把凤凰当作自己理想的象征，而诗仙李白却自比大鹏，在其诗中屡以大鹏自喻，直至临终前还唱道："大鹏飞兮振八裔，中天摧兮力不济。余风激兮万世，游扶桑兮挂左袂。"(《临路歌》)李白翱翔八裔的理想虽然没有达到，但他对理想和自由的追求却是至死不渝的②。

李白虽然接受了庄子追求自由的人生哲学，但对庄子逃避现实，不敢正面现实的虚无主义、与世委蛇、明哲保身的混世哲学及企图以"坐忘"一类的幻想来获得"自由"的空想主义是明显持有不同态度的。他并不满足于庄子幻想中的自由，而是力求让精神与现实相统一，让个性自由与建功立业相统一，努力争取自由在现实生活中的实现。"富贵吾自取"(《邺中赠王大劝入高凤石门山幽居》)、"青云当自致"(《冬夜醉宿龙门觉起言志》)、"天生我材必有用"(《将进酒》)都表现了他强烈的自信心和进取心。在李白的心目中，自由的概念不仅仅是超越物质和现实生活的幻想——超尘出世的精神自由，而且还包括实现政治理想的自由、物质生活上的自由。他要实现其政治理想——治国安邦、拯物济民，实现其生活理想——事君荣亲、功名富贵。李白的自由观，是将庄子的精神化虚为实，付诸实践，将庄子的浪漫幻想和儒家的求实精神结合在一起，使庄子的精神自由从虚幻变为现实。

在李白的自由观中，其政治理想的实现占有更为重要的地位。他把自己政治理想的实现，看作他所希图实现的自由的主要内容之一。为此，他甚至不惜牺牲其物质生活方面的种种自由。李白一生最大的理想就是"安社稷""济苍生"，要像历史上的傅说、姜太公、管仲、晏婴、诸葛亮、谢安那样，做一个"使寰区

---

① 《论语·微子》："楚狂接舆歌而过孔子曰：'凤兮凤兮，何德之衰！'"何晏注："孔曰：比孔子于凤鸟。"邢昺疏："知孔子有圣德，故比孔子于凤。"《山海经·南山经》："又东五百里，曰丹穴之山……有鸟焉，其状如鸡。五采而文，名曰凤皇。首文曰德，翼文曰义，背文曰礼，膺文曰仁，腹文曰信。是鸟也，饮食自然，自歌自舞，见则天下安宁。"

② 杜甫在其诗中多次礼赞凤凰。他在《壮游》中回忆道："七龄思即壮，开口咏凤凰。"在其《凤凰台》诗中云："恐有无母雏，饥寒日啾啾。我能剖心血，饮啄慰孤愁。心以当竹实，炯然无外求。血以当醴泉，岂徒比清流。所贵王者瑞，敢辞微命休？"据统计，大鹏的形象和典故在李白集中出现21次，多为作者自喻。

大定,海县清一”(《代寿山答孟少府移文书》)、“致君于尧、舜”(《崇明寺佛顶尊胜陀罗尼幢颂并序》)的辅弼大臣。李白的政治理想带有先秦儒家的理想主义色彩,就是幻想实现类似于儒家大同理想的世界:“青衿向训,黄发履礼,耒耜就役,农无游手之夫;杼轴和鸣,机罕颦蛾之女。物不知化,陶然自春。权豪锄纵暴之心,黠吏返淳和之性;行者让于道路,任者并于轻重;扶老携幼,尊尊亲亲。”(《任城县厅壁记》)实现了这个政治理想后,他便功成身退做一名像范蠡、张良式的隐士,隐老终身。他为自己设计的人生道路,实际上是把老子的“功遂身退天之道”和儒家的“穷则独善其身,达则兼善天下”的思想相融合。因此,李白的自由观与庄子的精神自由虽有相同之处,但更有明显的区别。

二

在李白的思想中,不仅有儒道互补的一面,同时也存在着儒道的对立和冲突。这种冲突,既有儒、道二者之间的冲突,也有儒、道的积极因素与儒、道的消极因素的对立和冲突。其集中点主要表现在儒、道的精华部分即自由精神和理想主义与儒、道的消极落后部分即独断专制、守旧倒退、享乐腐化的激烈冲突。

儒教自汉武帝定为一尊以来,在思想领域中形成了经学独断专制的局面。在儒学一统天下的思想统治下,逐渐形成了一套封建礼法,用以钳制人们的思想自由,限制人们的行动自由。封建礼法成了束缚在人民身上的精神枷锁,深为历代统治者所欢迎,唐代自然也不例外。虽然佛、道在唐代也被统治者所提倡,但那只是辅助的思想手段。在政治伦理、社会规范和意识形态上,以及读书人的心理意识上,儒教仍占正统地位,起主要作用。那些专制倒退,保守僵化,束缚个人才智,泯灭个性自由,以封建礼法为中心的儒家落后思想意识,与李白的自由个性是格格不入的,因此激起他激烈的批判、抵制和嘲笑。

如儒教要师法先王,祖述尧舜,宪章文武,而李白却认为“尧舜之事不足惊,自馀嚣嚣直可轻”(《怀仙歌》);封建礼教强调要为尊者讳,“天王圣明,臣罪当诛”,而李白却把天宝后期的唐玄宗比作昏君殷纣王、楚怀王(《古风五十九首》

其五十一),把恃宠乱政的杨贵妃比作秽乱宫廷的赵飞燕①,把腰金衣紫的权贵们比成争食的群鸡、蔽塞君王视听的浮云和谗女(见《古风五十九首》其四十、其四十九、其三十七);封建礼教搞禁欲主义,讲男女授受不亲,非礼勿视,非礼勿动,李白对自由相爱的男女则大唱赞歌(见《杨叛儿》《越女词》);儒家诗教讲温柔敦厚,以理协情,而李白的诗歌却偏偏使气以命诗,大喊大叫,直抒性情;封建礼教号召读书人尊孔读经,而李白却杂学旁收,涉奇好广,道、释、墨、法、纵横、兵、杂莫不遍览,游侠、击剑、三教九流无不从游,而对那些只知皓首穷经而不知通变的儒生却百般嘲笑;儒家视周、孔为圣人,不可亵渎,而李白在东鲁居住时却给他的儿子起名叫"伯禽"(伯禽是周公儿子的名字,鲁国的第一代封国之君),隐然以周公自比……他又每自比孔子,对孔子指名道姓,如戏常人;被唐代士人视为进身必由之路的科举,李白却对之不屑一顾,他要以纵横之术、非常之才直干明主,立谈知我,致身卿相,就像姜太公、李斯那样"钓周猎秦安黎元,小鱼鵕兔何足言"(《留别于十一兄逖裴十三游塞垣》),要走非常之路,不鸣则已,一鸣惊人。当封建礼法的代表——统治集团中的黑暗腐朽势力压制、阻挠和扼杀他自由精神与光明理想实现的时候,他强烈的愤怒和反抗便像火山一样爆发了:"大道如青天,我独不得出!"(《行路难》其二)"奈何青云士,弃我如尘埃。珠玉买歌笑,糟糠养贤才!"(《古风五十九首》其十五)"何不令皋繇拥彗横八极,直上青天扫浮云!"(《鲁郡尧祠送窦明府薄华还西京》)李白有着强烈的叛逆精神与反抗精神,他的叛逆和反抗,充分地表现为他对自由个性的追求与压制扼杀其自由的封建礼法的对立,他的光明理想与阻挠其理想实现的黑暗政治腐朽势力的对立。从政治方面来看,李白与社会现实的矛盾的实质正是唐玄宗开元前期的开明政治、开放政策与天宝后期日趋黑暗的政治、日趋保守的思想之间矛盾的反映,是关心国家命运的进步知识分子与统治集团中黑暗腐朽势力之间矛盾的反映。从思想的角度来看,则是盛唐社会的进步思潮——自由朝气、奋发向上、理想精神与统治者的腐败思想——醉生梦死、享乐腐化、落后保守之间矛盾和冲突的反映。反过来说,这两种社会势力、两种思想的斗争,集中在李白身上,就造成了李白自由精神与封建礼教束缚的冲突、光明理想与黑暗现实的冲突。当然,李白不仅是与外部世界冲突激烈,其心灵内部的冲突和矛

---

① 《清平调词》《阳春歌》《长信宫》等诗中李白将杨贵妃比作赵飞燕,皆有贬义。

盾也是相当复杂激烈的。如入世与出世的矛盾（儒家积极进取与道家消极退隐的矛盾），主体自由与物役的矛盾（道家超然尘外、睥睨万物与儒家热恋功名富贵的矛盾），开放意识与守旧思想的矛盾（儒、道、释、纵横、兵、杂等百家融会贯通的开放意识、豁达气度与儒家因循守旧的传统习惯、儒学独尊的封闭保守思想的矛盾），等等。这种种冲突和矛盾就构成了李白思想及其诗歌内容的复杂性、多变性，造成其诗情感跌宕起伏、大开大合的强烈变化。在其诗歌中，有时是这种思想占上风，有时是那种精神为主导，因时、因地、因事而异，其内容往往表现出错综复杂的不同倾向。

同时，还应该注意到，李白思想在不同的时期和阶段，其主要思想倾向是有发展变化的。在天宝前的开元时期，李白热心仕进，他实现其政治理想的愿望极为迫切，并为此调动了一切仕进手段，如采取王霸之道、纵横之术、任侠击剑、交游干谒、隐居结社等方式和手段，以期达到仕进的目的。显然这一时期儒家进取入世的思想是占主导地位的，而道家高蹈出世的思想是处于次要地位的。从天宝三载辞京还山以后，李白对朝中政治腐败、社会黑暗有了清醒的认识，他的政治理想根本不可能实现，于是他对封建礼法、黑暗政治的反叛意识日益强烈，他从道家自由哲学中寻找反抗的思想武器，从自然山水和诗歌中寻找新的自由天地。此时，道家的反叛思想和自由意识显然占着上风，而建功立业的儒家进取意识退居次要地位。到李白晚年，尤其是长流夜郎之后，他在政治上彻底失败，潦倒失意，痛苦绝望，潜意识中的佛教思想开始抬头，佛教的空无寂灭、寄希望于来世的思想曾一度使李白倾心。总之，各种思想倾向使李白的心灵充满了矛盾和冲突，形成其思想性格的多重组合和复杂变化，但是，终其一生，作为一种主要矛盾冲突来看，还是其自由精神、光明理想与黑暗现实的冲突。自由理想是李白诗歌的主要倾向。李白的那些势如暴风骤雨、惊涛骇浪般的狂放诗歌，都洋溢着冲击封建礼教、腐朽势力、专制主义，冲决封建罗网，追求自由解放的反抗精神。压力越大，他的反抗就越猛烈；摧残得越重，他的斗争就越有力；失败得越惨，他的精神就越悲壮。这是李白诗歌精神的主旋律，也是李白诗歌的主要价值所在。这也是历代失意文人、改革之士、反封建专制的斗士、为自由而奋斗者对其诗歌容易产生共鸣，真心喜爱他的诗歌的原因。试读李白的《行路难》《蜀道难》《将进酒》《梁甫吟》《答王十二寒夜独酌有怀》等诗歌，从诗中那郁勃不平之气、长歌当哭的情感、辛辣犀利的笔锋、自由大胆的呐喊，都可以感觉到诗人自由灵魂的搏动。李白的政治活动是失败了，他光明美好的政治理想并不能实现，他所追求的自由在政治领域中并没有完成，他的才智在政治活动方面并没能得到充分发挥，但他争取个性自由和光明理想实现的顽强斗争精神是鼓舞人心的。即使是失败了，但他的自由精神和光明理想在与黑暗腐朽斗争的撞击中，在他的诗歌中闪耀出了夺目的光辉，显现出了可贵的价值。

在政治遭遇方面，李白和屈原相似，都是失败者。他们与黑暗势力的顽强斗争精神、忧国忧民的爱国主义精神都是令人敬佩的，然而二人在指导思想上却有所不同。李白是以个人为主体，以自由为本位，将一己之自由与国家民族的自由结合在一起，而并不是将国家与君主完全视为一体。他对国家民族忠贞不贰，对皇帝却不尽然，他没有屈原式的愚忠。他将自己与君王的关系看作主宾关系，用则进，不用则去。他曾将自己与皇帝的关系比作严子陵与汉光武帝的关系，认为君臣的关系应像朋友，而不应是主奴。若君臣关系不合，便可“严陵高揖汉天子，何必长剑拄颐事玉阶”，去做“三十六帝之外臣”①，可以超蹈尘外，不受人间帝王之管辖。可见李白对君臣关系的看法是颇具有平等、民主思想的。而屈原则不然，他是以宗族为主体，以君王为本位，视君国为一体，不管是明君昏君，臣事君则必尽其忠，至死不渝。所以尽管楚怀王、楚顷襄王既愚且昏，但屈原仍事之以拳拳忠心，并以死相许，这说明屈原在君臣关系认识上远未有李白清醒。李白虽是天下一统的唐代人，却仍继承着春秋战国时代士的独立人格精神：士可以择君而事，士既可为知己而死，也可以拂袖而去。而生当战国时代的屈原，却与同时代士的观念大不相同。因为他是楚之同姓、宗室大臣，他的宗族意识和儒家伦理观使他认为君国一体，是不可分的，君王再愚昏也不能逃而去之。终于他沉江以殉君国，以示忠贞。在庄子的自由哲学观看来，烈士殉名是以身殉物，是人为物役的表现，是不可取的。李白虽对屈原人品多所赞颂，对其辞赋极为推崇，但对他沉江而死是有看法的。李白认为“屈原终投湘水滨”是“功成不退”，为“身后千载名”所累的结果，是不够达观的表现。由此我们可以明白，为什么李白会同意参加不听肃宗节制的永王璘部队去平息安史之

---

① 见《答王十二寒夜独酌有怀》《金陵与诸贤送权十一序》。此外，李白在《箜篌谣》《送岑征君归皋山》《酬崔侍御》中赞颂了严子陵与汉光武帝这种宾主式、朋友式的君臣关系，并以严子陵自比。

乱。因为他所想到的只有祖国的统一、民族的安危,实现其“安社稷”“济苍生”的雄伟抱负,至于对新登基的皇帝唐肃宗的忠心如何,他却欠于考虑。可见其“忠君”的观念是相当淡薄的。

李白的自由观是以其政治理想为基础的。当他的政治理想实现不了时,他决不愿以自由和理想为代价,用以交换功名富贵。他不愿意出卖正直而自由的灵魂。李白虽然也想建功立业,但若此功名来路不正,与其理想相违背,以其自由为代价,他是宁弃功名富贵而选择理想与自由的。其实,这是主体自由与物欲(即功名富贵)的矛盾。当主体自由与物欲一致,即物我一致时,李白是不排斥物欲的实现的,但当物欲成了个性自由的束缚,违背了他的理想,成了他灵魂的桎梏时,他决不愿为物所役,成为物欲之下的奴隶。他认为富贵功名只不过是过眼烟云,而自由才是最可宝贵的。当二者发生冲突时,他所选择的是自由,而视功名富贵等物欲为身外之物,弃之如粪土。当然,在物我交战时,他也有思想的痛苦,也有激烈的思想搏斗,但其追求自由的灵魂与束缚自由的种种桎梏经过剧烈的冲突后,李白选择了前者。他不愿做功名富贵的俘虏,不愿做封建礼教和专制制度的维护者,也不甘心做一位点缀升平的宫廷弄臣,更不愿做李林甫、杨国忠、高力士等权奸的同谋者。当李白发现自己在宫中不过是处于类似调舌鹦鹉的地位时,他发誓“乍向草中耿介死,不求黄金笼下生”(《设辟邪伎鼓吹雉子班曲辞》),他便像脱笼的鹦鹉一样要“落羽辞金殿,孤鸣托绣衣。能言终见弃,还向陇西飞”(《初出金门寻王侍御不遇咏壁上鹦鹉》),愤然要求离开长安,乞诏还山,坚决与统治者决裂。从他这一行动来看,他确实是视富贵如粪土,视功名为身外之物的,决不因物欲背弃他的理想,束缚他的自由人格。

三

当李白的自由理想在他的政治活动中无法实现的时候,他就把主要的精力和兴趣倾注到文学创作中去。他要在诗歌的自由王国中驰骋他的个性,施展他的天才,表现他的人格。他把现实中实现不了的理想,对自由、光明的追求和愿望,力求在文学中得到实现。弗洛伊德曾把文学比作白日梦,认为作家在现实生活中得不到实现的欲望,变个方式通过幻想与想象在文学创作中得到实现。

李白的情况正是如此,他把狂放不羁的自由精神通过雄放恣肆的诗歌充分地表现了出来。在诗中,他可以放纵情感的野马左突右奔,纵横驰骋,展开他想象的翅膀,海阔天空,任意翱翔;他可以观古今于须臾,抚四海于一瞬,只有在诗的王国里,他才是自由的,那里才是他真正的领地。他要在文学艺术的领域中开拓出一个自由理想的王国。

李白的自由和理想精神表现在他的诗歌创作中,形成了其诗歌强烈的个性和主观色彩,以及任情率真、崇高自然的美学特征。

李白是一位个性极强的诗人。他的诗歌的主要特色之一就是表现自我、直接抒情。他的诗很少对事物做客观细致的刻画和描写,而是带有诗人强烈的主观性和理想色彩。在诗中,大多数历史事件、历史人物、自然山川景物都表现出某些变形,而与历史和现实的原貌有一定的距离,大都是作者心像和情感的表现,而不是进行客观的描绘。这和杜甫的以现实手法所作的甚至可以当作“诗史”或“图经”来读的某些诗篇是不太一样的。以李白的山水诗为例,如崎岖的蜀道、巍峨的泰山、峻奇的太华、秀美的匡庐、壮伟的长江、咆哮的黄河,在诗中都蒙上了一层感情的光晕和理想化的色彩。它们都是诗人心灵再创造的产物,与其本来的面目并不完全相同。李白以“五岳为辞锋,四海作胸臆”(皮日休《七爱诗・李翰林》),以自然之山水写胸中之豪情。他的山水诗与其说是描写山川风景,倒不如说是在表现诗人自己阔大的胸襟和气魄。李白的自由个性,就像他笔下的长江、黄河一样自由恣肆,不受拘束,洋溢着生命的活力和自由创造的精神。李白诗歌所要表现的就是诗人自己。

李白的诗歌摆脱拘束,天真自然,一派天籁。其诗一如其人,晶莹透明,天真烂漫。他有一颗赤子之心,从不对人隐瞒自己的思想情感。其为文为诗,非常自由,心里怎么想,笔下就怎么写,任情率真,言出肺腑,没有机心,以诚示人。所以,他的诗其感情是与读者相通的。李白最提倡一个“真”字,因为“雕虫丧天真”(《古风五十九首》其三十五)、“时讹皆失真”(《酬王补阙惠翼庄庙宋丞泚赠别》)。所以“真”是李白诗的美学特征。老子“疾伪”(《文心雕龙・情采》)、庄子“以诚动人”(《庄子・渔父》)的美学思想讲的就是一个“真”字。道家的“真美”美学观,是李白诗歌创作的准则。他的诗嬉笑怒骂,性情毕现,大呼大叫,痛快淋漓,真歌真哭,发自至情,没有半点虚伪和造作。故杜甫说他“天真”(杜甫《寄李十二白二十二韵》),皮日休说他“真放”。他思想解放,无所畏惧,故其真情实性才敢于无拘无束，自由放浪。正因为如此，他的诗才具有巨大的感人魅力。

李白崇尚自然的美学思想，表现在他的创作方法及语言形式上，便是追求一种无法之法——不受约束的自由美。他同庄子一样，最不喜心为形役。因此，在创作上他不愿让思想受现实手法的严格约束，而喜欢运用想象与夸张。因为这种浪漫手法可以超越现实的种种限制，最适于表达他飞腾超迈的自由幻想和放荡不羁的多变感情，最适于表现他的光明理想和自由精神。同样，他也不愿让诗的思想感情为诗体形式——格律声韵所羁绊，而喜欢让诗思骑着任性的野马在诗的王国中任意纵横驰骋。因此，他较少写律诗（尽管他的五言律诗也写得很好），而喜欢写五、七言古诗，乐府歌行和绝句。古诗和乐府歌行是古体自由诗，对诗人自由的思想和不羁的情感最少拘束，尤其是七言乐府歌行最适宜表达李白那种热烈澎湃、自由奔放、大起大落、惊风狂涛式的思想感情，最易于展开他那天马行空、白云苍狗的自由想象。像著名的《蜀道难》《江上吟》《襄阳歌》《庐山谣寄卢侍御虚舟》《将进酒》《梁园吟》《梦游天姥吟留别》《西岳云台歌送丹丘子》等，无不是用自由体的古诗所写成。这类诗写得“神识超迈，飘然而来，忽然而去，不屑屑于雕章琢句，亦不劳劳于镂心刻骨，自有天马行空，不可羁勒之势”（赵翼《瓯北诗话》卷一）。李白的绝句也写得活泼自由，清新自然，很少拘束。他的律诗也常常“以古入律”，后人多以“变律”视之，不拘于格律束缚，或失粘失对，或全不对仗，写得较为自由。李白所追求的无法之法，即自由创造，是与他的自由精神相符合的。

在李白的诗歌中，有数量众多的游仙诗、饮酒诗，还有一些梦游诗。对于这些诗，历代评价不一。唐人范传正的看法是：“好神仙非慕其轻举，将以不可求之事求之。其意欲耗壮心遣余年也。”（《唐左拾遗翰林学士李公新墓碑并序》）今人裴斐先生认为李白的游仙诗是“诗人对当时社会的深刻不满和追求自由解放的热烈愿望”（见《李白十论》中的《论李白的游仙诗》）。他们二人都认为李白的游仙诗并非是“好神仙”的迷信之举，而是另有深意所在，而以裴先生的解释更为深刻。李白在他的游仙诗中确实是在寻找一个比现实社会光明美好的自由理想世界。他要在幻想中去寻找在现实生活中没有或失落了的理想和自由，他的自由精神要挣脱现实黑暗的牢笼，要找一处自由的空间去翱翔，而游仙诗就具有最适于想象飞腾的广阔空间。在他的游仙诗中我们可以发现，在那里有一个人世间所没有的自由美好世界。其中有天上的仙境,“天上白玉京,十二楼五城”(《经乱离后天恩流夜郎忆旧游书怀赠江夏韦太守良宰》)。在此仙境中,还有金银台、蕊珠宫,有瑶池、阆风,有海外仙山等。也有人间仙境,如泰山、黄山、崂山、庐山、华山、王屋山、青城山、峨眉山、嵩山、碧山等富有神话色彩的洞天石窟,世外桃源。在仙境中有明星、玉女、王母、湘君、湘夫人、赤松、洪崖、韩众、琴高、葛由、窦圌、王子乔、卫叔卿、安期公、浮丘公、丁令威等仙人,他们心地善良,乐于助人,生活得自由自在、无忧无虑。李白自己也往往幻想身为神仙而与之从游:“或欲把芙蓉而蹑太清,或欲挟两龙而凌倒景,或欲留玉舄而上蓬山,或欲折若木而游八极,或欲结交王子晋,或欲高揖卫叔卿,或欲借白鹿于赤松子,或欲餐金光于安期生。”(葛立方《韵语阳秋》卷十一)同样,在李白的梦游诗中也是如此,如在他著名的《梦游天姥吟留别》诗中所想象的也是这样一个神仙世界:“霓为衣兮风为马,云之君兮纷纷而来下。虎鼓瑟兮鸾回车,仙之人兮列如麻。”李白在他的游仙诗、梦游诗中所描写的仙境,是他幻想出来的自由理想世界,和现实的黑暗世界是一个鲜明的对比。李白在现实生活中失落或追求不到的东西,只有到诗和梦的幻境中去追寻了。

为了进入幻境,唤起诗人丰富的想象,排除外界现实的压迫和干扰,李白常常不得不借助于酒。饮酒正是排除现实压抑,解放思想,活跃想象的一种有效手段。李白的那些想象丰富、情感放纵、思想解放的浪漫诗歌,差不多都是酒后所作。“李白一斗诗百篇,长安市上酒家眠。”他只有在梦与醉中才是最自由的,他才更无所顾忌,冲破一切世俗或礼法的束缚,斗胆傲对权贵,蔑视礼法:“天子呼来不上船,自称臣是酒中仙。”(杜甫《饮中八仙歌》)只有在酒中,他才更大胆地傲视与自己对立的现实世界:“一樽齐死生,万事固难审。醉后失天地,兀然就孤枕。不知有吾身,此乐最为甚。”(《月下独酌》其三)李白的酒醉与庄子的“坐忘”差不多,他是用“醉忘”来达到“坐忘”的无我的境界的。只有在这时,他的思想才最自由,想象才最丰富,感情才最放浪。也只有在此时,他才可能作出“举杯邀明月,对影成三人”的绝妙诗句,产生出“把酒问月”的奇妙想象,创作出“欲上青天览明月”的瑰丽诗章。李白自己说过:“壶中别有日月天。”(《下途归石门旧居》)是的,李白的自由理想王国不在现实世界里,而是在诗与酒的幻想之中,只有在诗与酒中,他才真正地实现了自我。

四

李白的自由解放思想与魏晋玄学有着密切的关系。魏晋玄学的主要组成部分是“老”“庄”“易”三玄。魏晋以降,佛学逐渐兴盛,玄学也从佛学中吸取养分。因此,玄学可以说是儒、道、释三家思想的融合,但其指导思想应是庄、老,或者可以说庄子思想是魏晋玄学的灵魂。魏晋玄学是作为对两汉经学独尊的反拨和对立物出现的。董仲舒提出的“君权神授”“独尊儒术”思想,使儒学变成了君主专制独裁的思想武器,极大地压制了人的个性自由与思想自由,使人沦为儒教神学思想统治的工具和奴隶。魏晋玄学的代表人物嵇康提出了“非汤武而薄周孔”“越名教而任自然”,鲍敬言的“无君论”,陶渊明《桃花源记》中的“虽有父子无君臣”(王安石《桃源行》)的乌托邦思想,都是以玄学为武器来反对“君权神授”论和儒学独断论的。同时,玄学还高扬人的主体意识,用庄子的主体自由哲学来反对人为物役、心为形役。阮籍不愿与统治者合作而一醉累月,嵇康与山巨源绝交拒绝出来做官并声称做官有“七不堪”“二不可”,陶渊明宁辞去县太爷的职位也不愿为五斗米折腰,都表现出他们对自我人格的尊重,个人主体意识在他们身上的觉醒。他们反对名教和物欲对人的异化,挣脱名缰利锁,追求人格的完善和身心的自由,通过文学来表达他们的理想、人格、情感和心灵,用以体现个人的主体意识、自我价值,追求精神上的自由。

李白对魏晋玄学、魏晋风度有过极大的兴趣,对嵇康、阮籍、陶渊明等诗人玄学家表示过极大的敬仰和钦佩之情。李白的友人魏颢在《李翰林集序》中曾指出:“吾观白之文义,有济代命。然千钧之弩,魏王大瓠,用之有时。议者奈何以白有叔夜之短,倘黄祖过祢,晋帝罪阮,古无其贤。”叔夜为嵇康字。这里魏颢将李白比作三国时的祢衡,魏晋时的嵇康、阮籍,可见李白受这些人思想影响之深。唐人范传正也指出李白“受五行之刚气,叔夜心高”,也把李白比作嵇康。李白曾自认“攀嵇是当年”,他还在诗中多次提到阮籍和陶渊明,对他们充满了仰慕之情。尤其是李白性情兀傲,蔑视权贵,摆脱礼教束缚,追求个性自由,思想解放,不能说与嵇、阮、陶等人思想无关。此外,李白还对晋时精通玄学的僧人支遁、慧远等人的玄学和佛学造诣十分赞赏。魏晋玄学是以庄老为主的多元化思想的融合，李白的思想也是如此。他幼读诸子百家，“横经藉书”，对儒、道、墨、法、兵、杂、纵横、佛禅广有涉猎，又好任侠击剑，对书法、绘画、音乐、舞蹈各种艺术都感兴趣。他好奇的性格，广泛的嗜好，使他兼善众长，眼界开阔，心胸阔大，不拘一格。

李白的自由思想与其家庭影响也有关系。其父李客原为西域商人，后“高卧云林，不求禄仕”，思想上较少儒家正统思想。李白幼承家训，后又“混游渔商，隐不绝俗”。和魏晋玄学相似，李白的思想也是多元思想的融合。他以自由精神为本位，以光明理想为目标，兼收百家，荟萃众长。如儒家的热情进取、道家的逍遥超脱、纵横家的开拓眼光、兵家的机敏多智、释家的颖悟空灵、游侠的仗义乐助等，李白都积极吸取到其思想中来。而对其不足之处，如儒家的抱残守缺、压制个性，道家的苟且混世、明哲保身，释家的六尘不染、遁入空门，纵横家的朝秦暮楚、毫无操守等消极方面，李白则基本上持抵制或摒斥态度。总之，李白是以自由理想为原则的。凡是有利于他自由理想精神的，他都吸收消化之；凡是不利于其自由理想的，他都淘汰弃去之。这是指主流方面说的，当然，在李白身上也有消极意识的种种表现，如对功名富贵时有留恋情绪，还有人生如梦、及时行乐等思想，都表现出李白性格的多重性和复杂性。

五

对于李白的思想，历史上向来有不同的看法和评价。可分为两派，一派站在封建卫道士的立场上看李白，典型的如宋人苏辙、罗大经。他们对李白狂放不羁、蔑视礼法的诗歌很不满意，多方指责。苏辙说：“李白诗类其为人，骏发豪放，华而不实，好事喜名，不知义理之所在也。”（《诗人玉屑》转引）罗大经认为“李太白当王室多难，海宇横溃之日，作为歌诗，不过豪侠使气，狂醉于花月之间耳。社稷苍生，曾不系其心膂”（《鹤林玉露》丙编卷六）。连政治改革家王安石也不理解李白诗歌的思想精神，认为李白“其识污下，诗词十句，九句言妇人、酒耳”（《冷斋夜话》，转引自《李太白全集·丛说》）。他们皆为封建意识所障，不能够理解李白。另一派思想较为自由解放，对于李白非圣无法、藐视权贵的自由思想与反抗精神则衷心赞赏，如苏轼、方孝孺、李贽等。苏轼与其弟苏辙正好相反，他对李白“说大人则藐之”的傲岸气概做了高度评价。他赞颂李白使高力士脱靴藐视权贵的无畏气概：“平生不识高将军，手污吾足乃敢嗔！”(《书丹元子所示李太白真》)把李白“戏万乘若僚友，视俦列如草芥”的兀傲精神誉为“雄节迈伦，高气盖世”(《李太白碑阴记》，《李太白全集·附录诗文》转引)。明方孝孺称李白为“特达士”，赞扬他睥睨权贵“秕糠万物，瓮盎乾坤”为古今无双(《李太白赞》，《李太白全集·附录诗文》转引)。明代进步思想家李贽则称赞李白为“天上星，地上英”(《焚书》卷五《李白诗题辞》)。李白叛逆封建礼教的自由精神就像是在漫长黑暗的封建社会末期一束明亮的光，给人以启示和鼓舞。无可讳言，李白思想中有浓厚的个人主义倾向，他与封建礼教、黑暗势力的斗争也是有限度的、不彻底的，但在中国封建社会中，毕竟是十分难能可贵的。

（原载《文学遗产》1988 年第 5 期）

以超越的眼光俯察宇宙和人生
——李白与庄子哲学

道家哲学以虚无为本,以自然为宗。它从自然和大千世界的万事万物之中抽象出一个虚无的"道"来,作为宇宙万物的起源和归宿。同时,"道"还是自然和社会运动规律的体现。人只要认识掌握了"道",便能以超越万物的哲理高度来俯察宇宙与人生。故道家常以哲人的眼光冷眼尘世,睥睨万物,高蹈尘外,对现实社会的礼法制度、功名富贵看得比较超脱,常常用批判的目光来审视人世,用旷达的态度去对待人生,而不像儒家那样,置身于世俗礼教、封建道德的桎梏中不能自拔。

庄子"睥睨万物"的批判精神,"逍遥游"的自由意识,"齐生死,一物我"的超旷哲学,都对李白的思想产生了巨大的解放作用。庄子哲学的积极方面,对他追求个性自由,抨击社会黑暗,傲视权贵,摆脱传统束缚,追求自我实现产生了极深的影响。本篇着重从庄子哲学的角度,来剖析李白思想的一个侧面。

一、庄子哲学清醒了李白的政治头脑
——用批判的眼光审视现实世界

茅盾指出:"在庄子的时代,庄子思想有积极和消极的两面:破坏偶像,要求个性解放,这是进步要求,是他积极的一面;然而他又有虚无主义消极的一面。"(《夜读偶记》第 87 页)庄子对李白思想的影响也是如此,下面先说积极方面的影响。

在道家哲学看来,只要能掌握顺应自然之"道"就能达到自由和无限,也就是实现了庄子所谓的"逍遥游"。庄子"物物而不物于物"(《庄子·山木》),

"胜物而不伤"(《庄子·应帝王》),能驾驭外物又不为外物所束缚的自由理想,是后人解放思想,追求自由和批判现实,反抗封建礼法的有力思想武器。庄子的自由精神培育了李白自由的个性,赋予了他无畏的批判精神。庄子的怀疑批判思想,清醒了李白的头脑,使他能用批判意识对各种思想尤其是儒家思想进行审视和反思,从而对儒家思想重新认识和选择。以自由精神为基础,以个人主体为本位,李白对他自己的思想做出新的构架,凡是有利于自由个性发展和自我价值实现的各种思想、方法和手段,他都以积极的态度加以吸收采纳,相反,凡是与其自由个性不合或阻碍其自我实现的思想和做法,他都持以排斥、抵制或反抗的态度。因此,他对儒家为实现理想百折不挠、热情进取的积极入世的一面是十分赞赏并热心继承的,而对儒家专制保守、压抑个性、束缚自由的落后一面则予以摒弃。可以说李白是吸取了儒道之精华而弃其糟粕,将庄子的自由精神与儒家的理想主义、进取精神融会一体,形成了李白思想的新特色。

李白自由意识的觉醒表现在他对自我命运的安排和选择上。他执意要做自己命运的主人,也就是说他要努力争取做一个自由选择自己的前途和命运的人。当他要实现自己"安社稷""济苍生"的政治理想时,就通过交游、干谒、结社、隐居等手段和途径来引起皇帝的注目和重用。在供奉翰林时,他利用各种机会和手段陈述他的"王霸大略",以达到"百姓乐于耕织""致君于尧舜"的夙愿。当他察觉唐玄宗已不是"开元之治"时的英明之主,不但他的政治理想无法实现,而且自由个性也与上层统治集团种种封建礼法格格不入时,就坚决不愿为功名富贵而牺牲理想和自由。在这个关键的时刻,李白对自己的命运做了抉择,决定辞京还山,宁愿做一只独立自由的闲云野鹤,而不愿做一只在黄金笼中丧失自由的学舌鹦鹉。自然,这个选择对李白来说也是付出了很大代价的,他是经过了一番激烈的痛苦的思想斗争的,但最终还是自由精神打破了功名富贵罗网的束缚,独立自主的人格战胜了匍匐人下、仰人鼻息的儒家奴隶性格,充分地表现了李白思想的另一个侧面。

李白的自由精神还表现在他对儒家虚伪礼教和儒者虚伪道德的揭露和对丑陋黑暗现实的批判上。他和庄子一样,敝屣富贵,桀骜不驯。庄子骂那些满口仁义道德的诸侯是窃国大盗,愤慨地说:"彼窃钩者诛,窃国者诸侯,诸侯之门而仁义存焉"(《庄子·胠箧》),对他们的虚伪和罪行进行了愤怒的揭露和批判。李白曾待诏翰林,出入宫廷,对上层统治者的腐朽生活和腐败政治的黑暗内幕了解得比庄子更清楚，因此，他的批判锋芒更尖锐，批判的对象地位更高。他抨击和讽刺的对象往往是最高统治者皇帝。

在不少诗中，李白借对殷纣王、周穆王、楚怀王、楚顷襄王、秦始皇、汉武帝这些历代君王的昏暴行为的批判，来讽刺唐玄宗信谗拒谏、迷信求仙、生活荒淫、穷兵黩武等一系列荒诞行径，并对其进行批评谴责，其胆量和勇气均可与庄子相比。

至于皇帝以下的贵妃、宦官、王公权贵，他更是不放在眼里。苏轼说他"戏万乘若僚友，视俦列如草芥"(《李太白碑阴记》)，其实并不算过分。

他屡刺天宝"后宫第一人"的杨贵妃为秽乱后宫的赵飞燕，还把杨贵妃比作灭纣的妲己，惑周的褒姒，淫秽宫闱、干扰朝政的秦皇太后和西汉吕后。

李白对于达官权贵，一向以傲骨对之，以至唐人传说"李白不能屈身，以腰间有傲骨"(王琦《李太白文集·外记》)。《侯鲭录》则记载了另一种传说，同样反映了李白嘲弄权贵的傲岸精神："李白开元中谒宰相，封一板，上题云'海上钓鳌客李白'。相问曰：'先生临沧海，钓巨鳌，以何物为钩线？'白曰：'以风浪逸其情，乾坤纵其志，以虹蜺为丝，明月为钩。'相曰：'何物为饵？'曰：'以天下无义丈夫为饵。'时相悚然。"以上虽是传说，然皆是真传李白精神的。且看李白自己"一醉累月轻王侯"(《忆旧游寄谯郡元参军》)、"手持一枝菊，调笑二千石"(《宣城九日闻崔四侍御与宇文太守游敬亭余时登响山不同此赏醉后寄崔侍御二首》其一)，鲜明地表现出笑傲王侯、旁若无人的傲岸形象。

对黑白颠倒、是非混淆的丑恶社会现实，李白怒不可遏。对造成这种美丑易位的不合理现象的黑暗社会和腐败势力，他多么想借助神明将它们一扫而光："何不令皋繇拥彗横八极，直上青天扫浮云！"(《鲁郡尧祠送窦明府薄华还西京》)

道家提倡真诚，反对虚伪，对儒家虚伪的"仁义""道德"攻击尤甚。庄子揭露统治者之所以打出"仁义"的招牌，是"为之仁义以矫之，则并仁义而窃之"(《庄子·胠箧》)，指出"仁义"在统治者手中，只是罪恶勾当的遮羞布。庄子将那些张口"子曰诗云"，闭口"仁义道德"，而实际上却干些盗墓发穴下流勾当的儒者的伪善面目，揭露于光天化日之下，尽情地加以嘲弄和讽刺。

那些口唱仁义道德，身行男盗女娼的儒者，就是荀子所说的那种"贱儒"。后世儒者大部分都是挂羊头卖狗肉的假货色，孔夫子真正的信徒却寥寥无几。

庄子在"见鲁哀公"(《庄子·田子方》)故事中,向鲁哀公建议,凡是身穿儒服者,一律按儒生知天时、识地理、明机断的标准来要求,如有冒充者当斩,哀公令下五日,而"鲁国无敢儒服者"。

李白虽对孔老夫子非常尊敬,但对那些泥于古道、不通时务的俗儒和庸儒,他就不那么客气了。除了那首著名的《嘲鲁儒》一诗,李白还屡次在诗中对儒生进行嘲弄和批判,并表示不屑于同他们为伍。

李白不满儒生们的迂腐、无知、无能、碌碌无为、夜郎自大、目中无人和虚伪自私,他宁为"壮士"和"游侠",而不愿做儒生。这固然有道家轻儒思想的影响,但也与当时社会崇尚投笔从戎、立功绝域的风气有关。盛唐时代,许多士子都有这种思想,如著名的诗人高适、岑参都参加了边塞幕府,向往报国立功的戎马生涯。早年的王维也曾表示过要弃文从武,献身边疆:"忘身辞凤阙,报国取龙庭。岂学书生辈,窗间老一经。"(《送赵都督赴代州得青字》)连困居长安十年找不到出路的杜甫都发过这样的牢骚:"儒术于我何有哉?孔丘盗跖俱尘埃。"(《醉时歌》)真是"百无一用是儒生"啊!

李白不反孔,但对孔子也不盲目崇拜,不把他当作一位高不可攀的"圣人",而是将他看作一位古代的先哲,看作一位千古知己。他甚至在《庐山谣寄卢侍御虚舟》中对孔子开过一个小小的玩笑。平心而论,李白对"孔圣人"的态度是平等的。不仅对孔子如此,对儒家的另一位大"圣人"周公的态度也是如此。他因企慕周公,竟给自己的儿子起名叫"伯禽",和周公的儿子伯禽同名,就是说他也是"伯禽"的父亲,隐然自比周公。李白对儒家的"圣王"尧、舜也不像一般儒生那样盲目迷信崇拜,他在《怀仙歌》中写道:

> 尧舜之事不足惊,自馀嚣嚣直可轻。巨鳌莫载三山去,我欲蓬莱顶上行。

李白的这种做法,在当时儒生们的眼中都是很出格的狂妄行为,而且他的这些言行,多是在孔孟的故乡邹鲁洙泗之地示威式地发生,因此激起了鲁儒们强烈的不满。但李白当然也不会示弱,愈加显示他的傲岸气概,造成了他在鲁地与鲁儒们的激烈冲突。实际上,李白的意旨是既不反孔也不反儒。他不过不愿在儒家圣人偶像面前拜倒,而是采取"平交王侯"的平等态度,要站起来同他们讲话。这是和庄子的非儒思想并不完全一致的。

庄子鄙弃富贵,如去敝屣,在《庄子·秋水》中,他说宁愿像乌龟一样"曳尾涂中”，过困苦生活，也不去接受楚王的高官厚禄。孔子也说过：“不义而富且贵，于我如浮云。”（《论语·述而》）庄子与孔子这种视富贵如浮云的情操和思想也屡屡见于李白的诗歌和行动中。李白在辞京还山后写道：

严陵不从万乘游，归卧空山钓碧流。自是客星辞帝座，元非太白醉扬州。（《酬崔侍御》）

在诗中，李白把自己与皇帝的关系看成东汉严子陵与汉光武帝的朋友关系，是相互平等、自由交往的关系，而不全是君臣名分下严格的主奴关系。由此可见，封建礼法最根本的君臣大义在李白的眼中竟变成了来去自由、平等交往的朋友之交，真可算是放肆至极，大逆不道至极。

和庄子一样，李白把功名富贵一向视为身外之物。他曾说过：“功名富贵若长在，汉水亦应西北流。”（《江上吟》）因此当功名富贵一旦与他的理想和志愿相矛盾时，他宁可洁身自好，也决不贪恋富贵，同权贵们同流合污，为物欲所累。李白在给朋友的一首诗中，怒斥祸国殃民的权贵是得意鸣春风的“蹇驴”，自喻为“骅骝”，不屑于与他们为伍。他对与上层统治集团的诀别，对荣华富贵的抛掷毫不惋惜。

与庄子一味退隐大不相同，李白的政治理想是“安社稷”“济苍生”，但他所设想的理想国却颇有庄子的乌托邦色彩，和陶渊明的“桃花源”差不多，是诗人的理想幻影。庄子反对战国时代民不聊生的浊世，主张回到原始社会那种“织而衣，耕而食”（《庄子·马蹄》），“日出而作，日落而息”（《庄子·让王》），人民“甘其食，美其服，乐其俗”无为而治的“至德之世”（《庄子·胠箧》）。那里是既无剥削和压迫，又无尔虞我诈的纯洁世界：“禽兽可系羁而游，乌鹊之巢可攀援而窥，夫至德之世，同与禽兽居，族与万物并，恶乎知君子小人哉！”（《庄子·马蹄》）庄子所说的往古世界，其实和儒家所提倡的“大道之行也，天下为公”的“大同之世”（《礼记·礼运》）差不多，都是古代人所想象的一种理想社会。这种理想在封建社会中很有吸引力，陶渊明的《桃花源记》从这里受到过启发，李白的理想国也从这里寻找过蓝图。李白曾多次在诗中表示了对这种理想社会的向往。这样的理想国，实际上是庄子“织而衣，耕而食”的人民安居乐业，无为而治的乌托邦社会与儒家“选贤与能”“男有分，女有归”的官贤民安的大同理想的结合。这是一个农民的理想社会，虽然它并未超出封建社会的基本结构，但在中国封建时代甚至盛唐时代都是不可能付诸实际的，只有在诗人笔下才会出现。正是这个不能实现的美好理想,鼓舞着诗人李白为之奋斗,支持着他与黑暗社会做斗争,激励着他写出美妙动人的诗歌。李白诗中美好自由的神仙世界,其实也是这个理想国的变相反映。这个理想成了他批判现实社会的标准和动力。作为一个现实的政治家,李白可能是蹩脚的、失败的,可是作为一个浪漫的诗人,李白却是伟大的、成功的。

二、庄子哲学开阔了李白的思维视野
——以超越的眼光俯瞰宇宙人生

道家哲学与儒家哲学不同。儒家贴近现实,站在人生之中来看人生,眼光主要注视社会秩序和人际关系,其哲学是伦理道德的哲学,核心是“仁”。道家哲学所探索的主要是自然天道,注视的是宇宙本体及人生与自然的关系,核心是“道”。“道”是从宇宙和人生中抽象出来的最高哲学概念,它既是万事万物的本源和归宿,又是运动变化的规律,“无为无形,可传而不可受,可得而不可见;自本自根,未有天地,自古以固存;神鬼神帝,生天生地”(《庄子·大宗师》)。总之,它是超越宇宙万物的最抽象的物质本源,同时也是超越于社会人生之上的最高观照。站在“道”的高度来俯察宇宙和人生,视角要比儒家开阔得多,往往超越时间与空间,宇宙似乎一下子变小了,历史也一下子变短了。犹如在宇宙中从遥远的星球上来看地球,地球只是茫茫宇宙中悬浮的一颗“小如稊米”的芥子;犹如在银河之外看地球上的沧桑巨变,“千年更变如走马”,短暂的人生更如“白驹过隙”一般。站在“道”的高度上来观察人生,什么高爵厚禄,什么荣华富贵,赫赫一世,也不过是“南柯一梦”;人生的拼搏抗争,也不过是小小的蚁穴中的蚂蚁之斗罢了。道家这种超然哲学虽有其高瞻远瞩、胸襟阔大的优点,但也很容易导入虚无。在这一方面,它不如儒家对人生的看法和态度来得实际、切实。

道家的超越意识对李白的思想和诗歌有很大影响。李白一生仕途蹭蹬,经历坎坷,但他仍然开朗旷达,态度乐观,其中虽有性格方面的因素,但归根结底与道家的超越意识关系甚深,使他能够在更高的层次上来看待自己在政治上的怀才不遇、生活上的颠沛流离和种种磨难。庄子的超脱哲学启发他用豁达的态度和审美的眼光来看待生活，努力达到一种宠辱偕忘，功名荣利不计较于心的思想境界。李白的一些诗歌如《襄阳歌》《江上吟》《山中答俗人》《元丹丘歌》及大量的游仙诗写得那么超世拔俗，那么狂放飘逸，都是庄子超越意识起作用的结果。

道家的哲学是运动变化的哲学，认为万事万物都是在不停地运动变化着，世界上没有静止不变的事物，自然界是这样，人类社会也是这样。老子说："飘风不终朝，暴雨不终日，孰为此者？天地。天地尚不能久，而况人乎？"（《老子》第二十三章）变化的规律，就是矛盾的对立面相互否定，推动事物的发展。

《老子》第五十八章中说："祸兮，福之所倚，福兮，祸之所伏。孰知其极？其无正也，正复为奇，善复为妖。"庄子也说："一虚一盈，不位乎其形，年不可举，时不可止；消息盈虚，终则有始。"（《庄子·秋水》）在道家变化观的影响下，李白认为世界总是处在永恒的变化之中，没有经久不变的东西：

吾曾弄海水，清浅嗟三变。果惬麻姑言，时光速流电。（《赠王汉阳》）

百龄何荡漾，万化相推迁。……已闻蓬海浅，岂见三桃圆？（《郢门秋怀》）

玉露生秋衣，流萤飞百草。日月终销毁，天地同枯槁。（《拟古》其八）

前水复后水，古今相续流。新人非旧人，年年桥上游。（《古风五十九首》其十八）

很显然，道家的超越哲学有极强的抽象思辨能力，能使人从貌似静止的世界看出变化，把漫长的历史压缩成瞬间的过程，它的非凡的穿透力和超越力使人变得睿智聪明。道家的超越意识和变化观，给李白批判或否定现实社会的永存和达官权贵功名富贵的长在提供了哲学的武器，增添了勇气。万物不居，变化不已，什么秦皇汉武，什么信陵君、梁孝王，就是当朝显赫一时的衮衮诸公，时过境迁，如今都"安在哉"？连盛极一时的大唐王朝，也在昏君群小的拨弄下走向了衰落。李白在天宝初年就能在表面繁荣昌盛的"盛唐气象"中看出了它所隐藏的种种危机，并预感到大乱将至，他又在安史之乱前就写出了《远别离》一诗，警告"君失臣兮龙为鱼，权归臣兮鼠变虎"的叛乱即将发生，其远见卓识既得益于深入"龙潭虎穴"的实际探察，又得力于道家哲学的超越意识和发展变化观。

三、庄子哲学对李白的消极影响

——急流勇退，人生如梦

任何事物无不具有二重性，道家思想本身就包含积极和消极的两种成分，如变化观中就有虚无主义的因素。李白在接受庄子哲学的精华如自由意识、批判意识、超越意识、变化意识的同时，也受到了他的消极影响，如急流勇退、人生如梦、及时行乐等消极出世的思想。

李白在未入仕之前，就曾这样设计过他的处世道路：一旦有机会，干出一番功业，之后便立即抽身退隐。在翰林待诏时他也时常有这种打算。这种急流勇退、独善其身虽是妥善解决入世与出世两全其美的办法，但在多数情况下，只是一种远身避害、明哲保身的遁词。李白的这种思想虽然受了庄子的影响，但也是他总结历史和现实的社会教训得来的经验。西汉时韩信说过："狡兔死，走狗烹；高鸟尽，良弓藏；敌国破，谋臣亡。"这就是历史上功成身不退所得下场的最好总结。李白急流勇退的思想既有历史教训也有现实的影子，如与李白同时的张九龄、李邕、裴敦复等都因未能及时抽身引退最后被李林甫迫害或致死。所以李白很推崇春秋越国的范蠡和汉代的张良，他们都是功成身退、远身避害、明哲保身的典范人物。但这种急流勇退的思想着重点在"退"而不在"进"，故它常常所起的是打退堂鼓的消极作用，反映了中国知识分子（当然也包括李白在内）的软弱心理和革命的不坚定性。

道家的变化观，使人看到天地尚不能永久，更何况人生之短促："人生天地之间，若白驹过隙，忽然而已。"（《庄子・知北游》）对人生的短暂和知识海洋的浩瀚无涯，庄子发出"吾生也有涯，而知也无涯。以有涯随无涯，殆已"（《庄子・养生主》）的感叹。因此就产生了人生短暂，功业难成的思想。道家这种"看破红尘""人生如寄"的思想对国人影响甚大，几乎成了中国诗歌咏叹的永恒主题之一。尤其是东汉魏晋以来，此种思想尤炽，古诗中就有集中反映，什么"人生天地间，忽如远行客"呀，什么"人生寄一世，奄忽若飙尘"呀，什么"人生非金石，岂能长寿考"呀，等等，皆是如此。就连以通脱放达闻名的曹操，也曾发出"对酒当歌，人生几何"的感叹。道家这种思想像一种传染病，也传染给了李白：

> 处世若大梦，胡为劳其生。所以终日醉，颓然卧前楹。（《春日醉起言志》）

但人生毕竟是现实的，对待现实而短促的人生，一向只有两种态度。一种是积极态度，就如曹操那样："老骥伏枥，志在千里。烈士暮年，壮心不已。"（《步出夏门行》）这就是向人生抢时间，把人生都用在事业上。李白在为实现其政治理想而奋斗时，常常用曹操"老骥伏枥"的精神来激励自己："烈士击玉壶，壮心惜暮年。三杯拂剑舞秋月，忽然高咏涕泗涟。"（《玉壶吟》）

另一种是消极态度。李白在政治上受打击，理想和事业都不得实现时，往往受庄子的避世态度影响，其表现之一就是求仙学道，逃避现实，遁入幻想的神仙世界：

> 余将振衣去，羽化出嚣烦。（《过彭蠡湖》）
>
> 安得生羽毛，千春卧蓬阙。（《天台晓望》）

李白求仙学道，是他政治失意时想超脱黑暗现实以求得精神解脱的寄托。当然，也不否认其中含有想做神仙的宗教思想因素。但这毕竟是一种幻想，因为神仙难求，倒不如饮酒行乐最为现实。

在中国诗人中，李白是以游仙和饮酒出名的，后人或尊之曰"诗仙"，或称之曰"酒仙"，总觉得他快活得像神仙。其实，在游仙和饮酒的恣情放浪生活的后面，隐藏着他多少精神烦恼：他要在游仙中忘却人间，要在酒壶中忘掉自己。"大道如青天，我独不得出"（《行路难》其三），这才是李白真正的呼声。他在人们的印象中，实在太飘然了。但这仅仅是他的一个侧面，而且是一个不甚主要的侧面。他的更真实的形象，不是那个"飘然李白"，而是一个与黑暗势力不共戴天的愤怒的李白，一个不向权贵摧眉折腰的傲岸的李白。

（原载《荆门大学学报》1987年第2期）

李白诗歌与庄子美学

李白与庄子有一种特殊的关系。不仅李白的思想曾受到《庄子》一书的巨大影响，就是李白的文艺美学思想及诗歌艺术风格也均与庄子有密切的师承关系。李白的诗歌与庄子的文章在思想内容和艺术风格方面都有许多相似之处。明人胡应麟说："千古词场称逸者，吾于文得一人，曰庄周；于诗得一人，曰李白。知二子之为逸，则逸与神，信难优劣论矣。"(《诗薮》外编卷四)明人杨慎也说："庄周、李白，神于文者也，非工于文者所及也。文非至工，则不可谓神。然神非工之所可至也。"(《杨升庵外集》转引《李白集校注·丛说》)胡、杨二人均指出庄子文与李白诗的特点是"神"与"逸"，虽说得有些玄妙，我们还是可以体会的。"神"，是指其文章诗歌高超绝妙，无与伦比，又指其诗文神韵隽永，含蓄不尽，耐人寻味；"逸"，是指他们才华横溢，诗思奇纵，感情逸荡，文笔横肆，往往逸出法度之外。这些特点都与他们的美学思想有着密切的关系。

一

李白与庄子作品的风格之所以如此相似，除了他们都具有卓越的文学才能、浓厚的浪漫气质、傲岸的个性特征，还因为李白深受庄子影响，在他们的美学观点上有不少共同之处，如自然美、壮大美、"不言"美、率真美等。虽可分而论之，但其基础还是自然美。道家哲学思想的核心是主张"自然无为"，因此，他们最提倡自然，反对人为。老子说："信言不美，美言不信。"(《老子》第八十一章)意思是说，诚实的语言不华丽，华丽的语言不诚实。就是说，老子不喜欢华丽雕琢的语言，认为未加雕饰的朴素语言才是美的。也可以说，他所提倡的是"不美"之美，即朴素美。关于朴素美的观点，庄子有所发挥，他明确指出："朴素而天下莫能与之争美。”(《庄子·天道》,以下引《庄子》只注篇名)朴素美,也就是自然美。《庄子》中有个“东施效颦”(《天运》)的寓言,就是讲这个美学观点的。西施“病心而颦其里”,大家都觉得她更加妩媚,因其有自然之美。东施也跟着西施学“捧心而颦”,结果大家都被吓跑了。

道家虽不提倡雕饰之美,但若雕饰得比较自然,也可以算作美。庄子说:“既雕既琢,复归于朴。”(《山木》)又提出要“以天合天”(《达生》)。“以天合天”就是做得不露斧凿之痕,好像自然生成的一样。这就是说,庄子不仅只要天然美,也要自然朴素的艺术美。那种认为道家否认艺术的观点,我认为是不确的。

李白反对雕琢,提倡“天真”,即提倡道家的自然美。他在诗中多次引用“东施效颦”的故事来表达他的美学观:

丑女来效颦,还家惊四邻。寿陵失本步,笑杀邯郸人。一曲斐然子,雕虫丧天真。(《古风五十九首》其三十五)

西施宜笑复宜颦,丑女效之徒累身。(《玉壶吟》)

李白还提出要贵“天生”“天然”“清真”,反对“朴散”“失真”:

古来万事贵天生,何必要公孙大娘浑脱舞?(《草书歌行》)

清水出芙蓉,天然去雕饰。(《经乱离后天恩流夜郎忆旧游书怀赠江夏韦太守良宰》)

自从建安来,绮丽不足珍。圣代复元古,垂衣贵清真。(《古风五十九首》其一)

朴散不尚古,时讹皆失真。(《酬王补阙惠翼庄庙宋丞泚赠别》)

上诗中所提到的“天真”“天生”“天然”“清真”都是自然的意思。“朴”也是“真”,“真”即是自然:“真者,所以受于天也,自然不可易也,故圣人法天贵真,不拘于俗。”(《渔父》)“朴散”,就是“失真”,也就是失去了自然。

李白不仅在理论上而且在创作中也实践了自己的美学观。王世贞指出,李白的诗歌是“以自然为宗”(《艺苑卮言》卷四)。他力求自己的诗歌朴素自然,通俗易懂。为了达到这个目的,他努力向古今的民歌学习。他对乐府民歌下过很深的功夫,因此,他的诗歌很有民歌风味,朴实清新,自然流丽。《长干行》《江夏行》《妾薄命》《子夜四时歌》《乌夜啼》《古朗月行》《夜坐吟》《思边》《静夜思》《赠汪伦》等诗都深得民歌风神。

李白诗歌的这种朴素自然之美是怎样来的呢？果真是“天生”和“自然”而来的吗？李白虽贵“天生”“天然”，但这只是他在美学上所追求的目标，而绝非不费气力就能自然达到。朴素自然美之真正得来，是化绚烂为平淡，百炼钢化为绕指柔，是“既雕既琢，复归于朴”，是艺术上刻苦锤炼而达到的一种极致。李白少年时见老妪“铁杵磨针”发愤学习而“三拟《文选》”的传说，以及他诗集中大量的仿乐府诗，说明他为达此目标花费了许多时间。

道家在美学上还主张壮大美。老子赞扬“大音”“大象”“大巧”“大辩”，庄子更明确，他说：“夫天地者，古之所大也，而黄帝尧舜之所共美也。”（《天道》）他还说：“天地有大美而不言。”（《知北游》）所谓“大美”者，即崇高美。清人姚鼐把崇高壮大之美叫作“阳刚之美”。道家崇尚自然，自然天地间多是崇高壮大的事物，因此道家崇尚壮大美。《庄子》寓言中经常出现崇高壮美的形象。像《逍遥游》中“抟扶摇而上者九万里”的大鹏，“几千里”之大的鲲，“八千岁为春，八千岁为秋”的大椿，“五百岁为春，五百岁为秋”的冥灵（即神龟），“瓠落无所容”的大瓠，“大若垂天之云”的斄牛等，都是非常巨大的形象。庄子还创造了一个用“大钩巨缁，五十辖以为饵，蹲乎会稽，投竿东海”钓巨鱼的任公子巨人形象（《外物》）。在《秋水》篇中，庄子以黄河与东海相比，让河伯“望洋兴叹”，盛赞了汪洋浩瀚的大海的崇高美。此外，在《庄子》寓言中的主角，也多是大家尤其是儒家所认为崇高伟大的人物，如黄帝、尧、舜、孔子等古代圣人，所谈论的也基本是关于宇宙人生的大道理。以上这些因素，再加上庄子特有的汪洋恣肆的文风，便构成了庄子文章雄奇壮伟的崇高风格，即壮大美。

同样，李白诗歌也是以壮大美为主要风格的。对于庄子所创造的大鹏与巨鱼的形象，李白特别喜爱和赞美。他为此专门写了一篇《大鹏赋》，对庄子的大鹏形象又做了进一步的铺陈渲染，并注入了新的生命。李白笔下的大鹏，不但要“激三千以崛起，向九万而迅征”，还能够“簸鸿蒙，扇雷霆，斗转而天动，山摇而海倾”。其气势之大则能“喷气则六合生云，洒毛则千里飞雪”，其飞腾之高便可“块视三山，杯观五湖”，“上摩苍苍，下覆漫漫”。这只“周旋天纲”的大鹏，其实就是胸怀宏伟抱负，立志雄飞万里的青年诗人李白的自我写照。以后，李白诗中大鹏的形象不断出现。据统计，在李白集中不下二十处。长鲸的形象，也是李白所喜用的形象之一。长鲸就是《逍遥游》中的大鲲。崔撰《庄子注》说：“鲲，当为鲸。”（见《经籍纂诂》）长鲸在李白集中出现近四十处，足见庄子《逍遥游》中的鲲鹏形象对李白影响之大。至如《外物》篇中钓巨鱼的任公子,《说剑》篇中"上决浮云,下绝地维"的天子神剑,均在李白诗中多次出现。

除了运用和再创造《庄子》中的巨大艺术形象,李白诗中还创造描绘出新的壮美形象,如奇险的蜀道、雄伟的泰山、滔滔的黄河、浩浩的大江、沧溟的巨浪、天山的长风、冰封的太行、浩瀚的洞庭,以及天子围猎、壮士出征、楚汉决斗、赤壁争雄等。大自然和社会斗争的雄丽景象与壮伟场面均在李白诗中得以表现,构成了他的诗歌震撼人心的崇高美。其中以黄河与长江的形象写得最为壮伟:

君不见黄河之水天上来,奔流到海不复回。(《将进酒》)

黄河西来决昆仑,咆哮万里触龙门。(《公无渡河》)

黄河落天走东海,万里写入胸怀间。(《赠裴十四》)

登高壮观天地间,大江茫茫去不还。黄云万里动风色,白波九道流雪山。(《庐山谣寄卢侍御虚舟》)

从以上这些例子可以看出,祖国的雄伟山川激发了诗人热爱祖国河山的崇高感情,从而写出了这样雄丽壮美的诗篇来。

道家提倡"不言"之美。老子说"大音希声"(《老子》第四十一章)、"大辩若讷"(《老子》第四十五章),庄子也说"天地有大美而不言"(《知北游》)。"不言"美正是天地自然之表现。"不言"之美并非真是"不言",而是"希声",即言微意丰,含蓄不尽。《庄子》中还有一段著名的话:"筌者所以在鱼,得鱼而忘筌;蹄者所以在兔,得兔而忘蹄;言者所以在意,得意而忘言。"(《外物》)在言意之辨这个问题上,庄子道家学派是主张言不尽意的。我们且不管这个论点在哲学上如何,但从美学的角度来看,它却说出了一条美学重要原理:含蓄美。不管是文学创作,还是绘画艺术,总要以含蓄深沉为贵,不要把意思说得太尽,要给读者或观众以发挥想象之余地,留一点值得回味咀嚼的东西。

对于老、庄的"不言"美,李白也深有妙悟。他在《宣城吴录事画赞》中说:"大辩若讷,大音希声。默然不语,终为国祯。"在《赠临洺县令皓弟》诗中又云:"大音自成曲,但奏无弦琴。"奏无弦琴的故事,是从陶渊明故事中来。萧统《陶渊明传》中记载:"渊明不解音律,而蓄无弦琴一张,每酒适,辄抚弄以寄其意。"这种"无声"之音、弦外之意,全不在琴上,而在于弹琴者所"寄其意"。这些"无声"之音、弦外之意何在?读者全凭自己去体味领会。唐人司空图把这种含蓄不露的诗风叫作"不著一字,尽得风流"(《诗品 · 含蓄》),或叫作"韵外之致"

"味外之旨"(《与李生论诗书》)。

李白诗歌深得"不言"美之精髓。他的诗虽多通俗易懂,但却含蓄不尽,意味深长。一方面他运用传统的寄兴手法,多用比兴。有不少诗写得寓意深远,意在言外,如《独漉篇》中写的"罗帷舒卷,似有人开。明月直入,无心可猜"。表面上是写一位闺中女子,最初被人猜疑,最终真相大白,其实,这是诗人晚年从璘蒙冤,因借此以表白自己忠心报国的衷曲的。李白还有些诗看起来扑朔迷离,众说纷纭,其实都是有为而发、寄兴深远的作品。如著名的《蜀道难》,是以蜀道之难来寓仕途的艰险;《远别离》,是以娥皇、女英与虞舜的生离死别来寄寓国家将有大患。这些诗如果结合当时历史和李白生平及其诗歌特点,都可以捉摸出其弦外之音。另一方面是在意境方面含而不露、余韵深远的作品。尤其是李白的绝句,更是如此。沈德潜《唐诗别裁》中说:"七言绝句,以语近情遥,含吐不露为贵。只眼前景,口头语,而有弦外音,使人神远,太白有焉。"如《黄鹤楼送孟浩然之广陵》:

> 故人西辞黄鹤楼,烟花三月下扬州。孤帆远影碧空尽,惟见长江天际流。

通篇只叙事、写景,无一句言情。可是读过之后,我们只觉得李白与孟浩然的依依别情,就像滚滚江水一样奔流不尽。此诗寓情于景,景中含情,令人神远。故前人评曰:"太白七绝,天才超逸,而神韵随之。"(《清诗话·岘佣说诗》)信不虚也。李白五绝也是如此。元人萧士赟评太白五绝《玉阶怨》云:"太白此篇,无一字言怨,而隐然幽怨之意见于言外。晦庵所谓圣于诗者,此欤!"(王琦《李太白文集》转引)清代神韵派特别推崇太白绝句,就是因为他们所提倡的理论以含蓄不尽、意在言外为主旨。

读太白诗,往往为其率真的感情,潮水般的气势所感动。悲时,长歌当哭;乐时,仰天大笑。他的歌诗,嬉笑怒骂,性情毕现,千载之后,如见其人。他丝毫不掩饰自己的思想感情,任情率真,是他诗歌的一大特点。杜甫说他"天真"(《寄李十二白二十二韵》),皮日休说他"真放"(《七爱诗序》),都是说他的诗写的是真性情,是示之以诚。以诚感人的率真美,也是庄子的美学观点之一。"孔子愀然曰:'请问何谓真?'客曰:'真者,精诚之至也。不精不诚,不能动人。故强哭者虽悲不哀,强怒者虽严不威,强亲者虽笑不和。真悲无声而哀,真怒未发而威,真亲未笑而和。真在内者,神动于外,是所以贵真也。"(《渔父》)道家美学提倡真,真即人的性情自然之流露;讨厌伪,伪即人为造作。虚伪和造作是艺术的大敌。然庄子之"真"与李白之"真"的表现方式却并不一样。清人刘熙载说:"庄子寓真于诞,寓实于玄,于此见寓言之妙。"(《艺概·文概》)庄子之寓言看起来虽多是谬悠之说、荒唐之言,但细味起来,其中却有至理至情。庄子通过他"荒诞不稽"的寓言故事,对统治者的虚伪、残暴和愚蠢进行了肆意的鞭挞和嘲笑,以发泄和表示他对黑暗社会的不满和反抗。李白的表现方式与庄子却迥然有异。李白是寓真于放。李白的感情是奔放式的,犹如山洪暴发,一泻而不可收;犹如长江大河,汹涌澎湃,不可阻挡。李白诗歌,尤其是七言乐府歌行,多是以气贯注,直陈己情,强烈的感情如天风海雨,气势逼人。王世贞说:"太白以气为主"(《艺苑卮言》卷四),此言甚得之。长篇歌行如《蜀道难》《行路难》《将进酒》《梁园吟》《玉壶吟》《庐山谣寄卢侍御虚舟》《宣城谢朓楼饯别校书叔云》《答王十二寒夜独酌有怀》等诗,或叹世道艰险,或斥权奸当道,或佯狂以"嘲圣",或借酒以骂世。他拔剑击柱,抽刀断水,大呼大叫,痛快淋漓,真歌真哭,发自至情,坦率直言,如对知己,丝毫不掩饰自己的真情。从坦率与真诚的角度上来说,李白之为人可以说是像玉一样透明,如见肺腑。

道家的美学观直接影响他们的文风。李白诗歌发想超旷,落笔天纵,章法承接,变化无端,前人叹为观止;庄子文章幻想奇丽,文笔纵横,汪洋恣肆,仪态万方,实为千古奇文。这两位旷世作家,都是以浓厚的浪漫色彩、丰富的想象力而著称于世的。前面对李白和庄子的美学思想做了对比说明,从中可见李白的影响及李白对庄子美学思想的继承与发展。在文风方面,二人也颇为相近。方东树云:"大约太白诗与庄子文同妙,意接词不接,发想无端,如天上白云,卷舒灭现,无有定形。"(《唐宋诗举要》卷二转引)庄子幻想奇丽的寓言,纵横捭阖的文风,构成了《庄子》一书浪漫主义的特色。在想象力之丰富、语言表达能力之强等方面能与庄子相比的,只有屈原与李白。这三位中国最有名的浪漫主义作家,奠定了浪漫主义文学流派在中国文学史上的崇高地位。屈原忧国忧民的思想,庄子遗世独立的精神,都给李白以精神上的丰富营养;屈赋中瑰丽的神话故事,《庄子》中优美的寓言,都给李白诗歌增添了迷人的色彩。屈原和庄周的优秀遗产在李白那里兼收并蓄,融而为一。龚自珍说:"庄、屈实二,不可以并,并之以为心,自白始。"(《最录李白集》)关于屈赋对李白的影响,不在此论范围,关于庄子寓言对李白的影响,则略述如下。

《庄子》寓言为李白诗歌提供了丰富的艺术形象和素材。如前所述，像《逍遥游》中的鲲鹏形象，《齐物论》中庄生化蝶的故事，以及“东施效颦”“匠石运斤”“邯郸学步”“涸辙之鲋”“庖丁解牛”“诗礼发冢”“壕上知鱼”“庄周说剑”“许由洗耳”“望洋兴叹”“罔象寻珠”“任公钓鱼”“抱瓮灌蔬”等这些寓言典故在李白诗中出现有几十处之多。这些生动有趣的寓言为李白的浪漫诗歌增色不少。尤其是大鹏的形象，就像主题歌一样，贯穿于李白诗歌的始终。

李白的游仙诗也与庄子的寓言有关。在庄子寓言中，已有神仙的萌芽。如庄子寓言中的至人、圣人、神人，就是神仙的雏形。如“列子御风”就是神仙乘云驾雾的雏形，最明显的是“藐姑射之神人”，此寓言中所说的神人艳若处子，不食五谷，能腾云驾雾，遨游四海（均见《逍遥游》）。此外，《天地》篇中还明确地说“千岁厌世，去而上仙。乘彼白云，至于帝乡”，更是明显的神仙思想。李白的求仙学道活动和游仙诗与庄子寓言很有关系。李白诗中的王乔、赤松、明星、玉女不就像庄子寓言中的列子、广成子、藐姑射之神人吗？他们都是借寓言或神话来表达一种思想，传达一种感情，创造一种境界，是文学上的一种表现手法。这和屈原漫游天国相似，以追求神仙世界与天国的美好来抨击现实社会的黑暗。

庄子的文章汪洋恣肆，如行云流水，进退自如，妙绝文章之工；李白诗歌纵横驰骋，如天马行空，来往随意，极尽才人之致。顾璘说：“文至庄，诗至太白，草书至怀素，皆兵法所谓奇也。正有法可循，奇则非神解不能及。”（《息园存稿》，《李白集校注 · 丛说》转引）文章的形式是由内容决定的。由于庄子、李白精骛八极的丰富想象，导致他们文章诗歌的变化多端、形式多样。同时，思想的解放必然导致文风的解放，任情自然的美学观必然导致其文风的自然放纵、无拘无束。因此，他们的文章诗歌不怎么讲究章法俗套，常常摆脱拘束，冲破旧有格式，随意所之。其诗文或“忽而叙事，忽而引证，忽而譬喻，忽而议论。以为断而非断，以为续而非续，以为复而非复。只见云气空蒙，往返纸上，顷刻之间，顿成异观”（林云铭《庄子因》），或“神识超迈，飘然而来，忽然而去，不屑屑于雕章琢句，亦不劳劳于镂心刻骨，自有天马行空，不可羁勒之势”（赵翼《瓯北诗话》卷一评李白语）。他们诗文的这种特点，构成了庄文李诗的飘逸奇纵的风格。因这种风格很不好掌握，也不易学到，故前人或赞其为“神”，或美其为“逸”，大概也有这个原因。

二

李白受庄子美学影响,盖与文学自身的发展与时代的风气有关。魏晋六朝以来,老庄思想逐渐盛行,必然将老庄的美学观带进文学思潮。正如刘勰所指出的,由于老庄思想的影响,东晋初时便出现"诗必柱下(指老子)之旨归,赋乃漆园(指庄子)之义疏"(《文心雕龙·时序》)的玄言诗。但这只是老庄思想渗透文学思潮的初期现象。到了晋末宋初,便"庄老告退,而山水方滋"(《文心雕龙·明诗》),即出现了模山范水的谢灵运等人的山水诗。这是老庄自然美学观在文学中所引起的积极作用,把人们的眼光引向了大自然,开拓了诗的新领域、新境界。同时,以陶渊明诗为代表的田园诗,也是老庄美学的积极产物。田园诗比山水诗来说是一个大进步,它不仅扩大了诗歌的表现范围,同时将诗歌拉向了人间。在表达思想感情方面,阮籍的"狂放"与嵇康的"任诞",使诗歌直陈胸臆,皆出肺腑,也是受庄子以真诚动人的率真美学观的影响。在文艺理论方面,陆机的"意不称物,言不逮意"(陆机《文赋》)、刘勰的"夫岂外饰,盖自然耳"(《文心雕龙·原道》)、钟嵘的"观古今胜语,多非补假,皆由直寻"(《诗品序》)均是老庄美学观的继承与发展。由于文学由简至繁、由朴至绮的发展规律,诗歌由汉魏的质朴刚健逐渐发展成为六朝的秾丽绮靡。按照辩证法,它必然还要按照否定之否定规律,发展到更高一级类似而本质不同的阶段上去。六朝诗歌在声律和对偶等方面的探索和实践,在文学史上有其一定的贡献,直接为唐代律诗的形成与发展奠定了基础。但六朝尤其是齐梁的浮艳绮靡的诗风,已经发展成了一种文学上的病态。当时就有一些有识之士如刘勰、钟嵘等对其提出有力的批评。到了初唐,这种绮靡诗风,已远不适应大唐帝国日益繁荣昌盛的经济发展与政治需要,因此,对革新齐梁颓风有强烈的要求。于是陈子昂便应运而出,振臂猛呼,要革除"采丽竞繁而兴寄都绝"的齐梁颓风,大力提倡"汉魏风骨"与"正始之音"(《与东方左史虬修竹篇序》),发出了以复古为革新的号召,并身体力行地写出了《感遇》三十八首等古诗。李白向有删述之志,再加上他"横彼六合,力敌造化"的文学才能,"驰驱屈、宋,鞭挞扬、马"(李阳冰《草堂集序》)的胆识气魄,遂以铲除颓风恢复风雅为己任,继陈子昂之后改革诗风。《本事诗》中曾记载：

> 白才逸气高，与陈拾遗子昂齐名，先后合德。其论诗云："梁陈以来，艳薄斯极。沈休文又尚以声律，将复古道，非我而谁欤？"

李白"复古道"的武器之一，就是庄子的美学思想。他说："圣代复元古，垂衣贵清真。"(《古风五十九首》其一)李白以庄子美学思想为革新武器，亦盖自有因。一是李唐王朝虽三教并行，但以老庄为尊。熟读老庄乃唐人课业，崇尚自然美乃是盛唐流行的美学思潮。李白喜读老庄，自然深受其美学思想的浸润与时代思潮的影响。同时，"建安风骨"的刚健，"正始之音"的清新，都对他的美学观和诗歌创作产生了很大的影响。二是庄子自然率真的美学思想对疗救六朝文学绮靡雕琢、无病呻吟之病，是一服天然良药。实际上也确实行之有效。这场由陈子昂倡导的诗歌复古革新运动，在李白、杜甫、孟浩然、王维、高适、岑参等盛唐诗人的共同努力下，终于使齐梁颓风扫地并尽，开拓并建立了炳耀千古的盛唐诗歌的蔚然大国。

(原载《中州学刊》1984 年第 6 期)

李白与赵蕤的《长短经》

一、赵蕤其人及其与李白的关系

关于赵蕤的生平事迹，我们所知道的很少，《新唐书·艺文志》"杂家类"载，"赵蕤《长短要术》十卷"，注云："字太宾，梓州人，开元中召之不赴。"五代人孙光宪《北梦琐言》卷五记载较详："赵蕤者，梓州盐亭人也。博学钤韬，长于经世。夫妻俱有节操，不受交辟，撰《长短经》十卷，王霸之道，见行于世。"清人周广业所整理的《长短经》收在《丛书集成》中，书上载有赵蕤《长短经自序》，序前署曰："唐梓州郪县长平山安昌岩草莽臣赵蕤撰。"此则与《北梦琐言》所载乡里微有不同。宋人杨天惠《彰明逸事》说李白"往来旁郡，依潼江赵征君蕤"。其实，这三者并不矛盾，盐亭县、郪县、潼江唐时都在梓州境内。《元和郡县志·剑南道下》载："郪县，望，郭下，本汉县，属广汉郡，因郪江水为名也。后魏置昌城郡，后改名昌城县，隋大业三年复为郪县。"

郪县为梓州的州治所在，盐亭县位于郪县东北九十三里处。潼江则指流经梓州盐亭县南三里的潼水。赵蕤家原在盐亭，后移居郪县长平山安昌岩①，均属梓州境地，说他是梓州人是正确的。

关于李白与赵蕤的交游，《彰明逸事》记载："太白……隐居戴天大匡山，往来旁郡，依潼江赵征君蕤。蕤亦节士，任侠有气，善为纵横学，著书号《长短经》。

① 周广业《长短经》跋云："《琐言》蕤贯盐亭，而言郪者。《四川总志》云：蕤盐亭人，隐于郪县长平安昌岩。博考六经诸家同异，著《长短经》，又注关朗《易传》。明皇屡征不起。李白尝造庐以请是也。案太白集有《淮南卧病寄蜀中赵征君》诗，《广舆记》亦云蕤笃学不仕，与白为布衣交，著《长短经》。《梓州志》称其人杰。"

太白从学岁余，去游成都。”李白在《上安州裴长史书》中曾说：“昔与逸人东严子隐于岷山之阳，白巢居数年，不迹城市。养奇禽千计，呼皆就掌取食，了无惊猜。广汉太守闻而异之，诣庐亲睹，因举二人以有道，并不起。”近多有学者疑东严子为赵蕤，是很有道理的。赵蕤后来隐居在梓州郪县长平山安昌岩。安昌岩很可能又名东岩，或赵蕤所居在安昌岩之东。他隐居不仕，故隐其名而以地名为号，自称“东严（岩）子”是很可能的。梓州郪县本汉旧县，属汉时广汉郡。李白由戴天山“往来旁郡”，即由绵州昌明县大匡山来到梓州郪县长平山安昌岩，从赵蕤学长短纵横之术。绵州和梓州为邻郡，两郡山脉相连，同为“岷山之阳”①。因是李白从赵蕤游，而不是赵蕤从李白游，故李白的从游之地只可能在梓州郪县长平山，而不可能在绵州昌明县的大匡山。因此，李白文中的举赵蕤和李白为“有道”的“广汉太守”只可能是梓州刺史，而不可能是绵州长史。从以上记载中我们可以看出，赵蕤是一位长于纵横之术的隐士，很有节操，虽有“经世”之术，但不热衷名利，因此，梓州刺史的举荐，开元中天子的召见，都“不起”。因此，更为时人所重。苏颋《荐西蜀人才疏》中说“赵蕤术数，李白文章”②，可见赵蕤和李白当时为蜀中双璧，亦可见二人关系之密切。李白出蜀后在淮南卧病，所思蜀中的唯一亲友就是赵蕤（见李白《淮南卧病书怀寄蜀中赵征君蕤》，这是李白集中现存唯一的有名姓的一首思蜀中亲友的诗）。由此可见，李白对这位授他长短纵横之术的老师和朋友的感情是多么深厚。由于李白与赵蕤的这种半师半友的关系，故赵蕤及其所著《长短经》对青年李白的思想影响极大，《长短经》竟成了李白后来游说的方略和从事政治活动的锦囊秘籍，因此，对《长短经》一书不可不详加研讨之。

二、《长短经》的大致内容

李白从赵蕤学王霸大略、纵横之术，其内容我们可以从《长短经》一书中窥

---

① 明杨慎在《李白诗题辞》中说：“岷山之阳，则指康山。”（《升庵全集》卷三）康山即大匡山。那么和绵州昌明县大匡山相近的梓州郪县长平山也可以称作“岷山之阳”。

② 见明杨慎《丹铅总录》卷一二“太白怀乡句”。

其大概。《四库全书提要》卷一一七"杂家类"介绍《长短经》内容说:"是书皆谈王伯(霸)经权之要,成于开元四年。自序称凡六十三篇,合为十卷。……刘向序《战国策》,称或题曰《长短》。此书辨析事势,其源盖出于纵横家,故以《长短》为名。虽因时制变,不免为事功之学,而大旨主于实用,非策士诡谲之谋。其言固不悖儒者。其文格亦颇近荀卿《申鉴》、刘邵《人物志》,犹有魏晋之遗。"《长短经》有赵蕤自序曰:"儒门经济长短经序。"其序云:"赵子曰:匠成舆者,忧人不贵;作箭者,恐人不伤。彼岂有爱憎哉,实技业驱之然耳。是知当代之士。驰骛之曹,书读纵横,则思诸侯之变;艺长奇正,则念风尘之会;此亦向时之论,必然之理矣。故先师孔子,深探其本,忧其末,遂作《春秋》,大乎王道;制《孝经》,美乎德行。防萌杜渐,预有所抑,斯圣人制作之本意也。然作法于理,其弊必乱,若至于乱,将焉救之?是以御世理人,罕闻沿袭。三代不同礼,五霸不同法,非其相反,盖以救弊也。是故国容一致,而忠文之道必殊;圣哲同风,而皇王之名或异。岂非随时投教沿乎此,因物成务牵乎彼?沿乎此者,醇薄继于所遭;牵乎彼者,王霸存于所遇。故古之理者,其政有三:王者之政化之,霸者之政威之,强国之政胁之,各有所施,不可易也。管子曰:圣人能辅时,不能违时;智者善谋,不如当时。邹子曰:政教文质,所以匡救也,当时则用之,过则舍之。由此观之,当霸者之朝,而行王者之化,则悖矣。当强国之世,而行霸者之威,则乖矣。若时逢狙诈,正道陵夷,欲宪章先王,广陈德化,是犹待越客以拯溺,白大人以救火,善则善矣,岂所谓通于时变欤?夫霸者,驳道也,盖白黑杂合,不纯用德焉。期于有成,不问所以;论于大体,不守小节,虽称仁引义,不及三王,而扶颠定倾,其归一揆。恐儒者溺于所闻,不知王霸殊略,故叙以长短术以经论通变者,并立题目,总六十有三篇,合为十卷,名曰《长短经》。大旨在乎宁固根蒂,革易时弊,兴亡治乱。具载诸篇,为沿袭之远图,作经济之至道,非欲矫世夸欲。希声慕名,辄露见闻,逗机来哲,凡厥有位,希望详焉。"

《四库全书提要》和赵蕤《长短经》自序基本上把这部书的内容介绍出来了。此书成于开元四年(716),即当此书完成时李白才十四五岁。李白诗有云:"十五观奇书"(《上张相镐》),不知所谓奇书,是不是赵蕤的《长短经》,因为儒经和诸子百家、《昭明文选》一类的书为唐代常见之书,自然算不得是什么奇书,而正值此书方成,"见行于世",为王霸之略、纵横之术,深为李白所喜爱,故称之为"奇书"是可能的。李白自云:"十五好剑术。"(《与韩荆州书》)刘碣称其"少任侠”，范碑称其“少以侠自任”，皆可见李白少时曾向人学过任侠和剑术。这个教他任侠击剑的人，很可能就是赵蕤。因赵蕤不仅著《长短经》以王霸之道著称，而且还“任侠有气”。这样看来，《彰明逸事》说李白仅与赵蕤“从学岁余”恐不确，因李白《上安州裴长史书》中已明确说与东严子（即赵蕤）“巢居数年”。所以，赵蕤恐怕不仅是李白的政治老师，而且还是他的武术教练，李白正是从他那里学习了文武本领。因此，李白对自己的才能非常自负。

《长短经》确实正如《四库全书提要》和赵蕤自序所说的，此书是以孔子儒学为主，杂以道、墨、名、法、阴阳、纵横、兵家之谈的“经世实用”之书，是名副其实的杂家。但此书的特点还在于它是一本关于“审时度势”、“因时制变”、谈王说霸的游说之辞，颇似策士游说诸侯的《战国策》。因此，此书取名为《长短经》。《战国策》一名亦叫《短长》，“短长”就是“权变”的意思①。《四库全书提要》说《长短经》“其源盖出于纵横家”，是一点也不错的。从此书所讲的内容来看，也确实如此。此书所引诸家，除了孔子言论，多是《老子》、《庄子》、《荀子》、《韩非子》、《吕氏春秋》、《淮南子》、刘邵《人物志》、荀悦《申鉴》、傅玄《傅子》，还有孙子、太公、黄石公等兵书，其中《正论》一篇专述诸子各家得失，折中诸家，论点全取《汉书·艺文志》。其主旨在“通于变”，取各家之所长，避各家之所短，能得“通方之训”，而力避“一隅之说”。所引史书以《史记》《汉书》《三国志》为主，其中尤重七国争雄、楚汉相争、三国逐鹿的历史。《长短经》所存九卷就有三卷以《霸图》《七雄略》《三国权》为专题，专谈历代政权得失的历史经验。书中最称道的人物是傅说、姜太公、管仲、苏秦、张仪、鲁仲连、汉高祖、汉光武帝、张良、韩信、诸葛亮及谢安。其中《七雄略》一卷，几乎专门叙述苏秦、张仪合纵连横故事。《长短经》重点在于治国经世之术。《大体》《君德》诸篇，讲君主治国之术，王者刑德之用，主张实行霸王之道，刑、德杂用。《任长》《品目》《量才》《知人》《察相》《论士》《臣行》诸篇，主要讲要善于选拔任用人才，识别退斥奸佞。其主旨在于“得人则兴，失士则崩”（《论士》）。君主要想治理好国家，必须礼贤下士，任用贤才。《正体》一篇，讲建立明确各项制度，是“治国之本”，“夫欲立长短之变，故立政道以为经焉”。《适变》《时宜》等篇，则讲王道、霸道

① 见杨宽《马王堆帛书〈战国纵横家书〉的史料价值》，载《战国纵横家书》，文物出版社 1976 年版。

要因时而用，不可刻舟求剑，守株待兔。书中引用《商君书》中“三代不同礼而王，五伯不同法而霸，治国不一道，便国不法古”，主张“与时迁移，应物变化”，颇有历史发展观。其书卷八《杂说》等十八篇，颇似纵横家言。其中《钓情》一篇以《韩非子·说难》篇为旨，力陈揣摩人主之心之难和游说之难。《诡信》以下诸篇，多似《韩非子》中的《内储说》《外储说》，好像是游说前所准备应对的各种事例和材料。卷九《出军》以下二十四篇，皆是兵家之言，前有总论曰：“赵子曰：诗曰：允文允武。书称：乃武乃文。孔子曰：君子有文事，必有武备。传曰：天生五材，民并用之，废一不可，谁能去兵？……故《吕氏春秋》曰：圣王有仁义之兵，而无偃兵。《淮南子》曰：以废不义而授有德者也。是知取威定霸，何莫由斯。”由此看来，《长短经》这本书确实是一本经世致用的政治教科书。这本书从君主治国之道、任人之术、用兵之略、历史治乱得失之历史经验，以及策士游说人主之术、游说之辞和对人主、权贵所采取的交游态度都讲得很详细。书中诸子百家说无所不包，无所不有，真可谓是集大成之作。若真能将这本讲王霸大略、经世之术的书参熟、吃透，再加以细心揣摩，灵活运用，随机应变，李白就不愁不像苏秦和战国时的策士们一样，一言而得中人主之意，立谈便可身致卿相。无怪乎李白是那么自负、那样狂傲，到处自许有王霸大略、怀经济之才，因为他早就胸有“奇书”了。

三、《长短经》对李白政治道路和思想的影响

赵蕤《长短经》中的王霸之道与游说纵横之术对李白的思想产生了巨大影响，李白对自己的经世才略和政治才能相当自负，这在他的诗文中屡次出现。他二十四岁时自认为王霸大略、帝王之术已学得差不多了，觉得是该施展自己政治抱负的时候了。他说：“士生则桑弧蓬矢，射乎远方，故知大丈夫必有四方之志。”于是他便“仗剑去国，辞亲远游”（《上安州裴长史书》）。他要“试涉霸王略，将期轩冕荣”（《经乱离后天恩流夜郎忆旧游书怀赠江夏韦太守良宰》）。由于李白志大才高，刘全白说他“不求小官，以当世之务自负”（《唐故翰林学士李君碣记》）。他自己也曾说过：“钓周猎秦安黎元，小鱼鵔兔何足言。”（《留别于十一兄逖裴十三游塞垣》）于是李白决定不走唐代一般读书人惯常所走的科举

之路,他要"遍干诸侯""历抵卿相"(《与韩荆州书》),以至直接游说人主,发挥他所学的长短纵横术之长。未出蜀时,他干谒过当时身为渝州刺史的李邕①。在安陆时,他就开始向当地的地方官像裴长史、李长史之流的人上书自荐。后来游襄阳时,又向当时以识拔后进驰名的荆州长史韩朝宗上书。但这些地方长官及州佐非但不赏识他,反认为他是在吹牛说大话,使得他非常生气:"世人见我恒殊调,闻余大言皆冷笑。宣父犹能畏后生,丈夫未可轻年少。"(《上李邕》)后来李白觉得与其干谒一些地方官吏,倒不如直接到京城去游说天子和王公大臣。但天高皇帝远,君之门九重,无人引荐,他怎能见得着身在九天之上的大唐天子?而且他所托之人,像唐玄宗的女婿、宰相张说之子、当时的卫尉卿张垍,就是一个害贤嫉能之人,李白又偏偏找的是他。结果,李白第一次入长安吃了个闭门羹,使得他扫兴而归。他对自己的"经济之才"得不到施展机会而深为叹息:"叹我万里游,飘飘三十春。空谈帝王略,紫绶不挂身。雄剑藏玉匣,阴符生素尘。"(《门有车马客行》)他认为自己的政治军事才能得不到施展是因为不遇,而对自己的政治学说与才能没有丝毫的怀疑:"报国有长策,成功羞执珪。无由谒明主,杖策还蓬藜。"(《赠从弟冽》)又说:"欲献济时策,此心谁见明?"(《邺中赠王大劝入高凤石门山幽居》)后来,当他回忆这一段经历时十分感慨:"少年落魄楚汉间,风尘萧瑟多苦颜。自言管葛竟谁许?长吁莫错还闭关。"(《驾去温泉后赠杨山人》)第一次游长安失败后,李白除了继续干谒和交游地方官,主要走终南捷径的道路。他要"金高南山买君顾"(《送裴十四》),于是,他在东鲁徂徕山与孔巢父、裴政、韩准、张叔明、陶沔等人仿"竹林七贤"结为"竹溪六逸",议论时政,纵情诗酒。同时李白又广结道友,与玉真公主、元丹丘等人有密切联系。这一次,他展开了全面攻势,采用普遍撒网、重点摸鱼的策略,从政界、隐逸界、道教界、文学界各方面广开渠道,造成浩大声势。天宝元年(742),在州郡的举荐和玉真公主、元丹丘的帮助下,他终于"声闻于天"(范传正《唐左拾遗翰林学士李公新墓碑并序》),得到了唐玄宗的征召和接见。玄宗召见他时说:"卿是布衣,名为朕知,非素蓄道义何以及此。"又"置于金銮殿,出

---

① 李邕在开元七年曾任渝州刺史,曲阜孔庙有李邕撰文、张庭珪书的《唐孔夫子庙碑》,下署云:"朝散大夫使持节州诸军事渝州刺史江夏李邕文。"建碑年代是"大唐开元七年岁在己未十月十五日己亥"。

入翰林中，问以国政，潜草诏诰，人无知者”（李阳冰《草堂集序》）。由此可见，唐玄宗器重李白，不仅是李白的文才，而且对其政治见识和才能也是相当赏识的。若他此时能够察言观色，俯就玄宗，或与权贵们同流合污，在朝中谋一官职，是根本不成问题的。但问题的关键是，李白不愿屈道致身，同流合污，而且对当时的统治阶级上层错综复杂的政治斗争和黑暗内幕根本就没有什么认识，也没有思想准备，尤其是对开元末期天宝初期的唐玄宗也完全不了解，李白还是把唐玄宗看作开元初年那个励精图治的英主。殊不知此时唐玄宗已把朝政委于奸相李林甫，夺儿媳做自己的小老婆，完全成了一个沉迷于声色犬马的昏君。可惜，李白看不出唐玄宗早已不是招贤纳士的兼听之君，他此时还以《长短经》中的《君德》的理想标准来要求唐玄宗像齐桓公、汉高祖那样任贤纳士，励精图治，岂非是对牛弹琴？因此，他非但得不到重用，反而只能引起唐玄宗的反感。所以后来唐玄宗不再让李白参与政治，只希望他写写诗歌，歌颂点缀一下他的太平盛世。当李白不甘愿做这种类似俳优的弄臣时，再加上权贵们的排挤，他也只好请赐归放还了。李白后来回忆这一段政治生活时写道：“早怀经济策，特受龙颜顾。白玉栖青蝇，君臣忽行路。”（《赠溧阳宋少府陟》）李白毕竟太天真，认为他不受唐玄宗重用是由于有人进谗言，但最根本的还在于没有看透所“献策”的对象——天宝时期的唐玄宗的真实面目。他的王霸之道就是再好，也是不会被采用的，此时的唐玄宗，就是姚崇、宋璟再生，也决不会再受到重用的。李白在天宝末年也觉悟到这一点，他说：“无人贵骏骨，骒耳空腾骧。乐毅倘再生，于今亦奔亡。”（《经乱离后天恩流夜郎忆旧游书怀赠江夏韦太守良宰》）当李白幽州之行见到凡是告安禄山欲反的人，“玄宗必大怒，缚送与之”（《旧唐书·安禄山传》），即发送安禄山本人处理的情况后，他已彻底看透了唐玄宗确实像殷纣王、楚怀王一样昏愦，不可救药，他已决定去“栖蓬瀛”（《经乱离后天恩流夜郎忆旧游书怀赠江夏韦太守良宰》），不再愿与统治者合作。安史之乱后当永王璘聘他入幕府时，他欣然应允，一则为救苍生于水火，二则为实现其宏大理想抱负。他自比晋时隐居庐山的殷深源和高卧东山的谢安：“且殷深源庐岳十载，时人观其起与不起，以卜江左兴亡。谢安高卧东山，苍生属望。”（《与贾少公书》）他对自己的政治才能依然相当自负。因《长短经》专有一卷论兵法，想来李白对兵法韬略也相当熟悉，他在永王幕府中与僚友高谈兵法：“宁知草间人，腰下有龙泉。浮云在一决，誓欲清幽燕。愿与四座公，静谈金匮篇。”

(《在水军宴赠幕府诸侍御》)“金匮篇”指的是《太公金匮》,《隋书·经籍志》列其为兵家类。李白认为施展自己政治军事才能安邦济民的机会到来了,他的平生所学如今终于有付诸实践的机会了。他以十分自信的心情写下了组诗《永王东巡歌十一首》,其中两首如下:

三川北虏乱如麻,四海南奔似永嘉。但用东山谢安石,为君谈笑静胡沙。(其二)

试借君王玉马鞭,指挥戎虏坐琼筵。南风一扫胡尘静,西入长安到日边。(其十一)

但是,由于李白对唐肃宗李亨与永王李璘兄弟之间争权相残的内幕缺乏基本的了解,不但他的王霸大略、用兵奇策未来得及实行,就是他“静胡沙”“扫胡尘”的爱国行为也被肃宗当成“叛逆”罪行,并给以“长流夜郎”的处分。李白虽然在政治道路上屡遭挫折,但他对自己的政治才能始终自视很高,永王失败后,他在奔亡的路上还自比鲁仲连:“谈笑三军却,交游七贵疏。仍留一支箭,未射鲁连书。”(《奔亡道中五首》其三)从寻阳狱中刚出来,在《为宋中丞自荐表》中,他还以宋中丞的名义推许自己:“臣所管李白,实审无辜。怀经济之才,抗巢、由之节,文可以变风俗,学可以究天人。”

以上这些,我们对李白自许的“经济之才”“王霸之道”及其政治才能的自我表白,若仅仅是以夸张和吹牛视之,显然是不够的。李白确实有一套“王霸之道”“帝王之术”的,他也确实有一定的政治才能。这不是我的主观臆测,李白的同时代人也有这种看法。如李白的好友崔宗之在《赠李十二白》诗中说他“分明楚汉事,历历王霸道”。魏颢在《李翰林集序》中也说:“吾观白之文义,有济代命。然千钧之弩,魏王大瓠,用之有时。”范碑记载说李白被唐玄宗“遂置翰林,专掌密令,将处司言之任”。由此可见,不是没有经世之术,也不是没有政治才能,只是他的性格、他的为人不愿意和权奸同流合污,不愿意屈道致身。也就是说,他生不逢时,怀才不遇,若使李将军遇高皇帝,“万户侯岂足道哉!”(《史记·李将军列传》)若开元十八年李白得遇唐玄宗,还能赶上开元盛世的末班车。到天宝元年,唐帝国已开始走下坡路,君昏臣奸,豺狼当道,盛唐国势已不可挽回。参加永王幕府又赶上了肃宗和永王兄弟相残,使李白成了牺牲品。况且,在唐肃宗眼中,李白终是太上皇所宠信过的旧人,越发不可任用,欲置之死地而后快。在这种形势下,李白要在政治舞台上施展自己的政治才能,实在是太难了。李白的政治活动的失败,乃是时代悲剧所造成的。他是一个政治上未尽其才的人。李白始终认为自己的文学才能、任侠击剑,比起其经世才略,都只算是雕虫小技:"学剑翻自哂,为文竟何成?剑非万人敌,文窃四海声。儿戏不足道,五噫出西京。"(《经乱离后天恩流夜郎忆旧游书怀赠江夏韦太守良宰》)李白的具体政见在其诗文中反映的虽少,毕竟还有一些。如在《大猎赋》中,讽谏唐玄宗要节俭爱民,不要奢侈腐化:"使天人晏安,草木蕃植;六宫斥其珠玉,百姓乐于耕织,寝郑卫之声,却靡曼之色。"在《为宋中丞请都金陵表》中也可以看出,李白对当时形势大略估计及其所陈述的政治方略足以代表当时相当一部分人的观点,虽不见得都对,但却可以看出其王霸大略的概貌。

总之,李白对于《长短经》的核心"通于时变"(赵蕤自序)这个原则没有掌握好,原因是他太富于理想主义,对现实情况又了解得太少,当现实与其理想冲突时,他不能"因时制变"(《四库全书提要》卷一一七),而硬要现实俯就他的理想,因此,他在政治上失败了。李白毕竟是一个情感胜于理智的浪漫诗人,他的伟大之处原不在他的政治业绩和政治才能方面。正是李白敏锐的感受力、伟大的政治理想和积极的政治热情,使得他的诗歌在理想与现实冲突时,坚持理想,不与黑暗势力同流合污,从而发出灿烂的光辉,反映出时代的呼声。

李白思想的复杂性,显然受到《长短经》以儒家为主的杂家思想的影响。李白的建功立业的思事君荣亲的思想,显然是儒家思想的表现;李白功成身退的出世思想,愤世嫉俗、敝屣富贵、傲视王侯、不受名教束缚、要求自由解放的思想,显然是受老庄思想的影响;李白不事科举、不做小官、游说人主、大言耸听、想一鸣惊人、立致卿相的策士之风,显然是受纵横家思想的影响;去奢去汰、节俭爱众,则是受墨家思想的影响;至于他所热衷的王霸之道、帝王之术,显然是受法家的法术思想的影响;他爱出奇好胜,纵谈兵法,又系受兵家思想的影响。即除了李白所受佛教思想影响与《长短经》关系不大,其他思想均可在《长短经》中找到依据。可见赵蕤《长短经》这部书对李白的世界观影响之大。

《长短经》中以儒为主的杂家思想,使李白不拘一家,没有偏见,大胆吸收各家之长,喜欢接受新鲜事物。同时,对他开阔眼界、解放思想也有很大作用。

四、长短纵横术对李白诗文的影响

李白的诗歌写得纵横捭阖，颇有奇气，明显是受到了纵横家风气和兵法的影响。宋人蔡宽夫《诗话》指出李白"其学本出纵横"。刘师培在《论文杂记》其十二中也指出了太白诗的这个特点。他说："太白之诗，超然飞腾（"飞腾"二字见杜诗"前辈飞腾入"），不愧仙才，是为纵横家之诗。"他还把宋代词人辛稼轩和陈同甫之词也列入"纵横家之词"，认为这是"远法太冲，近师太白"（《论文杂记》其十七）的结果。

太白之诗受《楚辞》和《庄子》影响最大，而《楚辞》和《庄子》也是深受战国纵横家游谈之风影响的。刘勰《文心雕龙·时序》篇中说《楚辞》"晔烨之奇意，出乎纵横之诡俗也"。我认为，李白的纵横文风除受屈、庄影响外，另一个重要原因是来自赵蕤《长短经》中的纵横术。李白任侠纵横，在当时是有口皆碑的。杜甫第一次见他的印象便是"飞扬跋扈为谁雄"（《赠李白》），刘全白《唐故翰林学士李君碣记》说他"性倜傥，好纵横术"，皆是确证。而且李白很善于言辞，发语惊听："每与人谈论，皆成句读，如春葩丽藻，粲于齿牙之下，时人号曰：'李白粲花之论。'"（《天宝遗事》）我们读李白文章，如《与韩荆州书》《上安州裴长史书》《上安州李长史书》《为宋中丞自荐表》《为宋中丞请都金陵表》，从中皆可看出李白的文辞很有些《战国策》纵横家书的味道。其文纵横捭阖，铺张扬厉，气势充沛，文辞优美，平交王侯，不卑不亢。尤其是他的《为宋中丞请都金陵表》，其中分析形势，陈述利害，引证经典，字字入理，句句动人，和苏秦、张仪的游说之辞文风都颇为相近。清人何焯读后曾在文末批道："观此表，则当时谈王说霸之徒便以永嘉南渡为不可易之规。"（转引自《李白集校注》第1518页）由此可见，何焯已看出了李白纵横家的文风。

纵横家多与兵家关系密切。《战国策·秦策》说苏秦"得《阴符》之谋，伏而诵之，简练以为揣摩"。《太公阴符》是兵家之书。西汉末，任宏校兵书，在"兵权谋"中，既列有伊尹、太公、管子等，又列有苏子、蒯通等纵横家，可见兵家和纵横家关系之密切（参见唐兰《司马迁没有见过的珍贵史料——长沙马王堆帛书〈战国纵横家书〉》）。《长短经》中专有一卷讲"兵权"，共二十四篇。《四库全书提要》与清人周广业《长短经跋》均言该书所佚第一卷为“阴谋”卷。“阴谋”卷大概也讲的是兵法权术。《隋书·经籍志》“兵家类”载有《太公阴谋》一卷,或即此类之书。因此,李白在读《长短经》时,也很受兵家出奇制胜策略的影响,其诗颇有奇气。元人范德机评李白诗曾指出:“又如兵家之阵,方以为正,又复为奇;方以为奇,忽复是正,奇正出入,变化不可纪极。备此法者,唯李杜也。”(《诗评》转引《李白集校注·丛说》)清人顾璘《息园存稿》中说:“文至庄,诗至太白,草书至怀素,皆兵法所谓奇也。正有法可循,奇则神解不能及。”我们看李白的乐府歌行,如《蜀道难》《远别离》《梦游天姥吟留别》《梁甫吟》《将进酒》《答王十二寒夜独酌有怀》《宣州谢朓楼饯别校书叔云》等诗,皆是“杳冥惝恍,纵横变幻,极才人之致”(王世贞《艺苑卮言》)。尤其是《蜀道难》一诗,更是“奇之又奇”(殷璠《河岳英灵集》评李白语)。

纵横家游说人主,其辞多有夸张和讽喻,李白诗的这种修辞特点更是特别明显。李白有不少写男女相思、梦幻游仙的诗,这些诗多是有寄托寓意的比兴诗,与楚辞中的香草美人、升天远游的手法相仿。《远别离》等诗讽喻之意尤为明显。至于李白的夸张,则尤为著名,像“黄河之水天上来”“疑是银河落九天”“燕山雪花大如席”“白发三千丈”等,其夸张之大胆、比喻之新颖已极尽夸张之能事,成了修辞学的著名范例。再者,李白自比伊尹、太公、管仲、晏婴、诸葛亮、谢安,在他自己看来,或许认为是理所当然,在别人看来,则不啻是文学上的一种夸张。李白埋怨人们不了解他,曾在诗中写道:“世人见我恒殊调,闻余大言皆冷笑。”(《上李邕》)可见,时人将李白自比管仲、诸葛亮,视为夸张吹牛。总之,纵横家们的铺陈扬厉、讽喻夸张、纵横捭阖的游说文风,对其诗文的风格有着显著而深刻的影响。

五、《长短经》与盛唐政治思想

《长短经》成于开元四年,正值盛唐初期唐玄宗奋发有为、励精图治的时候,赵蕤从开元初的开明政治中看到了希望。赵蕤希望唐玄宗能够继承太宗遗业,再来个“贞观之治”。于是他总结历史经验,写下了这部《长短经》。很明显,这部书是“经世致用”之书,主要讲君主治理天下要知人善任的道理,必须要选拔人才，任人唯贤。他以大量篇章来讲“人臣以进贤为功也，君者以用贤为功”（《大体》）的重要性及选拔、识别人才的具体办法，并以历史上大量的治乱盛衰的史实来说明“得人则兴，失人则崩”（《论世》）的历史经验，告诫人主要礼贤下士，从下层选拔人才。很明显，赵蕤是代表中下层地主阶级知识分子积极参政的要求说话的。破格选拔人才，在唐太宗和武则天时期即有先例。史称唐太宗“拔人物则不私于党，负志业则咸尽其才”（《旧唐书·房杜传赞》），从中下层知识分子中选拔了像刘洎、马周、张亮等一批人。武则天在搜罗人才方面，尝“十通使人，天下选残明经、进士及下村教童蒙博士，皆被搜扬，不曾试练，并与美职”（《朝野佥载》卷一），虽则武后被攻击为选人太滥，也滥置了许多官员，但她还是从中挑选了不少有才能者。唐玄宗开元初选贤任能，以姚崇、宋璟为相，在他们的辅佐下，唐玄宗本人去奢去汰，宵衣旰食，颇有一番作为，对造成“开元之治”起了重要作用，由此可见人才之重要。《长短经》正是从这个角度来强调人才重要性的。

《长短经》的另一个要求是强调“因时制变”，也就是要根据客观实际情况制定方针政策，改除弊政，勇于革新。武后晚年，宠信“二张”、武三思等，又崇信佛教，多有弊政。中宗复位，权归韦后。唐睿宗复位，权操于太平公主。他们挟持天子，任意胡为，人怨沸腾，无人能制。唐玄宗采取宫廷政变的手段，铲除了太平公主。如欲振兴唐室，必须采用刑、德并用的王霸之道。这都是《长短经》提倡王霸之道的微意所在。此书贵在实用，所取不主一家，这也是唐代儒、释、道并用，思想较为开放的客观反映。自魏晋以降，儒学渐失其独尊地位，而代之以庄老、释教盛行的玄学思想。到了唐代，儒学又重新被提出作为统治思想的主干。唐太宗曾说：“朕今所好者，惟在尧舜之道，周孔之教。”（《贞观政要》卷六）他以儒为主，而辅之以道、释，敢于接纳并容各种思想，这正是唐前期国力强盛、气魄宏大的表现。《长短经》以儒为主的杂家思想，也正是与唐前期思想潮流相一致的。由于唐代诗人思想的活跃、视野的开阔和各种思想文化的交流，才使唐诗得以呈现出内容丰富、形式多样的奇光异彩。

《长短经》正是在这样的历史环境中产生的，所以才得以“见行于世”，而对于盛唐文化哺育出来的李白发生了巨大的影响。它虽然没有给李白在政治的仕途上打开一条光明大道，但对李白的思想、性格、世界观及诗歌的创作产生了有益的作用，这个作用是不可轻估的，会越来越受到应有的重视。

需要指出的是,《长短经》中所提出的政治理想、政策、方略充满了先秦儒家的理想主义,有的并不很切实于唐代的实际,而且它所提倡的以纵横术作为唐代士子仕进途径的手段,这在盛唐时期已是行不通的。因在开元时期,唐代各种制度已基本上定型,科举制度也已正规化,士人绝大部分都走科举道路,战国时代的处士横议、唐初统一天下时期的谋士奔走的历史时代已经过去了。在和平的环境中,用纵横之术来耸动人主或各级官吏,以求致用,不但希望很小,而且还会招致人们的嘲笑。唐玄宗在开元末天宝初的几次征召,都是有名无实的沽名钓誉手段,是做做样子给人看的,并非真心求贤。天宝六载的征召竟无一人中选,即是明证。因此,靠游说手段以干仕途的人,盛唐时为数极少,广大知识分子差不多都走科举和建立边功的道路。因此,《长短经》在唐代知识分子中影响的范围甚小,就是因为它所提倡的纵横术与科举关系甚少。李白被征召,是唐玄宗所玩弄的假求贤的骗人花招,并不是他的纵横术起了作用。相反,正因为李白不是进士出身,而又好口出大言,纵谈王霸,指责朝政,放言无忌,最终招致群小所忌、昏君所弃。李白所想用以干进的长短纵横之术以及《长短经》中所主张的王霸之道竟起到如此相反的作用,这是李白所始料不及的。

(原载《中日李白研究论文集》,中国展望出版社 1986 年版)

李白与自由精神

一、中国士人自由精神的回归与发扬

中国士人的自由精神,有一个成长、高涨、受挫及回归发扬的过程。春秋战国时期,是中国士人开始走向历史舞台,人格开始独立,自由精神空前高涨的时期。春秋时期,士人从贵族中分化剥离出来,依靠自己的知识和能力,游说于诸侯之间。由于周王室礼崩乐坏,对天下失去了控制,同时也对思想统治失去了独霸的地位,诸侯各自为政,这就给士人才智的施展提供了广大的空间。到了战国时期,周王室式微,诸侯逐鹿中原,争揽人才,士人入楚则楚强,归秦则秦重,士人的地位进一步提高。这个时期,诸子争相立说,各自为学说寻找实现的机会和能够重视自己才能的君主,形成了百家争鸣的局面。由于诸侯们要借助于士人的才智,故士人们在众诸侯国中选择的机会极大,不一定要依附某个固定的君主,这就助长了士人的独立意识和自由精神。他们常以自己的知识和人格力量,或为王者之师,或与君主抗衡。孔子弟子子夏为魏文侯之师和齐人颜斶抗礼于齐宣王,就是著名的例子①。此外像"说大人则藐之"的孟子,视官爵为"牺牛"的庄子,都有一身不事王侯的傲骨。他们上为王者之师,下为霸者之友,以平等的身份来与王公贵族交往。先秦士人这种独立自主的人格,不依附

① 《史记·仲尼弟子列传》:"子夏居于西河教授,为魏文侯之师。"《正义》:"孔子卒后,子夏教于西河之上,文侯师事之,咨问国政焉。"《战国策·齐四》:"齐宣王见颜斶,曰:'斶前!'斶亦曰:'王前!'宣王不悦。左右曰:'王,人君也;斶,人臣也;王曰"斶前",亦曰"王前",可乎?'斶对曰:'夫斶前为慕势,王前为趋士;与使斶为趋势,不如使王为趋士。'王忿然作色曰:'王者贵乎?士贵乎?'对曰:'士贵耳,王者不贵。'"

王者的自由精神,为后世树立了学习的榜样。在先秦的诗人中,屈原也是一个颇具自由精神的人。为了恪守自己的理想而不屈从于浊流,他选择了死。到了秦汉之世,由于大一统的封建帝国的形成,秦始皇“焚书坑儒”,汉武帝“罢黜百家,独尊儒术”,加强了思想的统治,因此士人的社会地位大为降低,他们与统治者的关系从主客关系变成了主从式或主奴式的君臣关系,依附王权的程度也越来越强,思想的自由度便大为减少。敢于发表自己独立见解的士人,不是被排挤,就是被迫害。贾谊因才高为权臣嫉妒而被贬长沙和司马迁为李陵辩护遭到腐刑就是例子。到了东汉末,士人的独立意识和自由精神有所觉醒,李膺与郭泰等东汉党人就是敢于对抗封建浊世的有独立思想和行动的清流。魏晋南朝的蔑视礼法的“竹林七贤”和“不为五斗米折腰”的陶渊明,他们的特立独行,便是士人自由精神的回归。他们为李白的傲世独立的自由精神提供了思想的营养和精神的样板。大唐盛世为士人的才智发展提供了充足的物质条件,唐代前期的统治者,如唐太宗、武则天、唐玄宗等人,三教并用,思想统治空前宽松,文禁不严,则给士人提供了较大的精神空间。大唐前期实行开放政策,中外文化交流盛况空前,这就使唐代士人和诗人的眼光有了空前的拓展。这些都为李白这位旷世狂人的思想自由度提供了充分发挥的外部条件。而李白具有的异域文化色彩的家世和身世的背景,自由狂放的个性,更使他比一般士人和诗人更具有开阔的文化视野与发挥自由精神的内在因素。他的独立人格与自由意识,是先秦士人自由精神的回归与魏晋士人特立独行人格的继承与发扬。他像子夏、孟子、庄子和颜斶一样俯视或平视君主与王侯:“揄扬九重万乘主,谑浪赤墀青琐贤”(《玉壶吟》),这里的“揄扬”就是颂扬中有揶揄和讽刺嘲弄的意思。苏轼说他“戏万乘若僚友,戏俦列如草芥”①,正是对李白对君主与权贵们持平视或俯视态度的独立人格最恰切的解读。李白以“谪仙人”的姿态,把自己高置于封建礼法之外,来俯视宇宙和人生,超越于现实社会的封建礼教和世俗观念的拘束,努力实现他思想与精神上的最大自由。在中国文化史上,李白是一个自由精神的最佳的体现者,被历代士人作为一个自由精神的符号和独立人格的形象所歌颂追怀。

---

① 《李太白碑阴记》,《苏东坡全集》前集卷三三,中国书店 1986 年版。

二、自由精神在李白诗歌中的体现

李白是中国古代诗人中最具有自由精神与独立人格的一个狂放诗人。如果说唐代的诗人像一群在大地上奔腾的骏马,他却像一只“抟扶摇而上者九万里”的大鹏鸟一样,自由地翱翔在唐代诗国的天空上。李白独立自主的人格和追求自由的狂放精神已超越了时代,成了追求自由和理想的人格偶像,为后世人们所尊崇仰慕。自由精神是李白精神的核心,可以说,李白精神就是自由精神,李白的形象,也就是中国诗歌史上唯一被大家认可的“诗仙”。所谓“诗仙”,即有不为人间道德法规所约束的自由诗人的意思,他在中国充当着诗人中的“自由神”形象。李白精神,也远超出了文学的领域,已成了一种中国文化现象。我们今天来解读李白,主要从三个方面,就是历史上的李白、传说中的李白和李白自己诗歌中的李白①。历史上的李白所存的史料不多,传说中的李白属于后人对李白的接受和解读,而要真正地了解李白的思想精神,我们则主要从李白自己的诗歌中来认识解读。作为一位诗人,他的自由精神也主要体现在他的诗歌中。具体来说,主要表现在他诗歌的诗体形式、诗法技巧、诗歌艺术空间和思想意识四个层面上。

(一)诗体形式的自由

在唐代以前,诗歌虽然由四言演变到杂言的楚辞体,又演变为整齐的五言,间或有七言诗和杂言诗的出现,但都尚属于未有严格格律束缚的自由体。齐梁以来虽然已有讲求四声与回避声病的新体诗出现,但都尚属于律体诗的实验阶段,直到初唐时期的“四杰”“四友”与“沈宋”等人的出现,将诗歌中运用“四声”、回避“八病”等烦琐难遵的规则简化为平仄粘对格律,五、七言律诗与排律等近体诗才初步形成;经过王维、孟浩然、高适、岑参、李颀等人的努力,五律渐于成熟,七律也有了明显的进步;直到杜甫手中,五律才得以臻于极致,七律才

① 参见何念龙《李白文化现象论纲》,《中国李白研究》(2001—2002年集),黄山书社2002年版。

得以完全成熟与最后定型，排律也得以达到得心应手的地步。初盛唐时期，五、七言古诗尚占主导地位，到了安史之乱后以至中晚唐时期，律诗便成为唐诗中主要的诗体了①。从非律化到律化，是中国诗歌发展的总体趋势。杜甫正是体现这种总体趋势的代表人物②，但李白却是一个例外。

因李白有一个自由的灵魂，所以他的诗歌大部分（李白集中诗歌近千首，其中五、七言古诗720首，约占其诗总数的72%）是形式自由的古体诗，其中包括四言体、五古、七古（含杂言体诗）、楚辞体（即骚体）诗。他的五律有88首③，七律8首（其中有一首有人认为是伪作）、五绝83首、七绝85首。他擅长以形式自由的古体诗来抒发他不羁的思想感情，他的许多名篇都是五、七言古诗（其中有些是拟古的乐府诗），如《古风五十九首》《襄阳歌》《行路难》《梁甫吟》《将进酒》《蜀道难》《玉壶吟》《猛虎行》《远别离》《庐山谣寄卢侍御虚舟》《云台歌送丹丘子》《梦游天姥吟留别》等。他的近体诗，有的失粘，有的失对，有的无对仗，如五律《牛渚夜泊》；有的不尽合律，如七律《登金陵凤凰台》《鹦鹉洲》等。闻一多说，李白的律诗也有着"古诗的灵魂"④，说得是很到家的。他的绝句也有不少是不合律的古绝，如《静夜思》《自遣》《山中与幽人对酌》《登庐山五老峰》《山中问答》等，皆多不合律诗粘对的格律，应是古绝句。难道说李白是不会写律诗吗？非也。他在醉中为唐明皇所作的10首（现存8首）《宫中行乐词》，就是格律严谨、对仗精工的一组五律⑤。可见他并不是不善于写律诗，而是"其薄声律"而已。赵翼评其诗曰："青莲集中古诗多，律诗少。五律尚有七十余首，七律只有十首（按今集中仅存八首）而已。盖才气豪迈，全以神运，自不屑束缚于格律对偶，与雕绘者争长。然有对偶处，仍自工丽；且工丽中别有一种英爽之

---

① 《全唐诗》中，中晚唐共有诗26524首，律诗就有14107首，占其总数的53%；中晚唐的律诗总数是初盛唐律诗的4倍，中晚唐七律是初盛唐七律的15倍。参见施子愉《唐代科举制度与五言诗的关系》，《东方杂志》第40卷第8号。

② 杜甫诗现存有1453首，其中五、七言古诗有416首，五言律诗有621首，七言律诗有151首，五言排律123首，七排4首，五言绝句31首，七言绝句107首。他的近体诗五、七言律诗，排律与五、七言绝句共计1037首（据萧涤非《杜甫研究》统计），占其诗总量的71%。

③ 此以明人刘世教本《分体李白全集》统计。

④ 《英译李太白诗》，《闻一多全集》第三册，三联书店1982年版，第159页。

⑤ 孟棨《本事诗·高逸第三》："时宁王邀白饮酒，已醉。既至，拜舞颓然，上知其薄声律，谓非所长，命为宫中行乐五言律诗十首……白取笔抒思，略不停辍，十篇立就，更无加点。笔迹遒利，凤跱龙拏，律度对属，无不精绝。"《历代诗话续编》上，中华书局1983年版，第14—15页。

气，溢出行墨之外。”①这就是说，李白更愿以形式自由的古体诗来表达他奔放不羁的豪情，驰骋其无拘无束的自由想象。胡小石先生说：“从《古诗十九首》至太白作个结束。”②其意是说，李白的主要成就是他发展并完善了汉魏以来的古体诗，对盛唐以前的古体诗是个完美的总结。这可看作对李白的定论。

（二）诗法技巧的自由

李白的诗歌在诗法技巧与章法布局方面，是“跟着感觉走”，很少讲章法与规矩，遵循的是一种情感的逻辑，或者说是自然的逻辑。他的诗任情而发，随意流走，自然天成，很少有人工雕琢的痕迹。按照他自己的说法是“清水出芙蓉，天然去雕饰”③。严羽评他的《将进酒》说：“一往豪情，使人不能句字赏摘。盖他人作诗用笔想，太白但用胸口一喷即是，此其所长。”④他的《宣城谢朓楼饯别校书叔云》一诗也是如此，不但发起无端，而且结构有很强的跳跃性，诗意完全是随着情感的跳跃，随情生发，让人摸不着头绪。《远别离》一诗，在章法与结构上也是扑朔迷离，令人难以索解。范德机评《远别离》云：“断如复断，乱如复乱，而词意反复曲折行乎其间者，实未尝断而乱也。”⑤杨载评此诗云：“又如兵家之阵，方以为正，又复为奇，方以为奇，忽复是正。出入变化，不可纪极。”⑥这也是讲李诗的变幻超乎，不可捉摸。总之，李白的诗法，随一已之性情任情挥发，全凭情感之自然，如天马行空，无所羁勒，如天上行云，随风变幻。全得于无法之法，真可谓自由至极。其实，无法之法也是从有法中来，正如庄子所说：“既雕既琢，复归于朴”（《庄子·山木》），只是“大巧无形”而已。其实李白在少年时代，是对诗赋下过苦功夫的，他曾“三拟《词选》，不如意，悉焚之。唯留

---

① 《瓯北诗话》卷一，人民文学出版社1981年版，第4页。

② 参见胡小石《李杜诗之比较》，《国学丛刊》第2卷第3期，1924年9月。收入《杜甫研究论文集》，中华书局1962年版。

③ 李白《经乱离后天恩流夜郎忆旧游书怀赠江夏韦太守良宰》，这两句诗本是李白夸奖韦良宰之诗的。其实，这正是李白自己诗风的夫子自道。

④ 严羽评《将进酒》语，见严沧浪评点《李太白集》，转引自《李白全集校注汇释集评》，百花文艺出版社1996年版，第366页。

⑤ 《李翰林诗》卷一，转引自《李白资料汇编（金元明清之部）》第一册，中华书局1994年版，第64页。

⑥ 《诗法家数》，《历代诗话》下册，中华书局1981年版，第732页。又见《唐宋诗醇》卷二，中国三峡出版社1997年版，第17页。

《恨(赋)》《别赋》”①。他少年时的诗也多是律诗,他是从有法到无法,是由技进于道,由必然王国进入到自由王国的。明人方孝孺则认为李白与庄子是天才,非学而致得:“庄周、李白,神于文者也,非工于文者所及也。文非至工则不可为神,然神非工之所至也。当二子之为文也,不自知其出于心而应于手,况自知其神乎? 二子且不自知,况可得而效之乎?”②庄子与李白虽是天才,然而正如鲁迅所说:“即使天才,在生下来的时候的第一声啼哭,也和平常的儿童的一样,决不会就是一首好诗。”③光有天分没有后天的努力学习,也成不了天才的。文学艺术上的天才,只是掌握并超越了常规,掌握了自由,才能随心所欲而不逾矩,达到自由的境地,即从有法到无法,才能达到“道法自然”的艺术的至境。

(三)诗歌艺术空间的自由

李白诗歌的自由精神,表现在诗歌艺术空间的层面上,则是他的诗思任意地穿行于现实与非现实之间。作为一位理想主义的浪漫型诗人,他的诗歌不拘于现实的束缚,常在超越现实的想象空间中飞翔。他的艺术思维基本上是主观幻想型的。这一点与现实主义的诗歌大师杜甫的客观写实型的思维方式大不相同。所谓幻想型的思维,就是说这种思维方式并不是严格遵守或者主要不是遵循现实的逻辑来进行思维的,而是一种具有超现实的主观玄想型的思维方式,我们今天一般称作浪漫主义的思维方式。德国诗人席勒说:浪漫诗人“不仅使自己超出每个明确和有限的现实达到绝对可能的事物的领域——或者是理想化,——而且甚至超越可能事物的界限,——或者是飞翔在幻想世界之中”④。法国大诗人与作家雨果更是一针见血地指出:“浪漫主义,其真实的定义不过是文学上的自由主义而已。”⑤即指出了浪漫主义的本质是作家文学创

---

① 文中《词选》当指《文选》。见段成式《酉阳杂俎》前集卷十二,中华书局 1981 年版,第 116 页。

② 《苏太史文集序》,转引自《李白资料汇编(金元明清之部)》第一册,中华书局 1994 年版,第 154 页。

③ 《未有天才之前》,《鲁迅全集》第一卷,人民文学出版社 1958 年版,第 277 页。

④ 《素朴的诗与感伤的诗》,《西方文艺理论名著选编》上卷,北京大学出版社 1988 年版,第 487 页。

⑤ 《〈欧那尼〉序》,转引自《文艺理论学习参考资料》上册,春风文艺出版社 1982 年版,第 621 页。

作中艺术空间的自由扩展与创作思维的自由。基于这种思维方式,李白打通了主观与客观之间的阻隔,现实世界与幻想世界的界限,他的诗思可在天上与人间、历史与神话中任意漫游,极大地扩展了其思维的自由度。李白的《蜀道难》、《远别离》、《梦游天姥吟留别》、《古风五十九首》其十七"西上莲花山"等诗,在历史传说与神话之间自由穿行,在梦境与现实之间任意徜徉。这样,他就极大地扩展了他思维的空间,使他的诗思像行空的天马一样自由地驰骋于诗国的广阔天地之中。

(四)思想意识的自由

李白诗体形式的自由、诗法技巧的自由与艺术空间的自由的种种体现,深入到精神哲理的层次,即来源于他思想意识的自由。

我们过去研究李白,总是把他当作一个纯粹的诗人来看待。认为他的思想不过是儒、道、释思想的大杂烩,这实在是小看了李白。其实李白在唐代的诗人中,是一个很有哲理思想的人,他的诗歌是很富有哲理精神的。其实把他当作唐代的思想家来看待,一点也不为过。他的思想不但继承了儒家的理想主义、老庄的自由精神及释家的禅理玄辩,而且其思想意识在唐代相当超前。其独立的人格精神、忧深的批判意识和追求自由理想的思想,在古人中都是少有的,堪称中国思想解放的先驱。

李白在《日出入行》一诗中,明确地表达了他的宇宙观:"草不谢荣于春风,木不怨落于秋天。谁挥鞭策驱四运?万物兴歇皆自然。"这里,他明确地表示,花开叶落,四季运行,万物兴歇,都是大自然的运行规律,并没有超越自然之上主宰世界的神之存在。他认为传说中的鲁阳公挥戈退日三舍的神话,是"逆道违天"的胡说,根本不可能存在。他还认为太阳从东方地底而出,又历天入西海,驾日的六龙根本无地方可以休息,因此怀疑太阳是一直在运行着,猜测它是从地底绕过来的。对天体宇宙有如此深刻的认识,在当时无疑是超前的。若没有大胆的怀疑精神,是不可能提出这样的疑问与猜测的。他的《把酒问月》一诗,也同样有深邃的哲理意识,可以说是唐代的《天问》。

李白的思想,从来不为儒家传统的思想所拘束。他对历史的经验有着深刻了解,并不轻信儒家经史的有关记载。特别是经过三年宫廷生活的实地见闻,他对上层社会的腐朽与统治集团内部的钩心斗角,人性的扭曲,看得很透,他在安史之乱前就看出了“君失臣兮龙为鱼，权归臣兮鼠变虎”的大唐社稷所隐藏的巨大隐患，认为正史上所说的尧舜禅让之事都是些骗人的鬼话，而所谓野史稗说的《竹书纪年》中的记载反倒近于历史的原貌。真实的历史是“尧幽囚，舜野死”①。后来的安禄山的叛乱、唐肃宗的擅自即位及唐玄宗的被迫让位，充分地证明了李白眼光的犀利与预见的正确。这正来自李白对现实认识的深刻与对历史的批判意识的深邃。这都说明李白思维的自由度、深广度是远超于常人的。他能跳出传统的认识与旧的思路来审视历史与现实，他对现实的深刻批判来源于老庄以超越的眼光来俯察和审视宇宙与人生的批判哲学。

特别应提出的是李白的独立人格精神，这是李白思想的亮点，应予大书而特书。独立人格精神是人的自我意识的觉醒，在儒家群体人格占统治地位的封建社会里，这种精神特别难能可贵。虽然士人的独立意识在先秦“处士横议”的时代特别突出，但在西汉武帝的“独尊儒术”以后，士人的独立人格意识已大为萎缩。从东汉末年至魏晋南朝又有所觉醒与表现，但像李白这样的个性之鲜明、行为之狂放、人格之傲岸仍很少见。在《饮中八仙歌》中，李白之独立个性也最为突出：“天子呼来不上船，自称臣是酒中仙。”杜甫无疑对李白这种傲岸精神与独立意识最为倾心。李白之所以对贺知章呼他为“谪仙人”的称号欣然认同与接受，并以之为自豪，显然是他认为这个称号最符合他摆脱封建礼法之束缚，不拘于现实社会世俗之约束，欲自由出入于人间天上的愿望。他愿做一个“三十六帝之外臣”（《金陵与诸贤送权十一昭夷序》），不受人间帝王管辖的自由人。这种愿望在封建社会中虽然只是一种空想，但这种思想愿望无疑是超前的。

李白的思想与信仰，也是自由的。这虽与盛唐时代开放的风气有关，但也与李白个人崇尚自由的独立人格有密切关系。他虽然对儒、道、释及先秦诸子思想与魏晋以来的玄学思想广泛涉猎，但从来都不迷信它们，而是用批判的眼光加以审视。他对儒家的理想主义、道家的自由精神、释禅的灵悟超脱、纵横家的机智雄辩、兵家的出奇制胜、杂家的博闻广见等都有所汲取，而以理想主义与自由精神为其思想的核心。对唐代的外来文化，他尤为感兴趣。在他的诗中我

---

① 李白《远别离》，此诗收入殷璠《河岳英灵集》。殷璠在《河岳英灵集》序中说：此集所选盛唐诗“起甲寅，终癸巳”，即以天宝十二载为断限。因此《远别离》当作于天宝十二载以前。

们可以发现,他对西域、新罗的音乐歌舞,日本的服装,西域的葡萄酒与金叵罗酒器都很熟悉并十分喜爱①。有的学者指出,李白的爱月情结,是受中亚文化的影响,他给儿子和女儿起名,也有中亚文化的因素②。他熟悉一些外族语言,并能用月氏语写信,用蕃语起草外交文书。他所交往的人中,有不少人是胡人、胡姬和日本等外国或外族人。在唐人中,他的思想可以说是最开放的。

李白的自由精神,从现实生活的根源上来说,来自盛唐时代的自由风气和李白的商人或平民布衣的家庭以及与中亚文化有密切关系的家世。他特殊的家庭与家世,养成了他自由的个性,又遇上空前开放的时代,故李白的自由精神有着鲜明的个性特征与时代特征。而从思想渊源上来说,李白的自由精神主要来自庄子的"乘天地之正,而御六气之辩,以游无穷"的逍遥游思想与"天地与我并生,万物与我为一"③的天人合一思想。只是庄子的思想主要是"坐忘"式的冥想,而李白却拿来要在现实生活中去实践,故他在现实面前不免会遇到挫折,但却成就了他的诗歌。他的理想在政治生活中是失败了,但他的自由精神却在他的诗歌中做了充分的体现。他的自由意识和追求自由的精神,成了中华民族向往和追求自由与理想的一盏明灯。

(原载《中国中古文学研究》,学苑出版社 2005 年 12 月出版)

---

① 参见葛景春《李白与外来文化》,《李白与唐代文化》,中州古籍出版社 1994 年版。

② 参见 E.艾龙《论李白》,《唐代文化透视》,美国纽黑文耶鲁大学出版社 1973 年版,葛景春节译名为《李白的〈天马歌〉与中亚文化》,载《祁连学刊》1992 年第 2 期。

③ 见《庄子·逍遥游》《庄子·齐物论》,陈鼓应《庄子今注今译》,中华书局 1983 年版,第 14、71 页。

李白诗歌与《孙子兵法》

与一般文人的形象大不一样，李白不是一个只会喝酒吟诗的文弱书生，而是一个"高冠佩雄剑"（《忆襄阳旧游赠马少府巨》、"眸子炯然，哆如饿虎"（魏颢《李翰林集序》）的侠士。他看不起"皓首穷经"的儒生，他本人就是一个立志"济苍生""安社稷"（《梁园吟》《赠韦秘防子春》）的爱国志士。他自称是汉代名将李广之后，自幼喜读诸子百家，习纵横之术，嗜游侠击剑，爱纵谈兵法，向往"申管晏之谈，谋帝王之术"（《代寿山答孟少府移文书》），做一位出将入相式的"辅弼"栋梁之材。李白虽击剑任侠，但他的看法和项羽一样，"剑非万人敌"（《经乱离后天恩流夜郎忆旧游书怀赠江夏韦太守良宰》）。因此，要想成为像姜太公、管仲、诸葛亮一类的"帝王师"，"使寰区大定，海县清一"（《代寿山答孟少府移文书》），精通兵法是其重要条件之一。

李白少年时期学习过《长短经》①，熟读过《太公金匮》《黄石公兵书》及《孙子兵法》一类的兵书。他对军事战略家张良佩服得了不得，对韩信一类的大将也十分向往，对诸葛亮、谢安之类的大军事家简直视为理想的化身。李白喜纵谈兵法。他在永王水军幕府中与诸谋士曾高谈阔论："宁知草间人，腰下有龙泉。浮云在一决，誓欲清幽燕。愿与四座公，静谈金匮篇。"（《在水军宴赠幕府诸侍御》）"金匮"即《太公金匮》，《隋书·经籍志》列其为兵书。此诗中"金匮"，泛指兵书。李白对自己的兵法韬略十分自信，认为只要他一朝兵权在手，定能够克敌制胜，戡平叛乱，扫清胡尘，复兴大唐。他曾天真地幻想："试借君王玉马鞭，指挥戎虏坐琼筵。南风一扫胡尘静，西入长安到日边。"（《永王东巡歌十一首》其十一）李白熟读《孙子兵法》，深刻领悟《孙子兵法》一书克敌制胜要

---

① 李白少年时曾从其蜀中友人梓州赵蕤游，赵蕤著有《长短经》，其书卷九为《兵权》，专讲用兵之道。《长短经》一书对李白思想影响甚巨。

旨，在诗歌创作中灵活地运用“出奇制胜”的兵法要诀，写出了许多变幻出奇、鬼斧神工的诗歌。尤其是他的被人叹之为奇之又奇，如天马行空，神龙见其首而不见其尾的七言歌行，其结构布局犹如兵家之阵，变化莫测。元人范德机曾经指出李白诗歌“如兵家之阵，方以为正，又复为奇，方以为奇，忽复是正。奇正出入，变化不可纪极”（范德机《诗评》，转引自《李白集校注·丛说》）。清人顾璘也有此论：“文至庄，诗至太白，草书至怀素，皆兵法所谓奇也。正有法可循，奇则非神解不能及。”（转引自《李白集校注·丛说》）变幻莫测，出奇制胜，确实是李白诗歌的一个重要特点。李白借兵法指导作诗，全在“出奇”二字上下功夫，表现在以下三个方面：立意奇、结构奇、造语奇。

一、立意奇

李白诗歌在立意方面构思之巧，造境之奇，常令人有意想不到之处。正如兵法云：“出其不意。”（《孙子兵法·始计篇》）

从内容上来说，李白讥尧舜、嘲孔丘，讽刺皇帝贵妃，傲视王公权贵，反对礼教束缚，争取自由解放，这些都是一般诗人诗中所没有、不敢有或远为不及的。从艺术构思方面来说，他的某些诗的立意往往不是表露在字面，而是巧妙地隐含在诗的意境之中。如李白应诏所作的《清平调词》三首，一般人都认为这是李白为唐明皇和杨贵妃所写的颂诗，其实，颂诗里寓含着深刻的讽刺。明人周珽说得好：“太白《清平调词》三章，语语浓艳，字字葩流，美中带刺，不专事纤巧。家澹翁谓以是诗合得是语，所谓破空截石，旱地擒鱼者。”（周珽《唐诗选脉会通》，转引自《李白集校注》卷五）所谓“破空截石，旱地擒鱼”者，即为其立意构思之奇妙，实为常人所意想不到之意。

李白诗中独出心裁的立意层出不穷。有不少反传统、开新意的内容，如自从宋玉《九辨》中发出“悲哉，秋之为气也”的感慨以后，悲秋成了历代文人的传统观念，而李白一反悲秋的习惯，写出“我觉秋兴逸，谁云秋兴悲。山将落日去，水与晴空宜”（《秋日鲁郡尧祠亭上宴别杜补阙范侍御》）。这首颂秋诗立意新奇，情调乐观，意气高昂，对后代诗人产生了巨大的影响。此外，李白诗歌意境瑰奇，有人所未到处。壮美者如写黄河、长江、匡庐、太华，往往几笔即勾勒出其壮观雄伟的面貌及精神，优美者如写耶溪、秋浦、碧山、镜湖，寥寥数语即境界全出，令人意往心驰。写幻想之奇者有《远别离》、《梦游天姥吟留别》、《古风五十九首》其十七“西上莲花山”等及游仙诗，这些诗想象之飞腾，幻想之大胆，都是前无古人的。

二、结构奇

兵法云：“兵无常势，水无常形，能因敌变化而取胜者，谓之神。”（《孙子兵法·虚实篇》）李白对此要则心领神会，他的诗歌尤其是七言歌行的结构总是根据内容或情感表达的需要变化多端，令人莫测。其诗意象之间跳跃性之强，跨度之大，都是古今少有的。古人对李白这种变幻莫测的结构屡屡称叹，或赞之为如李广布阵，有无法之法，或比之如太史公之文，雅健雄奇。属于这样结构的大约有以下几种类型：

（一）奇正相生，波澜起伏

此类像《峨眉山月歌送蜀僧晏入中京》《庐山谣寄卢侍御虚舟》《西岳云台歌送丹丘子》《把酒问月》《将进酒》等。现以《峨眉山月歌送蜀僧晏入中京》为例。此诗以写峨眉山月为主线，贯穿整首诗的首尾。在峨眉山月这条主线下，诗人展开联想，进行穿插。全诗主宾相映，摇曳生姿，宋人严沧浪对此诗结构有过精彩的分析：“是歌当识其主伴变幻之法。题立峨眉作主，而以巴东三峡、沧海、黄鹤楼、长安陌、秦川、吴越伴之，帝都又是主中主；题用月作主而以风云作伴，我与君又是主中主。回环散见，映带生辉，真有月映千江之妙，非拟议所能学。”又云：“巧如蚕，活如龙，网身作茧，嘘气成云，不由造得。”（《严羽评点李集》，转引自《李白集校注》卷八）与此诗相类的还有《把酒问月》，围绕着月亮这个主题，诗人产生了一连串的奇思妙想，发出一连串的天真疑问。此外像《将进酒》，围绕着开怀痛饮、借酒浇愁这条主线，蝉联而下，层层翻进，愈翻愈奇，既丝丝扣题，又神飞万里。“以正为阵，以奇制胜”，奇正相生的写法，犹如一曲宏大的交响乐，乐曲有主奏有变奏，既有主旋律作为乐曲的主导，又有变奏曲极尽变化之能事。这种写法既能使主题鲜明，又可以使其生动活泼，交错变幻，波澜起伏。

（二）示兵以无形，意断而神连

李白还有些诗属于发想无端，来去无踪，猛虎跳涧，无迹可寻的诗篇。这些诗大起大落，大开大合，跳跃性极大，句与句之间、段与段之间突兀变化，几无脉络可寻，真正达到了兵家所说的“微乎微乎，至于无形，神乎神乎，至于无声”（《孙子兵法·虚实篇》）的地步。其实，这类诗的句子虽散，却有神气贯穿其中，可叫作形散神不散，或意断而神连。李白诗歌这类结构相当多。如《行路难》《梁甫吟》《梁园吟》《答王十二寒夜独酌有怀》等，而以《宣州谢朓楼饯别校书叔云》一诗最为典型。此诗以“发兴无端”“破空而来不可端倪”①，意接词不接，跳荡性最强著称。李白的这类诗，有人称之为如神龙变幻，有人称之为如奇兵出没，还有人称其诗如“黄河落天，风雨骤至”，更有人说其诗如“大江无风，涛浪自涌，白云卷舒，从风变灭”②。这类结构就像是电影艺术上的蒙太奇手法，一个个镜头，一幅幅画面，分别看起来好像是彼此没有什么联系，但连在一起，却表现了作者的一种情感意向。正是诗人的情感意向，把这些散如断珠的句子或段落联系在一起了。这种猛虎跳涧式的大幅度的跳跃性结构，是李白七言歌行的一个显著特征。它以诗人的主观情感和意向为轴心，呈开放型结构，纵横捭阖，变幻超忽，使李白的诗歌呈现出奇纵飘逸的独特风貌。

（三）真假难辨，扑朔迷离

这类诗歌犹如疑兵，假中有真，真中掺假，着意布置迷离恍惚的迷魂阵，让读者自己拨开迷雾，领悟诗意。其实，李白写这类诗时皆是有为而发的。欲显其词，又恐触怒朝廷，欲不言，又于心不忍。只好闪烁其词，欲隐又显，既达到讽刺的目的，又不给人留把柄。像《远别离》就是这样的诗歌。天宝年间，唐玄宗日益腐化，将国权交给权臣李林甫，把军权交给野心家安禄山等。时太白虽已远离朝廷，但时刻不忘国家前途、民族命运。天宝十一载李白曾到过幽州，亲见安禄山反状已成。太白欲向朝廷明言则会身受其害，也于国无补，欲不言则社稷黎元危在旦夕。故他讲究一点策略，写此诗以讽上。诗中借娥皇、女英寻舜

① 《唐宋诗举要》卷二，上海古籍出版社 1978 年版，第 191 页。

② 见安旗等《李诗咀华》，北京十月文艺出版社 1984 年版，第 287 页。

之神话故事，造成一种超现实的烟幕，掩饰其强烈的现实政治内容，以假喻真，借古讽今，委婉地向唐玄宗发出警告。诗中“日惨惨兮云冥冥，猩猩啼烟兮鬼啸雨”写的虽是神话里的情景，比喻的却是当时群小把持朝廷、国势岌岌可危的现实。但他仍觉得说得不够明确，于是在诗中直接呼出人君失权的告诫：“君失臣兮龙为鱼，权归臣兮鼠变虎。”但又觉得此句讲得太明，会被权奸抓住把柄，于是下面立即又蒙上一层烟雾：“或云：尧幽囚，舜野死，九疑联绵皆相似，重瞳孤坟竟何是？”用野史之传说，又将明确的现实针对性朦胧起来，最后用湘夫人望着舜的死地苍梧山痛哭的故事结尾，来表达诗人对唐玄宗即将被人篡权的担心。此诗“闪幻可骇，增奇险之趣”①。这种真真假假、扑朔迷离的写法，不仅是策略上的需要，同时也是艺术手段的精心安排。

（四）声东击西，言此意彼

李白有些诗，明看为赞扬，实际上是说反话，似美而实刺。犹如兵法上的声东击西之术，运用在诗歌上，就是言在此而意在彼。如《巴陵赠贾舍人》：

贾生西望忆京华，湘浦南迁莫怨嗟。

圣主恩深汉文帝，怜君不遣到长沙。

此诗是贾至被贬巴陵，李白为安慰他而作。诗用汉文帝贬贾谊为长沙王太傅的典故，来比喻被唐肃宗贬斥的贾至。意思是说，您看，当今皇上对您比当年的明君汉文帝对贾谊还开恩，只将您贬到巴陵（今湖南岳阳），比长沙离京师长安还近几百里呢。诗中表面上虽用“圣主恩深”来称颂当今皇帝，其内里却包含着对唐肃宗的深切讽刺。像这样明颂暗刺、言此意彼的诗歌，实比单纯的讽刺诗要耐人寻味，更有力量。

（五）首尾相应，一唱三叹

兵法云：“善用兵者，譬如率然。率然者，常山之蛇也。击其首则尾至，击其尾则首至，击其中则首尾俱至。”（《孙子兵法·九地篇》）此法在李白诗歌中也有出色的运用。以李白著名的长篇歌行《蜀道难》为例，此诗笔法变幻莫测，感情几经转折，意象纵横交错，神话传说、想象夸张、山川描写、行人心理、作者议

① 胡震亨语，转引自《唐宋诗举要》卷二，第155页。

论纷然杂陈，一波未平，一波又起，被人称为“奇之又奇”（殷璠《河岳英灵集》评李白语）的歌行杰作。虽然此诗在章法结构方面极尽变化，但在这首长诗中“蜀道之难，难于上青天”的警句，一篇之中，三致意焉，使全诗贯穿一气，有一唱三叹之妙，强烈地表达了诗人的仕途之难更难于过蜀道、上青天的深切感受。至于首尾相应的作品在李白诗中是很多的。如《梁甫吟》，篇末的“张公两龙剑，神物合有时”二句，正呼应篇首二句“长啸梁甫吟，何时见阳春”。联章组诗《永王东巡歌十一首》，最末一首中的后两句呼应第一首的头两句：“南风一扫胡尘静”对应“永王正月东出师”，“西入长安到日边”呼应“天子遥分龙虎旗”。所以，李白的歌行与联章诗虽然篇幅较长，意象跳跃性也很大，但是由于能够在诗中左顾右盼，前后呼应，给人以整篇还是浑然一体不可分割的印象。

（六）欲擒先纵，曲终奏雅

属于这类结构的作品，先是极力放纵地开张铺写，篇终作者笔头一转，一笔将先前所写统统勾煞，篇终另立新意。这种写法如兵家常用的欲擒故纵的策略：“将欲歙之，必固张之”“将欲夺之，必固予之”（《老子》第三十六章），通过前后的强烈对比，增加结尾的力度，可产生以四两拨千斤的艺术效果。如《越中览古》：

越王勾践破吴归，义士还家尽锦衣。

宫女如花满春殿，只今惟有鹧鸪飞。

此诗前三句极力渲染越人破吴归来的胜利场面，宫廷热闹喜庆的气氛，篇终一句突然将前面所写一笔勾煞：“只今惟有鹧鸪飞。”当年越国如此强盛，越王宫殿如此繁华，结果是只落得个今日的一片寂寞与荒凉。前面大力的铺陈描写，全都是为最后一句做反衬，使最后一句产生以一当十，横扫千军的力量，使此诗呈现强烈的对比效果。《古风五十九首》其三“秦王扫六合”的结构也是如此。此诗共二十四句，前二十二句极力写秦始皇统一六国、铸立金人、铭功会稽、骋望琅琊、修建陵墓、海上射鲸、东海寻仙等各种不朽的业绩、前无古人的壮举及企图长生不老永远统治中国的愿望，都被篇终的“但见三泉下，金棺葬寒灰”两句一笔勾销。伟绩乎？壮举乎？愿望乎？统统都灰飞烟灭！李白这种先纵后擒的写法，有一种横扫千军的力量，曲终奏雅的效果。

三、造语奇

用语如兵法用势,“善战者,求之于势……如转圆石于千仞之山者,势也”(《孙子兵法·兵势篇》)。要使语言造成势差,才能显示出语言的力度。势差越大,才越有力量。其高千仞,才能其势千钧,才能来如山洪,去若脱兔。

造成语势的手段之一,是运用夸张。夸张最能拉开与寻常语言的距离,造成势差,形成强烈的对比,产生鲜明的效果。而李白是运用夸张的圣手。他运用夸张不仅出奇,而且出神。在中国文学史上,李白的夸张艺术是出类拔萃的,古今无出其右者。像“君不见黄河之水天上来,奔流到海不复回”(《将进酒》),像《北风行》中的“燕山雪花大如席,片片吹落轩辕台”、《秋浦歌》中的“白发三千丈,缘愁似个长”等,用夸张的手段写出了诗人心中忧国忧民、忧人忧己的深长的忧患情感。“安得倚天剑,跨海斩长鲸”(《临江王节士歌》),长鲸在诗中象征着安禄山一类的邪恶势力,诗人像巨人一般要手持倚天长剑,斩除像长鲸一样的庞然大物。这样夸张的诗句,深刻地表达了作者要铲除人间一切黑暗腐朽的反动势力的美好理想。

造成语势的手段之二,是用巧妙的比喻、奇特的想象,使诗的整个意境突然拔地而起,产生升华和飞跃。如《望庐山瀑布》其二就是如此。“日照香炉生紫烟,遥看瀑布挂前川。”前二句平平而起,乍看语不惊人。第三句“飞流直下三千尺”开始转折,“直下”写出气势之大,“三千尺”夸张瀑布之高,此处已开始与前二句拉开了势差。至末一句“疑是银河落九天”一句,则比喻奇警,令人称绝,由于奇句的出现,把整首诗的境界一下子由尘凡之界飞升到九天之上。原来前二句的平凡之笔都是为后来的奇句做的铺垫,是为了造成语言和形象上的势差。陆机在《文赋》中说过:“石蕴玉而山晖,水怀珠而川媚,彼榛楛之勿剪,亦蒙荣于集翠。”秀句可以使全篇生色。这种拙奇相生的艺术辩证法,李白是心领神会的。因为此诗短小精悍,短短的四句便造出了奇警的效果,所以第二首比第一首更广为流传。

李白诗中的奇语警句是不胜枚举的。如“泰山嵯峨夏云在,疑是白波涨东海”(《早秋单父南楼酬窦公衡》),“清风朗月不用一钱买,玉山自倒非人推”

（《襄阳歌》），“瑶台雪花数千点，片片吹落春风香”（《酬殷明佐见赠五云裘歌》），等等。这些奇妙的诗句就像佳肴中的味精一样，使李白诗歌的韵味更加鲜美；就像美人脸上美妙的双眸一般，使其诗歌更增添了迷人的风采。

当然，兵法与诗歌、打仗与作诗是两种性质不同的事物与活动。两者之间精神虽有相通的地方，但却不能牵强地比附，也不能机械地搬用，只能“舍其形而用其神”，李白是深懂这个道理的。在兵法的影响和启发下，他对兵法的某些原则和方法进行了创造性的运用或改造，使其与诗歌创作的方法和写法进行融合。李白正是在诗的立意、结构、遣词造句中创造性地运用了“出奇制胜”的原则，才写出了他奇思纵横、鬼斧神工的诗歌。李白的这种做法，是很值得我们深思的。

（原载《中州学刊》1987 年第 6 期）

李白其人其诗的丝路文化色彩

一、西域丝路文化在李白诗歌中的表现

在盛唐的著名诗人中，一说到西域①及丝绸之路，人们一定会首先想到两位诗人，一位是李白，一位是岑参。我们知道，岑参是一位著名的边塞诗人，他就像一个高明的摄影师，将西域的壮丽风光和风土人情生动形象地呈现在他的诗中。但李白的西域文化因子并不完全表现在他的诗中，而是烙在他的灵魂上，融化在他的血脉中。可以说，岑参诗中的西域文化成分只是表现在风物和景象上，而李白的西域文化因素却体现在他的骨子里。他本身就是中国文化和西域外来文化相互交融的代表性人物。

在李白的诗中，西域的地貌风物和风土人情是从他的笔下自然流露出来的，他并未刻意地来表现它们，不像边塞诗人岑参写了许多西域边塞风光诗，他甚至没有多少专门描写西域风情和风光的诗篇。也正如他描写长江和黄河的诗，李白集中也没有一首专门描写这两条著名江河的诗，而只是在其他诗中不经意地将它们略貌取神地写上几笔，便精神和境界全出了。他的有关西域风光的诗也大体如是。他有关描写西域的诗，也不像岑参那样的真切如画，而是略貌取神，如“明月出天山，苍茫云海间。长风几万里，吹度玉门关”（《关山月》）

① 西域是一个古老的称呼，而中亚是现代的地理概念，其实二者的内涵有重合之处，也有不同之处。中亚的现代含义，是指中亚六国，包括哈萨克斯坦、吉尔吉斯斯坦、塔吉克斯坦、乌兹别克斯坦、土库曼斯坦和阿富汗等国。而广义的西域，则指玉门关以西的广大地区，包括甘肃的西部、新疆全部、中亚各国以及部分西亚、南亚和中东等部分国家和地区。丝路文化则指丝绸之路沿线的周边地区和国家的文化，与西域文化同义。

虽寥寥几句，却使西域风光境界全出，写得如此阔大，如此气势，如此传神，恐怕并非全出于想象，那里有他先世的经历或他本人的亲身体会和感受，才能写得如此动人。李白诗中的月，充满了西域的文化意象，如“小时不识月，呼作白玉盘。又疑瑶台镜，飞在青云端”(《古朗月行》)。诗中的白玉盘，使人联想起《山海经·西山经》中关于玉山的传说，《穆天子传》卷二说是群玉山，大概所指的就在于阗附近产和田美玉的山，在昆仑山之北。而“瑶台镜”的瑶台，则是指神话中西王母所住的地方。传说瑶台为五色玉制成，此瑶台传说就在西域昆仑的群玉山上。白玉盘在大唐内地是高档的工艺品，是很名贵的东西，只有皇宫和权贵家中才可拥有，一般人是见不到的。而李白小时就能看到，而将其比作月亮，说明这东西在西域产玉的地方才容易见到。传说中西域的那个“月窟”，就是月亮的老家，也在李白诗中经常出现：“渴饮月窟冰，饥餐天上雪”(《苏武》)，“扬兵猎月窟，转战略朝那”(《发白马》)，“金天之西，白日所没。康老胡雏，生彼月窟”(《上云乐》)。李白写月的这些诗句，与西域文化的联系是很密切的。

李白对西域的地理是十分熟悉的。在他的诗中，关于丝绸之路沿线的城镇经常出现。如果从长安数起，就有陇西、临洮、金城、武威、张掖、酒泉、玉关、楼兰(即高昌)、交河、安西(都护府)、于阗等一系列的城镇。李白对西域风光的描写，虽然都只是些片段的词句，但点缀诗中也显现出西域的文化色彩。如：

将军分虎竹，战士卧龙沙。(《塞下曲六首》其五)

胡关饶风沙，萧索竟终古。(《古风五十九首》其十四)

万里交河水北流，愿为双燕泛中洲。(《捣衣篇》)

天外飞霜下葱海，火旗云马生光彩。(《送程刘二侍郎兼独孤判官赴安西幕府》)

洗兵条支海上波，放马天山雪中草。(《战城南》)

此僧本住南天竺，为法头陀来此国。(《僧伽歌》)

寄书白鹦鹉，西海慰离居。(《寄远十二首》其十)

仲尼欲浮海，吾祖之流沙。(《古风五十九首》其二十九)

这些与西域相关的地理和风光的词句，李白都很熟稔地运用其诗中，有咏边境战士辛苦守边的，有咏西域壮丽风光的，有咏天竺僧人迢迢万里来华传经的，有咏与中亚西海(指中亚的伊塞克湖、咸海等)的朋友飞鹦传书的，还有的是借老子出关西逾流沙的典故而借喻自己的先世曾流放西域的，等等。如果对中亚和西域地理和文化不熟悉,他是很难做到这一点的。

值得提出的是,李白与西域胡人的交往多是在大唐内地发生的。除了首都长安,还有其他各地。这说明通过丝绸之路,西域胡人带着他们的文化已进入和散布在大唐各地。

长安在盛唐时期是世界政治、文化、经济交流的中心。在这里经常能见到从中亚、西亚、南亚等西域地区来的胡人,其中有西域各国的使者,也有外国的高僧,更多的是胡商和音乐歌舞艺人来大唐经商和谋生。比如天宝二年(743)李白在长安任翰林供奉时,曾见过西域胡人向玄宗献寿的乐舞表演,还作了一首《上云乐》以志其事①。诗中所描写西域胡人之相貌甚详:“金天之西,白日所没。康老胡雏,生彼月窟。巉岩容仪,戍削风骨。碧玉炅炅双目瞳,黄金拳拳两鬓红。华盖垂下睫,嵩岳临上唇。不睹诡谲貌,岂知造化神?”这个康老本来自西域的康居国,在梁武帝时曾来到中原向梁武帝献寿。康居国在乌孙国之西。李白此诗是梁周舍《上云乐》乐府诗的拟作。李诗中扮演康老即文康的胡人,其相貌十分诡谲,完全是一个金红色卷发、高鼻梁、深眼窝、绿眼睛的中亚胡人,很像是文康的子孙,与华人面貌差异很大。此相貌若非亲睹,是不能描写如此准确生动的。李白在其诗中描写得最漂亮活泼的是酒肆中的胡姬和诸胡族的舞儿歌女:“何处可为别?长安青绮门。胡姬招素手,延客醉金樽。”(《送裴十八图南归嵩山二首》其一)“胡姬貌如花,当垆笑春风。笑春风,舞罗衣,君今不醉将安归?”(《前有一樽酒行二首》其二)“细雨春风花落时,挥鞭直就胡姬饮。”(《白鼻騧》)“落花踏尽游何处?笑入胡姬酒肆中。”(《少年行二首》其二)这些酒家胡姬,多数是聚集于长安东市、西市的酒家,但也有住在洛阳、金陵等大城市的,可见她们活动范围之广。尤其是那些身怀绝技的乐师、歌者或舞蹈家,他们在全国各地到处表演,以中亚的音乐舞蹈扬名华夏。如李白曾在溧阳听过胡人吹笛:“溧阳酒楼三月春,杨花茫茫愁杀人。胡雏绿眼吹玉笛,吴歌白纻飞梁尘。”(《猛虎行》)在历阳观看过胡姬歌舞:“笔踪起龙虎,舞袖拂云霄。双歌二胡姬,更奏远清朝。”(《醉后赠王历阳》)可见这些艺术家已将中亚和西域的乐

---

① 关于《上云乐》的系年,有不同的意见。胡震亨、王琦等均以为写于肃宗朝,但肃宗朝李白并未入京。故安旗先生认为此诗作于天宝二年,见《李白全集编年注释》,巴蜀书社 1991 年版,第 474 页。余从之。

舞文化传播到了全国各地。李白本人也能自编自跳青海舞、脱帽舞①等，说明李白浸染的胡气颇深。

李白在金陵见到过西域的特产葡萄酒和酒器金叵罗②，在东鲁还喝过含有郁金香料的琥珀酒③，郁金香据说就是罗马通过中亚传过来的香料④。而李白《玉阶怨》中"水晶帘"中的"水晶"及《留别曹南群官之江南》诗中的"琉璃匣"中的"琉璃"的产地即东罗马帝国。据《旧唐书·西戎》"拂菻"条："拂菻国，一名大秦。在西海之上东南与波斯接，地方万余里，列城四百邑居。连属其宫宇，柱栊多以水晶、琉璃为之。"

此外，像天马、大宛马、胡鹰、白鹦鹉、狮子、海石榴、胡桃等，都是西域出产的动植物，也在李白诗中不断出现，这说明中亚的特产通过丝绸之路不断地来到大唐的首都和内地，丰富了大唐的物种，成了内地常见之物。

二、李白的胡化家世之谜

李白的家世扑朔迷离。也许是他的家人没有给他讲清楚，也许是李白本人心里清楚但却不愿讲清楚等原因，所以我们至今对他的家世也未能彻底弄清楚。但我们从大量的资料中可以感觉到，他与中亚地区和西域文化有着千丝万缕的关系。关于李白生于中亚碎叶的问题，到现在也只是一个推断，谁也拿不出过硬的证据。但他的先世曾被流放中亚碎叶（一名素叶），虽不见于李白诗，但却是见于史传记载的。"隋末多难，一房被窜于碎叶"（范传正《唐左拾遗翰林学士李公新墓碑并序》），这个碎叶的地理位置，按《新唐书·地理七》："热海

---

① 《东山吟》："酣来自作青海舞，秋风吹落紫绮冠。"《扶风豪士歌》："脱吾帽，向君笑。饮君酒，为君吟。"《资治通鉴·梁纪》卷一五四："荣方与上党王天穆博徽，脱荣帽欢舞、盘旋。"胡三省注："唐李太白诗云：'脱君帽，为君笑。'脱帽欢舞，盖夷礼也。"

② 《对酒》："蒲萄酒，金叵罗，吴姬十五细马驮。"

③ 《客中行》："兰陵美酒郁金香，玉碗盛来琥珀光。"

④ ［美］谢弗："从郁金香深橙色的柱头里提炼出来的芳香染料，是古代商品贸易中的一宗重要商品。在普林尼时代，郁金香生长在希腊和西西里，罗马人用它来调配甜酒。……641 年（贞观十五年）和 743 年（天宝二年），天竺国和安国分别向唐朝贡献郁金香。"《唐代的外来文明》，中国科学出版社 1995 年版，第 125—126 页。

又四十里至冻城，又百一十里至贺猎城，又三十里至叶支城，出谷至碎叶川口，八十里至裴罗将军城，又西四十里至碎叶城。城北有碎叶水，水北四十里有羯丹山，十姓可汗每立君长于此。”也就是说碎叶城在热海（今吉尔吉斯斯坦伊塞克湖）西北约 300 里处，北依碎叶水和羯丹山（在今吉尔吉斯斯坦北境）。但据玄奘《大唐西域记》卷一所载，在距碎叶城西 500 多里的呾逻私城，“城周八九里，诸国商人杂居也。土宜气序，大同素（碎）叶。南行十余里有小孤城，三百余户，本中国人也。昔为突厥所掠，后遂鸠集，同国共保此城。于中宅居，衣服去就，遂同突厥，言辞仪范，犹存本国”。这个呾逻私城（今哈萨克斯坦塔拉斯，南临吉尔吉斯斯坦边境）南十余里的小孤城，所住的三百多户中国人，是唐以前被突厥从中国内地掠夺过来的，其衣服是突厥式的，而其语言和礼仪却是中国的。这颇似中国移民在国外城中所建的“唐人街”“陕西村”①，中国人在国外有好扎堆的习惯，在这里得到体现。而李白的先世就可能是这个“唐人城”中的一员。但在中亚地广人稀的荒漠地区，它离碎叶镇不算远，隋末的西突厥的牙帐就驻在碎叶镇，唐太宗贞观元年至武则天天寿三年间（627—692）将安西都护府移驻碎叶。呾逻私城及其附近的小孤城为碎叶镇所管辖，故李白先世所窜的碎叶，就包括了这座聚集着几百户中国人的小孤城。这里我们就可以理解，李白的先世在异国他乡长期生活在一个汉文化集中的小环境中，所以他的先世对中国的语言、文化及礼仪都一直传承未坠。因此，长期居住过西域的李白之父对中国文化仍有相当好的修养就不难理解了。在他带领全家到蜀中时，还能指导少年李白学习中国诗赋等典籍，李白后来回忆说：“余小时，大人令诵《子虚赋》，私心慕之”（《秋于敬亭送从侄耑游庐山序》），就可以说明这一点。又由于长期生活在西域，李白的父亲与胡人的交往机会很多，对当地的胡语和胡俗也有较深的濡染，所以他能讲双语或多种语言。李白受到家庭的影响（不排除李白的先世之中有胡人血统），故对西域的文化习俗也较熟悉。

关于李白的先世在隋末被窜的问题，李阳冰的《草堂集序》中说“自穷蝉至舜，五世为庶，累世不大曜”，这里是暗指在唐朝的五个朝代中，李白的先世

---

① 据 2004 年 4 月 13 日《新京报》在《哈萨克“陕西村”：完整保留了明清习俗》的报道中说，在哈萨克斯坦离碎叶城 3 公里的地方有个“陕西村”，是清代 1877 年过去的，村子的 2000 多户村人至今还会说陕西话。

都是庶民,名位不显。这五世,显然不是指李白家的五世,而是指帝王的五世,即唐高祖、唐太宗、唐高宗、唐睿宗和唐玄宗五朝。因舜是帝王,李白之先世是不能随便与之比附的,否则就犯了大忌。而将唐玄宗比为舜,就顺理成章了,因为唐玄宗的帝位是由唐睿宗禅让的。在唐的五朝之间,李白的先世都是庶民,"累世不大曜"。这也与唐高祖之前的隋末之时李白先世"被窜"或"自窜"的时间相符。因李阳冰用了舜的家世的典故,致使许多人产生误解。总之,李阳冰关于李白家世这几句话,除了说李白是"凉武昭王暠九世孙"是明确的,对李白在隋末至唐玄宗时这段家世的历史是故意回避而闪烁其词的。其实是在说,李白先世的姓名、经历都是不可考的。可以肯定的是李白先人与唐王室的先祖同出于凉武昭王李暠,但因为与唐王室有过矛盾和冲突而获罪,而不便于说清楚①。

隋代末年究竟有什么事让李白的先世从中原"被窜"或是"自窜"至西域呢?据《隋书·炀帝纪》载:"大业十一年(615)五月丁酉,杀右骁卫大将军、光禄大夫、郕公李浑,将作监、光禄大夫李敏,并族灭其家。"原因是当时有一个方士曾向隋炀帝预言"当有李氏应为天子",并建议炀帝"尽杀海内凡李姓者"(《隋书·李穆传》),于是隋炀帝族诛李浑、李敏。弄得天下李姓者人人自危,纷纷逃命以避祸,而李渊也因此被迫造反。所以李白的先世就可能逃往西域以避祸②。因之李白其家可能是"自窜"而非"被窜"。其家先至碎叶,后又西移呾逻私城附近的小孤城,或来往于小孤城与呾逻私城及碎叶之间。由于长期受突厥文化影响,胡怀琛称李白及其先世为"突厥化的中国人"③,差或近之。

关于李白的出生地问题,如果说李白不出生于西域,为什么他本人和其诗歌有那么多的中亚文化印记?为什么李白家世有那么浓重的胡化色彩?他为

① 参见王文才《李白家世探微》,载《四川师范学院学报》1979年第4辑。

② 此论参考刘友竹《李白的生地是条支》,载《社会科学研究》1982年第2期。

③ 《李太白的国籍问题》,原载《逸经》1936年3月第3期,又载《20世纪李白研究论文精选集》,太白文艺出版社2000年版。

什么会中亚的月氏语①？他为什么自称“乡关渺安西”（《江西送友人之罗浮》）？他是一个混血儿，还是一个胡人？他的先世到底是干什么的？什么时候流放到西域？在西域又具体经历过哪些地方？至今仍猜测不已，争论不休。如李白的相貌，魏颢说他“眸子炯然，哆如饿虎”（《李翰林集序》），还真有些不像是纯粹的汉人。他的父亲给他起名白，字太白，范传正说李白是“先夫人梦长庚而告祥，名之与字，咸所取象”（《唐左拾遗翰林学士李公新墓碑并序》）。所谓“取象”的星象，指的是长庚星，古代指傍晚出现在西方天空的金星，亦名太白星、明星。《诗经·小雅·大东》：“东有启明，西有长庚。”毛传：“日旦出谓明星、为启明，日既入谓明星、为长庚。”这里面隐含着李白先世的居住地和李白的出生地，是说李白有来自西方之意。“太白金星”，五行中，金属西方，金色为白，其父命其名曰白、字太白，真的不是没有来由的，应是有些隐喻的。再说李白的父亲李客这个名字也不是一个正常人的名字，应是当地人对外来人的称呼。更奇怪的是李白将其两个儿子分别起名为“明月奴”和“颇黎”，也不怎么符合汉人的习惯，而是令人联想到与西域胡人的习俗有关。这些都有人考证甚详，不必细说。他自称是李唐的宗室，为“凉武昭王暠九世孙”（李阳冰《草堂集序》）。按辈分计算，应与唐高宗是一辈。因“难求谱牒”又“漏于属籍”（范碑），不被宗正寺承认。他又与李唐宗室人物胡乱攀辈分，这些现象都使人心生疑窦，这个口好大言的李白，其身世是否有假？是不是他为了便于晋身而编出的一套假世系而冒充宗室？或是他真有胡人血统而故意隐瞒之？如果我们从李白及其家庭的胡化色彩来看的话，就会明白他为什么会与中亚文化的关系是如此密切的了。我们还可以从《天马歌》中一窥李白与西域和中亚文化的关系。这首诗因有太多的西方意象而引起我们的重视。这是来自中亚的“月支窟”的一匹天马，它“腾昆仑，历西极”，曾是穆天子车驾游西域的八骏之一，曾吃过“玉山禾”即西王母群玉山上的仙草。这匹天马正是李白的自喻，他曾经“龙跃天衢”、照耀皇都，有过光彩的历史，但如今却老了，为人所弃。这首诗可以说是李白一生的缩影，隐约说出了他的与西域有关的出身和在长安曾经有过的光荣与目前所遭

① 李白《寄远十二首》其十：“鲁缟如玉霜，笔题月氏书。寄书白鹦鹉，西海慰离居。行数虽不多，字字有委曲。天末如见之，开缄泪相续。泪尽恨转深，千里同此心。相思千万里，一书值千金。”诗中说他“笔题月氏书”，说明他通月氏文字，没有西域文化背景的话，他是不可能认识月氏文字的。范碑中说他“草答蕃书”，不为无据。

遇的冷落。美国学者艾龙先生曾经对此诗做过专门的研究①,此不赘述。

三、李白其人其诗所显现的丝路文化色彩

唐朝与西域的文化交流都是通过丝绸之路来完成的。中国与西方世界的沟通和交流,如与中亚、西亚、南亚及欧洲的联系,也都是通过丝绸之路来完成的。中亚的丝绸之路是中国与西部世界相联系的通道,如中国通过西域的丝绸之路将欧洲、南亚的珠宝、香料等传到了中国,而中国则通过丝绸之路将中国的丝绸、茶叶、瓷器等传到了中亚、南亚和欧洲,起到了相互交流和互通有无的作用。除了物质交流,更重要的是精神和文化的交流,如思想观念、宗教文化、音乐歌舞、绘画、习俗风尚等。

李白诗歌的丰富多彩性,他的身上散发出的多种文化的魅力,他的个性和诗风,与西域中亚文化是有密切关系的。崇尚日月和光明,是中东和中亚各国和民族特有的宗教习俗。像唐时传入中国的祆教、摩尼教和伊斯兰教,都有崇尚日月、光明的内容。《旧唐书·西戎传》"波斯"条:"俗事天地、日月、水火诸神,西域诸胡事火祆者,皆诣波斯受法焉。"《旧唐书·西戎传》"疏勒"条:"俗事祆神,有胡书文字。贞观九年,遣使献名马,自是朝贡不绝。开元十六年,玄宗遣使册立其王裴安定为疏勒王。"此二条可证崇尚日月水火的祆教是从波斯国经过疏勒等地传到中国的。李白诗歌歌颂光明、月亮,李白名其子为"明月奴",以及传说其妹名为"月圆",都与中东和中亚信奉祆教等宗教有关。除了祆教、摩尼教、伊斯兰教,如天竺国传来的佛教也是先经过中亚和西域地区中转而传到中原地区的。初盛唐时代的中亚诸国和西域地区多信仰佛教。李白在《为窦氏小师祭璇和尚文》中说:"绍释风于西域,回佛日于东维。"是说这个璇和尚是从西域过来的僧人,这说明佛教是由天竺通过西域的丝绸之路传过来的。隋唐时曾在碎叶城驻牙帐的西突厥也信仰祆教与佛教:"突厥人对外来宗教的态度是很宽容的。不仅火祆教在突厥汗国境内得以保护或流传,起源于印度的佛教

---

① 见[美]艾龙著,葛景春译:《论李白》,载《祁连学刊》1988年第1期。*On Li Po*, [USA] Elling O.Eide, from "Perspectives On the T'ang", Yale University Press, New Haven and London, 1973.

也在突厥社会中得到了传播。”①只是到了后来，伊斯兰教才在西域逐渐代替了袄教和佛教。在文化艺术方面，天竺的佛教绘画艺术也经过西域的丝路传到大唐。李白《金银泥画西方净土变相赞并序》一文，就讲湖州刺史夫人为超度其夫而绘制的一幅佛教绘画，里面画有西方净土的佛国天堂。据李白所描写，其中绘画的内容、艺术形式就颇似敦煌莫高窟中的西方净土相变壁画。而敦煌的壁画，则源自西域和天竺的佛窟艺术与中国传统艺术的结合。在这些绘画中，供佛的宝物中有车璖、琉璃、颇黎、玛瑙等七宝。这些宝物都是西域国家中特有的。丝绸之路不仅是一条中西交通的商道，更重要的是一条中西文化交流的通道，它是将中国与中亚、西亚、南亚以及欧洲相联结的一条红线，将中西方物质和文化进行交流和融合，促进了丝路沿线上的国家和民族的经济繁荣和文化昌盛，他们与中国经济和文化获得了双赢。

李白是一个“海归”或“海归”的后裔，受到中亚文化的深刻影响，他能将中国文化与外来文化相互交融，故具有中国文化的博大和外来文化的异彩。西域的中亚文化在李白文化思想中占有重要地位，但也只是所接受的外来文化之一。其他还有东亚的日本文化和朝鲜文化，也是李白接触的外来文化。像李白与日本友人交往曾身穿日本裘，李白还观看过朝鲜的海东青舞蹈等。李白对外来文化有强烈的好奇心。他“十五观奇书”（《赠张相镐二首》其二），就说明他的好奇心极强。他像海绵一样，喜爱吸收一切新鲜和新奇的东西。他的文化视野是十分开阔的，而且极具包容性。他的习剑和尚武，就受到西域胡人的尚武之风的影响。

由于大唐的对外文化开放的政策与丝绸之路的开通，以及李白特殊的家世，才产生了李白这样的融西域丝路文化与中国文化于一身的思想开放、文化多元的典型的盛唐诗人。丝路文化夺目的光辉，使李白诗歌显现出突出的丝路文化色彩，增添了他诗歌的丰富内容和艺术魅力。

（此为2015年10月在吉尔吉斯斯坦召开的“李白与丝绸之路文化”国际学术讨论会参会论文）

---

① 余太山主编：《西域文化史》，中国友谊出版公司1996年版，第215页。

李白诗歌与盛唐音乐

一、中国古典音乐的黄金时代

唐代不但是诗歌的黄金时代，而且也是音乐歌舞的黄金时代。中国古典音乐发展到唐代，尤其是盛唐，已达到了中国封建社会音乐的顶峰。由于唐代的中国南北统一，中外文化交流频繁，国内各民族和邻近各国的音乐家不断地来到内地，内地的汉民族音乐也不断地传播到边疆各地及邻国中去。这样，唐代的音乐不仅继承了中国原有的清乐、雅乐的汉民族的音乐传统，而且还吸收了中国境内各民族以及东西各国的音乐，经过与各民族以及中外音乐文化的交融，创造出了具有新的民族风格的音乐文化。之后，唐代的新音乐文化又在边疆各地和邻国传播开来，影响和推动了中国各民族和世界音乐文化的发展。唐代的音乐在当时的亚洲居于先进的地位，这使得唐代的中国成为亚洲各国音乐文化的交流中心。唐代音乐的兴盛，得力于统治者的提倡。其中提倡最力的就是盛唐的风流皇帝唐玄宗。唐玄宗酷爱音乐，他不但知音律，能度曲，还能吹一手好笛子，打一手好羯鼓①。在唐代，管音乐的机构就有四个部门：大乐署、鼓吹署、教坊、梨园。仅大乐署和鼓吹署就有乐工几万人②。据《教坊记》记载，开元时教坊就有五处，其中内教坊在宫中，外教坊有四处，两处设在长安，两处设在洛阳。梨园有三个，宫中一个，长安一个，洛阳一个。宫中的梨园归唐玄宗直接

---

① 唐段安节《乐府杂录》“羯鼓”条：“明皇好此伎。有汝阳王花奴，尤善击鼓。”宋王灼《碧鸡漫志》卷五：“《羯鼓录》云：明皇尤爱羯鼓、玉笛，云‘八音之领袖’。”

② 《新唐书・礼乐志》：“唐之盛时，凡乐人、音声人、太常杂户子弟，隶太常及鼓吹署，皆番上，总号音声人。至数万人。”

领导，凡是宫中宜春北院梨园中的艺人皆称作“皇帝梨园弟子”，算是皇帝的学生。“玄宗既知音律，又酷爱法曲，选坐部伎子弟三百，教于梨园。声有误者，帝必觉而正之，号皇帝梨园弟子。宫女数百，亦为梨园弟子，居宜春北院。梨园法部，更置小部音声三十余人。”(《新唐书·礼乐志》)

唐代的音乐，有雅乐、燕乐。雅乐就是恪守古乐传统的音乐，这种音乐只有在朝廷的祭祀和朝会中才用。而最流行的却是燕乐，燕乐就是在宴会上通常演奏的音乐。这种音乐是隋唐时所创作的由汉民族音乐和国内外各民族音乐相融合的音乐。唐朝的音乐有《九部乐》和《十部乐》，是由隋朝的《七部乐》和《九部乐》发展而来的。唐代的《十部乐》中，除了《清商》一部是汉民族固有的音乐，《燕乐》一部是新创造的新音乐，其他的如《西凉》《高昌》《龟兹》《疏勒》《康国》《安国》《扶南》《高丽》等八部都是边疆少数民族和外国的音乐。唐玄宗时又根据表演的方式，将音乐分为《立部伎》八部和《坐部伎》六部。《立部伎》是站着演奏的，《坐部伎》是坐着演奏的(参见《新唐书·音乐志》)。到了开元时代，唐朝的音乐普遍地突破了原有的歌曲、舞曲、解曲的简单形式，创造了许多具有民族特色的大曲。大曲也就是套曲，是由一组曲子所组成。如唐玄宗所创作的《霓裳羽衣曲》就是其中最著名的一首。宋人周密说：“霓裳一曲，共三十六段。”(《齐东野语》卷十)唐代的大曲很多，仅在唐诗中所提到的大曲就有《绿腰》《凉州》《薄媚》《伊州》《甘州》《玉树后庭花》《雨霖铃》《拓枝》《三台》《浑脱》《剑器》《熙州》《破阵乐》《春莺啭》等。唐代的大曲演奏起来，乐队达几十人，乐器达几十种之多。据专家统计，在唐代《十部乐》中所用到的乐器多达五十余种①。

在唐代出了许多有名的歌唱家和演奏家。善歌的，男有陈不谦、陈意奴、高玲珑、长孙元忠、侯贵昌、韦青、李龟年、李鹤年、米嘉荣、李衮、何戡、田顺郎、何满、郝三宝、黎可及、柳恭，女有穆氏、方等、念奴、张红红、张好好、金谷里叶、永新娘、御史娘、柳青娘、谢阿蛮、胡二姊、宠妲、盛小丛、樊素、唐有态、李山奴、任智方四女、洞云等(参见《碧鸡漫志》卷一)。善奏琵琶的有贺怀智、雷海青、段善本、康昆仑、曹保保、曹善才、曹纲、裴兴奴、米和等；善奏五弦的有赵璧、冯季皋等；善弹阮咸的有张隐耸等；善抓筝的有李青青、龙佐、常述本、史从、李从周

① 参见杨荫浏《中国古代音乐史稿》第十章，人民音乐出版社1984年版，第254页。

等；善弹箜篌的有张野狐、李凭、张小子、季齐皋等；善吹笙的有尉迟章、范汉恭、范宝师、孟才人等；善吹笛箫的有宁王李宪、李谟、刘朝霞、郑伦等；善吹觱篥的有李龟年、张野狐、刘楚材、安万善、薛阳陶等；善吹芦管的有薛阳陶等；善击方响的有马仙期、吴缤等；善击羯鼓的有唐玄宗、汝阳王李琎（花奴）、李龟年、王文举等；善弹琴的有董庭兰、颖师、贺若夷等（参见《乐府杂录》）。

唐代还有许多优秀的作曲家，只因为他们中多是没有社会地位的乐工，所以留传下来姓名的人很少。其中最著名的当然是唐玄宗，他创作的《霓裳羽衣曲》，就是唐代最有名的乐曲之一。初唐高宗时，龟兹的音乐家白明达创作了《春莺啭》曲子①。开元时，一位歌者何满子得罪了唐玄宗被处死，临刑前她以自己的名字为名，创作了一首名曲《何满子》。这支歌曲非常悲哀婉转，百年以后，文宗朝的宫女沈阿翘唱了此曲之后，还使得唐文宗及其身边的人感动不已②。中唐的琵琶名手段善本，同时也是一位作曲家。他所创作的《道调梁州》曲，曾得到另一位琵琶名手康昆仑的高度赞赏（事见唐张固《幽闲鼓吹》、宋朱弁《曲洧记闻》）。善奏箜篌和觱篥的张野狐，至德元载（756）唐玄宗奔蜀时，创作了《雨霖铃》曲，至德二载（757）唐玄宗还朝时，又创作了《还京乐》曲（见《乐府杂录》"雨霖铃""还京乐"条）。文宗朝时善吹笛的刘朝霞，创作了新的乐调，为此唐文宗想封他高官（见《唐会要》卷三四）。其他见于记载的作曲家还有李可及、刘日进、冯定等。

除了创作曲子，唐代还有不少有关音乐的专门著述。《新唐书·艺文志》中乐类就列了音乐专著 38 部，共 257 卷。其中最著名的有武则天的《乐书要录》、崔令钦的《教坊记》、南卓的《羯鼓录》、段安节的《乐府杂录》等。

除了庙堂上祭祀的雅乐以及宫廷、官府和官僚家中的燕乐，唐代的民间音乐也很昌盛。在敦煌中发现的唐代曲子辞有 590 多首，其中涉及的曲调约有 80 曲（见《中国古代音乐史稿》第八章）。这些所谓的"曲子"，就是唐代的民歌。这些曲子辞所表现的内容是十分广泛的，样式也是多样的，有七言、五言等齐言的，也有长短句的。由此可见，其演唱的曲调和方式一定是十分丰富多彩的。

---

① 《教坊记》："《春莺啭》：高宗晓音律，晨坐闻莺声，命乐工白明达写之，遂有此曲。"

② 白居易《何满子》诗下题云："开元中，沧州有歌者何满子，临刑进此曲以赎死，上竟不免。"《剧谈录》载，孟才人在唐武宗御榻前"歌《何满子》一曲，声调凄切，闻者莫不涕零"。

在唐代诗人中，就有不少是善音乐的，其中最著名的就是王维。王维善弹琵琶，唐人薛用弱《集异记》云，开元初，王维到长安应举时，先干谒一位公主，并向公主献奏《郁轮袍》琵琶曲，大为公主所赞赏，后在公主的推荐下，"遂作解头而一举登第矣"。此外，李白、白居易等人也善弹琴。这些大诗人为诗名所掩，他们这些弹琵琶、弹琴的技艺反鲜为人知了。懂得音乐而又能欣赏音乐的诗人在唐代不胜枚举，在唐诗中为我们留下了一大批吟咏音乐的优秀诗篇。像王维的《伊州歌》，李白的《春夜洛城闻笛》《听蜀僧濬弹琴》，李颀的《听董大弹胡笳弄兼寄语房给事》《听安万善吹筚篥歌》，刘长卿的《听弹琴》，郭知运的《凉州歌》，岑参的《胡笳歌送颜真卿使赴河陇》，杜甫的《夜闻筚篥》，顾况的《李供奉弹筚篥歌》，韩愈的《听颖师弹琴》，刘禹锡的《与歌者米嘉荣》，李贺的《李凭箜篌引》，元稹的《五弦弹》《琵琶歌》，白居易的《琵琶行》《霓裳羽衣歌》，张祜的《李谟笛》《春莺啭》《宫词》，温庭筠的《筚篥歌》，崔珏的《席间咏琴客》，罗隐的《薛阳陶筚篥歌》，牛殳的《方响歌》等，都是唐诗中吟咏音乐的名篇。

二、李白与盛唐音乐

李白博学多能，才高艺精。他不但诗写得好，而且能歌善舞，剑棋琴书，无所不通。在他的诗中，有许多是描写吟咏音乐的篇章。如写唱歌的：

扬清歌，发皓齿，北方佳人东邻子。且吟白纻停绿水，长袖拂面为君起。寒云夜卷霜海空，胡风吹天飘塞鸿，玉颜满堂乐未终。(《白纻词》其一)

馆娃日落歌吹深，月寒江清夜沉沉。美人一笑千黄金，垂罗舞縠扬哀音。郢中白雪且莫吟，子夜吴歌动君心。动君心，冀君赏。愿作天池双鸳鸯，一朝飞去青云上。(《白纻词》其二)

蒲萄酒，金叵罗，吴姬十五细马驮。青黛画眉红锦靴，道字不正娇唱歌。(《对酒》)

郢人唱白雪，越女歌采莲。听此更肠断，凭崖泪如泉。(《秋登巴陵望洞庭》)

炉火照天地，红星乱紫烟。赧郎明月夜，歌曲动寒川。(《秋浦歌》其十四)

在这些诗中,有“扬清歌”的北方佳人,有唱“子夜吴歌”的南国美人,有“道字不正娇唱歌”的吴姬,有“唱白雪”的郢人和“歌采莲”的越女,还有在明月夜中一边劳动一边唱歌的炼铜工人赧郎。他们所唱的有燕乐中的《白纻》《绿水》,有传唱至今的古曲《阳春白雪》,也有民歌小调《子夜吴歌》和《采莲》曲等。

在李白的诗中,有写弹琴的:“蜀僧抱绿绮,西下峨眉峰。为我一挥手,如听万壑松。客心洗流水,余响入霜钟。不觉碧山暮,秋云暗几重?”(《听蜀僧濬弹琴》)有写弹瑟的:“遥夜一美人,罗衣沾秋霜。含情弄柔瑟,弹作陌上桑。弦声何激烈,风卷绕飞梁。行人皆踯躅,栖鸟起回翔。”(《拟古十二首》其二)有写弹筝的:“深宫高楼入紫清,金作蛟龙盘绣楹。佳人当窗弄白日,弦将手语弹鸣筝。春风吹落君王耳,此曲乃是升天行。”(《春日行》)有写吹笙的:“仙人十五爱吹笙,学得昆丘彩凤鸣。……欲叹离声发绛唇,更嗟别调流纤指。此时惜别讵堪闻,此地相看未忍分。重吟真曲和清吹,却奏仙歌响绿云。”(《凤笙篇》)有写吹笛的:“谁家玉笛暗飞声,散入春风满洛城。此夜曲中闻折柳,何人不起故园情?”(《春夜洛城闻笛》)有写弹琵琶的:“听歌舞银烛,把酒轻罗裳。横笛弄秋月,琵琶弹陌桑。”(《夜别张五》)有写弹箜篌的:“公乎公乎挂罥于其间,箜篌所悲竟不还。”(《公无渡河》)

总之,在李白的诗歌中,对唐代的音乐生活表现得是十分全面的。李白不但对音乐有很高的欣赏能力,而且他本人能歌善琴,对音乐的造诣也很深:

> 劝尔一杯酒,拂尔裘上霜。尔为我楚舞,吾为尔楚歌。(《留别于十一兄逖裴十三游塞垣》)
>
> 金陵城东谁家子,窃听琴声碧窗里。落花一片天上来,随人直渡西江水。(《示金陵子》)
>
> 拂彼白石,弹吾素琴。幽涧愀兮流泉深,善手明徽高张清。心寂历似千古,松飕飗兮万寻。中见愁猿吊影而危处兮,叫秋木而长吟。客有哀时失志而听者,泪淋浪以沾襟。乃缉商缀羽,潺湲成音。吾但写声发情于妙指,殊不知此曲之古今。幽涧泉,鸣深林。(《幽涧泉》)

在《留别于十一兄逖裴十三游塞垣》一诗中,友人为李白跳上一支楚舞,而李白却回之一曲楚歌。楚舞与楚歌对举,很明显,这里的歌并非指诗歌或诗的意思,而是唱歌。可见李白是能歌的。《示金陵子》一诗中,李白的琴声之妙竟能吸引人来偷听,可见李白琴艺之高,绝非一般人可比。在《幽涧泉》中,李白自写其弹琴的情景。他是在山间深林中弹一曲叫作《幽涧泉》的曲子,此曲如幽谷中的潺潺流水,又如高山顶上的阵阵松涛,时而有愁苦的猿啼哀响其间。有一位“哀时失志”的朋友,听此琴曲之后,竟感动得泪如雨下,沾湿了衣襟。诗人自己也已完全进入了艺术的境界之中,只觉得他此时的情感要用弹琴的妙指来表达,已忘记了自己所弹的曲子是古是今。这种对琴道艺术境界的深刻体会,若不是精于此道的高手是道不出来的。

三、李白词与盛唐音乐

李白的词,其真伪一直为人争论不休,到现在也没有一个一致的结论。而其中最主要的分歧,是词的起源问题。持词起源于中晚唐的学者一致认为李白词是伪作,而持词起源于盛唐以前的学者则认为李白是有可能作词的,其词不能轻易定为伪作。

若从唐代的音乐发展来看,盛唐时即有上下阕长短句的中调词和长调词的出现。任半塘云:“查五代人所有之长短句调,在《词律》《词谱》及《敦煌歌辞总编》内所见,其确有唐、五代文人之传辞可信为此一时代文人之创调者,要不过130余。而130余调名见于《教坊记》,即可信其在开、天间早已流行者,已有75调之多,占一半以上。此75调中,诚有传辞未见唐作,仅见五代之作者,亦有在初唐原为声诗,至盛唐是否已改为长短句尚无从证明者,但为数甚少,今知不过20余调而已。然则创调之始即为长短句,在开、天间已经流行者,至少已达50以上,绝不止如今人之所将信将疑者,仅仅李白作《菩萨蛮》《忆秦娥》《清平乐》《连理枝》《桂殿秋》五调而已。自宋沈括指出中唐时代之王涯始填字倚声、创长短句调后,学者凡不信李白有五调者,乃俱想象长短句调必滥觞于贞元、元和间,至晚唐而始繁衍。今既知开、天时至少已有50以上之长短句调,则此一想象尚何由存在?”①敦煌曲子辞中像《天仙子》《拜新月》《凤归云》《洞仙歌》等都是双阕长调,而《菩萨蛮》《清平乐》《西江月》《浣溪沙》《木兰花》《鹊踏枝》《破阵子》等也都是双阕的中调词。而这些词调都是见于《教坊记》的。而《教坊

① 《唐声诗》,上海古籍出版社1982年版,第352页。

记》的作者崔令钦，据陈尚君考证就是曾与李白在天宝时交游的宣城令崔钦①。李白曾有《经乱后将避地剡中留赠崔宣城》《江上答崔宣城》等诗与他往还。可见，崔令钦所著《教坊记》中所记录的词调名都是盛唐时代所已有的，其中就有《菩萨蛮》这一词调。任氏在《敦煌曲初探》一书中对敦煌曲子辞《菩萨蛮》“枕前发尽千般愿”一词的写作年代进行了考证，据向达《伦敦所藏敦煌卷子经眼录》，此词所在的 S4332 卷背后录有“壬午年龙兴寺僧学便物字据”字样，任氏认为，“天宝元年乃壬午，此字据可能写于天宝元年。依常情，写卷子正面文字必先写，则此二辞(按指《菩萨蛮》等)可能写于天宝之前，至迟不逾天宝元年也”。

据《古今词话·词辨上卷》云：“《杜阳杂编》曰：唐大中初，女蛮国贡双龙犀，明霞锦，其人危髻金冠，璎珞被体，当时号为菩萨蛮。优者作《女王曲》，文士亦往往声其词。《丹铅录》曰：开元时南诏入贡，危髻金冠，璎珞被体，号‘菩萨蛮’，因以制曲。”所谓女蛮国，当是南诏之南的“女王国”，与骠国相邻。《新唐书·南蛮传中》：“南诏……南属交趾，西摩伽陀，西北与吐蕃接，南女王，西南骠。”因其与骠国相邻近，其风俗衣冠当与骠国相近。骠国即今之缅甸。骠国曾被南诏所羁制之，曾随南诏向唐进献过女乐。《新唐书·南蛮传中》：“骠，古朱波也。……明天文，喜佛法……妇人当顶作高髻，饰以银珠，绯衣，青婆裙，披罗缎，行持扇。……南诏以兵强地接，常羁制之。贞元中，王雍羌闻南诏有归唐内附心，异牟寻遣使杨加明诣剑南西川节度使韦皋，请献夷中歌曲，且令骠国进乐人。……乐工皆昆仑，衣绛氎，朝霞为蔽膝，谓之镶裓裲。两肩加朝霞络腋(缨)，足臂有金宝环钏。冠金冠，左珥珰，绦贯花鬘，珥双簪，散以毳。”此条中骠国女“高髻”“冠金冠”“两肩加朝霞络腋(缨)，足臂有金宝环钏”与《杜阳杂编》和《丹铅录》所载“危髻金冠，璎珞被体”如出一辙。可证《菩萨蛮》舞曲，若不是骠国所进献，就是女王国所进献，且《杜阳杂编》已明言《菩萨蛮》为“女王曲”，因此，《菩萨蛮》很可能是女王国所进献的舞曲。按《丹铅录》谓此曲舞传入中国是在“开元时”，即说明李白时已有《菩萨蛮》词调和乐舞。由此可见，李白对骠国或女王国的乐舞也是有可能见过的。因此，李白依《菩萨蛮》曲调填词，是极有可能的。况李白既能奉诏依曲调写《清平调词》，那么他为什么不能依曲调写《菩萨蛮》呢？虽然《清平调》这一曲调《教坊记》不载，李白的《清平调词》又

① 《李白崔令钦交游发隐》，《复旦大学学报》1980 年第 4 期。

是齐言，可能是声诗，还不是长短句的词，但其作为唐玄宗和杨贵妃的御前所歌之辞却是无疑的。因此《清平调》也应是开元、天宝时已有之乐曲是无疑的。因此《清平调词》也应是开元、天宝时已有的乐曲。

很明显，正是盛唐时代民间、宫廷音乐的盛行和发展，才引起了曲子辞的产生和发展。这才给李白作词提供了充分可能之条件。从这个角度来看，李白词之写作，从盛唐音乐发展的角度当是必然之趋势，而绝不是偶然的。

四、李白歌诗与音乐之关系

李白最值得称道的并不是他描写和吟咏音乐的诗，而是他所为歌词而被广为传唱的乐府诗和绝句。李白最擅长写乐府诗，在他的集子中，有乐府诗 150 多首。然而这些乐府诗中，大多数是李白仿古乐府体所写的新诗，或沿袭旧题而为新辞，多是可吟而不可歌的。但是，其中有些乐府诗是可以歌唱的，这些可歌的乐府诗大多是绝句。宋人王灼说："唐时，古意亦未全丧，《竹枝》《浪淘沙》《抛球乐》《杨柳枝》乃诗中绝句，而定为歌曲。故李太白《清平调词》三章，皆绝句。元、白诸诗，亦为知音者协律作歌。"（《碧鸡漫志》卷一）甚至有人说，唐人的绝句就是唐时的乐府，都是可歌的："歌曲盛于唐之梨园，故今名伶人为'梨园子弟'。然当时所歌以绝句为乐府，而音律分别乃有《清平调》《小秦王》《竹枝》《柳枝》《雨霖铃》《忆王孙》《伊州》《凉州》《阳关》各种之异。欲深考辨别，杳不可得。《清平》一调，当时作者甚多，惟青莲合拍。此中妙解，即询诸填词与善歌老白相，亦莫一解也。观旗亭佳话，歌一绝句。而龟年、怀智辈以众器配之，六音皆叶，倾听之下，不知如何抑扬顿挫也。"（清刘廷玑《在园杂志》卷三）此条中略有小误，遍查《全唐诗》，名为《清平调词》者，唯李白的三首绝句，其他皆为《清平乐》也。且旗亭唱诗，并无李龟年、贺怀智配乐之记载，恐是误记。唐人绝句为乐府之说，还见于清末人范锴："唐人绝句，多付管弦。调寄《清平》，旗亭画壁，尚也。迨宋、元，长短句盛行，复有浅斟之雅，而绝句之歌，渐已泯没无闻。……所幸元人南北曲谱尚不坠绪，记于传奇中，获见'寒雨连江夜入吴'一首，按仙吕调《醉归花月渡》度腔；'奉帚平明金殿开'诗，按《大斋郎》度腔；'黄河远上白云间'诗，按《天下乐引》度腔；'开箧泪沾衣'诗，按《误佳期》度腔。审音者或可因之寻绎。”(《花笑庼杂笔》卷四)日人盐谷温氏也有此说:“原来合新乐而歌的乐章,即是五、七言的绝句。……特别绝句仅限于五、七言四句,且不如律诗一样为对联所束缚,所以使合于乐律而歌,是极其适当的。倘若因曲调之变,以四句失之太短时,则连结数首也极是便利的。故在梨园所奏的大曲,和在酒席间所唱的小令,其歌辞每是绝句。”(《中国文学概论讲话·论绝句歌法》)根据任半塘先生的意见,这种能合乐而歌唱的唐诗,叫作“唐声诗”,和长短句的词(在唐代叫“曲子辞”)作为歌曲是并存的,并不是先后的“父子关系”,而是“兄弟关系”(《唐声诗·弁言》)。最有力的证据就是李白的三首《清平调词》和王维的《送元二使安西》诗。前者据唐人韦叡《松窗录》云,此三首诗是李白应诏而作。唐明皇与贵妃在沉香亭赏牡丹,“李龟年以歌擅一时之名,手捧檀板,押众乐前,将歌之。上曰:‘赏名花,对妃子,焉用旧词为?’遂命龟年持金花笺,宣赐李白,立进《清平调辞》三章。白欣然承旨,犹苦宿醒未解,因援笔赋之。……龟年遂以辞进。上命梨园弟子约略调抚丝竹,遂促龟年以歌。太真妃持玻璃七宝盏,酌西凉蒲萄酒,笑领歌,意甚厚。上因调玉笛以倚曲。每遍将换,则迟其声以媚之。”由此看来,李白这三首《清平调词》确实是所作的歌辞,是供演唱用的。而王维的《送元二使安西》,原为送别诗,后来被谱上了曲,加以传唱,被改名为《渭城曲》或《阳关曲》。《乐府诗集》卷八一:“《渭城》一名《阳关》,王维之所作也。本送人使安西诗,后遂被于歌。”

像这些能配乐演唱的诗,也就是任半塘先生所称之为“唐声诗”的,李白还有好多首。仅以《唐声诗》一书所收入的为例,有李白以下几首诗:《舍利弗》《摩多楼子》《醉公子》《浣纱女》《于阗采花》《子夜四时歌》。《舍利弗》在李白集中作《舍利佛》。《舍利弗》和《摩多楼子》在《乐府诗集》中作无名氏,而在《万首唐人绝句》中却属李白。王琦录入李白集中。《醉公子》在李白集中原名为《鲁中都东楼醉起作》,词句微有不同:“春园饮”作“东楼醉”,“今朝”作“还应”,“谁人”作“阿谁”。《唐声诗》题此诗作者“失名”,其实也是李白之作。《浣纱女》在李白集中作《浣纱石上女》。《子夜四时歌》在李白集中作《子夜吴歌》。其实,李白集中能唱的诗绝不止上举数首。李白的大多数绝句,就特别具有歌词的特征,那就是具有言约意丰、通俗易懂、语近情遥、含味不尽、一唱三叹的特点。现举几例如下:

耶溪采莲女,见客棹歌回。笑入荷花去,佯羞不出来。(《越女词》其

三）

巴水急如箭，巴船去若飞。十月三千里，郎行几岁归？（《巴女词》）

峨眉山月半轮秋，影入平羌江水流。夜发清溪下三峡，思君不见下渝州。（《峨眉山月歌》）

故人西辞黄鹤楼，烟花三月下扬州。孤帆远影碧空尽，唯见长江天际流。（《黄鹤楼送孟浩然之广陵》）

李白乘舟将欲行，忽闻岸上踏歌声。桃花潭水深千尺，不及汪伦送我情。（《赠汪伦》）

从这些五、七言绝句中我们可以看到，李白写得非常自然清新，明白如话，不用解释，一听就懂。同时，这些诗虽通俗但却不单薄，虽明白如话却又不直白乏味，大有民歌风味却又余韵深远，耐人寻味。清人沈德潜云："五言绝右丞、供奉；七言绝龙标、供奉。妙绝古今，别有天地。七言绝句以语近情遥，含吐不露为贵；只眼前景，口头语，而有弦外之音，使人神远，太白有焉。"（《唐诗别裁》卷二〇）李白这些语近情遥，如口头语而又有弦外之音的五、七言绝句，正是可歌之于乐府，传唱于民口的上乘歌辞之作。如果不是得之于盛唐音乐和民歌的熏陶和滋润，是绝不可能达到如此高超地步的。

李白的乐府歌行，与音乐有一种天然的关系。像他乐府诗中的《长相思》《山鹧鸪词》《乌夜啼》《采莲曲》等皆是见于《教坊记》的唐代乐曲的名称。虽然古乐府的曲调到了唐代已经有了许多遗失，但仍遗留下旧曲六十多首："至唐武后时，旧曲存者，如《白雪》《公莫舞》《巴渝》《白纻》《子夜》《团扇》《懊侬》《石城》《杨叛儿》《乌夜啼》《玉树后庭花》等止六十三曲。"（《碧鸡漫志》卷一）因此，李白乐府诗中的《白纻词》《子夜吴歌》《杨叛儿》《乌夜啼》等旧题乐府诗，因旧曲犹存，还是可歌的。虽许多的古乐府辞在唐时已不可歌，但由于这些乐府歌辞原来就是能唱的歌词，因此，就与音乐结下了不解之缘。而李白的乐府歌行本是从古乐府而来，或仿古乐府而作，或拟古题而有变化，其与古乐府的血缘关系则是显而易见的。所以，他的乐府歌行有一种音乐的旋律。这种音乐感，显然是受音乐尤其是盛唐音乐的影响。明人胡应麟云："阖辟纵横，变幻超忽，疾雷震霆，凄风急雨，歌也；位置森严，筋脉联络，走月流云，轻车熟路，行也。太白多近歌，少陵多近行。"（《诗薮》内编卷三）胡氏这种说法，虽然是直观的把握，但是说得是颇有见地的。

李白的乐府歌行如《蜀道难》《将进酒》《长相思》《乌栖曲》《远别离》《鸣皋歌》《梁园吟》《梁甫吟》《庐山谣寄卢侍御虚舟》《梦游天姥吟留别》《襄阳歌》《江上吟》《西岳云台歌》等中充满了飞动的意象，汹涌的激情，飞舞盘旋的节律，具有音乐般的动感和激发人心的力量。由于古乐谱的失传和诗歌的独立性的发展，他的一些长篇乐府歌行在当时就已不可歌，但是，其诗歌与音乐舞蹈的内在联系还是很密切的。就是说，李白的诗歌，在其精神上洋溢着盛唐时代的音乐与舞蹈的雄肆狂放的艺术精神和激烈跳荡的节奏旋律。

李白的一些长篇乐府歌行也和盛唐的一些大曲、法曲一样，结构布局、节奏的韵律纵横捭阖，富于变化。如著名的《蜀道难》一诗，就是这样。从结构布局上来看，此诗像一曲宏伟的交响乐，既结构完整又富有变化，既有主调又有变奏，既有丰富多彩的变化又有主题的一气贯通。此诗中“蜀道之难，难于上青天”之句，在诗的开头、中间及结尾处三次出现，以强调此诗之主题，有一唱三叹之作用。在节奏和韵律方面，《蜀道难》既有整齐的对句，又有长短错落有变化的散句，它以节律稳健的五言和七言为主，既夹杂有节奏急促的三言、四言，又有平缓舒徐的九言、十一言。同时此诗韵脚多变，四次转韵，极尽变化之能事。它既不呆板单调也不眼花缭乱，既有多变的节奏又在错综变化之中见和谐整齐。在描写山川风景时，它多用整齐的七言、九言；在抒写感情的变化时，它多用错落多变的长短句；在批判把关割据、为非作歹的地方军阀时，它用的是短促有力的四字句。它有时激越，有时愤怒，有时急促，有时舒缓；它有时似缓歌曼舞雍容和缓，有时似旋转急速的胡旋舞曲激昂热烈。它节奏鲜明，灵活多变，极富有音乐舞蹈流转变化的动态美。

盛唐的音乐和舞蹈吸收了大量的异域少数民族和外国音乐舞蹈的成分，尤其是中亚和西域的舞蹈和音乐，其节奏和旋律都非常刚健和急促，像胡旋舞和胡腾舞等都是急转如飞、跳荡腾挪、激越活泼、振奋人心的舞蹈，给节奏缓慢、音律平和的汉民族音乐和舞蹈输进新鲜的血液和艺术的活力。因此，盛唐的歌舞比以前任何时代都更加丰富多彩，绚丽多姿。尤其是盛唐的大曲和法曲，正是中外舞蹈音乐、汉民族和异域少数民族舞蹈音乐的创造融合，如《霓裳羽衣曲》及其舞蹈就是这样。《霓裳羽衣曲》其实就是唐玄宗根据西域传来的《婆罗门曲》加以改编和创作的。王灼云：“《霓裳羽衣曲》，说者多异。予断之曰：西凉创作，明皇润色，又为易美名。其他饰以神怪者，皆不足信也。《唐史》云，河西节度使杨敬述献，凡十二遍。白乐天和元微之《霓裳羽衣曲歌》云：'由来能事各有主，杨氏创声君造谱。'自注云：'开元中，西凉节度使杨敬述造。"（《碧鸡漫志》卷三）而霓裳羽衣舞是根据乐曲编排的，所以也体现了音乐所提示的意图。今人王克芬说：《霓裳羽衣》"创作上采取了广泛吸收，以我为主的方法。音乐上既吸收了传统清商乐，又吸收了印度佛曲；既创造出美好感人的艺术效果，又熏染了神秘的仙境气氛。舞蹈上既采用了极优美的传统舞姿'小垂手'等，又糅进了西域舞中精彩的旋转动作，并改变其原有的矫健豪放的气质，赋予它飘忽不定，回旋婉转之姿"①。由此可见，《霓裳羽衣》的曲和舞是中外各民族的音乐舞蹈文化融合和交流的产物。因此盛唐时期的音乐舞蹈刚柔兼济，节奏多变，舞姿绮丽。

李白的诗歌也深受外来文化的浸润。李白的某些诗歌的音韵和节奏显然与中亚和西域的音乐和舞蹈有关。中亚和西域的音乐歌舞热烈活泼，节奏多变，这方面对李白的诗歌是有所影响的。尤其是李白的杂言乐府歌行和传言是他所创作的长短句的词，其影响尤为明显。美国学者O.E.艾龙对此曾做过深入的研究。他说："多变的韵脚和不规则的节奏，是和唐代中亚音乐有关系的。从《天马歌》中，我们可以找出一种好像与这种特点有关的基本音节。……下面的这首诗，可以作为一个很好的例子：'葡萄酒，金叵罗，吴姬十五细马驮。青黛画眉红锦靴，道字不正娇唱歌。玳瑁筵中怀里醉，芙蓉帐里奈君何？'（《对酒》）它需要用一篇单独的论文来写这首诗所呈现的鲜明的诗体格式。这种诗格是与中亚文化有密切关联的。……不管我是否已把一种铿锵节奏的诗的基本调式，从李白的《天马歌》中成功地分离出来，我认为，人们可以不费力地设想，这首诗无论如何都很容易与当时某种特殊的音乐联系起来。节奏不规则与韵脚多变为特点的'词'，或叫作'抒情'诗的迅速发展，和音乐有关系已是不成疑问的了。若李白不是像他的继承者们那样同样受音乐的影响，那将是很奇怪的了。他在诗中反复地写了宴会、舞蹈和歌曲。魏颢甚至认为那首曾提到《青海波》舞曲的诗歌，是李白著名的歌曲之一。有趣的是，这首《青海波》舞曲的音调，皮肯已从日本唐乐宝库中重新复制了出来，其音调与今天我们所知道的中亚音乐惊人地相似。这所有的一切，都说明了李白的技巧的另一个方面，他在同时代人

① 《中国舞蹈史——隋唐五代部分》，文化艺术出版社1987年版，第58页。

中有名望的另一个简单的、人所易见的原因：他所擅长的描写精当、富有召唤力并非常适于歌唱的诗歌才能，格外地适应八世纪的新音乐。”①

盛唐的草书也和盛唐的乐舞极其类似。张旭那狂放恣肆的狂草，纵横驰骋、飞龙走凤的笔墨线条，风云变化、神鬼莫测的情感态势，激情澎湃、腾挪跳跃的多变韵律，柔若轻袖、壮如奔马的多变英姿，不正像盛唐的激烈奔放、婀娜多姿的乐舞和李白的雄放飘逸的乐府歌诗吗？李白的歌诗、张旭的书法和盛唐的乐舞所表现的是同一精神，那就是朝气蓬勃的进取精神、勇于革新的创造精神和胸襟开放的自由精神。这些集中在一起，就形成了盛唐昂扬向上的时代精神。

（原载《文学遗产》1995 年第 3 期）

① *On Li Po*, [USA] Elling O.Eide, from "Perspectives On the T'ang", Yale University Press, New Haven and London, 1973.

李白歌诗与盛唐草书

盛唐时代是中国文化大繁荣的时代，不仅在诗歌方面百花齐放，众芳争艳，其他艺术如书法、绘画、音乐、舞蹈也取得了很高的成就。它们之间相互影响、相互促进，共同推进了盛唐文化的发展。其中以诗和书法最为普及，最为繁荣发达，最能代表盛唐精神，二者的关系也最密切。

一

唐代对待书法像对待诗歌一样重视。在国子监中专设书学一科，并且设书学博士专司其事。唐代选官有四个条件，书法占其中条件之一①。唐太宗喜爱书法，是“二王”书法的推崇者。他曾命人临摹《兰亭序帖》数本，以赏赐大臣，又“尝作笔法、指意、笔意三说以训学者”（《书林纪事》卷一）。因此，唐代书学就像诗歌一样，由于帝王提倡，科举需要，蔚成风气。著名书法家层出不穷，像初唐的欧阳询、虞世南、褚遂良、陆柬之，盛唐的李邕、张旭、李阳冰、徐浩、颜真卿、韩择木，中唐的怀素、柳公权、柳公绰等。而且唐代的皇帝大都能书，如唐太宗“善飞白，笔力遒劲”（《书史会要》卷五），高宗“笔法亦极清劲”（《书林藻鉴》卷八），武后行书有“丈夫胜气”（《宣和书谱》卷一），睿宗“工草隶书”（《新唐书·睿宗本纪》），玄宗“善八分书”（《旧唐书·玄宗本纪》），其所作泰山摩崖碑，气势雄伟超拔，“风骨巨丽，碑版峥嵘”（《宣和书谱》卷一）。其他如肃宗、代

① 《新唐书·百官志》云，书学为国子监所设的七学之一，设书学博士二人教授。《新唐书·选举志下》：“凡择人之法有四：一曰身，体貌丰伟；二曰言，言辞辩正；三曰书，楷法遒美；四曰判，文理优长。”

宗、德宗、顺宗、宣宗均以能书名。这样就造就了一个君臣上下切磋书艺的良好艺术环境。有唐一代的书法之盛,像唐诗一样,在历史上是空前的。此外,还有一个特点,唐代书家大都能诗,而诗人也大都能书。像贺知章、王维、李白、杜甫、白居易、柳宗元、杜牧等著名诗人,其书法亦非常优美。所以说,诗歌和书法这两种艺术之间的关系是相当密切的,也是相互影响的。书法也像诗歌一样,有发展变化,每个时期各有不同的风格特征。初唐书法崇尚"二王",其风流潇洒,工整流丽,循规蹈矩,就像初唐的律诗一样,所遵循的是和谐、平衡、严谨、华丽的优美风格和美学传统。而到盛唐,书体则发生了变化。由行书、楷书逐渐发展为崇尚行草、狂草,字迹龙飞凤舞,气韵生动流走,气势奔腾磅礴,表现的是一种崇尚速度和力量的阳刚之美。正如盛唐所盛行的乐府歌行,所强调的不再是和谐、平衡、严谨、华美,而是一种狂风暴雨式的激情,跌宕起伏的旋律,高崖深谷的势差。所努力表现的是一种力求打破和谐、平衡的力度和气势,所奋力追求的是一种挣脱法度束缚的自由创造,所遵循的是一种"无法之法"①。盛唐的诗人、书法家和艺术家们身上都洋溢着饱满的青春活力和追求自由创造的浪漫激情。

二

出于时代风尚和性格的爱好,李白喜爱酣畅淋漓、狂放不羁的行书和草书。他的行草写得也相当好,只是其书名为其诗名所掩,又因其书法作品多所遗失,传世极少之故。观今传李白《题上阳台帖》,其"笔迹遒利"真如"凤跱龙拏"(《本事诗》)。宋代大书家黄庭坚说:"观其草书,大类其诗,弥使人远想慨然。(李)白在开元、至德间,不以能书传,今其行草,殊不减古人,盖所谓不烦绳削而自合者欤?"(《山谷题跋》,《书林藻鉴》卷八)李白的墨迹在宋代流传尚多。《宣和书谱》中尚记载当时御府犹藏太白行书《太华峰》《乘兴帖》和草书《岁时文》《咏酒诗》《醉中帖》五幅,但未提及《题上阳台帖》。其实,《题上阳台帖》也是北宋御府所藏之物。上有宋徽宗题跋云:"太白尝作行书'乘兴踏月,西入酒家,不

① 元郑杓、刘有定《衍极并注》:"太白得无法之法。"

觉人物两忘，身在世外'一帖，字面飘逸，豪气雄健，乃知白不特以诗名也。"（《文物精华》第二集）除此之外，据宋人笔记记载，当时馆阁还收藏有李白《廿日醉题》诗、《送贺八归越》诗的墨迹（宋陈揆《中兴馆阁录》），民间尚能见到李白《天马歌》的墨迹（宋张邦基《墨庄漫录》）等，只是现在除《题上阳台帖》外，其他墨迹都遗失了，实在是中国书法的一大损失。明人杨慎非常赞同黄庭坚对李白书法的评价。清人周星莲也说："李太白书新鲜秀活，呼吸清淑，摆脱尘凡，飘飘乎有仙气。"（《临池管见》）看来，李白善于行草一说，是可以肯定的。

传云李白书学出于张旭门下。明人解缙云："旭传颜平原真卿、李翰林白、徐会稽浩。"（《春雨杂述·书学传授》）从《题上阳台帖》真迹来看，解缙之说是可信的。太白书法很有张旭笔意，字体丰润，自然遒利。和中晚唐尚瘦劲的书风不同，盛唐的书法特点是尚肥壮。从现存的碑帖来看，唐玄宗、张旭、颜真卿等盛唐书家的字体皆丰满肥壮，由此可见李白与张旭、颜真卿确实是一脉相承。

李白除向张旭学书法外，还与盛唐其他书家广泛交游，关系密切。如以碑版文字和书法闻名于世的北海太守李邕，李白与他诗文往还，多次交游。李邕被李林甫杀害后，李白曾写诗悼之并为其大鸣不平①。太子宾客贺知章是位著名的诗人兼书法家，他是赏识荐拔李白这匹"天马"的伯乐，是他对李白《蜀道难》等诗"读未竟，称叹者数四"（《本事诗》），直呼李白是"谪仙人"，后来还在唐玄宗面前推荐了李白。李白与贺知章志趣相投，在长安同为"饮中八仙"。对于贺知章的书法成就，李白比之为书圣王羲之，如李白在给贺知章辞京还乡的送行诗中写道："山阴道士如相见，应写黄庭换白鹅。"（《送贺宾客归越》）书写黄庭经以换白鹅，是王羲之的典故，此处将贺比王，可见李白对贺知章书法的推崇。当涂令李阳冰是李白晚年在当涂生活的投靠人。李白临终前曾向他枕上授稿，并请他为其诗集作序。李阳冰善篆书，其篆为唐代之冠。时人请颜真卿书墓碑，必请李阳冰题其额，"欲以擅连壁之美"。《宣和书谱》云："有唐三百年以篆称者，唯阳冰独步。"李白曾写诗赞其书法文章说："落笔洒篆文，崩云使人惊。吐辞又炳焕，五色罗华星。"（《献从叔当涂宰阳冰》）相传李阳冰篆书是李白所传授："大历初，霸上人耕地得石函，中有绢素古文科斗《孝经》，凡二十章，初传李白，白授阳冰，尽通其法。"（元郑杓、刘有定《衍极并注》）虽然这条记载

---

① 参见李白《答王十二寒夜独酌有怀》《题江夏修静寺》《上李邕》等诗。

时间不对头，材料也不大可靠，但至少可以说明两人不仅生活交往密切，在书艺交流方面也是很密切的。颜真卿，这位被苏轼誉为中国书法“集大成者”的颜鲁公，传云与李白同受师于张旭，从李白的诗中也可以看出两人有相当的交情①。僧怀素，这位和张旭齐名的书法家，以狂草著名，人称是“以狂继颠”。他勤学苦练，“秃笔成冢”，功力极为深厚。后又“观夏云随风，顿悟笔意，自谓得草书三昧”（《宣和书谱》卷一九）。书界对他的草书评价极高。黄庭坚云：“怀素草书，暮年乃不减长史，盖张妙于肥，藏真（怀素字）妙于瘦。此两人者，一代草书之冠冕也。”（《书林藻鉴》卷九）宋人薛绍彭云：“怀素唐朝草圣超群，所谓笔力精妙，飘逸自然，非学之能至也。”（同上）李白晚年曾结识这位“少年上人”，并赠过他一首诗，对他的书法倍加赞扬。这首诗从宋苏轼起，明人胡应麟、清人王琦等皆疑其为伪作。然皆是臆测，证据不足。诗中说怀素的草书超过了王羲之、张芝，显然是调侃之语，对张旭也毫无贬义。“张颠老死不足数”，只是说张旭此时已不在世，故在世的书法家中，草书无人能与怀素相比者。怀素对李白的知遇之情、爱戴之意也不是无一点线索可考。怀素曾书写李白《梦游天姥吟留别》等诗，此墨迹宋时尚存御府中（《宣和书谱》卷一九）。

李白对张旭更深表敬意，他对张旭传奇般的举止和性格十分赞赏。他在《猛虎行》一诗中写道：“楚人每道张旭奇，心藏风云世莫知。三吴邦伯皆顾盼，四海雄侠两追随。”“奇”字正道中了张旭的为人及其书法的特点。由于兴趣相投，李白与张旭等结为长安“饮中八仙”之游。杜甫在《饮中八仙歌》中生动地刻画了张旭在书法创作时所呈现出的狂态：“张旭三杯草圣传，脱帽露顶王公前，挥毫落纸如云烟。”诗人李颀也同样描写过张旭挥毫狂书的形象：“露顶据胡床，长叫三五声。兴来洒素壁，挥笔如流星。”（《赠张旭》）从李白、杜甫、李颀等诗人的笔下，我们看到了一个倜傥不群、傲然独立的草圣形象。

张旭的草书，写得劲健豪放，摆去拘束，任意挥写，生动流走，酣畅淋漓，大气磅礴，在书法界有很高的评价。《新唐书·张旭传》中评道：“后人论书，欧、虞、褚、陆，皆有异论。至旭，无非短者。”韩愈对张旭草书非常佩服，在《送高闲上人序》中对张旭书法做了精彩阐发：“旭善草书，不治他伎，喜怒窘穷，忧悲愉佚，怨恨思慕，酣醉无聊，不平有动于心，必于草书焉发之。观于物，见山水崖

---

① 参见李白《寄韦南陵冰余江上乘兴访之遇寻颜尚书笑有此赠》诗。

谷，鸟兽虫鱼，草木之花实，日月列星，风雨水火，雷霆霹雳，歌舞战斗，天地事物之变，可喜可愕，一寓于书。故旭之书，变动犹鬼神，不可端倪，以此终其身而名后世。”此外，宋代大书法家米芾、苏轼等人也极力推崇张旭草书。后世列书法品级，将张旭草书列为神品，并尊之为“草圣”。总之，张旭草书表现出了一种崇尚力量雄健的阳刚之美和生气勃勃的自由创造精神。唐文宗曾下诏：“以（李）白歌诗、裴旻剑舞、张旭草书为三绝。”（《新唐书·李白传》）由此可见，李白歌诗、裴旻剑舞、张旭书法是盛唐艺术浪漫精神的典型代表。怀素和张旭并称为“张颠素狂”，怀素虽是中唐人，其艺术风格仍可列入盛唐。他们的草书，是以线条为表现手段，以抒情写意为表现目的的中国书法艺术的典型代表。

三

书法和诗歌同为抒情写意的艺术，都主要是表达作者感情和审美情趣的，但是不同书体的书法和不同诗体的诗歌所表现的方式、审美特征又各异。这主要表现在楷书与草书、律诗与歌行的表现特点之不同。在盛唐，他们的代表人物是张旭与颜真卿、李白与杜甫。

颜真卿的楷书和杜甫的律诗各代表其书法与诗歌的最高成就，也决定了他们书法和诗歌的主要审美特征。颜楷和杜律特别讲求功力、规矩和法度，所表现的是对称、均衡、和谐之美，其章法结构有规矩可循，秩序井然，表现的是一种常态的稳定状况，呈现的是近于静态的美，有似于画。而张旭的草书、李白的歌行所表现的审美特征却与颜楷、杜律迥然有别。张草和李歌则纵横奇兀，错综多变，字体可大可小，语句参差不齐，既不对称，又不均衡，变化多端，几无法度规矩可循。它讲求的不是和谐，而是通篇的气势和气韵，表现为打破常规静态的龙飞凤舞奔腾流走的动态美，有似于乐。如果以兵为喻，那么颜、杜如周亚夫治军，军法严明，布阵整肃，而张、李却如李广治军，有无法之法，善于出奇制胜。张、李和颜、杜所分别代表的艺术风格和审美特征是盛唐艺术风格的两大方面，缺一不可。但若从时代审美意向来看，张、李所崇尚的“无法之法”的自由创造精神，显然是盛唐精神的主要方面。那个时代崇尚天才，崇尚创造，要求打破旧规的束缚而自由地表现自己的感情和愿望，追求个性自由和思想解放。他们的作品充满着生气的灌注和生命的律动,体现了盛唐时代蓬勃向上的时代精神及雄健有力的阳刚之美。从这个意义上来说,张旭(也包括怀素)和李白是最具有代表性的盛唐艺术家和诗人。

李白的诗歌,特别是他的乐府歌行是深受张旭草书的启发和影响的。

张旭的草书多属狂草,如龙蛇争斗,怪松蟠结,怪奇百出,几不可识。其变化超忽如疾风骤雨,惊雷激电,就像是绘画中的大写意,是一种高度抽象的抒情写意艺术,不可以形迹求之,有高度的主观性、随意性和创造性(即不可重复性)。他的草书和李白的歌诗一样,大都是在酒醉的狂态中写出来的。《新唐书·张旭传》中记载:"(旭)嗜酒,每大醉,呼叫狂走,乃下笔,或以濡墨而书,既醒自视,以为神,不可复得也,世呼张颠。"他的草书创作也同李白的诗歌创作一样,是一种天才灵感的抒发和创造。"作诗火急追亡逋,清景一失后难摹"(苏轼《腊子游孤山访惠勤惠思二僧》),他们的创作具有一闪即逝的即时性和不可重复性。

李白诗歌对张旭草书的借鉴,主要从章法布局、疏密对比、笔力气势等形式和精神方面接受领悟和启发。我们可以分别从三个方面来进行分析探讨:

(一)草书的笔势与歌行的气势

张旭、怀素等人的草书是非常讲究笔势的。刘熙载云:"草书尤重笔力,盖草势尚险。"(《艺概·书概》)所谓笔势,就是书法的笔法取势,包括用笔的力度(所谓力透纸背是也),行笔的轻重疾徐,墨色的干湿浓淡,字迹的粗细大小变化所体现出来的节奏和力量。张旭写字是中锋用笔,其字圆转浑厚,雄劲有力,如锥画沙,而且粗细大小多变,富有弹性。他的《古诗四帖》中有的字粗壮有力,有的字却细劲矫健,字迹大小多变,疾徐有节,蕴含着很强的力量和节奏感。他的草书《千字文》残碑中"磻溪伊尹"四字,前三字点画接连,顺流直下,浩荡浑转,"尹"字一撇到底,宛若游龙;"佐时阿衡"四字,沉着镇定,稳如卧虎,呈现出动与静的对立统一,显示出强烈的对比。由于张旭草书多是狂草,连字连笔,蝉联而下,有时如长江大河波涛滚滚,有时又如山间小溪流水潺潺,有时又如长袖善舞,时而上下飘动,时而左右回旋,形成一种飞舞的动感和撼人的气势。宋代书法家蔡襄惊叹:"长史笔势,其妙入神!"《海岳书评》赞道:"张旭如神虬腾霄,星云出岫,逸势奇状,莫可穷测。"(《书林藻鉴》卷八)皆谓其笔势健拔飘逸,变幻莫测。

李白歌行最讲求气势，他的歌行，如黄河之水从天而来，东流直下，一去不回。凡是读过李白歌行的人，都会有这样的感觉，他的诗不是写出来的，而是从他情感的喷泉中喷射出来、飞洒出来的。他的诗，充满着飞动的意象，澎湃的激情，产生一种动人心弦的力量，形成一股震撼人心的气势。正如前人所评，其诗“神识超迈，飘然而来，忽然而去，不屑于雕章琢句，亦不劳心于镂心刻骨，自有天马行空，不可羁勒之势”（《瓯北诗话》卷一）。“今观其《远别离》《长相思》《乌栖曲》《鸣皋歌》《梁园吟》《天姥吟》《庐山谣寄卢侍御虚舟》等作，长篇短韵，驱驾气势，殆与南山秋气并高可也。虽少陵犹让焉，余子琐琐矣。”（《唐诗品汇》评李白语）有人还将李白歌行与杜甫歌行相比较，指出李白歌行类似“歌”的特点：“阖辟纵横，变幻超忽，疾雷震霆，凄风急雨，歌也；位置森严，筋脉联络，走月流云，轻车熟路，行也。太白多近歌，少陵多近行。”（《诗薮》内编卷三）

由于太白歌行近于乐、舞，着重其情感的自由抒发，气势的奔腾流泻，其诗的意象飘舞飞动，韵律铿锵有力，和张旭的草书一样，既富有节奏旋律变化的音乐美，龙飞凤舞的动态美，又具有大河奔流的气势和力量。

（二）草书的布局与歌行的章法

李白歌行的“神龙见其首，不见其尾”出没变化的章法结构，显然与张旭等草书虚实相间变化取势的章法布局精神相通。

草书布局和楷书不同。楷书要求字体大小基本一致，一篇之中，行距、字距，横平竖直，整齐划一，乃显得出章法严谨，布局整肃。像欧阳询的《九成宫》、颜真卿的《家庙碑》，正如校场阅兵，部伍整齐，沙场布阵，营垒分明。草书的布局，与之相反。楷书求直，草书求曲；楷书如立，草书如舞。草书布局不是整齐划一的静态画面，而是飞舞流动的变化态势。故《书概》说草书布局是“取不齐也，然不齐之中，流通照应，必有大齐者存”。这里提出了一个“不齐之齐”的草书创作原则。就是说，一幅草书，从局部上来看，歪歪斜斜，左倾右颠，是不齐的，但通篇整体看来，却“有相避相形，相呼相应之妙”（《书概》），又有“大齐”的效果。像张旭的《古诗四帖》《草书千字文》，怀素的《自叙帖》就是这样。相传这些作品都是醉中所书。他们的草书就像是吃醉酒的武林高手，在步履踉跄、东倒西歪地打醉拳。猛看几拳不成路数，通套醉拳打下来，细看却是拳路严谨，一招一式，皆有照应。草书又有些像杂技演员走钢丝，在钢丝上，演员身子臂膀左摇右摆，晃晃悠悠，看起来好像是在曲线前进，其实脚下是寸步不离钢丝的。草书的行进路线如同走钢丝，是在一条轴线上大幅度摆动，从不平衡到平衡，又从平衡到不平衡。从总的效果上来看通篇还是趋于平衡的，即有“不齐之齐”的效果。草书的线条在上下左右不平衡的流走运动中，才显示出跌宕的动势和力量来。草书的布局可以说大体上有章法，具体上却又无章法。一人写一个样，不会重复。如何上接下应、左顾右盼，全凭个人的灵活运用，自由创造，允许作者有充分的个性发挥余地，没有固定的格式。

草书有时连字连笔，一笔直下，极有气势，有时却字画断开而书脉不断，即所谓笔断意连，看起来仍是一气呵成，通篇一体，形断而神连，余味深远，笔势潜藏不露，更显得意足神完。《书概》云：“草书尤重筋节，若笔无转换，一直溜下，则筋节亡矣。虽气脉雅尚绵亘，然须使前笔有结，后笔有起，明续暗断，斯非浪作。”连字连笔，蝉联而下与笔断意连，明断暗续的辩证运用，使草书变化无穷，姿态百出。

歌行的章法有似于草书的布局。歌行不像律诗那样有固定的起承转合的章法可寻，既不讲平仄，又不求对仗，语句也不整饬，没有固定的模式加以规范。楷书和律诗“难作而易工”，而歌行和草书却“易作而难工”①。因为草书和歌行是一种主观随意性极强、创造性极强的样式和体裁，属于“无法之法”的自由创造。

李白的歌行章法多变，发想无端，来去无迹，如猛虎跳涧，无踪可寻。像《峨眉山月歌送蜀僧晏入中京》一诗，所写之景象变幻极大，地域极为辽阔。诗中一会儿写巴东三峡，一会儿又写东海沧溟；时而写黄鹤楼，时而写长安陌，又从秦川一下子跳到吴越；时隔数十载，地距数千里，在一首诗中时空跨度都很大，可以说是变幻超忽，来去无踪。但正如张旭、怀素的草书，尽管写得龙飞凤舞，左奔右突，摆动的幅度极大，时断时续，跳跃性很强，但其中是有一条主轴的。这首诗也是有主轴的，它的主轴线就是“峨眉山月”，是“峨眉山月”的月光将各自独立的意象编织在一起，表达了诗人对故乡友人的一片深情。李白的这类歌

① 钱锺书《管锥编》第三册第1126页：“书之楷与草，犹文之骈与散，诗之律与古。二体相较，均前者难作而易工，后者易作而难工尔。”

行，章法大开大合，大起大落。有时如草书的连字连笔，顺流直下，气势磅礴；有时如草书的笔断意连，形散而神不散，极富跳跃性。正如元人范德机评李白诗歌所指出的："断如复断，乱如复乱，而词意反复曲折行乎其间者，实未尝断而乱也。"（《李太白全集·丛说》）李白歌行的这些特征，正与旭、素草书"不齐之齐"的艺术原则不谋而合，或者说是精神相通。它以诗人的主观情感和意向为轴心，呈开放型结构，纵横捭阖，变幻超忽，使李白的歌行呈现出奇纵飘逸的独特风貌。昔人评张旭草书"虽奇怪百出，而求其源流，无一点画不该规矩者"（《书林藻鉴》卷八引张适语），这是"纵心而不逾规矩，妄行而蹈乎大方"（《书林藻鉴》卷八评张旭语）的艺术高级形态。以此来衡量李白之歌诗，也是如此。

（三）草书的大小疏密与歌诗的夸张对比

草书字的大小不求一律，随作者情感表达的需要、审美的要求，大小相差极大，即所谓"大可满纸，小如芥子"。疏密变化也很大，即所谓"疏可走马，密不透风"。其实这是草书所用的一种夸张对比手法，以字的大小变化、疏密对比来造成势差，显示书法的节奏感和力度。如怀素《自叙帖》中"戴公"二字，"戴"字之大，占了两行字的面积，而"公"字却不及一般字的一半大。此即"大可满纸，小如芥子"之例。又如张旭的《古诗四帖》，有的地方行距靠得很紧，字又写得密密麻麻，而有的地方却行距甚宽，字迹疏朗，上下字距较远，空白较大。此即"疏可走马，密不透风"之例。张旭、怀素的草书，通篇布局疏密相间，字迹大小对比强烈，张弛有致，轻重有节，如同一曲交响乐，有时繁弦急管，风雨骤起，有时缓声慢调，风轻云淡，极富有变化。《书概》云："古人草书空白少而神远，空白多而神密。"大概指的就是这种疏密变化的效果。这样，大与小、疏与密二者对立统一，千变万化，神出鬼没，造成了旭、素草书既势如千钧又飞动入神的艺术效果。

李白歌诗也往往采取草书的"大可满纸，小如芥子""疏可走马，密不透风"的夸张对比手法，以形成势差，造成诗的气势，突出诗的力度。以诗句参差、音节错落而言，《蜀道难》中有"嗟尔远道之人胡为乎来哉"的长句，也有"一夫当关，万人莫开"的四字短句。此外还有三、五、六、七、九等杂言，在这首诗中，音节疏密相间，长短错落，大声噌吰，小声铿訇，犹如一曲山水交响乐，非常铿锵有力，气势宏伟。

在意象内容方面的疏密对比，则以《行路难》其一为例。全诗共十四句，讲行路难和因行路难而致心情苦闷的占了十二句，只有最后两句“长风破浪会有时，直挂云帆济沧海”才透出了一点希望。但这点希望和大篇幅无路可走的失望相比，真是太微弱了。这样就形成了大小、疏密的强烈对比，突出了《行路难》的主题“难”，但又不完全绝望。《梁园吟》也是如此。诗人以大量的篇幅写自己的怀才不遇及有志不得施展的苦闷，只是最后两句“东山高卧时起来，欲济苍生未应晚”才写出了积极入世的态度，以对比的手法写出了苦闷的沉重和希望的渺茫。这也是一种大小、疏密的对比。

李白诗中的夸张，也可视为是大小、疏密的对比手法。像“黄河之水天上来，奔流到海不复回”“燕山雪花大如席，片片吹落轩辕台”“安得倚天剑，跨海斩长鲸”“何不令皋繇拥彗横八极，直上青天扫浮云”等这些夸张奇警的诗句，意在造成语言形象的势差，让夸张语和常语形成强烈的对比，显示出高如九天与低如平地的落差，产生势如千钧的力度。李白歌诗的气势和力量，可以说与盛唐草书的笔势、章法布局、强弱对比手法有着密切的关系。这是李白善于从盛唐其他艺术中吸收和借鉴艺术表现手法并加以改造创造性地运用于诗歌创作的表现。

四

反对雕琢，崇尚自然，任情率真，表现自我，尊崇自然性情之流露，这是盛唐诗人和艺术家所共同体现的美学特征，李白和张旭是其中杰出的代表。张旭、怀素的草书皆“驰骋墨外”“无蹊径可拟”（《书林藻鉴》卷八）。他们是以书法线条的自由变化来表达内心的情感，抒发胸中之逸气，超脱现实的种种束缚和限制，去追求心灵的解放与自由。李白的歌行，天马行空，自由挥洒。这种诗体是一种对他约束最少、表达思想感情最自由的诗歌形式，最易于表达诗人奔放不羁的个性和自由解放的思想。因此，张旭、怀素的草书和李白的歌诗所代表的不是法度，不是规矩，而是自由创造。这是非常符合道家的“无为而无不为”的自然之道的。它们所表现出的是一种敞露性情的真率美、自然美，正是庄子美学中所追求的自由审美境界。

李白的诗歌审美观与他的书法审美观是相当一致的，就是崇尚“清真”“天生”“天然”。他评价王羲之的书法时说:“右军本清真,潇洒出风尘。”(《王右军》)他给怀素的诗中写道:“古来万事贵天生,何必要公孙大娘浑脱舞!”李白的歌诗与张旭、怀素草书之所以写得自由超迈,无拘无束,还有一个原因,就是他们的优秀作品多是醉中所作。只有在醉中,他们才能彻底摆脱世间的种种羁绊,解脱束缚,使心灵获得自由,才能最大限度地发挥他们的天才,充分地展现他们的个性,完成他们的自由创造。

(原载《李白学刊》第一辑,上海三联书店 1989 年版)

李白由东鲁入京考

世之研究李白者，曾认为李白天宝初应诏由南陵入京，我们对此有些怀疑。

一、天宝初李白并未寄家南陵

在李白的生平中，大家曾认为他在天宝元年入京前曾南游会稽，寄家南陵。但查李白同时代人及唐人的记载，如李阳冰《草堂集序》、魏颢《李翰林集序》、刘全白《唐故翰林学士李君碣记》、范传正《唐左拾遗翰林学士李公新墓碑并序》，以及杜甫、高适、任华等人诗文，都不曾说李白在天宝初在入京前之际曾到过南陵、会稽。只是到了李白死后将近二百年的后晋刘昫的《旧唐书·李白传》中才说："天宝初，(李白)客游会稽，与道士吴筠隐于剡中。"又因《李太白集》中有题为《南陵别儿童入京》一诗，后世研究家遂断定李白在天宝初应诏入京前曾携其子女南游，客游会稽，将其子女寄家南陵(见王琦《李白年谱》、黄锡珪《李白年谱》、詹锳《李白诗文系年》、郭沫若《李白与杜甫》中《李杜年表》等)。

考太白行踪，天宝元年四五月间，李白正在游泰山。李白集中《游太山》六首，两宋本、缪(曰芑)本、王(琦)本题下俱注："一作天宝元年四月从故御道上太山。"第一首诗中云："四月上太山，石屏御道开。"第五首云："山花异人间，五月雪中白。"可见李白游泰山是在夏初四五月间。至《南陵别儿童入京》"白酒新熟山中归，黄鸡啄黍秋正肥"的秋季，仅差两三个月的时间。在此期间，若李白东鲁迁家南陵，又要东游会稽与吴筠交游，待吴筠奉诏入京后又荐李白，又待玄宗下诏南陵或会稽征李白入京，其间绝非两三个月内所能完成。考虑到这一层，詹锳先生在《李白诗文系年》一书中将李白进京的时间推迟了一年（天宝二年秋季），是完全可以理解的。但这样一推迟，以后有许多问题都不好解决。如李白与杜甫在洛阳相见及李白、杜甫、高适同游梁宋俱在天宝三载，也顺序推迟到天宝四载，与史实发生冲突［高适《东征赋》："岁在甲申（天宝三载），秋穷季月，高子游梁既久，方适楚以超忽。"］。如果不推迟，这许多事再加上数千里往返的路程，在古代交通不方便的情况下都发生在两三个月的时间内，由东鲁迁家南陵、客游会稽，又应诏入京，是根本不可能的。

再者，李白天宝元年赴会稽与吴筠交游，经郁贤皓、李宝均二先生考证，也发生了问题①。

据权德舆《唐故中岳宗元先生吴尊师序》（《权载之集》卷三三）中云，吴筠在天宝应诏入京前是隐居在"南阳倚帝山"，没有去过会稽。天宝元年时，若他与李白是同时应诏入京，本没有推荐李白之可能。他是在"（天宝）十三年召入大同殿，寻又诏居翰林"，而李白供奉翰林却在天宝初，二者居翰林时间相距十余年，只是在安史之乱后，吴筠才"羽衣虚舟，泛然东下，栖匡庐，登会稽，浮浙河，息天柱"。而《旧唐书・吴筠传》中却说他"开元中，南游金陵，访道茅山。久之东游天台……在剡中与越中文人为诗酒之会"。显然和权德舆《唐故中岳宗元先生吴尊师序》是矛盾的。据此，他若是与李白在会稽有交游的话，也只可能在安史之乱以后。《旧唐书・吴筠传》后边记载："既而中原大乱，江淮多盗，乃东游会稽，尝于天台剡中往来，与诗人李白、孔巢父诗篇酬和。"与《唐故中岳宗元先生吴尊师序》正相符。由此可知，在天宝初未入京前，李、吴是没有可能见面的。

至于吴筠推荐一事，唐人的记载中均未提到过。魏颢说李白是"因持盈法师达"，刘全白认为是因为李白"名闻京师"，范传正认为是由于李白"器度弘大，声闻于天"，裴敬认为李白"以诗著名，召入翰林"，李阳冰认为是由于"皇初下诏，征就金马"，杜甫认为是贺知章的推崇："昔年有狂客，号尔谪仙人"。李白自己在《为宋中丞自荐表》中说"天宝初，五府交辟，不求闻达，亦由于子真谷口，名动京师，上皇闻而悦之，召入禁掖"，不提荐举人。史书记载

---

① 参见郁贤皓：《吴筠推荐李白说辨疑》，《南京师院学报》1981 年第 1 期；李宝均：《吴筠荐举李白入长安辨》，《文史哲》1981 年第 1 期。

中，除了《旧唐书》曾提到吴筠推荐，均无吴筠推荐之说。而《新唐书》却只记载了李白入京后贺知章向玄宗推荐李白之事。李宝均先生根据詹锳先生《李白诗文系年》中所录唐玄宗天宝元年制诏“前资官以白身人有儒学博通，文辞英秀，及军谋武艺者，所在具以名荐京”（《旧唐书·玄宗纪》），从而认为李白和吴筠都是应此诏而入京的。我们认为这种看法是正确的。李白被征若真是吴筠所荐，李白在诗中不会根本不提他。像贺知章这个李白的知遇之人，在其死后，李白还多次写诗哭之。李白是一个重交谊和友情的人，决不会对知遇推荐过自己的朋友只字不提。

关于李白到会稽的资料，在李白诗中有可证的，都已在他被赐金放还之后。如李白游越中所作《对酒忆贺监》《重忆》《采莲曲》《越女词》及《越中秋怀》等安史之乱后避乱剡中的一些诗。杜甫《春日忆李白》“渭北春天树，江东日暮云”，《送孔巢父谢病归游江东兼呈李白》“南寻禹穴见李白，道甫问讯今何如”，皆已是李、杜游梁宋东鲁分别以后的事。

至于游南陵的一些诗，如《与五松山赠常赞府》《书赠常赞府》《答五松山杜秀才见赠》《与南陵常赞府游五松山》《记南陵题五松山》《铜官醉后绝句》及《宿五松山下荀媪家》等诗，均作于天宝十三载之后，可见李白游南陵是很晚的，最早也在天宝五载之后。

天宝初，李白子女实未离开过东鲁。除了《南陵别儿童入京》一诗，其他再无材料可说明其子女曾住过南陵。相反，证明他们一直没有离开过东鲁的证据却不少。

天宝五载，李白于江东《送杨燕之东鲁》中云：“二子鲁门东，别来已经年。”天宝八载，又于江东《寄东鲁二稚子》中云“别来向三年”，说明其子女在天宝五载李白离开东鲁南游时，一直是在东鲁的。天宝十五载，李白在《赠武十七谔》序中说：“余爱子伯禽在鲁，许将冒胡兵以致之。”诗中说：“爱子隔东鲁，空悲断肠猿。”当然，当时这一壮言未成现实，到至德二载时，伯禽犹在东鲁。故李白在《万愤词》中犹云：“穆陵关北愁爱子。”按：“穆陵关在沂水县北一百二十里，古齐关也。”（《山东通志》）而《百忧章》中却说：“星离一门，草掷二孩。”以上材料证明，在李白从璘入狱之前，其子女仍在东鲁，未随李白到江南。

此外，若说李白子女天宝初寄家南陵，何以无任何材料说明他们什么时候回的东鲁？若其子女家眷在南陵，李白出京后本应首先回南陵家中看望他的亲人，何以李白只回到东鲁家中？这也从侧面说明，李白子女从天宝初到至德二载从未离开过东鲁。

二、误为寄家南陵之原因

若李白未曾寄家南陵，则历代研究家们都断定李白天宝初寄子女于南陵的原因何在呢？究其原因有三，主要是由于李白集中一首题为《南陵别儿童入京》一诗造成的。下面试依次分析之。

查盛唐人殷璠选同代人的作品集《河岳英灵集》（成书于天宝十二载），《南陵别儿童入京》题作《古意》。晚唐人韦庄选的《又玄集》中，此诗也题作《古意》。宋初姚铉《唐文粹》此诗犹题作《古意》。只是在宋刊本的《李太白文集》中，才开始题作《南陵别儿童入京》。其具体情况略考如下。

据清玉海堂影宋本《李翰林集》来看，此诗已题为《南陵别儿童入京》。玉海堂本此诗题下无注，此诗前且皆是与南陵和宣州有关的诗。玉海堂本是影刻的南宋咸淳本。王琦曾疑咸淳本为北宋乐史《李翰林集》的增益本。这说明此诗题目很可能在乐史本中已误为《南陵别儿童入京》，并已由歌行体类编入五、七言杂诗“别”字类。宋敏求本在乐史本的基础上增益了不少诗文篇目，又“沿旧目而厘正其汇次，使各相从，以别集附于后”，而曾巩又对宋敏求本“考其先后而次第之”（《李太白文集后序》）。这个本子于元丰三年由晏处善刻于苏州（现已不传），而现存的北京图书馆和日本静嘉堂南宋蜀刻本就是出于此本。宋人陈振孙《直斋书录解题》就已记录这一本子，并说：“蜀本差传苏本（即晏处善本），而苏本不复有矣。”但苏本在“毛渐校刻之时于原稿小有更易”①，但基本上保留宋敏求本的面貌。据日本静嘉堂蜀刻本的影印件，此诗题下已标注“一云古意”，清缪曰芑的影宋刻本也是如此。可见，宋敏求或曾巩已将此诗下加注，当有所本，说明他们是很谨慎的。晚于乐史的姚铉，在所编的《唐文粹》中共选录了李白诗文五十余首，但此诗仍题为《古意》。据明汪伟器

① 詹锳：《李白诗论丛》，作家出版社 1957 年版，第 5 页。

《重雕唐文粹序》中说,《唐文粹》“实本《文苑英华》,十摘其一”。但《文苑英华》并未选此诗。由此可见,姚铉所本的不是乐史本,当别有所自,而正与唐人选本《河岳英灵集》《又玄集》此诗的题目相同。可见此是同出一源。由此可知,此诗题可能误自乐史本,而后又被后人纠正或加勘注说明(此有待另文详考)。

我们认为此诗原题作《古意》是正确的,与诗中的内容也相符。诗中以古人朱买臣自比,要“辞家西入秦”去“游说万乘”。与唐人咏古抒怀和借古讽今的《古意》诗相似。

《古意》原为歌行体,在唐人诗中很流行,如卢照邻的《长安古意》“长安大道连狭斜”,李颀的《古意》“男儿事长征,少小幽燕客”等。但也有不是歌行的,这已与拟古、怀古的咏怀诗无甚大区别了。如骆宾王《咏怀古意上裴侍郎》“三十二余罢,鬓是潘安仁。四十九仍入,年非朱买臣”,以及沈佺期《古意》“卢家少妇郁金堂”等,都是这类诗。

李白这首别儿童入京诗中的内容与南陵的江南风物多不相符。“白酒新熟山中归,黄鸡啄黍秋正肥”,黄鸡啄黍的情景应是中原风光,不似江南风物。黍属粟类,产在黄河流域。而江南主要是产稻米,《旧唐书・食货志上》载:“(开元间)又有韦坚,规宇文融、杨慎矜之迹,乃请于江淮转运租米……关中漕渠,凿广运潭以挽山东之粟,岁四百万石。”文中很明确,在唐代已是江淮以产稻米为主,而中原、关中产粟为主。黍又名黏黄米,是北方造酒的主要原料,在杜甫《羌村三首》中“赖知禾黍收,已觉糟床注”二句可证。而南方造酒则主要用秫稻,《宋书・陶渊明传》“公田悉令吏种秫稻”以酿酒。可见南北方酿酒所用的粮食是大不一样的。

别儿童诗中“会稽愚妇轻买臣”,其中“会稽”二字,很容易使人联想到《旧唐书》中记载的李白天宝初入京前的会稽之行。这也是误会。其实李白这时只是用典,《汉书・朱买臣传》中说,会稽朱买臣家贫好读书,不治产业,卖樵以自给,其妻羞贫而去。诗中的“会稽愚妇”李白当有所指,但与李白游会稽无关。郭沫若认为是指刘氏,所见近是。魏颢《李翰林集序》中说:“白始娶于许,生一女,一男曰明月奴,女既嫁而卒。又合于刘,刘诀。次合于鲁一妇,生子曰颇黎,终娶于宋(宗)。”李白研究家大多数认为,李白天宝初进京时,许氏已亡,只剩下一儿一女。细揣此诗意思,当是李白又娶,只是这个女子对李白并不大了解,羞于李白不能取得功名，遂有轻李白之意，因此李白骂她是“会稽愚妇”。李白这里是以朱买臣自比，经荐举应诏入京，用典是很恰切的。《朱买臣传》中说他“得召公车，粮用乏，上计吏更乞丐之。会邑子严助贵幸，荐买臣，召见，说春秋，言楚辞，帝甚说之”。看来朱买臣被汉武帝召见，也主要是他“文辞英秀”，与李白相仿。

李白与刘氏诀别后，大概很快又娶了鲁一妇人。此鲁一妇人，我们怀疑很可能就是《咏邻女东窗海石榴》中的鲁女。诗中云：“愿为东南枝，低举拂罗衣。无由共攀折，引领望金扉。”很可能李白子女是由此鲁女照顾的。若是这样，则李白入京根本不须将其子女带到南陵去寄养，从现存的材料中，也无从证明李白在南陵曾有家或可近的亲友居住。他在江南漫游的寄足点是金陵和宣城，而寓居宣城也是在赐金放还以后的事。有人根据李白《寄东鲁二稚子》中有“小儿名伯禽，与姊亦齐肩。双行桃树下，抚背复谁怜”，从而断定说李白自许氏亡后，一直未娶，这是不能成立的。古人母亡曰“失慈”，平阳与伯禽亲母已亡，当然就是“失慈”，“抚背复谁怜”是指他们丧母的事，并非无人抚养，否则才能“嘻笑牵人衣”的小孩子，无人照管怎么生活？根据魏颢序中所用的词语，许氏、宋(宗)氏为“娶”，刘氏与鲁一妇人为“合”，又根据只称鲁一妇人而不称其姓氏来看，此妇人的社会地位较低，她与刘氏可能不是李白的正室。但李白入京后他的儿女由此鲁妇人照管是极有可能的。

误以为南陵入京的原因之二，是由于把《别内赴征》误作与别儿童诗是同时之作。其实《别内赴征》是李白应永王璘之征西赴江陵，别吴地家中宗氏而作。对此诗的写作时间，古人早就提出过疑问，如明朱谏《李诗辨疑》认为：“玩三诗气相似，皆效白而为之者，或他人之诗而误入于此也。夫吴关在吴地，望夫山在宣城，楚关在楚西界。按白传：白自蜀游江东，至会稽，随吴筠至长安见贺知章，荐于玄宗，供奉翰林。……初未尝自吴关而受征也。安得有王命之三征乎？”① 朱谏这个问题提得不错，但未作深究。郭沫若在《李白与杜甫》一书指出：“其实这三首诗是至德元年应永王璘的征聘时所作的。”这一说法解答了上面的疑问。郭沫若引李白《与贾少公书》解释了“王命三征”的问题：“白绵疾疲苶，去期恬退，才微识浅，无足济时，虽中原横溃，将何以救之？王命崇重，大总元戎，辟书

① 转引自詹锳：《李白诗文系年》，第28页。

三至，人轻礼重，严期迫切，难以固辞。扶力以行，以观进退。”郭沫若认为“王命崇重……辟书三至”就是“王命三征”的实际，并且指出：“李白随韦子春下庐山应在十二月下半月，已是冬末，故《别内赴征》第三首中有‘夜泣寒灯连晓月’句，他是被聘请去江陵的，故有‘行行泪尽楚关西’句，时令与地望都完全吻合。”郭沫若这些说法是极有见地的。《别内赴征》与《南陵别儿童入京》并非同时之作，我们可以从地望和时令上区别出来。别内诗是由“吴关”溯江而上而达到“楚关”西，而别儿童诗却是辞家“西入秦”；别内诗的时令是“夜泣寒灯”的冬月，别儿童诗却是“秋正肥”的秋天。辞家时的感情也不一样，别内诗是“行行泪尽”，感情缠绵悲切；而别儿童诗却是“仰天大笑出门去”，高兴得几乎得意忘形。

另外，我们认为，二诗之间最大的不同之处在于别儿童诗中所指的女子是“轻买臣”的“会稽愚妇”，而别内诗中的女子却是“出门强牵衣”的“妻子”。可见在别内诗中，诗人与妻子的感情甚笃，与别儿童诗中的“会稽愚妇”显然有根本的区别。可见所指实非一人。别儿童诗用的是汉代朱买臣的典，“西入秦”所要见的是“万乘”之尊，而别内诗用的却是战国苏秦的典，所去楚关去拜见的只能是类似于六国的诸侯王了。因此，以战国时的诸侯王来喻永王璘，也正符合永王的身份。正因为误认别内诗与别儿童诗为同时之作，而别内诗又有“出吴关”的字样，后人遂认为李白奉诏入京当从吴地启程，而南陵正属吴地，二者联系起来，便误为李白由吴地之南陵别儿童入京了。

《别内赴征》与《永王东巡歌十一首》乃为同时之作，从时令和地望上来看都相符合。如《永王东巡歌十一首》的第一首“永王正月东出师”，“正月”与别内诗中“夜泣寒灯连晓月”句，俱为冬令；东巡歌第六首“丹阳北固是吴关”与别内诗“明朝离别出吴关”，应是同一“吴关”，即丹阳、北固一带；东巡歌第十首“帝宠贤王入楚关”与别内诗“行行泪尽楚关西”，“入楚关”与“楚关西”，一是东巡，一是西去赴征，所说的地望都是相同的。《别内赴征》在前，而《永王东巡歌十一首》在后，同是一个时期的作品，而与《南陵别儿童入京》诗是没有关系的。

若说李白不是由南陵入京，那么李白自己“游子东南来，自宛适京国。飘然无心云，倏然复西北”（《酬坊州王司马阎正字对雪见赠》）该怎么解释？这就牵涉到李白两入长安的问题了。两入长安，稗山先生首倡其说，认为李白在开元二十三年到二十八年首次从南阳到长安，然后又到坊州，后取道黄河出长安①。其后有郭沫若然其说。他根据李白《与韩荆州书》中"三十成文章，历抵卿相"，从而断定李白首次入京是在开元十八年。其后又有郁贤皓等人进一步提出证据，安旗亦有同样的看法。虽然两入长安的问题目前没有定论，但根据我们目前所掌握的材料来看，稗山此说是有道理的。用两入长安说可以解释李白行踪的不少疑问。我们觉得说李白首次入京是途经南阳（宛）是不错的，但第二次即天宝初应诏入京，我们则认为，这次他却不是由"东南来"，而是直接由东鲁"西入秦"的。

三、天宝初李白实由东鲁应诏入京

李白由东鲁入京的问题，是詹锳先生在《李白诗文系年》中首先提出来的，但他否认了这一看法。实际上由东鲁直接入京，以事理推之最为符合。它首先解决了从游泰山到游会稽南陵这一段最棘手的时间问题。若这一问题不存在了，许多问题便好解决了。我们认为，李白应诏入京，当然主要是因为他诗誉文才名动京师，其次这与他在山东徂徕山与孔巢父、韩准、裴政等"竹溪六逸"隐居也有关系。本来唐人隐居是"终南捷径"，唐人入仕，除了科举，隐居也是一个门径。李白既不从事科举功名，当走隐居入仕一途。李白《五月东鲁行答汶上翁》"顾余不及仕，学剑来山东"即为此证。"竹溪六逸"其实就是学阮籍等"竹林七贤"，诗剑酒棋，邀买声名，以求圣明天子于草野之中礼贤下士。

李白赐金还山后写了《东武吟》一诗。此诗宋蜀本、缪本题下俱注"一作出金门后书怀留别翰林诸公"。此诗与卷十五《还山留别金门知己》重出。《东武吟》本乐府旧题，左思《齐都赋》注云："东武、太山皆齐之土风，弦歌讴吟之曲名也。"由此可知，李白所吟之曲乃"齐之土风"。李白所还之山，乃为齐鲁之山，当与李白旧隐徂徕山有关。诗中曰"恭承凤凰诏，欻起云萝中"，李白应诏入京，当是从徂徕山中出。

因此，《古意》（即《南陵别儿童入京》）中说"白酒新熟山中归"，很可能就

---

① 参见《李白两入长安辨》，《中华文史论丛》第2辑。

是李白奉诏之后，告别了徂徕山中的友人，从山中归家，与家人告别，然后入京。

《旧唐书》上说李白是山东人，虽是误传，却不是无来由的。其中原因有三：

一是李白与山东关系甚为密切，居住时间甚久。他从开元二十五年移家东鲁任城（诸说不同，詹锳先生《李白诗文系年》：开元二十五年；郭沫若《李杜年表》：开元二十四年）到天宝十载李白返鲁探家，可见其家居鲁时间长达十五年以上（现山东各地还有许多李白游踪纪念物，如徂徕山有竹溪六逸堂、济宁有太白酒楼等）。李白出川以来，除安陆、梁园、金陵、宣城等地外，居住时间较长的就是山东任城等地。

二是李白之所以被认为是山东人，与他隐居徂徕山，结"竹溪六逸"有关。"竹溪六逸"之一的孔巢父就是一个活跃人物，他与唐代许多诗人如杜甫等广有交往，也曾与李白一起参加过永王幕府（后抽身潜遁）。李白以隐士出名，最有影响的当是"竹溪六逸"。

三是李白被认为是山东人，与他此次由山东直接入京有关。加上李白久居山东，当时和后来许多人都认为他是山东人。如杜甫《苏端薛复筵简薛华醉歌》中说："近来海内为长句，汝与山东李白好。"元稹在《唐故工部员外郎杜君墓系铭并序》中也说："时山东人李白，亦以奇文取称。"可见，唐人认为李白是山东人是很普遍的。

有人说"山东"一词是指太行山以东，"山东"作为齐鲁的正式地名出现在唐以后，这个意见是对的。但鲁地也在山东的范围之内，在李白的诗中，曾多次把鲁地称为山东。

> 顾余不及仕，学剑来山东。举鞭访前途，获笑汶上翁。（《五月东鲁行答汶上翁》）
>
> 鲁酒若琥珀，汶鱼紫锦鳞。山东豪吏有俊气，手携此物赠远人。（《酬中都小吏携斗酒双鱼于逆旅见赠》）

以上李白诗中"山东"是指汶上中都（现属山东汶上县）的鲁地。当然也属于函谷关、太行山以东的地方。另外杜甫也有同样的称呼：

> 昔我游山东，忆戏东岳阳。穷秋立日观，矫首望八荒。（《又上后园山脚》）

则"山东"也专指"东岳"泰山的鲁地。

由以上考索，我们可以初设想，李白天宝元年四五月间还在游泰山，此后还徂徕山中。秋，在徂徕山接到诏书，然后回到任城的家中与家人告别。由东鲁"跨马扬鞭涉远道"，直接"西入秦"，"游说万乘"去了。由于王命在身，急如星火，他没有时间在路上停留，所以此次"西入秦"的一路上很少题咏和与人交游，这就是关于此次入京我们今天几乎见不到记载的原因。

（此文与刘崇德先生合作，原载《河北大学学报》1983 年第 1 期）

李白“三十成文章，历抵卿相”是在东都洛阳

唐代的东都洛阳，是仅次于西京长安的政治文化中心。唐代许多重要的政治活动都是在洛阳举行的。唐太宗三次驾幸洛阳，唐高宗在洛阳住过七次，每次短则数月，长则数年，他最后死在洛阳。武则天执政后基本上是在洛阳度过的，神龙元年(705)她也是死在了洛阳。唐玄宗是在洛阳出生的，他即位后，曾五次驾幸洛阳，一住就是一两年。最长的一次，是开元二十二年(734)正月至二十四年(736)十月，将近三年。

洛阳在唐代显赫的位置，从其称呼上也可以看得出来。《元和郡县志》卷五：“(唐高宗)显庆二年，置东都，则天改为神都。神龙元年改为东都。……天宝元年，改东都为东京，至德元年复为东都。”尤其是武则天，她即皇帝位后，将东都改为神都，朝廷常年设在洛阳办公，洛阳已由陪都上升到了首都的地位。在唐玄宗开元时代，洛阳虽不再是首都，可是其地位仍是极其重要的。唐玄宗每隔一段时间，要来洛阳居住与办公。朝廷大臣都要随驾前往，有许多重要的政治活动、国家重大的政令都是在洛阳举行和发布的。如开元二十三年(735)春，唐玄宗在洛阳亲耕籍田，发布大赦令，下诏在洛阳举行科举和制举等活动。这说明洛阳在唐代安史之乱以前，其地位远比一般人所认为的重要。而这些重要的史实，却被一些李白研究学者在相当程度上忽略了。他们特别关心重视李白的长安之行，而对洛阳之行的研究却相当不够，尤其是对李白开元二十三年前后的洛阳之行的政治活动未予足够的重视。

我认为，李白在开元年间的第一次入京[洛阳虽然在唐代的天宝元年才改称东京，可是，洛阳称京的时间却很早。从东汉定都洛阳起，后经魏、西晋、北周都以洛阳为京。隋炀帝大业二年(606)，在洛阳建新都成，遂迁徙洛阳，以洛阳为东京]，不应是西京长安，而应是东京洛阳。他生平的第一次重大的政治活动，是在开元二十三年前后入洛阳历抵卿相、游说人主、献赋朝廷的政治活动。

一

李白一生曾几次到过洛阳？近人为此做了不少努力和探索。詹锳先生在《李白诗文系年》中考证有四次：开元二十二年至二十三年为第一次，开元二十六年至二十七年为第二次，天宝四载（实际上是天宝三载）为第三次，天宝九载为第四次。郁贤皓先生考证却认为："李白的洛阳行踪大致可分为两个时期。一是开元二十一年至二十三年间，曾多次到过洛阳；一是天宝末年安史之乱初起时，他可能到过洛阳，奔亡到函谷关，曾亲睹安禄山之乱给洛阳人民带来的灾难。"①但我认为，不管李白入洛有几次，其中最重要的一次，应是开元二十三年（735）前后这一次。这是他在一生政治活动中的第一次重大搏击，是他求仕活动中十分重要的一章，因此，必须给予足够的重视。

李白"酒隐安陆，蹉跎十年"（《秋于敬亭送从侄耑游庐山序》），在安陆受尽了地方官僚的欺负和压迫，他决定要"西入长安，一观国风"（《上安州裴长史书》）。但这只是一个计划和打算，实际上并没有马上成行。因为唐玄宗和他的朝廷机关已于开元二十二年正月迁至洛阳办公。李白得知这一消息后，自然会打算到东都洛阳去寻找政治出路。特别是开元二十三年正月，唐玄宗在洛阳下了"其才有王霸之略，学究天人之际，及堪将帅牧宰者，令五品以上清官及刺史各举一人"（《旧唐书·玄宗本纪》）的制诏后，更是李白北上洛阳寻找政治出路的机遇。

李白是在开元二十二年秋，由安陆经唐州的方城、汝州之东，经过龙门到达洛阳的。从《秋夜宿龙门香山寺奉寄王方城十七丈奉国莹上人从弟幼成令问》一诗中，我们可以看出他是满心欢喜地来到洛阳的：

> 朝发汝海东，暮栖龙门中。水寒夕波急，木落秋山空。望极九霄迥，赏幽万壑通。目皓沙上月，心清松下风。玉斗横网户，银河耿花宫。兴在趣方逸，欢余情未终。凤驾忆王子，虎溪怀远公。桂枝坐萧瑟，棣华不复同。流恨寄伊水，盈盈焉可穷？

---

① 郁贤皓：《李白洛阳行踪新探索》，《南京师大学报》1986 年第 3 期。

从诗题中“寄王方城”可知，李白是路过了唐州的方城县的。王方城即是方城县令王公。汝海，即汝州。《文选》枚乘《七发》：“南望荆山，北望汝海。”李善注：“汝称海，大言之也。”李白朝发汝州，夜宿龙门，一路上的秋山景色，龙门月下的优美风景，使他赏心悦目，兴趣盎然，心情十分高兴。他遥忆远方的朋友方城县令王公、奉国寺僧莹上人及二位从弟幼成、令问，只是微感朋友和兄弟离别的惆怅。可见他北上洛阳是满怀信心的，心情愉快的。

来到洛阳后，李白结识了崔宗之、元演、陆调等人。崔宗之有《赠李十二白》一诗，记载了他与李白初次见面的情形：

凉风八九月，白露满空庭。耿耿意不畅，捎捎风叶声。思见雄俊士，共话今古情。李侯忽来仪，把袂苦不早。清论既抵掌，玄谈又绝倒。分明楚汉事，历历霸王道。担囊无俗物，访古千里余。袖有匕首剑，怀中茂陵书。双眸光照人，词赋凌子虚。酌酒弦素琴，霜气正凝洁。平生心中事，今日为君说。我家有别业，寄在嵩之阳。明月出高岑，清溪澄素光。云散窗户静，风吹松桂香。子若同斯游，千载不相忘。

在此诗中，崔宗之说他与李白相见的季节是“凉风八九月”，与李白诗中“木落秋山空”的时节正相符合。“李侯忽来仪，把袂苦不早。清论既抵掌，玄谈又绝倒。分明楚汉事，历历霸王道”“袖有匕首剑，怀中茂陵书。双眸光照人，词赋凌子虚”十句，说二人初见时他对李白才学和相貌的深刻印象。“我家有别业，寄在嵩之阳”，说明他们相见的地点是在嵩山附近，而不是在长安，这个地点应是洛阳。

李白当即和了他一首诗，诗云：

朔云横高天，万里起秋色。壮士心飞扬，落日空叹息。长啸出原野，凛然寒风生。幸遭圣明时，功业犹未成。奈何怀良图，郁悒独愁坐。杖策寻英豪，立谈乃知我。崔公生民秀，缅邈青云姿。制作参造化，托讽含神祇。海岳尚可倾，吐诺终不移。是时霜飙寒，逸兴临华池。起舞拂长剑，四座皆扬眉。因得穷欢情，赠我以新诗。又结汗漫期，九垓远相待。举身憩蓬壶，濯足弄沧海。从此凌倒景，一去无时还。朝游明光宫，暮入阊阖关。但得长把袂，何必嵩丘山？（《酬崔五郎中》）

此诗的首六句，写出他在暮秋“大风起兮云飞扬”的壮志豪情，但他也深感到自己“幸遭圣明时，功业犹未成”的苦恼。他觉得自己胸“怀良图”地来到洛阳，却独自一人无可奈何地“郁悒愁坐”，感到十分孤独忧烦。正在这时，崔宗之却“杖策寻英豪“前来寻他，并且“立谈乃知我”，成了他的知音，怎能不令他感激呢？“崔公生民秀”以下六句，是赞扬崔宗之的话。“赠我以新诗”，是指崔宗之所作的《赠李十二白》诗。“又结汗漫期”以下六句，说的是崔宗之邀他到崔宗之的嵩山别业去隐居的事。但李白并不同意现在就同崔宗之一道去隐居。他认为，他来洛阳的目的，是为了“朝游明光宫，暮入阊阖关”，即入朝求官。因此，他对崔宗之说：“但得长把袂，何必嵩丘山？”只要我们能在洛阳朝夕相处，何必一定要到嵩山去隐居呢？

在李白后来所作的《忆旧游寄谯郡元参军》一诗中，他回忆了他这次与元演在洛阳会面的情景：“忆昔洛阳董糟丘，为余天津桥南造酒楼。黄金白璧买歌笑，一醉累月轻王侯。海内贤豪青云客，就中与君心莫逆。”

陆调则是李白在洛阳北门遭受到斗鸡徒围困被其所救时认识的。李白后来回忆说：“风流少年时，京洛事游遨。腰间延陵剑，玉带明珠袍。我昔斗鸡徒，连延五陵豪。邀遮相组织，呵吓来煎熬。君开万丛人，鞍马皆辟易。告急清宪台，脱余北门厄。”（《叙旧赠江阳宰陆调》）此诗不少学者认为是写于长安，认为“京洛”一词，是指长安。我则不同意这种看法。“京洛”一词，指的是洛阳。《文选》卷一班固《东都赋》：“子徒习作阿房之造天，而不知京洛之有制。”《文选》卷二四陆机《为顾彦先赠妇二首》：“京洛多风尘，素衣化为缁。”又《文选》卷三〇陆机《拟东城一何高》：“京洛多妖丽，玉颜侔琼蕤。”这些诗赋中的“京洛”，是偏意复词，皆指东汉、西晋的京城洛阳。杜甫《云山》：“京洛云山外，音书静不来。神交作赋客，力尽望乡台。”杜甫是洛阳人，他所望的“京洛”之乡，当然是洛阳了。另外此诗中的“我昔斗鸡徒”句，也被人误解为李白以前是个斗鸡之徒。其实，这是在“我昔”之后省略了一个“被”字。其真正的意思是：我以前被交结五陵豪强的斗鸡徒所围困，而不是李白曾当过斗鸡徒。“五陵豪”即泛指贵族侠少，并非定指是长安附近的“五陵”少年。且即使真是指长安的五陵侠少，也可能因其达官贵人的父兄随朝廷来洛阳，也跟随着一道来洛阳的。

李白这次来洛阳，结识了不少人。除元演、崔宗之、陆调等人外，还有与他志趣相投的“海内贤豪青云客”。他们或一起到洛阳天津桥南董家酒楼去纵乐饮酒，过一过“黄金白璧买歌笑，一醉累月轻王侯”的豪纵放荡的生活，或与洛阳侠少一起骑马舞剑，品一品游侠的浪漫情调：

紫燕黄金瞳，啾啾摇绿鬃。平明相驰逐，结客洛门东。（《结客少年行》）

君马黄，我马白。马色虽不同，人心本无隔。共作游冶盘，双行洛阳陌。长剑既照曜，高冠何赩赫。各有千金裘，俱为五侯客。（《君马黄》）

白玉谁家郎？回车渡天津。看花东陌上，惊动洛阳客。（《洛阳陌》）

李白在洛阳还结交了一些达官贵人和皇亲国戚一类的上层人士，如玉真公主等。玉真公主当是李白这次初游洛阳时所识。李白向她投赠了一首诗：

玉真之仙人，时往太华峰。清晨鸣天鼓，飙欻腾双龙。弄电不辍手，行云本无踪。几时入少室，王母应相逢。（《玉真仙人词》）

这首诗郁贤皓先生和安旗先生都认为是李白在开元十八年（730）第一次入长安时所作。我认为是不确的。这首诗的"时往"二字，宋蜀本注云："一作西上"。按"西上"二字是。很明显，写这首诗时的方位和地点是在华山之东，而不是在华山之西。因此，这首诗绝不作于长安。从诗中"几时入少室"的诗句来看，写此诗的地点离少室山较近。这个地方就只有洛阳较为合理。此诗中的"王母"，当是指隐居嵩山的焦炼师。李白于开元二十二年（734）末，曾与元丹丘、元演等人暂离洛阳一道游嵩山、访仙城，到随州去拜访道士胡紫阳。在游嵩山时，听到焦炼师的有关传说，很向往见到这位很有仙气的女道士。他写了一首《赠嵩山焦炼师》诗，在其序中说："嵩丘有神人焦炼师者，不知何许妇人也。又云生于齐、梁时，其年貌可五六十。常胎息绝谷，居少室庐。游行若飞，倏忽万里，世或传其人入东海，登蓬莱，竟莫能测其往也。余访道少室，尽登三十六峰，闻风有寄，洒翰遥赠。"诗中云：

潜光隐嵩岳，炼魄栖云幄。霓裳何飘飖，风吹转绵邈。愿同西王母，下顾东方朔。紫书倘可传，铭骨誓相学。

此诗将焦炼师比作"西王母"一类的仙人，而自比"东方朔"。这与他被人称为"谪仙人"同时又自负为"谪仙"是颇为相符的。此诗与上面《玉真仙人词》写作的时间颇为相近，而此诗中的"西王母"与上诗中的"王母"当同指一人。

玉真公主与焦炼师也似有交往。唐人蔡玮在《玉真公主祥应记》中说：玉真公主于天宝元年三月，奉诏有事于谯郡御真宫，洎名山列岳，四月至谯郡，旋归。息驾于太室山，并向"上清羽人焦□"问道（见《金石续编》卷八）。此记中的"上清羽人焦□"就是焦炼师。看来，在开元年间她们就早有交往。

论者多以为李白第一次见玉真公主是在开元十八年(730)于长安,常以《玉真公主别馆苦雨赠卫尉张卿》一诗为证,并认为玉真公主的别馆只在终南山楼观台一处。其实不然。玉真公主的修道所,不仅在长安有,在华山、王屋山也有。在洛阳附近也会有。此点意见,李清渊先生文章论证甚详①,此不具论。唐时的达官贵人及皇亲国戚,在西京长安和东都洛阳两处都分别建有府第和别馆。这与朝廷机关在开元以前及在开元年间经常迁徙于东西两京有关。玉真公主在洛阳建有府第和别馆,也是很正常的事。卫尉卿驸马张垍,既然在开元十八年已尚宁亲公主,又身居卫尉卿要职,在开元二十三年前后,自然要随唐玄宗朝廷前往东都洛阳,因此,在此期间李白与张垍在洛阳有交往便极有可能。

李白与玉真公主的交往,当由元丹丘为之介绍。玉真公主常在华山、王屋山修道,元丹丘也常至华山、王屋山。李白有《西岳云台歌送丹丘子》一诗可证。据魏颢《李翰林集序》云:"(李白)与丹丘因持盈法师达,白亦因之入翰林。"持盈法师即玉真公主,天宝二年,在王屋山立"玉真公主祥应记"碑,建碑人就是元丹丘。由此可见元丹丘与玉真公主的关系非同一般。

二

李白这次入东都洛阳的主要活动,是要游说人主,入朝求官。他要走进天子的大门,一须有达官贵人和皇亲国戚的推荐,二须有向皇帝呈献的诗赋。唐人有献赋求官的惯例。《资治通鉴》卷二〇三唐纪一九载:"(垂拱二年三月)太后命铸铜为匦,其东曰'延恩',献赋颂,求仕进者投之。"孟浩然当年游长安时,就曾在延恩匦献过赋。他在《题长安主人壁》中说:"欲随平子去,犹未献甘泉。"又在《南阳北阻雪》中说:"十上耻还家,徘徊守归路。"说的就是他在延恩匦献赋未遇之事。以后,杜甫在天宝十载(751),也在延恩匦投献过三大礼赋。这大概是唐代文人求仕无路又不甘心时所走的最后一条路。李白也向皇帝献过赋。他自己曾说过:"昔献长杨赋,天开云雨欢。当时待诏承明里,皆道扬雄才可观。"(《答杜秀才五松山见赠》)又说:"西游因献长杨赋。"(《忆旧游寄谯

① 参见李清渊:《李白赠卫尉张卿别考》,载《文学遗产》1992年第6期。

郡元参军》)不过,他所说的"长杨赋"是指在天宝初入长安时向皇帝所献的《大猎赋》,此次在洛阳向唐玄宗所献之赋,乃是《明堂赋》。唐人任华在《杂言寄李白》中说:"大鹏赋,鸿猷文,嗤长卿,笑子云。"鸿猷文,或指此赋。崔宗之说李白"怀中茂陵书""词赋凌子虚"(《赠李十二白》),也当指此赋。

为什么说李白作《明堂赋》是献给皇帝的呢?这在《明堂赋》末尾说得很清楚:"臣白美颂,恭惟述焉。"很显然,这是臣子向皇帝献赋的口气。

据《旧唐书·则天皇后本纪》,武则天于垂拱四年(688)二月毁东都乾元殿,就其地造明堂。其年十二月乙酉,明堂成,号万象神宫。从永昌元年(689)至圣历元年(698)这九年间,武则天曾九次亲祀明堂,可见她对明堂的重视。证圣元年(695)正月,明堂为火所毁,又令重造,规模小于旧制,又为大风所损。万岁登封元年(696)三月重造明堂成,号通天宫。又据《旧唐书·玄宗本纪》,开元五年(717)改明堂为乾元殿。开元十年(722)又将乾元殿复为明堂。开元二十七年(739)(《资治通鉴》作二十五年)玄宗命毁明堂上层,改拆下层为乾元殿。

关于《明堂赋》的作年问题,论者意见不一。元人萧士赟认为:"想在未拆改之先也。"清人王琦进一步申述说:"太白此赋,盖在开元五年复改乾元殿以前所作者也。"

詹锳先生在《李白诗文系年》中不同意这种看法:"按《通鉴》开元十年:'冬,十月癸丑,复以乾元殿为明堂。'又开元二十五年,'是岁,命将作大匠康侃素之东都毁明堂。侃素上言毁之劳人,请去上层,卑于旧九十五尺,仍旧为乾元殿。从之'。是开元十年以后,二十五年以前,白亦有作《明堂赋》之可能。"詹锳先生划出了大致的范围,给我们指出了新的途径。

王琦说:"考赋中所言,多系书传所载古时规模制度,与则天所造明堂或有不同。盖身在远方,闻其事而赋之,固未亲至东都,得之目见。以古准今,约当如是以修词焉耳。"这话说得是不确的。其实,李白此赋中所述,其中许多事都是有根据的,绝非仅据古书或传言之辞。

《明堂赋》中所写的许多事情都是历历可考的,绝非凭空杜撰或想象之辞。如赋中说"下明诏,班旧章",即指开元五年(717)"九月,中书门下省及侍中皆复旧名。……及宋璟为相,欲复贞观之政,戊申,制:'自今事非的须秘密者,皆令对仗奏闻,史官自依故事。'"(《资治通鉴》卷二一一唐纪二七)

"振穷乏,散敖仓",则指开元七年(719)"五月……命中书门下察系囚,赈饥乏,劝农功"(《资治通鉴》卷二一二唐纪二八)。开元十四年(726)"是秋,十五州言旱及霜,五十州言水。……遣御史中丞宇文融检复,赈给之"(《旧唐书·玄宗本纪》)。

"毁玉沉珠,卑宫颓墙",则指开元二年(714)"内出珠玉、锦绣等服玩,又令于正殿前焚之"(《旧唐书·玄宗本纪》)。开元五年(717)"太常少卿王仁惠,奏则天立明堂不合古制。又明堂尚质,而穷极奢侈……甲子,制复以明堂为乾元殿"(《资治通鉴》卷二一一唐纪二七)。

"帝躬乎天田,后亲于郊桑",则指开元十九年(731)"春正月……丙子,亲耕于兴庆宫龙池",开元二十二年(734)"是夏,上自苑中种麦。率皇太子已下,躬自收获",开元二十三年(735)"春正月乙亥,亲耕籍田,上加之九推而止,卿已下终其亩"(以上俱见(《旧唐书·玄宗本纪》)。开元元年(713)"三月辛巳,皇后亲蚕"(《资治通鉴》卷二一〇唐纪二六)。

"巡陵于鹑首之野,讲武于骊山之旁",则指开元十七年(729)"十一月……辛卯,发京师;丙申,谒桥陵……戊戌,谒定陵;己亥,谒献陵;壬寅,谒昭陵;乙巳,谒乾陵",开元元年(713)"冬十一月,甲申,幸新丰之温汤。癸卯,讲武于骊山"(以上俱见(《旧唐书·玄宗本纪》)。

"封岱宗兮祀后土,掩栗陆而苞陶唐;遨游乎崆峒之上,汾水之阳",则指开元十三年(725)"冬十月……辛酉,东封泰山",开元十一年(723)"壬子,祠后土于汾阴"(以上俱见(《旧唐书·玄宗本纪》)。开元二十年(732)"冬十月……辛丑,至北都,十一月庚申,祀后土于汾阴"(《资治通鉴》卷二一三唐纪二九)。①

"考休征兮进贤才",则是指开元二十三年(735)"春正月……其才有王霸之略,学究天人之际,及堪将帅牧宰者,令五品已上清官及刺史各举一人"(《旧唐书·玄宗本纪》)。

以上所征引的资料可以充分证明,《明堂赋》中所写的这些话都是有历史根据的,绝非臆测和想象之辞。根据以上资料证明,此赋所作之年代,绝不早于开元二十二年,而定于开元二十三年最为适当。詹锳先生说:"就赋中所叙考之:'帝

① 李从军:《李白第一次入长安考异》,载《李白考异录》,齐鲁书社 1986 年版。文中对《明堂赋》作年时间考证甚详,可参看。

躬乎天田，后亲于郊桑’，当指本年（按：指开元二十三年）帝亲耕籍田而言。‘封岱宗兮祀后土，掩栗陆而苞陶唐；遨游乎崆峒之上，汾水之阳。’玄宗东封泰山在开元十三年，又《通鉴》开元二十年‘冬十月辛丑，至北都；十一月庚申，祀于汾阴’。与赋意亦差合。可见此赋必为白游东都目睹明堂以后所作。”此论甚确。

李白开元二十三年入东都求仕之事，还有其他材料可证。李白在他的《古风五十九首》其八中，对他这次入东都的见闻，尤其是对众公卿朝拜皇帝及公卿下朝志得气扬的情景记述甚详：

> 天津三月时，千门桃与李。朝为断肠花，暮逐东流水。前水复后水，古今相续流。新人非旧人，年年桥上游。鸡鸣海色动，谒帝罗公侯。月落西上阳，余辉半城楼。衣冠照云日，朝下散皇州。鞍马如飞龙，黄金络马头。行人皆辟易，志气横嵩丘。

诗中从“鸡鸣海色动”至“余辉半城楼”四句，写众臣在洛阳宫中上朝的情景。因为李白既非朝臣，又未被皇帝召见，此四句恐是想象之辞。从“衣冠照云日”到“志气横嵩丘”六句，写众朝臣从洛阳宫中下朝回家的情景，为实写，系诗人目睹。考李白五次入洛，唯有开元二十三年前后的第一次入洛，能有机会在洛阳见到众臣上朝和下朝的情景。

唐玄宗五次驾幸东都，开元五年（717）正月至六年（718）十一月为第一次，开元十年（722）正月至十一年（723）正月为第二次。这两次唐玄宗幸洛时，李白尚未出蜀。开元十三年（725）十二月至十五年（727）十月为第三次。此时李白刚刚出蜀，还在江东和安陆一带漫游，干谒卿相和游说人主的机会尚未成熟，因此去洛阳的可能性还很小。开元十九年（731）十月至二十年（732）十月为第四次。此次唐玄宗在洛阳待的时间还不到一年，就匆匆去北都临幸及汾阴祀后土去了。开元二十二年（734）正月至二十四年（736）十月，为唐玄宗幸洛的最后一次，也是时间最长的一次。之后，唐玄宗就再也没有来过洛阳。所以综合以上材料，唯有这最后一次，李白才最有可能见到众公卿上朝和下朝的情景。因此詹锳先生将此诗系于开元二十三年（735），云：“萧注以为天津桥在咸阳，误。诗云：‘鸡鸣海色动，谒帝罗公侯。月落西上阳，余辉半城楼。衣冠照云日，朝下散皇州。’是年（指开元二十三年）春，玄宗在东都，白亲见上朝之盛，乃有此诗。”（《李白诗文系年》第14页）

此外，《古风五十九首》其四十六我也疑作于此时。这首诗与《古风五十九首》其十八在内容上是十分接近的：

> 一百四十年，国容何赫然。隐隐五凤楼，峨峨横三川。王侯象星月，宾客如云烟。斗鸡金宫里，蹴鞠瑶台边。举动摇白日，指挥回青天。当途何翕忽，失路长弃捐。独有扬执戟，闭关草太玄。

杨齐贤、胡震亨、陈沆等人认为这首诗写于天宝十四载(755)。理由是唐朝从武德元年下推一百四十年，接近于天宝十四载。而王琦认为是李白在天宝初作于长安。他说："唐自武德元年至天宝十四载，得一百三十八年。此诗约是天宝初年，太白在翰林时所作。'四'字疑误。"而詹锳先生在《李白诗文系年》中将此诗系于天宝四载(745)左右被谗去朝之后："按太白《为宋中丞请都金陵表》云：'皇朝百五十年，金革不作，逆胡窃号，剥乱中原。'谓至天宝十四载，唐有天下已百五十年，则此诗当是天宝四载左右被谗去朝后作。或者太白别有算法，'四'字不当有误。"

我认为，此诗是写盛唐时的太平景象，天宝十四载已有乱象，与此诗内容不符。王琦认为此诗作于长安，是因为他错解"三川"为泾水、渭水、洛水的缘故。诗中的"五凤楼"是在洛阳，而非长安。《新唐书·元德秀传》：开元二十三年"玄宗在东都酺五凤楼"。《资治通鉴》卷二一四唐纪三〇：开元二十三年"上御五凤楼，酺宴，观者喧隘，乐不得奏"。而"三川"应指洛、伊、河三水。《文选》卷二一鲍照《咏史》诗："五都矜财雄，三川养声利。"李善注引韦昭曰："有河、洛、伊，故曰三川。"此诗所作的地点肯定是在洛阳，而非长安。关于此诗所作的时间，我同意王琦的说法："'四'字疑误。"因为不管是以上哪种说法，都不能与"一百四十年"相合。与其勉强凑合，不如疑其有误。此诗中的"王侯象日月，宾客如云烟。斗鸡金宫里，蹴鞠瑶台边。举动摇白日，指挥回青天"和前诗中的"鸡鸣海色动，谒帝罗公侯。月落西上阳，余辉半城楼。衣冠照云日，朝下散皇州。鞍马如飞龙，黄金络马头。行人皆辟易，志气横嵩丘"内容是如此相近，且此诗中之"五凤楼"正是与开元二十三年唐玄宗"在东都酺五凤楼"事相合，因此，此诗疑与《古风五十九首》其十八及《明堂赋》俱作于同时，皆是开元二十三年在洛阳所作①。

---

① 詹福瑞《李白〈古风〉其四十六试解》(载《李白学刊》1989年第2辑)证此诗作于洛阳甚详，可参。

需要说明的是，李白从开元二十二年秋至二十三年冬这一段时间内，并不是一直都在洛阳。在二十二年初冬，他曾与元丹丘、元演一道暂离洛阳，去嵩山、仙城山、随州访友学道。这在《忆旧游寄谯郡元参军》一诗中讲得很清楚："我向淮南攀桂枝，君留洛北愁梦思。不忍别，还相随。相随迢迢访仙城，三十六曲水回萦。……银鞍金络倒平地，汉东太守来相迎。紫阳之真人，邀我吹玉笙。……余既还山寻故巢，君亦归家渡渭桥。"其年冬，他们一起在胡紫阳餐霞楼饮酒作乐，有李白《冬日于随州紫阳先生餐霞楼送烟子元演隐仙城山序》为证。在此序中，李白自称："出则以平交诸侯，遁则以俯视巢许。朱绂狎我，绿萝未归。"可知他这一时期的主导思想是交诸侯、狎朱绂，而尚未归隐。在随州，李白与元丹丘、元演分手，元丹丘去了峨眉，元演暂隐仙城，后来又回到长安。李白则回了安陆。

开元二十三年初，李白得知唐玄宗在洛阳下制诏的消息，这时他便想到去襄阳找荆州长史韩朝宗推荐，因制诏中有"令五品以上清官及刺史各举一人"的规定。而《与韩荆州书》中，一开头便说："生不用万户侯，但愿一识韩荆州！"为什么愿一识韩荆州呢？原因是韩为"文章之司命，人物之权衡。一经品题，便作佳士"。接着李白便列举经韩荆州所品题推荐而做官的严协律、崔宗之、房习祖、黎昕、许莹等人，因此也希望韩对他也"大开奖饰"，极力推荐。以前论者多以此文中"三十成文章，历抵卿相"一语，定李白是三十岁那一年即开元十八年入长安，否则难以解释"历抵卿相"一语。其实不然。"三十成文章"中是说李白在三十岁左右文章已经写得很到家，并非说他一定是三十岁那年已经历抵了卿相。"历抵卿相"乃是说李白三十岁以后的活动。因为此二句前还有"十五好剑术，遍干诸侯"。这也非是说李白在十五岁那年已经遍干了诸侯，"遍干诸侯"乃是李白十五岁以后的事。其实，除了去长安，到洛阳也一样能"历抵卿相"。以前论者也系《与韩荆州书》于开元二十二年，我这里系此文于开元二十三年，是根据此文中已明确指出，李白写此文时已经"历抵卿相"，"王公大人，许以气义"。文中也提到了崔宗之的名字。这说明李白在作此文以前，已见过崔宗之。也许是崔宗之建议他去干谒韩朝宗的。因此，此文只能作于李白初入洛阳之后，而且在开元二十三年正月朝廷下制诏之后。

开元二十三年春，李白又到了洛阳。在洛阳他亲眼见到了群臣上朝"天津三月时""谒帝罗公侯"的景象及王公贵族盛气凌人的情景。此时，他结识了玉真公主，已作了《明堂赋》，并有向皇帝献赋之举。其年五月，他应元演之邀，跨黄河，越太行，北游太原。北游太原之事，在《忆旧游寄谯郡元参军》中写得很清楚："五月相呼度太行，摧轮不道羊肠苦。行来北凉（京）岁月深，感君贵义轻黄金。……"北游太原之所以是开元二十三年事，这在《秋日于太原南栅饯阳曲王赞公贾少公石艾尹少公应举赴上都序》中说得很明确："今年春，皇帝有事千亩。湛恩八埏，大搜群才，以缉邦政。而王公以令宰见举，贾公以王霸升闻。""有事千亩"指的是开元二十三年正月唐玄宗在洛阳亲耕籍田事，"大搜群才"指的是同年正月下诏举行制举之事。李白当于本年的秋末冬初从太原回到洛阳①，与从峨眉山返回的元丹丘相遇。李白在后来赠给元丹丘的诗中写道："仆在雁门关，君为峨眉客。心悬万里外，影滞两乡隔。长剑复归来，相逢洛阳陌。陌上何喧喧，都令心意烦。迷津觉路失，托势随风翻。以此谢朝列，长啸归故园。"（《闻丹丘子于城北山营石门幽居中有高凤遗迹仆离群远怀亦有栖遁之志因叙旧以寄之》）李白此次入洛，终于没有敲开大唐天子的大门。

三

李白此次洛阳之行，出师不利，屡遭顿挫，使他目睹了王公大臣和得志小人的骄横跋扈和奢侈腐化，经历了求仕途中的坎坷不平，在感情上遭受到巨大的打击。这一次是乘兴而来，失意而归。他从龙门而来，又从龙门而归。开元二十三年冬，他怀着失望的心情离开洛阳还乡。在返乡的路上，路过龙门而宿时，李白百感交集，写了一首诗：

醉来脱宝剑，旅憩高堂眠。中夜忽惊觉，起立明灯前。开轩聊直望，晓

---

① 李白在太原有《太原早秋》《秋日于太原南栅饯阳曲王赞公贾少公石艾尹少公应举赴上都序》等诗文，皆标明为秋天。在《太原早秋》即有思归之叹："梦绕边城月，心飞故国楼。思归若汾水，无日不悠悠。"而且李白与元丹丘既有在洛阳相会之约，他决不会在太原迟至第二年的秋天才回洛阳及嵩山。安旗、薛天纬二先生认为李白在太原经岁，是根据《忆旧游寄谯郡元参军》中"行来北凉（京）岁月深，感君贵义轻黄金。……兴来携妓恣经过，其若杨花似雪何?"等句，说"五月北上，岁月既深，又见杨花似雪，显系太原经岁，直至次年春"（《李白年谱》）。此解可商。"岁月深"当指本年年底。"其若杨花似雪何"，似说当年太原五月的北国风光。唐朝时的气候比现在为低，太原地处北国，春天来得较晚，或许春可推迟至五月。

雪河冰壮。哀哀歌苦寒，郁郁独惆怅。傅说版筑臣，李斯鹰犬人。欻起匡社稷，宁复长艰辛。而我胡为者？叹息龙门下。富贵未可期，殷忧向谁写？去去泪满襟，举声梁甫吟。青云当自致，何必求知音？（《冬夜醉宿龙门觉起言志》）

诗中写他在龙门的客栈中，酒醉而眠。半夜中猛然惊起，他开窗直望，只见外面正在下雪，伊河结满了冰凌。外面的天气寒冷，而他的心觉得比天气还要寒冷。他想到，像商朝的傅说虽然曾是一个在傅岩下筑墙的奴隶，秦朝的李斯在未遇之前仅是一个驾鹰逐犬的猎人，但他们却很快地得到了机遇，成了社稷大臣，而没有遭到多大的艰难曲折。他想到了此次在洛阳坎坷的遭遇，不由得感叹起自己的命运来。不仅功名富贵遥遥无期，而且自己的一腔忧愤，连个诉说的人也没有。他感到自己只有满含着热泪，高唱着《梁甫吟》离开洛阳而去。他开始明白，建功立业和卿相名位得全靠自己去努力争取，求他人是靠不住的。“青云当自致，何必求知音”是李白这一次洛阳之行所得到的深刻教训之一。他所求的那些卿相显要和达官贵人中的所谓“知音”，大概并没有帮他多少忙，有的还可能为他帮了倒忙，所以，他才如此慨叹。

《行路难》其一，也当作于此时。他面对着眼前的“玉盘珍羞”，而“停杯投箸不能食，拔剑四顾心茫然”。他感到自己就像要渡黄河而河水被冰所封，将登太行而路被大雪覆盖一样，处处行事不顺。他之所以在此诗中会联想到黄河和太行山，是因为他是在就近取譬，这些地方就离洛阳不远，而且他不久前才由洛阳去太原，又从太原归来，黄河和太行山是必经之处。他虽然因受挫折而感“行路难”，满怀忧愤，但是他还没有丧失信心，没有绝望，而是希望能够东山再起，“直挂云帆济沧海”，去争取理想的最终实现。

（原载《唐代文学研究》第 7 辑，又载《詹锳先生八十华诞纪念文集》，河北大学出版社 1998 年版）

古集原载词二首　遗韵曾传魏夫人

——李白词二首新证

有关李白词二首真伪的争论的症结所在，是此二词有无版本根据。否定李白词的论者最主要的论据，是宋蜀本《李太白文集》中没有这两首词。但是，载有《菩萨蛮》《忆秦娥》二词的李白“古集”本，现在已有了线索，那就是宋咸淳本《李翰林集》。

由宋人乐史、宋敏求裒辑的李白集，现传有两个系统：一个是咸淳本（今传《影宋咸淳本李翰林集》即属此）系统，一个是晏处善本（宋蜀本《李太白文集》即属此）系统。

咸淳本和宋蜀本有诸多差异：

一是书名不同。咸淳本的书名是《李翰林集》，而宋蜀本的书名是《李太白文集》。

二是刊本的时间早晚不同。从时间上来说，宋蜀本付梓较早，而咸淳本较晚。宋蜀本是根据宋神宗元丰三年（1080）临川晏处善为苏州太守时，付信安毛渐校正刊行本而来。此刻本对南宋高宗赵构的“构”字缺笔避讳，而对赵构之子宋孝宗的名字赵昚的“昚”字却不避讳，由此可见，此本是南宋高宗时所刊刻。此宋刊本现存有两部：一部为北京图书馆所收藏（中缺卷十五至卷二十四）；一部为日本静嘉堂所收藏（此书原为清人陆心源所藏，后由陆心源之子卖给了日本人岩奇氏），静嘉本为全帙，现有巴蜀出版社和上海古籍出版社影印本。咸淳本是南宋度宗咸淳己巳年（1269）所刊刻，原刊本今已不存。现有明正德八年（1513）所刊鲍松本《李翰林集》三十卷即是此书的影宋刻本（此书现藏上海复旦大学图书馆，与杜甫集合刻）。此书又有清光绪三十二年（1906）吴隐影宋刻本、清宣统元年（1909）贵池刘世珩玉海堂影宋刻本（即广陵书局本）。

三是咸淳本与宋蜀本诗文卷数也不一致。二本虽然总的卷数都是三十卷，但诗歌与赋文所占的卷数却不相同。咸淳本前二十卷是诗歌,后十卷是赋文,而宋蜀本的卷一是李阳冰、魏颢、乐史、李华、刘全白、范传正、裴敬等人的序和墓志,卷二至卷二十四是诗歌,后六卷是赋文。

四是诗集的内容分类不一样,目录编次顺序也不一致。如咸淳本按诗的内容分为十四类,而宋蜀本则分为二十类。“歌吟”类在咸淳本卷十七,而宋蜀本却在卷六的后半部和卷七。咸淳本目录编次较为杂乱,而宋蜀本较为有次序。

五是咸淳本诗题下很少有地名注,而宋蜀本诗题下却有大量的地名注。如咸淳本卷七《狱中上崔相涣》题下无注,而宋蜀本卷十此题下却注有“寻阳”二字。咸淳本卷九《沙丘城下寄杜甫》题下无注,而宋蜀本卷十三此题下却注有“齐鲁”二字。咸淳本卷十三《渡荆门送别》题下无注,而宋蜀本卷十三此题下却注有“荆州”二字。很显然,宋蜀本是经过曾巩考次整理的。

六是咸淳本卷四中有《菩萨蛮》词,卷五中有《忆秦娥》词,而宋蜀本却没有这两首词。

从以上两个版本的比较来看,很明显,咸淳本较接近乐史、宋敏求所裒辑的古本。而宋蜀本却是经过曾巩考证重新加以整理编次的新本。

宋敏求在他所裒辑的《李翰林集》序中说:“唐李阳冰序李白《草堂集》二卷……乐史别得白歌诗十卷,合为《李翰林集》二十卷……(乐)史又纂杂著为别集十卷……合为三十卷。”正符合咸淳本《李翰林集》诗歌二十卷、赋文十卷之数,可见咸淳本最接近乐史、宋敏求的原本。宋陈振孙在《直斋书录解题》中说:“《李翰林集》三十卷。……乐史序文称《李翰林集》十卷,别收歌诗十卷,因校勘为二十卷。又于馆中得赋、序、表、书、赞、颂等亦为十卷,号为别集。然则三十卷者,乐史所定也。家所藏本不知何处本,前二十卷为诗,后十卷为杂著,曾载阳冰、(乐)史及魏颢、曾巩四序,李华、刘全白、范传正、裴敬碑志,卷末又载《新史》本传,而《姑熟十咏》《笑矣》《悲来》《草书》三歌行亦附焉,复著东坡辨证之语。其本最为完善。”陈振孙所谓的“不知何处本”的编纂与咸淳本首尾完全一样。陈振孙死于淳祐九年(1249),离咸淳己巳年(1269)还有二十年,可以肯定,咸淳本就是从陈振孙这个所谓的“不知何处本”翻刻的。而这个“不知何处本”又显然系出于乐史、宋敏求的《李翰林集》。但此书后附录的苏东坡的辨证之语当是后人所加。既然附录在后面,表示附加者的态度谨慎,没有擅自改动原本。因此,可以看出这个本子基本上保持了乐史、宋敏求本的原貌。值得注意的是，苏东坡指出《姑熟十咏》《笑矣》《悲来》《草书》等诗为伪作，却没有将《李翰林集》中所载的《菩萨蛮》《忆秦娥》指为伪作，是很值得玩味的。这说明他不曾怀疑此二词是李白的作品。

但宋蜀本《李太白文集》从诗歌、赋文的卷数、诗歌内容的分类、目录的编次及书的名称都与乐史、宋敏求所裒辑的“古集”本有了很大的变动。而且诗题下地名考定的数量大为增加，可能是经曾巩整理后所刊的新本。从版本刊刻的时间上来说，宋蜀本较早而咸淳本较晚，可从版本源流上来讲，咸淳本反较宋蜀本更接近乐史、宋敏求的古本。

更值得注意的是，曾巩为咸淳本《李翰林集》（即乐史本）所作的序与宋蜀本所载他为《李太白文集》（即宋蜀本）所作的后序在内容上基本相同，而开头的几句话却差别很大。曾巩在《李翰林集序》中说：“李白诗集二十卷，旧七百若干篇，今九百若干篇者，知制诰常山宋敏求次道之所广也。”而他在《李太白文集后序》中却说：“李白集三十卷，旧歌诗七百七十六篇，今千有一篇，杂著六十五篇者，知制诰常山宋敏求字次道之所广也。”很显然，从先后时间次序上来说，曾巩为《李翰林集》作序的时间在前，而为《李太白文集》作序的时间在后。而曾巩的《李太白文集后序》是将他的《李翰林集序》略加改动后写成的。从《李翰林集序》中可见，曾巩初得乐史、宋敏求所裒辑的《李翰林集》，原只有诗集二十卷，而没有文集。所以他在此序中说：“李白诗集二十卷，旧七百若干篇，今九百若干篇”，而在此序中却没有提到李白的十卷文集中的六十五篇杂著。他仅是对李白的诗集初加整理就作了这篇《李翰林集序》。后来他又得到了李白的十卷文集，并对李白的诗文全集做了更进一步的全面整理、考次、编辑，将李阳冰等人的序和碑志列为一卷，诗歌二十三卷，赋文杂著六卷，并改《李翰林集》为《李太白文集》，以示新本。因此，曾巩将原先为《李翰林集》所作序言中的头几句加以修改：“李白集三十卷，旧歌诗七百七十六篇，今千有一篇，杂著六十五篇”，作为《李太白文集》的后序。曾巩写《李翰林集序》时，将李白的诗歌篇数提得很笼统，而在《李太白文集后序》中却将李白诗歌的数目说得很清楚。这说明他在写《李翰林集序》时，并没有对李白诗歌详加研究和整理，而在写《李太白文集后序》时，他对李白的诗文已了如指掌了。而在曾巩所整理和重新编次的《李太白文集》中，《菩萨蛮》《忆秦娥》二词就已经看不到了。此二词很可能是曾巩在对李白集整理时所删，或者是宋蜀本《李太白文集》的刊定者所删①。

那么，载有词二首的乐史、宋敏求所裒辑的《李翰林集》原本，在北宋时除了曾巩，是否有别人见过呢？有的。所谓的"古集"本《李翰林集》，曾巩的亲戚魏泰和魏泰的姐姐魏夫人就见过。而且，魏夫人还仿照李白的《菩萨蛮》词，作过三首《菩萨蛮》。魏泰曾见过载有《菩萨蛮》词的李白"古集"本一事，北宋僧文莹的《湘山野录》上有记载。

《湘山野录》卷上云："'平林漠漠烟如织，寒山一带伤心碧。暝色入高楼，有人楼上愁。玉梯空伫立，宿鸟归飞急。何处是归程，长亭连短亭。'此词不知何人写在鼎州沧水驿楼，复不知何人所撰。魏道辅见而爱之。后至长沙，得古集于子宣内翰家，乃知李白所作。"南宋魏庆之《诗人玉屑》卷二一亦载此条，略有小异。其中"子宣"作"曾子宣"，"古集"作"古风集"，当作"古集"为是。写在鼎州沧水驿楼上的《菩萨蛮》词，并未署名。只是魏道辅在长沙曾子宣家见到他家所藏的"古集"中有此词，方知此词为李白之作。问题是，曾子宣是谁？他与魏道辅是什么关系？他家所藏的"古集"是谁的集子？弄清这些问题十分重要。

魏道辅就是魏泰，字道辅。曾子宣就是曾布，字子宣。据陆游《老学庵笔记》中说："道辅之姊嫁子宣。"（转引《宋人轶事汇编》卷一三）就是说，魏泰是曾布之妻弟，二人是亲戚关系。曾布就是曾巩的胞弟。魏泰在他姐夫曾布家见到过的李白集的"古集"本，很可能是曾巩所得的乐史、宋敏求所裒辑的《李翰林集》诗集二十卷（文集十卷当为后来所加），即后来的咸淳本系统。所以他能见得到这本李白集（即"古集"本）中的《菩萨蛮》词。

那么，僧文莹的这条记载可靠性如何呢？僧文莹，字道温，是魏泰、曾布的同时代人。他与宋代的著名文学家苏舜钦、欧阳修等交往密切，又曾游于丁谓门下。他对北宋当时的文坛掌故是颇为熟悉的。他的《湘山野录》"成于熙宁

---

① 曾巩在《李太白文集后序》中说："《李白集》三十卷……今千有一篇，杂著六十五篇。"今传宋蜀刊本有诗 997 篇，文 65 篇。王琦也说："南丰曾氏序谓太白诗之存者千有一篇，杂著六十五篇。今萧本诗只九百八十八篇，缪本只九百九十八篇，咸不足曾氏所云之数。"（《李太白集辑注》跋）可见，今天所能见到的宋代蜀刊本、元代萧士赟注本、清代缪曰芑影宋本皆已非曾巩所整理的《李太白文集》本和未整理前的"古集"本之旧。曾巩的整理本和未整理的"古集"本有诗 1001 首，而今传之宋蜀刊本只有 997 首，相差 4 首，这被宋蜀刊本漏刻或删掉的 4 首之中，很可能就有《菩萨蛮》《忆秦娥》等词。

中,多记北宋杂事”(《四库全书提要》)。熙宁为宋神宗年号(1068—1077)。僧文莹《湘山野录》的史料价值很高,这一条关于李白《菩萨蛮》词的记载应是可靠的,决非杜撰。

除了魏泰曾见载有《菩萨蛮》词的李白“古集”本,还有一个有力的旁证,可以证明曾布家确实有载有李白词的“古集”本,这个证据就是曾布之妻、魏泰之姊魏夫人所作的三首《菩萨蛮》词。

魏夫人善辞章,朱熹曾称赞道:“本朝女子能文者,唯魏夫人及李易安而已。魏夫人词笔,颇有操迈处。虽非易安之敌,然亦未易才也。”(《白雨斋词话》卷二转引)《全宋词》共收其词十四首,其中三首就是《菩萨蛮》词。从这三首词的内容和风格来看,似与李白《菩萨蛮》词有着密切关系。现将她的三首《菩萨蛮》词录于下:

溪山掩映斜阳里,楼台影动鸳鸯起。隔岸两三家,出墙红杏花。绿杨堤下路,早晚溪边去。三见柳绵飞,离人犹未归。

东风已绿瀛洲草,画楼帘卷清霜晓。清绝比湖梅,花开未满枝。长天音信断,又见南归雁。何处是离愁?长安明月楼。

红楼斜倚连溪曲,楼前溪水凝寒玉。荡漾木兰船,船中人少年。荷花娇欲语,笑入鸳鸯浦。波上暝烟低,菱歌月下归。

这三首词的意境、风格、语词、句式都与李白《菩萨蛮》词有些地方很相似,词的格律也与李白《菩萨蛮》相同。李词写的是日落黄昏的暮景,词中有暝烟寒山、高楼人愁、宿鸟归飞、离人不归等。这些情景在魏夫人这三首词中全都可以找到,像溪山斜阳、长天归雁、楼台暝烟、离人未归等。尤其是魏词第二首的下阕:“长天音信断,又见南归雁。何处是离愁?长安明月楼”,简直是李词下阕的翻版:“玉梯空伫立,宿鸟归飞急。何处是归程?长亭连短亭”,意境十分类似,只是稍有变化而已。特别是魏词“何处是离愁”与李词的“何处是归程”句,连句式都是一样的。又如像魏词“何处是离愁?长安明月楼”与李词“暝色入高楼,有人楼上愁”,其“愁”“楼”二字在韵字上也是一样的。这绝不是偶然的巧合,很明显,魏词是从李词套来的。可见,魏夫人在写这三首《菩萨蛮》时,脑子里就先有李白的《菩萨蛮》词在。因此,才在她这三首《菩萨蛮》词中处处都留下了李词的痕迹。

由此三首《菩萨蛮》词可证,魏夫人确实是见过李白那首《菩萨蛮》词的,并深受其熏陶和影响。反之，若魏夫人不认为李白集中《菩萨蛮》词是李白的作品，而是一首伪作或无名氏之作，她也决无兴趣模仿此词风格、遵从此词的格律连作三首《菩萨蛮》加以效仿。由此也可以说明，魏泰在曾布家见过李白"古集"本中的《菩萨蛮》词，确有其事。僧文莹在《湘山野录》中所记李白《菩萨蛮》词之始末，也决非无稽之谈。

清人王琦在《李太白集辑注》卷五《菩萨蛮》《忆秦娥》词的评笺中说道："宋黄玉林《绝妙词选》以太白《菩萨蛮》《忆秦娥》二词，为百代词曲之祖，然考古本《太白集》中，缺此二首。萧本乃有之，其真赝诚未易定决。"王琦所说的"古本《太白集》"，很显然是指宋蜀本《李太白文集》或清人缪曰芑影宋本《李太白文集》。因王琦没有见到过宋咸淳本《李翰林集》，故有此说。《绝妙好词》收录的萧本（指宋人杨齐贤集注、元人萧士赟删补的《分类补注李太白集》）补收的《菩萨蛮》《忆秦娥》词，当是根据乐史、宋敏求编的《李翰林集》（即后来的咸淳本系统）而来。可以说，《绝妙好词》和萧本收李白二首词都是有版本根据的，并非仅据传闻。魏夫人作《菩萨蛮》三首，也当是受李白《菩萨蛮》词的影响和启发而作。由此可见，她确实见过载有词二首的"古集"本《李翰林集》。看来，由乐史、宋敏求所裒辑的《李翰林集》中，确实是有《菩萨蛮》《忆秦娥》二词的。

（原载《李白思想艺术探骊》，后被收入周勋初编《20世纪中国学术文存：李白研究》，湖北教育出版社2003年版）

杜甫研究

杜甫的人格魅力

中国古代诗人中，杜甫独称“诗圣”。所谓“诗圣”，不但包括诗人杜甫的诗歌思想的崇高与伟大、创作艺术的精湛与高超，更包含了杜甫人格上的魅力。

杜甫的人格魅力主要表现在以下几个方面。

一、杜甫是先秦原始儒家理想主义思想的忠实信奉者

杜甫深受中原儒学的影响，特别是受到他的十三世祖杜预儒家思想的影响，成为一个忠实实践儒家“仁爱”和“民本”思想原则的儒者，是唐代复兴儒学运动的先驱人物之一。

首先需要说明的是，先秦原始儒家的理想主义思想与汉唐宋明的儒家思想是有区别的。先秦原始儒家的理想主义的核心是一个博大的“仁”字，是以民为本的仁政思想。它所追求的社会，是一个“天下大同”的和谐理想社会。在这个社会中，“大道之行也，天下为公。选贤与能，讲信修睦，故人不独亲其亲，不独子其子，使老有所终，壮有所用，幼有所长，矜寡孤独废疾者，皆有所养。男有分，女有归。货恶其弃于地也，不必藏于己；力恶其不出于身也，不必为己。是故谋闭而不兴，盗窃乱贼而不作，故外户而不闭，是谓大同”（《礼记・礼运篇》）。这个大同社会的核心，就是将“仁”的思想由对一己之家的关爱推及他人，特别是推及一些弱势群体，以大爱的胸怀关心天下百姓，建立一个幸福和谐的安定社会。这个“天下为公”的社会，一直是鼓舞着历代的仁人志士所追求的理想社会的目标，在中国的封建社会中是不可能实现的，但作为一种所追求的理想社会而存在，确是十分可贵的。这个儒家的社会理念，体现在政策的层面上，就是要“选贤任能”，让贤能之士受到重用，以公正公平的原则，制定合理的

政策，施之于民，从而实现天下大治。而秦汉以后的封建社会，的确不是一个“公天下”的社会，而是一个“私天下”的社会。统治者往往以“仁政”为幌子，而实行的却是“君天下”的强权政治，一切为统治集团自己的私利横征暴敛，强取豪夺，加剧了社会的分裂和阶级的对立。正如杜甫所指出的“彤庭所分帛，本自寒女出。鞭挞其夫家，聚敛贡城阙”，从而造成由残酷剥削而形成的“朱门酒肉臭，路有冻死骨”（《自京赴奉先县咏怀五百字》）的贫富差距和阶级对立。这与杜甫所向往的“致君尧舜上，再使风俗淳”的理想相差甚远。尧舜时代的推贤让能的禅让之风是不可能再出现了，那么退而求其次，能够出现一个以民为本的体恤民情的像唐太宗一样的仁君也是求之不得的。所以杜甫一再呼吁，希望统治者能够向唐太宗学习，“中兴似国初，继体如太宗”（《往在》）。再次，是开元前期的唐玄宗也是一位开明之君，曾开创“开元盛世”：“忆昔开元全盛日，小邑犹藏万家室。稻米流脂粟米白，公私仓廪俱丰实。九州道路无豺虎，远行不劳吉日出。齐纨鲁缟车班班，男耕女桑不相失。”（《忆昔二首》其二）开元时期的升平之世，也是唐代甚至是中国封建时代的盛世，是杜甫亲身经历的人民安居乐业、国富民安的和谐社会。只是到了开元末期以后，唐玄宗骄傲自满，渐生怠政安逸之心，不思进取，乐于享受，逐渐由一个开明进取之君蜕变成了一个骄奢淫逸的昏聩之君，终于导致了安史之乱。

杜甫对理想的和谐社会的要求是有标准的，那就是要有一个圣明的“尧舜之君”。在杜甫的心目中，这个“尧舜之君”显然是以唐太宗为标准的：“煌煌太宗业，树立甚宏达。”（《北征》）这个较为理想的社会，一是朝中要有正气：“太宗社稷一朝正。”（《狄明府》）二是要以民为本：“邦以民为本。”（《送顾八分文学适洪吉州》）三是要轻徭薄赋，减轻百姓负担：“凄恻念诛求，薄敛近休明。”（《同元使君舂陵行》）他对安史之乱后官府剥削过重非常不满：“乱世诛求急，黎民糠籺窄。”（《驱竖子摘苍耳》）他指出：“不过行俭德，盗贼本王臣。”（《有感五首》其三）四是要官吏廉洁、办事公平：“众僚宜洁白，万役但平均。”（《送陵州路使君赴任》）五是君主要能纳谏：“端拱纳谏诤，和风日冲融。”（《往在》）六是君臣要以节俭约身，不能奢侈腐化：“君臣节俭足，朝野欢呼同。”（《往在》）七是君臣要团结，上下同心同德，共度时艰：“君臣当共济，贤圣亦同时。”（《诸葛庙》）这其中还有要“选贤任能”的意思，就是要选用贤能之士在朝。八是社会和平安定，天下太平，男耕女织，安居乐业，有利于生产的发展：“天下郡国向万城，无有一城无甲兵。焉得铸甲作农器，一寸荒田牛得耕。牛尽耕，蚕亦成。不劳烈士泪滂沱，男谷女丝行复歌。”（《蚕谷行》）这个理想的社会，在唐代天宝时期愈去愈远，到了安史之乱后的乱世就荡然无存，只是一个遥远的梦想了。但杜甫为了实现这个和谐社会的理想，一直念兹在兹，一刻也没有忘记，自己没有机会实现这个理想，就寄托于朋友：“致君尧舜付公等，早据要路思捐躯”（《暮秋枉裴道州手札率尔遣兴寄近呈苏涣侍御》）。

二、杜甫是先秦儒家理想主义身体力行的实践者

杜甫从小所受的家庭教育是“奉儒守官”（《进雕赋表》），“传之以仁、义、礼、智、信”（《唐故万年县君京兆杜氏墓碑》），“不敢忘本，不敢违仁”（《祭远祖当阳君文》）。因此，他对儒家的教义是严格遵守并身体力行的。

杜甫努力将先秦原始儒家的理想主义化为实际行动。作为一个诗人，他首先是在诗文中宣扬儒家的“仁”的理念。孔子曰“仁人”（《论语·尧曰》），孟子曰“仁者爱人”（《孟子·离娄下》），杜甫以儒家的“仁人”之心，来宣扬儒家之道。一是杜甫希望最高统治者要怀有仁义忠恕之道：“圣哲体仁恕，宇县复小康。”（《壮游》）这里的“圣哲”是指皇帝。他认为，只要最高统治者能够实行仁政，体恤民瘼，才能重新出现天下太平、和谐安乐的社会局面。杜甫希望统治者“炉之以仁义，锻之以贤哲”（《有事于南郊赋》），以仁义之心，治理国家，任用贤能之臣，以实施仁政的政策。二是杜甫要求大臣们要怀有仁者之心。他在《自京赴奉先县咏怀五百字》中说：“圣人筐篚恩，实欲邦国活。臣如忽至理，君岂弃此物。多士盈朝廷，仁者宜战栗。”其意思是说，皇帝赏赐大臣的目的是让大臣们尽心治理好国家，如果臣子们忽略了尽心治国的本意，这岂不是让皇帝的赏赐白扔了吗？朝廷中怀有仁心的大臣们，应该在接受皇帝的赏赐后，更加小心谨慎，为国尽力。这里的“仁者”，是指有良心的大臣，杜甫希望大臣们怀有仁者之心，能够为百姓实行仁政。

为此，杜甫希望君是尧舜之君，臣是稷、契之臣，让仁义之风行遍天下。他要“致君尧舜上，再使风俗淳”，即使君主成为尧、舜一样的仁君，让天下都风行仁义之俗。“许身一何愚，窃比稷与契”（《自京赴奉先县咏怀五百字》），诗中表

示，他以尧舜时期稷和契那样的贤臣自许，希望能将皇帝辅佐成为推行仁政的圣明之君，并在他的《乾元元年华州试进士策问五首》其五中也表达了同样的意思："虽遭明主，必致之于尧舜；降及元辅，必要之于稷卨（契）。驱苍生于仁寿之域，反淳朴于羲皇之上。"杜甫的最终目的，是将"仁"字落实在天下苍生的身上，是要让天下百姓沐浴在"仁"的光辉里，过上太平安乐的好日子。杜甫不仅将他的仁心普及于人民，而且还将他的仁者的恻隐之心推及于天下万物及一切有生命的东西："白鱼困密网，黄鸟喧嘉音。物微限通塞，恻隐仁者心。"（《过津口》）这是一种热爱人民、热爱生命的至仁大爱，而不是只关心一己之私的小爱。

这种儒家的至仁大爱思想，杜甫不仅是说在口上，而且落实在自己的行动上，表现在他对国家民族、社稷苍生及对父祖、兄妹、妻子、儿女和亲戚、朋友的态度上。

杜甫的忠君爱国是有口皆碑的。关于忠君的问题，在中国封建社会中，国总是与君相联系的。君是国家的象征，忠君并不是坏事，问题是忠于什么样的君。有人引苏轼的话"一饭未尝忘君"（《王定国诗集叙》），说杜甫是愚忠，这话是颇有偏颇的。杜甫所忠的君是"尧舜"之君，是圣明之君、开明之君，而不是昏君和暴君。当唐玄宗或唐肃宗的所作所为代表国家民族和百姓利益时，杜甫是拥护他们的，当他们的所作所为不符合以上原则时，杜甫则坚决表示反对。在天宝时期，以唐玄宗为首的统治集团对外穷兵黩武，对内加重剥削，生活奢侈腐化，杜甫就用诗歌对他们的错误政策和腐朽作风进行揭露和批判。他在《兵车行》《丽人行》中，对唐玄宗不顾百姓死活进行扩边战争所造成的"汉家山东二百州，千村万落生荆杞。纵有健妇把锄犁，禾生陇亩无东西"的生产遭到破坏的局面和"边庭流血成海水"的穷兵黩武的严重后果表示十分忧虑，而对"武皇开边意未已"的行为则表示强烈不满，对杨国忠、杨贵妃兄妹则过着"紫驼之峰出翠釜，水精之盘行素鳞。犀箸厌饫久未下，銮刀缕切空纷纶。黄门飞鞚不动尘，御厨络绎送八珍"及"杨花雪落覆白蘋，青鸟飞去衔红巾"的腐化堕落、兄妹乱伦的无耻生活做了无情的揭露和批判。安史之乱后，杜甫做了左拾遗，虽身为朝廷命官，却不一味地从上，在朝中敢于谏诤，为疏救大臣房琯他险些丢了性命。在任华州司功参军时，他所作的"三吏""三别"诗中，对唐肃宗以残暴的手段到处强行抓兵拉夫的暴行也给予批判。他还对"关中小儿坏纪纲，张后不乐上为忙"（《忆昔二首》其一），即唐肃宗任用李辅国一类的小人及容忍后宫干政软弱无能的行为做了尖刻的讽刺与嘲笑。由于他敢于“逆鳞”谏诤和直陈正直之言，引起了朝廷和上峰的不悦，终被皇帝罢官：“罢官亦由人，何事拘形役。”（《立秋后题》）他在得知免官的消息后，就主动弃官而去，带着全家人西去秦州逃难去了。这些都说明杜甫不是愚忠，而是一个在关键时刻敢于大胆讽谏的正直之士和忠直敢谏之良臣。他所忠的是明君，而不是不听谏言的昏君。他忠于国家社稷和民族，在安史之乱国家将要倾覆之际，他虽身陷安史乱军所占据的长安之中，却千方百计地想办法逃出，投奔肃宗行在，要为捍卫国家和民族安危、扫平安史叛军、收复大唐国土出力，以他的实际行动来演绎他的爱国之志，显现出他热诚的爱国之心。

杜甫还以他的大爱之心，关切黎民百姓的甘苦和冷暖。他“穷年忧黎元，叹息肠内热”（《自京赴奉先县咏怀五百字》），特别关注底层百姓的生活和命运。在唐玄宗的盛唐时期他就写出了像《兵车行》《前出塞》《后出塞》《秋雨叹三首》等这样的同情黎民百姓的作品。对“去时里正与裹头，归来头白还戍边”（《兵车行》）的普通士兵表示深切的关怀和同情，把“禾头生耳黍穗黑，农夫田父无消息”（《秋雨叹三首》其二）这些雨灾中的贫民和农夫的艰难生活状况时刻挂在心头。安史之乱后，杜甫更进一步深入民间，对下层人民的生活有了更深入的了解，他的立场与民众更加接近，思想上也缩短了距离，对平民百姓的苦难生活更加了解和同情。如当他回奉先县探家时，他的家中非常贫困，无衣无食，他一进门就听到了妻子的哭声，原来他的小儿子已饿死了。他虽然很悲痛，但是他此刻却想到“生常免租税，名不隶征伐。抚迹犹酸辛，平人固骚屑。默思失业徒，因念远戍卒”，是说自己家中虽遭到了不幸，但不管怎么说，因自己是官宦人家，享有不征税、不服兵役的特权，相比起来那些无地的农民和在远方戍边的兵士，其遭遇还远不如自己，因之对他们的命运反而更加忧虑：“忧端齐终南，澒洞不可掇。”（《自京赴奉先县咏怀五百字》）此时，他已由对自己家庭命运之关心，扩大到对千万下层百姓的家庭命运的关怀，在思想上上升到了一个新的高度。对安史叛军对和平安定生活的破坏、官府的压榨所造成的民不聊生、遍地疮痍的千百万百姓挣扎在死亡线上的现状十分忧心。他对夔州头发半白为生活劳累奔波年近五十还未能出嫁的负薪女、无食无儿仍被搜刮一空的寡妇，洞庭湖畔天寒网冻无鱼可打的莫徭渔父、卖儿鬻女“割慈忍爱还租庸”的农民等都充满了同情，写出了《白帝》《又呈吴郎》《岁晏行》《蚕谷行》等大量前人未曾写过的同情人民的诗篇，痛斥"高马达官厌酒肉，此辈杼轴茅茨空"的不合理的社会，呼吁"安得务农息战斗，普天无吏横索钱"（《昼梦》），"焉得铸甲作农器，一寸荒田牛得耕"，希望一个"牛尽耕，蚕亦成。不劳烈士泪滂沱，男谷女丝行复歌"（《蚕谷行》）的百姓安居乐业的太平之世的到来，成为时代的呼声和贫苦大众的代言人。杜甫虽身处困境，但因与苦难深重的黎民百姓同甘共苦，感同身受，因此，当他的茅屋为秋风所破，他发出"安得广厦千万间，大庇天下寒士俱欢颜，风雨不动安如山。呜呼！何时眼前突兀见此屋，吾庐独破受冻死亦足"的呼喊，那是他发自内心的感受和真诚的愿望，所以才超越了时空，打动着千百万读者的心弦，产生了强烈的回音。

杜甫不仅对本民族人民十分关爱，对敌对异族侵略者的士兵也充满着仁爱之心，如在对敌作战时要"挽弓当挽强，用箭当用长。射人先射马，擒贼先擒王。杀人亦有限，列国自有疆。苟能制侵陵，岂在多杀伤"（《前出塞九首》其七），这些诗歌都闪耀着人道主义的光辉。

他的仁心已惠及鸡、虫一类的一切有生命的动物。如他很关心湖中的小鹅儿的生命安全，唯恐它们为狐狸所害（参见《舟前小鹅儿》）；他对水中的鱼儿也充满了爱心（参见《白小》《观打鱼歌》）；他分食给鱼儿吃："盘餐老夫食，分减及溪鱼"（《秋野五首》其一）；他劝阻猎人不要杀害野生动物大雁："汝休枉杀南飞鸿"（《岁晏行》）；他还为鸡、虫的得失反复衡量（参见《缚鸡行》），要想一个两全其美的办法。这是儒家仁爱之心与墨家兼爱思想、佛家普度众生思想的结合，已远远超越了儒家的宗族思想的樊篱，上升为对生命的敬畏与惠济众生的大爱。

在对待先人的态度上，杜甫能承继祖先的遗志，将祖先未尽之业发扬光大，是一个不辱没先人的好子孙。他承继了他的十三世祖的"奉儒"传统，将儒家的"人本"主义和"民本"思想（《礼记·礼运》）付诸实践，化为对黎民百姓的关爱行动，成为唐代韩愈复兴儒学运动的先驱者，率先将儒家的基本理念化为实际行动，与唐代的贾至、李华、独孤及、元结、萧颖士、梁肃等一大批复兴儒学的先行者遥相呼应，将盛唐后期的头脑膨胀、过于幻想的理想主义文化思潮成功地转型为富有理性的、直面现实的现实主义文化思潮，将已处于边缘化的儒学逐渐复归于正统的位置，为儒学文化的振兴做出了自己独特的贡献，成为一个杰出的儒学先驱者和伟大的仁者。同时他又继承其祖父的诗学传统，将初唐所创造的律诗从思想内容上加以充实扩展,从艺术形式上加以全面提高,将其发展为最能代表唐诗特色的近体诗,完成了唐代律诗(尤其是七律)的最后定型和范式,成为唐代最为杰出的诗人。这是杜甫对其家学——儒学和诗学的最大贡献,是无愧于祖宗的优秀子孙。

杜甫对其家族中的人怀有很深的感情。他的继祖母卢氏,天宝元年杜甫为其作《假山》一诗作为献寿之诗。天宝三载他的继祖母在陈留去世,其时其父杜闲已卒,杜甫和家人将其灵柩接至偃师祖茔与其祖父之墓合葬,并以父亲的名义写了《唐故范阳太君卢氏墓志》表示哀悼。

开元末年,杜甫的父亲杜闲为兖州司马,他前往兖州侍亲。开元二十九年(741),其父去世,他在偃师土娄旧庄筑室为父亲守丧。他对其父也当写有祭文,只是现已不传。杜甫幼年就死了母亲(崔氏),其父将其送于洛阳仁风里二姑母家寄养。他对这位二姑母有很深的感情。天宝元年杜甫二姑母去世,杜甫为二姑母写了碑文《唐故万年县君京兆杜氏墓碑》。在碑文中表彰二姑母为保护自己而致其亲儿子夭殇的义举,称其为"有唐义姑",又在祭文中为其叔父杜并的"孝童"事迹大力宣扬。

杜甫的妻子杨氏于天宝十一载(752)与杜甫结婚①。杜甫与杨氏相亲相爱,相濡以沫,同甘共苦,相依为命。杜甫在长安时期,因其衣食无着,生活困顿,将其寄在舅氏家。天宝十四载(755),杜甫因得官右卫率府兵曹参军,便赴鄜州探亲,为妻子儿女带去了一些衣物和化妆品,他们的生活已十分困苦,其幼子已饿死。安史之乱后,杜甫在投奔肃宗行在时,被安史叛军抓至已沦陷的长安城。杜甫在月夜中怀念妻子作有《月夜》一诗,诗中有"香雾云鬟湿,清辉玉臂寒。何时倚虚幌,双照泪痕干"之句,对妻子怀有至深的思念。至德二载(757),杜甫因疏救房琯为肃宗所恶,命他返鄜州羌村探亲,"夜阑更秉烛,相对如梦寐"(《羌村三首》其一),写出了战乱中能够生还相见的夫妻惊喜之情。其后,在杜甫弃官西走,逃难漂泊于秦州、同谷、成都、绵州、梓州、阆州、夔州、岳州、长沙、衡州等地,杨氏一直陪伴着他,与他白头到老,共度时艰。杜甫曾写了许多诗,来表达二人的相亲相爱之情,称她为"老妻""山妻",如"老妻寄异县,十口隔风

---

① 参见孙微:《杜甫四十一岁结婚考——兼论杜甫的思想性格》,《杜甫研究学刊》2011 年第 4 期。

雪。谁能久不顾,庶往共饥渴”(《自京赴奉先县咏怀五百字》),“昼引老妻乘小艇,晴看稚子浴清江。俱飞蛱蝶元相逐,并蒂芙蓉本自双”(《进艇》),“自去自来堂上燕,相亲相近水中鸥。老妻画纸为棋局,稚子敲针作钓钩”(《江村》),“乾坤万里内,莫见容身畔。妻孥复随我,回首共悲叹”(《逃难》)等,他将自己与妻子比喻为“并蒂芙蓉”和“相亲相近水中鸥”的双鸥,可见其伉俪情深。在唐人诗中,是很少写夫妻之情的,独杜甫对妻子情有独钟,在诗中屡次表达他与妻子的恩爱和患难深情,是个好丈夫。

作为一个父亲,杜甫对他的子女可谓是舐犊情深。他有三子三女,都非常可爱。杜甫在《北征》中说:“平生所娇儿,颜色白胜雪。见耶背面啼,垢腻脚不袜。床前两小女,补绽才过膝。海图坼波涛,旧绣移曲折。”那时孩子幼小不懂事,“问事竞挽须,谁能即嗔喝”,杜甫也不恼,陪他们一起玩。他的两个女儿还学着母亲化妆,在脸上胡抹一气。后来在关中逃难时,途中因无东西可吃,以至于“痴女饥咬我,啼畏虎狼闻。怀中掩其口,反侧声愈嗔。小儿强解事,故索苦李餐”(《彭衙行》),使杜甫十分心疼。杜甫在晚年还有一个小女儿,“老妻忧坐痹,幼女问头风”(《遣闷奉呈严公二十韵》),对杜甫的身体健康十分关心。杜甫的大儿子叫宗文,又名熊儿,二儿子叫宗武,又名骥子。他在鄜州时还有一个幼子,但饿死了。宗文喜欢劳动,杜甫经常让他做些家务和农业劳动,如树鸡栅一类的活儿。宗武是一个想子承父业的孩子,从小聪明伶俐,向杜甫学作诗。杜甫夸奖他说:“骥子好男儿,前年学语时。问知人客姓,诵得老夫诗。”(《遣兴》)杜甫教宗武学诗:“觅句新知律,摊书解满床”(《又示宗武》),教他读《文选》,要他“熟精文选理”(《宗武生日》)。杜甫希望宗武将来能够接续他的诗家传承,教导他非常耐心。杜甫的望子成龙之心与普通人没有两样。他对待子女十分慈祥,是个好父亲。

杜甫对待兄弟,也堪为榜样。杜甫在家居长,他有四个弟弟,名叫杜颖、杜观、杜丰、杜占,一个妹妹,嫁与江东钟离韦氏。其弟妹五人都是继母所生,但杜甫都视如一奶同胞,对他们可谓是蒂华情深。安史之乱后跟随杜甫逃难西南的只有杜占一人。其他三个弟弟和一个妹妹都分散在河南道的济州、许州,江东的越州和淮南的凤阳。杜甫十分思念他们,经常在诗中提及对弟、妹的牵挂和思念。如在《乾元中寓居同谷县作歌七首》中说:“有弟有弟在远方,三人各瘦何人强。生别展转不相见,胡尘暗天道路长。东飞駕鹅后鹙鸧,安得送我置汝旁”,“有妹有妹在钟离,良人早殁诸孤痴。长淮浪高蛟龙怒,十年不见来何时。扁舟欲往箭满眼,杳杳南国多旌旗”,“有弟皆分散,无家问死生。寄书长不达,况乃未休兵”(《月夜忆舍弟》),“思家步月清宵立,忆弟看云白日眠”(《恨别》),“海内风尘诸弟隔,天涯涕泪一身遥”(《野望》)等,他说及兄弟的诗有十多篇。可见其手足之情是多么的深厚。此外,他还对从弟、表弟等人很关心,关系也很密切。如他一个从弟死于兵乱,他作诗沉重悼念。与从弟杜位经常来往,后来因杜位是李林甫的女婿,杨国忠掌权后,将他贬到岭南,杜甫对他的处境十分同情,曾寄诗安慰。由此可见,杜甫是一个手足情深的好兄长。

杜甫对手下做事的僮仆也充满了仁爱之心。在中国的古代社会中,地主、商人和官宦人家中都有奴仆。在主仆的关系上,奴仆是没有人权,得不到尊重的,经常受到主子的打骂,甚至于没有生命保障。杜甫在入蜀之后,生活十分贫困,没有提到过他家中有仆人,可能他根本养不起。可到了夔州之后,诗中出现了獠奴阿段、仆人信行、女奴阿稽三人。此三人可能是夔州都督柏茂林送给他的官奴,供其驱使。杜甫将这三个仆人当作家人一样看待。一次杜甫家中接山泉水用的竹筒断了,信行上山修接竹筒,往还有四十里路,回家后天色已晚,脸上晒得红红的:“日曛惊未餐,貌赤愧相对。浮瓜供老病,裂饼尝所爱”(《信行远修水筒》),杜甫连忙给他又是切瓜,又是掰饼子吃,对他很是心疼和关心。一次是阿段上山修接竹筒,杜甫对他的安全十分关心,对他冒着穿越虎豹之群的危险去干活十分感激。一次杜甫需要仆人上山伐木,扎一个篱笆墙,以防野兽。这些仆人很快就将修篱笆所用的竹木材料运回了家。杜甫给他们赏了一斛酒,大加犒劳。他善待下人,仁心可佩。

在邻里关系方面,杜甫也处得很好。在他的妻子儿女寄居在羌村时,他回家探亲,邻里都前来看望他:“手中各有携,倾榼浊复清”,杜甫对邻里的热情照顾非常感激,高歌一曲为之感谢:“请为父老歌,艰难愧深情。歌罢仰天叹,四座泪纵横。”(《羌村三首》其三)在成都草堂时,他的南邻朱山人是个隐士,杜甫和他很谈得来,戏称他为“锦里先生”。二人常相来往,还一起乘舟漫游直到月照当头才回家:“秋水才深四五尺,野航恰受两三人。白沙翠竹江村暮,相对柴门月色新。”(《南邻》)有时城中有人来访,他还顺便邀他到家里陪客饮酒:“肯与邻翁相对饮,隔篱呼取尽余杯。”(《客至》)

唐人很重视交游,杜甫所交游的朋友有前辈和长辈,也有平辈,有官吏也有平民。在前辈中有北海太守李邕、郑州刺史崔尚、豫州刺史魏启心、河南尹韦济，这些人都是杜甫的前辈，对杜甫有过赞誉和提携，杜甫对他们有着由衷的感激。房琯、郑虔、苏源明、贾至、严武与杜甫都是一个政治集团的，他们来往和相交甚密。在诗界的朋友有李白、高适、岑参、王维、裴迪、储光羲等盛唐著名诗人。此外，他与三教九流、隐士农夫等人都有交往，如大云寺僧赞公、东蒙道士元逸人、焦炼师、隐士范十、孔巢父、处士卫八、朱山人、斛斯融及成都附近的老农等，交游十分广泛。其中与杜甫关系最密切的友人，有李白、高适、李邕、郑虔、房琯、严武等，杜甫与他们有着至死不渝的生死交情。

天宝三载(744)，李白被赐金放还，辞京还山，路过洛阳与杜甫相逢，二人一见如故，结为好友。他们一起漫游梁宋，在汴州与高适相遇，三人共登吹台，饮酒赋诗，“慷慨怀古，人莫测也”(《新唐书·杜甫传》)，并一起至宋州，在孟诸泽打猎。后又与李白相约游齐鲁。在齐州与李邕相见，共游鹊山湖，在济下亭与济南名士欢宴。二人又同游东鲁，他们“醉眠秋共被，携手日同行”(《与李十二白同寻范十隐居》)，过着兄弟般的日子。天宝四载(745)，二人在兖州石门分手告别。李白作有《鲁郡东石门送杜二甫》。二人分手后，李白又作《沙丘城下寄杜甫》一诗，诗中有“思君若汶水，浩荡寄南征”句，表达了李白对杜甫的深切思念。其后李白就漫游江东去了。天宝五载(746)，杜甫游长安，写了《春日忆李白》，诗中有“渭北春天树，江东日暮云。何时一尊酒，重与细论文”句，怀念他们在一起切磋诗文的美好时光。此后的杜甫，写了大量的七古和乐府歌行诗，如《饮中八仙歌》《高都护骢马行》《兵车行》《丽人行》《洗兵马》等，应是受了李白的影响：“近来海内为长句，汝与山东李白好”(《苏端薛复筵简薛华醉歌》)，表达了他对李白的七古乐府歌诗的向往。自鲁郡分手后，李白、杜甫就再也没有见面，但杜甫对李白一直都很怀念。乾元二年(759)秋，杜甫西走秦州，听说李白因入永王李璘幕府，被肃宗以“从逆”的罪名长流夜郎，他十分担心李白的安危，连着三个夜晚梦见李白，于是作了《梦李白二首》，诗中忧心李白会死在“江南瘴疠地”，疑是故人之魂托梦来见：“三夜频梦君，情亲见君意。”他认为李白是永垂不朽的：“千秋万岁名，寂寞身后事。”他盛赞李白诗歌：“笔落惊风雨，诗成泣鬼神。”(《寄李十二白二十韵》)宝应元年(762)杜甫因成都兵乱，逃难于李白的老家绵州，十分怀念李白：“敏捷诗千首，飘零酒一杯。匡山读书处，头白好归来。”(《不见》)他十分希望李白能够回到绵州匡山的老家，与他见上一面。

不幸的是，李白于此年底就病逝于江东的当涂。杜甫写给李白的诗，现存有十四首。李白、杜甫的友谊是坚贞不渝的生死之交。

高适也是杜甫的至交之一。他们自开元间汶上认识之后，交往长达二十六年。自天宝李、杜、高三人漫游梁宋后，二人又于天宝十一载（752）相见于长安。杜甫与高适、岑参、储光羲、薛据同登慈恩寺塔，赋诗相和。至德二载，杜甫与高适同朝为官。乾元二年（759），高适迁彭州刺史，杜甫也在同年逃难至成都。在蜀期间，二人交往甚密，高适曾多次在经济上接济杜甫，经常有诗往来。杜甫盛称高适："美名人不及"（《寄高三十五书记》），"方驾曹刘不啻过"（《奉寄高常侍》），并认为他与岑参并驾齐驱："高岑殊缓步，沈鲍得同行"（《寄彭州高三十五使君适虢州岑二十七长史参三十韵》），对其诗有很高的评价。杜甫闻高适去世，作诗悼之："独步诗名在，只令故旧伤"（《闻高常侍亡》），心情十分悲痛。

严武是一位文武兼备的人才。严武后转为成都尹、剑南节度使。时杜甫在成都，与杜甫交游，生活上助杜甫甚多。后来严武入朝，为兵部侍郎，广德二年（764）复拜成都尹、剑南节度使，并表杜甫为节度参谋、检校工部员外郎。杜甫赠严武的诗近三十首，是杜集中所赠诗最多者。严武死后，杜甫作诗哭悼之。杜甫在《诸将五首》其五中赞严武为"出群才"，在《八哀诗·赠左仆射郑国公严公武》中，对严武做了极高的评价："诸葛蜀人爱，文翁儒化成。公来雪山重，公去雪山轻。"诗中将严武比作蜀汉丞相诸葛亮和汉朝在蜀首开教化的文翁。杜甫可谓是严武的最知己者。

李邕是杜甫祖父杜审言的好友，善写墓碑，擅长书法，开元间素负文名。开元初他在洛阳时，曾以杜审言之友的长辈身份去看过杜甫，杜甫有诗曰："李邕求识面"（《奉赠韦左丞丈二十二韵》），以为夸耀。天宝四载（745），李白、杜甫等人前往齐州历下亭与李邕相会。后李邕为李林甫所妒，派人将他杖杀于青州府中。杜甫对李邕的冤死非常气愤，作《八哀诗·赠秘书监江夏李公邕》，诗中对李邕在武则天时期"面折二张势"的不畏权贵奸佞的壮举十分钦佩，在天宝六载（747）遭遇"坡陀青州血，芜没汶阳瘗"的李林甫杖杀李邕的惨案极为同情。李邕对杜审言诗推崇甚高，杜甫对李邕对祖父诗歌的高度评价甚为感激。对李邕对其祖父的推崇及对自己的提携之意，杜甫深怀感恩之心，因此对他十分怀念。

房琯是唐玄宗入蜀时所封的宰相，天宝十五载（756）八月，与左相韦见素、门下侍郎崔涣奉使灵武,册立肃宗。肃宗以其素有重名,任其为宰相。寻抗疏请兵,与安史叛军战于陈陶和青坂,因他用的是古车战法,为叛军所败。肃宗不悦,欲治其罪,以其门客董庭兰私下纳贿为名,牵罪于房琯,杜甫时任左拾遗,抗颜疏救,认为房琯"以宰相子,少自树立,晚为醇儒,有大臣体",望肃宗应"弃小录大"(《奉谢口敕放三司推问状》),勿罢房琯宰相。结果肃宗大怒,杜甫几乎被治死罪。房琯后被贬至蜀中,宝应二年(763),官拜太尉,在其回京途中,路过阆州,卒于僧舍。杜甫闻此消息,作有《祭故相国清河房公文》以为哀悼,并在自梓州至阆州途中作《别房太尉墓》表示哀悼。杜甫还有诗云:"昔承推奖分,愧匪挺生材"(《秋日荆南述怀三十韵》),是说房琯以前曾经赞誉和提携过自己,自愧非挺生之材。可见房琯对杜甫也是有恩的。

郑虔是荥阳人,是杜甫的河南老乡,能诗善书画。天宝九载(750),为玄宗所赏识。玄宗赞其诗书画为"郑虔三绝"(《新唐书·郑虔传》),并任其为广文馆博士。二人在长安时期结识,常在一起喝酒,酒酣之际,作《醉时歌》以发牢骚。安史之乱后,郑虔为安禄山俘至洛阳,被迫任了伪职。在此期间他曾设法向肃宗密送情报。贼平后,肃宗却将他以降贼论罪,贬台州司户参军。杜甫曾多次写诗对他进行安慰和问候。后终卒于台州任上,杜甫作诗悼之。杜甫还在《八哀诗·故著作郎贬台州司户荥阳郑公虔》一诗中对他一生的业绩进行表彰,并作沉重的哀悼。

此外,杜甫与王维、岑参、贾至等人也有很深的交情。王维为山水田园诗派的代表人物,诗中有画,尤善五律,在开元间为诗坛巨擘,杜甫很佩服他,曾在《解闷十二首》其八中高度评价了王维的"秀句":"不见高人王右丞,蓝田丘壑漫寒藤。最传秀句寰区满,未绝风流相国能。"杜甫还与王维、岑参、贾至在收复长安时同朝为官,以贾至首唱,一同唱和《早朝大明宫》诗。他们的唱和诗,是对七律诗的一种切磋和促进。杜甫与岑参交游很早,在天宝时期就在长安相识,他曾与岑参一起游过渼陂,又与杜甫、高适、薛据、储光羲一同游慈恩寺塔,并赋诗唱和。在杜甫任左拾遗期间,杜甫还推荐岑参为右补阙。岑参参加河西幕府时,写了不少边塞诗名篇。永泰元年(765),岑参出为嘉州刺史,杜甫与其有诗书来往,将其比为南朝的大诗人谢朓,以清奇著称,称其诗为"谢朓每篇堪讽咏"(《寄岑嘉州》)。还有一位值得一提的是诗人和古文家元结。元结是大儒元德秀之弟,自幼从其兄学习儒家经典,后来他曾编选了《箧中集》,其中所收的皆是反映社会现实的古诗，号召崇儒复古。天宝六载（747），元结和杜甫一同参加了玄宗诏通一艺者的制举考试，结果在李林甫的把持下，此次考试竟无一人及第，并向玄宗上表庆贺“野无遗贤”。安史之乱后，元结被任为道州刺史，他对上级官员不顾人民死活，强征赋税非常不满，曾写了《春陵行》和《贼退后示官吏作》等诗，表示宁肯辞官，也不去搜刮那些“朝餐是草根，暮食仍木皮”（《春陵行》）的无衣无食的苦难百姓。大历二年（767）杜甫在夔州看到元结的《春陵行》《贼退后示官吏作》二诗，见其有《诗经》“比兴体制”，极为惊喜，称赞不已，并作《同元使君春陵行》一诗表达心迹，其序云：“不意复见比兴体制，微婉顿挫之词，感而有诗，增诸卷轴，简知我者。”他把元结引为同道，对元结一心为民的高尚品德极为推崇。

对于友人的帮助，哪怕是一饭之恩，杜甫总是心怀感激，念念不忘。他在战乱中，与少时的朋友卫八相见，受到了热情的招待：“昔别君未婚，儿女忽成行。怡然敬父执，问我来何方。问答未及已，儿女罗酒浆。夜雨剪春韭，新炊间黄粱。主称会面难，一举累十觞。十觞亦不醉，感子故意长。”（《赠卫八处士》）杜甫在逃难中，全家人在野地里走了好几天，又被大雨淋湿了衣裳，又冷又饿，在彭衙这个地方，为好友孙宰所接待：“故人有孙宰，高义薄曾云。延客已曛黑，张灯启重门。暖汤濯我足，剪纸招我魂。从此出妻孥，相视涕阑干。众雏烂熳睡，唤起沾盘餐。誓将与夫子，永结为弟昆。”（《彭衙行》）患难中的帮助，是雪中送炭，使杜甫感到人间的温暖，友谊的春风。他受人之惠，总是报之以诗，给予宣扬，以表他的感恩之情。友人王倚在其病后请他到家吃酸菜、尝酥饼、吃肉饮酒，他报之以诗（见《病后过王倚饮赠歌》）；邻人阮居士给他送来三十束野蒜，他赠之以诗（参见《秋日阮隐居致薤三十束》）；“故人供禄米，邻舍与园蔬”（《酬高使君相赠》），他都用诗来表示感谢，滴水之恩他都当以涌泉相报。这就是杜甫，一个心铭感恩的杜甫。

杜甫对朋友之道，引为道义上的互相支持，生活上的相互帮助，以真诚之心来对待朋友。他对世俗的交道反复的现状十分不满，而非常推崇古时的管鲍之交：“翻手作云覆手雨，纷纷轻薄何须数。君不见管鲍贫时交，此道今人弃如土。”（《贫交行》）对于那些曾经在仕途上、生活上、诗艺上帮助过自己的朋友，他总是怀着一颗感恩之心，对朋友的长处和优点，他总是不遗余力地加以赞美和宣扬。对那些志同道合的朋友，他的友谊总是始终如一的，不管对方是穷是达,他都不离不弃,坚贞不渝。而对那些交友不终的翻云覆雨的势利小人,他则给予蔑视。

三、杜甫是中国古代知识分子人格的完美体现者

中国古代的知识分子,以儒立身,以释、道为辅。杜甫虽也受到释、道思想的一些影响,但他所身体力行的主要是儒家思想。清人刘熙载说:“少陵一生却只在儒家界内。”(《艺概》卷二)“仁”是儒家学说的核心价值观和理念,是对儒者的根本要求。其他的义、礼、智、信等,都是以仁为基础和出发点的,并归结于仁。而仁的定义就是“仁者爱人”。儒家对读书人的要求是以儒家的仁的思想来修身养性,孔子说:“仁远乎哉?我欲仁,斯仁至矣。”(《论语·述而)也就是说,作为个体的人是学习和实践仁的主体。儒家认为,每个儒者都要由修身做起,然后由修身、齐家、治国、平天下的次序由近及远地将仁推广扩大,以实现一个社会和谐的大同社会。这是一个将仁由个体(主体)推向社会(客体),由内向外的实现过程。杜甫正是一个真正的儒者和仁者。杜甫是由小我到大我,从小家到大家,由个人到社会,来扩展和实现他的仁爱之心。他的一切活动正是从自己的仁爱之心出发,由家—族—朋友(包括邻里)—国家(包括君)—民(本民族和外民族)—众生依次向外扩展。事事处处都是以自己的仁爱之心来对待处理,最终以实现一个家家安居乐业,社会和睦太平的和谐社会,甚至实现一个与自然万物和谐的世界。

因此,杜甫在对待家的态度上,对先祖的奉儒传统和祖父杜审言的诗学传统加以发挥和拓展;从家族传统上来说,可谓是诗礼传家、光耀门楣,不辱祖风,是最大的孝。对其父杜闲,他到父亲的兖州任所趋庭亲侍,代父为祖母办丧事,写祭文,可谓是恪尽孝道。对其弟、妹,他在战乱中,十分关心他们的安危和生活,极尽思念关切之情,可谓是手足情深。对其妻子,他忠贞不贰,相亲相爱,相伴终生。对其子女,他关怀备至,在患难中护犊情深。对于族辈和亲戚,他对长辈敬爱有加;对平辈,也很讲情分,讲亲情。对于朋友,他忠于信用,不管对方穷达,都始终诚信如一。对于下人,他始终都能以亲人相待。对于邻里,他和睦相处,有里仁之美。对于国家和民族,他忠君爱国,深明民族大义,坚决维护国家

的统一和民族的利益。对于百姓,他以民为本,将仁心推及普通百姓和下层的弱势群体,反映他们的要求和呼声。他甚至还将他的关爱推及敌对的异族士兵身上,表现出高度的人道主义精神。更为甚者,他还将他的爱心惠及动植物和一切有生命的东西,其仁心可谓至矣。总之,杜甫不管在什么时候、什么境遇都时时处处地为他人着想。杜甫的人格在古代诗人和知识分子中是高尚的、完美的,堪为世人的典范,他以自己的诗歌创作和实际行动,高标准地实践了儒家人伦道德,称之为“诗圣”是当之无愧的。这就可以理解为什么后代人甚至外国人那么尊敬他了。宋代的王安石称道杜甫说:“常愿天子圣,大臣各伊周。宁令吾庐独破受冻死,不忍四海赤子寒飕飕。伤屯悼屈止一身,嗟时之人我所羞。所以见公像,再拜涕泗流。惟公之心古亦少,愿起公死从之游。”(《杜甫画像》)南宋诗人陆游也极称赞杜甫的思想和为人,把他看作是一个能“开太宗业”的大儒和政治家,他说杜甫:“后世但作诗人看,使我抚几空嗟咨。”(《读杜诗》)南宋的理学宗师朱熹,把杜甫与诸葛亮、颜真卿、韩愈、范仲淹并称为古今以来“光明正大”、品德高尚的“五君子”(参见《王梅溪文集序》)。南宋末的爱国志士文天祥,曾在狱中集杜诗二百余首,用杜甫精神来激励自己的爱国情操,并说:“凡吾意所欲言者,子美先为代言之。”(《读杜诗・自序》)近人梁启超称杜甫为“情圣”,郭沫若也认为杜甫是“诗中圣哲”。国外的很多学者也为杜甫的诗歌和人格所感动。日本著名中国文学史家吉川幸次郎、当代韩国学者李丙畴、美国现代著名诗人雷克斯罗思、俄罗斯学者叶・谢列布里亚科夫等人都深为杜甫的爱国主义精神所感动,为杜甫的伟大品格所感染。雷克斯罗思说:“我三十年来沉浸在他的诗中,我深信,他使我成了一个较为高尚的人。”(转引自莫砺锋:《杜甫评传》,南京大学出版社 1993 年版,第 419 页)由于杜甫高尚的人格、伟大的精神和对世界文化的杰出的贡献,他在 1961 年瑞典斯德哥尔摩举行的世界和平理事会上被确定为世界文化名人,于 1962 年即杜甫诞生的 1250 周年,在世界各地举行纪念杜甫的活动。

杜甫的人格魅力,来源于其思想的伟大,他是我们中华民族传统文化道德的代表人物之一。我们今天来纪念杜甫,不仅要继承发扬他的诗歌的优秀传统,还要继承他高尚的道德和人格精神,努力实现人与人之间的和谐、人与自然的和谐,让仁爱的光辉普照宇宙和人间。当然,我们不要忘记,杜甫还有他人格的另一个方面——疾恶如仇。他嫉恨一切假恶丑的东西,如他痛恨安史叛军

“杀戮到鸡狗”(《述怀》)的杀人罪行,他嫉恶贪官污吏“横索钱”的贪腐行为和“乱世诛求急,黎民糠籺窄”(《驱竖子摘苍耳》)对人民的过度剥削,他痛恨军阀们的“纵暴略与羌浑同”(《三绝句》其三)的残民暴行,他憎恶“当面输心背面笑”(《莫相疑行》)的两面派行为,正是这些假恶丑的东西,影响和阻碍着杜甫救国救民的仁爱之心和真善美的理想社会的实现:“必若救疮痍,先应去蟊贼”(《送韦讽上阆州录事参军》)。所以,致仁和嫉恶是杜甫人格的两个方面,嫉恶是为了更好地实现仁。杜甫的人格精神,需要我们用新的眼光去重新加以解读与阐释,并加以继承和发扬,让我们的神州大地和人间世界更加美好起来。

(原载《中州学刊》2013 年第 3 期)

杜甫审美思想的和谐理念

中国素有美是和谐的理念。如儒家以“中和”与“中庸”(《礼记·中庸篇》)为社会美德,道家也讲“阴阳之和”(《庄子·天运篇》)为最佳状态,释家也以“一切谐和,圆满成就”(《十二缘生祥瑞经》卷下)为功德追求。杜甫主要信奉的是儒教,他的审美思想是建立在儒家中道思想基础上的。他曾说过“法自儒家有”(《偶题》),对道家的自然和谐与释家的以慈善为本的“谐和”的信念也有一定的吸收。

一、真善美的和谐

杜甫所尊崇的主要是儒家的审美思想。儒家强调的是美与善的和谐统一。孔子论韶乐说:“尽美矣,又尽善也。”(《论语·八佾》)儒家特别重视伦理道德的美学内涵,认为美应建立在“仁”的基础之上,以内在仁义道德的善为“质”,而以外在的形式的美为“文”,“文质彬彬,然后君子”(《论语·雍也》),强调内在的质——“善”与外在的文——“美”相和谐。而认为不符合仁义的美是有缺陷的。所以说儒家的美学观主要是“尽善尽美”的善、美和谐理论。儒家很少讲到“真”①,而在道家的思想里,“真”却是一个十分重要的哲学观念,“真”是指

① 儒家的十三经中,均无“真”字。而道教的经典《老子》中有3个“真”字,《庄子》中有66个“真”字,《抱朴子》中有100个“真”字,《太平经》中有1163个“真”字。“真”是道家一个非常重要的哲学范畴,如真性、真知、真伪、真悲、真怒、真亲、真宰、真君、真人、葆真、全真、信真、守真、贵真、得真等。“真”在道家的观念里,总指为道,分指有两个重要含义,一个是指自然界本体之真,一个是指人的本性之真。与“伪”是对立的。

自然和人性本体之真实性，与“伪”是对立的。道家“嫉伪贵真”①，提倡的是“以真为美”的审美思想②。道家的审美观对杜甫也有一定的影响。道家的崇真嫉伪思想与史家的“实录”精神是一致的。儒家的“尽善尽美”和道家的“以真为美”相结合而成的真善美和谐的审美理念，形成了杜甫以道德伦理为价值标准以及以写真实的现实主义为主旨的文学思想。

杜甫的诗歌是以儒家“善”的道德伦理理念为基础的。他自幼生长在一个“奉儒守官”（《进雕赋表》）的士大夫家庭，对先祖以来“传之以仁义礼智信，列之以公侯伯子男”（《唐故万年县君京兆杜氏墓碑》）的家世传统深感荣耀，对儒家的“仁义礼智信”的道德理念牢记在心。他在诗中也表示“应须饱经术”（《又示宗武》），“法自儒家有”（《偶题》）。对儒家上致君于尧舜，下视黎民为赤子，忧社稷之存亡，扬先祖之遗德，怀兄弟之悌，敦夫妇之义，重朋友之谊，敦人伦之厚的道德伦理都念兹在兹。儒家的这些理念，是杜甫“善”的基本内容。杜甫对“积善”“树善”的行为极为推崇：“吾知徐公百不忧，积善衮衮生公侯”（《徐卿二子歌》），“前柱下史河东柳涉职是树善，损于而家，忧于而国，剥私室之匮，湯蒸人之安，志所至也”（杜甫《前殿中侍御史柳公紫微仙阁太画乙天尊图文》）。杜甫自己也遵守祖训，以儒家的道德伦理来严格要求自己，年轻时就树立了“致君尧舜上，再使风俗淳”（《奉赠韦左丞丈二十二韵》）的稷契之志，以“煌煌太宗业”为“宏达”（见《北征》）的理想，将大唐建设成为一个富强繁荣的和谐社会。在安史之乱后，他为大唐的中兴竭尽忠款，为朝廷力上谏言，希望大唐能“中兴似国初，继体如太宗”（《往在》）。在流离巴蜀和江湘的日子里，他时刻都在忧心社稷的安危：“社稷堪流涕，安危在运筹”（《西阁口号》），对在战乱中那些各自打着小算盘的军阀们进行严厉的谴责：“独使至尊忧社稷，诸君何以答升平？”（《诸将五首》其二）希望能够“君臣和同”（《祭故相清河房公文》）朝野上下同心同德，早日赢得平叛战争的胜利。对于战乱中的下层百姓的苦难命运，杜甫

① 道家反对虚伪：“诈巧虚伪之事，非可以全真也。”（《庄子·盗跖》）“使民离实学伪，非所以视民也。为后世虑，不若休之。”（《庄子·列御寇》）道家主张“法天贵真”（《庄子·渔父》），老子认为“信言（指真实可信的语言）不美（美指虚饰），美言（指虚饰不实的语言）不信”（《老子》第八十一章），都是嫉伪贵真的表现。刘勰说：“老子嫉伪，故称‘美言不信’，而五千精妙，则非弃美矣。”（《文心雕龙·情采》）

② 李泽厚、刘纲纪认为：“强调美与真的关系，是庄子美学的一个重要特点。”（《中国美学史》第一卷，中国社会科学出版社 1984 年版，第 248 页）

更是十分关心:“穷年忧黎元,叹息肠内热”(《自京赴奉先县咏怀五百字》)。杜甫的爱民理念来源于儒家的“民惟邦本”(《尚书·五子之歌》)的思想,他曾说过“邦以民为本”(《送顾八分适洪吉州》)的话,对统治阶级对人民赋敛无度,榨及骨髓的残酷剥削十分不满,对“彤庭所分帛,本自寒女出。鞭挞其夫家,聚敛贡城阙”,以造成“朱门酒肉臭,路有冻死骨”(均见《自京赴奉先县咏怀五百字》)的贫富悬殊的社会不平等现象,提出强烈抗议。在安史之乱后,百姓们处于水深火热之中,但他们所受到的剥削比以前更重:“乱世诛求急,黎民糠籺窄。饱食复何心,荒哉膏粱客。富家厨肉臭,战地骸骨白。”(《驱竖子摘苍耳》)杜甫以己溺己渴之心,深切地同情和关心处于社会底层的黎民百姓,那些被拉夫征兵、妻离子散、生死离别的中原父老,那些茅屋破漏不蔽风雨的天下寒士,那些为生计冒险在江上操舟的三峡船夫,那些白发不嫁以负盐为生的夔州女,那些无食无儿哀哀痛哭的秋原寡妇,那些卖儿卖女还租庸的江湘农民,都一个个进入了诗人的视野,杜甫为他们的不幸遭遇掬一把同情之泪,并力所能及地给予他们一些帮助。国家的命运和民族的苦难使杜甫心焦如焚,使他“上感九庙焚,下悯万民疮”(《壮游》),他将忧国与忧民结合在一起,成了中国历史上最受人景仰的伟大诗人。

揭示社会人生之真,是杜甫诗歌的一个重要特点。杜甫诗歌的写真实的现实主义诗风,深受儒家史学秉笔直书“实录”传统①和道家“嫉伪贵真”的美学观的影响。杜甫“贵真”的审美观,表现在两个方面。一是直目现实人生,不虚饰,不掩恶,如实地反映出社会的真面目。他的诗,发扬了史家的“实录”精神,素有“诗史”②之誉。二是抒真情,讲真话,表达诗人的性情之真。关于杜甫直目人生,反映社会现实,历代的学者已达成共识,此不详叙。关于杜甫的任情率真的一面,这里要多说几句。杜甫的诗多议论,是其一个重要特征。他在深刻地揭露和描写社会现实的同时,总忍不住要议论几句,以表达诗人自己的观点。这些议论都是切中时弊或发自诗人内心的真心话。如在《潼关吏》的结尾,他语重心长地对潼关吏说:“请嘱防关将,慎勿学哥舒。”在《无家别》中他在结尾发出

---

① 班固论司马迁《史记》曰:“辨而不华,质而不俚,其文直,其事核,不虚美,不隐恶,故谓之‘实录’。”

② 孟棨《本事诗·高逸第三》:“杜逢禄山之难,流离陇蜀,毕陈于诗,推见至隐,殆无遗事。故当时号为‘诗史’。”

内心的哀叹："人生无家别，何以为烝黎！"在《茅屋为秋风所破歌》的结尾，他发出"安得广厦千万间，大庇天下寒士俱欢颜，风雨不动安如山。呜呼，何时眼前突兀见此屋，吾庐独破受冻死亦足"的真情呼喊。在诗人年老衰病"此生已愧须人扶"的情况下，他深情地嘱咐自己的亲朋好友"致君尧舜付公等，早据要路思捐躯"（《暮秋枉裴道州手札率尔遣兴寄近呈苏涣侍御》），希望他们能够完成自己"致君尧舜上，再使风俗淳"的理想。这些议论无不表达了诗人的真实见解和真心愿望。

抒写性情之真，是杜甫诗歌另一特点。他说："由来意气合，直取性情真"（《赠王二十四侍御契四十韵》），"笑接郎中评事饮，病从深酌道吾真"（《赤甲》）。他对朋友的率真性情也十分赞许。他赞赏李白说："嗜酒见天真"（《寄李十二白二十韵》），对高适的真率也很赞赏："天涯喜相见，披豁对吾真"（《奉简高三十五使君》）。杜甫虽然写了许多以叙事为主的诗，但他绝大多数作品还是以抒情为主的。尤其是他的五律和七律，都是情真意长的作品。这些作品的主要特点就是抒写自己的真性情。杜甫是一个做事极认真的人，在他做谏官时，他常常是夜不能寐："明朝有封事，数问夜如何。"（《春宿左省》）他勤勉公事，屡上谏争，为的是"恐君有遗失"（《北征》）。他"避人焚谏草"（《晚出左掖》），又显现出他为人谨慎的一面。房琯被贬，他拼死力谏，以不为可，则表现出他的刚直性情。他与好友郑虔一起喝酒，喝醉了就"忘形到尔汝"，"但觉高歌有鬼神，焉知饿死填沟壑"（《醉时歌》），充分地表现出他性格疏狂率真的一面。他呼取邻翁陪客饮酒："肯与邻翁相对饮，隔篱呼取尽余杯"（《客至》），又显现了他简率随意、不拘小节的一面。在《又呈吴郎》一诗中，他委婉地劝吴郎不要将房前的枣树用篱笆围起来，以免除一位"无食无儿"的贫妇人前来打枣的恐惧之心，充分地显示了他深切同情下层人民的思想和体恤人情细致入微的个性。总之，杜甫是一个真性情的人，他的情感个性极细致丰富，处处都体现出了他情感的一个"真"字。所以梁启超就有了称杜甫为"情圣"之说："因为他的情感的内容，是极丰富的，极真实的，极深刻的。他表情的方法又极熟练，能鞭辟到最深处，能将他全部完全反映不走样子，能像电气一般一振一荡地打到别人的心弦上。中国文学界写情圣手,没有人比得上他,所以我叫他做情圣。"①

以上是说杜甫的思想之善,表现在对现实生活反映之真与性情表现之真两个方面。这种善与真,正是美的思想和情感的深刻内涵和内在基础。但善与真并不能与美直接画等号,美还需要具有美的形式。善和真还要能以美的外在形式表现出来,才能真正达到真善美的和谐。杜甫的诗歌也充分地做到了这一点。他特别重视诗的艺术形式之美,追求作品的艺术效果。他说:"文章千古事,得失寸心知。"(《偶题》)要求"下笔如有神"(《奉赠韦左丞丈二十二韵》),对李白诗歌"笔落惊风雨,诗成泣鬼神"(《寄李十二白二十韵》)的艺术效果十分神往。在诗的语言修辞、声律音韵等方面强调苦下功夫:"语不惊人死不休"(《江上值水如海势聊短述》),"遣词必中律"(《桥陵诗三十韵因呈县内诸官》),"律中鬼神惊"(《敬赠郑谏议十韵》)等。在唐代诗人中,他是一个比较刻意追求诗歌艺术形式完美的诗人。他的后半生致力于律诗的写作,将唐代的律诗发展到了极致,成了唐以后律诗的典范和样板。杜甫的律诗是将诗的内涵美与诗的形态美(如整齐美与对仗美)、声律美(如讲平仄格律和音韵)相结合的产物,达到内容与形式的高度和谐和统一,是唐诗成熟的表现。杜甫的各体诗歌中的优秀之作,都是诗的内涵美(真、善)与形式美的完美结合,表现出诗歌真善美的和谐。

二、诗教与政教的和谐

《诗大序》中强调诗要"厚人伦、美教化、移风俗",将诗教与政教相统一。杜甫的诗歌有很强的政治教化意识,并能将这种政教意识与诗歌审美的特征很和谐地结合在一起,尤其是他的新题乐府诗,就是这样的具有强烈地反映时事政治的意识与儒家忧国忧民的思想意识的代表性作品。这些作品将诗歌审美的功能与政治教化的作用很自然和谐地结合在一起,使诗的"兴""观""群""怨"的各种功能得到充分发挥。儒家的"兴""观""群""怨"的诗歌思想,体现

① 梁启超:《情圣杜甫》,载《梁任公学术讲演集》第一辑,商务印书馆 1922 年版,又载《杜甫研究论文集》第一辑,中华书局 1962 年版,第 2 页。

了诗歌的教化功能与诗歌各种审美功能的和谐并用。

儒家诗学特别重视诗歌的政治功能与社会教化功能。孔子说:“《诗》三百,一言以蔽之,曰:‘思无邪。’”(《论语·为政》)就是说,诗歌不能违背政治伦理道德,必须符合儒家教化宗旨。他还说:“诵诗三百,授之以政,不达;使于四方,不能专对;虽多,亦奚以为?”(《论语·子路》)强调的是学《诗经》以培养治政能力的政治功用和在外交活动中引用《诗经》中的诗句来作为外交语言的交际功用。汉儒解诗更明确地指出,诗有“经夫妇、成孝敬、厚人伦、美教化、移风俗”(《诗大序》)的政治教化作用。在解释风、雅、颂时《诗大序》指出:风是“上以风化下,下以风刺上”;对雅的定义是“雅者,正也;言王政之所由废兴也。政有小大,故有小雅焉,有大雅焉”;对颂的定义是“颂者,美盛德之形容”,都与政教有密切的关系。总之,儒家的诗教,将诗与政治教化联为一体,充分地发挥诗的政教作用。杜甫自幼接受儒家诗教,他自觉地将儒家的诗教与政教结合在一起。他的诗以时事入诗,关心国事,忧心民情,充分地表达了他忧国忧民的思想感情。他的新乐府诗,自觉地承担起反映人民的疾苦和全国上下同心协力平定安史之乱、复兴大唐的衷心愿望的责任,而且努力将诗作得“尽善尽美”,是诗教与政教完美结合的代表作品。他的其他各体诗歌,也都不同程度地发挥诗歌的政治教化作用,引导人们热爱祖国和人民,反对战争,热爱和平,反对上层统治集团的贪腐之风,关心百姓疾苦,努力追求一个太平和谐的社会。

儒家关于“诗可以兴,可以观,可以群,可以怨”(《论语·阳货》)的诗论,较为全面地概括了诗的各种功用。“兴”是指感物起兴抒发诗人的情感和思想的自我表达功能,“观”是指诗有“观风俗”的社会功用,“群”是指诗有团结协和群众的政治教化作用和以诗为手段进行社会交际的交际功能,“怨”是指诗有对现实的弊病进行揭露、批判和干预政治的怨刺讽喻功用。这些诗的审美与教化的各种功用都在杜诗中很好地得到体现。

“兴”,就是诗人有感而发,触景起兴,主要表现出诗人情感的审美功能。杜甫的咏写性情与书写情怀的诗大体都是如此。这类诗各体都有,主要在五律、七律诗中最为典型。他的《春望》《春夜喜雨》《旅夜书怀》《登岳阳楼》《阁夜》《登楼》《登高》《秋兴八首》《咏怀古迹五首》等诗,就是这方面的杰作。过去对杜诗在叙事方面的贡献研究得比较多些,其实,杜甫诗歌的主要成就和影响还是在以咏怀抒情见长的五、七言律诗,尤其是他的七律,情景交融,意境深远,音韵铿锵，动人心魄，可谓是千古一人，古今无双，是令人兴发感动的抒情诗篇。

杜甫的古体诗，尤其是其新体乐府等都是具有叙事性的诗歌，如《兵车行》、《丽人行》、《哀江头》、“三吏”、“三别”以及《自京赴奉先县咏怀五百字》《北征》等夹叙夹议的大篇等，熔咏怀与叙事于一炉，则既可以“观”——从诗中观察民风民情与其所反映的社会问题，又可以“群”——使诗起到下情上达、上情下化，达到君民和洽，同心协力，团结一致共同平叛的效果，而且还可以“怨”——以诗来讽刺统治者的腐败行为，揭露社会弊端，发泄诗人对一切不良现象的不满的怨愤感情。“兴”“观”“群”“怨”是一个整体，诗的各种功能在杜诗的各体诗歌中虽有所侧重，但都得到和谐的运用和表现，充分发挥诗歌功能的各种作用。

杜甫充分运用诗的以政教寓于审美的特征，将政治教化与诗教的审美功能结合一起，充分发挥诗的社会功能，来实现他振兴国家与民族的政治愿望。杜甫的诗教与政教合一的传统，对元白所兴起的新乐府运动产生了极大的影响。元白新乐府“文章合为时而著，歌诗合为事而作”（《与元九书》）及“为君、为臣、为民、为物、为事而作”（《新乐府序》）的诗歌主张，显然是对诗教与政教结合传统的发扬光大。而宋代将杜诗作为教化的范本，以杜甫为忠君爱国的典范，视其为诗界之“孔子”①，则是将杜甫推向了“诗圣”的宝座。这种过分强调杜甫诗歌的教化作用（即政治标准），而忽视其诗歌的审美功能（即艺术标准），没有充分认识到杜诗的审美功能与教化作用二者的和谐关系，是有一定偏颇的。

三、人品与诗品的和谐

杜甫充分体现了儒家“温柔敦厚”的伦理道德观和诗歌的审美观，表现出“中和”的和谐思想。杜甫为人忠厚诚恳，他的诗歌也表现出对君臣、父子、夫妇、兄弟及朋友与人际关系的和洽仁厚的态度。他的诗歌所体现出的情感，也都具有一种“中和”之美，很有一种理性的节制，不像李白的诗歌那样任情随意、

① 北宋的王安石特别强调杜甫的道德伦理（见《子美画像》）作用，苏轼甚至于说杜甫“一饭未尝忘君”（《王定国诗集序》），秦观在《韩愈论》中说：“孔子，圣之时者也。孔子之谓‘集大成’。呜呼，杜氏、韩氏亦集诗、文之大成者与！”即将杜甫比作诗界之孔子，而将韩愈比作文界之孔子。杜甫之“诗圣”之称，韩愈之“文圣”之称，盖最早来源于此。

飞扬跋扈。

杜甫的人品和诗品是高度和谐一致的,不像有些诗人心口不一,言行相悖,其人品与诗品有一定差距。读其诗即如见其人。杜甫的人品,闪耀着人格的光辉,受到后代高度的赞扬。

杜甫对君主是一个竭诚进谏、勤于公事的好臣子,对同僚他是个秉公办事、公正无私的正直官员,对父祖他是一个继承先祖家风、趋庭侍奉①、恪尽孝道的好子孙,对朋友忠实诚信,如对李白、房琯、郑虔、苏源明、严武、高适等,不管对方穷达遭遇如何,其友谊都始终如一。他深切希望"天下朋友皆胶漆"(《忆昔二首》其二)。对自己的妻子和儿女,患难与共,相互关心,相濡以沫。家庭生活十分和谐:"老妻忧坐痹,幼女问头风"(《遣闷奉呈严公二十韵》),"昼引老妻乘小艇,晴看稚子浴清江"(《进艇》)。对于弟、妹,他情真意切,十分关心。在战乱中,兄弟姊妹天各一方,时时使他牵肠挂肚:"故乡有弟妹,流落随丘墟"(《五盘》),"海内风尘诸弟隔,天涯涕泪一身遥"(《野望》)。杜甫对国家和朝廷来说是位忠臣,对百姓来说是位好官长,对妻子来说是位好丈夫,对子女来说是位好父亲,对弟、妹来说是位好兄长,对朋友来说是位好友人。在封建社会中,他的人品与为人,极尽于儒家的"中庸"之道,可以说堪称道德典范。在他的身上充满了一个儒家仁者的思想光辉,洋溢着道德人格之美。

人品决定诗品。《礼记·经解》说:"其为人也,温柔敦厚,诗教也。"清人朱庭珍指出杜甫诗歌与其人品的关系说:"有温柔敦厚之性情,乃能有温柔敦厚之诗。……少陵哭房琯、送严公、梦李白、寄王维、别郑虔,其诗无一不深厚沉挚,情见乎词,友朋风义,何其笃也。"(《筱园诗话》卷三)他人品的"中和"之美,与其诗的"温柔敦厚"之风相得益彰。他的诗歌就是他人品的反映。从其诗的内容方面来说,敦厚、真诚,不掩美,不隐恶,沉稳忠厚,勇于直抒己见而不张狂,敢于揭露批判而又有理性的节制。在诗歌艺术方面来说,他善于继承又勇于创新,既有个性的展示又有理性的节制,既严守格律又能突破格律,他能将直率与委婉、叙事与议论、写景与抒情、沉郁与明丽、顿挫与流畅、典雅与通俗等熔为一炉,形成一种海纳百川的浑厚和谐之美。杜甫的诗中虽然也有对统治者的怨刺

① 杜甫的父亲杜闲在兖州做官,杜甫在开元二十五年左右前去官衙侍奉。见《登兖州城楼》"东郡趋庭日"诗。

及对社会现实的揭露与批判，但他的态度却有着理性的节制，手法表现得也比较委婉，基本处在儒家的讽而婉的诗教传统之内。如他对唐玄宗的穷兵黩武政策十分不满，明明批判的是当今圣上，却以汉代唐，矛头指向的是汉武帝："边庭流血成海水，武皇开边意未已。"（《兵车行》）在《自京赴奉先县咏怀五百字》中，他在揭露朝廷中"彤庭所分帛，本自寒女出。鞭挞其夫家，聚敛贡城阙"的残酷剥削农民的事实的同时，紧接着便以"圣人筐篚恩，实欲邦国活"的话语对皇帝加以遮掩，以免对最高统治者过于刺激。又如他对唐肃宗不听谏言却听信奸佞小人排斥忠直之臣的行径非常怨愤，却用"唐尧虽自圣，野老夫何知"的较委婉含蓄的方式来表达和发泄自己的悲愤和不满。这虽然在一定程度上已突破了"怨而不怒"的诗教传统，但比起李白式的愤怒，把当今皇上比作是殷纣王和楚怀王一类的无道亡国昏君①，毕竟是客气委婉多了。

杜甫的诗歌将儒家所要求的"仁"与"善"发挥到了极致，将"诚"与"真"也发挥到了极致，正如孟子所说的是"充实光辉大而化"②，形成了他光辉的人格美。这种宽厚弘毅的伟大人格，在他的诗歌中呈现出浑厚博大的宏伟气象和仪态万方的浑融之美，充分体现出了真善美的和谐、诗教与政教的和谐、人品与诗品的高度和谐与统一。

（原载《杜甫研究学刊》2007 年第 4 期）

---

① 李白在《古风五十九首》其五十一中说："殷后乱天纪，楚怀亦已昏。夷羊满中野，菉葹盈高门。比干谏而死，屈平窜湘源。"指斥晚年的唐玄宗是迫害比干和屈原一类忠臣的"乱天纪"的殷纣王和昏愦的楚怀王。

② 《孟子·尽心下》："可欲谓之善，有诸己之谓信，充实之谓美，充实而有光辉之谓大，大而化之之谓圣。"

唐诗成熟的标志

——论杜甫律诗的成就

近体诗(包括五律、七律、五排、七排、入律的五绝和七绝)是唐代确立和完成的新体诗,是中国古典诗歌声律成熟的标志。其中五、七言绝句,出现得较早,在唐以前就已出现了,但完全律化却在唐以后。一般说律诗,仅指五律、七律、五排和七排。这是唐诗独有的贡献,尤其是五律和七律,在唐以后成了诗歌中的主要诗体。据有关统计,《全唐诗》现存 52119 首,其中五律和七律就有 20406 首,占《全唐诗》总数的 39.15%①。中唐以后律诗的总量,就占有中晚唐诗总数的一半左右②。

一、杜甫各体律诗的风貌与演进过程

杜甫在唐代是写律诗最多的一位诗人。据清人浦起龙《读杜心解》中统计,其律诗总量有 916 首,其中五律 630 首,七律 151 首,五排 127 首,七排 8 首。虽然各家计算的数目不完全一致,但大体差不了几首。杜甫律诗的数量占其诗总量 1458 首的 62.83%。就是说,杜甫诗的大多数是律诗。他的律诗的数量差不多是盛唐诗人的总和,他的七律的数量比初盛唐七律的总数还要多。在数量

---

① 参见杨波《方回〈瀛奎律髓〉的唐诗观》(河南大学 2005 年度硕士论文)。

② 中晚唐共有诗 26524 首,律诗就有 14107 首,占其总数的 53%;中晚唐的律诗总数是初盛唐律诗总数的 4 倍,中晚唐七律是初盛唐七律的 15 倍。参见施子愉《唐代科举制度与五言诗的关系》,《东方杂志》第 40 卷第 8 号。

上，杜甫的律诗在初盛唐人中雄居第一①，那么在质量上呢？先从五律来说，胡应麟认为杜甫的五律“千古以还，一人而已”（《诗薮》内编卷四）。七律也是无人可比，钱良择认为唐代的七律“上下百余年，止少陵一人而已”（《唐音审体·律诗七言四韵论》）。排律更是杜甫的强项，元稹认为杜甫“铺陈终始、排比声韵，大或千言、次犹数百，词气豪迈而风调清深，属对律切而脱弃凡近”的排律，写得最好、最有功力，对其佩服得五体投地，他说：“李（白）尚不能历其藩翰，况堂奥乎？”（《唐检校工部员外郎杜君墓系铭并序》）胡应麟认为杜甫的排律“从容声律间，尤为难事，古今绝诣也”（《诗薮》内编卷四）。这就是说，从前人的评价上来看，杜甫的律诗的质量不仅是唐人第一，也是古今第一。

杜甫的律诗，在初盛唐诗人中不但是数量最多的，其题材也比其他诗人远为广阔。杜甫将其主要精力和才能都用在了对律诗的创作上，下面对他的各体律诗进行简要的分析。

（一）杜甫的五律

杜甫的630首五律，大都是格律严谨、对仗精工的作品。和李白一样，从少年时代，杜甫就在作律诗方面下过苦功夫。作律诗是杜甫的家学。他的祖父杜审言，就是初唐诗坛上的一个作律诗的高手。杜甫对他的祖父一生都怀着深深的敬意。他曾说：“诗是吾家事”（《宗武生日》），“吾祖诗冠古”（《赠蜀僧闾丘师兄》）。杜甫少习《文选》，“熟精文选理”（《宗武生日》），他“不薄今人爱古人”（《戏为六绝句》其五），对齐梁时代的新体诗，对近体诗的先驱者阴铿、何逊及庾信的诗很熟悉：“颇学阴何苦用心”（《解闷十二首》其七），赞扬庾信的诗是“清新庾开府”（《春日忆李白》）、“庾信文章老更成”（《戏为六绝句》其一）。对唐初的律诗开创者“四杰”、沈佺期、宋之问、苏颋、李峤及陈子昂等人有很高的评价，认为他们的诗歌成就是“不废江河万古流”（《戏为六绝句》其二）。对于

① 据个人统计，王维集中有律诗193首（其中五律124首、七律26首、五排43首），孟浩然集中有律诗178首（其中五律135首、七律5首、五排38首），高适集中有律诗78首（其中五律43首、七律7首、五排28首），岑参集中有律诗209首（其中五律176首、七律10首、五排23首），李颀有律诗37首（其中五律16首、七律7首、五排14首），崔颢有律诗17首（其中五律11首、七律2首、五排4首），王昌龄有律诗19首（其中五律13首、七律2首、五排4首），储光羲有律诗65首（其中五律42首、七律1首、五排22首）。李白的律诗共有142首，都远赶不上杜甫。在初盛唐诗人律诗的数量上，杜甫雄居第一。

同时代的王维的“秀句”(《解闷十首》其八)和孟浩然的“清诗”(《解闷十首》其六)都认真地进行过学习。对李白“清新”“俊逸”的诗歌(其中当然也包括李白的五律),更是认为“思不群”的学习榜样。正是在对齐梁新体诗与初盛唐五律继承的基础上,杜甫开始了他对五律的完善与扩展。

杜甫的律诗,有一个发展和成熟的过程。通过他律诗的演进过程,我们可以明白地看出杜甫律诗发展的轨迹。

他的五律可分为七个时期:“十年长安”之前的青年时期、长安十年时期、安史之乱后至入秦州以前时期、秦州时期、蜀中时期、夔州时期、荆湘时期。

在杜甫“十年长安”之前的青年时期,现共存诗20多首,其中一半以上是五言律诗。这个时期的五律,他虽然还没有显示出自己独特的风格,但其五律的写作却得到了很好的训练,打下了良好的基础。其中《登兖州城楼》就有他学习其祖父杜审言《登襄阳城》的影子。其《画鹰》《房兵曹胡马》等诗,颇有奋发有为的盛唐气象和劲健风格。

在长安十年时期,他的五律写了30余首,此时他的五律更加纯熟,并开始运用五律组诗的形式扩展表现更多的内容。如《陪郑广文游何将军山林十首》,用十首五律从各种角度全面描绘了何将军山林的风景及游乐情景,“章法完整细密,精彩锤炼”①,十首诗前后照应,宛如一体。这组诗也有学其祖杜审言五律组诗《和韦承庆过义阳公主山池五首》的影子,可见其祖父之律诗对杜甫的影响之大。

安史之乱后至入秦州以前时期,杜甫有五律40余首。动乱的时代和生活,不但影响了杜甫的生活,更影响了他的诗歌。长安沦陷后,杜甫在由奉先县赴肃宗凤翔行在的路上被胡兵掠至长安,杜甫写了《春望》《月夜》等著名的五律。他后来从京城逃出,窜至凤翔行在,官拜左拾遗,因救房琯而被贬斥为华州司功参军,其间写了《自京窜至凤翔喜达行在所三首》《收京三首》《观兵》《得舍弟消息》等五律。此时期的诗显然与过去的五律不同,就是其诗多写时事,反映了当时的动乱生活,诗风也明显有了改变,就是渐显出其五律沉郁顿挫的风格特色。最有代表性的就是《春望》一诗。此诗写出了他对长安沦陷的无限哀恸,寄予了他忧国忧民的无限深情,千载之后还令人感慨至深。元人方回说:“此第一等好

① 金启华:《杜甫诗论丛》,上海古籍出版社1985年版,第175页。

诗,想天宝、至德以至大历之乱,不忍读也。”清人纪昀说:“语语沉着,无一毫做作,而自然深至。”(引文俱见《瀛奎律髓刊误》卷三二)

乾元二年(759)秋,杜甫弃官华阴,西走秦州。在秦州的三个月里,他作了92首诗,其中60首是五律。在这60首五律中,大部分都是格律严谨、对仗精工之作,有少部分五律在艺术上做了新的探索。王辉斌先生指出,秦州是杜甫五律的艺术转型期,“秦州五律,作为杜甫精心构建的一座艺术高标,与夔州七律互为媲美,共同代表着唐代近体诗的最高艺术成就”①。这个意见虽是一家之言,但杜甫秦州时期的五律的突出成就,确是值得肯定的。因为杜甫现存的五律,在此之前的二十三年中,总共只96首②,而杜甫在秦州的三个月中,就作了60首五律,是他作五律最集中的时期。他此时的代表作就是《秦州杂诗二十首》。这组五律规模宏大是前所未有的,对后来元稹的《生春二十首》、白居易的《和春深二十首》、姚合的《武功县中作三十首》、皮日休的《太湖诗二十首》、陆龟蒙的《奉和袭美太湖诗二十首》等五律组诗都有深刻的影响。杜甫这个时期的五律,既关切国家的时局和命运,又融入深刻的身世之感,内容十分厚重丰富。从风格上来讲,在沉郁顿挫中又寓有浑厚淋漓的悲慨之气。

杜甫入蜀后的五律有200多首,内容更加丰富多彩。在蜀中的头两年,杜甫有过一段相对安定的生活,因此心情也较舒展愉快。他写了一些蜀中风土人情和山林风景诗,展示了杜甫五律的另一面。这些诗有《田舍》《西郊》《后游》《漫成二首》《春夜喜雨》《江亭》《寒食》《水槛遣心二首》等。蜀中的清丽山水、独特的地方风情在这些诗中得到有力的展示,清丽萧闲是其特色。他此时期用五律赠答交游忆友的诗,写得情深意厚,感情真挚。如《酬高使君相赠》《不见》《九日奉寄严大夫》《奉答岑参补阙见赠》《奉赠王中允》《遣兴五首》等诗,写他与高适、严武、岑参、王维的深厚友谊及对李白、孟浩然等友人的深切思念。但更多的还是关乎时局,系于民生的诗,如《遣忧》写对吐蕃攻陷长安代宗出奔的忧虑和感慨,《警急》《王命》《征夫》《西山三首》写对吐蕃入侵西蜀松、维等州的忧心,还写了以《历历》《能画》《宿昔》《斗鸡》《骊山》《洞房》《洛阳》《提封》八首以诗中头两字为题的一组五律组诗。王嗣奭指出:“八章皆追忆长安之往事,

---

① 《杜甫研究丛稿》,中国文联出版社1999年版,第163页。

② 参见浦起龙:《读杜心解·目录卷三》,中华书局1981年版,第73页。

语兼讽刺，以警当时君臣，图善后之策也。每首先成诗，而撮二字为篇名，乃盖三百篇之遗法也。”（《杜臆》卷八）此外，杜甫还用五律写了大量的咏物诗，如《鹦鹉》《孤雁》《鸥》《猿》《麂》《鸡》《黄鱼》《白小》等诗托寓现实，表达了对弱小百姓被鱼肉之苦难的无限同情及对归隐山林脱离苦难生活的向往。杜甫此时期的五律，以内容的丰富性和风格的多样性取胜。

永泰元年（765）严武死，杜甫在蜀中失去了依靠，他便携舟东下。在从成都到夔州的路上，写了《禹庙》《题忠州龙兴寺所居院壁》《旅夜书怀》等五律，其中《旅夜书怀》一诗最为人传诵。诗中“星垂平野阔，月涌大江流”一联，是写长江景色的名句，最具气魄。有人指出，此二句与李白“山随平野尽，江入大荒流”二句相似，但内容更加丰富①，此话自然正确，但也说明杜甫此诗是受了李白五律《渡荆门送别》一诗影响的。因为李白此诗要比杜甫此诗早了四十年②。

杜甫在夔州住了二年，此时期所作的五律约有200首。夔州在三峡瞿塘峡口，是山川最为险峻的地方。因此，杜甫在此时期的五律山水诗最多，诗风雄健峭拔，尽现出了长江三峡的高江急流、奇峰险滩的壮丽景色与心中的兀傲不平之气。如“众水会涪万，瞿塘争一门”（《长江二首》其一），“巨石水中央，江寒出水长”（《滟滪堆》），“奔峭背赤甲，断崖当白盐”（《入宅三首》其一），“峡口风常急，江流气不平”（《入宅三首》其三），“入天犹石色，穿水忽云根”（《瞿塘两崖》），“地与山根裂，江从月窟来”（《瞿塘怀古》），“楼光去日远，峡影入江深”（《白帝楼》），“风起春灯乱，江鸣夜雨悬”（《船下夔州郭宿雨湿不得上岸别王十二判官》），“薄云岩际宿，孤月浪中翻”（《宿江边阁》），“峡险江惊急，楼高月迥明”（《季秋苏五弟缨江楼夜宴崔十三评事韦少府侄三首》其一），等等。在这些诗句中，“争”“急”“奔”“裂”“乱”“悬”“翻”“惊”等字写出了瞿塘峡山高水急的峻峭形势，其实也暗寓了时局的动乱和诗人心中对国事的忧虑和不安，是诗歌情景交融的最佳范例。

杜甫于大历三年（768）正月离开夔州，在荆湘一带漂泊，这个时期他的五律诗约有60首。此时，已到了杜甫的暮年，其五律诗中有明显的叹老嗟卑的萧飒

---

① 黄生《杜诗说》卷五：“李白亦有‘山随平野尽，江入大荒流’句，句法略同。然彼止说得江山，此则野阔、星垂、江流、月涌，自是四事也。”

② 据詹锳先生《李白诗文系年》（人民文学出版社1958年版，第5页），李白《渡荆门送别》作于开元十三年（725）初出蜀时。

气象，但其关心民瘼与国事之情依然不减当年。其中最著名的五律是《登岳阳楼》《江汉》二诗。前诗写洞庭湖气魄宏大，其中名句"吴楚东南坼，乾坤日夜浮"可与孟浩然写洞庭湖的名句"气蒸云梦泽，波撼岳阳城"(《望洞庭湖上张丞相》)相媲美。诗的尾联"戎马关山北，凭轩涕泗流"两句，写作者至死仍在想着战乱中的黎民百姓。后诗写以老病之身，犹壮心不已："落日心犹壮，秋风病欲苏。"他深深悲叹自己再没有机会为国效力："扁舟空老去，无补圣明朝。"(《野望》)一代伟大的诗人，怀着一颗忧国忧民之心，终老于从湘潭至洞庭的一条破船之中。

综上所述，可见杜甫的五律在七个阶段中的大致发展状况。它有一个由学习继承前人、确立自己风格、努力探索创新、扩展表现内容、形成独特个性，走向创作高潮和圆满完成创作技巧、使五律完全成熟与完善的过程。杜甫将五律推向唐代顶峰，成了千百年人们学习的样板和典型。如果说盛唐王、孟、李、高、岑等人的五律尚带有古诗余风的话，那么到了杜甫就将五律彻底地摆脱了古诗纠缠，树立了五律的严谨声律和对偶的范式，使它成为唐代近体诗的最成熟的有法可遵的体式①。中唐以后，诗人莫不以杜甫的五律为榜样大力进行创作，成为唐诗中最主要的诗体。

（二）杜甫的七律

杜甫对律诗的最大贡献是在七律方面。七言律诗虽然在初唐已经出现，但"初唐四杰"尚未有七律，至杜审言、李峤时才始有所作。杜审言有七律 3 首，李峤有七律 3 首，沈佺期有七律 16 首，宋之问有七律 4 首，但多是应制之作。其中以杜审言的《春日京中有怀》、沈佺期的《古意》最为有名。胡应麟说："初唐无七言律，五言亦未超然，二体之妙，杜审言实为首倡。"(《诗薮》内编卷四)其中所指就包括杜审言的七律《春日京中有怀》一诗。沈佺期的《古意》一诗被王夫之推为"古今绝唱"(《唐诗评选》卷四)，然此诗也有人认为是近体乐府诗，"只能算是自乐府演变为七律的一首奠定形式的代表作"②。杜、李和沈、宋都是七

---

① 明人胡应麟说：杜甫五律"究竟绝轨，极深研几，穷神知化；五言律法尽矣"(《诗薮》内编卷四，上海古籍出版社 1979 年版，第 58—59 页)。

② 叶嘉莹：《迦陵论诗丛稿》，中华书局 1984 年版，第 62 页。

律的开创者和奠基者,他们的首倡之功功不可没。七律在盛唐时期虽然有所发展,然仍然有限。王维有七律 26 首,孟浩然有七律 5 首,高适有七律 7 首,岑参有七律 10 首,李颀有七律 7 首,王昌龄有七律 2 首,张谓有七律 6 首,崔颢有七律 2 首,李白有七律 8 首,贾至、祖咏、卢象、崔曙和储光羲各有七律 1 首。盛唐诗人七律的总数加起来也不过只有七八十首。除李颀、祖咏的七律较为工整妥帖外,其他诗人的七律多有失对、失粘、重字之处,如王维之七律,竟有近半数失粘、失对,崔颢与李白的七律还有古诗之余风。总之,初盛唐时的七律从内容上尚局限于应制、写景及应酬唱和的小圈子中,在技巧上也大都是平铺直叙之作,在格律上也不尽完善和成熟①。七律比之五律,虽然在句式上只多了两个字,但却在律诗的句律上多了一个音节,从声律和技巧的处理上来说比五律难多了。所以七律的出现,虽然并不比五律出现得晚,但其成熟却比五律晚多了。五律在盛唐人手中已经相当成熟并定型,而七律却直到杜甫的手中才最后完成与定型。

杜甫七言律基本上可分为五个时期,即安史之乱以前、安史之乱后至入蜀以前、蜀中时期、夔州时期、荆湘时期②。

安史之乱前,杜甫共作有七律 5 首,多是寄赠、游宴之作。此时期可谓是杜甫七律创作的学习时期,主要是对杜审言与沈佺期、宋之问、王维、李颀等人七律的模拟与仿作,从内容与形式两个方面都没有什么创新之处。这 5 首诗中有 4 首是按照七律格律来写的,只有《城西陂泛舟》一诗有两处失粘。失粘现象在盛唐七律中较常见,因当时对七律的要求尚未有对五律那么严格,尤其是王维

---

① 胡应麟说:"盛唐七律称王(维)、李(颀)。王才甚藻秀而篇法多重,'绛帻鸡人'不免服色之讥;'春树万家'亦多花木之累;'汉主离宫'、'洞门高阁',和平闲丽,而斤两微劣。'居延城外'甚有古意,与'卢家少妇'同,而音节太促,语句伤直,非沈比也。李律仅七首,惟'物在人亡'不佳。'流澌猎月'极雄浑而不笨;'花宫仙梵'至工密而不纤;'远公遁迹'之幽,'朝闻游子'之婉,皆可独步千载。岑调稳于王,才豪于李,而诸作咸出其下,以神韵不及二君故也。即此推之,七言律法,思过半矣。"(《诗薮》内编卷五,上海古籍出版社 1979 年版,第 84 页)

② 关于杜甫七律的分期,或分为前后两期,如马茂元先生在《思飘云物动,律中鬼神惊》中将杜甫七律以乾元二年(759)入蜀为限,分为前后两个时期,见《杜甫研究论文集》第三辑,中华书局 1963 年版,第 129—144 页;或分为四期,如叶嘉莹在《论杜甫七律之演进及其承先启后之成就》中将杜甫七律分为安史之乱前、收京以后重返长安、成都草堂时期、入夔州以后四个阶段,见《迦陵论诗丛稿》,中华书局 1984 年版,第 48—110 页。其实杜甫荆湘时期与夔州时期的七律还是有区别的。

与李白的七律失粘现象较多。这说明杜甫此时的七律还是受到盛唐诗风的一些影响的。

安史之乱后至入蜀之前,杜甫的七律开始多了些,有 24 首,但诗的题材仍然不够宽阔。最有名的是收京之后与贾至、王维、岑参等人的朝中唱和之作与《曲江二首》《九日蓝田崔氏庄》等诗。《奉和贾至舍人早朝大明宫》一诗,仍不脱颂诗之体,但在技巧上更为圆熟,吟咏贴切,声律上更加严谨成熟。王维之和诗,气象阔大,用语典雅,但诗中"五用宫室字"且有"服色之讥"(《诗薮》内编卷五),尾联与颔联失粘,没有杜诗工稳妥帖。贾至的首唱之作与杜甫、王维、岑参的和诗,皆为一时粉饰太平之作,从思想上来看,虽没有多大意义,但从七律之写作技巧上,确是一个很大的提高和进步,标志着律诗在格律上已经达到了成熟的境地。明人黄生认为此四诗中,杜诗为优。他说:"合观四作,贾首倡,殊平平。三和俱有夺席之意,就三诗论之,杜老气无前,王、岑秀色可揽。"(《杜诗说》卷八)杜甫的《曲江二首》《九日蓝田崔氏庄》等诗,更显示了杜甫七律已达到了纯熟完美与得心应手的地步。不仅在格律上挑不出毛病,其对仗也是十分精工,其圆熟之程度,已超出王维、李颀、贾至、岑参等人。其他诗如"酒债寻常行处有,人生七十古来稀"(《曲江二首》其二),以"寻常"对"七十"可谓是在数字上的古今奇对。黄鹤注云:"应劭曰:八尺曰寻,倍寻曰常,故对七十"①,将"寻常"一词,既作状语"经常",又作为数词,与"七十"对仗,对得是相当巧妙的。"羞将短发还吹帽,笑倩旁人为正冠"(《九日蓝田崔氏庄》)一联,杨万里评曰:"将一事翻作一联;又孟嘉以落帽为风流,少陵以不落帽为风流,翻尽古人公案,最为妙法。"(《诚斋诗话》)杨万里还推此诗为"杜律第一"②,虽不尽被后人所认同,但也说明了杜甫七律此时期的高度成就。又如"桃花细逐杨花落,黄鸟时兼白鸟飞"(《曲江对酒》)、"林花著雨燕脂落,水荇牵风翠带长"(《曲江对雨》)、"侵陵雪色还萱草,漏泄春光有柳条"(《腊日》)等句,都曲尽声律与对偶之美。但此阶段杜甫的七律仍有拗体之作,如《题省中壁》一诗,前四句失对,且有三平脚,为古风体,后四句方为律句。《宣政殿退朝晚出左掖》一诗,颔联与颈

① 转引《杜诗详注》卷六,中华书局 1979 年版,第 448 页。

② 胡震亨《杜诗通》卷三五:"此诗杨诚斋推为杜律第一。"

联失粘。这可能是杜甫仍受盛唐王维、崔颢、李白等人七律"时出古意"①影响的结果。

杜甫入蜀后,他的七律比以前明显增多。他在蜀中未至夔州前约作有七律 50 首。这个时期的七律,比以前写得更加丰富多彩,运用自如。尤其是对蜀中的景物风情,在七律中多有表现。由于蜀中环境相对安定,杜甫的心情也有所好转,于是杜甫写了一些如《卜居》《江村》《南邻》《堂成》《狂夫》《野老》《客至》《进艇》《野人送朱樱》等情调闲适的风物人情诗。这时的与朋友酬答唱和及送别寄赠的诗也多了起来,如《送韩十四江东觐省》《和裴迪登蜀州东亭送客逢早梅相忆见寄》《寄杜位》《送路六侍御入朝》《奉寄章十侍御》《奉待严大夫》《奉寄高常侍》等七律。此时的怀乡思亲之情也逐渐浓厚,如"冬至至后日初长,远在剑南思洛阳"(《至后》)、"海内风尘诸弟隔,天涯涕泪一身遥"(《野望》)、"世乱郁郁久为客,路难悠悠常傍人"(《九日》)等诗句,但最著名的还是《闻官军收河南河北》一诗。诗中将诗人闻平安史之乱胜利的消息之后,高兴得手舞足蹈,欣喜若狂,纵酒放歌,急于携家眷归乡的情感描写得淋漓尽致。此外,杜甫还写了像《恨别》《登楼》《蜀相》《宿府》等忧心时局和感喟身世的作品,此时的杜甫已将强烈的忧国忧民的情怀与漂泊支离的身世之感融入七律诗的创作之中,扩展了七律诗的表现内容。如"花近高楼伤客心,万方多难此登临"(《登楼》)、"闻道河阳近乘胜,司徒急为破幽燕"(《恨别》)、"唯将迟暮供多病,未有涓埃答圣朝"(《野望》)、"新松恨不高千尺,恶竹应须斩万竿"(《将赴成都草堂途中有作先寄严郑公五首》其四)、"出师未捷身先死,长使英雄泪满襟"(《蜀相》)等,将对国家前途命运的关心、对时局变化的关注、对英雄人物的呼唤、对外族入侵者的憎恨及自己强烈的忧国之心都做了尽情完美的表达。此时杜甫的七律创作,无论是在思想表达、内容表现还是在艺术形式的完善等方面,都可以说完全成熟了。

杜甫夔州时期的七律有 62 首。此时杜甫的七律已达到随心所欲、无所不能的化境。他不但已将七律内容与形式做到了完美的结合,完成了对七律范式的确立,为后世树立了七律的典范,而且又作了一些七言拗律,作为突破声律的

---

① 胡应麟说:"唐七言律自杜审言、沈佺期首创工密。至崔颢、李白时出古意,一变也。"(《诗薮》内编卷五,上海古籍出版社 1979 年版,第 84—85 页)

探索作品,如《白帝城最高楼》《愁》《黄草》《暮春》《暮归》《九日》《晓发公安》等诗,即所谓“吴体”①的七律诗。这些诗给宋代黄庭坚、陈师道等人的“拗体”七律导夫先路。从风格方面来讲,此时期的杜甫七律,由蜀中时期的或清丽,或沉郁,或通俗,或雄深的多样风格,发展成为老健雄放、沉郁悲壮的雄浑风格。有人将此时期的杜甫七律分为正、变两体。“正格”属全符合格律要求的七律,而“变体”属于拗律②。属于“正格”七律的代表作,此时期的有《诸将五首》《秋兴八首》《咏怀古迹五首》《阁夜》《登高》《又呈吴郎》等诗。这些诗,前三组诗是对七律联章诗的进一步发展,因在蜀中时期杜甫已有《将赴成都草堂途中有作先寄严郑公五首》大型七律组诗,而此时期的《秋兴八首》组诗竟长达八首。其规模之大,在七律的联章诗中,可谓前所未见。八首诗首尾勾连,前后照应,结构森严,浑然一体,宛如一篇。明人王嗣奭说:“《秋兴》八章,以第一首起兴,而后七首俱发中怀,或承上,或起下,或互相发,或遥相应,总是一篇文字,拆去一章不得,单选一章不得。”(《杜臆》卷八)这一大型组诗所取得的成就,更是令人惊叹:“怀乡恋阙,吊古伤今,杜老生平,具见于此。其才气之大,笔力之高,天风海涛,金钟大镛,莫能拟其所到。”(沈德潜《唐诗别裁》卷一四)《秋兴八首》在艺术上也取得了巨大的突破。叶嘉莹先生指出:“杜甫在正格之七律中,能做到既保持形式之精美,又脱出严格之束缚的,两点最可注意的成就,那便是前面所提到过的——句法的突破传统与意象的超越现实。”③句法的突破的实例是“香稻啄余鹦鹉粒,碧梧栖老凤凰枝”一联,由于句中将主语“鹦鹉”与“凤凰”的后置,既解决了平仄声律的问题,又造成了诗语的奇警与意象的超忽,可谓是一箭双

① 方回《瀛奎律髓》卷二五“拗字”类:“拗字诗在老杜七言律诗中,谓之‘吴体’;老杜七言律一百五十九首,而此体凡十九出,不止句中拗一字,往往神出鬼没,虽拗字甚多而骨格愈峻。”关于老杜的“吴体”,有各种说法,主要有两种。一种是说杜甫的“吴体”是杜甫“自创音节”的拗律。萧涤非先生说:“是打破常规,自创音节。具体地说,就是创作拗格的七言律诗。……所谓的拗格律诗,便是在平仄的组合上,打破固定的匀整的格式而自创音节的一种律诗。因为这种拗格律诗中他有时甚至插入古诗的句子,所以前人说是‘律中带古’,这是杜甫的一个创造。”(《杜甫研究》,齐鲁书社 1980 年版,第 114—115 页)另一种说法是“吴体”是一种民歌声调,根本没有声律的限制。夏承焘先生说:“我以为杜作‘吴体’,本是用民间歌谣声调,并没有字声上的规律。”(《杜诗札丛·吴体》,见《月轮山词论集》,中华书局 1979 年版,第 203 页)关于杜甫拗律的研究,刘明华先生的意见是:一、杜甫顺其自然,对规律的放弃;二、杜甫有意为之,对声律的破弃。参见刘明华:《杜甫研究论集》,重庆出版社 2002 年版,第 376—378 页。

② 参见叶嘉莹:《迦陵论诗丛稿》,中华书局 1984 年版,第 87 页。

③ 叶嘉莹:《迦陵论诗丛稿》,第 95 页。

雕。此外,《诸将五首》《咏怀古迹五首》,或"以议论行诗"①,或以咏史抒怀,极大地扩展了七律的功能与容量,与《秋兴八首》同为七律联章的典范和集大成②之作。此时期杜甫的七律,既有《登高》这样的八句皆对的雄浑悲壮之作,也有《又呈吴郎》的平易通俗之作。在《见萤火》一诗中,还将唐代的口语入诗:"却绕井阑添个个,偶经花蕊弄辉辉","个个""辉辉"即唐代的口语。无论什么样风格的诗,杜甫都能将诗的意象手到擒来,写得传神生动、得心应手。

关于杜甫的拗体律诗,历来有不同的看法。一种认为是杜甫的《白帝城最高楼》一类的拗律,"苍茫历落中自成音节"(王士禛《带经堂诗话》卷一),"以拗折之笔,写拗涩之情,夐然有独往之致,造成了杜甫在七律一体的另一成就","这种变体之拗律,与另一种谨守格律,而于格律之局限中用腾掷跳跃的正格律诗,实在乃是同一成就的两种表现"③,认为这是杜甫的变律,是为了突破格律的限制而做的大胆试验和探索。另一种看法是,认为这些拗律诗是以"歌行入律"(王世贞《艺苑卮言》卷四),是以"古调入律"(林昌彝《海天琴思录》卷五)。还有的学者认为,应将这些拗律排除于律诗之外④。但本人以为,既然古人都承认有"拗律"一体,我们还是应将杜甫的七律拗体看作是他对七律声律的一种探索,是对"正格"七律在格律上的一种突破。只是此一体"不宜多作"(《艺苑卮言》卷四),"杜则可,学杜则不可"(《诗薮》内编卷五),而宋人黄、陈诸公专学此体,以致走入魔道,为后人所讥。

杜甫在湖湘时期的七律有 15 首。此时期多纪行、纪游、酬赠、送别、感兴之作。此时杜甫已年老多病,生活穷困潦倒,靠亲友接济为生,故诗中多叹老嗟卑、感时伤怀之作。如"衰年正苦病侵凌,首夏何须气郁蒸"(《多病执热奉怀李尚书之芳》)、"时危兵甲黄尘里,日短江湖白发前"(《公安送韦二少府匡赞》)、

---

① 《唐诗选脉会通评林》引陆时雍语曰:"《诸将五首》多以议论行诗。"

② 《葚原诗说》:"读《秋兴八首》、《咏怀古迹》、《诸将五首》,不废议论,不弃藻缋,笼盖宇宙,铿戛钧韶,而纵横出没中,复含蕴藉微远之致,目为大成,非虚语也。"(转引自《唐诗汇评》,浙江教育出版社 1995 年版,第 1124 页)

③ 叶嘉莹:《迦陵论诗丛稿》,第 88、90 页。

④ 韩成武先生认为,杜甫一生所留的严整七律只有 113 首,有 38 首七言八行诗,"有的虽用律句组成但却失粘,有的则或多或少未能使用律句。笔者认为,这些诗虽具七律句数和对仗形式,亦不能视为律诗"。并认为杜七律中的"吴体",是"说明他有意使用吴地民歌的拗句,虽借用七律的句数和对仗的形式,并非是在写七言律诗"。(参见《杜诗艺谭》,河北教育出版社 2002 年版,第 229—231 页)

"药裹关心诗总废,花枝照眼句还成"(《酬郑十五判官受》)、"春水船如天上坐,老年花似雾中看"(《小寒食舟中作》)、"年过半百不称意,明日看云还杖藜"(《暮归》)。在这些诗中,他感到年老体衰,头白眼花,药不离身,以破船为家,在战乱的年代里到处漂泊。他甚至把自己比作一只无家可归的飞燕:"可怜处处巢君室,何异飘飘托此身"(《燕子来舟中作》),到处飘来飞去,处处无家处处家,感到无限凄凉。诗人老矣,关山阻隔,有家难回,往日的理想、豪情全无,心中只剩下了报国无门和漂泊江湖的悲哀。

关于杜甫七律风格的分类,大概可分为典雅、通俗、雄浑、拗峭①四种。杜甫典雅风格的七律,多作于入蜀之前的长安时期。此时是他七律的精进期,其师法的对象是初唐的沈佺期、宋之问、杜审言等人及盛唐的王维、李颀等人。沈、宋、杜都是宫廷诗人,王维和李颀也是属于"京城派"②的诗人。宫廷派和京城派的诗人所崇尚的艺术风格是典雅。杜甫前期所作的七律如《城西陂泛舟》《曲江二首》《紫宸殿退朝口号》《九日蓝田崔氏庄》等都是以清雅典丽见长的。尤其是他与贾至、王维、岑参等人的《早朝大明宫》,更是以清雅典丽的宫廷诗风格风靡一时。"鱼吹细浪摇歌扇,燕蹴飞花落舞筵"(《城西陂泛舟》)、"香飘合殿春风转,花覆千官淑景移"(《紫宸殿退朝口号》)、"穿花蛱蝶深深见,点水蜻蜓款款飞"(《曲江二首》其二)、"桃花细逐杨花落,黄鸟时兼白鸟飞"(《曲江对酒》)、"林花著雨燕脂落,水荇牵风翠带长"(《曲江对雨》)等联都以对仗精工典雅而著称。

在蜀中与夔州时,杜甫的七律除了清雅典丽的风格,还向着雄浑、通俗与拗峭等多种风格发展。风格雄浑的代表作有《登楼》《宿府》《白帝》《白帝城最高楼》《阁夜》《登高》《秋兴八首》等诗,皆气象雄浑,沉郁悲壮。如"锦江春色来天地,玉垒浮云变古今"(《登楼》)、"五更鼓角声悲壮,三峡星河影动摇"(《阁夜》)、"江间波浪兼天涌,塞上风云接地阴"(《秋兴八首》其一)、"高江急峡雷霆斗,古木苍藤日月昏"(《白帝》)、"无边落木萧萧下,不尽长江滚滚来"(《登高》)等,这些诗气吞山河、光掩日月,清人赵翼评曰:"以此等气魄从前未有,独创自少陵"(《瓯北诗话》卷二),可代表杜甫七律的最高成就。

---

① 孙琴安先生认为老杜在七言律方面开创了三派:雄浑派、通俗派、拗峭派。参见《简论杜甫所开的三派七律及其影响》,《唐代律诗探索》,西南交通大学出版社 1998 年版,第 63—67 页。

② 宇文所安认为,王维与李颀都是京城派的诗人。参见《盛唐诗》,三联书店 2004 年版,第 60、124 页。

在蜀中和夔州时期，杜甫还写了一些以口语、俗语入诗的通俗体的七律。其代表作有《客至》《卜居》《江村》《南邻》《题桃树》《见萤火》《又呈吴郎》等平易通俗之作。《客至》一诗，刘克庄评曰："此篇若戏效元白体者。"（《后村诗话》新集卷二）陈德公评此诗曰："此及《卜居》《南邻》等作，直置浅近。杜少陵有此一格。"（《闻鹤轩初盛唐近体读本》卷九引）《又呈吴郎》一诗，更以白话见长。郭曾炘说此诗"全说白话，即白傅（白居易）集中，似此率直者亦少"（《读杜札记》），王闿运指斥此诗为"叫化腔"（《湘绮楼说诗》卷一），他们对杜甫此类白话诗不甚看好。可是胡适却对杜甫的白话律诗评价甚高："老杜作律诗的特别长处在于力求自然，在于用说话的自然神气来作律诗，在于从不自然中求自然。"①胡适认为杜甫的白话律诗才是律诗的出路，也是对律诗的杰出贡献。其例句如"无数蜻蜓齐上下，一双鸂鶒对沉浮"（《卜居》）、"自来自去堂上燕，相亲相近水中鸥"（《江村》）、"秋水才深四五尺，野航恰受两三人"（《南邻》）、"却看妻子愁何在，漫卷诗书喜欲狂"（《闻官军收河南河北》）、"黄莺过水翻回去，燕子衔泥湿不妨"（《即事》）、"却绕井阑添个个，偶经花蕊弄辉辉"（《见萤火》）等，如同白话，通俗易懂，可谓是老妪能解。这些通俗体的七律，对中唐的通俗派元、白等人的七律有很大的影响。

杜甫拗体七律的特色是拗峭。杜甫在各期都有拗体七律，但最集中的是在夔州时期。其原因大概有二：一是夔州险峻山川的地理环境，对其诗产生了奇兀不平的影响；二是杜甫对七律的格律已掌握得炉火纯青，希望能够对七律的格律有所突破，做进一步发展。王嗣奭评老杜七言拗律说："七言之变，至此而极妙，亦至此而神。此老杜夔州以后诗，七言律无一篇不妙，真山谷所云'不烦绳削而合'者。"（《杜臆》卷一〇）拗体诗形成了拗峭风格，《白帝城最高楼》首联即拗："城尖径仄旌旆愁，独立缥缈之高楼"，全是古风的体式，"缥缈之高楼"则是以文法入诗，使此诗显得一开始就劲峭非常，给人以特立独行之感。李因笃评曰："浑古之极，不可名言。律不难于工，而难于宕。律中古意，不难于宕而难于劲，此首次句着一'之'字，其力万钧。"（《杜诗集评》卷一一引）这也许是因为正格的律诗遵循格律太圆熟了，就容易形成熟滑之感。用古风之拗峭险涩之句，以救其熟滑，形成一种令人耳目一新的感觉。所以偶尔为之尚可，多用就不

① 《白话文学史》，东方出版社 1996 年版，第 254 页。

新奇了。所以后来诗家多批评黄庭坚、陈师道等专学老杜拗律为走火入魔，未得老杜真传①。

（三）杜甫的排律

杜甫的排律，共有五排 127 首、七排 8 首②。排律可以说是杜甫的家学，他的祖父杜审言即擅写排律。杜审言有《扈从出长安应制》《赠崔融二十韵》《和李大夫嗣真奉使存抚河东》等五排 7 篇，其中《和李大夫嗣真奉使存抚河东》一诗长达四十韵。杜甫对他祖父这首排律极为推崇，他在后来的《八哀诗·赠秘书监江夏李公邕》一诗中说："例及吾家诗，旷怀扫氛翳。慷慨嗣真作，咨嗟玉山桂。钟律俨高悬，鲲鲸喷迢递。"其中"吾家诗""嗣真作"即指杜审言的排律《和李大夫嗣真奉使存抚河东》一诗，他借李邕之口，极力夸赞了这首诗是"玉山桂"一样的佳作，赞其诗律严谨、气魄宏大。清人施润章说："杜审言排律皆双韵。《和李大夫嗣真》四十韵，沉雄老健，开阖排荡，壁垒与诸家不同。子美承之，遂尔旌旗整肃，开疆拓土，故是家法。"（《蠖斋诗话》）因是"家法"，故杜甫从小就进行排律的训练。

杜集中现存他 35 岁前的五排 2 首，其中的一首是《与李十二白同寻范十隐居》，即与李白同游东鲁时所作。作排律是试帖诗的最好训练，因唐代的试帖诗，多是五言六韵以上，也就是排律。大概是杜甫青少年时多以写排律作为写诗的基本功，所以养成了他对称思维与以格律写诗的习惯。排律长韵尚能得心应手，五律、七律篇幅比排律短小，当然更不在话下。从此打下了他后来写律诗的坚实基础。

统观杜甫的排律，多是赠人之作。在入蜀之前，他作有五排 29 首，其中《赠特进汝阳王十二韵》《赠韦左丞济》《奉赠鲜于京兆二十韵》《投赠歌舒开府翰二十韵》等，皆是干谒之作，语多赞誉之辞，内容实无可言者。但这些诗大都是二十韵的大篇，格律严整，对仗精工，用典雍容，辞藻典雅，颇能显示诗人作诗的功

---

① 胡应麟说："老杜七言拗体，亦当时意兴所到，盛唐诸公绝少。黄、陈偏欲法此，而不得其顿挫辟阖之妙，遂令轻薄子弟以学杜为大戒。"（《诗薮》内编卷五，上海古籍出版社 1979 年版，第 93 页）

② 此据浦起龙《读杜心解》统计，萧涤非统计为五排 123 首，七排 4 首。（见《杜甫研究》，齐鲁书社 1980 年版，第 138 页）

力和才华。他的赠人的排律也有写得好的①，如《寄李十二白二十韵》，对诗人李白“落笔惊风雨，诗成泣鬼神”的过人才华，“乞归优诏许，遇我宿心亲”的深厚友谊，“剧谈怜野逸，嗜酒见天真”的真率性格，“才高心不展，道屈善无邻”“五岭炎蒸地，三危放逐臣”的不幸遭遇，都写得淋漓尽致，充满了怜惜与同情，在杜甫的排律中，是不可多得的佳作。

入蜀后及寄居夔州、流浪荆湘时期，是杜甫排律创作的丰收期，共作有五排96首。这三个时期，他的排律不但数量多，而且篇幅长，动则就是三十韵、四十韵、五十韵或长达百韵的大篇。如《秋日夔府咏怀奉寄郑监审李宾客之芳一百韵》，就是这样的百韵大篇。中唐元、白等人所赞赏的“铺陈终始、排比声韵，大或千言、次犹数百，词气豪迈而风调清深，属对律切而脱弃凡近”(元稹《唐检校工部员外郎杜君墓系铭并序》)的杜诗，指的就是这类长篇排律。元稹和白居易诗集中都有百韵长律②，这些长律都受到杜甫长律的深刻影响。杜甫此时期的大篇长韵的排律中，虽多冗长沉闷之作，但也有较精彩的作品。如在他的绝笔之作《风疾舟中伏枕书怀三十六韵奉呈湖南亲友》中，他的人生已经走到了极端贫困的绝路：“乌几重重缚，鹑衣寸寸针”，即小书桌桌腿已断，用绳索捆了又捆，身上的衣服也补缀得像鹌鹑的乱羽。但在他生命垂危之时，他所想的不是他自己个人的命运，却仍关心着国家与百姓的命运：“公孙仍恃险，侯景未生擒。书信中原阔，干戈北斗深。……战血流依旧，军声动至今。”这首诗虽是排律，其中几乎是句句用典，但仍能精彩地表达出诗人至死不渝的忧国忧民的深厚感情。

杜甫的排律除了寄赠送别的题材，还有纪行、咏怀的诗篇，如《重经昭陵》《伤春五首》《春归》《上白帝城二首》《诸葛庙》《西阁二首》《东屯月夜》《伤秋》《遣闷》《回棹》等。在这些诗中，杜甫赞颂了唐太宗“草昧英雄起，讴歌历数归。风尘三尺剑，社稷一戎衣”(《重经昭陵》)的开国伟业；对刘备与诸葛亮“君臣当共济，贤圣亦同时”(《诸葛庙》)的君臣际遇，深感羡慕；对自己“世路虽多梗，吾

---

① 胡应麟曰：“杜排律五十、百韵者，极意铺陈，颇伤芜碎。盖大篇冗长，不得不尔。惟赠李白、汝阳、哥舒、见素诸作，格调精严，体骨匀称。每读一篇，无论其人履历，咸若指掌，且形神意气，踊跃毫楮，如周昉写生，太史序传，逼夺化工。而杜从容声律间，尤为难事，真古今绝诣也。”(《诗薮》内编卷四)

② 元稹有《代曲江老人百韵》《酬翰林白学士代书一百韵》《酬乐天东南行一百韵》，白居易有《代书诗一百韵寄微之》《和梦游春诗一百韵》《渭村退居寄礼部崔侍郎翰林钱舍人一百韵》《东南行一百韵寄通州元九侍御澧州李十一》《游悟真寺(一百韵)》。

生亦有涯”(《春归》)的生命的悲凉感觉得锥心痛骨;对年老多病、困顿窘迫的“几杖将衰齿,茅茨寄短椽”(《回棹》)的流浪生活忧心忡忡;北方的战乱未息,也接不到家乡的书信:“中原戎马盛,道远素书稀”(《登舟将适汉阳》),他只好放弃回中原的打算,重新浪迹荆楚;他衷心希望早日平定战乱,这样才有可能回到自己的故乡:“何年灭豺虎,似有故园归”(《伤秋》)。这些排律虽长,可是句句用典合律,是杜甫“遣辞必中律”(《桥陵诗三十韵因呈县内诸官》)的典型作品,可以说,诗人已发挥到了排律的极致,达到了排律的最高成就。

排律由于受到声律、对仗、用典与一韵到底的限制,很难圆满地表达诗人的思想感情。尤其是那些长篇排律,为迁就对仗和韵脚,遣词用意都较晦涩与牵强,难以贴切地表达思想感情,很不容易写好。比起五律与七律来,排律的佳作甚少,就是才大功深如杜甫者也是如此。故元代的元好问批评元稹只赞赏杜甫“铺陈终始、排比声韵”的长律大篇是一种偏见:“排比铺张特一途,藩篱如此亦区区。少陵自有连城璧,争奈微之识碔砆。”(《论诗绝句三十首》其一〇)

杜甫还有 8 首七言排律。考其七排诗,全合律者(即正体)只有《题郑十八著作丈》《寒雨朝行视园树》《清明二首》4 首,篇幅都较短。最长的也只有十六句。其余的 4 首诗,则是拗体(或者说是变体)排律,或失对、失粘,或有三平脚,类似七古。其中《岳麓山道林二寺行》一诗,则有浓厚的歌行韵味。盛唐诗人虽有五排,却很少有七排①。杜甫的七排,在体制的探索上,显然更具有开拓性与创造性。但是七排在技巧和功力方面,显然比五排更难,所以,即使是功力深厚的杜甫,也只有七排 8 首。这些七排,其中作于乱后长安的 1 首,其他 7 首皆作于入蜀之后。他的七排显然受七古的影响较大。他的七排还是很有特点的,就是比五排写得晓畅易懂,用典也较五排为少。如其《清明二首》其二:“此身飘泊苦西东,右臂偏枯半耳聋。寂寂系舟双下泪,悠悠伏枕左书空。十年蹴踘将雏远,万里秋千习俗同。旅雁上云归紫塞,家人钻火用青枫。秦城楼阁烟花里,汉主山河锦绣中。风水春来洞庭阔,白蘋愁杀白头翁。”其生动流走,通畅明白,颇类七言古诗。大约是七排比五排更加难作②,故杜甫的七排作得也不多,故其成

① 李白虽有一首七排《别山僧》,但却有失对、失粘现象,不算是正体的七排。

② 王世贞曰:“七言排律创自老杜,然亦不得佳。盖七字为句,束以声偶,气力已尽矣,又欲衍之使长,调高则难续而伤篇,调卑则易冗而伤句,合璧犹可,贯珠益难。”(《艺苑卮言》卷四)

就也就无法与他的五律、七律甚至五排相比。由于排律难作，后世诗人虽代有作手，但难以为继。胡应麟说："唐大历后，五七言律尚可接翅开元，惟排律大不竞。钱、刘以降，篇什虽盛，气骨顿衰，景象既殊，音节亦寡。韩、白诸公，虽才力雄赡，渐流外道矣。"(《诗薮》内编卷四)可见后世诗人在排律方面是很难超过杜甫的。五排是如此，七排在唐代更是后继乏人①。

二、杜甫律诗的成就

杜甫的五律写景、抒怀、写实、言事、咏物，大则黎民疾苦、国家时事、宇宙感怀，小则个人身世、身边琐物琐事，题材无所不有，内容无所不包。杜甫的五律与古诗拉开了距离，格律严谨，对仗精工，可为法式。杜甫极尽格律对偶技巧之能事，极大地挖掘、发挥出律诗各种表现功能。杜甫的五律在格律之中千变万化，内容丰富，风格多样，极尽五律之能事，被誉为是"千古一人"②，可谓是五律之集大成者。

从七律方面来看，杜甫已登峰造极。在初盛唐七律的发展过程中，王、孟、高、岑、李等人的七律处于一个过渡时期。明人胡应麟说："唐七言律自杜审言、沈佺期首创工密。至崔颢、李白时出古意，一变也。高、岑、王、李，风格大备，又一变也。杜陵雄深浩荡，超忽纵横，又一变也。"(《诗薮》内编卷五)李白与崔颢因受陈子昂"复古"思想的影响，在七律中"时出古意"，加入七古的声调，以求律诗的高古朴质之风调，是盛唐一代的风气，是盛唐时代诗歌的"复古"思潮所致。不但李、崔是这样，即如王、孟、高、岑的七律，也多有失对、失粘、对仗不工之疵③，即受到七古与乐府歌行的影响。杜甫则对盛唐诗人的七律，既有继承也有改造与发展。七律在杜甫手中才真正地确立了粘、对的规范，成为像五律一

---

① 胡应麟云："七言排律，唐人仅数篇，而施肩吾乃有百韵者，其诗必不能佳，然亦异矣。"(《诗薮》内编卷四)按《全唐诗》，唐人仅见元稹、白居易、施肩吾等人有几首七排。

② 胡应麟说："五言律体……唯工部诸作，气象嵬峨，规模宏远，当其神来境诣，错综幻化，不可端倪。千古以还，一人而已。"(《诗薮》内编卷四，上海古籍出版社1979年版，第58页)

③ 钱良择云："(少陵)同时诸家所作，既不甚多，或对偶不能整齐，或平仄不相粘缀。"(《唐音审体·律诗七言四韵论》，转引自《唐人律诗笺注集评》第285页)

样的格律严谨的律诗，并又试作“拗律”，在七律的声律突破方面做了一些有益的探索，所以说七律是杜甫最有创造性并取得成就最高的一种诗体。他对五、七言律诗是以正面建设为主的。他对律诗的最主要功劳，是对五、七言律体的范式的确立、完善与尽善尽美而做出的努力奋斗。他“晚节渐于诗律细”（《遣闷戏呈路十九曹长》），就是在诗律方面苦下功夫，努力使律诗在声律方面臻入化境，然后在正面建设的基础上，再进一步做新的探索。这就是他的“拗体”律诗对律诗声律的突破。这是从诗体形式方面的贡献。从诗歌语言方面来说，他力求“为人性僻耽佳句，语不惊人死不休”（《江上值水如海势聊短述》），极力地锤炼和锻造语言，巧妙地组织和调整词语的语法位置，进一步发挥诗歌语言的特殊功能，在诗歌里营造警句和诗眼，突出诗歌的意象，深化诗歌的意境。从内容方面来说，他将律诗从初唐的应制诗和应酬诗中解放出来，用律诗来写景、述事、议论、抒情，极大地扩展了律诗的表现内容，并用联章诗的形式，扩充了律诗的容量。用这种方式，克服了律诗篇幅较短，容量较小的缺陷。

在排律方面，与杜甫相比，盛唐诗人的排律数量不但少，而且篇幅也较短，多是六韵、八韵的短篇排律，最长的也不过是十韵。像杜甫长达三十韵、四十韵、五十韵或百韵的长律大篇，王、孟、高、岑、李等人一篇也没有。不过他们的排律也是与盛唐时代的排律相适应的。杜甫将排律一体向前大大地推进了一步。一是篇幅加长，多在三十韵以上，有长达百韵者。二是格律严谨，中规中矩，很少有失粘、失对之处。三是有章法变化，使长律一体，更加成熟，富有表现力。胡应麟从排律发展角度高度评价杜甫的五言长律：“排律，沈、宋二氏，藻赡精工；太白、右丞，明秀高爽。然皆不过十韵。且体在绳墨之中。调非畦径之外。惟杜陵大篇巨什，雄伟神奇。如《谒蜀庙》《赠哥舒》等作，阖辟驰骤，如飞龙行云，鳞鬣爪甲，自中矩度；又如淮阴用兵百万，掌握变化无方。虽时有险朴、无害大家。”（《诗薮》内编卷四）此语虽有夸大之嫌，但从排律的体制方面来看，杜甫确已将排律发展到了极致。若从诗歌的各种体裁的比较来看，排律由于它先天的缺陷——从声律、韵脚、对仗等方面限制太严，影响了诗的情意的表达，好的作品较少。杜甫的七排，在后世的影响更小。故在杜甫各体诗歌成就中，排律是受到非议最多、评价偏低的一种，也是在杜甫诸体诗歌中费力最大而相对获得成就最小的一种。

杜甫以自己艰苦卓绝的努力，对律诗在格律、结构、修辞等全方位来完善律诗(尤其是七律与排律)的声律,扩展其题材和充实其内容,挖掘其功能与表现力,使律诗建立一种可供模仿学习的范式,使其成为唐代音乐美与形式美完美结合并有规范可循、容易操作的近体诗(相对于古体而言)。从另一方面来说,杜甫在他正体律诗已写得尽善尽美的情况下,又在此基础上做了突破格律的各种探索,以求律诗更适于全面表达自己的思想感情。这种对"拗律"的探索,是杜甫对律诗的另一方面的贡献。杜甫以自觉的态度对律诗进行新的探索,因此更有创新意识。从成就上来说,王、孟、高、岑、李等人在律诗上仅是一偏之才,仅在五律方面有较高的成就,而在七律与排律方面却是弱项。而杜甫在律诗上是个全才,无论五律、七律、排律等方面,都是唐代的第一作手,是集大成式的人物。

杜甫之所以在律诗上取得这么高的成就,既与他个人"地负海涵"的才力有关,也与律诗在唐代形成与发展完善的历史过程有关。从唐代的律诗发展过程来看,是从打破旧法(齐梁的四声与八病),建立新法(唐代的平仄粘对律),由烦琐难遵到简明实用,从打破旧规矩到建立新规矩及又试图变法(拗律)的过程。从历史发展的角度来看,律诗的本身也有一个成长过程。五律先成熟,七律晚成熟,故王、孟、高、岑等盛唐诸公与李白的五律都较为成熟,而他们的七律都还不够成熟。七律是在杜甫手中才最后完成与定型的。律诗到了杜甫手中,才最终建立完美的范式而集其大成,为后世律诗立规矩,开辟道路。自杜甫以后,律诗便成了中国古典诗歌的主要诗体。从此诗歌便进入由天才诗人的自由创作到诗人凭后天努力,循规蹈矩地依法规作诗,从无法到有法,并建立新的美学规范的新时期。唐代的思想与文学思潮,已由盛唐时代的放旷自由转入到大历以后儒家中规中矩的思想轨道上来。诗歌也犹如人的成长一样,它有一个逐渐成熟的过程。初盛唐时代的诗歌是唐诗的少年时代,而到安史之乱后至中唐时代的诗歌,是唐诗的成年时代①。少年是可以自由放任的,而成年则要遵守规矩。少年时代的唐诗是以李白为代表的,而成年时代的唐诗是以杜甫为代表的,而唐诗成熟的标志,就是杜甫将近体诗(律诗)的范式最终确立与完成。

(原载《杜甫研究学刊》2006 年第 1 期)

---

① 参见胡适:《白话文学史》,东方出版社 1996 年版,第 223 页。

杜甫与唐代中原的“文选学”

梁太子萧统所编选的《昭明文选》(以下简称《文选》),是我国现存最早的文学总集,选收了从先秦、汉、魏、晋到宋、齐至梁代七代的130位作家的辞赋、文章及诗歌514篇(以题为计,不止一篇者,按一篇计)①。这些作品有“综辑辞采”“错比文华”“事出于沉思,义归乎翰藻”(萧统《文选序》)的特点,具有狭义上的文学作品的特征。自《文选》出现后,它就成了后代文人学习和模仿的样板。隋唐时又不断有人对这部《文选》加以音、义的注释和诠解,形成了专门的“文选学”。隋唐以来,由于选士和科举的需要,《文选》便成了士人的教科书。

一、关于隋唐的“文选学”

到了隋代,开始有人为《文选》作注,为《文选》作注的有隋代萧该的《文选音义》和曹宪的《文选音》。入唐后,曹宪的弟子有许淹、公孙罗、李善相继教授《文选》,一时间研究《文选》成了一种专门的学问——“文选学”。曹宪、许淹的《文选音》和萧该、公孙罗的《文选音义》今已不传,唯有李善的《文选注》流传至今。李善在唐高宗显庆三年(658)任集贤馆直学士时,上献《文选注》六十卷于朝廷,诏藏于秘阁。因受到皇家的收藏,故李善注成了解释《文选》的首选注本。李善后来曾在中原地带的汴、郑间教授《文选》,对中原地区的“文选学”的兴盛起了很大的作用。

---

① 此按照曹道衡、沈玉成统计的说法,参见《南北朝文学史》,人民文学出版社1998年版,第225页。据个人统计,《文选》收录的总篇数有750余篇。

李善的《文选注》主要注明《文选》中诗文词语的出处和典故,“引证赅博,校勘精审,体例谨严”①,博采旧注,间有补正,无旧注者则用己注。他注此书时引用的书多达1600余种。因此李善的《文选注》不仅是为《文选》注明了语词的来源、典故的出处,使后人对《文选》中的诗文有了深刻的了解,扫清了理解的障碍,同时书中所引证的许多材料,其原始书籍有许多现已遗失,为后人考证辑佚古代的文献提供了大量的资料。由于李善的《文选注》以注释语源和典故为主,较少对字句文义的疏解,故受到后人“释事而忘义”(《新唐书·李邕传》)的讥评,甚至于有“书簏”(《新唐书·李邕传》,又见王世贞《艺苑卮言》卷三)之讥。但他的注本无论是规模之广大,还是体例之周严、注释之详赡、考辨之精审等方面,都超过了前人的《文选》注,因而成了唐以后《文选》的权威注本,也是最流行的注本。

另一著名的《文选》注本是五臣注本。所谓五臣,指的是唐玄宗时期的吕延济、刘良、张铣、吕向和李周翰。开元初,工部侍郎吕延祚以李善注只引录词语典故出处,不注意疏通文义,又嫌其繁缛,所以召集吕延济等五人重新作注,这就是《五臣注〈文选〉》。开元六年(718),书成进览,得到了唐玄宗的嘉奖。吕延祚在《进五臣集注〈文选〉表》中说:“往有李善,时谓宿儒,推而广之,成六十卷。忽发章句,是征载籍,述作之由,何尝措翰?使复精核注引,则陷于末学。质访指趣,则岿然旧文。只谓搅心,胡为析理?”并夸赞此书说,“其言约,其利博,后事元龟,为学之师。豁若撤蒙,烂然见景。载谓激俗,诚惟便人”。唐玄宗见表后传口敕说:“朕近留心此书,比见注本,唯只引事,不说意义,略看数卷,卿此书甚好。”此表指出了李善注的“忽发章句,是征载籍,述作之由,何尝措翰”的一些缺点,并说明五臣注的“言约”“利博”“便人”等长处。唐玄宗也指出李善注“唯只引事,不说意义”的缺点,并夸奖五臣注的成绩。《五臣注〈文选〉》比起李善的《文选注》,确实有释义简约、着重章句释义、考索诗文背景及写作缘由等优长,有利于《文选》的阅读和普及,提高文士的写作水平等好处,深得广大学子和士人的青睐。李善注侧重释事注典,文字、音韵训诂,属“小学”范围,而五臣

① 曹道衡、沈玉成:《南北朝文学史》,人民文学出版社1998年版,第233页。

注侧重于阐明述作之由，简注详疏，讲解文章，属“词章”之学①。五臣注与李善注相辅相成，优势互补，是唐代以及其后影响最大的两部“文选学”著作。自这两部《文选》注先后成书后，迅速风靡全国。

李善和五臣的《文选》注，尤其是李善注，不仅是辞章之学和文字音义的小学，而且是一部关于中国传统文化的教科书。李善注中所注引的资料，有非常丰富的文史哲等方面的文献和资料，是中国古代文化的宝库，对丰富唐人的文化知识起着非常大的作用。而《文选》中所选录的诗歌和各类文体的文章，是历代传诵的优秀作品，是唐人学习诗文的重要样板。因此，《文选》的李善注和五臣注成了唐人文化教育的基本教材和读本，对唐人的文学和文化修养的提高起着至关重要的作用。

唐代的“文选学”与唐代的科举有着密切的关系。在唐代的科举中，《文选》是其中重要的参考书籍。在明经和进士科考试中，都要考策问和试策。明经科试规定“先帖文，然后考试，经问大义十条，答时务策三道”（《新唐书·选举志上》），进士试则要“试时务策五道”（《文献通考》卷二九《选举考》），而试策之文章，《文选》卷三六中便有“文”（即策秀才文）十三篇，可供应试策者参考。永隆二年（681）考功员外郎刘思立建言进士“试杂文”，其年八月敕：“自今已后，明经每经帖十得六已上者，进士试杂文两首，识文律者，然后令试策。”（《唐会要》卷七五《帖经条例》）所谓杂文，傅璇琮先生说“只是箴、表、论、赞等”，而杂文专试诗赋则“已是开元、天宝之交”②。箴、表、论、赞等杂文和诗赋在《文选》中比比皆是，可以说《文选》是唐代进士科举考试的一大参考书。事实上，唐人在科举中试诗赋，也是以《文选》中的诗赋为标准的。据《全唐文》卷七二五载，开成元年（836）春，高锴以中书舍人权知礼部贡举，试毕，高锴向文宗进呈及第人名时说：

> 臣锴昨日奉宣进旨，令将进士所试诗赋进来者。伏以陛下聪明文思，天纵圣德。今年诗赋题目，出自宸衷。体格雅丽，意思遐远。诸生捧读相贺，自古未有。倍用研精覃思，磨砺缉谐。其今年试诗赋，比于去年，又胜

① 参见倪其心《简论〈文选〉和“文选学”》，载《中外学者论文选学》，中华书局 1998 年版，第 306 页。

② 《唐代科举与文学》，陕西人民出版社 1986 年版，第 404 页。

数等。臣日夜考校，敢不推公？就中进士李肱《霓裳羽衣曲诗》一首，最为迥出，更无其比。词韵既好，去就又全，臣前后吟咏近三五十遍，虽使何逊复生，亦不能过。兼是宗枝，臣与状头第一人，以奖其能。次张棠诗一首，亦绝好，亚次李肱，臣与第二人。其次沈黄中《琴瑟合奏赋》，又似《文选》中《雪月赋》体格，臣与第三人。其次王牧赋，自立意绪，言语不凡，臣与第四人。其次柳棠诗赋，兴思敏速，日中便成，臣与第五人。(《唐诗纪事》卷五二)

从高锴的奏中可以看到，进士的诗赋成绩在排列进士的次第方面是极为重要的。其诗赋的标准，则是依据《文选》中作品的标准。李肱因其诗《霓裳羽衣曲》，写得比《文选》中的梁代诗人何逊还高明，故排为进士第一。张棠的诗仅次于李肱，故排为进士第二，而沈黄中《琴瑟合奏赋》，因“似《文选》中《雪月赋》体格”，故排为进士第三。这虽是晚唐时的事，但也可以推及唐代自进士举试诗赋以来的情况，即唐代一直都是以《文选》中的作品水平作为衡量诗赋的标准的。

此外《文选》中的大部分文体，如诏、册、教、(策)文、表、书、启、笺、檄、对问、序、颂、赞、符命、史论、论、箴、铭、诔、哀、碑文、墓志、行状、祭文等，都是实用文体，因此，不管是对于应试之举子，还是在学之生徒，《文选》都是很好的一部实用教材。故《文选》在唐代盛行，就很容易理解了。

二、杜甫诗歌与“文选学”

唐代的许多诗人和文士都是将《文选》当作是学习文学的范本的，李白曾“三拟文选”，杜甫则教导其子宗武要“熟精文选理”(《宗武生日》)，韩愈则称赞李郱“年十四五，能暗记《论语》《尚书》《毛诗》《左氏》《文选》，凡百余万言”(《中大夫陕府左司马李公墓志铭》)。中唐时的宰相李德裕，因嫌《文选》对文人的影响之大，甚至于超过了儒家的经典，而无益于世用，他向唐武宗说，他的祖上是为了考进士而苦习《文选》，而进士登第后便“自后家不置《文选》”，其原因是“盖恶其不根艺实”(《新唐书·选举志上》)。南宋时陆游引过当时的一句谚语：“《文选》烂，秀才半。”(《老学庵笔记》卷八)这句谚语虽然是说《文选》对宋人科举的影响之大，其实移作《文选》对唐时科举的作用和影响的说明，也是一样的，因宋代的科举基本上沿用的是唐制。

唐代诗人对前代的诗人多有继承，对先秦汉魏六朝以来的著名诗人，如屈原、曹操、曹丕、曹植、王粲、刘桢、阮籍、嵇康、左思、陆机、陶渊明、谢灵运、鲍照、江淹、谢朓、沈约、颜延之、任昉、范云等人的作品及汉诗《古诗十九首》和传为苏李的赠答诗等，都作为学习诗歌的基本教材加以学习，受他们作品的影响很深，而他们的主要作品都收录在《文选》之中。《文选》中还选有如宋玉、司马相如、扬雄、枚乘、贾谊、班固、张衡、左思、郭璞、木华、潘岳、谢惠运、谢庄等人的辞赋，也都是唐人辞赋学习和写作的范本。此外，《文选》中还选了一部分古乐府和文人乐府诗，也对唐人的乐府诗有很大的影响。可以说，《文选》中的作品为唐代文学的发展和繁荣提供了可资借鉴的对象。

杜甫是受到《文选》影响最深的诗人。他曾反复教导他的儿子要攻读《文选》，而在他"读书破万卷"(《奉赠韦左丞丈二十二韵》)的少年苦学的过程中，《文选》应是其中最主要的书籍之一。宋人黄庭坚认为杜甫的诗"无一字无来处"(《山谷集》卷一九)，宋以后的诗话及笔记中，对杜诗学《文选》诗做了大量的考索和研究。宋吴幵《优古堂诗话》引《欧阳文忠公诗话》："陈公时得杜集，至《蔡都尉》'身轻一鸟'，下脱一字。数客补之，各云'疾''落''起''下'，终莫能定。后得善本，乃是'过'字……予见张景阳诗云：'人生瀛海内，忽如鸟过目'，则知老杜盖取诸此。况杜又有《贶柳少府》诗：'余生如过鸟。'又云：'愁窥高鸟过。'景阳之诗，梁氏取以入《选》。杜《赠骥子》诗：'熟精文选理'，则其所取，亦自有本矣。如《赠韦左丞》诗，皆仿鲍明远《东武吟》：'主人且勿喧，贱子歌一言。'"在清人的《师友诗传录》中，"郎廷槐问：'萧《选》一书，唐人奉为鸿宝，杜诗云："熟精《文选》理。"请问其理安在？'阮亭(王士禛号)答：'唐人尚《文选》学，李善注《文选》最善，其学本自曹宪，此其昉也。杜诗云云，亦是尔时风气。'"从现代学者的考证中也证明，杜甫确实是在《文选》方面下了一番苦功夫的①。杜甫不仅在字句上学习《文选》，而且在立意、修辞、章法等方面也多有借鉴，使杜诗远接汉魏六朝的优秀诗歌传统，近绍初唐先辈和盛唐同侪的诗歌

① 金启华在《广〈杜诗证选〉》中举证，杜甫的诗句从《文选》及汉魏六朝诗人作品中的出处有560余处，其中有300多处出自《文选》。见《杜甫诗论丛》，上海古籍出版社1985年版，第234—281页。

创作精神,从而取得了“集大成”的诗歌成就。

在杜诗中,我们可以看到,杜甫有很多学习《文选》中骚赋和诗歌的例子。杜甫是以屈原和宋玉为学习目标的,对他们的艺术创作成就极为钦佩,而《文选》中选有屈原赋十一篇、宋玉赋文十一篇。他说:“窃攀屈宋宜方驾”(《戏为六绝句》其五),“气劘屈贾垒”(《壮游》),“迟迟恋屈宋,渺渺卧荆衡”(《送覃二判官》)。在这些诗句中,可见杜甫对屈原、宋玉及贾谊的文学成就的向往和情感之深。

在杜诗中,杜甫受到屈、宋的骚赋影响随处可见,有二十多处。如“众宾皆醉我独醒”(《醉歌行》),源自屈原“众人皆醉我独醒”(《渔父》);“诸生颇尽新知乐”(《苏端薛复筵简薛华醉歌》),源自屈原“乐莫乐兮新相知”(《九歌・少司命》;“不妨游子芰荷衣”(《将赴成都草堂途中有作先寄严郑公五首》其五),源自屈原“制芰荷以为衣兮”(《离骚》);“呜呼生别离”(《奉送魏六丈佑少府之交广》),源自屈原“悲莫悲兮生别离”(《九歌・少司命》;“凛凛悲秋意”(《送裴五赴东川》),源自宋玉“窃独悲此凛秋”(《九辨》);“云气无处所”(《火》),源自宋玉“云无处所”(《高唐赋》);等等。

杜甫对《文选》中的汉乐府和汉代古诗多所借鉴,杜诗中有许多处与汉古诗和乐府诗有关。如“少壮几时奈老何,向来哀乐何其多”(《渼陂行》),源自“欢乐极兮哀情多,少壮几时兮奈老何”(汉武帝《秋风辞》);“我行山川异,忽在天一方”(《成都府》),源自“良友远离别,各在天一方”(苏武《诗四首》其三);“岂但岁月暮,重来未有期”(《赤谷》),源自“行役在战场,相见未有期”(苏武《诗四首》其三);“天寒霜雪繁,游子有所之”(《赤谷》,源自“携手上河梁,游子暮何之”(李陵《与苏武诗三首》之三);“萧条益堪愧,独在天一隅”(《遣怀》),源自“风波一失所,各在天一隅”(李陵《与苏武诗三首》其一);“男儿生不成名身已老”(《乾元中寓居同谷县作歌七首》其七),源自“男儿生已不成名”(李陵《答苏武书》);“自谓颇挺出,立登要路津”(《奉赠韦左丞丈二十二韵》),源自汉古诗“何不策高足,先据要路津”(《古诗十九首・今日良辰会》);“常恨结欢浅,各在天一涯”(《送高三十五书记》),源自汉古诗“相去万余里,各在天一涯”(《古诗十九首・行行重行行》);“兔丝附蓬麻,引蔓故不长”(《新婚别》),源自汉古诗“与君为新婚,兔丝附女萝”(《古诗十九首・冉冉生孤竹》);“下马古战场,四顾但茫然”(《遣兴三首》其一),源自汉古诗“四顾何茫茫,东风摇百草”(《古诗十九首·回车驾言迈》);“萧萧白杨路,洞彻宝珠惠”(《八哀诗·赠秘书监江夏李公邕》),源自汉古诗“白杨何萧萧,松柏夹广路”(《古诗十九首·驱车上东门》);“王侯第宅皆新主,文武衣冠异昔时”(《秋兴八首》其四),源自汉古诗“长衢罗夹巷,王侯多第宅”(《古诗十九首·青青陵上柏》);“客从西北来,遗我翠织成”(《太子张舍人遗织成褥段》),源自汉古诗“客从远方来,遗我一端绮”(《古诗十九首·客从远方来》);“故人入我梦,明我长相忆”(《梦李白二首》),源自汉乐府诗“上有加餐食,下有长相忆”(《饮马长城窟行》);“别离伤老大,意绪日荒芜”(《江亭送眉州辛别驾升之》),源自汉乐府“少壮不努力,老大徒伤悲”(《长歌行》);等等。

杜甫曾在诗中称自己“目短曹刘墙”(《壮游》)、“诗看子建亲”(《奉赠韦左丞丈二十二韵》)、“班扬名甚盛,嵇阮逸相须”(《哭台州郑司户苏少监》),说明他对建安曹氏父子、“建安七子”和魏晋时的诗人的诗歌成就和人物风度很是仰慕,并有窃自追攀之意。在杜诗中也有对他们诗歌的模拟和学习的痕迹。例如他学“三曹”:“熊罴哮我东,虎豹号我西”(《石龛》),源自“熊罴对我蹲,虎豹夹路啼”(曹操《苦寒行》);“剑外忽传收蓟北,初闻涕泪满衣裳”(《闻官军收河南河北》),源自“忧来思君不敢忘,不觉泪下沾衣裳”(曹丕《燕歌行》);“欢娱两冥漠,西北有孤云”(《九日五首》其三),源自“西北有浮云,亭亭如车盖”(曹丕《杂诗二首》其二);“阴壑生虚籁,月林散清影”(《游龙门奉先寺》),源自“明月澄清影,列宿正参差”(曹植《公宴》);“送客东郊道,遨游宿南山”(《遣兴五首》其五),源自“揽弓捷鸣镝,长驱上南山”(曹植《名都篇》);“花门既须留,原野转萧瑟”(《留花门》),源自“原野何萧条,白日忽西匿”(曹植《赠白马王彪》);“老去参戎幕,归来散马蹄”(《到村》),源自“仰首接飞猱,俯身散马蹄”(曹植《白马篇》);“霜蹄蹴踏长楸间”(《韦讽录事宅观曹将军画马图》),源自“斗鸡东郊道,走马长楸间”(曹植《名都篇》);“蓬生非无根,漂荡随高风”(《遣兴五首》其四),源自“转蓬离本根,飘摇随长风”(曹植《杂诗六首》其二);等等。

受“建安七子”的影响的诗句有:“军中异苦乐,主将宁尽闻”(《前出塞九首》其五),源自“从军有苦乐,但问所从谁”(王粲《从军诗五首》其一);“终作适荆蛮,安排用庄叟”(《将适吴楚留别章使君留后兼幕府诸公得柳字》),源自“复弃中国去,远身适荆蛮”(王粲《七哀诗二首》其一);“远愧尚方曾赐履,竟非吾土倦登楼”(《长沙送李十一》),源自“虽信美而非吾土兮,曾何足以少留”(王粲《登楼赋》);“一饭四五起,凭轩心力穷”(《苦雨奉寄陇西公兼呈王征士》),源自“直坐失次第,一日三四迁”(刘桢《赠徐干》);“窜身来蜀地,同病得韦郎”(《送韦郎司直归成都》),源自“余婴沉痼疾,窜身清漳滨”(刘桢《赠五官郎中将诗四首》其二);等等。

魏晋时期的嵇康、阮籍、潘岳、陆机、左思、傅玄、张协等也对杜甫诗歌有相当的影响。例如:“去住与愿违,仰惭林间翮”(《发同谷县》),源自“事与愿违,遘兹淹留”(嵇康《幽愤诗》);“非独颜色好,亦由顾盼称”(《棕拂子》),源自“凌厉中原,顾盼生姿”(嵇康《赠秀才入军五首》其一);“百年浑得醉,一月不梳头”(《屏迹三首》其二),源自“头面常一月十五日不洗”(嵇康《与山巨源绝交书》);“诸生颇尽新知乐,万事终伤不自保”(《苏端薛复筵简薛华醉歌》),源自“一身不自保,何况恋妻子”(阮籍《咏怀·嘉树下成蹊》);“我生何为在穷谷,中夜起坐万感集”(《乾元中寓居同谷县作歌七首》其五),源自“夜中不能寐,起坐弹鸣琴”(阮籍《咏怀·夜中不能寐》);“往昔十四五,出游翰墨场”(《壮游》),源自“昔年十四五,志尚好诗书”(阮籍《咏怀·昔年十四五》);“置膏烈火上,哀哀自煎熬”(《述古三首》其二),源自“膏火自煎熬,多财为患害”(阮籍《咏怀·昔闻东陵瓜》);“志士惜白日,久客藉黄金”(《上后园山脚》),源自“志士惜日短,愁人知夜长”(傅玄《杂诗》);“市朝今日异,丧乱几时休”(《晚行口号》),源自“市朝互迁易,城阙或丘荒”(陆机《门有车马客行》);“故园不可见,巫岫郁嵯峨”(《江梅》),源自“深谷邈无底,崇山郁嵯峨”(陆机《从军行》);“汝书犹在壁,汝妾已辞房”(《得舍弟消息》),源自“流芳未及歇,遗挂犹在壁”(潘岳《悼亡诗三首》其一);“君臣节俭足,朝野欢呼同”(《往在》),源自“昔在西京时,朝野多欢娱”(张协《咏史》);“但觉高歌有鬼神,焉知饿死填沟壑”(《醉时歌》),源自“当其未遇时,忧在填沟壑”(左思《咏史八首》其七);“浮俗何万端,幽人有高步”(《雨》),源自“被褐出阊阖,高步追许由”(左思《咏史八首》其五);“日月笼中鸟,乾坤水上萍”(《衡州送李大夫七丈勉赴广州》),源自“习习笼中鸟,举翮触四隅”(左思《咏史八首》其八);等等。

南朝时期的刘琨、郭璞、陶渊明、谢灵运、谢朓、颜延之、鲍照、江淹等诗人的诗句,也都对杜甫的诗歌提供了艺术的滋养。例如:“身病不能拜,泪下如迸泉”(《杜鹃》),源自“据鞍长叹息,泪下如流泉”(刘琨《扶风歌》);“惆怅白头吟,萧条游侠窟”(《七月三日亭午已后较热退晚加小凉稳睡有诗因论壮年乐事戏呈元二十一曹长》),源自“京华游侠窟,山林隐遁栖”(郭璞《游仙诗七首》其一);“或看翡翠兰苕上,未掣鲸鱼碧海中”(《戏为六绝句》其四),源自“翡翠戏兰苕,容色更相鲜”(郭璞《游仙诗七首》其三);“今夏草木长,脱身得西走”(《述怀》),源自“孟夏草木长,绕屋树扶疏”(陶渊明《读〈山海经〉》);“闷能过小径,自为摘嘉蔬”(《寄李十四员外布十二韵》),源自“欢然酌春酒,摘我园中蔬”(陶渊明《读〈山海经〉》);“虽有车马客,而无人世喧”(《阆中东楼筵奉送十一舅往青城县得昏字》),源自“结庐在人境,而无车马喧”(陶渊明《饮酒》其五,《文选》卷三十题作《杂诗二首》其一);“上有无心云,下有欲落石”(《白水县崔少府十九翁高斋三十韵》),源自“云无心以出岫,鸟倦飞而知还”(陶渊明《归去来辞》);“渐喜交游绝,幽居不用名”(《遣意二首》其一),源自“归去来兮,喜息交以绝游”(陶渊明《归去来辞》);“一秋常苦雨,今日始无云”(《留别贾严二阁老两院补阙》),源自“日暮天无云,春风扇微和”(陶渊明《拟古》);“碧海真难涉,青云不可梯”(《奉赠太常张卿二十韵》),源自“惜无同怀客,共登青云梯”(谢灵运《登石门最高顶》);“随云拜东皇,挂席上南斗”(《将适吴楚留别章使君留后兼幕府诸公得柳字》),源自“扬帆采石华,挂席拾海月”(谢灵运《游赤石进帆海》);“春草何曾歇,寒花亦可怜”(《秋日夔府咏怀奉寄郑监李宾客一百韵》),源自“首夏犹清和,芳草亦未歇”(谢灵运《游赤石进帆海》);“仲夏苦夜短,开轩纳微凉”(《夏夜叹》),源自“不怨秋夕长,常苦夏日短”(谢灵运《道路忆山中》);“白鸥没浩荡,万里谁能驯”(《奉赠韦左丞丈二十二韵》),源自“鸾翮有时铩,龙性谁能训”(颜延之《五君咏·嵇中散》);“向者玉珂人,谁是青云器”(《送顾八分文学适洪吉州》),源自“仲容青云器,实禀生民秀”(颜延之《五君咏·阮始平》);“研寒金井水,檐动玉壶冰”(《赠特进汝阳王二十韵》),源自“直如朱丝绳,清如玉壶冰”(鲍照《白头吟》);“自非旷士怀,登兹翻百忧”(《同诸公登慈恩寺塔》),源自“小人自龌龊,安知旷士怀”(鲍照《放歌行》);“勿受外嫌猜,同姓古所敦”(《示从孙济》),源自“明虑自天断,不受外嫌猜”(鲍照《放歌行》);“操持纪纲地,喜见朱丝直”(《送韦讽上阆州录事参军》),源自“直如朱丝绳,清如玉壶冰”(鲍照《白头吟》);“昔如水上鸥,今为罝中兔”(《有怀台州郑十八司户》),源自“昔如韝上鹰,今如槛中猿”(鲍照《代东武吟》);“司隶章初睹,南阳气已新”(《自京窜至凤翔喜达行在所三首》其二),源自“还睹司隶章,复见东都礼”(谢朓《始出尚书省》);“吏情更觉沧洲远,老大悲伤未拂衣”

(《曲江对酒》),源自“既欢怀禄情,复协沧洲趣”(谢朓《之宣城出新林浦向版桥》);“湍口江如练,蚕崖雪似银”(《赠王二十四侍御契四十韵》),源自“余霞散成绮,澄江静如练”(谢朓《晚登三山还望京邑》);“独鹤不知何事舞,饥乌似欲向人啼”(《野望》),源自“独鹤方朝泪,饥鼯此夜啼”(谢朓《游敬亭山》);“鶢鶋至鲁门,不识钟鼓飨”(《八哀诗·故著作郎贬台州司户荥阳郑公虔》),源自“咸池飨鶢居,钟鼓或愁辛”(江淹《嵇中散康》);等等。

以上所举杜甫学习和借鉴的自先秦至梁代的诗句,仅限于《文选》中所出现的有代表性的诗人的诗句,并非全部。《文选》本身也非尽善尽美,对于汉魏六朝时期的许多民间优秀乐府歌诗及优秀作品并未收入,如《陌上桑》、《羽林郎》、《孔雀东南飞》、南北朝的乐府民歌等优秀篇章,是个很大的遗憾。而且也不选当代的在世诗人的作品,如阴铿、何逊、徐陵、庾信等诗人的优秀作品。但杜甫对于这些优秀诗歌作品的学习却下了很大功夫,因其与《文选》无关,此处置而不评。

除了在字句上的影响,杜甫还受到《文选》中有关诗歌的思想内容、创作手法和篇章结构等较大的影响。《文选》中关于边塞和军戎方面的诗,如《从军行》《苦塞行》《饮马长城窟行》《七哀诗》等对军旅边塞和战乱生活的反映,对杜甫的前后《出塞》、《兵车行》、“三吏”、“三别”等诗,都有一定的思想影响,在艺术形式方面也有借鉴。俞犀月先生评《兵车行》云:“声调自古乐府来,笔法古峭,质而有文,从行口中说出,是风人遗格。”(《初白庵诗评》)沈德潜评“三吏”“三别”云:“诸咏身所见闻事,运以古乐府神理,惊心动魄,疑鬼疑神,千古而下,何人更能措手?”(《唐诗别裁》卷二)《新婚别》中杜甫用的是新娘的自述体,此是仿自《文选》诗中《王明君词》:“我本汉家子,将适单于庭。辞诀未及终,前驱已抗旌。”《新安吏》《潼关吏》《石壕吏》皆为对话体。仇兆鳌谓:“陈琳《饮马长城窟行》设为问答,此‘三吏’‘三别’诸篇所自来矣。”(《杜诗详注》卷七)《履园谭诗》云:“杜之前后《出塞》、《无家别》、《垂老别》诸篇,亦曹孟德之《苦寒行》、王仲宣之《七哀》等作也。”

又如《丽人行》中对杨氏姊妹衣着的描写:“绣罗衣裳照暮春,蹙金孔雀银麒麟。头上何所有,翠微㔩叶垂鬓唇。背后何所见,珠压腰衱稳称身。”就是从《文选》诗中曹植《美女篇》学过来的:“攘袖见素手,皓腕约金环。头上金爵钗,腰佩翠琅玕。明珠交玉体,珊瑚间木难。罗衣何飘飘,轻裾随风还。”当然还受到汉乐府《陌上桑》"头上倭堕髻,耳中明月珠。缃绮为下裙,紫绮为上襦"和汉古诗《羽林郎》"头上蓝田玉,耳后大秦珠。两鬟何窈窕,一世良所无。一鬟五百万,两鬟千万余"的对衣饰的夸张和细致的刻画的影响。

三、杜甫赋文与"文选学"

《文选》不光是一部诗歌的选集,还是各种文体写作的重要教材。除了诗歌,它还选了文、赋及各种实用文体。这对杜甫的赋、文写作都起着重要的示范作用。《文选》尤重视赋体。在卷一至卷十九中,共收入各类赋体58篇。这对杜甫的赋体写作提供了摹写的范本。在杜甫集中,有"三大礼赋"《朝献太清宫赋》《朝享太庙赋》《有事于南郊赋》,又有《封西岳赋》《雕赋》《天狗赋》等。这些赋,都与《文选》中的汉大赋与魏晋咏物赋有些关系。如杜甫的"三大礼赋",对司马相如《子虚赋》《上林赋》,扬雄《长杨赋》《甘泉赋》《羽猎赋》,班固《两都赋》,张衡《两京赋》,左思《三都赋》等写京都的大赋都多有借鉴和取资,写得规模宏大,气象恢宏,气势磅礴,很有皇家气象,甚得玄宗喜欢。玄宗召试杜甫于集贤院,许以参选列序。杜甫在《进封西岳赋表》中记其事云:"顷岁,国家有事于郊庙,幸得奏赋,待制于集贤,委学官试文章,再降恩泽,仍猥以臣名实相符,送隶有司,参选列序。"后来杜甫在蜀中曾忆及此事,作诗曰:"忆献三赋蓬莱宫,自怪一日声烜赫。集贤学士如堵墙,观我落笔中书堂。"(《莫相疑行》)明人陈子龙评"三大礼赋"云:"'三大礼赋'辞气壮伟,非初唐余子可及。"清人朱鹤龄评曰:"三赋之卒章,皆寓规于颂,即子云风《羽猎》《甘泉》之意也。公诗云'赋料扬雄敌',岂虚言哉?"杜甫的咏物赋如《雕赋》《天狗赋》,也甚得后人的欣赏。仇兆鳌评二赋曰:"咏物题作赋,若徒然绘形描神,虽写真曲肖,终觉拘而未畅。惟含寓言于正意,感慨淋漓,神气勃然,斯为绝构。阅《雕》《狗》二赋,觉《鹦鹉》《鷦鷯》诸作,不能专美于前矣。"(《杜诗详注》卷二四《天狗赋》评语)他还对杜甫赋在赋史上的地位评道:"按历代赋体,如班、马之《两都》《子虚》乃古赋也。若贾、扬《吊屈》《甘泉》,乃骚赋也。唐带骈耦(偶)之句,变为律赋。宋参议论成章,又变为文赋。少陵廓清汉人之堆垛,开辟宋世之空灵,盖词意兼优,而虚实并运,是以超前轶后矣。"(《杜诗详注》卷二四《有事于南郊赋》评语所引)仇氏乃注杜之功臣，其对杜甫的赋未免评价偏高，但杜甫的赋的确在汉魏赋与宋赋之发展演变过程中起着重要的过渡作用。

《文选》中收入了大量的实用文章，如表、状、问、记、述、论（说）、赞、祭文、碑文、墓志等文体。这在杜集均有反映，如《为阆州王使君进论巴蜀安危表》《为华州郭使君进灭残寇形势图状》《乾元元年华州试进士策问》《秋述》《唐兴县客馆记》《画马赞》《东西两川说》《祭远祖当阳君文》《唐故德仪赠淑妃皇甫氏神道碑》《唐故万年县君京兆杜氏墓志》等。《为阆州王使君进论巴蜀安危表》一文，是杜甫代阆州王刺史向肃宗所上的表章，在表中向朝廷提出了一系列的治蜀建议，极言巴蜀地位之重要，并建议朝廷派德高望重的大臣前来治理，言极恳切，切中时弊。《为华州郭使君进灭残寇形势图状》中力陈对安庆绪等安史残寇进击之必要，对当时战争形势的分析，以及用兵方略，都十分有见地。因此，仇兆鳌对此状评价甚高："杜公借箸前筹，洞悉情势。此等文字，真可坐而论言，起而行者，初非书生谈兵迂阔也。与韩昌黎论淮西事宜，俱推经国有用之文。"（《杜诗详注》卷二五）《乾元元年华州试进士策问》作于杜甫为华州司功参军之时，此策问包括关于赋税、驿站、水陆道路、军队给养和货币五个问题，对安史之乱后的有关国计民生、经济方面存在的诸问题之关心及应对办法的极为关注，说明杜甫对现实社会的深刻观察力。《东西两川说》是篇论说文，说者，论也，是杜甫在广德二年（764）为严武所作。文中论旨在两川羌、汉部兵，应一视同仁，一其刑罚，并受统于兵马使，统一指挥，勿使各自为政，并要约束诛求，平均赋役，荐举贤良，为上所用。张溍云："公意在诸羌分党各属，而统以汉将，其末归于散兼并，择委任，可谓驭边之妙策。文之纡古，似断似续，欲力追西京也。"（《杜诗详注》卷二五《东西两川说》引）《祭远祖当阳君文》是开元二十九年（741）杜甫到洛阳首阳山下土娄庄筑土室守墓时的祭祖之文。此文借祭十三世祖杜预，以表达自己"不敢忘本，不敢违仁"、继承先祖的"奉儒守官"的家学传统和自己的志向。《唐故万年县君京兆杜氏墓志》是天宝元年（742）杜甫为其洛阳二姑母去世所写的墓志。杜甫从小就死了母亲，寄居在洛阳二姑母家里，受其关怀备至。墓志中将其二姑母的盛德加以表彰。尤其是当杜甫少年有病时，其二姑母却将自己有病的儿子从吉处搬出，"姑遂易子之地以安我"，结果是"我用是存，而姑之子卒"，此使杜甫大为感动，呼其姑为"有唐义姑"。此墓志写得情文并茂，论者曾将其与韩愈的名文《祭十二郎文》并比："杜拾遗志其姑万年县君墓志

曰:‘铭而不韵,盖情至无文。’公(韩愈)似用其例。”(何焯《义门读书记》卷三三)

杜甫的赋和文都受到《文选》很大的影响,所以他对《文选》推崇备至:“熟精文选理”(《宗武生日》)、“续儿诵《文选》”(《水阁朝霁奉简严云安》),反复教导和强调《文选》的重要性。综合以上资料,可以说明杜甫与《文选》和唐代“文选学”的密切关系。他少年时所受的教育,是与《文选》和中原的“文选学”之风分不开的。《文选》是杜甫必修的各体诗歌和文章的教科书,是他学习前人诗歌和赋文的诗文渊薮,《文选》李善注和五臣注是杜甫文学修养的必备之书,也是一部包含各种文史知识的文化宝典。因此,杜甫得益于“文选学”者多矣。

(原载《中原文化研究》2014 年第 1 期)

杜甫与唐代中原作家群体

一个伟大诗人的出现,绝不是偶然的现象,与他所处的时代环境、人文地理环境、诗人群体的环境有着密不可分的关系。杜甫之所以能够成为唐代最伟大的现实主义诗人,与他成长的中原人文与风土的文化环境、诗歌的传统与中原的作家群体的崛起,都有着至关重要的联系。河南地处中原的中心地区,古都洛阳又是唐代两都之一的东都,是唐代的两大文化中心之一,文化底蕴十分深厚。这里所指的中原作家,是指占籍唐代河南道及今河南省和周边的作家以及长期生活在河南的外地作家。在《全唐诗》2200 多位诗人中,据个人统计属中原河南籍的有 350 多人,约占唐代作家总量的六分之一。在中国社科院文学所编撰的《唐代文学史》中,立专章介绍的 34 位一流诗人和作家中,河南籍的有 15 人,比例占 44%。在《唐诗三百首》中所选的 76 位诗人中,中原河南籍的诗人有 25 人,约占诗选中诗人总数的三分之一。其中著名的诗人杜审言、沈佺期、宋之问、王梵志、刘希夷、张说、王湾、岑参、崔颢、李颀、祖咏、杜甫、贾至、元结、刘长卿、韩愈、元稹、白居易、王建、刘禹锡、李贺、韩翃、李商隐、聂夷中等著名诗人和萧颖士、独孤及、梁肃、李翱等一批提倡儒学复古的古文家等有 20 多名。此外还有不少外地籍诗人是长期在中原生活的,如高适(祖籍为渤海蓨人,今河北景县)曾长期生活和居官于河南,王维(蒲州人,今山西永济,在河洛文化圈内)也曾一度在河南的嵩山隐居,在淇县做官,浪漫派诗人李白为蜀人,也曾"十载客梁园"(《书情题蔡舍人雄》)。可见唐代中原地区的诗歌文化之盛,为唐代诸地区之冠。在中原地区群星璀璨的背景下,伟大的诗人杜甫的出现就不是偶然的了。本文拟将杜甫与中原作家群体和流派之间的相互关系,以及他们与中原文化的密切关系做一个较为全面系统的综合研究,将杜甫研究及中原作家群的研究做一概述。

一、杜甫与唐代中原作家群体的密切关系

在唐代的几大诗人和作家群体及流派中的领军人物，大部分是河南人，或者是与中原地区及文化有密切关系的人。杜甫与他们有着或承继，或交流，或影响的密切关系。

（一）初唐时期

1.创建律诗的两京宫廷诗派。在初唐的宫廷诗人中，约一半是河南人。著名的有上官仪、上官婉儿、杜审言、沈佺期、宋之问等人。“文章四友”这些宫廷诗派的形成与武则天时期以洛阳为文化中心的宫廷文化有着密切的关系。这些宫廷诗人对唐代律诗的建设有着重要的贡献，促进了律诗的形成和定型。上官仪是陕州陕县（今属河南）人，是太宗和高宗时代的宫廷诗人，因“工于五言诗，好以绮错婉媚为本”（《旧唐书·上官仪传》），当时多有效其体者，号为“上官体”。他的最主要的贡献是总结诗中的对仗方法，创为“六对”“八对”之说，其诗多为应制诗，虽然在内容上无可多言者，但对于五言律诗的建设和提高有一定的积极意义。其孙女上官婉儿，在武则天时代和中宗时，为一时之文苑司衡，代朝廷评品天下诗文，对宫廷诗在诗艺和诗律的提高起着重要作用。其诗《彩书怨》已初具五律格局。在武则天和中宗宫廷诗人“文章四友”中，杜甫的祖父杜审言是对律诗的建设成就最大的。他的五律、七律和五言排律都很成熟，符合平仄粘对律的占其诗总数的98%。其名作五律《和晋陵陆丞早春游望》、七律《春日京中有怀》、五排《和李大夫嗣真奉使存抚河东》、七绝《赠苏绾书记》等诗，都格律工整，法度森严，王夫之评曰：“近体梁陈已有，至杜审言始叶于度。”（《姜斋诗话》卷二）杜甫也称誉其祖父曰：“吾祖诗冠古。”（《赠蜀僧闾丘师兄》）胡应麟说：“初唐无七言律，五言（律）亦未超然。二体之妙，杜审言实为首倡。……少陵继起，百代模楷，有自来矣。”（《诗薮》内编卷四）关于沈佺期、宋之问二人，沈为相州内黄（今属河南）人，宋为虢州弘农（今河南灵宝）人。二人均为则天和中宗朝的宫廷诗人，与杜审言为僚友，均为律诗的奠基者，相较而言，沈七律较胜，宋五排较胜。二人虽然被称为“律诗正宗”（《诗源辨体》卷

一三),然与陈子昂、杜审言相比,“其高妙不及射洪,遒密不及必简”(《唐律消夏录》卷下)。在律诗的贡献方面,过去仅强调沈、宋的功劳,其实杜审言实可与沈、宋鼎足而三。由于杜审言的关系,杜甫对初唐的宫廷诗派,尤其是对与杜审言关系较近的诗人一直都持尊重态度。他曾给沈佺期之子沈东美写诗说:“通家惟沈氏,谒帝似冯唐”(《承沈八丈东美除膳部员外阻雨未遂驰贺奉寄此诗》),表示他与沈氏有通家之好。开元二十九年(741),杜甫筑室首阳山下,有《过宋员外之问旧庄》一诗:“宋公旧池馆,零落首阳阿”,对宋之问的旧宅进行拜访和对宋之问兄弟进行凭吊。他对武则天时代诗人的崇高地位表示十分羡慕:“惟昔武皇后,临轩御乾坤。多士尽儒冠,墨客蔼云屯。当时上紫殿,不独卿相尊”(《赠蜀僧闾丘师兄》),并一再表示,要继承其祖父的事业,认为“诗是吾家事”(《宗武生日》),自称“吾人诗家秀”(《同元使君舂陵行》),立志要将祖父的诗歌事业,尤其是律诗,作为自己家传事业来继承发扬。

2.提倡风骨兴寄的复古革新派。代表人物主要是陈子昂。陈子昂是梓州射洪(今四川射洪县)人,武则天朝入仕,长期在洛阳宫廷为官。其《感遇》诗主要继承学习《诗经》和魏晋时中原诗人阮籍《咏怀》诗的兴寄传统和汉魏风骨,在五律诗方面也做出了一定的贡献。他的复古革新主张和诗歌成就也受到杜甫的赞赏,说他是“有才继骚雅,哲匠不比肩。公生扬马后,名与日月悬”(《陈拾遗故宅》)的一代“雄才”(《冬到金华山观因得故拾遗陈公学堂遗迹》)。杜甫的五言咏怀诗深受陈子昂《感遇》诗的影响。

3.直书实录的史学派。中原的历史学家吴兢、刘知幾等人提倡“实录直书”和反对骈文,对古文派的古文运动与杜甫的“史笔”意识都有甚深的影响。吴兢,汴州浚仪(今河南开封)人,盛唐时史学家,撰有《唐史》等史书多种,多不传。在所传书中,唯《贞观政要》一书在历史上最为有名。该书成于开元十七年(729),上呈于玄宗,对唐玄宗继承唐太宗“贞观之治”的历史经验而开创的“开元盛世”起了重要的作用。此书对杜甫也有甚深的影响,杜甫曾写诗给贞观名臣魏徵的四世孙魏佑道:“磊落贞观事,致君朴直词。家声盖六合,行色何其微。”(《奉送魏六丈佑少府之交广》)魏徵强颜直谏的事迹,在《贞观政要》中记载甚详,对后代有很大的影响。杜甫将唐太宗的伟业,视为唐朝政治的最高榜样:“煌煌太宗业,树立甚宏达”(《北征》)、“本朝再树立,未及贞观时”(《咏怀二首》其一)。由此可见《贞观政要》一书对他的影响之深。刘知幾,唐河南道彭城（今江苏徐州）人，后来长期在武则天时期洛阳宫廷任史官，曾与吴兢等合作撰《则天实录》《中宗实录》《睿宗实录》等史籍，并撰《史通》二十卷。他主张撰史要直笔实录，反对曲笔："良史以实录直书为贵"（《史通》卷一三）、"不掩恶，不虚美"（《史通》卷一八）。正是中原史家这种直笔实录的精神，对杜甫诗歌直面现实的写真实的现实主义创作倾向产生了重要的影响。

（二）盛唐时期

1.重道尊儒的文儒集团。盛唐的文儒集团的领袖和文坛盟主是河南洛阳人张说。一大批文儒，如张九龄、许景先、贾曾、席豫、孙逖、苏颋、韩休、王丘、柳芳、严挺之、房琯、郑虔等人，集中在他的周围，相互往来，他"重道尊儒"（《上东宫请讲学启》）的思想和文质并重的文学主张，对盛唐风骨刚健与辞采并茂的诗风和文风影响极大。张说特别重视对儒家经史的整理和学校对儒家经典的教育："今礼经残缺，学校陵迟，历代经史率多纰缪"，他请求朝廷"表正九经，刊考三史，则圣贤遗范粲然"（此二条出处同上）。杜甫与张垍交游，主要是出于对张垍之父张说这一代文儒之宗的景仰。对于张九龄，杜甫对他极为敬佩，在《八哀诗·故右仆射相国曲江张公九龄》一诗中说他"寂寞想土阶，未遑等箕颍。上君白玉堂，倚君金华省。碣石岁峥嵘，天池日蛙黾"，赞他有致君尧舜的理想，并能襄君于玉堂之上，并为他受李林甫权奸所谗毁而鸣不平。在文儒集团中，杜甫与房琯（洛阳人）、郑虔（荥阳人）等人最为交好，受房琯影响最大。为了替房琯辩护，他是拼了性命的，最后终被奸小排挤出朝廷。张说的"重道尊儒"思想与张九龄、房琯等人抗直刚正的品德，对杜甫的儒学思想和儒家的立身之道的影响很大。

2.开拓诗歌疆域的边塞诗派。盛唐时代的边塞诗派的诗人，大多是少有壮志、许身报国的人物，他们将边塞壮丽的景象和将士的报国热情表现在诗歌之中，将唐诗的表现领域扩展到塞外和大漠，成了唐诗的一大亮点。边塞诗派的诗人大部分是河南人。如高适的本籍虽不是河南，可是自青年时期起就长期在河南的梁、宋地区生活。天宝三载（744），杜甫曾与李白、高适一起游览梁宋，登吹台，"慷慨怀古，人莫测也"（《新唐书·杜甫传》），后来又在长安、成都多次交往。岑参（南阳人）也是杜甫故交，在长安时就认识，杜甫曾与他和高适、薛据、储光羲等人一起登慈恩寺塔，登高赋诗。此外，中原的边塞诗人还有李颀（颍阳人)、崔颢(汴州人)等人,他们也有游历边塞的经历。其诗激扬风发,苍凉悲壮。杜甫的诗中有相当数量的边塞诗,如《前出塞九首》《后出塞五首》《送高三十五书记》《送韦书记赴安西》《黄河二首》《送人从军》等,皆有边塞诗派诗人的影响。

3.自然和社会和谐的山水田园诗派。以王、孟为代表的山水田园诗派,除了孟浩然,大部分诗人都与中原有关。孟浩然主要描写的是南方的山水和田园,而王维等则主要表现北方的山水和田园。王维的家乡蒲州(今山西永济),距东都洛阳较近,王维又曾在嵩山隐居,在淇县做过官,他的山水田园诗也受中原嵩山、太行等雄浑的山川风光与盛唐时代中原农村的太平景象的影响极大。山水田园诗派的重要成员崔兴宗,王维内弟,在蓝田有东山草堂,与王维的别墅东西相对,与杜甫也有交往。祖咏是洛阳人,储光羲是唐河南道兖州(今属山东)人,他在河南的汜水任过官,他们的田园诗多有中原农村的生活景象。杜甫与王维等人在长安交往甚密,他曾到王维的西庄草堂去拜访过。至德初年,长安收复后,杜甫与王维、贾至、岑参等人一起同题奉和贾至的《早朝大明宫》诗,为一时之盛事。杜甫的有关山水和田园的诗篇,与中原的山水田园诗派的诗歌有着深厚的渊源关系。

4.李白是独立于山水田园诗派和边塞诗派之外的一大家。他的诗歌将边塞诗派之雄伟和山水田园诗派之清丽兼而有之。李白曾经"十载客梁园"(《书情题蔡舍人雄》),中原地区的雄伟山川和浑厚纯朴的风土人情对他的诗也极有影响。他的一些写黄河、嵩山、太行、华山的山水风情诗,极其雄奇壮丽,都得之于中原山川和风土之助。杜甫在天宝三载与李白交往,一同去游梁宋,受其人其诗极大的影响,之后,杜甫所写歌行也多了起来,诗风也渐浑厚雄健,这都与受到李白和盛唐中原诗人的影响有关。

(三)盛中唐转折之际

1.关注社会人生的复古诗派。元结和他的《箧中诗》派的王季友、孟云卿、于逖、张彪等人,是一个中原土生土长的现实人生派的诗人群体。他们与杜甫有着相近的现实主义诗歌主张。元结,汝州鲁山(今属河南)人,少时事其从兄元德秀,深受元德秀儒行敦厚之风的影响。安史之乱后,由于平叛有功,被授予道州刺史之职。在任中招抚流亡,赈给灾民,颇有政绩,时道州为贼所焚破,又值上司催迫租税，赋《春陵行》《贼退后示官吏作》二诗，为民请命，上请减免百姓赋税徭役。杜甫得其诗而和之，作《同元使君春陵行》，其序曰："览道州元使君结《春陵行》兼《贼退后示官吏作》二首，志之曰：当天子分忧之地，效汉官良吏之目，今盗贼未息，知民疾苦，得结辈十数公，落落然参错天下为邦伯，万物吐气，天下小安可待矣。不意复见比兴体制，微婉顿挫之词，感而有诗，增诸卷轴，简知我者，不必寄元。"其诗中有云："吾人诗家秀，博采世上名。粲粲元道州，前圣畏后生。观乎春陵作，欻见俊哲情。复览贼退篇，结也实国桢。贾谊昔流恸，匡衡尝引经。道州忧黎庶，词气浩纵横。两章对秋月，一字偕华星。致君唐虞际，纯朴忆大庭。"高度赞扬了元结忧民疾苦的思想品德及诗有"比兴"的现实主义诗歌传统。这里所指的"比兴"，用的是郑玄注的原义："比，见今之失，不敢斥言，取比类而言之。兴，见今之美，嫌于媚谀，取善事以喻劝之。"（见《周礼注疏》卷二三注）杜甫所谓的"比兴体制"是指此儒家"美刺"的诗学传统。杜甫将元结等十数公引为同道。元结所选的《箧中集》，其中所收的 24 首诗，多是反映民生疾苦和自叹不遇、贫困潦倒的人生悲歌，与杜甫的直面人生和忧国忧民的现实主义诗歌主张不谋而合。集中的七位诗人，多数是中原籍或长期生活在中原地区的诗人。如王季友、孟云卿都是河南洛阳人，于逖是汴州（今河南开封）人，张彪是颍上（今河南新郑）人，元季川是元结从弟，河南鲁山人。沈千运本籍吴兴（今浙江湖州），后来长期寓居濮上（今河南濮阳市南），后归隐汝坟（今河南襄城）。他们是一个生活在中原地区的关注社会人生的现实主义诗人群体。杜甫与孟云卿、张彪、王季友等人都有诗歌往来，关系密切，是共同的思想倾向和相似的诗歌主张把他们联系在一起，形成了一个中原现实主义的诗歌流派。

2.复兴儒学的古文派。贾至、萧颖士、独孤及、梁肃等一批提倡儒学复兴的古文家，有着儒家文化的深厚传统。贾至是河南洛阳人，是盛中唐之际的一位儒学复兴的积极倡导者。他在《议杨绾条奏贡举疏》中，总结出安史之乱之所起，皆因是儒学衰微和边缘化的结果。他认为，正因为儒学的衰微，忠孝之道的缺失，才"致使禄山一呼而四海震荡，思明再乱而十年不复。向使礼让之道宏，仁义之风著，则忠臣孝子，比屋可封，逆节不得而萌也，人心不得而摇也"。这确实是抓住了唐玄宗晚年迷信道教、不尊儒学的思想要害。儒学确实是维系社会人心稳定的一个重要思想因素，这是对安史之乱产生原因最深刻的思想反思。与贾至倡导儒学的古文家还有萧颖士、李华。萧颖士是颍川（今河南许昌）人，二人提倡宗经,强调文章要体现儒家的教化作用。萧颖士在《赠韦司业书》中说:“仆有识以来,寡于嗜好,经术之外,略不婴心。”李华特别强调文章要体现“六经之志”,有“化人成俗,安危存亡”的作用,提倡“有德之文”,反对“无德之文”(以上均见《赠礼部尚书清河孝公崔沔集序》)。独孤及是洛阳人,是提倡六经和儒家道德学说的另一位古文家。梁肃说:“肃仰公犹师,而申之话言,必先道德而后文学。且曰:‘后世虽有作者,六籍其不可及已。’”(《常州刺史独孤及集后序》)梁肃是陆浑(今河南嵩县)人,他继萧颖士、李华、独孤及后倡导古文,曾为韩愈的老师。《旧唐书·韩愈传》中称“大历、贞元之间……独孤及、梁肃最称渊奥,儒林推重。(韩)愈从其徒游,锐意钻仰,欲自振于一代”。梁肃推崇两汉古文,强调“文本于道”(《补阙李君前集序》),“操道德为根本”(《常州刺史独孤及集后序》),志在“厚风俗,美教化”(《贺苏常二孙使君邻群诗序》)。梁肃“正是中唐古文运动中由萧、贾、独孤辈到韩柳之间的一座桥梁”①。这些以复兴儒学为志的中原古文家,在精神上与杜甫一生奉行儒学并身践力行儒家仁政爱民思想,以复兴儒学为任的志向是相一致的。他们“文本于道”的文学观,也与杜甫“法自儒家有”(《偶题》)的诗学思想同一机杼。

(四)中晚唐时期

杜甫的诗歌千汇万状,地负海涵,对中晚唐诗人,尤其是对中原地区诗人的影响是多方面的。其影响大约有如下几个诗派。

1.现实主义通俗诗派。中原河南籍的诗人元稹(洛阳人)、白居易(河南新郑人)、王建(郡望颍川,今河南许昌人)等提倡新乐府运动而形成了一个以直面现实人生的通俗派诗人群体。元、白首先打出杜甫这面旗帜,意在发扬光大杜甫的“即事名篇,复无依傍”新题乐府的现实主义精神,直接反映当时之时事,为其“文章合为时而著,歌诗合为事而作”(《与元九书》)的诗歌主张服务。其目的是“补察时政”“救济人病”(同上),揭露和批判统治者剥削的残酷和暴虐,反映民生疾苦,“唯歌生民病,愿得天子知”(《寄唐生》),并希望通过古代乐府采诗的方式,以观民风,上达下情,以引起最高统治者皇帝的重视。其诗歌的形式通俗易懂、易于传播。他们写了许多乐府诗和新题乐府诗,希望能够播之管弦,

---

① 胡大浚:《梁肃文集·前言》,甘肃人民出版社2000年版。

传之人口。这些诗发扬了杜甫“三吏”“三别”等的叙事功能和语言通俗的特征，及时地将现实生活中最迫切的问题用诗歌的形式表现出来，充分体现了他们的问题意识和诗歌的政治功用。晚唐诗人聂夷中（河南中都人，即今河南沁阳人）和籍贯京兆（今陕西西安），曾在泗州为官，后弃官寓居尧山（在今河南鲁山县）的于濆，也属反映社会民生的通俗诗派。他们继承了杜甫关心民生疾苦的精神，写出了大量通俗易懂的揭露贫富不均、百姓生活水深火热的诗歌，以体现一个有良心的诗人关注民生的仁爱情怀。以上是继承杜甫之直面人生的写实诗派。

2.张扬个性的奇险诗派。以韩愈、孟郊为首，以李贺、贾岛、卢仝、马异等人为中坚的奇险派和苦吟派诗人群体继承了杜甫刻意创新和锤词锻句的创作传统。韩愈（河阳人，即今河南孟州人）、孟郊为首的奇险派诗人，一眼觑定杜甫诗歌唯在奇险处尚有可推广发展处，故“欲从此辟山开道，自成一家”（《瓯北诗话》卷三）。杜甫有些诗歌奇气横生，险绝之境，令人称叹。如“白摧杇骨龙虎死，黑入太阴雷雨垂”（《戏为双松图歌》）、“高江急峡雷霆斗，翠木苍藤日月昏”（《白帝》）这些险奇的诗句和诗境，正是韩、孟和李贺（河南福昌人，即今河南宜阳人）、卢仝（祖籍范阳，后迁家河南洛阳）、马异（河南洛阳人）等人所刻意追求的。至于杜甫的五古中用语奇僻的拗句、五古和五排中的险韵也为韩、孟所喜于模仿，以驰其才。他们力求在奇险的意境和语言的创新方面力拓出一片新天地。李贺、贾岛等呕心沥血地苦吟，劳心费神地推敲，以求造语新奇，与杜甫晚年对诗歌的“新诗改罢自长吟”（《解闷十二首》其七）和“语不惊人死不休”（《江上值水如海势聊短述》）的精益求精的创作精神也是一脉相传的。

3.继承典雅传统的瑰奇雅正派。此派诗人与中唐的通俗派与奇险派可谓是鼎足而三。其诗主取杜甫典雅宏丽之风，诗风健举，意象瑰奇，且用语典则雅正，气象雍容。张为《诗人主客图》中称之为“瑰奇美丽主”的武元衡，被称为瑰奇派的领袖。武元衡是河南缑氏（今河南偃师）人，在宪宗朝两度为相，领袖群伦。《唐诗品》评其诗“词锋艳发，如青萍出匣，所向辄利；意度鲜华，如芳兰独秀，采思绵绵。五言长调，当时竟称绝艺。其在元和诸子，自权相（指权德舆）而下，丰美孤高，此当独步”。在“瑰奇美丽主”的旗下列有刘禹锡、赵嘏、许浑等诗人。刘禹锡，洛阳人，早年参加永贞革新，被贬远州二十多年，曾任夔州刺史，受当地民歌《竹枝词》的影响，其诗与杜甫的夔州绝句一样，词意高妙，多有变调，深得民歌之精髓。其律诗“以工部为宗”(《老生常谈》),七律尤工,“典则既高,滋味亦厚”(《蔡百衲诗评》),有人认为其“诗格高,在元白之上,长庆以后诗人皆不能及”(《瀛奎律髓》卷四七)。赵嘏、许浑皆善律诗,为中唐律诗的翘楚。赵嘏七律清丽挺拔,声皆浏亮,语皆俊逸,多有佳句。其“残星几点雁横塞,长笛一声人倚楼”(《长安晚秋》)两句,极为杜牧所称。许浑早年家于洛阳,晚年迁居丹阳(今属江苏),亦善律诗,长于偶对。其集中五百余首诗中,除了绝句,其余全部是律诗。他的七律工稳流丽,“以精密俊丽见称”(《唐诗品》),其诗中精品不在李义山、温飞卿、杜牧以下。其七律第七句,多有“仄平仄”者,人称为“丁卯句法”,其实这是从杜诗中学来的。这派诗人深得杜甫律诗典则雅正之真传,故独自可成一派。河中(今山西永济)人杨巨源属《诗人主客图》中的“清奇雅正派”的诗人,其诗名与刘禹锡相埒。王夫之评他的七言诗,谓其“平远深细,是中唐第一高手”(《唐诗评选》卷四)。有的诗家认为,杨巨源与刘禹锡同为杜甫七律的传人:“余谓七律法至子美而备,笔力至子美而极。后此如杨巨源、刘梦得甚有工夫。”(《贞一斋诗说》)

4.绵密绮秀的婉丽派。晚唐诗人李商隐是怀州河内(今河南沁阳)人,全面继承发扬了杜甫的婉丽风格和追求声律完美、对仗精工的七律艺术,写得更加寓意深邃、绵密精致,是晚唐继杜甫之后的律诗大家。后人评曰:“善学少陵七言律,终唐之世,唯义山一人。胎息在神骨之间,不在形貌”(《读雪山房唐诗序例》),因其诗与温庭筠“词皆缛丽”(《四库全书总目提要·李义山诗集》),故史称“温李”。二人皆发挥杜甫绵密绮秀风格之部分,形成了晚唐的婉丽一派。然二人风格也有区别:“义山七律,得于少陵者深,故秾丽之中,时带沉郁。……飞卿华而不实。”(《岘佣说诗》)

二、杜甫在唐代中原作家群体中承前启后之作用

杜甫在唐代诗人中起着承前启后的作用。他除了继承了从《诗经》、楚辞、汉魏六朝以至初盛唐的诗歌的优秀遗产,还主要继承了初盛唐中原诗人各派的优秀传统,尤其是中原诗歌的直面社会人生的现实主义传统,开启了中晚唐的反映社会现实的写实诗风及对诗歌精益求精的创作精神,使唐诗进入了一个新

的发展阶段。杜甫的承前启后作用主要表现在以下几个方面：

1.将史家的意识和眼光融入诗歌创作。杜甫继承和发扬了唐代中原史家如元兢、刘知幾等人的史学精神，以贞观盛世的精神，以史为镜，以仁治国，以民为本，渴望实现一个“贞观之治”一样的和平安定的多民族团结如一家的和谐社会。他继承史家“实录直书”的写实精神，直面现实人生，弘扬中原文化的现实主义精神，以史笔写诗，以文入诗，以叙事入诗，以史赞议论入诗，以“诗史”的意识，以写实的手法，以叙事为主创作了大量的新题乐府诗和将叙事、议论、抒情相结合的咏怀诗。

2.继承唐代宫廷诗人的雅文学传统，大力创作律诗。律诗是在应制诗的体制中产生的。经过杜甫的改造和发展，律诗从应制的狭窄范围中解放出来，将雅与俗结合起来，用来表现广阔的社会现实内容和抒发作者自己的思想感情，充分发挥了诗歌“兴”“观”“群”“怨”的社会作用。杜甫对律诗进行了全面的艺术提升，尤其是对七律的成熟和定型做出了突出的贡献。

3.杜甫诗歌的内容和风格也是多方面的。他不仅继承和发扬了中原的现实主义诗歌传统，同时对盛唐诗歌的各个流派的艺术成就也做了全面的吸收。与各流派的诗人广泛接触，与边塞诗派的代表人物高适、岑参和田园山水诗派的王维、储光羲、祖咏、裴迪等人都有过交往或诗篇唱和往来，与客居中原的浪漫派大诗人李白交情甚笃，曾有一段难忘的交游，对他前期的诗歌创作有很深的影响。他的诗歌中就有不少涉及边塞、山水田园方面题材的诗歌。在他早期诗歌中也充满着盛唐时代的富有理想主义的浪漫色彩，深受李白等盛唐诗人的影响。

4.杜甫的直面人生的现实主义诗歌创作并不是孤立的，在盛中唐转折之际中原同样存在着一些与杜甫诗歌主张相近的诗人群体。这就是元结等人的“箧中集”现实主义诗人团体。杜甫与元结、沈千运、孟云卿、王季友、张彪等写真实的诗人声气相应，形成了唐代转折时期的一个现实主义诗歌流派。

5.杜甫的复兴儒学的思想也是源头有自的。固然他信奉儒学有他自己的家庭背景和家学渊源，但也与唐代中原的儒学复兴势力的兴起有密切关系。他与张说提倡“尊儒”的思想和贾至、李华、萧颖士、独孤及等古文家振兴儒学的主张不谋而合。他诗歌中儒家的仁政爱民的思想及他本人对儒学信念的身体力行，对中唐韩愈、李翱等人以复兴儒学为主旨的古文运动起着非常重要的思想先导作用。

6.杜甫的新题乐府诗和其他反映民瘼、关注社会现实的诗篇,对元稹、白居易、王建等人的新乐府运动及晚唐五代现实主义诗人聂夷中、于濆等社会人生派的诗人起着重要影响。

7.杜甫对诗歌语言千锤百炼,“语不惊人死不休”是他诗歌的追求,力求语言具有出人意料的奇警效果。韩愈、孟郊、贾岛、李贺等人就是以立意和词语的警精、“惟陈言之务去”(《答李翊书》)而著名,为达此目的甚至到了苦吟的地步。另一方面,以贾岛、姚合为代表的诗人,专以五律见胜,而李商隐等人则以七律见胜,他们继承了杜甫的对律诗千锤百炼的“遣辞必中律”(《桥陵诗三十韵因呈县内诸官》)、“语不惊人死不休”的精雕细刻的创作精神,将唐诗推向内容与形式、节奏与声律高度和谐的新阶段。

8.杜甫的诗歌中有典雅瑰奇的一面,也有绮旎婉丽的一面。中唐诗人武元衡、刘禹锡等人正是发扬了杜甫诗歌中典雅瑰丽的一面,形成了瑰奇一派,而李商隐等则继承了杜甫诗中绮旎婉丽的一面,形成婉丽的一派,他们多以律诗闻名。

三、中原文化精神对杜甫及中原作家群体的影响

中原的诗人和作家群体流派几乎是唐代诗坛的缩影,因为唐代的主要诗人和作家流派的代表人物大部分是中原人或与中原地区有关。在唐代,中国文化基本分为北方文化和南方文化两大地域文化。而以河洛为核心地区的中原文化,就是黄河中下游地区的北方文化的代表,是中国文化之源,它有极强的包容性和吸纳性,但它与南方文化的不同之处是有着强烈关切社会人生的现实精神。求实务本的现实主义精神是它的核心,而多元文化融合的包容性是它富有活力的表现,杜甫正是既坚持了它的现实人生态度,又发扬了它的多元文化融合的灵活性。杜甫善于学习,集纳众长,从而成为唐代诗歌集大成式的人物。中原诗人和作家群体也和杜甫一样,既注重现实,又灵活多样,富有创造性,形成了不同的流派。

应特别指出的是,杜甫是中原文化精神的承前启后的关键人物,是他继承

和发扬了中原文化中关注社会人生的正视现实、务实致用的文化传统与海纳百川的包容精神和勇于进取的创造精神，又将这些优秀传统传承不坠，开启了中晚唐诗歌的各种流派。而中晚唐的中原诗人又率先从杜甫那里各取所需，传承了中原文化的立宗开派的创造精神，从而形成和发展了自己的流派风格。

四、杜甫是唐代中原作家群体的杰出代表

中原文化有着深厚的历史文化渊源，“昔三代之居，皆在河洛之间”（《史记·封禅书》）。现代考古证明，夏、商、周三代皆曾在河洛地区建过都城。东周以后，洛阳长时期作为中国政治、经济、文化的中心。儒家所尊崇的圣人周公旦曾在洛阳制过周礼，儒家学说的创始人孔子年轻时曾到洛阳向老子问过礼。东汉至宋，洛阳一直是儒学的中心。以洛阳为中心的河洛文化，是中原文化的核心文化。除了儒家文化，佛教文化、道教文化也是中原文化的重要内容。在诗歌方面，中原地区有着悠久的诗学传统。先秦时代的《诗经》，大部分诗歌都与中原有关。“感于哀乐，缘事而发”“饥者歌其食，劳者歌其事”（《春秋公羊传·宣公十五年》何休注）的乐府民歌，也多是中原地区的诗歌。这些具有强烈现实主义精神倾向的诗歌，一直为杜甫和唐代的中原作家所继承和发展。

从杜甫的家学渊源来看，也有着浓厚的儒学和史学传统。他最服膺的十三世祖杜预，就是晋代的大儒学家和史学家，治《春秋左氏传》，他家世的“奉儒守官”的传统一直赓续未断。所以关注人生的儒家观念及写真实的史学观念成为杜甫的思想基础。他引以为豪的祖父杜审言所取得的诗歌成就，也是激励他继承祖志的一个精神动力。

从现实的基础上来看，杜甫作为一个中原诗人，他的出现与唐代中原文化精神的兴盛及唐代中原诗人和作家群体的大批涌现有着密切的关系。杜甫继承和发扬了中原文化与中原诗歌的优秀传统，成了现实主义文化精神和诗歌集大成的典范人物。杜甫对他之后的中晚唐的诗人，尤其是中晚唐中原诗人群体的各种流派风格的形成起了巨大的作用。唐代诗人和作家的中原独盛的现象，说明中原文化的强大的生命力和影响力。而杜甫正是唐代众多中原诗人的杰出代表与中原文化精神的代表。

杜甫直面社会人生的现实主义诗风的形成与时局的转折和时代精神的转变有关，与他对前代诗风的选择继承有关，也与他同时代的一批志同道合的作家群体有关。以杜甫和元结为代表的现实主义诗派首先出现于中原，并盛于中唐，也与中原文化一贯关注社会现实人生的文化传统有关。

杜甫是唐代一个划时代的诗人，他得风气之先，随着时代的转变，率先从盛唐时代的狂热的理想主义的浪漫风气中转向清醒的现实主义，扭转了诗坛的诗风。同时，他也认识到律诗是唐代的一种新型的具有无限前途和生命力的新诗体，杜甫的后期以创作律诗为主，并将律诗发展到内容与形式完美结合的新境地，确立了中晚唐以后以律诗为主要诗体的新格局。

杜甫有自觉的创作历史使命感和开拓创新意识。历史使命感使他坚持诗歌反映现实、关注民生疾苦的现实主义精神，并开拓了中晚唐现实主义创作道路的新局面。开拓创新意识使他的诗歌风格多样，并对中晚唐诗人立宗开派的开拓创新精神产生了深刻的影响。

杜甫在唐代诗人中之所以能独领风骚，成为与李白齐名的大诗人绝不是偶然的现象，与天时、地利、人和三方面的条件有关。所谓天时，是杜甫既受到了盛唐时代精神的哺育，又经过唐代的社会巨变的苦难的生活经历；所谓地利，即指他出生并成长于具有深厚的文化底蕴的中原文化土壤和文化世族的家庭之中；所谓人和，即指他与唐代众多中原作家群体中的优秀诗人和作家有着密切的关系。唐代的中原诗人和作家之所以独盛，也有与杜甫大致相似的原因。

（原载《中州学刊》2011年第1期）

杜甫与洛阳京城文化

杜甫是一个大半生在京城地区长大和生活，由京城走向民间，由盛世入乱世的诗人。他的青少年时代基本上是生活在东都洛阳，中年时代主要生活在首都长安，晚年则走出京城漂泊在陇右、巴蜀和荆湘一带的“西南天地间”。盛世的京城生活和文化，培养了他远大的政治理想，奠定了他以儒家“修齐治平”为目标的入世情怀、正视现实人生的理性态度、风雅正宗的诗歌审美情趣，而安史之乱后的晚年深入民间的生活，则奠定了他以民生为本的忧国忧民的思想主调和忧患意识及精益求精的诗歌创作追求，使他的诗歌上升到前所未有的思想高度和艺术水平。洛阳文化是哺育杜甫形成人生观和思想基础及艺术成长的文化摇篮，本文就杜甫受洛阳文化深刻影响问题做一讨论。

一、洛阳在唐代的重要位置

洛阳是九朝古都①，在中国历史和文化上有着非常重要的地位。其重要性绝不下于长安。在古代的中国，它位于有“天下之中”“土中”“中土”“中国”②之称的洛阳一带的河洛地区。

---

① 九朝古都，九谓多的意思。其实洛阳是夏、商、西周、东周、东汉、曹魏、西晋、北魏、隋、唐、后梁、后唐、后晋十三朝古都。

② “天下之中”之说：“（周）成王即位，周公之属辅相焉，乃营成周雒邑，以此为天下之中也，诸侯四方纳贡，道里均矣。”（《史记·刘敬叔孙通列传》）“土中”之说：“王来绍上帝，自服于土中。”（见《尚书·召诰》）“中土”之说：北魏孝文帝称洛阳为“中土”，并迁都于此：“朕世居幽朔，欲南迁中土，苟不南伐，当迁都于此。”（《资治通鉴》卷一三八）“中国”之说：见1965年在陕西宝鸡出土的西周初年的青铜器“何尊”铭文：“唯王初迁宅于成周……嗣文王受兹因（命），唯武王既克大邑商，则廷告于天，曰：‘余其宅兹中国，自之乂民。’”（马承源：《何尊铭文初释》，《文物》1976年第1期）

夏、商、周三代都建都在洛阳周围的河洛地区，史称“昔三代之君（居），皆在河洛之间”（《史记·封禅书》），“崤函有帝皇之宅，河洛为王者之里”（左思《三都赋》）。禹建夏朝，建都阳城（今河南登封南），夏启建都夏邑，地望在嵩山南麓，距洛阳仅有百里之遥，夏启子太康继位，便把都城迁到斟鄩（即今洛阳附近的偃师二里头遗址）。商代由汤建都西亳（在今洛阳地区偃师境内，与夏都斟鄩相邻），共有九代商王居住在这里。周武王灭商，欲建都洛阳，但次年就去世了。周公旦继承武王遗志，建议成王“如武王之意”，“使召公复营洛邑”（《史记·周本纪》），将九鼎从殷都迁至洛阳，史称“成王定鼎于郏鄏”（《左传·宣公三年》）。于是西周就有了两座都城，西方的镐京称作“宗周”，东方的洛阳称作“成周”，并将洛阳“以为东都”（《左传·召公三十二年》）①。

以后的东周、东汉、曹魏、西晋、北魏都在洛阳建都。隋、唐两代都以洛阳为东都。隋炀帝大业元年（605）即下令营建新都洛阳，并开凿大运河通济渠，新都次年完成，名为东京。从此以洛阳为首都，就再也没有回到过长安。

唐灭隋后，唐太宗李世民改洛阳为洛阳宫。据《新唐书·太宗本纪》载，唐太宗先后四次巡幸洛阳，处理国事，居住近两年。高宗即位后，于显庆二年（657）改洛阳宫为东都，并长期驻宫洛阳，往来于东西二都之间，居东都长达11年。武则天在其当上皇后的第三年（657）就劝高宗移居洛阳。光宅元年（684）九月，武则天“改东都为神都”，并在天授元年（690）称帝，改唐为周，以洛阳为大周朝的首都，长达15年。在她执政的近50年中，居住东都就有30多年。中宗居洛阳将近两年。唐玄宗出生于洛阳，在他当政时期，曾先后五次巡幸洛阳，累计时间长达10年。唐代东都洛阳的设置一如长安。在高宗、武则天、中宗及玄宗在洛阳为政期间，朝中皇亲国戚、达官贵人的官邸私宅或别馆都建在洛阳或洛阳附近的嵩山地区。从唐代建国高祖武德元年（618）到唐玄宗开元二十四年（736）共约118年间，其中（包括武则天大周时期）约有44年时间都在洛阳办公执政，洛阳在唐代前期的政治地位之重要由此可知。

隋唐时的洛阳城，建在东周王城和汉魏洛阳故城之间，“北据邙山，南对伊阙，洛水贯都，有河汉之象。都城南北十五里二百八十步，东西十五里七十步，周围六十五里三百二十步。都内纵横各十一街，街分一百三坊，二市。每坊纵

---

① 以上参考吴迪、李德方、叶万松《古都洛阳》第一、二、三章，杭州出版社2011年版。

横三百步,开东西二门”(《旧唐书·地理志》)。洛阳的人口约有一百多万①,是可与长安相媲美的国际大都市。城内的东北部有皇城和宫城,城西南有上阳宫,南临洛水。宫城中有乾元殿(后由武则天改建为明堂)、天堂、集贤殿、仪凤殿及“宫内别殿台馆三十五所”。城西有西苑,“东抵宫城,西临九曲,北背邙阜,南距飞仙。苑城东面十七里,南面三十九里,西面五十里,北面二十里,苑内离宫、亭、观一十四所”(《旧唐书·地理志》)。西苑周长126里,比洛阳城还要大。和当时的长安城相比,洛阳和长安两个城市的规模也是差不多一样大。据《长安志》记载:“东西一十八里一百一十五步,南北一十五里一百五十七步,周六十七里。”这与洛阳城周长“六十五里三百二十步”的差距是很小的。长安城内东西有十四街,南北有十一街,一百一十坊,两市。这与洛阳城“都内纵横各十一街,街分一百三坊,二市”的布局差不多。长安的上林苑“东西二十七里,南北三十里”(《旧唐书·地理志》),周长116里,比起洛阳的西苑周长126里还要小些。

从皇城和宫城的建筑上,洛阳的宫殿也可与长安相媲美。长安有三大内,著名建筑在大明宫中有丹凤门和含元殿、宣政殿、紫宸殿三大殿,都建在龙首原的高处。《雍录》卷三“汉唐宫殿居龙首山”条云:“唐大明宫尤在高处,故含元殿基高于平地四丈,含元后为宣政,宣政北为紫宸,地每退北,辄又加高,至紫宸则极矣。”武则天垂拱四年(688)在洛阳建宫殿,为了在气势上压倒长安的大明宫,则建明堂“凡高二百九十四尺,东西南北各三百尺。有三层:下层象四时,各随方色;中层法十二辰,圆盖,盖上盘九龙捧之;上层法二十四气,亦圆盖。亭中有巨木十围,上下通贯,栭、栌、樽、棍,藉以为本,亘之以铁索。盖为鸑鷟,黄金饰之,势若飞翥”(《旧唐书·礼仪志二》),并在明堂之后建立比明堂更高大的天堂。天堂高五级,以贮大佛像,到第三级就可以俯视明堂②。唐时的东都洛阳,无论是在城市面积的大小上、城市建筑的壮丽上还是在居住人口的多少上,与长安相比都是不差上下的。

洛阳由于处于“天下之中”的地理优势,在唐代的前期,是当时与长安相颉

① 《唐会要》卷八四:“天授二年七月二十四日,徙关外雍、同、秦等七州户数十万,以实洛阳。”按每户以常例五口人推算,“数十万”户,最少也有二十万,才能称得上数十万。二十万户人家约有一百万人。武则天时期,洛阳至少有人口一百万以上。

② 参见吴迪、李德方、叶万松:《古都洛阳》,杭州出版社2011年版,第203页。

颀的经济中心城市。东南的粮赋由大运河运往洛阳。在洛阳含嘉城中的含嘉仓可纳粮 5833400 石,合今2.5亿斤。洛阳城北七里有回洛仓,其东有河阳仓,在其东百里之外还有洛口仓,都囤积有大量从各地主要是从江南征集来的粮食。每当长安乏粮之时,唐王朝的中央政府官员便迁到东都洛阳办公就食。

洛阳是丝绸之路东方的起点,在洛阳城居住的胡人有上万人之多,胡人所开的店铺、酒肆到处都是。这些胡人中既有中亚的粟特人、吐火罗人、突厥人,也有波斯人和天竺人。同时海上的丝绸之路也通向洛阳。据《元河南志·京城门坊街隅古迹》载,在唐代洛阳北市以南、立德、承福坊间,又开挖一新潭。新潭连着大运河,南达扬州,商船直通高丽和日本及东南亚。新潭中"天下之舟船所集,常万余艘,填满河洛",街上"商业贸易,车马填塞"。

洛阳地处河洛地区的中心,河洛地区自古就是我国的文化源头地区。从新石器时代原始社会这里就出现以彩陶为代表的仰韶文化,在仰韶文化时期许多遗址出土的陶器或陶片上就有类似文字的刻画符号出现。传说中的河图洛书,伏羲作八卦,根据八卦的卦象而作的文化解读而形成的《易》,传说中的黄帝在鼎湖铸鼎、禹铸天下山川图形的九鼎,也都发生在河洛地区。四千多年前的夏代二里头遗址中,就出现有爵、觚、斝等青铜器,玉钺、玉刀等祭器,鼓、铃、埙、磬等乐器,商代早期二里岗遗址出土有刻字牛骨与有铭文的青铜器,表明中国早期有关政治、宗教、文字等文化都是在洛阳和周围的河洛地区形成和发展的。

到了周代,周公旦在成周制礼作乐,创造了系统的礼乐文化。春秋时期,《诗经》中所收录的周代民风民谣大部分出自洛阳周围的中原地区,《诗经》这部诗集就是在洛阳辑录而成。道家文化的创始人老子曾任周王室的柱下史,儒家文化的创始人孔子曾到洛阳向老子问过礼,向长弘问过乐。东汉永明时,佛教东传到中国的第一个寺庙就是洛阳的白马寺,并译出了第一部中文的《四十二章经》。可以说构成中国文化思想的儒、道、释三大文化构架和以诗为主体的文学构架的形成,基本上都与洛阳有着密切的关系。

儒学可谓是中国文化的主干。孔子是殷人的后代,其祖籍是宋国,他所创立的儒家学派,其核心是周公所创制的礼乐文化。儒家的经学在东汉时期的洛阳有很大的发展,著名的学者如马融、郑玄、蔡邕、徐慎,融古、今文学派为一体,将经学发展为汉代经学,是中国儒学史上的鼎盛时代。他们在洛阳讲学授徒,对整理研究和传播儒经做出了巨大的贡献。曹魏和西晋时期的洛阳,王弼、何晏等人将儒学玄学化,阮籍和嵇康又将玄学发扬光大,使玄学向哲理思辨的方向发展,蔚然使玄学思想成了当时思想文化的主流。

北魏时期,北魏孝文帝迁都洛阳,提倡儒学和佛教,使鲜卑人汉化,将佛教当作国教,当时仅洛阳就有佛寺1360余所。当时城中“昭提栉比,宝塔骈罗,争写天上之姿,竞模山上中之影,金刹与灵台比高,广殿共阿房等壮”(杨衒之《洛阳伽蓝记序》),并在洛阳龙门开凿古阳洞、宾阳洞、莲花洞等石窟。武则天当政时期,尊崇佛教,在龙门修建了奉先寺,雕凿了当时最大的高达17米的卢舍那大佛,造就了佛教的兴盛和佛教文化艺术的辉煌。唐代尊崇老子为祖先,将道教作为国教,特别是在玄宗的盛唐时期造就了道教文化的黄金时代。儒学在唐代虽然没有更大的建树,但在唐太宗时代,命颜师古、孔颖达等人整理五经,编写《五经正义》,并以此作为国子监学子的教材和举子考试的主要内容,作为治国的指导思想,使儒学走向了正常的轨道。东西二京的国子监中,到处是日本、朝鲜等国家的留学生和周边少数民族的学生。唐代是三教并行的,与此同时,外来的宗教如波斯的祆教、大秦的景教、大食的伊斯兰教,在西京长安和东都洛阳都有寺庙存在。

从以上论述可知,洛阳在唐代经济和文化中的重要地位绝不下于长安。

二、初盛唐时期洛阳的诗歌创作活动

唐诗之所以成为唐诗,其主要特点是因为近体诗的出现,从而与唐以前的古体诗有了重大的区别。而近体诗的出现与创作,则与初唐高宗和武则天时期的洛阳宫廷诗人集团有着重要关系。在高宗龙朔年间的宫廷诗人中,上官仪是最有贡献的一位诗人。上官仪是河南陕州人,唐时属都畿道河南府,贞观初进士,高宗龙朔二年(662),拜西台侍郎,同东西台三品。时高宗常来往于东西两都之间,而在洛阳时为多。上官仪常参与宫中宴集,奉和作诗。他工于五言诗,“其词绮错婉媚。及贵显,人多效之,谓为‘上官体’”(《新唐书》本传)。他曾撰《笔札华梁》,提出“六对”“八对”之说。此外,上官仪及其追随者元兢在对近体诗的格律建设上还有重要建树,即将齐梁时沈约、周颙等人所提出的“四声”(平、上、去、入声)及沈约、谢朓、王融、范云等人所提出作诗应避免的“八病”

(即平头、上尾、蜂腰、鹤膝、大韵、小韵、旁纽、正纽)等规则进行简化,即将"四声"简化为平声与仄声(包括上、去、入三声)两种声调。只要每句中平仄相间,一联中上句与下句的平仄相对就可以了。此外还提出了上联与下联相粘(即上联的下句与下联的上句平仄相同或相近)的规则①,这样将"四声"二元化,就简化了作诗的声律规则,使其在创作中有了可操作性,是近体诗形成的最关键的一步,具有明显的开创性。上官仪的"六对""八对"之说,对律诗对偶的创作具有鲜明的创造意义,从而使近体诗的格律和对仗有了新标准。在高宗和武则天的洛阳宫廷中,尤其是在武则天时期,由皇帝直接提倡,下面群臣唱和的应制诗就是对近体诗最好的实践和训练。在武则天朝中,洛阳宫廷集团出现了一大批主要写近体诗的诗人,其中有李峤、崔融、苏味道、杜审言等"文章四友"与沈佺期、宋之问等著名诗家,他们对近体诗的形成和定型做出了突出的贡献。

除了近体诗的创作,王勃、杨炯、卢照邻、骆宾王等"初唐四杰"在七言歌行和古体诗方面也有突出的贡献。尤其是陈子昂,高举提倡"汉魏风骨"的复古大旗,在诗歌内容和风格上力求摆脱宫廷诗只讲声律和谐与辞藻华美的弊病,为盛唐诗歌的到来开辟了广阔的道路。

武则天是当时洛阳文坛的盟主和支持者。史称武则天"颇涉文史,好雕虫之艺。永隆中,始以文章选士,及永淳后,太后(指武则天)君临天下二十余年,当时公卿百辟,无不以文章达。因循日久,浸以成风"(杜佑《通典》卷一五引)。由于武则天利用各种手段,极力提倡文学及诗歌,故洛阳宫廷文学,特别是诗歌的创作蔚然成风。她曾多次亲自组织诗会,号召臣下应制作诗。由于武则天的倡导,洛阳宫廷诗人所作多为五律、七律和排律,故律诗的创作在初唐便逐渐成型。

盛唐时的著名诗人,如孟浩然、王维、李颀、王昌龄、李白、高适、岑参、储光羲、卢象、常建、祖咏、裴迪等,或游览,或路过,或读书,或求官,都先后到过洛

---

① 元兢在《诗髓脑》中,提出"换头"之说,将四声中的平声归为一类,上、去、入三声归为一类,即将四声简化为平仄两类。提出首句头二字与第二句头二字不得同声(即一联中上下句平仄相对),第二句头二字与第三句头二字应为同声(即上联的收句头二字与下联的出句头二字应同声即相粘)的理论,确定了律诗的一联中平仄相对,上下联之间平仄相粘的规则,建立了律诗的声律理论(见《文镜秘府论·天卷·调声》)。邝健行先生认为:"换头的提出,标志着粘缀找到了正确的法则,也等于说律调自此完成。"(《初唐五言律体律调完成过程之考察及相关问题之讨论》,《诗赋与律调》,中华书局1994年版,第113—114页)

阳。洛阳是大唐的东都,武周时期又是首都,唐玄宗曾有五次驻跸洛阳,文武百官长期在洛阳办公。朝廷在洛阳时期,全国需要铨选的官员都要来此办理诠选事务,又有多次科举在洛阳举行,全国的举子必须来洛阳应试。开元二十二年(734)正月至二十四年(736)十月,唐玄宗在东都住了近三年,一些科举考试就是在洛阳举行的。此外,因洛阳地处唐代华山以东地区和江南地区入长安的必经之处,所以不管是这些地区到长安铨选的官员还是应试的举子,都要经过洛阳或在洛阳停留或游览。可以说,盛唐时期凡入京求取功名的文士或做官的官员很少不曾到过洛阳的。盛唐诗人大都与洛阳有着或深或浅的关系。因为洛阳地处“天下之中”,又是大唐东都,是唐代的中心文化区之一,可以说当时几乎所有的著名诗人都来过洛阳和长安。

三、杜甫在洛阳的学习与生活

杜甫出生于巩县(今巩义),而巩县是洛阳都畿道河南府的属县。因杜甫的母亲早逝,在他很小的时候,就由其二姑母抚养。在十五岁以前,杜甫基本上都是在他洛阳的二姑母家度过的。杜甫有诗云:“往昔十四五,出游翰墨场。斯文崔魏徒,以我似班扬。七龄思即壮,开口咏凤皇。九龄书大字,有作成一囊。性豪业嗜酒,嫉恶怀刚肠。脱略小时辈,结交皆老苍。”(《壮游》)除了他的二姑母家在洛阳,我还怀疑杜甫的祖父杜审言在洛阳也有住宅,因杜审言在武则天朝做过洛州洛阳县丞,后又为著作佐郎、膳部员外郎等京官,在洛阳也当有宅第①。因此,杜甫在十四五岁时能够在洛阳有条件“出游翰墨场”。他与一般同龄的孩子有所不同,即有些少年老成:“脱略小时辈,结交皆老苍”,即结交的都是老一辈的长者,向他们请益学问或请教诗文创作,如郑州刺史崔尚和豫州刺史魏启心这样的前辈长者,就曾夸他的赋作得好,有班固、扬雄之风。崔尚是崔融之从子,因崔融与杜审言的关系,崔、杜两家是世交,因而崔尚对杜甫进行奖掖与夸赞是可以理解的。“李邕求识面,王翰愿卜邻”(《奉赠韦左丞丈二十二韵》),尽

---

① 《古今图书集成·方舆编·职方典》四三七卷《河南府部汇考·河南古迹考二·府志未载古迹·洛阳县志上》:“杜子美宅,在县,见《京洛朝市图》。”

管杜甫的这两句诗可能有些夸张,但李邕与杜甫见面却是事实。因李邕与杜甫的祖父杜审言是旧交,对于杜审言之孙杜甫很小就能够“读书破万卷,下笔如有神。赋料扬雄敌,诗看子建亲”(《奉赠韦左丞丈二十二韵》)的文学才能很欣赏,在见面时给予指点和夸奖也是可以理解的。至于王翰这样一个比较狂傲的名士在洛阳的居处与杜甫的住处相邻近,这也是可能的。杜甫举此二人,说自己能与李邕和王翰这样的名士①交游是种殊荣并引以为豪。

除了这些名士,杜甫在洛阳还与王公权贵有过来往。他晚年在长沙见到当年的宫廷乐师李龟年也流落此地,十分感慨地写道:“岐王宅里寻常见,崔九堂前几度闻。正是江南好风景,落花时节又逢君。”(《江南逢李龟年》)诗中回忆了在开元盛世之时,杜甫在洛阳的岐王李范的府邸及崔涤的堂前听李龟年唱歌的事,正是在当今春暮花落的时节,他们却一起流落在远离洛阳和长安京城的长沙,凄然相见,真是往事不堪回首。可见,杜甫年轻时在洛阳是与岐王和崔涤这样的权贵人物有过来往的。

杜甫在青少年时期主要是读书学习,他“七龄思即壮,开口咏凤皇。九龄书大字,有作成一囊”(《壮游》)。这是说他小时很聪慧,七岁就开始作诗,有咏凤凰之作,可惜今已不传。“诗是吾家事”(《宗武生日》),“吾祖诗冠古”(《赠蜀僧闾丘师兄》),作诗是其继承祖父家风的一项事业。九岁时的大字已经练得相当可观了,有一袋子的书法习作。我们知道,杜甫的书法观是“书贵瘦硬方通神”(《李潮八分小篆歌》),看来他的书法是学习李邕的一路,是以瘦硬简劲为美的。同时,他的祖父杜审言也是一名书法名家②。杜甫之父杜闲也善书法,“《蔡宽夫诗话》云:‘杜子美云“书贵瘦硬方通神”,予家有其父闲所书《豆卢府君德政碑》,简远精劲,多出于薛稷、魏华,此盖自其家法言之。’”(胡仔《苕溪渔隐丛话》前集卷一八引)想来其书法也承自家传。杜甫自称“读书破万卷,下笔如有神”,看来杜甫青少年时代是以苦读为功课的,其所读之书已不可详考。但

① 李邕,在武则天时即有盛名,善书法。天宝初年曾任北海太守,后为李林甫所害。史称他“早擅才名,尤长碑颂”,“人间素有声称,后进不识,京洛阡陌聚观,以为古人”(《旧唐书·李邕传》)。王翰,一名王浣,并州晋阳人,“少豪荡不羁”,并州长史张嘉贞“奇其才”。曾为通事舍人、驾部员外。后为汝州长史,改仙州别驾。他至郡后“日聚英豪,纵禽击鼓,恣为欢赏”。事见《旧唐书·王浣传》。

② 杜审言性傲诞,“尝对人曰:‘吾之文章,合得屈、宋作衙官。吾之书迹,合得王羲之北面。’”(《旧唐书·杜审言传》)其书法自负如此,想来当是二王派的清劲书法一路。

他自以“奉儒守官”为家训，他教育子女曾说“应须饱经术”（《又示宗武》），看来是以儒家的诗书经史为主要学业的。他对自己的第十三代祖杜预十分佩服。杜预的《春秋左氏传集解》，当是他所熟读的经书之一。在唐代，杜预的《春秋左氏传集解》取代了东汉服虔的《春秋左氏传解谊》（简称“服注”），为孔颖达《五经正义》所据，服注遂亡，杜预的《春秋左氏传集解》便成为唐代科举的必读之书①。杜甫“熟精文选理”（《宗武生日》），昭明太子《文选》也是他精读的书籍之一。既然他所读书有“万卷”之多，除儒家的经史书籍外，通过他所受的影响来看，盛唐时所盛行的道经和佛经也应有所涉猎。这与洛阳各种学术思想兼容并包的学术环境当有相当深厚的关系。当然，青少年时期的杜甫并不完全是一个书呆子，其赤子之心不泯：“忆年十五心尚孩，健如黄犊走复来。庭前八月梨枣熟，一日上树能千回。”（《百忧集行》）他在青年时期也曾向往干一番为国建功立业的大事业，他又十分向往杜预的文治武功，骑马射箭也当是他所习之业。他北游齐赵之时，曾与苏源明等人骑马打猎：“放荡齐赵间，裘马颇清狂。春歌丛台上，冬猎青丘旁。呼鹰皂枥林，逐兽云雪冈。射飞曾纵鞚，引臂落鹙鸧。苏侯据鞍喜，忽如携葛强”（《壮游》），俨然是一位武艺高强的壮士。

从开元十八年至开元二十八年（730—740）这十年间，杜甫除于开元二十三年（735）回洛阳应试之外，一直都是出外“壮游”。他“快意八九年”（《壮游》），游过郇瑕（今山西临猗）、吴、越、东鲁、齐、赵等地。在开元二十八年（740）前后，他的父亲杜闲去世了②。之后杜甫移家偃师首阳山下的土娄村，杜甫家的祖坟所在地，筑土室守墓。杜甫的第十三代祖杜预、祖父杜审言都葬在这里。他写了一篇《祭远祖当阳君文》曰：“小子筑室，首阳之下，不敢忘本，不敢违仁，庶刻丰石，树此大道。”

天宝三载（744）四月，李白辞京还山离开了长安，在经过东都洛阳时与杜甫相见。杜甫作诗《赠李白》中说“李侯金闺彦，脱身事幽讨。亦有梁宋游，方期拾瑶草”，表达他要与李白同游梁、宋的愿望。同年秋，李白与杜甫在梁园与高适

---

① 参见皮锡瑞《经学历史·经学统一时代》。

② 杜闲在开元年间先后任武功尉、奉天令、兖州司马。据陈冠明先生引洪业《我怎样写杜甫》推测杜闲死于开元二十八年。参见陈冠明、孙愫婷《杜甫亲眷交游行年考》第11页“杜闲”条，上海古籍出版社2006年版。又见姜海宽等《杜甫年谱》开元二十八年，引《巩县杜氏谱记》，杜闲卒于开元二十八年秋，豫内资郑新出通〔2007〕23号。

相会，三人同登吹台，慷慨怀古，又到宋中孟诸泽去打猎。天宝四载（745）秋，杜甫又赴李白之约，同游鲁郡，杜甫有诗《与李十二白同寻范十隐居》以记其事："余亦东蒙客，怜君如弟兄。醉眠秋共被，携手日同行。"后二人在兖州东石门作别，李白作《鲁郡东石门送杜二甫》以表依依惜别之情。杜甫回到家中后，作《冬日有怀李白》，诗中表达了对李白的深切怀念之情。天宝五载（746）杜甫离开了家乡洛阳，西游长安，开始了他十载客长安的生活。

杜甫在长安期间，虽然也不时地回到洛阳，但时间最长也是最后一次是在至德三年（758）冬回洛阳探家那一次。因为东都洛阳刚从安史叛军手中收复，一开始他心中十分高兴，即兴写了《洗兵马》一诗，诗中兴奋地写道："中兴诸将收山东，捷书夜报清昼同。河广传闻一苇过，胡危命在破竹中。"认为安史之乱马上就可以平定，并希望能够收甲洗兵，马放南山，老百姓过上男耕女织的太平生活："田家望望惜雨干，布谷处处催春种。淇上健儿归莫懒，城南思妇愁多梦。安得壮士挽天河，净洗甲兵长不用。"其实他高兴得太早了，岂不知平定安史之乱的战争一打就是八年，直到代宗宝应二年（763），河北、河南诸道才被官军收复，安史之乱始被平息，而国内的军阀混战局面仍未止息。当他从洛阳回华州的途中，就遇到因九节度使围攻邺城失利退守河阳的败局。在从洛阳到潼关的一路上，他见到了官府因缺兵员而到处抓兵抓夫的惨象，到处是母子、夫妻的生离死别，哭声震天，惨不忍睹。国家的安危，人民的苦难，使杜甫忧心如焚。忧国与忧民的矛盾和痛苦相互交织，他以新题乐府的形式写出了一组惊天动地的"三吏""三别"，使他的诗歌达到了现实主义的高峰。

北魏时期，魏孝文帝迁都洛阳，在城中建永宁等寺，在洛阳城南龙门开凿石窟，龙门石窟的古阳洞等就是北魏时期佛像雕塑艺术的代表作。洞中现存有碑刻书法"龙门二十品"，是北魏书法的典型代表作。其特征是劲峭瘦硬，当对杜甫"书贵瘦硬方通神"书法观念有一定的影响。龙门奉先寺是高宗和武则天时期所建，为建造卢舍那大佛，武则天还捐了二万贯脂粉钱。杜甫在开元二十年游览此寺，并作了《游龙门奉先寺》一诗。诗中记载了杜甫游览奉先寺并在寺中过夜的情景。诗中有"欲觉闻晨钟，令人发深省"的句子，已见他对佛教有所领悟。此外他还写了《龙门》一诗，描写了"气色皇居近，金银佛寺开"即洛阳附近到处是佛寺的盛况。其实，杜甫接触佛教是相当早的。他小时所寄依的洛阳仁风里的二姑裴氏就是信佛的,他的继祖母卢氏也是信佛的①。杜甫受佛教的影响是受洛阳佛教盛行之风气和家庭信佛习俗熏陶的结果。

杜甫与道教也早有接触。隋末唐初一批著名道士,如王远知、潘师正、李含光、司马承祯、吴均等都曾在洛阳或洛阳附近的嵩山或王屋山修炼或传道,其中司马承祯曾被武则天、唐睿宗、唐玄宗三朝帝王召入宫中,问以朝政之事,玄宗还尊之以为师。可见洛阳地区的道教风行之盛。杜甫曾怀着虔敬的心情拜谒过东都的玄元皇帝庙,写了《冬日洛城北谒玄元皇帝庙》一诗:“碧瓦初寒外,金茎一气旁。山河扶绣户,日月近雕梁。仙李盘根大,猗兰奕叶光。世家遗旧史,道德付今王。”其中对老子庙的雄伟壮丽做了精彩的描绘,对李唐王朝这位所谓“先祖”的遗德做了大力的推崇。虽然作的是颂体诗的表面文章,但盛唐时期道教尤其是“圣祖”老子对杜甫的影响还是显而易见的。

在洛阳期间,杜甫还深受洛阳传统文化艺术的影响,如对音乐、舞蹈、雕塑、书法、绘画等也深受熏陶。如前所述,他巩县老家的石窟寺及洛阳龙门的古阳洞、宾阳洞、莲花洞、万佛洞、奉先寺等从北魏到隋唐以来的石刻雕像所取得的辉煌艺术成就,使他得到深刻的艺术享受。大歌唱家李龟年在岐王宅和崔九堂的歌唱,公孙大娘、裴旻等剑术舞蹈家在河南郾城和洛阳的精彩表演,张旭的草书②,“画圣”吴道子在洛阳老子庙中的神仙壁画和“五圣图”等③,都深刻地印在了杜甫的脑海之中,使他的艺术鉴赏能力有很大的提高。杜甫诗中出现了那么多的题画诗和关于对歌舞的精湛描写,他高超的艺术眼光或许都来自他在洛阳时所受到的艺术熏陶。

杜甫所受到的洛阳诗歌传统的影响,由于杜甫青少年时代的作品现在留传下来的并不多,在洛阳生活时期所作的诗歌现存的只有20多首,从这些诗歌的

---

① 杜甫在祭其二姑的《唐故万年县君京兆杜氏墓志》中说:“(二姑)爰自十载已还,默契一乘之理,绝荤血于禅味,混出处于度门。”在《假山》一诗序中说:“天宝初,南曹小司寇舅,于我太夫人堂下,垒土为山,一匮盈尺,以代彼朽木,承诸焚香瓷瓯,瓯甚安矣。旁植慈竹。”说其二姑“默契一乘之理,绝荤血于禅味”和其继祖母“焚香瓷瓯”,都说明她们是信佛的。

② 杜甫在五岁时曾在郾城观看过公孙大娘的剑器浑脱舞。(见杜甫《观公孙大娘弟子舞剑器行并序》)《太平广记》卷二一二:“开元中,(玄宗)驾幸东洛,吴生与裴旻、张旭相遇,各陈所能。裴剑舞一曲,张书一壁,吴画一壁,都邑人士,一日之中,获睹三绝。”

③ 见杜甫《冬日洛城北谒玄元皇帝庙》:“画手看前辈,吴生远擅场。森罗移地轴,妙绝动宫墙。”

内容和题材上来看，青少年时代的作品颇受初盛唐时代精神的影响，风格俊健清新，但受生活范围较窄所限，题材不广，且五律较多。安史之乱后回洛阳归家探亲时所作的 17 首诗多是五、七言古体诗，多是反映生活现实的忧国忧民之作。

杜甫青年时期的作品多是五律，显然是受到洛阳初唐时期宫廷诗派诗人的影响。洛阳宫廷是唐代近体诗的摇篮。可以说，近体诗是在洛阳宫廷诗人群手中诞生、成长和基本定型的，其中以杜审言、沈佺期、宋之问最为擅场。宋之问既是杜甫祖辈的好友，又是洛阳的老乡，杜甫所居的偃师土娄村，与宋之问的首阳山下的旧庄不远，虽宋之问已死，但他对这位前辈依然十分尊重，并专门到宋之问的旧庄去访问。他所写的《过宋员外之问旧庄》诗，对宋之问、宋之悌兄弟的文武功业表示仰慕，对其家后世的“零落”和“寂寞”很是感慨。

杜甫对洛阳宫廷诗人所取得的律诗成就十分赞许，并从他们那里继承了写近体诗的传统。如杜甫的咏物诗，就受到了李峤的咏物诗的影响。李峤五律咏物诗 120 首，是一组大型的组诗，从天地自然到日常生活中的种种物象都作了吟咏，提供了五律咏物诗的新范式，开拓了五律诗的新天地。杜甫在入蜀以后，也以五律的体裁写了大量的咏物诗，如《丁香》《丽春》《栀子》《鸂鶒》《花鸭》等诗，里面就有沈诗的影子或借鉴。沈佺期、宋之问被贬后，写了不少有真情实感和较多生活内容的律诗，如沈的《早发平昌岛》《夜宿七盘岭》《入鬼门关》《遥同杜员外审言过岭》等诗，宋的《题大庾岭北驿》《度大庾岭》《新年作》《途中寒食题黄梅临江驿寄崔融》《登粤王台》《发藤州》等诗。他们的这些诗已渐脱离了宫廷诗的束缚，走向了广阔的社会和地理空间，有了深刻的感触，多了一些内心的体验，虽然仍是局限于个人穷通冷暖的小圈子内，但已比宫廷诗只写些歌功颂德的应制强多了。杜甫在由陇入蜀及在蜀中的作品，则是被迫由中原和京城出走到边远的陇右和巴蜀，形同贬谪，因此，他此时期对沈、宋等人的贬谪诗有较亲切的认同感，如《秦州杂诗二十首》《送远》《恨别》《登楼》《宿府》等诗，都多少有些被朝廷抛弃的感觉，但又有较深刻的忧国忧民的家国之感，这是与沈、宋等人只关心一己之私的窄狭情感是有区别的。

其实能够五律、七律和排律兼善的是杜审言。杜审言现传有诗 43 首，其中五律 28 首，五言排律 7 首，七律 3 首，七绝 3 首，五古 2 首。后人称其律诗“句律极严，无一失粘者”（陈振孙《直斋书录解题 · 诗集类》）。杜审言精于五律，排律也很擅场。杜甫在洛阳时期青少年时代所作诗最多的就是五律,有 17 首。好几首诗都是模仿其祖父的,如《假山》就是模仿和借鉴杜审言的《蓬莱三殿侍宴奉敕咏终南山应制》。还有《登兖州城楼》,元人赵汸指出:“公(按:指杜甫)祖审言《登襄阳城》诗云:‘旅客三秋至……’公此诗(按:指《登兖州城楼》)实本于其祖。”(《杜诗详注》卷一转引)若以字句论,还嫌皮相,但若从总体上来看,杜甫五律确实是深受其祖诗风影响,是符合实际情况的。

杜审言的五排也被高调称许:“初唐四十韵惟杜审言,如《送李大夫作》,实自少陵家法。杜《八哀·李北海》:‘次及吾家诗,慷慨嗣真作’是也。”(《诗薮》内编卷四)所谓《送李大夫作》和“嗣真作”指的就是杜审言的《和李大夫嗣真奉使存抚河东》的五言排律。这首长律作于洛阳。此诗长达四十韵,在初唐五排中是绝无仅有的。无论格律还是对仗,都是严谨之作,开了长篇排律之先河。杜甫是继承了他祖父的长篇排律传统的。在杜集中,共有五言排律 123 首,其中三十韵以上的就有 16 首,三十韵的有 10 首,四十韵的有 4 首,此外还有五十韵 1 首,一百韵 1 首。他的五排长篇远远超过初盛唐诗人,都是得力于他对祖父五排长篇的继承和发扬。杜甫在年轻时所作的五排有《临邑舍弟书至苦雨黄河泛溢堤防之患簿领所忧因寄此诗用宽其意》《冬日洛城北谒玄元皇帝庙》《与李十二白同寻范十隐居》3 首,其中前两首作于洛阳,后一首作于天宝初年与李白游历东鲁时。这些排律虽然在篇幅上还赶不上杜审言的四十韵长律,但在技巧和作法上还是力求对仗精工,格律谨严,章法上也是亦步亦趋,力追其祖的,即所谓“少陵家法宛然”(《诗薮》内编卷四)。

杜审言还写过 3 首七律。这 3 首七律只有《春日京中有怀》的颈联和尾联失粘,其他两首全都符合平仄粘对格律,说明七律在杜审言手中还是较为成熟的。细按杜甫的七律,其祖父的影响也宛然犹存。胡应麟说:“初唐无七言律,五言亦未超然,二体之妙,杜审言实为首倡……七律则‘季冬除夜’‘毗陵震泽’,皆极高华雄整。少陵继起,百代楷模,有自来矣。”(《诗薮》内编卷五)杜甫的《题张氏隐居二首》其一就是杜甫最早的一首七律诗。此诗写于开元二十四年(736),时杜甫二十四岁。这首七言律,完全符合平仄粘对格律,对仗精工,在形式上已相当成熟,其中间二联对仗句写得相当老成。但七律还不是他年轻时主要的写作诗体,只是到了安史之乱后,他的七律写作才提上了写作的日程。从这首诗中可见他已继其祖之志,在七律上初露锋芒,为他以后写出“浑雄富丽”(《唐诗品汇·七言律诗叙目》)的七言律诗奠定了基础。

总之,杜甫在洛阳的青少年时期,受到高宗和武则天时期的洛阳宫廷诗人的近体诗创作的影响是很大的,洛阳宫廷诗人对近体诗的创造和试验取得了巨大的成绩,尤其是其祖父杜审言的近体诗创作对杜甫的影响最大。杜甫的近体诗之所以后来取得那么大的成就,是与他继承洛阳近体诗的创作传统分不开的。

洛阳诗歌的另一个传统,就是直面社会现实的现实主义传统,这一传统源远流长。早在春秋时期的《诗经》中就已体现了这一诗歌传统。《诗经》中的诗,大部分都是“饥者歌其食,劳者歌其事”(何休《春秋公羊传》宣公十五年《解诂》),是表现底层百姓的生活和喜怒哀乐之情的,而统治者采诗是为了“观风俗,知得失,自考正”(《汉书·艺文志》),通过民歌和民谣来获知民间百姓生活的真实情况,故主要的是从政治的角度来观察民生得失的,而以诗娱情或观赏各地音乐则是次要的。故《诗经》的主要创作倾向是表现社会现实生活的现实主义诗歌传统。东周时期,王城在洛阳,而《诗经》由各地采集之后的编辑和整理的过程都是由太师加工,在洛阳完成的,并作为定本向全国散布和传播。传说中孔子将《诗》删为三百篇,作为儒家的首要经典,传授给弟子。而《诗经》中的《王风》《小雅》《大雅》和部分《国风》诗中都有洛阳地区的诗歌。此外在《周南》《召南》《桧风》《郑风》《卫风》《邶风》《陈风》《鄘风》《魏风》等中原地区的《国风》中,都有许多现实主义诗歌的出现。

两汉时期的乐府诗和民歌多是东汉人的作品。如平调曲《长歌行》,杂曲歌辞《悲歌》,清调曲《长安有狭斜》,瑟调曲《东门行》《艳歌行》《妇病行》《孤儿行》《十五从军征》,相和曲《陌上桑》,此外还有文人乐府的辛延年《羽林郎》、蔡邕《饮马长城窟》等仿乐府诗①。这些乐府诗皆采自于民间,“故其多社会问题之写真,而其风格亦质朴自然”②。《古诗十九首》应是东汉时的作品,其中多是写于河洛地区的,体现了写实的现实主义传统。

建安时期的“三曹”和“建安七子”虽然大部分时间都是在戎马生涯中度

① 以上所举之东汉乐府诗,皆根据萧涤非《汉魏六朝乐府文学史》中的《两汉民间乐府》和《东汉文人乐府》,人民文学出版社1984年版。

② 《汉魏六朝乐府文学史》第25页。

过，但也作了不少与洛阳有关的诗。东汉末，曹操曾在洛阳先后任北部尉、骑都尉、司隶校尉等，对洛阳十分熟悉。如曹操的《步出夏门行》，诗题中的“夏门”即是洛阳的城西北门。曹丕即帝位后，定都洛阳，广修宫室，立太学。他的《燕歌行》《丹霞蔽日行》和曹植的《箜篌引》《名都篇》《美女篇》《七哀》《送应氏》《赠白马王彪》等诗及《洛神赋》都作于洛阳。“三曹”是建安文学的领袖人物，其作品或慷慨以任气，或婉转以抒情，或悲慨以赋诗，以现实主义的手法表达了他们的喜怒哀乐。与他们同时代的“建安七子”，如王粲的《七哀诗》、陈琳的《饮马长城窟》、刘桢的《赠从弟三首》等则反映了乱世中的社会乱象，表达了文人不畏寒苦的挺拔风骨及盼望建功立业的远大抱负。杜甫对“三曹”和“建安七子”怀着敬佩之情，以他们为榜样，继承其汉魏风骨，称赞“诗看子建亲”（《奉赠韦左丞丈二十二韵》）、“子建文笔壮”（《别李义》）、“文章曹植波澜阔”（《追酬故高蜀州人日见寄》），并决心在诗歌上要赶上甚至超过他们：“目短曹刘墙”（《壮游》）、“方驾曹刘不啻过”（《奉寄高常侍》）。杜甫后来充满忧患意识和反映社会现实的诗歌，就很得力于“三曹”和“建安七子”的风骨。

魏晋时代的洛阳，虽然得到暂时的恢复与繁荣，但时局仍然是动荡不安，名士少有全者，在他们的心里都蒙上了一层惴惴不安的心理阴影。从阮籍和嵇康的诗里，我们所感觉到的是一种朝不保夕的忧生之嗟和对统治者明讽暗刺的反抗态度。而世代相袭的门阀制度又极大地压抑了寒族才士，阻塞了他们的进取之路。左思的《咏史》诗，就是表达了他们对这一不合理制度的不满和愤慨之情。这种对社会批判的思想倾向，对杜甫大胆暴露社会问题，鞭挞贪官污吏横征暴敛的政治态度，起着导夫先路的作用。

在初唐的洛阳诗人中，陈子昂是一个另类。他起初也参加过武则天的应制①，后来曾从武攸宜从军塞外，有了些历练，开阔了眼界。圣历元年（698）他在洛阳见东方虬所作《咏孤桐篇》，大加赞赏，在他的《修竹篇序》中对齐梁中的“彩丽竞繁而兴寄都绝”的浮靡诗风加以声讨，从而打出提倡“风雅”和“汉魏风骨”的复古大旗。他虽然看到了近体诗在形式上的音声和谐、对仗精美、辞藻华丽和诗句整齐的形式之美，作过一些近体诗，但也看到了这种从齐梁宫廷诗演化过来的近体诗思想内涵贫乏的精神贫血症，而徒有华丽的外表。因此，他更

---

① 现陈子昂集中有《洛城观酺应制》《奉和皇帝丘礼抚事述怀应制》两诗，均是应制诗。

喜欢和提倡写有思想寄托和风格刚健而不受格律束缚的古体诗,其《感遇》诗三十八首,就是他以复古为革新的具体创作实践。这在洛阳宫廷以华美的形式与和谐的声律来歌功颂德的律诗为主要诗体诗歌潮流中,显然是逆道而行的。可以说是大胆的反潮流之举,让诗歌重新回归于“缘事而发”的写现实的轨道上来,从而发扬言之有物、风格健举的汉魏风骨的优秀传统。杜甫年轻时对这个现实主义的传统认识尚浅,后来,在他阅历渐广的中年之后,特别是在安史之乱后的诗作中,对陈子昂的诗歌主张有了较深入的认识,并做了有力的回应。他的《兵车行》《丽人行》《赠卫八处士》以及“三吏”“三别”等一系列以古体诗为载体的现实主义诗歌,就是响应了陈子昂的以复古为革新的主张,继承和光大了《诗经》和汉魏时代的洛阳诗歌的现实传统,并取得了杰出的艺术成就。杜甫在晚年漂泊梓州射洪拜谒陈子昂故居时,对陈子昂表示了崇高的敬意:“有才继骚雅,哲匠不比肩。公生扬马后,名与日月悬。”(《陈拾遗故宅》)杜甫在诗歌形式的革新与诗歌内容的充实和开拓两个方面继承和发扬了洛阳诗歌传统中的精髓,从而开辟了唐代诗歌在现实主义道路的康庄大道,并让唐诗在律化方面发展到一个新的阶段。

四、洛阳文化对杜甫的影响

杜甫是两京文化培养出来的诗人。他在青少年时代主要受到的是东都洛阳文化对他的熏陶和影响,形成了他坚守中原儒家文化“仁义礼智信”(《唐故万年县君京兆杜氏墓碑》)的信念和“奉儒守官”(《进雕赋表》)的家庭传统。对佛、道二家思想虽也有过濡染,但并不占据其思想的主要方面。中原文化中直面现实的人生态度奠定了他一生的思想基础。他的中年则是在长安度过的,长安复杂的政治文化环境、贫富两极分化的社会及统治者的穷奢极欲的生活,则使杜甫的政治嗅觉敏锐起来,增强了他的批判意识与忧患意识,使他的思想由致身公卿的“致君尧舜上”的理想,逐渐转变为“穷年忧黎元”(《自京赴奉先县咏怀五百字》)的思想倾向,他的诗歌也从而转向对统治者荒淫生活的批判及对下层百姓苦难生活的同情方面。这种以民为贵、以民为本的先秦原始儒家思想是他思想的精华,从而使杜甫跃入唐代诗人中思想最先进的优秀诗人行列。他的诗歌艺术也是如此。京城典雅华贵、精致优美的诗歌传统,提高了杜甫的审美眼光和艺术境界,家学传统形成了杜甫作为诗人的使命感,而出京之后的广阔人生阅历和深入民间对民生维艰的生活体验,则使他扎根于文艺创作的源泉和土壤,使他的诗歌源远流长,具有现实生活的生命力,取得了杰出的艺术成就。

(一)洛阳的历史文化对杜甫思想的哺育

中原文化之根是河洛文化,而河洛文化的集中表现则在洛阳文化。中国儒、道、释三大文化的根基都在洛阳。儒家文化的基础是西周文化初创者周公旦的"礼乐文化"。孔子说:"郁郁乎文哉,吾从周。"又说:"人而不仁,如礼何?人而不仁,如乐何?"(《论语・八佾》)孔子的"仁"的核心就是礼:"克己复礼为仁。一日克己复礼,天下归仁焉。"(《论语・颜渊》)而周公旦制礼乐的地点就在成周,即洛阳。这说明孔子的儒家文化最早的源头是从周公在洛阳所制的礼乐开始的。而道家文化的创始人老子的思想也是在洛阳形成的。他主张人与自然的和谐:"故道大,天大,地大,人亦大。域中有四大,而人居其一焉。人法地,地法天,天法道,道法自然。"(《老子》第二十五章)同时,由于儒家重于人事而忽略自然,所以它对儒家文化也起着一种重要补充作用。道家从天地人之间的关系立论,更全面地总结了人与自然的历史经验,对现实社会多用批判的眼光来审视,故对儒家思想多有制约和补充。后来道家被道教徒所利用,建立了道教,其宗教信仰是天人一体,道法自然,人可通天,与天同寿,人可以通过修道和炼丹延长寿命或长生不老。但其理论的核心,还是老子的自然之道。佛教本是一种外来宗教,但它传入中国后,却与中国社会相结合,起着一种重要的抚慰心灵的宗教作用。佛教宣传六道轮回,灵魂不灭,求福于来世。相比来说,比道教的今世长生,更不易识破,更具有迷惑性。但它主张"普度众生"及"众生平等"的慈悲思想,相对于儒家的等级制度,对民众更有号召力。而佛教传到中国内地的第一站,就是东汉时期的洛阳白马寺,也可以说,中国佛教的祖庭也在洛阳。这三大文化支撑了中国思想文化两千多年,直到现在还有它们的影响。但这三种文化在中原文化中并不是没有主次的,儒家文化或明或暗还是占主导地位的。杜甫在洛阳虽对三种文化都有所接触,但他一直所接受的主要还是儒家文化,因为儒家文化在洛阳,不管是历史传统上还是在唐代的现实生活中,一直是占有主导地位的。他的家庭教育也是如此,遵守的是“奉儒守官”士大夫的世家传统。儒家的“仁爱”“忠恕”与重视民生的思想观念及正视现实的儒家理性主义传统,使杜甫成为一个既关心国家和民族的命运又关注普通百姓的民生疾苦,即忧国忧民的仁人志士,也使他成了将儒家的仁爱思想由家庭亲人推及朋友和一般平民百姓,甚至于推及于外族人民和天下众生的一个具有崇高人格魅力的伟大仁者。当然这其中也有一些佛教对众生慈悲思想因素的影响。对于皇帝,他是一个忠臣,希望君主是一个尧、舜一样的明君,但也绝不是“一饭不忘君”的愚忠,他对皇帝敢于大胆谏诤,敢于暴露上层统治者的腐朽生活,反对或批判君上的错误行为。这其实也是受了道家批判意识的影响。总而言之,儒家的务本致用的现实主义精神是杜甫从洛阳文化中所得到的最重要的思想文化精神。

以洛阳史学为中心的中原史学有着悠久深厚的传统,《春秋左传》《史记》《汉书》的秉笔直书和微言大义的传统对杜甫起着重要的影响。杜甫的先祖杜预在其《春秋左氏传集解》中,倡导“直言”和“一字褒贬”,其主旨在“惩恶而劝善”(见杜预《春秋左氏传集解序》)。班固对《史记》的评价是:“其文直,其事核,不虚美,不隐恶,故谓之实录。”(《汉书·司马迁传赞》)《汉书》继承了《史记》“实录”的传统,被称为“命代奇作”①,成为史书的典范之作。唐代是史书编纂的极盛期,在这样的基础上,武则天朝的史学家刘知幾撰《史通》一书,盛赞古之良史不畏强权,奋笔直书的精神:“盖烈士殉名,壮夫重气。宁为兰摧玉折,不为瓦砾长存。若南、董之仗气直书,不避强御;韦、崔之肆情奋笔,无所阿容。”(《史通》卷二四)正是在这些正直的史学家的良好传统之下,杜甫在他的诗歌中,将中原史家的“直书”“实录”精神付诸诗歌创作,以写实的手法来描写现实中的生活真实面貌,如实地记录了眼前所发生的事,写成了他一系列的新题乐府诗和真实反映现实生活的诗篇,被后人誉为“诗史”。

(二)洛阳宫室的壮丽和文化的繁荣对杜甫盛世理想的培育

杜甫的青少年时代大部分是在洛阳度过的,此时的洛阳正处于盛唐的鼎盛

---

① 刘知幾《史通·内编·序传》:“昔傅玄有云:‘观孟坚《汉书》,实命代奇作。及与陈宗、尹敏、杜抚、马严撰中兴纪传,其文曾不足观。’”

时代。洛阳的城市格局和长安差不多,其宫室之壮丽,山川之秀美,可以媲美于长安。在诗人的笔下,可以说是万象毕呈,花团锦簇,气象万千。洛阳城像长安城一样大气,有帝都之象,沈佺期有诗云:"九门开洛邑,双阙对河桥。白日青春道,轩裳半下朝。"(《洛阳道》)李白初入洛阳,为其宫殿的巍峨气势所震撼:"隐隐五凤楼,峨峨横三川。王侯象日月,宾客如云烟。帝京信佳丽,国容何赫然!"(《古风五十九首》其四十六)洛水横贯洛阳城,是一条美丽的河流。无数人为洛水的风光所迷倒,唐太宗就是一个。贞观十一年(637)三月,唐太宗巡幸洛阳,骑马打猎至洛水河岸,望着眼前无限风光,情不自禁地吟道:"春蒐驰骏骨,总辔俯长河。霞处流萦锦,风前荡卷罗。水花翻照树,堤兰倒插波。岂必汾阴曲,秋云发棹歌。"(《临洛水》)上官仪在洛阳上早朝,骑马经过洛堤,边行边吟诗:"脉脉广川流,驱马历长洲。鹊飞山月曙,蝉噪野风秋。"(《入朝洛堤步月》)人们看见他月下吟诗,风吹衣带,飘飘然若神仙①。天津桥是洛阳风光最佳处。洛水上的天津桥是洛阳最著名的桥梁,唐人吟天津桥的诗甚多。如骆宾王的《咏美人在天津桥》:"美女出东邻,容与上天津。……寄言曹子建,个是洛川神。"张九龄的《天津桥东旬宴得歌字韵》:"清洛象天河,东流形胜多。朝来逢宴喜,春尽却妍和。"李白在洛阳时也常在天津桥畔的酒家中喝酒赋诗:"忆昔洛阳董糟丘,为余天津桥南造酒楼。黄金白璧买歌笑,一醉累月轻王侯。"(《忆旧游寄谯郡元参军》)另如储光羲的《洛桥送别》、孟郊的《洛桥晚望》等诗,或写在此送别友人,或写在桥上赏月,其风光令人神往。洛阳南二十五里的龙门,也是洛阳佳日的最好游乐处。武则天时期,很多宴会是在这里举行的。如宋之问在《龙门应制》中写道:"洛阳花柳此时浓,山水楼台映几重。群公拂雾朝翔凤,天子乘春幸凿龙。"诗中写出武则天到龙门拜佛游幸,龙门一带花香柳浓,一片楼台馆阁的盛景。杜甫的《龙门》诗也写出了龙门佛寺金碧辉煌的壮丽景色,显示了盛世的景象。

洛阳还是一座花园城市,诗人们对洛阳的印象就是到处都是花。骆宾王诗中说:"柳叶园中处处新,洛阳桃李应芳春。"(《艳情代郭氏答卢照邻》)刘希夷的《代悲白头翁》最为有名:"洛阳城东桃李花,飞来飞去落谁家。……年年岁岁

---

① 《古今诗话》:"高宗承贞观之后,天下无事,仪独持国政。尝凌晨入朝,巡洛水堤,步月徐辔,咏诗曰:'脉脉广川流……'音韵清亮,群公望之,犹神仙焉。"(《唐诗纪事》卷六引)

花相似，岁岁年年人不同。”此外还有宋之问的“洛阳城里花如雪”（《寒食还陆浑别业》）、李颀的“洛阳一别梨花新，黄鸟飞飞逢故人”（《遇刘五》）、李白的“看花东陌上，惊动洛阳人”（《洛阳陌》）、储光羲的“洛水春冰开，洛城春水绿。朝看大道上，落花乱马足”（《洛阳道五首献吕四郎中》）等。洛阳春天桃李盛开的美景，给杜甫留下深刻的印象，养成了他爱花的习性。在成都草堂初建时，他就十分注意对草堂周围的美化，向人求桃树苗栽：“奉乞桃栽一百根，春前为送浣花村。河阳县里虽无数，濯锦江边未满园。”（《萧八明府堤处觅桃栽》）直到晚年他对花还是爱得十分痴迷：“不是爱花即欲死，只恐花尽老相催。繁枝容易纷纷落，嫩叶商量细细开。”（《江畔独步寻花七绝句》其七）他简直是个护花使者，对风折花枝这样的自然现象也不能容忍：“手种桃李非无主，野老墙低还似家。恰似春风相欺得，夜来吹折数枝花。”（《绝句漫兴九首》其二）

盛唐时代洛阳的经济繁荣与气象博大给了杜甫宽阔的心胸，洛阳文化的昌盛和历史底蕴的厚重给了杜甫深厚的文化修养与思想底气。洛阳城壮丽的城池山川陶冶了杜甫的理想和气魄，洛阳诗歌讲求声律和辞藻的高雅情趣提高了他的审美眼光，训练了他的写作手法和技巧，为他以后的诗歌创作打下了坚实基础。在人们的眼中，盛唐时代的洛阳正像是大唐的百花盛开的春天，一片生机盎然，给杜甫留下了美好的印象，培养了他对未来的梦想，对盛世理想的追求。因此，杜甫在青年时代也和其他的盛唐诗人一样，树立了建功立业，一展宏图的理想之梦：“致君尧舜上，再使风俗淳。”（《奉赠韦左丞丈二十二韵》）他怀着稷契之志，要“立登要路津”（同上），视功名如探囊取物，取富贵如俯拾青紫。他对未来充满了美丽的幻想。洛阳与全国各地的安定和平与繁荣景象，使杜甫对开元盛世有了一个感性的认识，产生了对祖国与家乡的热爱和自豪感。

（三）洛阳诗歌传统对杜甫的深刻影响

洛阳的诗歌有两大特点：一个是近世的对近体诗的建设，一个是历史上现实主义诗风的优秀传统。前者主要是讲唐高宗和武则天对近体诗的倡导，此时期的洛阳宫廷诗人集团如上官仪、许敬宗对近体诗的建设，元兢对平仄律的理论总结，“初唐四杰”对近体诗的尝试，“文章四友”对近体诗的实践，沈、宋对近体诗的提高，使近体诗成为唐诗中最有代表性的诗体，从而与唐以前的古诗拉开了距离，使唐诗在语言形式和声律音韵方面做了圆满的结合，将诗歌发展到了一个层次更高的阶段。杜甫的祖父杜审言是初唐宫廷诗人集团中重要的一员,又长期居住洛阳,杜甫从家学和初唐洛阳诗歌传统两个方面继承了对近体诗创作的传承,并下决心将诗歌艺术上的精益求精作为自己毕生目标来追求。杜甫的早年和晚年在近体诗上是下了很大功夫的,这主要就是受了洛阳宫廷诗和其祖父的影响。

洛阳另一个重要诗歌传统,是从先秦汉魏六朝以来的悠久的现实主义诗歌创作的传统。这个传统比之前一个传统更加强大和深厚。它积累了一千多年的创作经验,有着十分深厚的文化底蕴。杜甫将诗歌与现实、诗歌与政治、诗歌与生活紧密地结合在一起,将诗歌的"言志""缘情"和诗歌反映现实的良好传统合为一体,形成了一个务实致用的写真实的诗风,开辟了唐代的现实主义诗歌道路。虽然杜甫在青少年时期是以写重在形式的律诗为主,但这种现实主义的创作精神却在杜甫思想上生根发芽。只是到了长安以后,有了现实生活的合适的生长土壤,他的现实主义精神才得到充分发挥的机会,并在安史之乱后回洛阳家乡探亲时,亲睹民生的疾苦和灾难之后,其现实主义的诗歌精神才达到了高潮。这个时期他创作的主要是新题乐府的古风体,而这种古风诗体与真实反映现实的内容相适应。杜甫能将洛阳诗歌的两种优秀传统的主要精神继承和发扬,是真正地弘扬了洛阳河洛文化中的优秀诗歌传统与锐意创建诗歌新体的创造精神。从中可以看出,杜甫在青少年时代着重于诗歌艺术和形式的学习和研练,而在其中年则着重于诗歌内容和思想方面的丰富和提高。不同时期有不同的重点,而这两点在洛阳诗歌的传统中是两个最重要的优秀传统,而二者对于成就杜甫的诗歌成就都是不可或缺的。

(原载《中原文化研究》2013 年第 1 期)

杜甫与长安京城文化

长安作为都城历史在唐以前时间长达858年之久,若连同此后的唐朝与武周,共有十四个王朝先后在长安建都,时间长达1148年①。其中西周、秦朝、西汉和唐朝长安作为首都,都堪为世界都市之首,其久远的历史文化远播世界。唐代的长安作为大唐的首都,在政治、经济和文化等方面都处于全国的中心,起着领导潮流的作用。杜甫是一个由京城文化哺育成长起来的诗人,35岁之前的青少年时代,他成长于开元盛世的洛阳文化熏陶的环境中,天宝五载(746)即离开他的故乡东都洛阳,开始了他在长安十多年的困顿生活与仕途生涯,并在这里经历了安史之乱社稷安危的生死考验,使他的思想和诗歌创作都发生了巨大的改变,一步步地走向了直面现实的人生道路。

一、杜甫在长安的困顿生活及思想转变

如果说杜甫在洛阳的优裕生活和诗歌创作主要是受中原河洛地区深厚文化底蕴的濡染,家世儒风和诗学的熏陶,在盛唐初期的开元盛世之风的吹拂下茁壮成长培养了他高远的社会理想和报国济世的抱负,饱受盛唐文化的哺育培养了他思想的进取和人格的健全的话,那么在长安时期的十年蹉跎,则使他在长期的社会底层生活中逐渐地认识到了大唐在天宝中后期表面上繁华盛世所掩盖下的社会现实的真实一面,通过对上层社会达官贵人的干谒和交往,对上层统治集团的腐化堕落有了进一步的了解,对当时社会的不公、贫富的巨大差

① 参见张永禄:《唐都长安》,三秦出版社2010年版,第13页。但武周一朝的15年是在洛阳建都,并改东都洛阳为神都,并不在长安。此时期长安实际上是陪都。

距及阶级的对立也有了较为深刻的认识。

杜甫初到长安是怀着理想和梦想而来的,他想凭着自己的才华和能力"立登要路津"(《奉赠韦左丞丈二十二韵》),以实现他致身稷契的雄心大志。他于天宝五载(746)奔赴长安,第二年就赶上了"诏征天下通一艺者,诣京师就选"的制举考试。他和元结都参加了这场制举应试,但是却遭遇到了李林甫所玩弄的骗局。结果不但没有跃过龙门,反而落得个"青冥却垂翅,蹭蹬无纵鳞"(《奉赠韦左丞丈二十二韵》)的悲惨结局。杜甫到长安后,很快就将从家中带来的积蓄花光了,他虽屡谒权贵,但这些人并未对他有实质性的帮助,只好沉沦在社会的底层,靠"卖药都市、寄食友朋"来生活。他经常到朋友家去喝酒蹭饭。如与广文馆博士郑虔一起到驸马郑潜耀家去喝酒,到何将军的山林中赴宴陪坐,凑顿酒饭①。去的次数最多的是郑虔家:"日籴太仓五升米,时赴郑老同襟期。得钱即相觅,沽酒不复疑。忘形到尔汝,痛饮真吾师。清夜沉沉动春酌,灯前细雨檐花落。但觉高歌有鬼神,焉知饿死填沟壑。"(《醉时歌》)两人喝醉了,就在一起发一发时不我遇的牢骚,说一些对当前社会不公的抱怨话:"德尊一代常轗轲,名垂万古知何用?""相如逸才亲涤器,子云识字终投阁""儒术于我何有哉,孔丘盗跖俱尘埃",以发泄胸中之怨气。为了生活,他不得不加入贫民的队伍,去"日籴太仓五升米"(《醉时歌》),靠政府救济过活。真的到了家中连锅也揭不开的时候,就到亲戚家蹭饭吃。大年三十,他无处可去,便到从侄杜位家过年。他有诗记载说:"守岁阿戎家,椒盘已颂花。盍簪喧枥马,列炬散林鸦。四十明朝过,飞腾暮景斜。谁能更拘束,烂醉是生涯。"(《杜位宅守岁》)杜位是李林甫之婿,有权有势,家中过年,宾朋满座,车马成群。而杜甫却穷困潦倒,见此心中很不是滋味。他已经年届四十,眼看明天又要添长一岁,年已老大却仍未混上一官半职,并且穷得已到衣食不继的地步,觉得很没面子,因此他也不去应酬,只管埋头喝酒。后来,杜位因其岳父李林甫死后被杨国忠报复,被贬官到岭南,杜甫曾多次给他写诗加以安慰,深表同情,表现出了杜甫对亲族的深厚关爱之情。有钱的朋友或亲戚家里去多了,就不好意思再去,于是一次去到一个穷亲戚家去吃饭。杜济是杜甫的从孙,杜甫一次骑着毛驴走到了他家:"平明跨驴出,未知适谁门。权门多噂嗒,且复寻诸孙。诸孙贫无事,宅舍如荒村。堂前自

① 见杜甫《郑驸马宴洞中》《奉陪郑驸马韦曲二首》《陪郑广文游何将军山林十首》等诗。

生竹，堂后自生萱。萱草秋已死，竹枝霜不蕃。淘米少汲水，汲多井水浑。刈葵莫放手，放手伤葵根。阿翁懒惰久，觉儿行步奔。所来为宗族，亦不为盘飧。小人利口实，薄俗难可论。勿受外嫌猜，同姓古所敦。”（《示从孙济》）诗中说，由于到有钱的权门家再去寻饭吃，由于去的次数多了，就难免听一些不好听的话，不好意思再去讨扰了，只好去孙子辈家找饭吃。但由于自己是长辈，到小辈家去蹭饭，自己的长辈架子又放不下来，只好说此来是为敦睦宗族而来，不是为来吃饭，并且还端着长辈的架子，对从孙杜济说了一番教训之词。杜甫真是迂得可爱，明明是去人家中讨饭吃，还要故作长辈姿态，口中振振有词，对人家讲出一番儒家敦睦亲族的大道理来。不过从内心上来讲，杜甫还是心存感激的。天宝十三载（754），是杜甫在长安的最困难时期。当时杜甫身居长安南郊的下杜城，生计艰难，又患疟疾：“疟疠三秋孰可忍，寒热百日相交战。头白眼暗坐有胝，肉黄皮皱命如线。”（《病后过王倚饮赠歌》）病后他走访一个朋友王倚。王倚名不见经传，可能是一位平民百姓，他见杜甫面色蜡黄，瘦骨嶙峋，对他十分同情，力尽所能为他置办了一桌好饭：“惟生哀我未平复，为我力致美肴膳。遣人向市赊香粳，唤妇出房亲自馔。长安冬菹酸且绿，金城土酥净如练。兼求畜豪且割鲜。”（出处同上）在他最困难之时，能让他吃上一顿饱饭美餐，这使杜甫十分感动，于是写下了一首七言长诗表达了对朋友的感恩之心。总之，杜甫在长安的十年中，尤其是在天宝末年，在长安这座繁花似锦的都城中，穷得连饭都吃不上，过着“朝扣富儿门，暮随肥马尘。残杯与冷炙，到处潜悲辛”（《奉赠韦左丞丈二十二韵》）的艰难日子，挣扎在“有儒愁饿死”（《奉赠鲜于京兆二十韵》）的生死线上。正是在长安这段贫苦的生活，使杜甫真实地感受到了下层百姓生活的艰辛和社会的巨大不公，也使他感受到朋友和亲族，尤其是那些社会底层的亲戚朋友，在其极其困难中雪中送炭的关爱，让他也学会了感恩。每次受到亲戚和朋友帮助，哪怕是一饭之恩，他都以诗相报，从心中表达出他真挚的感激之情。同时，通过他自己对现实生活的感受，他还想到了下层百姓，尤其是在苦难底层挣扎的农民的贫困生活。在天宝十三载（754）那场连续六十日的秋雨中，他不但对城中的贫民十分关心，而且还想到了在水灾中穷苦无告的农民兄弟：“阑风伏雨秋纷纷，四海八荒同一云。去马来牛不复辨，浊泾清渭何当分？禾头生耳黍穗黑，农夫田妇无消息。城中斗米换衾裯，相许宁论两相直。”（《秋雨叹三首》其二）诗中“禾头生耳黍穗黑，农夫田妇无消息”是有所指的。明明是农民田地被淹，禾穗腐烂，庄稼颗粒无收，农民的灾情却被杨国忠等奸臣加以隐瞒。据《资治通鉴》卷二一七唐纪天宝十三年："上（指玄宗）忧雨伤稼，杨国忠取禾之善者献之，曰：'雨虽多，不害稼也。'上以为然。扶风太守房琯，言所部水灾，国忠使御史推之。是岁，天下无敢言灾者。"真是奸臣当道，无视百姓的死活，于此为甚。杜甫感到十分忧虑，于诗中发之。在他自京赴奉先县探家之时，他的小儿子不幸饿死，他深感自愧："所愧为人父，无食致夭折"，他此时虽然也感到十分悲痛，但他却想到了比他更穷困、处境更艰难的无产无业的农民和贫民及在边防守卫的士卒，自感"生常免租税，名不隶征伐。抚迹犹酸辛，平人固骚屑。默思失业徒，因念远戍卒。忧端齐终南，澒洞不可掇"（《自京赴奉先县咏怀五百字》）。杜甫的忧国忧民之心，是从他亲身在艰难困苦的生活感受中由己推人及国，发自内心油然而生发出来的。

与此同时，他在长安城中也通过与达官贵人的交游亲眼所见及朋友和闾巷之议，对上层统治集团不顾人民群众的死活而百般奢侈腐化及残酷鱼肉百姓以自肥的种种现象多有目睹耳闻。正如在《丽人行》中所揭露的："紫驼之峰出翠釜，水精之盘行素鳞。犀箸厌饫久未下，銮刀缕切空纷纶。黄门飞鞚不动尘，御厨络绎送八珍。箫鼓哀吟感鬼神，宾从杂遝实要津。"当长安地区的平民百姓和诗人啼饥号寒之时，而皇亲国戚们却过着极其奢侈的生活，而且他们还恬不知耻，生活糜烂，达到众人不齿的地步。不仅是生活如此，而且不顾人民死活长期无休止地穷兵黩武，耗费国力和民力，破坏大唐的农业生产："或从十五北防河，便至四十西营田。去时里正与裹头，归来头白还戍边。边庭流血成海水，武皇开边意未已。君不闻汉家山东二百州，千村万落生荆杞。纵有健妇把锄犁，禾生陇亩无东西。况复秦兵耐苦战，被驱不异犬与鸡。"（《兵车行》）唐玄宗破坏了唐朝的府兵制，滥征士卒，按唐代的征兵制，天宝二年，令民十八岁以上为中男，二十三岁成丁，只有成丁以后的男子才可服兵役。可是实际上十五岁的男孩还未成年，就被征兵服役，而且直到老年还在戍边。将农村的青壮年甚至老年的男子都送到边庭去打仗，造成农村急缺劳动力，家中的土地无人耕种，妇女只好到田里耕种，结果是"禾生陇亩无东西"，造成农村粮食大幅度减产，生产遭到严重破坏。但官府所征的租赋一点也不减免："县官急索租，租税从何出？"战争使得大量士兵战死疆场："边庭流血成海水""君不见青海头，古来白骨无人收"。穷兵黩武的结果是"拓境功未已，元和辞大炉"（《遣怀》），即由于连续不断的拓边战争，使民力财力消耗殆尽，国家大伤元气，动摇国本，而且还使得民怨沸腾，哀鸿遍野，失去民心。杜甫还看到，边帅借着开边战争之际，使自己的势力坐大，拥兵自重，野心膨胀，形成外重内轻、尾大不掉之势："主将位益崇，气骄凌上都。边人不敢议，议者死路衢。"（《后出塞五首》其四）这就给安禄山的反叛奠定了基础，提供了机会。杜甫的观察无疑是十分深刻的。他不但看到了大唐社会"朱门酒肉臭，路有冻死骨"的贫富巨大差距、社会的阶级对立，而且还看到了这种差距和对立正是统治者残酷剥削和掠夺所引起的："彤庭所分帛，本自寒女出。鞭挞其夫家，聚敛供城阙。"直指封建社会经济制度是不公平的，是建立在阶级压迫和剥削人民的基础上的。在古人中，眼光能达到如此敏锐和深刻程度的并不多。长安官场文化的污浊，使他看透了官场和吏治的腐败，亲小人、远贤臣的种种政治黑暗现实，也打消了他对最高统治者的迷信和幻想，清醒了他的头脑，使他产生了担心国家命运的深切忧虑，增添了他揭露和抨击社会丑恶现象和社会不良风气的勇气。

长安十年的苦难生活使杜甫跌入了社会底层，他的立场渐渐地转到了下层百姓的一边。他"穷年忧黎元"（《自京赴奉先县咏怀五百字》），处处以一个普通百姓的眼光来观察社会，体验到了民生的疾苦。同时他也练就了一双火眼金睛，能够透过所谓大唐盛世的表面，看到其背后所深藏的社会危机。于是他的思想也发生了巨大的变化，从一个衣食无忧、饱读诗书、贪图个人功名的官宦子弟转变成了一个关心国家命运和民族危亡的爱国主义者，从一个饱受饥寒和关心一己切身冷暖的普通寒士渐变成关心百姓和忧心民众疾苦的伟大仁者，从盲目乐观和充满浪漫幻想的理想主义者转变成了一个具有清醒忧患意识的直面社会人生的现实主义者。

安史之乱后，更使杜甫的爱国主义热忱发挥到了极致。天宝十五载（756）八月，杜甫在鄜州羌村听说肃宗在灵武即位，便辞家取道延州，经石门到延安七里铺，欲出芦子关转灵武，只身奔赴行在，不幸在途中被叛军所获，押赴长安。在沦陷的长安城中，他目睹长安被叛军烧杀破坏的一片凄凉景象，感慨大唐盛世不再，胡虏横行街市，帝子王孙到处躲避逃难，人民遭到涂毒，于是作了《春望》《哀江头》《哀王孙》等诗，表达了国破家亡的故国之思。当听说房琯亲率大军平叛却遭大败，心中十分着急，于是写了《悲陈陶》《悲青坂》等诗，既对官军抗战英勇牺牲痛切哀悼，也劝朝廷不要轻易出兵，惨遭损失。他终于在第二年的二月设法逃出了长安城,奔赴凤翔行在。他见唐肃宗时,已是“麻鞋见天子,衣袖露两肘”(《述怀》),肃宗深为杜甫不畏生命危险前来投奔的忠心所感动,授了他左拾遗的官职。在他刚受到任命左拾遗不到一个月,就遇到了房琯被罢相的事件,杜甫为了不让朝中李辅国一类的小人独揽大权,认为房琯是为官正直的宰相,不应以细事罢相,上疏力谏。肃宗大怒,将他交三司推问,经张镐力救,肃宗便墨制杜甫回鄜州探亲。在鄜州羌村时,他写了《北征》,在这首长达700字的长诗中,描写了安史之乱后关中地区到处是叛军烧杀抢掠所造成的悲惨景象:“靡靡逾阡陌,人烟眇萧瑟。所遇多被伤,呻吟更流血”“夜深经战场,寒月照白骨。潼关百万师,往者散何卒。遂令半秦民,残害为异物”。他对安史逆贼的叛乱罪行表示十分愤慨,同时在诗中还对借兵回纥的政策表示了忧虑,并请皇帝对此事慎重考虑。他认为回纥兵虽然作战勇敢,但还是“此辈少为贵”,多了就难以管制,还会引起“请神容易送神难”的后果。他建议朝廷可发兵直击安史老巢,坚信“胡命其能久,皇纲未宜绝”,胜利必然是属于大唐的,安史叛军必定是短命的。最后,他希望唐肃宗能够继承唐太宗之伟业,盼望他成为一个能使大唐中兴的有为之君:“煌煌太宗业,树立甚宏达。”此诗中充分表达了杜甫的忧国忧民之思,处处为国家社稷考虑,时时为普通的士卒和黎民百姓担忧。

至德三载(758)六月,房琯被贬为邠州刺史,严武被贬为巴州刺史,同时杜甫也被贬为华州司功参军。此事对于杜甫来说,是个很大的打击,虽思想上有所波动,但对国家时局仍十分关注和担心。其年冬末,杜甫回东都洛阳老家一趟。到洛阳后不久,适逢郭子仪、李光弼、王思礼等九节度使以六十万大军围攻相州(今河南安阳)的安史叛军,形势一派大好。杜甫闻此喜出望外,写了一首《洗兵马》七言长诗,诗中对“中兴诸将收山东,捷书夜报清昼同。河广传闻一苇过,胡危命在破竹中”的大好形势,十分欣喜。他还对郭子仪、李光弼、王思礼以及成王李俶给予热烈的赞扬,认为他们是应世而出的豪杰,立了大功。而忧心朝中的小人如李辅国、王玙之类趁机“攀龙附凤”,将功劳攫为己有,反而封侯封王。他认为张镐似汉代的张良,有“扶颠筹策”之功,应以重用。他劝勉皇上不要听信那些献瑞阿谀之徒,而是要抓紧时间关心春耕一类的农业生产,才是正事,并乐观地认为:“安得壮士挽天河,净洗甲兵长不用”,从此天下即可太平,可以刀枪入库,马放南山了。这是杜甫的书生之见。其后的事实证明,安史叛军不是那么好对付的,他也没有料到肃宗竟然让一位太监去做监军坐镇指挥,终使此次大战的胜利化为泡影。此诗中可见杜甫对国家时事极为关心,时刻关注天下大事,并不因自己已被贬官出朝减少其忧国之心。其所见也处处为国家社稷的前途着想,"少陵无时不忧国",的确如此。尤可称道的是,杜甫从东都洛阳西归华州的路上,见沿途官府抓兵拉夫民生涂炭的情景之后,写下了一组"三吏""三别"的组诗,使其忧国忧民的思想达到了顶峰。他见到那些可怜的中男、老人、新郎和老妇被官府强征兵卒的暴虐之行,感到官府的无情,百姓的可怜,同时又感到在大唐社稷危在旦夕之时,这也是不得已的行动。因此,保国与爱民之论在杜甫的心中很纠结。他很想二者能够统一,但熊掌和鱼不可兼得,只能从之大局了。因此,诗中的主人公,不论是《石壕吏》中的老妪,还是《新婚别》中的新娘、《垂老别》中的老翁、《无家别》中的老兵,最后都以舍小家而保大家,或代夫服役,或勉夫从军,或辞家奔赴战场,充满了为国牺牲、舍家保国的凛然大义。这是杜甫爱国主义思想的体现,也是大唐人民在国难当头之时为国赴难的真实表现。

二、杜甫在长安的诗体与诗风变化

杜甫早年在洛阳时,深受洛阳宫廷诗人精致典雅的贵族诗风和审美情趣的影响,因此早期的诗作多是律体,尤多五律。诗风清新雅致,多表现的是一己之志和流连风光或游宴怀古之作,还基本处于对诗歌的学习阶段。到了长安之后,由于他生活阅历的丰富,眼界的拓宽,思想上的成熟,诗歌技巧的进步,尤其是时代风气的转变和诗人心态的变化,使其诗歌审美情趣和诗风也有所变化。

应该说,诗体的变化与所表现的对象内容也是密切相关的。到了长安之后,杜甫的五古、七古与早期相比显然是多了起来。律诗是从宫廷的应制诗发展过来的,其内容受到宫廷生活的限制和约束,因此应制诗总是在围绕着颂圣歌德和描写宫廷、园林、歌舞酒宴等方面打转,内容比较单调,思想比较单薄,若要胜人一筹,就必须在诗歌的形式、辞藻和技巧上下功夫。因此,就需要设定一套严格固定的模式,就像八股文一样,大家都需要在这个固定的模式中展现各人的才情和技巧,竞奇斗胜,若是出了圈子,就要被淘汰出局。所以,像固定的字数、限定的押韵、严谨的格律、精致的对句等都被诗人们创造出来,从而促进和建立了近体诗的形成。后来由于近体诗在科举中得到了运用,更促进了它的发展。这种由宫廷诗人所创造出来的新形式的诗歌,当然是对诗歌的巨大贡献。近体诗虽然有许多优点,但仍有它的局限性,就是它表达诗歌的内容,由于受到格律拘束与篇幅的限制,不如古体诗来得自由和自如。虽经许多诗人,特别是到了杜甫的手中,近体诗的内容题材得到了巨大的扩展,但它特别适于写景和抒情,而对于叙事和议论丰富的内容它就有一定的局限。杜甫早年因深受宫廷诗人特别是他祖父杜审言的影响,作为家学渊源,当然也是为了将来应试科举的需要,他是在律诗上下了一番功夫的。虽然现在我们所能见到的杜甫青少年之作比较少,但仅从他诗集中所存的诗歌来看,他是以律诗为写作重点的。而到了长安后,古体诗是杜甫所采用的主要诗体。这与他在长安所描写的对象和所要表达的思想感情有关,也和他曾与李白交往而受到李白的影响有关。因为有关现实性极强的一些题材和问题是律诗所不易表达,也不易说清楚的,必须用一种灵活的、不受格律和篇幅所拘束限制的较为自由的诗体来表现。而采用古体诗这种诗歌体裁,能将叙事、议论和抒情各种表现手法相结合,更容易讲清事实,说明问题,表明态度。如在长安时期杜甫所作的《自京赴奉先县咏怀五百字》和《北征》这样的鸿篇巨制,其内容之丰富、容量之大、表现手法之多样,不是一般五、七言律诗这种受格律所限制、篇幅较小的诗体所能容纳和容易表现的。这一时期杜甫写了许多七言古诗和歌行,如《饮中八仙歌》《醉歌行》《醉时歌》《渼陂行》《病后赠王倚饮歌》《秋雨叹三首》《沙苑行》《骢马行》《魏将军歌》《奉先刘少府新画山水障歌》《彭衙行》《逼仄行赠毕曜》《去矣行》《苏端薛筵简薛华醉歌》《瘦马行》《冬末以事之东都湖城东遇孟云卿复归刘颢宅宿宴饮散因为醉歌》《阌乡姜七少府设脍戏赠长歌》《戏赠阌乡秦少府短歌》《李鄠县丈人胡马行》《洗兵马》《题李尊师松树障子歌》等二十多首七言歌行和《兵车行》《丽人行》等新题乐府诗。而在入长安之前,他的七古诗从现存的杜甫集中看没有一首。显然是杜甫在见李白之前,是没有或很少写七古的(因杜甫早期的诗多失传),自从他和李白在洛阳见面并一起漫游梁宋之后,他受李白的影响,他的七古和七言歌行突然大增,很显然这是他向李白的七古和七言歌行学习的结果。他曾有诗道:“近来海内为长句,汝与山东李白好。”(《苏端薛复筵简薛华醉歌》)杜甫所说的长句,指的就是七言古诗。薛华现今没有诗流传下来,因此这里主要指的是李白的七言古诗和歌行。杜甫既把李白的“长句”作为一个典范,说明他受李白七古和七言歌行影响之深。另一方面,长安诗坛也一向有写七古和七言歌行的风气。如"初唐四杰"中卢照邻的《长安古意》《行路难》,骆宾王的《帝京篇》《畴昔篇》等,都是七言歌行和乐府的洋洋大篇。长安的京城诗人如王维、崔颢、李颀也都是兼擅七言古诗和歌行诗的,如王维的《夷门歌》《陇头吟》《老将行》《燕支行》《桃源行》《不遇咏》等,崔颢的《渭城少年行》《孟门行》《江畔老人愁》《邯郸宫人怨》等,李颀的《古从军行》《古意》《听安万善吹觱篥歌》《听董大弹胡笳弄兼寄语房给事》《别梁锽》《送陈章甫》等。除了京城诗人外,盛唐时代也有不少诗人是擅长七古和七言歌行的,如高适、岑参等人都是七古和七言歌行的行家里手。所以杜甫此时期多七古及七言乐府歌行,也是当时的时代之风气。

为了及时地表达杜甫对长安所发生的政治时事的态度和反映,他用乐府诗和新创的"新题乐府"这种表现形式,如《前出塞九首》、《后出塞五首》、《兵车行》、《丽人行》、《悲青坂》、《悲陈陶》、《哀王孙》、《哀江头》、"三吏"、"三别"等古体诗,将最近出现的时事和新闻及时地加以记述和报道,犹如用诗体的形式所作的纪实性较强的报告文学。

值得提出的是,杜甫在长安时期他的七律方面也开始有了大的进步。在天宝以前,杜甫仅写了一首七律,那还是在开元二十四年(736)他游历兖州时写的一首《题张氏隐居二首》其一。其时他才 24 岁。这首七律,在格律上已经很成熟,说明杜甫在七律方面也是下过功夫的。年轻时恐怕他的七律也不仅是这么一首,只是都没有流传下来。此后的二十二年间他基本上都写的是五律、五言排律和五、七言古体诗。到了安史之乱时长安收复后的乾元元年(758),贾至、王维、岑参和杜甫都在朝中任职,共上早朝。贾至首先写了《早朝大明宫呈两省僚友》一首七律,当时王维、岑参和杜甫都对此七律进行唱和。这四首七律各有特色。在内容上,贾至诗"共沐恩波凤池上,朝朝染翰侍君王",诗中自表日侍君王,沐浴皇恩,隐然有自得之意;王维诗"九天阊阖开宫殿,万国衣冠拜冕旒",虽然写得气象博大,但诗中所描绘的完全是盛唐气象,与安史之乱后的萧瑟景象不符,有美化现实、阿谀朝廷之嫌;岑参诗"金阙晓钟开万户,玉阶仙仗拥千官",与王维诗同样有夸饰过度的毛病,且写得较平,不如王维的气象雍容;杜甫诗"旌旗日暖龙蛇动,宫殿风微燕雀高",句中微有讽意,略占上风。关于对他们七律的评价,清人黄生曰:"合观四作,贾首唱殊平平,三和俱有夺席之意。就三诗论之，杜老气无前，王、岑秀色可揽，一则三春秾李，一则千尺乔松。结语用事，天然凑泊，语更稠挚，故当推为擅场。”（《杜诗说》卷八）但在思想上四首都属于颂圣之诗，思想境界都不怎么高。在声律方面，贾至和王维的七律，颈联和尾联皆有失粘之病，而杜甫和岑参的七律，皆格律严谨，并有三联对仗。他们的七律和诗在当时还是较有影响的，对推广和提倡七律写作的开展和艺术形式上的提高都起到了一定的作用。而杜甫从此一发不可收，此后短短的一年多中，他共创作了《曲江陪郑八丈南史饮》《曲江二首》《曲江对雨》《因许八奉寄江宁旻上人》《题郑县亭子》《望岳》《早秋苦热堆案相仍》《九日蓝田崔氏庄》《崔氏东山草堂》《至日遣兴奉寄北省旧阁老两院故人二首》等十二首七律，可以说是杜甫在七律方面的写作实践与深入探索。无论是从数量上还是在写作技巧方面，都取得较大的提高和进步。如“酒债寻常行处有，人生七十古来稀”（《曲江二首》其二）这联对仗，以“寻常”对“七十”，可以说是巧对，“寻常”除了有日常和平常的意思，还有数字的意义。古时八尺是一寻，二寻是一常，对得非常之巧妙。而“人生七十古来稀”一句更是名句，后来称七十岁为古稀之年即来于此。“羞将白发还吹帽，笑倩旁人为正冠”（《九日蓝田崔氏庄》）一联善于翻用典故，“蓝水远从千涧落，玉山高并两峰寒”一联是诗中的劲拔之句，也深得后人好评。宋人杨万里评此诗曰：“唐七言律，句句字字皆奇。如杜《九日》诗，绝少。首联对起，方说悲忽说欢，顷刻变化。颔联，将一事翻腾作二句。（孟）嘉以落帽为风流，此以不落为风流。最得翻案妙法。入至颈联，笔力多衰，复能雄杰挺拔，换起一篇精神。结联意味深长，悠然无穷矣。”（转引自《杜诗详注》）杜甫在长安时期的七律诗奠定了入蜀以后写作七律诗的坚实基础，从此，杜甫将七律这种在唐代律诗成熟较晚的律体诗一步步地推向高峰，标志着唐诗的最后成熟，成了唐诗的一大亮点。

三、杜甫诗歌的成熟与长安唐代文化的嬗变

杜甫在长安的诗歌逐渐地发展和变化，渐渐地形成了他自己的语言和风格。

成熟的标志之一，是杜甫思想上的成熟。

杜甫早年在洛阳衣食无忧，浪迹于开元盛世的“丰草长林”（《进三大礼赋表》）之中。但到了天宝年间的长安，却跌进了“困于衣食”（《进西岳赋表》）的困境之中。生活上的大起大落，使他的思想迅速成熟起来。儒家的理性和接近现实社会，使他看问题比较深刻。他对于大唐从开元盛世逐渐向天宝年间由强转衰走下坡路的国势变化远比一般人认识深入。目睹天宝以来统治集团的政治眼光的短视和生活的堕落腐败，表面繁盛而内里空虚的盛世假象，他对天宝以后所形成的贪图享乐、盲目乐观的社会情绪有所警惕和察觉，并进行较为深刻的反思。正当其他的诗人还沉浸在盛世的幻想和迷梦之中时，他已经开始觉醒了。他逐渐地从早年的理想主义的幻想转变为理性的现实主义者。面对着严酷的现实，他以他的诗歌为武器，对大唐社会现实的黑暗和出现的种种弊端展开了揭露和批判。由于他思想的成熟，他看问题比一般人的眼光要敏锐得多，能从表面现象看到问题的本质，因而他的立场也发生了转变。由于皇帝腐化，奸小专政，他的忧国之思愈重；由于他长期生活在长安社会的下层，百姓的疾苦日甚一日，因此，他的眼光也逐渐下移，把立足点逐渐地转向黎民百姓的一边，其忧民之心日多。他由一个不知人间疾苦的官宦子弟，逐渐在向一个关心百姓民瘼的仁人志士转变。其实，杜甫也不是孤立的，在天宝末年和安史之乱以后，也有一些诗人和儒士在面对剧变了的社会现实开始反思。如由于对儒家思想和文化道德教育的忽视，使朝野官民的忠义之心薄弱，是非观念模糊，社会道德下滑，造成了思想的混乱，才使安禄山钻了空子。正如贾至在《贡举议并序》中说：由于科举明经只试帖经，不明经义，进士以声病为是非，不以儒学大义为重，“致使忠信之陵颓，耻尚之失所，末学之驰骋，儒道之不举，四者皆由取士之失也。近代趋仕，靡然同风，致使禄山一呼而四海震荡，思明再乱而十年不复。向使礼让之道弘，仁义之风著，则忠臣孝子，比屋可封，逆节不得而萌也，人心不得而摇也”。此话切中玄宗天宝末年及唐肃宗时期不重儒家思想的弊病，是唐代儒教在多元文化中位置的后移，长期不占文化的核心地位所造成的思想后遗症。欲救此弊，就必须在思想上强化儒家思想，以儒学的仁义忠孝之道来统一人们的思想意识。贾至对盛唐末期的文化反思渐成为一些有识之士的共识。因此，当时的文化思潮也由文化的多元并行逐渐向强化儒家思想的方向发展。与此同时，以元结、孟云卿等《箧中集》一派的一些关心现实的诗人也渐形成一股以描写社会人生和关心民生疾苦的现实主义力量，与杜甫一起掀起了写现实的文学思潮。罗宗强先生说:“可以说,安史之乱前夕,从《箧中集》作者,到元结,到杜甫,已逐步形成了一种以写生民疾苦为其主要内容的、写实人生的创作倾向。这种创作倾向就其题材之广泛、感情基调之沉重与长于叙述、长于写实的特点来说,都是大有别于盛唐文学的。”①天宝末年,从杜甫起,盛唐的理想主义的浪漫诗风开始向现实主义的写实诗风转变。

成熟标志之二,是杜甫各种诗体的成熟。

杜甫在长安时期,除绝句外,他的五古、七古、五律、七律、排律都已经开始成熟。

杜甫在长安所作的五古,这时已经登上了唐代诗歌的高峰,其水平已经可与李白相颉颃。李白的五古一向被视为是唐诗的正宗,而杜甫的五古被称为大家②。他的五古著名诗篇除了《自京赴奉先县咏怀五百字》《北征》这样的鸿篇巨制,还有像《奉赠韦左丞丈二十二韵》《述怀》《赠卫八处士》《同诸公登慈恩寺塔》《彭衙行》《羌村三首》《义鹘行》等名篇,就是《前出塞九首》、《后出塞五首》、“三吏”、“三别”这些乐府诗和新题乐府也是用五古写的。

关于七古和七言乐府歌行,这个时期的水平也力追李白的七古和七言乐府歌行,达到了“大而化矣,能事毕矣”(《诗薮》内编卷三)的地步。沈德潜《唐诗别裁集》卷六云:“少陵七言古,如建章之宫,千门万户;如巨鹿之战,诸侯皆从壁上观,膝行而前,不敢仰视。如大海之水,长风鼓浪,扬泥沙而舞怪物,灵蠢毕集,别于盛唐诸家,独称大宗。太白以高胜,少陵以大胜。执金吾而抗颜行,后人那能鼎足!”杜甫的七古,有齐言、杂言,有柏梁体,有五句头,有“以律入古”等,形式丰富多彩。齐言七古如《饮中八仙歌》《哀江头》《洗兵马》《醉歌行》《送孔巢父谢病归游江东兼呈李白》《渼陂行》《乐游园歌》《高都护骢马行》等。这些诗句式整齐,节奏匀称,或浏漓顿挫,或婉丽动人,从南朝乐府和初唐歌行中继承为多。杂言体如《兵车行》《丽人行》《奉先刘少府新画山水障歌》《戏题

---

① 罗宗强:《隋唐五代文学思想史》,中华书局1999年版,第105页。

② 高棅云:“诗至开元天宝间,神秀声律,粲然大备。李翰林天才纵逸,轶荡人群,上薄曹、刘,下凌沈、鲍,其乐府古调若使储光羲、王昌龄失步,高适、岑参绝倒,况其下乎?朱子尝谓太白诗如无法度,乃从容于法度之中,盖圣于诗者。其《古风》两卷皆自陈子昂《感遇》中来。且太白去子昂未远,其高怀慕尚也如此。今揭二公为正宗。”(《唐诗品汇·五言古诗叙目·正宗》)又云:“严沧浪曰:‘少陵诗宪章汉魏而取材于六朝,至其自得之妙,则先辈所谓集大成者也。’世称子美为大家。”(《唐诗品汇·五言古诗叙目·大家》)

王宰画山水图歌》等。这些诗的句子长短随意,句式不等。这些诗继承汉魏乐府诗和鲍照的乐府歌行,诗句长短错落,音韵铿锵,抒写自由,最富有歌行的特点。如《饮中八仙歌》一诗,句句用韵,为柏梁体。诗中写了八个人,有人写两句,有人写三句,也有人写了四句,形式既严谨又活泼。如杜甫的《曲江三章章五句》,是新创的五句体诗,是在四句诗中间插一单句。例如:其一,"曲江萧条秋气高,菱荷枯折随风涛。游子空嗟垂二毛。白石素沙亦相荡,哀鸿独叫求其巢"。其二,"即事非今又非古,长歌激越捎林莽。比屋豪华固难数。吾人甘作心似灰,弟侄何伤泪如雨"。其三,"自断此生休问天,杜曲幸有桑麻田。故将移住南山边。短衣匹马随李广,看射猛虎终残年"。这种五句体的诗体,是从民歌中学习而来,具有民歌的风味。五句体虽比绝句多一句,便与绝句风味大别,显现出一种民歌的活泼与生机。这是杜甫在诗体方面的新创造。同样,在诗中插入三句式的写法,便打破了言必双句的呆板,增添了诗的灵活性,丰富了诗的表现能力。以律入七古,是唐人诗的一个特点,以杜甫的《洗兵马》一诗最为典型。在其二十四韵中,竟有十七对对仗句入诗,王嗣奭评此诗云:"句兼排律,自成一体。"(《杜诗详注》卷六引)所评甚是。其他如《病后过王倚饮赠歌》《醉歌行》《醉时歌》《乐游园歌》等,都有以律句入古风的现象。正如王力先生所指出的:"至于杜甫,只在五古仿古,七言则不大避免入律。"①

排律方面,在未至长安之前,杜甫作了三首五言排律。到了长安之后,杜甫的五排就多了起来,约有二十五首。这些排律诗多是投赠干谒之作。如《赠韦左丞丈》《投赠哥舒开府二十韵》《上韦左相二十韵》《奉赠太常张卿二十韵》《奉留赠集贤院崔于二学士》等五排诗,皆是干谒求助之作。因排律即有严格的格律要求,除首尾两联都要对仗,有很高的技巧要求和丰富的历史典故知识,用此体干谒,可显示出作者的学养和写诗水平。杜甫在长安为求出路,到处投赠拜谒,所以此时期的五排写得较多。排律因格律、韵脚和对仗的严格限制,篇幅又较长,是很难写好的。故杜甫的这些排律并不被大家看好。但也有个别排律是写得很好的,如《重经昭陵》:"草昧英雄起,讴歌历数归。风尘三尺剑,社稷一戎衣。翼亮贞文德,丕承戢武威。圣图天广大,宗祀日光辉。陵寝盘空曲,熊罴守翠微。再窥松柏路,还见五云飞。"此诗前八句概括太宗一生的功业,表达了对

① 王力:《汉语诗律学》,上海教育出版社 1958 年版,第 438 页。

一代英主的怀念之情。后四句言重过昭陵的无限感慨,希望太宗伟业重现于当今的大唐。"风尘三尺剑,社稷一戎衣""再窥松柏路,还见五云飞"两联,写出了太宗以戎马得天下的英雄形象和昭陵的雄伟气象。词语虽工,但无雕凿痕,初步显示出杜甫五排的功力,说明此种体裁他已能熟练地驾驭掌握。这时的五排篇幅还不够长,最长的也不过是二十韵,像五十韵、一百韵的大篇长排,还有待于到秦州和入蜀之后。

杜甫的新乐府诗是在长安时期的一个新创造。这种"即事命题,复无依傍"的新题乐府诗,其实是对旧题乐府诗的改造。因旧题乐府需用旧题,即使是用旧瓶装新酒,仍然受其限制。而新题乐府完全表现的是当前时事的新问题、新人新事,故时事特点鲜明,纪人纪事的真实性强,有较强的新闻性,更能及时反映现实。故对中唐元白的新乐府运动起着导夫先路的示范作用,表明新题乐府诗的生命力是顽强的,影响是巨大的。由此也表现出杜甫很强的创新能力,也说明杜甫这时确实已经变得很成熟了。

成熟标志之三,是杜甫开辟了直面现实的写实性的诗歌流派。

杜甫在洛阳的青年时期,还属于诗歌创作的学习阶段。虽然已写出了一些好的作品,但还没有表现出自己独特的风格。在盛唐的前期,整个诗坛还被理想主义的浪漫诗风笼罩着。杜甫早年的作品也是如此,况且他此时的诗歌与盛唐时的大家相比还不够成熟。但是到了长安之后,尤其是在后期,杜甫由于思想上的成熟,眼界的大开,他不再一味地跟风,而是另起炉灶,独树一帜,于是开辟了直面现实的写实风格。由于他别具只眼,见解独到,所写的诗歌思想深刻,内容真实,刻画细致,对比强烈,感情浓郁,因此其诗开始形成一种沉郁顿挫、悲壮感人的艺术风格。虽然在当时杜甫的现实主义写实风格和者盖寡,但已显现出其强盛的生命力。杜甫在长安时期就开辟了重视客观、着重写实的现实主义诗歌流派,对中唐的现实主义诗歌的各种流派和新乐府运动树立了一杆大旗,引领了一代诗歌潮流和文化潮流。

四、长安文化对杜甫的影响

（一）长安文化强烈的政治性培养了杜甫敏感的政治嗅觉

京城长安聚集着全国各地传来的政治、军事、经济和文化各种信息，经过集中处理之后，形成新的政策和决策，又从这里发布和传播出去。长安既是军国大事的接收终端，又是发射源。因此，居住在长安的人们，因住在天子脚下，他们的消息最灵通。不仅是军国大事，就连天子和朝廷权贵的言行举止、各种活动，人们也会通过各种渠道很快知晓。同时，长安的文化和风俗也是全国最时尚的，长安人的一举一动都会被各地效仿。因此，杜甫在长安虽然比较贫困，但是通过他与上层的干谒和交往活动，还是很容易地得到各种消息。尤其是军国大事，常常牵动他的政治神经，培养出他敏锐的政治眼光，形成他敏感的政治嗅觉，并及时地反映到他的诗歌之中。他的《兵车行》《丽人行》，都是其目睹唐王朝穷兵黩武的扩边战争的送行场面与皇亲国戚和达官显贵们穷奢极欲的糜烂生活而及时用新题乐府的形式写出来的。在长安被安史叛军占领后，他目睹长安城内的一片乱象和前线传来的胜败消息，便及时地写出了一组《哀江头》《哀王孙》《悲陈陶》《悲青坂》等新闻性极强的新题乐府诗。而其《自京赴奉先县咏怀五百字》和《北征》等长篇咏怀诗，也是他在长安经过长期的生活观察和对国家大事的慎重思考才写出来的。可以说，杜甫只有在长安才能深切地感受到国家和民族的命运与他本身的命运联系得是如此紧密，使他的忧国之心处于他思想的中心地位，他的思想的成长和忧国忧民之心的形成，是与长安的生活和政治文化分不开的。

（二）长安社会阶级的严重对立促进了杜甫思想和立场的转变

杜甫是怀着美好的理想来到长安的。但是，天宝时期的大唐已盛世不再，渐向衰世转化。唐玄宗已由开元时励精图治的英明之主渐变为一个亲奸佞远贤臣的奢侈昏庸的昏愦之君。杜甫的政治理想也逐渐破灭，又长期地生活在一个衣食不继的社会底层，故有机会观察到大唐表面繁荣而内瓤渐空的社会现实,对贫富差距巨大和阶级严重对立的真实社会面貌有了深刻的了解。其感同身受的实际体会,使他的思想和立场发生了大的变化,逐渐地从一个不知人间苦辛的官宦子弟变成了一个深知百姓冷暖的寒士,形成了他直面现实的理性认识。因此,长安城"朱门酒肉臭,路有冻死骨"的贫富对立的社会现实和统治集团腐败、穷兵黩武及不恤民生的种种社会隐患,也使得他对国家的前途和命运格外地关心,使他写出了许多如《兵车行》《丽人行》及"三吏""三别"等及时反映时事的纪实诗与对社会的批判诗。这些深刻反映社会,忧心国家命运,关心民众疾苦的诗篇,使杜甫从一个为个人前途奔波的普通诗人,一跃而变成了一个忧国忧民的伟大诗人。

(三)长安文化给杜甫的思想素质和创作的多方面影响

长安毕竟是大唐的文化中心,除政治、思想、文学外,各种文化艺术如园林、建筑、绘画、书法、歌舞及外来文化也给了杜甫很大的影响,丰富了杜甫诗歌的内容和艺术手法。

在长安,杜甫游览了许多风景名胜,如曲江、乐游园、慈恩寺、渼陂、玄都坛、大云寺、终南山、蓝田山等,去过九华宫和玉华宫。当左拾遗时还经常出入过大明宫,上过大明宫的蓬莱殿,他对于曲江的宫殿和芙蓉苑非常熟悉,曾与薛据、高适、岑参、储光羲等人一起登过大雁塔,一览长安城中的雄伟景色。他游过郑驸马和何将军的园林,对那里的景色很是欣赏。他对绘画、书法都有很高的鉴赏力,写过《奉先刘少府新画山水障歌》《题李尊师松树障子歌》等题画诗。在《自京赴奉先县咏怀五百字》中写过"中堂舞神仙,烟雾散玉质。暖客貂鼠裘,悲管逐清瑟"的诗句,他还曾在城西陂泛舟时写过"青蛾皓齿在楼船,横笛短箫悲远天。春风自信牙樯动,迟日徐看锦缆牵。鱼吹细浪摇歌扇,燕蹴飞花落舞筵"(《城西陂泛舟》)的诗歌,说明他还能经常见到宫廷和权贵人家中的歌舞。他的好友郑虔是一个诗、书、画全能的人才,他与这样的朋友交游,对他的书画鉴赏能力一定会有很大的帮助。他对矫健的胡马很感兴趣,曾为房兵曹和李鄠县丈人的胡马作过诗。长安丰富多彩的文化对杜甫的文化素质有着深厚的熏陶,培养出了他的很高的审美情趣。

（四）长安官场文化的黑暗与对皇帝的失望使他弃官西走并决心成为一个远离京城的诗人

当唐肃宗亲信张皇后和李辅国等而贬谪房琯、张镐、贾至、严武等人，杜甫也因疏救房琯而被皇帝疏远并贬官华州之后，他深知长安官场文化的黑暗和皇帝的昏庸，杜甫对唐肃宗已非常失望，他便决心远离长安这个是非之地，远走他乡。他这时已清醒地认识到他成不了稷、契，也不能使皇帝成为尧舜之君，唐肃宗并不需要他这位忠耿之臣。从此以后，他便以自己的诗歌为武器，为大唐国家民族的命运和为民生而歌哭，决心成为继承其祖父的诗人家风，做一个以诗歌呼吁社会良知，为百姓请命的真正诗人。他在秦州、蜀中、夔州以及楚湘等地，以作诗为主业，认真地写诗，认真地做人。除了五古和七古，尤其是在律诗和绝句方面狠下功夫，将律诗特别是七律发展到了唐诗的最高峰，对绝句也做出了突破盛唐绝句的独特贡献，为唐诗开辟了一片新天地，成了我国唐代一位集大成式的杰出诗人。

（原载《杜甫研究论集》，西安出版社 2013 年版）

杜甫在秦州的李白情结

杜甫对李白一往情深。在杜甫诗集中,共有怀念李白的十四首诗。而其中的四首,是杜甫在秦州的三个月中所作的。这四首诗中,五古二首、五律一首和五言排律一首。无论是用古体还是近体,都写得情意真挚、感情饱满,对李白推崇备至。

一、杜甫为何在秦州如此怀念李白

杜甫西赴秦州的动机,学者有不同的看法。一种是说,主要是为了躲避中原的战乱和关中的饥馑而西走秦州的①。这当然没有错,这是他西走秦州的动机之一。另一种说法是,杜甫是畏热的体质,最怕夏日的炎热,而想到天气比较凉爽的秦州去②。最常见的说法是,杜甫因是房琯一党,而房琯是玄宗旧党,不为肃宗所信用,因此房琯已被贬出朝,杜甫回朝廷已无什么希望,对肃宗已彻底失望,而故意要弃官西走,投亲靠友③。这些都可能是杜甫要离开华州西赴秦州的理由,但理由也不是十分充分。因此,有的学者提出,杜甫之所以要弃官西走,最根本的原因是他"因违犯职守纪律而被罢官"④,因此才不得不离开华州

---

① 《新唐书·杜甫传》:"关辅饥,辄弃官去,客秦州。"

② 李宇林说:"杜甫属于畏热体质,他要选择一个比较凉爽的地方作为落脚之处,以使自己畏热的体质能够适应当地的气候环境。而秦州气候凉爽,因而成为杜甫西行的首选之地。"(《杜甫选择秦州寓居的体质原因》,《天水师范学院学报》2005年第6期)

③ 冯至:"这时因为他的从侄杜佐在秦州东柯谷盖了几间草堂,僧人赞公也在秦州西枝村开辟了几座窑洞,他就决定把一家人搬到秦州去住。"(《杜甫传》,人民文学出版社1980年版)此说后人多从之。

④ 参见阎琦《杜甫华州罢官西行考论》(《西北大学学报》2003年第2期)。

西赴秦州。但他已被罢官的事,毕竟没有过硬的证据,不如解释为华州长官与杜甫的关系处得比较紧张,借故要弹劾罢杜甫的官,使杜甫已无法在华州立足。杜甫诗云:“罢官亦由人,何事拘形役。”(《立秋后题》)这就是说,这事由不得他,他不走也得走,罢官只是早晚的问题,晚走不如早走,主动弃官比罢官的诏令下来了而被罢官要更体面,更见骨气。至于为何要到秦州去,也有说法:“因此他(指杜甫)决定挂冠出走。走向哪里去呢?向东是中原大战的战场,当然去不得。向南是襄阳的大道,也不够安全。向北的危险不多,但是正是回纥出兵来往的大道,‘田家正恐惧,麦倒桑枝折’,也不够妥当。只有向西绕过长安,穿过陇坂,再行走向川中。”①杜甫正是怀着这样的心情,选择了西去的方向,弃官西走,带着全家奔赴秦州的。他选择到秦州去,当然还有别的原因,那就是在安史之乱后的乾元二年(759)前后,秦州那里还没有战乱,环境比较和平安定,而且秦州是一个距离长安仅有八百多里的历史名城,离长安还不算太远,打听朝廷方面的消息也比较方便。这里有被尊为人祖的伏羲庙,有风景名胜南郭寺、麦积山石窟,在它的周围还有人间仙景仇池,有黄帝问道的崆峒山,有《山海经》中记载的鸟鼠同穴的鸟鼠山和出五色鱼的鱼龙川等,还有传说周穆王会见西王母的王母宫等。同时,陇右还是一个出了许多名人的地方,它是秦人的先祖之地和陇西李氏的祖籍之地,这里出过如秦人的先祖伯益和为周孝王养马有功的嬴非子,汉代的飞将军李广,晋代著有《拾遗记》的神仙家王嘉,李唐王朝的祖先凉武昭王李暠等。当然最引起杜甫兴趣的是因为秦州还是杜甫的挚友“家本陇西人,先为汉边将”(李白《赠张相镐二首》其二)的李白的祖籍之地。因此,杜甫的“因人作远游”中的“人”,除了学者们所说的杜甫的从侄杜佐和赞上人等人,还有以上的这些名人也是吸引杜甫前往秦州的人文因素。这样来看,杜甫一到秦州就想起了祖籍在这里的李白就不难理解了。

我们知道,李白因陷入永王璘之案,被肃宗判为“长流夜郎”之罪,而此时的杜甫因疏救房琯,被肃宗开罪,险些要了性命。杜甫虽然“吾意独怜才”,极为同情李白,但在李白为“世人皆欲杀”的舆论中,杜甫却因受肃宗贬斥而无力援手。乾元元年(758)春,李白只好服刑就路,由浔阳首途,沿长江一路溯江而上,长流

---

① 朱东润:《杜甫叙论》,上海古籍出版社 1983 年版,第 86 页。

夜郎①。其年六月,杜甫也因房琯罢相贬邠州刺史的同时,被贬为华州司功参军,离开了朝廷。乾元二年(759)二月,李白在白帝城遇赦,扁舟还楚,其夏秋间在江夏一带流落。而此期间杜甫正在华州司功任上,并于乾元元年底回洛阳探家,归河南陆浑庄。次年春回华州,其秋又弃官西走秦州,所谓“一年四行役”(《发同谷县》)②,忙着自己的事情,又因战乱信息不通,一直没有得到李白的消息,故在秦州时他并不知李白长流夜郎走的是长江一路,遇赦的消息他也不知道,所以他还一直为李白流放夜郎的事担心。因此,到了秦州这个李白的祖籍之地,他思念李白的念头便油然而生,写下了《梦李白二首》和《天末怀李白》等诗。

二、《梦李白二首》和《天末怀李白》

——沉痛的逐臣之悲

《梦李白二首》和《天末怀李白》三首诗,是杜甫在秦州思念李白的著名诗篇。《梦李白二首》云:

死别已吞声,生别常恻恻。江南瘴疠地,逐客无消息。故人入我梦,明我长相忆。恐非平生魂,路远不可测。魂来枫林青,魂返关塞黑。君今在罗网,何以有羽翼。落月满屋梁,犹疑照颜色。水深波浪阔,无使蛟龙得。

浮云终日行,游子久不至。三夜频梦君,情亲见君意。告归常局促,苦道来不易。江湖多风波,舟楫恐失坠。出门搔白首,若负平生志。冠盖满京华,斯人独憔悴。孰云网恢恢,将老身反累。千秋万岁名,寂寞身后事。

《梦李白二首》是杜甫思念李白成梦所作。因杜甫并不知李白长流夜郎走的是溯江而上过三峡至乌江一路,而预想所走的路是由浔阳走江夏,越汨罗,过湘江向西一路。这一路实是楚国大诗人屈原被放逐的路途。因此杜甫在诗中说李白与屈原命运相似,都是被放逐“江南瘴疠地”的“逐客”,如今却能飞越千

① 关于李白的行踪,此以詹锳先生《李白诗文系年》(人民文学出版社1984年版)为据。

② 所谓“一年四行役”,指杜甫在乾元二年(759)一年中从洛阳还华州,由华州赴秦州,由秦州赴同谷,再由同谷赴成都。至秦州才是“四行役”中的第二次行役,后两次行役则在杜甫写怀念李白诗之后。

里来到我的梦中，非其魂魄，何以能有羽翼来此？他怀疑是不是李白已死，而其魂托梦来了？其中“魂来枫林青，魂返关山黑”即用《楚辞·招魂》“湛湛江水兮上有枫，目极千里兮伤春心，魂归来兮哀江南”的诗意。因此他十分担心李白在放逐途中遭到意外：“江湖多风波，舟楫恐失坠”，一再祈愿李白“水深波浪阔，无使蛟龙得”。他虽怀疑李白在险恶的政治环境中可能会出事，但却真心希望他不要出事，表达了他对李白深厚的生死关切之情。他一连三个夜晚都做与李白之魂相会之梦，说明他对李白的思念之切，可见杜甫对李白的兄弟情深。从这两首诗中，我们也可以看到，杜甫此时与李白正是惺惺相惜，从李白的放逐命运中看到了自己的命运，深感自己也与李白被肃宗放逐的命运差不多。杜甫之所以要到秦州这样一个偏僻边塞，实是非常被迫无奈之事，若不是他被肃宗抛弃，行将罢官，他何以至于走投无路，弃官西走？此非放逐而何？一种逐臣之悲油然而生，他感到自己与李白和屈原的感情是相通的，有兔死狐悲之感。诗中所说的“千秋万岁名，寂寞身后事”两句，是说李白，也是杜甫自指，即生前寂寞，前途无望，而千秋万岁之名，将是身后之事。杜甫所走之路，其实也是李白所走之路，即眼前虽然前途茫茫，看不到希望，但要耐得住寂寞，争取身后扬名立万吧。此是为李白悲伤，也是杜甫之自伤。

在《天末怀李白》一诗中，杜甫又用五律的形式写了他对李白的关心和思念：

> 凉风起天末，君子意如何。鸿雁几时到，江湖秋水多。文章憎命达，魑魅喜人过。应共冤魂语，投诗赠汨罗。

所谓“天末”，指的就是秦州，因秦州地处远在天边的边塞之地。因已是深秋，天气渐凉，故杜甫对李白的身体状况很是担心。他认为李白远在鸿雁也飞不到的秋水遍地的江南之乡，要他提防鬼魅一样的小人的陷害。他把李白的不幸遭遇与屈原受冤被逐相提并论，认为李白和屈原是两位高洁伟大的诗人，他们的心是相通的。这说明杜甫一直认为李白是被冤枉的，人格和人品是清白高尚的。这是大张旗鼓地为李白鸣冤叫屈，要为李白翻案。“文章憎命达，魑魅喜人过”语，既概括了天下怀才不遇的不得志文人的普遍命运，其中也寓有杜甫对自己不平的人生遭际的深沉感慨。

三、《寄李十二白二十韵》

——既为李白雪谤亦是为自己鸣不平

前三首杜甫怀李白的诗，都是在以前得知李白长流夜郎时老消息的情况下写出的，尚不知李白目前的新消息。而《寄李十二白二十韵》一诗却是确知李白已被赦放后流落江南之时而作的。其诗如下：

昔年有狂客，号尔谪仙人。笔落惊风雨，诗成泣鬼神。声名从此大，汩没一朝伸。文彩承殊渥，流传必绝伦。龙舟移棹晚，兽锦夺袍新。白日来深殿，青云满后尘。乞归优诏许，遇我宿心亲。未负幽栖志，兼全宠辱身。剧谈怜野逸，嗜酒见天真。醉舞梁园夜，行歌泗水春。才高心不展，道屈善无邻。处士祢衡俊，诸生原宪贫。稻粱求未足，薏苡谤何频。五岭炎蒸地，三危放逐臣。几年遭鹏鸟，独泣向麒麟。苏武先还汉，黄公岂事秦。楚筵辞醴日，梁狱上书辰。已用当时法，谁将此义陈。老吟秋月下，病起暮江滨。莫怪恩波隔，乘槎与问津。

这是杜甫听到李白遇赦还江东、卧病当涂时写下的一首诗。得知李白遇赦后，杜甫担心李白的心情有所缓解，并对李白的一生做了历史的回顾。此诗共分四部分。第一部分十二句，首先介绍了李白在天宝元年(742)秋应诏赴京的情形。李白赴京首先见到的是赏识他这匹千里马的伯乐贺知章："知章见其文，叹曰：'子，谪仙人也。'言于玄宗，召见金銮殿。"(《新唐书·李白传》)并称赞李白诗《乌栖曲》(一说为《蜀道难》)："此诗可以泣鬼神矣。"(范传正《唐左拾遗翰林学士李公新墓碑并序》)李白也有文记其事："太子宾客贺公，于紫极宫一见，呼余为谪仙人。"(《忆贺监诗序》)又云："四明逸老贺知章呼余为谪仙人，盖实录耳。"(《金陵与诸贤送权十一序》)李白被唐玄宗以高规格的待遇接见："(玄宗)降辇步迎，如见绮、皓。以七宝床赐食，御手调羹以饭之，谓曰：卿是布衣，名为朕知，非素蓄道义，何以及此？置于金銮殿，出入翰林中，问以国政，潜草诏诰，人无知者。"(李阳冰《草堂集序》)后来，他又与汝阳王李琎、贺知章、李适之、崔宗之、张旭等人结为"八仙"之游，又为太真娘娘写出了《清平调词三首》，由玄宗调玉笛以倚曲，宫廷第一歌手李龟年歌之①，一时间李白便名扬京师，轰动天下，在长安掀起了一股李白旋风。李白的《大鹏赋》“时家藏一本”（魏颢《李翰林集序》），“朝列赋谪仙之歌，凡数百首”（李阳冰《草堂集序》）。此外还有李白上“宣唐鸿猷”（刘全白《唐故翰林学士李君碣记》）、“草答蕃书”（范传正《唐左拾遗翰林学士李公新墓碑并序》）等传闻，在当时可谓盛名已极。故杜甫曾作诗曰：“李白一斗诗百篇，长安市上酒家眠。天子呼来不上船，自称臣是酒中仙”（《饮中八仙歌》），来赞颂李白的风采。这首诗的第一段所罗列之事，如“谪仙人”、“泣鬼神”、“文彩”惊人主、“龙舟”赋诗、长安朝野的粉丝追捧等事，都与史传和碑序等所记载若合符契，十分吻合，说明杜甫对李白在长安所受到的宠遇和时人热爱的诗歌都是实录，并非过誉之辞。尤其是“笔落惊风雨，诗成泣鬼神”二句，可以说是杜甫对李白诗歌非常形象的高度评价，是杜甫对李白发自内心的赞佩之语，杜甫真可谓是李白的千古知音。此诗的第二段十二句，杜甫回忆了自己与李白在天宝三载(744)在洛阳相识并结为兄弟，一起漫游梁宋及东鲁的愉快经历。李白在洛阳会见杜甫时，杜甫尚是一个名不甚扬的年轻诗人，可以说只是李白的一个粉丝。而李白当时已是一个名满天下的翰林诗仙，又有皇帝赐金放还的宠遇。但李白却无一点名人的架子，并未小看这位在大唐诗坛上尚未飞腾上天的“卧龙”和“凤雏”，而是很看重杜甫这位年轻好学、为人忠厚而又具有深厚潜力的写诗才能的诗人。他以大哥的身份与杜甫这位小弟平等交往，他一见到杜甫就感到彼此两心相通，互为知己。这令杜甫十分感动：“遇我宿心亲”，即一见如故之意。“剧谈怜野逸，嗜酒见天真”，即李白对杜甫倾其心意，无话不谈，喝起酒来，二人更是呼兄唤弟，无所顾忌，以诚相待。所以在梁宋和东鲁，他们二人“醉舞梁园夜，行歌泗水春”，在一起纵酒放歌，过了一段“醉眠秋共被，携手日同行”（《与李十二白同寻范十隐居》）情如手足的快乐日子。这是杜甫最感幸运也是最感骄傲和惬意的事情。杜甫有诗曰：“何时一尊酒，重与细论文。”（《春日忆李白》）这个“细论文”一语，过去引起许多学者的猜测，但多不得其实②。其实，杜甫在与李白交游之时，是一定谈过有关诗

① 见李濬：《松窗杂录》，《李白资料汇编》上册，中华书局 2007 年版，第 60 页。

② 朱鹤龄云：“王荆公谓少陵于太白，仅比以鲍、庾，阴铿则又下矣。或遂以‘细论文’讥其才疏也。此真瞽说。”（《杜工部诗集辑注》，河北大学出版社 2009 年版，第 35 页）蒋若六云：“‘细’字对三、四句看，自有微意。”以上所云皆不得其真解。

歌创作方面问题的。以后的历史证明,杜甫确实有在诗歌创作方面曾向李白的七言乐府和歌行下功夫学习的迹象,并在这方面取得了与李白相颉颃的丰硕成果。而杜甫在律诗方面的成就和才能,李白也应是觉察了解的。如杜甫与李白交往时所写的诗歌,如《与李十二白同寻范十隐居》就是一首五言排律,写得如同写古诗一般运用自如。因此,二人互赠的诗歌,如李白写给杜甫的《鲁郡东石门送杜二甫》《沙丘城下寄杜甫》,杜甫写给李白的《冬日有怀李白》《春日忆李白》等诗都是五言律诗。这说明在律诗方面他们也有相互影响和切磋之处。李白对杜甫擅长律诗的才能是很清楚的。二人可能在如何发挥自己的所长,并互相学习和借鉴对方的长处作过讨论。也许李白深知杜甫在律诗方面有其祖父杜审言的家学传统,对杜甫发挥律诗之长会有所肯定和鼓励,因此,"细论文"绝非虚言,增长了杜甫对律诗写作的自信和决心。因此杜甫想在律诗的写作方面百尺竿头,更进一步。他在弃官西走时,已经对政治前途感到绝望,从此有了做诗人的自觉意识,想在律诗的发展方面再进行一番深入的探索。因此在秦州就开始大作律诗。因为杜甫觉得在写七言歌行方面,他无论怎样去学习李白,也是难于超越李白的,而在律诗方面他是强项,有潜力可挖,他便下定决心在律诗方面做出比盛唐诗人更大的成就。从"才高心不展"以下十六句,是杜甫为李白雪谤,也是这首诗的重点。在此段中,杜甫认为肃宗视李白犯了"从逆"之罪,是冤枉了李白。而杜甫认为李白是像祢衡一样的才俊,是像孔子弟子原宪那样的安贫守道之士,是像受了"薏苡之谤"的马援一样的被冤枉受屈之人,是含冤被贬的贾谊,是哭麒麟叹道穷的孔夫子,是一心向汉的苏武,是避秦不仕的夏黄公,是不受伪职的穆生,是被人诬陷下狱的邹阳。一句话,这一连串的比喻和用典,杜甫都是说李白是无罪的,是被冤枉的。那所谓的怂恿永王造反的罪名,是故意嫁祸给李白的。因为李白也是玄宗旧人,偏信了玄宗派永王分镇东南的旨意,跟随永王去平定东南。而这个分镇意见,又是房琯出的主意,从这个角度上来看,李白与杜甫都是一个阵营中的人,也是属于房琯一派的。肃宗虽表面上从成都接玄宗回京,以尽孝道,其实却害怕玄宗笼络旧臣,夺回他的帝位,也怀恨玄宗曾让永王去分镇东南,与他争权,故将玄宗在西内软禁起来。他对玄宗的旧人都不信任,并借机将他们或治罪,或贬官,一律清除出长安。在这一点上,杜甫觉得他与李白都是肃宗所要排斥的玄宗旧人,都是玄、肃父子斗争的牺牲品,是被冤枉的,他们有共同的政治命运——都是肃宗的逐臣。严酷的社会现实,使他看到了他与李白的遭遇是相同的,都是共同的政治原因造成的,因此更加拉近了与李白的距离,使他与李白更加惺惺相惜。诗的最后一段,对李白老病江滨,感到十分心酸和同情,“莫怪恩波隔,乘槎欲问津”二句,是安慰李白,意思是说,虽说是皇帝恩波已断,但我还是想有机会一定会去探望您的。“莫怪”二字不过是表面上为皇帝留面子的话。这与李白安慰贾至被肃宗贬为岳州司马时的诗“圣主恩深汉文帝,怜君不遣到长沙”的意思有些相仿,在褒扬语中暗寓讽刺之意。杜甫在《秦州杂诗二十首》中说:“唐尧真自圣,野老复何知?”即是说,对肃宗这样“尧舜之君”的“圣”明之处,他这位野老怎么就一点都看不出来呢? 在此诗中,杜甫为李白鸣冤叫屈,其实也是在为自己的命运和遭遇鸣不平,是在发泄他对肃宗及其统治集团的不满。

四、李白的诗歌成就坚定了杜甫走诗歌创新之路

从以上分析,我们可以得出以下结论:

1.杜甫的西赴秦州,不是他一时的心血来潮,而是他对秦州地域文化的自然因素和人文因素的综合考量的结果,其中陇西李氏尤其是陇西是李白的祖籍的因素,是吸引杜甫前往的一个重要原因。

2.怀念李白的四首诗,是杜甫全面认识李白的思想总结,也是他对李白感情的升华。他对李白被贬的原因做了全面的思考:李白的一生,在政治上遭遇到两次失败,一次是在天宝初年,被召为翰林供奉,后被玄宗“赐金放还”,实际上是被体面地放逐;一次是在安史乱后,李白因“从璘”被肃宗判为“附逆”之罪而长流夜郎。杜甫认为李白是被冤枉的,其实李白是像屈原、贾谊、苏武一样,是忠贞爱国之士,只是因为属于玄宗旧党而被肃宗所忌恨,成了肃宗的逐臣,杜甫通过李白的遭遇,联想到自己的遭遇,自己也与李白一样,属于玄宗旧党,因此在政治上到处碰壁,最后也以失败告终,遭到了罢官的命运,成了肃宗的逐臣。他盛唐时代的“致君尧舜上”的政治梦想,至此时已彻底毁灭,对肃宗已彻底绝望。他许身契稷的“奉儒守官”思想也得以改变。他清醒地认识到,他和李白在政治上都是失败者,最后的命运都是逐臣。因此他对李白在政治命运方面有很强的认同感。在此诗中杜甫悲李白也是悲自己,为李白鸣冤,也是为自己鸣不

平。这是对李白一生政治命运的总结,也是对自己政治人生和道路的反思。

3.李白的成功,是以其诗歌的杰出成就成了“千秋万岁名”的伟大诗人。杜甫也认识到,他与李白本质上只能是诗人,都不是做官的材料。李白成功的诗人之路,也是他将来所要走的路,虽然这条路很艰辛,也很寂寞。受到李白的启示,他从此决定远离朝廷,走一个和李白一样的能够赢得“千秋万岁名”的诗人之路。他的诗歌创作目标,就是他赞颂李白所达到的“笔落惊风雨,诗成泣鬼神”的高度的诗歌成就。为达此目的,他必须在诗歌上达到超越前人的成就。他一眼觑定,在律诗方面尚有进一步开拓和提高的余地,他要发挥己长,在提高律诗创作的技能方面努力求索,狠下功夫,以超越盛唐诗人,以期取得堪与李白并驾齐驱的伟大成就。可以说,李白的诗人风采和诗歌的杰出成就,唤醒了杜甫的以诗歌为使命的诗人意识,坚定了他走诗歌创新之路。

4.秦州时期是杜甫人生道路和诗歌转型的一个关键时期。杜甫从秦州时期就脱离了官场,走向了民间,由京城走向了远离中原的边陲地区,他的诗歌也由长安时期以关注社会时事的政治视野,转向了关注对个人内心感受的表达和对外界社会民风民俗、山川地理的观照,诗歌体裁也由长于反映社会问题的新题乐府的古体诗,转向能细腻表达个人感情和民风民情的近体诗。他的《秦州杂诗二十首》的连章五言律诗和《寄李十二白二十韵》等五言排律就是他律诗实验探索的新成果。他对近体诗的新探索,也无疑是受到李白启发的。

(原载《杜甫研究学刊》2014 年第 1 期)

唐代诗人与中外诗人比较研究

李杜之变与唐代文化转型

李白与杜甫是唐代诗坛上的两座高峰。对二人的研究,代不乏人。由于二人是唐诗的代表人物,他们的诗歌风格决然相反,却又相辅相成,故关于李杜的对比研究,关于李杜优劣的争论,也成了历史上的热门话题。关于二人的比较研究,20 世纪许多文学史、诗歌史及不少论文都曾论及,还有专书问世,如汪静之的《李杜研究》、郭沫若的《李白与杜甫》、罗宗强的《李杜论略》、杨义的《李杜诗学》等。这些研究是将李杜作为盛唐时代的两种风格决然不同的诗人或作为不同风格流派的诗人来研究的,并已取得了可喜的成绩。但把他们仅作为不同风格的诗人或诗歌流派的人物来研究,还是不够的,需要更深入一步地从唐代诗歌主潮流变的角度做比较研究。罗宗强先生后来的《隋唐五代文学思想史》已开始将李杜诗风作为唐代两个不同时期的诗风来进行研究。2000 年,我在此基础上,写了《李杜之变是唐诗主潮之大变》的文章,将李杜诗风之变作为唐诗主潮的转型来进行研究,但我仍觉未深入到文化的深层结构。其实,李杜之变最深层的原因,是唐代文化思潮的主潮从理想主义文化思潮向现实主义文化思潮嬗变与转型造成的。文化思潮包括文化思想、文化价值观、文化人格、文化心态、审美观念、文学思潮(其中包括诗歌思潮、理论主张、诗体变革等)等内容。从唐代的文化主潮的转型等方面来综合考察、寻找李杜诗风之变的多层次的原因,这样才能够更加深入地理解他们诗歌的文化内涵,并更加准确地阐述和评价他们在文化史与诗歌史上的地位和历史贡献。因此,以文化转型作为一个切入点来进一步研究,是很必要的。由此可以扩展视野,从更宏阔的文化大范围和更深层的文化内涵与文学的内因关系方面,对李杜诗风之变做全面透彻的探讨。

一、李白到杜甫
——个体诗风的转型

唐代诗人的并称,大都是以相同的诗风与同一个诗歌流派而被后人加以并列的。如沈宋、王孟、高岑、韩孟、元白、韦柳、温李等,唯有李、杜二人的并称,却完全是因为他们的诗风决然相反而加以并列的。这其中的原因很耐人寻味。显然,他们的并称不是因其同,而是因其异。可以说他们的思维方式、思想类型、艺术风格等方面都是大不相同的。可以归结为以下几个方面:

(一)从思维类型来说,李白是发散式的幻想型思维①,杜甫是聚焦式的写实型思维。思维方式的不同,导致他们诗风的极大差异。所谓幻想型思维,就是说这种思维方式并不是严格遵守或者主要不是遵循现实的逻辑来进行思维的,是一种具有超现实的想象型思维方式。我们今天一般称作是浪漫主义的思维方式,其代表人物就是屈原与李白。屈原的《离骚》与《九歌》,李白的《蜀道难》《梦游天姥吟留别》《远别离》等一系列的诗歌等就是用这种幻想型思维方式写成的。基于这种思维方式,诗人一会儿上天入地,一会儿穿越于古今,一会儿神游于仙界,一会儿来往于人间,一会儿出入于梦境,一会儿飞腾于想象。他们的思绪就像天马行空一样自由自在,不受现实逻辑的约束。因此,它的一个主要特征就是其思维是发散式的,正如元人范德机评李白诗所说的"断如复断,乱如复乱,而词意反复曲折行乎其间者,实未尝断而乱也"(《李翰林诗》卷一《远别离》评语)。所谓"断"与"乱"者,就是说李白的歌行并不遵守现实的逻辑,而是凭幻想与想象的逻辑,纵横跌宕,随意发挥,因此才会有"错综无定"(明许学夷《诗源辨体》卷一八)或"变化无方"②的效果。

---

① 幻想型思维,杨义先生又称其为"醉态诗学思维",他认为李白的醉态思维是"渗透到诗学的'非逻辑之逻辑'中,从而创造了一种以醉态狂幻为基本特征的诗学思维方式"(《李杜诗学》,北京出版社 2001 年版,第 86 页)。与幻想型思维的说法是相一致的,但我认为还是称之为幻想型思维较为准确。

② (明)周珽:《唐诗选脉会通评林》,转引自《唐诗汇评》,浙江教育出版社 1995 年版,第 553 页。

而写实型思维恰恰相反，与幻想型思维相比，它基本上是遵循的现实的逻辑，基本上遵循事物的客观面貌来刻画描写事物。诗歌虽与散文和小说不同，有较强的情感因素，但写实型的诗歌与幻想型的诗歌还是有很大区别的。如杜甫的《自京赴奉先县咏怀五百字》、《北征》、《丽人行》、《兵车行》、“三吏”、“三别”及许多纪行诗，都对客观的事物和事件有着接近真实生活的详细的描述。他自陇赴蜀的蜀道上所写的纪行诗，就与李白的《蜀道难》等诗有着极大的不同。他对景物的描写是聚焦式的，把眼光集中于客观现实，是力求刻画逼真的真实写照，把目光凝聚于细部，有如精描细绘的工笔画。他描写现实社会的诗歌，也力扣现实的真实，如同诗史，正如同孟棨在《本事诗·高逸第三》中所说：“杜逢禄山之难，流离陇蜀，毕陈于诗，推见至隐，殆无遗事，故当时号为‘诗史’。”

（二）从思想类型来说，李白属道家思想系统，多用批判型的眼光审视世界，批评时政和礼教虚伪，崇真嫉伪。老、庄崇真嫉伪，认为“真者，精诚之至也，不真不诚，不能动人”（《庄子·渔父》），“大道废，有仁义；智慧出，有大伪”（《老子》第十八章）。因此道家提倡真，对于打着仁义道德旗帜的伪善之举有着激烈的批判。李白自幼对道家思想濡染甚深，他崇尚道家的自然与天真，他对“时讹皆失真”（《酬王补阙惠翼庄庙宋丞泚赠别》）的社会极为不满，而大胆批判礼教的虚伪与统治者的逆道违天的暴虐行为。这在他《古风五十九首》其三十、《古风五十九首》其三十四、《答王十二寒夜独酌有怀》、《战城南》等诗中得到充分的表现。此外，李白身上对封建礼教有明显的反叛意识，有很强的独立个性，他“戏万乘若僚友，视俦列如草芥”（苏轼《李太白碑阴记》），“手持一枝菊，调笑二千石”（《宣城九日闻崔四侍御与宇文太守游敬亭余时登响山不同此赏醉后寄崔侍御二首》其一），嘲尧舜，戏孔丘，讽刺当朝的天子昏庸如楚怀王，其批判之矛头直指儒家的圣贤与最高统治者，可谓是一个“说大人则藐之”（《孟子·尽心下》）的狂士。他的审美观是崇尚“天然去雕饰”（《经乱离后天恩流夜郎忆旧游书怀赠江夏韦太守良宰》），反对“雕虫丧天真”（《古风五十九首》其三十五），其审美观属于道家的“真美”的美学思想系统。

杜甫属儒家思想系统，重社稷民生，着重表现人生和人性的善与美，属儒家“善美”的审美观。他自幼出生于一个“奉儒守官”（《进雕赋表》）的官僚家庭，一生主要信守儒家思想，认为“法自儒家有”（《偶题》），受儒家的国家社稷观念与华夷之辨的民族意识影响很深。在安史之乱前后的国家倾危、民族存亡的时刻，杜甫在其《自京赴奉先县咏怀五百字》《北征》《从诸公登慈恩寺塔》《春望》等诗中，对国家和民族的命运有着深切的忧虑。他还有着儒家的推己及人、仁民爱物的思想与胸怀，特别是对下层人民有着深厚的同情心，在其《又呈吴郎》《负薪行》《岁晏行》等诗中，对在战乱中的人民大众的痛苦与不幸怀有殷切的关怀。这种仁者的博大胸怀，表现出了儒家的以善为美的“善美”审美观。

（三）从个性上来说，李白是一个外向型的开放个性，而杜甫属于内向型的内敛个性。李白生性豪放，任侠仗义，爱交朋友。在广陵他不逾一年“散金三十余万，有落魄公子，悉皆济之”（《上安州裴长史书》），上至卿相，下至三教九流，他都有交往。他每次出游，所在之地往往有“二千石”的官员及各类朋友出迎。他对朋友也一片真心相对，一往情深。一个朋友在洞庭湖畔去世，他夜半守着朋友的遗体，“猛虎前临，坚守不动”（同上）。他性情直率，口无遮拦，心无城府，人格像水晶一样透明。他经常在诗中批评时政，议论当政，揭露讽刺那些达官贵人的丑恶行径，有时连皇帝老儿也不放过。他在《清平调词》中讥刺杨贵妃，在《答王十二寒夜独酌有怀》中痛斥朝中的权贵如“鸡狗”与“蹇驴”，他性情傲岸，锋芒毕露，在皇帝面前，敢于“天子呼来不上船”（杜甫《饮中八仙歌》），在权贵面前，“未尝一日低颜色”（任华《寄李白》）。他不惯于律诗的拘束，而在长短不拘的歌行中特别适于展现他恣肆豪放的个性。

相对于李白，杜甫的个性却是内敛型的。他不善于像李白那样广泛交际，对人也不像李白那样性格外露，个性张扬，但对朋友却感情真挚，慎始慎终。由于受儒家思想的深刻影响，杜甫为人温文敦厚，性情谦和，内刚而外柔。李白虽然善于交际，但知心的朋友却没有几个，而杜甫却与李白、高适、岑参、郑虔、房琯、严武等人保持着终生的深厚友谊。内向的人格使他潜心思考与创作，努力地探索自己的诗歌创作道路。他的内向性格也适于他作律诗。在严格的形式与格律中，他的炽热感情在诗律的循环往复的节奏中不断地激荡回旋。如在《秋兴八首》中，他忧心国事、思念长安的感情像潮水一样，去而复来，反复不已，形成他含蓄蕴藉、思虑宏深的“沉郁顿挫”（《进雕赋表》）的诗风。

（四）从禀赋上来说，李白是个天才型的诗人，主才，主气，主灵感，一气呵成，不加修饰。李白是靠灵感作诗的出口成章的诗人。杜甫说他“敏捷诗千首”（《不见》）、“李白一斗诗百篇”（《饮中八仙歌》）。李白的族兄弟李令问也说李白“心肝五脏皆锦绣”，有“开口成文，挥翰雾散”（《冬日于龙门送从弟京兆参军令问之淮南觐省序》)的作诗本领。因此,说他才思敏捷,是个天才型的诗人,大概不会错。传说他在宫中醉写《宫中行乐词》十首(今传八首),文不加点,顷刻而成①。他写诗大多是一气呵成,很少修改。因此严羽评其《将进酒》诗是"但用胸口一喷即是"②,因此说他主气。明人王世贞说:"太白以气为主,以自然为宗,以俊逸高畅为贵"(《艺苑卮言》卷四),就是说他主才、主气的意思。但天才诗人也并非不学习仅靠个人小聪明,其实他从小就是一个用功读书的人,"五岁诵六甲,十岁通百家"(《上安州裴长史书》),并曾"三拟词(文)选"(段成式《酉阳杂俎》卷一二),他平时"横经籍书",自"轩辕以来颇得闻矣"(《上安州裴长史书》)。可见他也是十分勤奋和努力的。

杜甫是个功力型的诗人,主"意",主锤炼,主"意匠经营"。他自称是"读书破万卷,下笔如有神"(《奉赠韦左丞丈二十二韵》)。他"熟精文选理"(《宗武生日》),对《文选》是颇下了一番功夫的。他从小习书作诗:"七龄思即壮,开口咏凤皇。九龄书大字,有作成一囊。"(《壮游》)在他四十岁以前,他就作了一千余首诗,不过大都没有留传下来。可见他在读书和创作方面是十分勤奋的。他对史籍是十分熟悉的,黄庭坚说:"子美作诗……无一字无来处。"(蔡梦弼《杜工部草堂诗话》卷一)就是说他读书之多。他的诗思也许不像李白那样快捷,但写起诗来却非常认真。他对自己的作品要求十分严格,总是反复吟咏,不断地修改锤炼,"新诗改罢自长吟"(《解闷十二首》其七),力求达到"语不惊人死不休"(《江上值水如海势聊短述》)的地步。因此,他的诗是以功力著称,以"意匠惨澹经营中"(《丹青引赠曹将军霸》)的精心打造著称,在诗的语言锤炼与意境的创造中,有独特鲜明的个人特色。明人王世贞说:"子美以意为主,以独造为宗,以奇拔沉雄为贵。"(《艺苑卮言》卷四)

(五)从表达方式和表现对象来说,李白是以自我为轴心,以表现自己,揭露和批判上层社会为主。李白是一个典型的主观型的诗人。他的诗正如王国维《人间词话》所说的是"有我之境",诗中处处有一个抒情的主人翁——李白自己的形象在。李白在诗中,处处强调自己的存在。如他的诗中说到"我"字时竟多达 330 多处,并且多次在诗中提到自己的姓名。如"舒州杓,力士铛,李白与

---

① 参见孟棨:《本事诗·高逸第三》,《历代诗话续编》,中华书局 1983 年版,第 14 页。

② 参见《李白全集校注汇释集评》,百花文艺出版社 1996 年版,第 366 页。

尔同死生”(《襄阳歌》)、“李白乘舟将欲行,忽闻岸上踏歌声”(《赠汪伦》)、“三百六十日,日日醉如泥。虽为李白妇,何异太常妻”(《赠内》)、“纪叟黄泉下,还应酿老春。夜台无李白,酤酒与何人”(《哭宣城善酿纪叟》)等。他的诗主要抒写的是他自己的感受,有着强烈的主观性。从表现手法来看,李白以夸张、想象为主,不为现实所束缚,对现实有极强的超越性,即以虚为主。如“天台四万八千丈,对此欲倒东南倾”(《梦游天姥吟留别》)、“桃花潭水深千尺,不及汪伦送我情”(《赠汪伦》)、“飞流直下三千尺,疑是银河落九天”(《望庐山瀑布二首》其二)等。在这些诗中,“四万八千丈”并不是天台山的真实高度,而是李白的主观揣测与感受。同样,桃花潭水也未必有“千尺”之深,庐山瀑布也并非有“九天银河”那么高,都是诗人的主观感觉。他常采用极度夸张的手法,如“燕山雪花大如席”(《北风行》)、“白发三千丈”(《秋浦歌十七首》其十五)、“连峰去天不盈尺”(《蜀道难》)等夸张的诗句,来显示他情感的力度与诗中形象的表现力。他这些夸张和想象,是属于主观上的感受与感觉,而不是以现实的真实性为尺度的,是以达情为主,意到即止,有些像绘画中的漫画与大写意,因此显得较虚而不实。因他处处强调自我,故对他人特别是统治者对他的压抑感受特别深刻与敏感。在长安的三年中,他就深深感受到处处受到小人的排挤与皇帝的猜疑。“白日不照吾精诚”(《梁甫吟》)、“君王虽爱蛾眉好,无奈宫中妒杀人”(《玉壶吟》)就是他当时深刻的感受,并感到处处“行路难”。李白以他在上层社会中的深切感受,揭露了统治者的腐败和专制,并予以猛烈的抨击和批判。

杜甫是以社会为轴心,以描写社会现实、关注民众疾苦与抒发其忧心社稷苍生的深切感受为主。杜甫的主要经历是长期地生活在下层社会之中。在天宝时期的长安十年,他过着“卖药都市,寄食友朋”(《进三大礼赋表》),即依靠卖草药与朋友接济的拮据日子。安史之乱后,又抛官西走,流落陇蜀,虽在严武的幕中挂了个闲职,其实过的是贫士与流民一样的贫困生活。因此,他眼见目睹与心感身受的是下层百姓的苦难。他用他手中的笔,忠实地记录与反映了他所目睹的一切。他是一个以社会为轴心,以百姓苦难生活为主要描写对象的客观型的诗人。从表现手法上来说,杜甫以刻画写真为主,着重客观性、真实性。如他在《丽人行》中所描写的贵夫人的装饰:“绣罗衣裳照暮春,蹙金孔雀银麒麟。头上何所有?翠微㔩叶垂鬓唇。背后何所见?珠压腰衱稳称身。”这些描写准确而真实,不是随意的臆想。他在《北征》中描写他的小儿女穷得没有衣裳穿,穿的是由旧衣料所拼凑补缀而成的衣服:“床前两小女,补绽才过膝。海图拆波涛,旧绣移曲折。天吴及紫凤,颠倒在短褐。”这样真实的描写,没有现实生活为依据,是根本写不出来的。他有不少诗都有叙事成分,是以第三者和旁观者的角度来反映现实社会的,如《石壕吏》《新婚别》《无家别》《垂老别》《负薪行》《最能行》《岁晏行》等诗,都深刻地描写了下层人民在战乱中苦难生活的真实面貌。他正是王国维所说的那种“客观之诗人”(见王国维《人间词话》)。正因为其客观,所以其反映的社会问题才真实逼真,有打动人心的力量。与李白的以“虚”为主的特征相反,他是以“实”为主要特征的。

(六)从所擅诗体来看,李白长于古诗,尤擅七言歌诗和五、七言绝句,杜甫长于近体,尤擅七律和排律。现传李白集中其诗有1001首,除去他人之诗与伪作,约有近千首。从明人刘世教本《分体李白全集》来看,其中五律有88首,七律8首,五言排律17首,五绝83首,七绝有85首,而五、七言古诗却有720多首,约占其诗总量的72%。从质量上来说,李白为人传诵的名诗,多是五、七言古诗(其中包括杂言歌行)与绝句,如《古风五十九首》《襄阳歌》《行路难》《梁甫吟》《将进酒》《蜀道难》《玉壶吟》《猛虎行》《远别离》《庐山谣寄卢侍御虚舟》《云台歌送丹丘子》《梦游天姥吟留别》《望天门山》《黄鹤楼送孟浩然之广陵》等。他的绝句也有不少不合律的古绝和拗绝,如《静夜思》《自遣》《山中与幽人对酌》《登庐山五老峰》《山中答俗人》等,皆多不合律诗粘对的格律,应是古绝句或拗体绝句。即使是律诗,有的无对仗,如五律《牛渚夜泊》;有的不尽合律,如七律《登金陵凤凰台》《鹦鹉洲》等。闻一多说,李白的律诗也有着“古诗的灵魂”①,说得是很到家的。胡小石先生说:李白的主要成就是他完善并完成了汉魏以来的古体诗,对旧体是个总结②。可看作是对李白的定论。

杜甫诗现存有1453首,其中五言古诗261首,七言古诗141首,五言律诗631首,七言律诗151首,五言排律123首,七言排律8首,五言绝句31首,七言绝句107首。他的近体诗五、七言律诗和排律及五、七言绝句共计1037首③,占其诗总量的71%。这个比例正好与李白古体诗所占比例相仿。应指出的是,杜

---

① 闻一多:《英译李太白诗》,《闻一多全集》第三册,三联书店1982年版,第159页。

② 参见胡小石:《李杜诗之比较》,《国学丛刊》第2卷第3期,1924年9月。收入《杜甫研究论文集》(第一辑),中华书局1962年版。

③ 萧涤非:《杜甫研究》,齐鲁书社1980年版,第138页。

甫的五、七言律诗不仅在内容上比前人有了许多开拓，而且还创造了运用律诗连章的方法，扩展了律诗的表现能力，如五律连章《秦中杂诗二十首》和七律连章《诸将五首》《秋兴八首》等。他的151首七律，在数量上已与盛唐七律数量的总数差不多。初盛唐的诗人无论是在律诗创作的数量上还是质量上，都没有一个人能敌得上杜甫。他的脍炙人口的名诗也多是律诗，如《春望》《旅夜书怀》《登岳阳楼》《春夜喜雨》《蜀相》《阁夜》《登楼》《登高》《咏怀古迹五首》《秋兴八首》等。杜甫的主要成就是他完善并完成了齐梁初唐以来的近体诗的创作范式，特别是对七律的完善与定型起了关键的作用，对新体是个开创。

（七）从艺术风格上来说，李白是着重表达理想的浪漫风格，杜甫是着重描绘现实的写实风格，也就是通常所说的李白诗歌的浪漫主义与杜甫诗歌的现实主义风格。由于二人从思维方式、思想类型、才能禀赋、表现手法及所擅长诗体的不同，表现在诗的风格方面便迥然不同。李白的理想是道家的自由精神与儒家的理想主义结合。在人生理想方面，道家哲学强调的是超越现实束缚的精神自由的一面，李白特别强调实现他的个性自由与独立人格的实现，正是道家自由精神的体现。在社会理想方面，儒家主张"老吾老以及人之老，幼吾幼以及人之幼"（《孟子·梁惠王上》）的天下大同理想的社会，而李白所追求的正是"使寰区大定，海县清一"（《代寿山答孟少府移文书》）的国泰民安的清平社会。按照这两个理想的标准，盛唐的前期社会基本上已具有了部分理想的因素，但后期却与此大相违背。故李白心目中的理想人生和理想社会，与现实社会不够理想的实际状况大相冲突。他于是就以自己的理想来衡量对照不理想的社会现实，对现实的黑暗势力进行猛烈的批判。他用神话或理想中的自由，用超现实的手法来表达心中的理想，于是就形成了他诗歌的浪漫诗风。

杜甫的早期，其思想基本上也是理想主义的。他的诗风也与盛唐人无有太大差异，还没有确立独树一帜的个人风格，其存诗也不多。天宝末期及安史之乱后，杜甫才走向诗歌的创作高峰时期，这时的理想人生及理想社会已不复存在，他所面对的安史之乱前后的残酷社会现实已与盛唐社会大相径庭。因此，他已从早期的理想主义向直面社会人生的现实主义转型。国家的安危与人民的苦难，使他不再顾及个人价值的得失与个人理想的实现，而是由个人的"小我"理想的实现转向关注国家社稷与苍生黎民"大我"的追求，他的这个转变，使他与盛唐之士的理想主义拉开了差距，从而开辟了唐代后期的现实主义的诗歌道路。

二、从浪漫转向写实
——诗歌主潮的转型

盛唐以前的诗歌从唐太宗起，就有理想主义的倾向，经过“四杰”、“四友”、陈子昂等人的发展，到了盛唐，理想主义的浪漫诗风已成了唐诗的主潮。边塞诗派的雄浑壮伟，田园山水诗派的清新幽美，都从不同的角度展现了盛唐诗歌的理想主义的浪漫情调。而李白则兼二者而有之，成了盛唐以来的理想主义浪漫诗风的集大成式的人物，从而将理想主义浪漫诗潮推向了顶峰。安史之乱后，由于盛世已去，浪漫不再，由于社会的变化，时代的转折，旧的诗风不再适应时代的要求，呼唤适应关切国家和民族的命运，关注民生疾苦的社会现实的新诗风。杜甫恰恰符合时代精神的要求，于是唐诗开始从理想主义浪漫诗潮转向现实主义写实诗潮，杜甫成了新诗潮的代表人物。李白与杜甫虽然仅相差 11 岁，然而二人诗歌创作的高潮却处于两个决然不同的时代。李白的诗歌创作高潮期在开元、天宝前期的盛唐时代，而杜甫的创作高潮期却在天宝末年及安史之乱以后的时期。李白是在唐朝上升时期走上峰顶的诗歌代表人物，而杜甫则是唐朝从峰顶开始走下坡路时期的诗歌代表人物①。从李白到杜甫，不仅仅是他们个人之间诗风的差异与不同，而是体现了唐诗从理想主义浪漫诗潮到现实主义写实诗潮的唐代诗歌主潮的转型与嬗变。这个转变，具体包括审美思潮的转型、主要诗体的转型和创作主张的转型三个方面。

（一）从自然天成转向人工雕饰——审美思潮的转型

盛唐诗人作诗主要是在诗歌的思想内容的自由抒发、气势的充沛与自然天成等方面下功夫，因此他们的审美理想主要是自然美与自由美。在书法、音乐、舞蹈、绘画等艺术领域方面的审美趣味也大抵如是。如张旭横肆狂放的草书、轻重缓急倏忽变化的盛唐音乐、跳腾旋转的各种胡汉舞蹈，以及画圣吴道子的任意挥洒的写意山水、想象丰富的佛道画像等，都是自由美的表现。盛唐时的

① 参见林庚：《诗人李白》，上海古籍出版社 2000 年版，第 3—4 页。

诗歌也是这样。王维、孟浩然的田园山水诗,主要展现的是大自然的自然美;高适、岑参的边塞诗,则任情描绘了边塞的雄伟风光,恣意抒发了大唐将士努力破敌的磅礴豪情。这种或清丽、或雄浑的不同风格的诗篇,都是诗人心声的自然流露,都表现了不以雕琢为工的自然美与随心所感、任情而发的自由美的总体美学特征。李白的诗歌就是这种审美思想的代表。他的诗内容大于形式,气势磅礴,任意抒发,无所拘束,同时,他又主张诗歌"清水出芙蓉,天然去雕饰",诗风清新自然,因此他的诗歌充分地体现了自由美与自然美。

而杜甫的审美理想却与李白迥然不同。他的诗"法自儒家有"(《偶题》),在思想上谨守儒家"厚人伦、美教化、移风俗"(《毛诗序》)和"温柔敦厚"(《礼记·经解》)的诗教,诗法上重章法与规矩。他还非常重视诗句的锤炼与精雕细刻:"晚节渐于诗律细"(《遣闷戏呈路十九曹长》),"语不惊人死不休"。他的审美理想有向形式美与人工雕饰美转化的倾向。从杜甫开始,唐诗的审美趋向已由盛唐的崇尚自然与自由的美学风范发生了转变。这主要表现在以下几个方面:

1.从重自由到重规矩。盛唐诗人着重诗人感情的自由表达,多用古体短章,像王、孟、高、岑及李白的五言古体诗,很少有长篇的。即使是长篇,且多是随情感发,少有安排。到了杜甫,他的五古像《自京赴奉先县咏怀五百字》《北征》等篇长达数百字,且安排有序,章法俨然。李白的七言歌行虽然较长,但多是随情喷涌,少有章法安排,而杜甫的七言歌行如《洗兵马》《丹青引赠曹将军霸》等,却出于精心结撰,结构层次井然,极有章法与规矩。况且他更多的是五、七言律诗与排律,其中起承转合都有极严的格律要求与章法规定。从古体自由诗到近体格律诗,是诗歌在结构、章法、格律等方面从无法到有法的演进过程,到了杜甫,近体诗尤其是七言律诗与排律诗才完全成熟,并成为近体诗的典范与样板,也就是确立了新的诗歌的规范。这个规范在杜甫之后,一直是律诗的标准与典范,成了写律诗的最基本之法。

2.从重自然天成到重人工雕饰。自然天成显然是盛唐诗歌所崇尚的美学风范。因此,盛唐诗多是浑然天成,追求的是全篇的立意与意境的整体效果,而不是着重个别的字句的锤炼,李白的诗歌尤其是如此。而杜甫却不同了。在炼字、炼句与炼意方面,杜甫都很讲究。宋人讲"诗眼"与炼字方面的例子,多是杜甫的诗句。如他的"香稻啄余鹦鹉粒,碧梧栖老凤凰枝"(《秋兴八首》其八)为了强调诗句的奇警，他不惜颠倒了主谓关系。元人范德机指此二句为“错综句法，不错综则不成文章”（《诗学禁脔》）。这说明杜甫是有意在此做文章的。又如杜诗“细雨鱼儿出，微风燕子斜”（《水槛遣心二首》其一）二句，其中的“出”字、“斜”字都是“诗眼”，历受后人好评①。像这样的例子，在杜诗中举不胜举。杜甫在锤字炼句方面下的功夫远比盛唐诸公为多，他是很重视人工雕饰的。这对中唐的苦吟派有很大的影响。

3.从崇尚天才到崇尚功力。崇尚天才，显然是盛唐时代的一种风气。书法家张旭，以发代笔，在醉中濡墨大叫，写成的书法人们以为是神助，被誉为“草圣”②；大画家吴道子，在大同殿一日画尽嘉陵山水，被称为“画圣”③；李白斗酒诗百篇，被人称作“诗仙”；王维以善写有禅味的山水诗，被后人称作“诗佛”。贺知章、李白、汝阳王、崔宗之、李适之、苏晋、张旭、焦遂以狂放善饮著名，被称为“饮中八仙”。李白被称为“谪仙人”，朝中还有人赋诗“谪仙之歌”数百篇为之歌颂（参见李阳冰《草堂集序》）。盛唐时代是一个出天才的时代，也是一个崇尚天才的时代。杜甫虽然也被称作“诗圣”，但并不是在当时，而是在宋代以后④。其实，与李白等人相比，杜甫更崇尚的是功力，而不是天才。他的诗是靠自己“读书破万卷”（《奉赠韦左丞丈二十二韵》）学习前人学出来的，当然更是靠自己刻苦创作写出来的，反复修改、锤炼出来的。因为写律诗不能像写古诗与绝句一样，肆口即成，需要反复地打磨、修改，才能符合格律和对仗的要求。所以，后人就一直把杜甫当作是功力派诗人的典范加以崇敬与模仿。天才不易模仿，而功力却人人可以由积学而得。古诗与歌行易学而难工，律诗难学而易工，故以功力著称、以律诗见长的杜甫对后代诗人的影响远比以天才著称、以歌

---

① 如金圣叹《杜诗解》卷一《水槛遣心二首》其一评：“‘细雨出’，‘出’字妙。所乐亦既无尽矣。‘微风斜’，‘斜’字妙，所苦亦复无多矣。”

② 杜甫《饮中八仙歌》：“张旭三杯草圣传，脱帽露顶王公前，挥毫落纸如云烟。”

③ 张彦远《历代名画记》卷二：“国朝吴道玄，古今独步，前不见顾、陆，后不见来者。……吴宜为‘画圣’。”

④ 北宋的秦观在《韩愈论》中说：“孔子，圣之时者也。孔子之谓‘集大成’。呜呼，杜氏、韩氏亦集诗、文之大成者与！”即将杜甫比作诗界之孔子，将韩愈比作文界之孔子。杜甫之“诗圣”之称，韩愈之“文圣”之称，盖最早来源于此。此后又有南宋杨诚斋称“子美圣于诗”（见元人王义山《赵东村希夔州诗集序》，《稼村类稿》卷五），而明人孙承恩《杜工部子美》诗“诗圣惟甫”，叶春及《顺德叶侯入觐序》：“子美诗圣”，王嗣奭《梦杜少陵作》诗“青莲号谪仙，我翁号诗圣”等，始称杜甫为“诗圣”。

行见长的李白大得多。

4.从重气势到重形式。盛唐诗歌以雄壮的气势著称。边塞诗的雄浑气象自不用说，就是王、孟的山水诗也有不少气象雄伟之作，如王维的《使至塞上》《终南山》《江汉临泛》与孟浩然的《临洞庭》《远望庐山》等。李白的诗歌更是以雄伟的气势著称，如其诗《蜀道难》《将进酒》《宣城谢朓楼饯校书叔云》等都是这样充满豪情与壮美的作品。杜甫的作品中，也不乏这样的作品，但他的诗歌已由豪壮变成了悲壮，从雄浑渐变为苍凉，气势也渐变为衰飒。正是从杜甫开始，唐诗已由重气势到重形式的转型。杜诗讲求诗的结构的布置、句式的安排与形式的匀称，这大概与他诗歌的律化倾向有关，也与他的对称思维模式有关。由于他写惯了律诗，所以对诗的结构形式与字句安排的技巧特别着重。这对中唐以后的诗人有很大影响。在诗的结构安排的周密与诗句技巧的精工方面，中晚唐诗人超过了盛唐诗人，但在诗的意象浑成与气势的雄伟方面他们却逊于盛唐诗人。

此外，还有从雅到俗、从虚到实的转变。文学的由雅变俗，在杜甫的诗中已可看到端倪。杜甫诗中不避俗字与俗语，如"两个黄鹂鸣翠柳"(《绝句》)中的"两个"、"爷娘妻子走相送"(《兵车行》)中的"爷娘"、"但使残年饱吃饭"(《病后遇王倚饮赠歌》)中的"吃饭"等语都是唐时的俗语，被杜甫信手拈来，写入诗中。元、白一路的通俗体诗歌，就是发扬继承了杜甫由雅入俗的这一路而自成为通俗一派的。从主抒情到重叙事，从杜甫开始也有了转变的苗头。盛唐诗人主抒情，而中唐以后诗歌也渐加进了叙事的成分。情为"虚"，而叙事就有些"实"了。而杜甫也是叙事诗的开先风者。他的"三吏""三别"及在不少五、七言古体诗如《自京赴奉先县咏怀五百字》《北征》《丽人行》《兵车行》中，都有叙事的成分。元稹的《连昌宫词》《遇真诗》及白居易的《长恨歌》《琵琶行》及他们的新乐府诗，就是受到了杜甫叙事诗的影响。

(二)从古体诗转向近体诗——主要诗体的转型

盛唐及盛唐以前的诗歌，诗体多是以古体诗为主，近体诗处于创建与发展时期，且不占诗歌的主导地位。诗歌成就最高的是以五、七言古体诗与绝句(这些绝句并不完全合律)。如高适、岑参、李颀、崔颢、王昌龄、常建、储光羲、卢象、孟云卿等人都以写古体诗与绝句为主，他们主要的诗歌成就都在五、七言古诗与绝句方面。盛唐的五绝是从南朝古乐府中来，所以多不入律。如孟浩然的《春晓》、王维的《鹿柴》、李白的《静夜思》等，皆是古绝。“七绝当从七古发源”(闻一多语)①，盛唐以前的七绝，多有七古和歌行的味道，不入律的现象甚多。因此，盛唐人的绝句还不算标准的近体诗。王维与孟浩然，他们的律诗的数量要超过盛唐其他诗人。但王维数量不多的七律多是应制诗，且其中失粘、失对的地方也不在少数②。他的五、七言古诗成就也是相当高的。他的五绝将近一半是不入律的古绝，他的七绝，也有不少是失粘或失对的拗体绝句③。孟浩然的诗虽然大多数是五律与排律，但“他的近体诗多是‘以古变律’”(闻一多语)④。李白的古体诗约占其诗的72%，他的五律与孟浩然的五律一样，有“以古变律”的倾向。他的七律只有八首，其中有一首疑是他人的作品而误收李集中的。其中《登金陵凤凰台》《鹦鹉洲》二首，前者有失粘之病，后者的上半截是古风，不是律诗的正格。而从杜甫起，古体诗渐让位于近体诗。杜甫的五律有六百多首，七律一百五十多首(其中有三十多首是变律，是杜甫对七律的探索性的作品)，其七律的数量相当于盛唐七律的总和。排律一百二十多首，其近体诗(包括绝句)数量占其诗歌的71%以上。杜甫的主要诗歌成就，也主要是在近体诗方面。杜甫以后的中晚唐的诗歌创作，即从以往的古体诗为主转向以近体诗为主。中晚唐的律诗已占其诗歌总量的一半以上⑤。中唐诗人许浑的《丁卯集》中530余首诗，甚至全是律诗与绝句。中晚唐的绝句不合律的很少。也就是说，从杜甫起唐诗已开始了从古体诗向近体诗的转型。

(三)从“复古”转向革新——创作主张的转型

在文学创作主张方面，李白与杜甫各有不同的倾向。李白是以陈子昂的

---

① 《箫吹弦诵传薪录——闻一多、罗庸论中国古典文学》，上海古籍出版社2002年版，第120页。

② 王维集中有七律26首，其中有11首有失粘或失对现象。

③ 据赵殿成《王右丞集笺注》正编统计，有五绝73首，其中有30首有失粘、失对现象或是仄韵；六绝7首；七绝26首，其中有7首有失粘、失对现象。

④ 见《箫吹弦诵传薪录——闻一多、罗庸论中国古典文学》第112页。

⑤ 中晚唐(存诗一卷以上的)共有诗26524首，律诗就有14107首，占其总数的53%；中晚唐的律诗总数是初盛唐律诗的4倍，中晚唐七律是初盛唐七律的15倍。参见施子愉：《唐代科举制度与五言诗的关系》，《东方杂志》第40卷第8号，转引自陈伯海《唐诗学引论》第175页注③，知识出版社1983年版。

“复古”为理论旗帜，全面继承盛唐以前的古体诗创作的优秀传统，对前人创作经验的成败得失做了全面总结，将古体诗的创作发展到了一个极致。他是以“复古”为革新，高扬《诗》《骚》兴寄与汉魏风骨的旗帜，扫荡齐梁的浮靡之风。其实是要恢复继承《诗》《骚》及汉魏诗歌的优良传统，使唐诗驶入良性的创作轨道。杜甫则不同，他从不打“复古”的旗号，而是在全面继承的基础上，于创作的实践中对唐诗进行大胆的革新。他的创作主张是“不薄今人爱古人，清词丽句必为邻”（《戏为六绝句》其五），即无论古今，好的传统都一律继承学习，发扬光大。实际上就是在继承的基础上，进行全面革新和创造。他的乐府诗不再袭用旧题，而是“即事名篇，无复依傍”（元稹《乐府古题序》），对元、白等人的新乐府诗极有影响；而对近体律诗，从内容到形式等方面做了全面的扩展、充实与革新。创造了五、七律的连章组诗，扩充了律诗的表现能力，尤其是对七律的完成与定型，杜甫做出了杰出的贡献。他的五言排律诗对元和体中的“千字”排律也影响极大。杜甫的创作方向，更着重于唐诗未来的发展与近体诗的创新。可以说，李白善于继往，杜甫善于开来。

另外，从地域文化的角度来看李杜诗风的变化，李白的诗风基调基本上是属于南方长江流域文化的清新浪漫之风。李白于蜀中长大，年轻时又长期在荆湘与江左地带游历与活动，对于巴蜀、楚地的带有巫祝之风的道家文化和楚文化的“大言”及浪漫之风、六朝的“轻绮”文风及江左民歌的清新之风都深有濡染。南方的道家基本上是属于山林的世俗文化，与自然比较接近。因此，养成了李白自由放诞的性格和不愿受拘束的习气，以及其诗歌的狂放不羁与清新自然的浪漫诗风。这些都是受到南方地域文化影响的结果。而杜甫恰与李白相反，他是出生和成长在北方的中原地区即黄河流域文化的氛围之中。中原的两京地区，是传统的儒家文化的强势地区，杜甫又是“奉儒守官”的世家子弟，尽管到他这一代已经衰落了，但他自幼生长在东都洛阳周围的河洛地区，又长期在洛阳和长安生活，因此在他的身上，已经烙下了北方京城主流文化儒家思想的深刻印记。而儒家文化是强调务本致用伦理型的文化，有很强的务实色彩。故他的诗歌既受到北方现实主义文学和“实录直书”的史学传统的深刻影响，同时也具有正统的京城典雅文化的浓厚诗风。南方文化和北方文化可以说是李白和杜甫的底色和地域特点。

李白和杜甫还分别是南方文化的北进和北方文化的南扩的具有代表性的

人物,这也标明了时代风气的变化。唐代的前期,基本上是南方以道家和江左文化向北方进展的过程。从唐太宗起,就重用南方的文人虞世南等人,武则天时代的"吴中四士"、蜀人陈子昂等人,都是代表南方文化北进的诗人。而李白则更是明显地将南方的道家文化与文学,向北方的正统儒家文化和京城文化碰撞的代表人物。盛唐时代唐玄宗的崇道之举,正是道家文化已进入主流文化的具体表现。而杜甫则正与此相反,他在安史之乱后流落巴蜀和荆湘,将北方的儒家文化与现实主义创作传统及京城的以律诗为代表的典雅文化传播到了南方长江流域。李、杜二人从不同的时代最终完成了南北文化的相互交流和融合的过程。在这个南北文化相互交流和融合的过程中,李、杜也分别受到不同地域文化的影响,从而丰富发展了自己的思想和诗歌,因而成了唐代思想文化和诗歌在不同时期的大融合和全面发展的代表人物。

三、从理想转向现实
——文化思潮的转型

从李白到杜甫的变化,不仅是个人风格的区别,也不仅是诗歌主潮之变,而是一场唐代文化思潮的巨大转变。具体表现在以下四个方面:

(一)文化思想的转型——从文化多元、自由选择到排斥异端、主尊儒学

唐代社会以安史之乱为转折点,分为前期与后期。前期是唐代的上升与发展期,由初盛到极盛,成了中国封建社会最强盛的时代,大唐在当时世界上也是数一数二的强国。安史之乱后,大唐逐渐衰微以至灭亡。唐朝社会的主要矛盾也开始由朝廷内部的矛盾转变为朝廷与藩镇及中央政府与吐蕃等地方民族政权的矛盾。因此,唐代的文化思想也发生了深刻的转变。唐代前期的皇帝出于自信与利用宗教思想统治的目的,不但是三教并用,而且还崇尚任侠之类的思想意识和侠义行为,对国外传来的景教、祆教、摩尼教、伊斯兰教等也容许在国内流传,对外来文化采取"拿来主义",为我所用。宗教信仰是相当自由的,思想和文化都是相当开放的。各种思想文化和谐并存,共生共荣。儒教在三教中并不占独尊地位。唐玄宗时期,更是一个思想空前宽松活跃、文化空前繁荣的时

期，不仅是传统的文化十分昌盛，对外的文化交流也很频繁。由于国力强盛，经济繁荣，文化发达，交通便利，便使得盛唐人非常自信，富有理想和朝气。因此，理想主义思潮便占据思想与文化的主流。李白在思想上表现得最为开放自由，是理想主义思潮的典型人物。而一场安史之乱，使大唐国势急转直下，从此唐朝由封建社会的顶峰跌落下来，开始走下坡路。由于盛世不再，乐观向上的理想主义便让位于对现实社会严峻的思考和审视。为了挽救国家和民族的危亡，儒家的大一统与君国至上的意识，"华夷之辨""尊王攘夷"的民族思想，君臣民一体的群体意识开始抬头，他们直面人生，关心社稷民生，忧国忧民，从理想回到了现实，从多元文化和谐并存走向主尊儒教、排斥异端。而尊奉儒家思想的杜甫、元结等人首开其端，他们是唐代复兴儒学思想的先导人物，开启了韩愈的儒学复兴及元白的"为君为臣为民为物为事而作"(《新乐府序》)的新乐府运动及现实主义文学振兴的先路。唐代的文化思想由杜甫等人开始转型。

（二）文化价值观的转型——从理想型到致用型

盛唐以前的文化价值观是理想型的，有文化价值的多元取向性。他们将传统的儒、道、释及外来文化中最有价值的东西，如儒家的入世、道家的超世与释家的脱俗精神、外来文化中的有用的东西结合在一起，富有理想的色彩。盛唐士人对人生的设计，大都具有理想主义。如李白对各种文化都十分感兴趣，在他的身上，既有儒家的建功立业思想，又有道家和释家的飘然出世、超然脱俗的精神，还有外来文化的深刻印痕，表现出盛唐文化理想主义的丰富多样性。到了安史之乱的转折时期，人们的理想已经破灭，对人生比较现实，对文化的价值观也普遍趋向务实致用型。杜甫就比较讲究实际，没有李白那么多浪漫的空想，他将儒家的君国观念与人伦日用的价值观付诸实践，作为自己的主要价值取向。他积极入世而不出世，将己溺己渴推及于人，以契合现实人生的实际需要。

（三）文化人格的转型——从个体人格转向群体人格

从人格追求方面来看，李白着重表现个人的命运和个体独立的人格追求，而杜甫则着重表现民族复兴的共同愿望和对群体人格的重建。

盛唐之前，唐代诗人从"四杰"开始，便追求主体人格的张扬。"四杰"之一的王勃、"四友"之一的杜审言、盛唐诗人的先驱陈子昂等,都是张扬个性、追求理想和个人价值实现的人物。到了盛唐,高适、岑参等人投笔从戎,跃马边塞以扬名;王维与孟浩然早期都有强烈的政治抱负,孟浩然晚年拒绝韩朝宗的举荐①,不向权贵折腰,是个极有个性的人物。李白更为典型,他笑傲公卿,藐视权贵,辞朝还山,保持独立不屈的人格。他们一个个胸怀远大的理想,高扬个体人格,所追求的是个人价值的实现。杜甫的早年也是如此。但到了安史之乱后,杜甫的思想有了极大的转变,不再以个人理想与价值的实现为念,而是从高扬个体人格、追求自我实现转向强调群体人格,关注国家命运与社会人生。安史之乱以后,诗人们的眼光从理想回到了现实,个性开始收敛,从着重个体的张扬走向群体人格的重建。诗人的文化人格由杜甫始,有了大的转型。

(四)文人心态的转型——从乐观开放转向忧患意识

从文人的心态方面来看,安史之乱前后也有较大的不同。盛唐以前的诗人,由于处于国势上升的时期,士人们乐观向上,自信开朗,心态是进取开放型的,气度比较恢宏,尤其是对外来文化,来者不拒,为我所用,没有排外的心理。在李白的身上,多显现出盛唐士人海纳百川的胸襟、"天生我材必有用"的自信进取的恢宏气度。而安史之乱使民族矛盾上升为主导地位,安史之乱后及中晚唐之世,唐朝的国势日渐衰弱,因此对异族有一种防范心理,再加上丝绸之路已被吐蕃阻隔,对外交流处于停顿状态,因此,人们的心态已从开放心态逐渐内敛,有向内转的趋势,从外向型人格转向内向型人格,由张扬型转向内省型,由乐观开放转向忧患意识。杜甫的后半生处于战乱之中,又长期处于西南一隅,沉沦下僚,晚年多是对往事的回忆,对内心的自省,心态较为内敛,且饱经世事沧桑,已从盛世的少年进取的心态转向成年忧患自省的心态,从李白的飞扬跋扈转向杜甫的波澜老成。从时代精神方面来看,李白主要表现的是安史之乱以前盛唐社会的社会心理,上升时期的士子实现个人抱负的盛世心态,杜甫所表达与表现的主要是安史之乱后的下层人民的心理愿望,苍生乱离的生活及士人

---

① 王士源《孟浩然集序》中说,山南采访使韩朝宗欲荐孟浩然入京,与期偕行。"及期,浩然会僚友文酒讲好甚适。或曰:'子与韩公预诺而怠之,无乃不可乎?'浩然叱曰:'仆已饮矣,身行乐耳,遑恤其它!'遂毕席不赴。"参见李景白:《孟浩然诗集校注》,巴蜀书社 1988 年版,第 555 页。

关注国家命运的乱世的忧患心态。

李杜诗风的转变,仅从诗歌的风格之变、诗潮之变来解读,已不足于完全阐释其深层变迁之原因。只有从唐代文化思潮主要潮流的嬗变与转型的大的视野来全面审视其转变,才能更加透彻与深刻地理解李杜之变的深刻含义与深层原因。因为文学思潮与诗歌思潮只是文化思潮的一部分,整体高于局部,纲举才能目张。这个课题项目,试图为唐代诗歌的发展演变提供一个新的视角,将唐诗的深化研究更推进一步。

(原载《中州学刊》2004 年第 4 期,又作为《李杜之变与唐代文化转型》前言,大象出版社 2009 年版)

不是幡动，是心动
——试用接受美学的观点重新解释李杜优劣论

研究李杜优劣论的文章已有多篇,但仍有未惬处。若用接受美学的观点来看,历代的李杜优劣论只不过是一部历代的读者用不同的思潮和眼光对李、杜的接受史,是接受主体对作品客体的不断理解或误解而已。李、杜诗本身的历史价值并没有改变,只是人们的审美眼光和接受的态度有所不同。因此,李、杜优劣千年论争不已,借用禅宗六祖惠能的一句话:不是幡动,是心动①,在对李、杜的评论上,也是如此。尽管李、杜在历史上的创作业绩并没有变,但是历代对李、杜的评价却在变化着。这种变化,正是历代李、杜诗的读者们心灵感受的变化。这些心灵感受的变化,既有不同时代的思想流向和审美思潮的差异,也有同时代不同的读者个人的个性、思想和审美趣味的差别。

传统的阐释学只研究作家和作品,而把读者这一重要对象给忽略掉了。而读者恰恰是阐释学中最重要的主体,离开了文学作品的接受者,文学作品的价值都是空的,或者说只是一种没有实现的“潜在价值”。文学作品的价值都是由接受者或者说是读者给予和评定的。当然,文学作品的思想价值、认识价值和审美价值的恰当和正确的给予和评定,也不是纯由主观的,它应是读者和作品两者之间的主客观价值的契合。完全的契合当然是最理想的,但是这是很难达到的。大部分的情况下,由于读者一方面要受到当时的社会思想流向和审美思潮变化的影响,另一方面还要受到个人的认识水平和审美趣味的影响,在或多或少的情况下,读者的主观价值认识与作品的客观价值之间既有不断的理解,也总有一定的误解(即读者的理解与作品原意之间的距离和差异)。正是这种

---

① 《六祖坛经·行由品第一》记载,六祖惠能在广州法性寺听印宗法师说法,时有风吹幡动。一僧曰“风动”,一僧曰“幡动”,议论不已。惠能进曰:“不是风动,不是幡动,仁者心动。”

"误解",才使得人们不断地创造着、生发着对作品意义的不同的阐释,以达到对经典作品意义的层累式的叠加。经典作品正是在读者这种不断地"理解"和"误解"的过程中得到永生。

由此观点来看历代读者对李、杜诗的不同认识和评价,我们才会感到,不论是抑李扬杜还是抑杜扬李,亦不论是崇李尊杜还是李、杜并尊,并不是李杜诗的客观成就和价值上产生了什么变化,而是历史上的文学思潮在变化,审美取向在变化,且读者个体在思想倾向、个性嗜好和审美趣味存在着差异,同时也在不断地变化。只有审视这种变化,才能理解历史上的李杜优劣论争的现象是一种正常现象,而不是一味地回避它或否认它。

在李、杜生前,并不存在抑此扬彼的现象。因李、杜相差十一岁,且杜甫成名的时间较晚,在李白基本完成了他的主要创作且已扬名海内时,杜甫才刚刚登上诗坛。杜甫的后半生是在巴蜀荆湘一带度过的,由于地处偏僻,又逢战乱,此时虽已成名,但其诗名还未能与李白相比。天宝末年编成的《河岳英灵集》中尚未选杜甫的诗。李白去世时,李阳冰评李白说:"千载独步,唯公一人。"①也未提及杜甫。只是到了中唐以后,经元稹、白居易等人的推崇和鼓吹,杜甫的诗名才开始与李白相埒。裴斐先生说:"李杜齐名实际上是由抑李扬杜开始。"②此言确有见地。元稹出于提倡新乐府和现实主义的诗风的目的,对杜甫做了"上薄《风》、《骚》,下该沈、宋,古傍苏、李,气夺曹、刘,掩颜、谢之孤高,杂徐、庾之流丽,尽得古今之体势,而兼人人之所独专"的崇高评价。为了抬高杜甫的地位,他采用了抑李的手段:"时山东人李白,亦以奇文取称,时人谓之李、杜。余观其壮浪纵恣,摆去拘束,模写物象,及乐府歌诗,诚亦差肩于子美矣。至若铺陈终始,排比声韵,大或千言,次犹数百,辞气豪迈而风调清深,属对律切而脱弃凡近,则李尚不能历其藩翰,况堂奥乎?"③白居易与元稹亦有同样的看法:"又诗之豪者,世称李、杜。李之作,才矣奇矣,人不逮矣,索其风雅比兴,十无一焉。可传者千余首,至于贯穿今古,覼缕格律,尽工尽善,又过于李。"元、白二人出于个人的审美观,主要是出于他们的"文章合为时而著,歌诗合为事而作"的写现

---

① 《草堂集序》,《李太白全集》卷三一,中华书局 1977 年版。

② 裴斐:《历代李白评价述评》,《李白十论》,四川人民出版社 1981 年版。

③ 《唐检校工部员外郎杜君墓系铭并序》,《元氏长庆集》卷五六。

实的诗歌主张和“救济人病，裨补时阙”①的政治目的，推崇杜甫的新题乐府，因而不惜贬低李白，这可以看作是他们抬高杜甫地位的一种手段，来达到他们宣传现实主义文学主张的目的，但也是由于中唐以后的现实主义文学思潮的高涨所致。其实，他们的真正目的也并不是为了打倒李白，而是要将杜甫和他所代表的现实主义诗歌传统推上与李白及其所代表的浪漫主义诗风并驾齐驱的地位。这只要看白居易的一首诗就可以明白：“翰林江左日，员外剑南时。不得高官职，仍逢苦乱离。暮年逋客恨，浮世谪仙悲。吟咏流千古，声名动四夷。文场供秀句，乐府待新词。天意君须会，人间要好诗。”（《读李杜诗集因题卷后》，《白氏长庆集》卷一五）在白居易的心中，李白和杜甫的地位其实一样重要，都是他所喜爱和敬重的大诗人。元、白抑李扬杜的言论使韩愈大为不满，他在《调张籍》一诗中说：“李杜文章在，光焰万丈长。不知群儿愚，那用故谤伤。蚍蜉撼大树，可笑不自量！”对元稹的偏颇之论进行抨击。这是与韩愈的诗歌主张和审美情趣是密切相关的。韩愈对李、杜“巨刃磨天扬”的才力和魄力都是十分赞赏的。他对盛唐时代的浪漫气度和阳刚之风十分向往，李白诗歌雄奇壮伟的风格和杜甫诗歌刻意求新的新变作风都使他心悦诚服。他吸收李、杜的长处，形成了自己的险奇雄俊的诗风。

中唐之后的诗坛是在沿着李、杜所开辟的道路上前进的。韩愈、李贺、卢仝、杜牧等诗人显然是对李白富有激情与充满奇幻色彩的浪漫风情更感兴趣，而元稹、白居易、李绅、张籍、王建的新乐府诗派及陆龟蒙、杜荀鹤等诗人对杜甫深刻反映现实和民生疾苦的“诗史”般的真切诗风更为钟情。其他如刘禹锡、李商隐等诗人则对李、杜兼收并蓄，都在以自己的审美眼光和趣味来选择接受李、杜不同的诗歌传承。正是李白和杜甫相反相承的诗学传统，浪漫主义与现实主义的一经一纬，才使中晚唐诗人谱写了百花争艳、花团锦簇的诗歌画卷。

到了宋代，李白的地位急剧地降落，而杜甫的地位开始大幅度地上升。抑李扬杜是有宋一代主潮。北宋从王安石开始，又一次地进行抑李扬杜。这一次与上次不同。元、白主要是艺术风格流派方面抑李，而这一次则主要是从思想和道德人格方面。清人仇兆鳌列举宋人对杜甫的评价说：“王介甫选四家诗，独以杜居第一。秦少游则推为孔子大成，郑尚明则推为周公制作，黄鲁直则推为

---

① 以上均引自《与元九书》，《白氏长庆集》卷四五。

诗中之史,罗景伦则推为诗中之经,杨诚斋则推为诗中之圣。”①而对李白,宋人却持相反态度。据宋人诗话记载,王安石曾说:“太白词语迅快,无疏脱处,然其识见污下,诗词十句九句言妇人、酒耳。”(《冷斋夜话》卷五)苏辙说:“李白诗类其为人,骏发豪放,华而不实,好事喜名,不知义理之所在也。……杜甫有好义之心,白所不及也。”(《栾城集》卷三)黄彻则认为:“(李)白之论撰,亦不过为玉楼、金殿、鸳鸯、翡翠等语,社稷苍生何赖?……历考全集,爱国忧民之心如子美语,一何鲜也!……余窃谓:如论文章豪逸,真一代伟人;如论其心术事业,可施廊庙,李、杜齐名,真忝窃也!”(《䂬溪诗话》卷二)罗大经也有相似的话语。总之,宋人尊杜贬李,主要从封建礼教和儒家的忠君思想观念出发,他们对杜甫的忠君受国的儒臣形象表示倾慕,而对李白反抗封建礼教、追求自由的叛逆形象十分反感。当然这与宋代的尊君崇儒的道德观念和理学思想的盛行有关。他们有意地把杜甫塑造成“一饭未尝忘君”的忠臣形象,而把李白看作是不遵礼法、放情酒色的“浪子”,这是他们为时代的偏色变形眼镜所扭曲之结果,使他们没有完全看到杜甫和李白的真正形象和李杜诗的真实面貌。当然,不同的意见并不是没有,如苏轼就曾经说过:“士以气为主。方高力士用事,公卿大夫争事之,而太白使脱靴殿上,固已气盖天下矣。使之得志,必不肯附权幸以取容,其肯从君于昏乎?”又谓李白“戏万乘若僚友,视俦列如草芥,雄节迈伦,高气盖世”②。苏轼虽然也是个尊杜派者,但他对李白的独立人格,蔑视权贵、负才傲世的精神,给予高度的赞扬。曾巩也对李白“始来玉堂,旋去江湖。麒麟凤凰,世岂能拘”③的睥睨富贵、纵情肆志的放浪情怀表示由衷的敬佩。但这样的声音,在宋代一片尊杜的声浪中实在是太微弱了。

从诗歌创作的方面来看,宋诗是在杜诗的笼罩之下。无论是北宋的王安石、苏轼,还是以杜甫为不祧之祖的黄庭坚的江西诗派,都是杜诗的崇拜和追随者。即使是南宋四大家尤袤、杨万里、范成大、陆游,在创作方面也都受到了杜甫的深刻影响。在民族矛盾十分尖锐,国家命运、人民生活一直在动荡不安的年代里,杜甫的忧患意识、爱国精神,关心人民疾苦的同情心,都更容易在宋代

---

① 《杜诗凡例·杜诗褒贬》,《杜诗详注》,中华书局1979年版,第23页。

② 《李太白碑阴记》,《苏轼文集》卷一一。

③ 《代人祭李白文》,《曾巩集》卷三八。

诗人的心中引起共鸣。相对来说,对于李白不遵礼教、藐视权贵的反叛精神却未产生足够的反响。宋人的经世致用的现实态度,更容易接受杜甫,而疏远李白。宋代尽管也出现了像苏轼这样的颇具自由浪漫色彩的诗人,但毕竟是少数。这样看来,宋人选择了杜甫,并将他抬上“诗中之圣”的宝座,而李白这位“诗仙”却被相对地冷落,是一种必然之势。严羽虽然曾大力倡导诗尊盛唐,提出李杜并尊的口号,也未能扭转这种局势。

李白一直到了明代,才转变了命运。明初的诗人高启是学李白的。邓雅甚至把李白称为“诗祖”(《太白墓》,《玉笥集》卷九),在采石矶李白墓前作诗叩拜。明中期的高棅所编的《唐诗品汇》中,甚至把李白摆在唐诗“正宗”的位置上,而将杜甫只置于“大家”的地位。力主复古,诗必盛唐的前后七子,也都推崇李白。吴中四才子的祝允明、唐寅也是极力推尊李白的。祝允明论唐代诗人,尊李白为冠,而力斥杜甫,谓其“以村野为苍古,椎鲁为典雅,粗犷为豪雄”,而总评之曰“外道”(《带经堂诗话》卷二)。以离经叛道而闻名的李贽,也是尊崇李白的,认为李白是“天上星,地上英”(《李白诗题辞》,《焚书》卷五)。王墀登认为“李能兼杜,而杜不能兼李”(《李翰林分体全集序》)。明人尊李抑杜最甚者为杨慎。他认为“李太白为古今诗圣”(《周受庵诗选序》,《升庵合集》卷四),又说:“今人谓李杜不可以优劣,此语亦太愦愦!”(《升庵外集》)意思是说李优于杜。很明显,明代有一股崇李思潮,他们普遍尊李抑杜,这说明明人是喜爱李白那种高扬的人格和浪漫的诗风的。这些人普遍是社会地位较低或有坎坷经历的人。他们才高位卑,怀才不遇,恃才傲物,非常向往李白那种狂放不羁的叛逆精神和独立傲世的气度。同时,明代尤其是明末思想解放的市民阶级启蒙思潮和浪漫主义的审美倾向,很显然给李白的狂放精神和浪漫诗风提供了滋生土壤和成长的温床。明人很自然地选择了纵情放浪的李白作为他们向往崇拜的偶像和榜样,而对于循规蹈矩的杜甫的兴趣显然是减弱了。

对比李白和杜甫的接受史,有一个很有意思的现象,就是盛世思李白,乱世思杜甫。比如说在抗战时期,人们普遍喜爱杜甫,对他那流离飘零的身世和读之令人涕泪沾巾的诗歌感叹唏嘘,而在新中国成立以后的盛世,尤其是当前改革开放的日子里,人们对李白那种充满盛世情怀的浪漫风情和热情洋溢、大气磅礴的诗歌特别喜爱。还有一种更为有意思的现象,就是年轻人较喜爱李白,而中老年人较喜欢杜甫,或者是说起初喜爱李白,而后来逐渐喜爱杜甫。这大概是李白更富有年轻人的天真和朝气,而杜甫更具有中老年人的历史沧桑感的缘故吧。此外还有一种有趣的现象,当人们心情愉快时容易想起李白,而心情沉重时容易想起杜甫。这就很容易使人想起李白的“飘逸”和杜甫的“沉郁”来。

总之,从读者和接受者心态变化的角度来研究关于李、杜在人们心中地位浮沉变化的历史,更能够说明历史上的作家和作品的价值和审美作用,是随着历代的读者、接受者时代的思想潮流的流向、审美思潮的变迁、个人的思想、爱好和审美趣味的变化而变化的,并不是一成不变的。就是同一个读者主体,在不同的年龄段、不同的心境状态下,其思想状况和审美情趣也是在变化着的。当然,变中也有相对的不变,就是在读者主体眼中的客体(即作家和作品)本身,必须含有客观的历史的思想价值和审美价值(即作品本身必须具有“潜在价值”)是客观存在的,它并不完全受主观的变化的支配。而我们不可能让读者完全契合作家和作品的原意,也不能强求读者都能为作家和作品作出正确而恰切的评价,更不能强求读者的审美趣味一致。争论与分歧,理解与误解,不断地产生新的理解与新的误解,不断地发生新的争论与新的分歧,正是推动读者对作家作品不断认识与深化的必不可缺的过程与手段。只要人们的思想观念和文艺思潮还在不断地变化,只要人们的审美情趣还在不断地更新流变,只要读者个体的思想、价值取向和审美趣味还存在着差异,还在不断发展变化,崇李与尊杜的现象及李、杜优劣的话题今后还会不断地发生和论争下去。这正是李、杜诗歌强大的生命力和永恒的魅力之所在。

(原载《河南社会科学》2000年第1期,又载《李杜之变与唐代文化转型》,大象出版社2009年版)

李白与屈骚精神

在中国古典浪漫主义作家中，最著名的要数庄周、屈原和李白。作为浪漫诗人之集大成者的李白，对于他的前辈浪漫大师庄周和屈原，都曾做过全面的学习、批判和继承。庄文和屈赋是李白思想和诗歌的两大主要源头。关于这一点，前人已有很好的论述。清人刘熙载说："太白诗以庄、骚为大源。"（《艺概·诗概》）龚自珍说得更有见地："庄、屈实二，不可以并，并之以为心，自白始。"（《最录李白集》）李白确实兼蓄了庄、屈二人之长，将二人思想和艺术上的优点包容并取，熔为一炉。既有屈原对理想追求的执着，又有庄子对人生态度的超旷，将屈骚的惊采绝艳与庄文的壮浪恣肆合而为一，创作出被后人叹为奇之又奇、奔放飘逸的自由体抒情诗——乐府歌行，成为有唐之绝唱。关于李白与庄子的关系问题，本文暂不详及，仅就李白与屈原的关系略加探讨。

屈原是李白平生最热爱和敬佩的诗人之一。屈原光辉的人格和卓越的作品，给了李白以巨大的影响。李白对屈原表示了由衷的钦服和赞赏，对其作品做了崇高的评价。他在荆楚故地江汉地区游历时写道："屈平词赋悬日月，楚王台榭空山丘！"（《江上吟》）李白在其青年时代，初出蜀后即对屈原流放生活的地方、荆楚文化的故乡江汉地区表示极大的向往，并在这里安家，一住就是十年。在"酒隐安陆"的十年中，他一方面漫游三楚故地，如楚之都江陵、楚之大泽云梦、楚辞中一再提到的舜之葬地苍梧山及屈原的江南流放地潇湘、洞庭等地，积极吸收楚文化的营养，刻苦攻读楚辞、汉赋、西洲曲乐府民歌，写出了大量具有荆楚风味的诗赋；另一方面，他还广泛地展开了交游和干谒活动，为一展宏图而做了充分的准备。这个时期，荆楚文化对他产生了极为深刻的影响，尤其是屈原忧国忧民的爱国主义思想及对理想顽强执着的追求和献身精神，对青年时期的李白影响更为巨大。天宝初，李白被权奸宦竖李林甫、高力士等排挤出京后，曾多次往来于潇湘和江汉之间。尤其是在其晚年，因参加永王幕府而获罪长流夜郎，途经洞庭、三峡，被赦还后常在江湘一带流落，其遭遇和屈原被逐流放的情景十分相似。因此，在其诗文中李白屡以屈原自况。他像屈原一样，虽被弃逐，但其一颗丹心却时刻没有忘记祖国和民族的命运。屈原“哀怨”的忧患意识、“疾恶”的批判精神、追求“美政”的理想主义、“惊采绝艳”的浪漫精神、“自铸伟辞”的创造精神对李白的思想与诗歌创作都起着导航作用。李白将屈原追求光明理想的思想与庄子追求人格独立的自由意识融会起来，从而将屈原对“美政”理想的追求，发展扩大为追求思想自由、追求个性解放，将屈原的“哀怨”批判精神，发展为对封建礼法的叛逆精神。他“并庄、屈以为心”，即将道家的追求自由和儒家的追求理想实现的思想精华融为一体，形成了李白既追求个性解放又执着追求光明理想的思想特色。

一、“为美政”与“安社稷，济苍生”
——屈、李所执着追求的光明理想

屈原不但是位伟大的诗人，同时还是位有政治才能和革新思想的政治家。在他作品中，不但表现了他所追求的政治理想，而且还强烈地表达了他为理想的实现上下求索的执着追求的态度，坚持理想不为所动的高尚品格以及为理想实现舍身取义的献身精神。屈原的政治理想是什么呢？就是要在楚国变法革新，使楚国政治修明、国富民强，进而统一中国。而使楚国富强的根本措施，就是要改变贵族世袭制，实行“举贤任能”“内修法度”的“美政”。屈原在《离骚》中说：“举贤而授能兮，循绳墨而不颇。”在《惜往日》中说：“奉先功以照下兮，明法度之嫌疑。国富强而法立兮，属贞臣而日娭。”但是，由于楚怀王和楚顷襄王的昏庸与腐朽保守势力的反对，屈原的革新建议不但没有被采纳，而他本人也屡次遭受到贬斥和流放的打击。但屈原仍坚持他革新“美政”的理想，决不向恶势力屈服。他内心虽然经过多次的思想搏斗，反复地上下求索，掀起一次次的感情波澜，但他坚持理想的初衷却始终不变：“长太息以掩涕兮，哀民生之多艰。余虽好修姱以鞿羁兮，謇朝谇而夕替。既替以蕙纕兮，又申之以揽茝。亦余心之所善兮，虽九死其犹未悔。”“民生各有所乐兮，余独好修以为常。虽体解吾犹未变兮，岂余心之可惩？”（《离骚》）屈原的“美政”理想，与儒家的“大道之行也，天下为公。选贤与能，讲信修睦”（《礼记·礼运篇》）的大同理想是一致的。这种“选贤与能”的理想政治，在中国的封建社会里只是一种理想和空想，是不可能真正得以实现的。所以，屈原等人坚持理想，不愿意放弃操守，枉尺就寸，同流合污，他们所得到的只能是悲剧，只能怀瑾握瑜，与他们的理想一起同归于尽。但屈原对理想执着追求的至死不渝的精神，对后人却起着不可估量的激励作用。

李白不是一个政治家，但作为一个胸怀远大理想和抱负的伟大诗人，却和屈原一样。从少年时代起，他就立下了“使寰区大定，海县清一”与“安社稷，济苍生”的宏伟理想。他的政治理想和屈原的“美政”差不多，就是要“猎贤俊以御极”、“百姓乐于耕织”（《大猎赋》）和“誓欲斩鲸鲵，澄清洛阳水”（《赠张相镐二首》其二），拯国家之危亡，解人民于倒悬，使大唐安定统一，国富民强。为此理想之实现，他入长安，进幕府（永王、宋若思幕府），欲投军（投李光弼军，半道病还），可以说，李白的一生都在追求他的政治理想的实现。不仅在现实生活中如此，在他的诗歌创作中，他也像屈原一样，运用“游天国”“求佚女”的浪漫创作手法，来表达他对理想的求索精神以及理想不得实现的迷惘痛苦心情。像屈原《离骚》一样，他把追求的理想比作是远隔云端的如花“美人”，使他陷入痛楚无望的“长相思”。他还常常把他高洁的理想比作是一轮放光的明月，屡屡加以歌颂，表示无限的向往：“俱怀逸兴壮思飞，欲上青天览明月！”（《宣州谢朓楼饯别校书叔云》）当其理想实现不了时，他也不愿“变心以从俗”，他像屈原一样“退将修吾初服”，誓不与群小同流合污，独立不迁，保持自己的高洁品质。在其诗歌中，他屡屡自比孤直的松柏、孤洁的幽兰、幽绝的碧荷、高傲的凤鸟，而耻与桃李争艳、群鸡争餐，此皆融合楚辞诗意，继承屈骚香草、美人的比兴寄托传统，来表达他不为富贵所动，不向权贵折腰，坚持高洁情操的人格。

二、从“哀怨”到“非圣无法”
——屈、李所坚持的现实批判精神

对于屈骚所体现的现实批判精神，李白领会很深。他在《古风五十九首》其一中就明确指出，屈原的思想倾向是“哀怨”二字。也就是说，屈骚的精神和儒家所标榜的“正声”不大一样。所谓“正声”，就是儒家“温柔敦厚”的诗教，孔夫子“思无邪”的诗歌标准。屈骚已突破了儒家的诗教和诗歌思想标准。它所倾诉的是诗人心中郁怒不平之气，是对黑暗现实的不满和愤怒批判。屈原的批判精神，可以说与庄子颇有一些相通之处。庄子是一个愤世嫉俗之人，他对战国那些争城以战、杀人盈野的统治者非常愤恨，对他们“窃钩者诛，窃国者侯”的丑恶面目给予无情的揭露，对于现实中的丑恶也毫不留情地给予批判。有些儒者将屈原列入庄生一流，认为不合儒家正道：“庄生浩荡自肆，诡于大道，其言多洸洋幻妙，不可训。屈骚所称古连类，与经传不合，小疵风雅。”（明黄汝亨《楚辞章句序》）其实，屈原对儒家诗教的突破，正是思想解放的表现，是对中国文艺思想的发展丰富，也是对《诗经》中变风变雅“美刺”现实批判传统的继承与发扬。屈骚的“哀怨”精神对后代文学尤其是建安正始的批判现实的诗风影响是巨大的，对李白也是如此。

由于屈原坚持“循绳墨而不颇”的法制革新思想，这就与那些“偭规矩而改错，背绳墨以追曲”的腐朽势力产生了巨大的冲突，遭到他们的攻击和毁谤。他对这些“众竞进以贪婪兮，冯不厌乎求索”的追逐名利的“党人”深恶痛绝，对他们谗谄误国、诽谤忠良的罪恶行径给予揭露，对“世混浊而不分兮，好蔽美而嫉妒”（以上引文俱见《离骚》）的是非不分、黑白颠倒的世风表示了极大的愤慨。他把群小当政、忠良被逐的现象比作是“阴阳易位”（《涉江》），是“凤凰在笯，鸡鹜翔舞”（《怀沙》）。

屈骚中哀怨的情调、悲愤的倾诉，是一种不平之鸣，是一个正直的诗人向打击迫害他的黑暗社会发出的愤怒控诉。虽然有人说他的《离骚》兼具“国风好色而不淫，小雅怨悱而不怒”的二者之美，但实际上屈骚的“哀怨”精神已超出了“怨而不怒”的儒家诗教。他的“哀怨”精神是中国古代现实苦难生活的精神写照，他唱出了旧社会各个阶层被迫害、被摧残、被压抑者的痛苦心声，是中国人民的民族心理的忧患意识。所以，千百年来，屈原及其作品才引起了历代人们的同情和共鸣，其影响在《诗经》之上。屈骚的“哀怨”精神是中国古典诗词的优秀传统和主调。

李白继承了屈原“哀怨”精神即对不公平待遇的不平之鸣及对黑暗现实进行批判斗争的传统，并将其与庄子藐视权贵、蔑视世俗礼法的思想结合起来，发展成为对封建统治者和封建礼教的反抗的叛逆精神。

李白像屈原一样，对统治集团中的腐朽势力和黑暗社会中的丑恶现象视若寇仇，势不两立。他用屈骚的比兴象征手法来揭露批判李林甫、杨国忠、高力士等权奸把持朝政迫害贤良的丑恶行径："浮云蔽紫闼，白日难回光。群沙秽明珠，众草凌孤芳"(《古风五十九首》其三十七)、"白日掩徂辉，浮云无定端。梧桐巢燕雀，枳棘栖鸳鸾"(《古风五十九首》其三十九)。李白还对那些"举动摇白日"的斗鸡小儿、"连云开甲宅"的中贵，如田成子似的"欲窃位"的"奸臣"，像褒姒、妲己、赵飞燕一样恃宠惑君的贵妃等都毫不客气地给予鞭挞和揭露。有时，他甚至将他的如枪似剑的大笔直指封建社会的最高统治者皇帝。他多次将晚年昏聩的唐玄宗比作是"乱天纪"的殷纣王、昏庸的楚怀王、荒淫的楚顷襄王、"穷兵黩武"妄求仙药的秦皇汉武。在这方面，李白和屈原有所不同。屈原尽管对楚怀王、楚顷襄王满腹怨气，但对他们还是采取了婉言规劝、多方回护的态度。李白则不然，他对君主却有些大不敬，他大胆借古讽今，以今例古，把当朝的皇帝比作昏君、暴君加以抨击，其语直而切，显而露。

李白诗歌的基调，不是像有些人所说的那样，是青春欢乐的歌唱，而是怀才不遇，是事业无成，是被迫害、被打击所发出的不平之鸣，是一个被压抑的天才诗人其理想得不到实现的哀怨郁愤之情的倾泻。这个基调与屈原的"哀怨"情调是一致的。明人黄文焕说："唐李太白得骚之情。"(《楚辞听直》)这是很有眼力的说法。李白敢爱敢恨，敢歌敢哭，其诗歌感情热烈奔放。如《行路难》《远别离》《将进酒》《江上吟》《悲歌行》《笑歌行》等，放浪恣肆，痛快淋漓，长歌当哭，感人至深。他借酒狂放，戏万乘若僚友，他嘲孔丘，笑尧舜，根本不把统治者的封建礼法放在眼中。在封建卫道者的眼中，他是一个"世人皆欲杀"(杜甫《不见》)的叛逆，非圣无法的狂士。李白对儒家"温柔敦厚""怨而不怒"的诗歌，视而不见，听而不闻。他的诗歌既不温柔，也不敦厚，而是既怨且怒，既狂且肆，其愤怒的感情、怨恨的情绪，毫不掩饰。他示人以真，待人以诚，口心如一，他把屈骚的"哀怨"精神发展为反抗的叛逆精神。

三、“折若木以拂日”与“欲上青天览明月”

——屈、李诗赋所体现的浪漫精神

屈原是我国第一位伟大的浪漫主义诗人。他成功地将中国古代优美的神话传说罗织在他的作品中,如《离骚》《九歌》《天问》《招魂》《大招》等。在这些作品中,呈现出一个五彩缤纷的神话世界,具有浓厚的浪漫主义情调,为后代的浪漫主义诗人提供了一个优秀的范本。

在创作方法上,屈骚主要运用了幻想和想象的浪漫主义手法。在《离骚》的后半部,诗人完全采用了幻想的形式,虚构的世界,来描写他的深刻的内心世界。在幻想的天国中,他以飞龙为马,以瑶象为车,以月神望舒为前驱,以风伯飞廉为随从,以鸾皇和凤鸟为信使,他绕不周,过悬圃,使西皇接驾,指西海以为期。屈原想象力之丰富,为古今所罕有。他通过自由想象来冲破种种限制和约束,自由地抒发和表达自己的思想感情。

屈骚的另一个浪漫特征是寄兴、象征手法。屈骚在《诗经》比兴手法的基础上做了重大的发展。屈原使“物的某些特质与人的思想感情人格和理想结合起来,融为一体,使物具有象征的意味”①。王逸在《楚辞章句》中说:“《离骚》之文,依《诗》取兴,引类譬喻,故善鸟香草,以配忠贞,恶禽臭物,以比谗谤,灵修美人,以媲于君,宓妃佚女,以譬贤臣,虬龙鸾凤,以托君子,飘风云霓,以为小人。”屈原这种运用香草美人寄兴象征的艺术手法,对我国古典诗歌的创作影响极大,尤其是对浪漫诗人李白。

李白诗中的神话传说有两个系统,一个来源于中国古代神话系统(这一来源主要是《楚辞》),另一个来源于仙话寓言系统(这一来源主要是通过《庄子》、道教中的神仙故事)。在《楚辞》的熏陶、《庄子》的哺育和郭璞、曹植等游仙诗的影响下,李白运用神话传说和仙人的故事,虚构了一个理想的神话仙人世界。在这个神话世界中,李白寄托了他美好的理想与愿望,表达了对自由光明的追求,对黑暗现实的批判。

---

① 褚斌杰:《中国文学纲要》第一册,北京大学出版社 1986 年版,第 226 页。

李诗和屈骚一样，其奇特的幻想和丰富的想象是无与伦比的。李白善于运用幻想和想象创造出一系列崭新的意境和艺术形象。在《蜀道难》这篇前人以为“奇之又奇”的著名诗歌中，李白展开了他独有的想象力。他用“蚕丛及鱼凫，开国何茫然。尔来四万八千岁，不与秦塞通人烟”的历史传说，来描写蜀道的荒远迥绝。用“五丁开山”的神话故事来增加蜀道的神奇和神秘感，用“六龙回日”的神话来突出蜀山的高峻，用黄鹤难度、猿猱愁攀来形容蜀道的奇险。用“扪参历井”“连峰去天不盈尺”的奇妙想象和夸张，从视觉和触觉上来描写山高，又从“仰胁息”“凋朱颜”的心理角度来表达山高峰险的内心感受。用“飞湍争喧”、转石若雷的描写，从听觉上来描绘蜀道川壑的深巉，又用“一夫当关，万夫莫开”，从军事地理的险要方面来写蜀道之险。总之，诗人充分利用神话传说，调动幻想联想，想象夸张，从自然描写到人事更替，从视觉、听觉、心理感受各个角度展开诗人想象的翅膀。诗中又三呼“蜀道之难难于上青天”来突出主题，真可谓是奇思泉涌、想象峥嵘的大手笔。

总之，在李白诗歌中，充满了浪漫的奇幻色彩。在诗人的幻想中，有从天上飘然而下的仙人明星玉女，有鼓瑟的老虎、驾车的凤凰，有五城十二楼的白玉京，有神仙的住处金银台等。在诗人的想象中，月亮和他的影子可以与他一起饮酒，白云可以应召而来，伴随诗人休息，青山可以和诗人交朋友，进行心灵的对话。总之，李白想象力之奇妙和丰富，可以与屈原相媲美，给我们创造了人们所想象不到的奇思妙境和优美诗篇。

李白还继承发扬了屈原的寄兴象征传统。他诗中所写的男女相思、吟花咏月、月亏日食、游仙纵酒，多是有寄兴象征寓意的。有些人看不到这一点，反诬李白“诗词十句，九句言妇人与酒耳”，是格调不高，是“社稷苍生不曾系其胸怀”（王安石、罗大经语，转引自《李太白全集 · 丛说》）等。这是误解了李白。唐人李阳冰曾明确指出，其诗“言多讽兴”“驰骋屈宋”“千载独步，唯公一人”（《草堂集序》），可谓是李白知音。其实，李诗的许多篇章都是学屈骚的，是香草美人的寄兴之作。如“燕赵有秀色”（《古风五十九首》其四十七）是屈骚“恐美人之迟暮”之意，“美人生南国”（《古风五十九首》其四十九）是屈骚“众女嫉余之蛾眉”之意，“长相思，在长安。……美人如花隔云端”是屈骚“思君”之意，“蟾蜍薄太清”（《古风五十九首》其二）是屈骚“小人蔽君”之意，“抱玉入楚国”（《古风五十九首》其三十六）是屈骚“忠贞被疑”之意。李白还有大量的游仙诗,皆是屈子“远游”之意等。李诗的特点之一,就是其艳诗不艳,逸笔不逸,其中多有寄兴比托,非同齐梁之浮靡浅薄为文者。了解到这一层,也许能更进一步加深对李诗的特点和意义的认识。

四、“无所因袭”与“天马行空”
——屈、李诗赋所体现的自由创造精神

屈原和李白都是一代之天才。他们身上洋溢着诗人的创造才力,在艺术上都追求自由创造精神。他们的作品之所以受人喜爱,能够流传千古,原因固然很多,但与其作品的独创性是难以分开的。

屈原的独创,在于他创造出了一种适于自由抒情的骚体自由诗。屈原前的诗歌,包括《诗经》,基本上是四言体。句式结构较为呆板,篇幅较短小,又因大多是民歌,也很难看到作者的个性。楚地一些民歌,如《沧浪歌》《楚人谣》等,虽已开楚辞先声,但数量极少,篇幅又短。到了屈原,以他独具的天才和魄力,写出了《离骚》这样宏伟的长篇抒情诗,不但完全打破了《诗经》四言体,创立了句式参差不齐、活泼多变的杂言骚体,而且在章法布局、篇章结构方面也有很大的创造发展。屈骚纵横奔放,开合自由,篇幅浩荡,是一种能够自由抒情的新自由诗体,体现出了屈原天才的独创性和开拓者的雄伟魄力。明人焦竑曾指出:“余尝谓古书无所因袭,独有创造者有三:《庄子》《离骚》《史记》也。《离骚》惊采绝艳,独步天才和古今,其奥雅宏深,有难遽测,自昔溯风而入味,沿波而得奇者,虽间有之,未有能窥其全者也。”(《离骚蒙引》焦竑序)说屈骚“无所因袭”虽嫌绝对,但明确指出其独创性的特点,确是真见。由于屈原天分特高,创造性特强,所作《离骚》,惊采绝艳,独卓今古,以至于使骚体诗人难以为继,但屈原的创造精神却启迪了不少后人,李白就是其中之一。

李白之学屈骚,并不在于他学写骚体惟妙惟肖(李白的一些骚体诗《鸣皋歌送岑征君》等可谓是学楚辞体的上品),而在于他不仅在形式上更主要是从创造精神上来学屈骚。宋人项安士云:“盖自唐以后,文人之才力,尽用于诗,如李杜之歌行,元白之唱和,序事丛蔚,写物雄丽,小者十余韵,大者百余韵,皆用骚体作诗。……自屈宋以后为赋,而二汉特盛,遂不可加。唐至宋朝,复变为诗,皆

赋之变体也。”(《项氏家说·诗赋》)项氏指出了李杜歌行与屈骚的渊源关系,认为李杜歌行是屈骚的变体,是对屈骚创造精神上的继承,而两汉辞赋则着重继承了屈骚的形式——赋体。李杜变化其形,创为歌行,用其精神而不用其辞。

李白的天才和创造力在乐府歌行中得到了充分的发挥。乐府歌行这一孕育于汉乐府,脱胎于鲍照,发展于初唐的自由体抒情诗,到李白以他横空出世、天马行空的非凡才力,将乐府歌行作为抒写他飞腾的想象、纵横的才思、不羁的思想、奔放的情感最为合适的工具,遂把乐府歌行体的诗歌发展到了盛唐诗歌的顶峰,成为有唐之绝唱,后人难以超越。杜甫的歌行体诗虽也写得很好,但他的主要成就和独创表现在另一种诗体——七律,形成与李白歌行相互争辉的另一顶峰。

作为古体自由诗,乐府歌行与屈骚有着密切的血缘关系,体现出一种共同的自由创造精神。明人胡应麟说:“乐府长短句体,亦多出《离骚》,而行大不类。”(《诗薮》内编卷一)清人王闿运也指出:“七言出于《离骚》,开合纵横,可为靡矣。”(《湘绮楼说诗》卷七)乐府歌行没有固定形式,没有像律诗那样的格律、对偶、字数的形式规则可以把握,所以一些循规蹈矩之人对这种自由体可能会感到茫然无所适从,而那些性格倜傥、才力雄健的人却在这种富有自由创造的诗体中展现宏才。而李白正是这样的诗人。乐府歌行这种自由体诗,最适于表达他狂放不羁的个性和无拘无束的思想感情,最能发挥他的自由创造精神。可以说,李白的天才创造,在这种自由诗体中找到了最佳表现形式,是思想内容和艺术形式的高度谐和统一。从另一方面来说,李白把这一诗体也做了高度创造发展,使其屈伸开合,自由变化,尽如己意,化百炼钢为绕指柔,已完全达到了炉火纯青、得心应手的地步。他的歌行,体式结构千变万化,来时如万马奔腾,铺天盖地,去时又如云消雾散,渺不可寻,有时似断似续,如接如连,有时又似断而无续,接而不连,甚至无首无尾,不可端倪,全然不同于寻常章法。一切以能够抒情达意为准,虽然跳跃变化极尽能事,但仍是运变化于法度之内,操自由于规律之中。李白之《蜀道难》《远别离》《将进酒》《襄阳歌》等都写得千变万化,屈伸自如,如鬼斧神工一般,既得屈子之真挚动人,又得庄子之超旷放逸,可谓深得二子文章之神理,可以说是“并庄、屈以为心”了。

五、“三闾大夫”与“三十六帝之外臣”

——屈、李思想和美学观的几点差别

从以上屈、李的比较中可以看出，李白受屈原思想、艺术创作很深的影响，在许多方面都有共同之处。但屈、李在中国文学史上仍是各具特色和个性的诗人，不论是在思想气质上还是在审美观、艺术特色方面都有显著的差别，可以说是各有千秋。就是在某些相似的方面，也是同中有异。

从思想方面来看，屈原受儒家思想影响最大，道家次之，对法家思想也有一定的吸收。他在《离骚》和《远游》中表现出他思想中儒、道的冲突。当他受到楚国腐朽势力的排斥和打击时，思想上曾产生了迷惘和徘徊，曾一度要高举远引，逃离尘世。在留与去、入与出的思想岔口上，他经过了反复的思想斗争，最后还是儒家面对现实的入世思想占了上风。他远离楚国、逃避现实的思想，最终还是被热爱祖国、关心现实的思想战胜。在《渔父》和《卜居》中，他对道家“和光同尘”的处世哲学是持批判态度的。可以说屈原基本上是个儒者。如果我们对屈原的儒家思想再做深层次分析的话就会发现，在他思想中儒家的宗族思想和正统的忠孝观念还是很浓厚的。在他的眼中，家族、宗族和国家是一体的。楚王既是楚国王族的族长，又是国君。这种观念，其实是楚国贵族政治的反映。楚国政权一直是掌握在楚之三大家族（他们都是王族）屈、昭、景世族手里。屈原曾任三闾大夫，他的官职就是专管楚族中三大家族的宗族事务。楚王是任人唯亲，而不是任人唯贤。楚顷襄王的令尹（即宰相）就是他的弟弟子兰。这和秦国任用客卿张仪、李斯等执政大不相同。屈原虽希望楚国也实行改革，要选贤任能、任人唯能、任人唯贤，但他所指的贤人，从其作品中来看，除了前世的古贤（这些古代贤人大都是屈原自身的投影）之外，在现实中他所培养的“兰”“椒”一类的人物，都是楚国的贵族。他所选贤的范围，也始终局限于楚国，和秦国招揽天下贤士的开阔眼界相比，还是有相当距离的。对于屈原来说，楚国之所以离去不得，除故国旧乡外，一个重要的原因是楚国是三姓宗族的政权，作为王室的宗族成员，专管三姓宗族事务的长官，怎能离国弃族而去呢？他的宗族思想虽可以增强他的爱国感情，但也确有较大的局限。就是这种狭隘的

宗族观念,影响和阻碍了他的视野,助长了他对楚王的愚忠。有人指出,屈原投江而死是以死谏君,这话是较符合屈原思想实际的。

李白的思想和屈原有所不同。他的思想吸收能力极强,不怎么受儒家思想的束缚。他对屈原的"美政"思想,积极入世的态度极为赞赏,但他的忠君意识比屈原薄弱。他没有屈原的贵族意识,而布衣感却很浓厚。他对战国时代的纵横家、策士们的"士为知己者死"和"择主而仕"的独立自主意识颇有兴趣。他认为,若君臣相合,则可"奋其智能,愿为辅弼"(《代寿山答孟少府移文书》);若君臣不合,在大一统的盛唐虽无择主而仕的自由,但可对君主长揖而去:"严陵高揖汉天子,何必长剑拄颐事玉阶"(《答王十二寒夜独酌有怀》),不再受帝王的约束和管辖,遁世方外,去做"三十六帝之外臣"(《金陵与诸贤送权十一序》)。这种思想可以说是与屈原迥异。他对庄子哲学所提倡的自由人格、自由精神更感兴趣,任何阻碍他的自由和理想实现的人物,他都敢于批判和反抗。不仅是王公大臣、中贵权要,就连皇帝老儿也都是他嘲讽批判的对象。为了实现他的政治理想,他可以向皇帝献赋、献诗、献策,他可以交游干谒,走"终南捷径",但若发现臣奸主昏,他的理想不能实现,他也决不愿同流合污,不留恋功名富贵,也不为昏君奉献愚忠,而是主动要求辞京还山,到一个自由的天地中去进行另一种自由的追求。在李白的思想中,更重要的是人格的自由和独立。李白要求个性解放和思想解放,在整个封建社会中,都是具有反封建的进步意义的。因为李白与之对立的不仅仅是封建社会中的黑暗腐朽势力和丑恶现象,同时也包括束缚人性自由的封建礼教一类的封建制度。当然,李白本人是不可能脱离封建社会而独自存在的,他也有与封建社会妥协的一面。但总的说来,他却是一个要求从封建礼教制度中解放出来的叛逆者。他那为争取个性自由解放、反抗黑暗社会和封建礼教的自由歌声,在封建社会里有似于空谷绝响,是有着鲜明的、划时代的进步意义,应该得到高度评价。

屈、李二人的审美观也不甚相同。屈原的审美观是儒家"尽善尽美"的善美观。《离骚》云:"纷吾有此内美兮,又重之以修能。""修能"就是修态,即注意对外美的装饰。"内美"是品德之美,即善。屈原的审美观是外美内善的结合。他是通过外美来进一步表现内善。《离骚》中反复强调自己的初服之美:"制芰荷以为衣兮,集芙蓉以为裳","高余冠之岌岌兮,长余佩之陆离"。《九歌》中极写屋宇之美、服饰之美:"桂栋兮兰橑,辛夷楣兮药房","被石兰兮带杜衡",以此来展现人物的内美。屈原的内美是什么呢？就是“恐皇舆之败绩”“哀民生之多艰”的忧国忧民的思想美，以及为理想实现“虽九死其犹未悔”和为国献身的精神美。屈原以夸耀自己的外表美来鞭笞社会的丑，以歌颂自己内心的善来贬斥社会的恶。屈骚忠贞爱国的内容，绚烂华美的文辞，也是很符合儒家“尽善尽美”的美学标准的。《离骚》美刺怨怒，虽有突破儒家传统诗教处，但比较起来，还是“怨而不怒”的成分多，态度较平和委婉，审美观还是儒家传统。

李白的审美观与道家较近，而与儒家较远，是道家的“真美”观。道家“嫉伪贵真”，故强调真，认为只有真的东西才是美的，而假的东西都是丑的。所谓“真”，就是符合“自然”之道。李白崇尚真，在他的诗中多次赞扬“天真”“清真”，反对“丧天真”“失真”。正因为他崇尚真，所以他才对虚伪的统治者和虚伪的封建礼教甚为憎恨。他愤世嫉俗，反对虚伪，特别讨厌那些“大儒挥金锤，凿之诗礼间”（《古风五十九首》其十一）一类的假儒，对那些口念孔孟之道，而实际上却言行不一的人嗤之以鼻，而对那些言必信、行必果的“一诺轻黄金”的侠士却是十分钦佩。在其诗中，他一贯写真情说真语，其诗一如其人，真言真话，真情真意，豪爽痛快，发自真心，没有半点虚伪造作。其诗风格也是天真自然，无所雕饰，是“清水出芙蓉，天然去雕饰”（《经乱离后天恩流夜郎忆旧游书怀赠江夏韦太守良宰》）的自然之美，和屈骚绚烂华美的语言风格大不相同。同时，李诗的情感表现方式与屈骚缠绵悱恻、辗转徘徊的表达方式也不相同，而是热情奔放，放浪恣肆，痛快淋漓，一泻万里，完全不顾儒家“温柔敦厚”的诗教，而采取道家自由放浪的态度，以真为美的审美观，与儒家“善美”的审美观大异其趣。李诗还有一点不同于屈骚的是，屈骚多用上古神话故事，而李诗则多用庄子寓言和道教神仙传统，有浓厚的道教色彩，而楚辞却是原始宗教色彩。

屈、李二人思想和审美观的差异，与其出身、经历、性格和时代的差别有密切关系。屈原出身于楚国贵族，是楚之同姓，身为楚国左徒和三闾大夫，所以他有宗族思想和贵族意识是有其阶级出身方面的原因的。儒者陈良曾在楚国传播儒家学说，大儒荀卿也做过楚国的兰陵令，儒家学说在楚国也是有一定基础的。屈原曾出使过齐国，对齐鲁的儒家文化和其他中原文化都有一定接触。由于其出身和地位的关系，他对正统的儒家思想也较易接受其影响。但屈原只是有儒家思想倾向，也并非一个纯儒。

李白与屈原不同，他出身于商人家庭，终身为布衣之士，虽曾被朝廷征召，但从未沾一命。他虽屡自称宗室，但不被承认，他要安邦济民，也不被皇帝信用。可以说，他和李唐统治集团从宗族关系到政治观点都不是一路人，所以，他没有必要也没有义务为皇帝个人尽愚忠。他的家庭儒家正统观念极少，幼读百家，任侠击剑，后又身为道士，屡与僧、道交游，道家思想和佛家思想对他的影响不可轻估，尤其是庄子的自由精神对其影响极大，故其思想和审美观与道家关系较为密切，而对于儒家的正统观念和封建礼教往往格格不入。

李白的性格也与屈原大不相同。屈原的性格比较深沉内向，孤高修洁，而李白的性格外向，豪放不羁，性喜交游。屈原的感情是抑郁型的，忧怀愁思，缠绵悱恻，其赋如大海潮汐，起落回旋，去而复来，而李白的情感是爆发型的，一触即发，不可收拾，其诗如长江大河，滔滔入海，一去不回。所以他们虽同属浪漫主义流派，而其诗风却各不相同，独具特色。

最后一点，屈骚具有鲜明的地方色彩，书楚语，记楚物，述楚事，而李诗却没有偏居一隅的地方特征，而其时代特征却特别强，是典型的大一统的盛唐气象，充满了盛唐时代的自信力、开拓精神和青春活力，闪现着自由精神和理想主义的光辉。尽管李白也经历了大唐由盛至衰的天宝后期与安史之乱，诗人充溢着怀才不遇的愤懑和不平以及对黑暗现实的批判，但李白毕竟是盛唐时代的骄子，开元时代蓬勃向上的精神，给予了李白以深刻的影响，贯穿其诗歌始终，这与生逢楚国末世“哀怨”时代的屈原，其时代精神恰成鲜明的对比。

（原载《祁连学刊》1990 年第 2 期）

李白与谢灵运的山水诗

——兼论《梦游天姥吟留别》的诗旨

李白“一生低首谢宣城”是人人皆知的，而李白一生倾心谢灵运就不那么为人熟知了。其实，李白倾心谢灵运的程度，是绝不亚于倾心谢朓的。你若稍有留心就可以看出，不仅李白的山水诗中处处有着谢灵运的影子，就是李白的思想也有谢灵运诸多的影响痕迹。

一、李白是谢灵运山水诗的最佳传人

李白和谢灵运都是中国最爱游山览水的旅行家，也是最杰出的山水诗人。谢灵运是山水诗的开创者，其诗被评为“如芙蓉出水”（汤惠休语，引自《诗品》卷中），以清新俊美著称。李白则是中国山水诗的集大成者，他的山水诗，远绍二谢，近挹王孟，得天地之精英，集山水之灵气，“清水出芙蓉，天然去雕饰”，把中国的山水诗推向了光辉的顶峰。李白可以说是谢灵运山水诗的最佳传人。

谢灵运自幼生长于越中，他的山水诗多写的是越中山水，尤其是会稽至永嘉一带的“千岩竞秀，万壑争流”的优美风光，更是激发他的诗情。剡中地区尤为吴越山水的眉目，俊秀可爱。白居易曾说：“东南山水，越为首，剡为面，沃洲、天姥为眉目。”（《沃洲山禅院记》）谢灵运正是以会稽地区为活动中心，开山辟路，登临山水的。他的山水诗，多处写了剡中的风景。如《登石门最高顶》《石门岩上宿》《石门新营所住四面高山回溪石濑茂林修竹》《登临海峤初发强中作与从弟惠连见羊何共和之》等诗，写出了“疏峰抗高馆，对岭临回溪。……连岩觉路塞，密竹使径迷”（《登石门最高顶》）的山中的诱人景色。谢灵运是第一个集中精力写山水诗的诗人，在谢以前，山水只是诗中的陪衬，是谢灵运首先使山水独立地走进了诗人的审美视野。但谢诗基本上是“极貌以写物”(《文心雕龙·明诗篇》)的形似之作,《颐山诗话》云:大谢诗“模写行役江山,历历如画”,就是这个意思。但大谢的山水诗对自然景色的刻画,有的还是非常明丽动人的,深得李白赞赏。如大谢的名句:“池塘生春草,园柳变鸣禽。”(《登池上楼》)传说谢灵运在永嘉西堂“思诗竟日不就,寤寐间忽见惠连,即成‘池塘生春草’”(《诗品》卷中引《谢氏家录》)。李白多次在诗中尤其在给兄弟辈的诗中引用此句:“谢公池塘上,春草飒已生。”(《游谢氏山亭》)“梦得池塘生春草,使我长价登楼诗。”(《赠从弟南平太守之遥》)“昨日见惠连,朝吟谢公诗。东风引碧草,不觉生华池。”(《书情寄从弟邠州长史昭》)“他日相思一梦君,应得池塘生春草。”(《送舍弟》)谢诗中有“林壑敛暝色,云霞收夕霏”(《石壁精舍还湖中作》)诗句,李白在其诗中则全袭其句:“顿惊谢康乐,诗兴生我衣。襟前林壑敛暝色,袖上云霞收夕霏。”(《酬殷明佐见赠五云裘歌》)谢诗中有“扬帆采石华,挂席拾海月。溟涨无端倪,虚舟有超越”(《游赤石进帆海》),李诗略挪动其词语,将谢灵运与屈原并举曰:“楚臣伤江枫,谢客拾海月。怀沙去潇湘,挂席泛溟渤。”(《同友人舟行游台越作》)李白在谢诗“溟涨无端倪,虚舟有超越”二句的启发之下,写出了“夜分河汉转,起看溟涨阔”(《江上寄元六林宗》)的优美诗句,而在谢诗“挂席拾海月”的启示下,则写出了“登舻美清夜,挂席移轻舟。月随碧山转,水合青天流。杳如星河上,但觉云林幽”(《月夜江行寄崔员外宗之》)的佳句。此外,由谢诗所引发的诗句更是不计其数,如李诗“闲窥石镜清我心,谢公行处苍苔没”(《庐山谣寄卢侍御虚舟》)、“谢公入彭蠡,因此游松门”(《过彭蠡湖》)是从谢诗“攀崖照石镜,牵叶入松门”(《入彭蠡湖中》)所引发而来;《庐山谣寄卢侍御虚舟》中“白波九道流雪山”也是从谢诗“九派理空存”(同前)句化出;李诗“一谈一笑失颜色,苍蝇贝锦喧谤声”(《答王十二寒夜独酌有怀》)就是从谢诗“白圭尚可磨,斯言易为缁。虽抱中孚爻,犹劳贝锦诗”(《初发石首城》)句意中化出;李诗“青春流惊湍,朱明骤回薄”(《古风五十九首》其五十二)是从谢诗“未厌青春好,已睹朱明移”(《游南亭》)句化出;李白《悲清秋赋》“夕阳半规,映岛欲没”很显然是从谢诗“远峰隐半规”(《游南亭》)中化出。特别应该指出的是,李白在年轻时游吴越模仿民歌所作的《越女词五首》其四:“东阳素足女,会稽素舸郎。相看月未堕,白地断人肠。”此诗也是从谢灵运诗“可怜谁家妇?缘流洗素足。明月在云间,迢迢不可得。可怜谁家郎?缘流乘素舸。但问情若为,月就云中堕”(《东阳溪中赠答二首》)化用过来的。由此可见李白对大谢诗的喜爱及受到他的影响。李白对大谢的山水诗的喜好,绝不亚于对小谢的喜爱之情。

从山水诗的发展来看,大谢的山水诗经过小谢的发展,更加流丽圆熟,但仍是有好句而无好篇,多拖着一条玄言的尾巴。盛唐的王孟诗派全面地发展了二谢的山水诗,不但通篇完美,情景交融,而且还写出了山水神韵。若说二谢是为山水写貌的话,那么王、孟则是为山水写神,而到了李白就发展成为山水写心了。所谓写心,就是李白将自己强烈的主观感情注入了山水之中。在他的诗中,山水也仿佛带有诗人强烈的感情色彩。他给山水灌注了生命,给了它以活的灵魂。李白从二谢和王、孟的山水诗中汲取了丰富的营养,将山水诗推向了新的发展阶段。李白对二谢诗一向是钟爱有加,他不但在山水诗中将二谢诗句径引入诗,而且对于他们的游踪也是亦步亦趋。在宣城,李白对谢朓所游历登临过的地方,每每沿其踪迹携友登临。对于谢灵运也是如此,在越中,凡是谢灵运的游踪,他也都一一加以追寻。他的剡中天姥之游,就是如此。李白对于自己所敬佩的人,他的热爱一向是非常执着的。

二、李白、谢灵运共同的思想倾向

谢灵运和李白虽然早就对山水感兴趣,但他们尽情于山水之游,却都是在政治失意之后。谢灵运是东晋时太傅谢安的玄侄孙,淝水之战时大破苻坚百万大军的名将谢玄之孙,袭封康乐县公(入宋时降封为康乐侯)。谢灵运由晋入宋,不受宋武帝刘裕的信任,被出为永嘉太守。刘裕死后,其子刘义符、刘义隆先后继位。宋文帝刘义隆时,召谢灵运入朝任秘书监,后升为侍中,后为权臣所排挤,辞京还山。大谢的山水诗,基本上都写于他出任永嘉太守之后,尤其是他在永嘉辞官之后,才专心在游山玩水的隐逸生活中来寄托他的情怀。李白也是如此,他也是天宝三载辞京还山之后才漫游江东,寄情于东南山水的。李白和谢灵运都有一番大展宏图、建功立业的愿望,但是他们都不被统治者信任,其政治才能没有机会施展,人生价值不能够实现,因此才辞京还山,归隐山林的,其本质是对上层统治者的失望、不满和疏离以至于决裂。同时,摆脱功名和世俗的束缚,也是对诗人自我个性的一种解放。

退隐山林,回归自然,摆脱物役,解放自我,追求自由,让自己与自然融为一体,让个体生命与天地合一,与大道为一,从而达到个人与世界、有限与无限的统一,达到一种物我一体的无差别境界和与天地并生的永恒境界。这是一种超越自我、超越现实束缚的自由境界,是人类追求超越自我,实现人生自由的精神理想,是另一种自我精神实现的价值观。这种天人合一的人生观,是中国士人所追求的人生理想之一。这是一种超越功利和物欲的审美理想,所追求的是纯粹精神理想境界。李白和谢灵运在思想上所追求的就是这样的一种境界。

李白和谢灵运的身上都有一股侠气,都崇尚为人排忧解难而不图回报的战国时的侠士鲁仲连。谢诗有"弦高犒晋师,仲连却秦军。临组乍不绁,对圭宁肯分"(《述德诗二首》其二)、"仲连轻齐组"(《游赤石进帆海》)等诗句。李白也有赞扬鲁仲连的诗句:"鲁连卖谈笑,岂是顾千金?陶朱虽相越,本有五湖心"(《留别王司马嵩》),"壮士怀远略,志存解世纷。周粟犹不顾,齐珪安肯分"(《送张秀才从军》),李诗显然是从谢诗中套来的。

李白与谢灵运二人都有甚深的玄佛思想。在谢灵运家族中,其曾祖叔谢安、其祖父谢玄都是玄学家,因此对早年的谢灵运影响甚深。他中年学佛,曾与晋代的高僧慧远结交,还润色过昙无谶所译的《大般涅槃经》,并为《金刚般若经》作过注。因此他的思想玄佛交融,对其诗有甚深的影响。其山水诗往往是玄学思想的形象阐释,很有些以山水悟道的味道,颇受宗炳"以形媚道"画论的影响。李白早年学道,晚年学佛,其思想特点也基本上是玄佛交融。他的一些颇具禅意的诗篇,如《独坐敬亭山》《别东林寺山僧》《听蜀僧濬弹琴》等,无疑也是受到谢灵运一定的影响。不过,李诗是以玄风和禅韵入诗,而不是像谢灵运一样以玄理禅机写诗。

由于思想上的契合,李白常引谢灵运为同调,并以谢灵运自比:"我乘素舸同康乐,朗咏清川飞夜霜"(《劳劳亭歌》),"康乐上官去,永嘉游石门。江亭有孤屿,千载迹犹存"(《与周刚清溪玉镜潭宴别》),"远公爱康乐,为我开禅关"(《同族侄评事黯游昌禅师山池二首》其一),"群季俊秀,皆为惠连,吾人咏歌,独惭康乐"(《春夜宴从弟桃花园序》)。因此,李白因仰慕谢公而追其踪迹"脚著谢公屐,身登青云梯"去梦游天姥山,就不是偶然的了。

三、《梦游天姥吟留别》诗的意旨

《梦游天姥吟留别》一诗,是李白山水诗中最为杰出的代表作之一。它是与上层统治者诀别的宣言书,是蝉脱世俗、自我解放、回归自然的自由颂歌。这首诗受谢灵运诗歌及其精神的影响是明显的。李白诗中"越人语天姥"之"越人",竺岳兵先生谓指谢灵运①,诚为识者。谢灵运在其诗中曾自称"越客"②,即"越人"之意。揭出李白与谢灵运二人的密切关系,正是解开李白此诗的一把钥匙。

应该明确指出,谢灵运"暝投剡中宿,明登天姥岑"(《登临海峤初发强中作》)的诗句,正是引发李白写《梦游天姥吟留别》一诗的动机。在李白此诗中,有许多词语和意境都与谢诗有密切关系。李诗中说:"越人语天姥,云霞明灭或可睹。"这就是提示说,谢灵运的诗句正是写此诗的借镜和参考。下面所写梦游天姥山的诗句,大都是化用谢诗的词语和意境。"湖月照我影,送我至剡溪。谢公宿处今尚在,渌水荡漾清猿啼。"说明李白要游天姥山正是为着寻觅大谢的踪迹而来,也说明谢灵运在剡中宿处离天姥山很近。李诗"天姥连天向天横,势拔五岳掩赤城"不就是谢诗中的天姥山"高高入云霓"(出处同上)之意吗?李诗中的"渌水荡漾清猿啼"不就是谢诗中"秋泉鸣北涧,哀猿响南峦"(出处同上)的意境吗?李诗中"千岩万转路不定,迷花倚石忽已暝"不就是谢诗中"连岩觉路塞,密竹使径迷。来人忘新术,去子惑故蹊"(《登石门最高顶》)、"林壑敛暝色,云霞收夕霏"(《石壁精舍还湖中作》)的情景吗?"熊咆龙吟殷岩泉,慄深林兮惊层巅"不就是谢赋中"山下则熊罴豺虎……掷飞枝于穷崖……蹲谷底而长啸,攀木杪而哀鸣"(《山居赋》)吗?李诗中"云青青兮欲雨,水澹澹兮生烟"不就是谢诗中"邈若升云烟"(《入华子冈是麻源第三谷》)吗?李诗中关于神仙洞府中的"金银台""云之君"和"仙之人"的描写不就是在谢诗"羽人绝仿佛,丹丘徒空筌"(《入华子冈是麻源第三谷》)的启示下所作的发挥想象吗?李诗中的"安能摧眉折腰事权贵,使我不得开心颜"不就是将谢诗"人生谁云乐,贵不屈所

---

① 见竺岳兵:《〈梦游天姥吟留别〉诗旨新解》,载《唐代文学研究》第6辑。

② 谢灵运《道路忆山中》:"楚人心昔绝,越客肠今断。"

志”（《游岭门山》）的思想深化吗？此外李诗中的“谢公屐”“青云梯”“天鸡”①也都是谢灵运的典故和谢诗中所有的。由此可见，李白此诗受谢灵运诗影响之大，是前所未有的。

此诗所描写的梦境分为两层，一层是游天姥山，一层是游天姥山中所藏的神仙洞府。天姥山之游主要写的是游山之险，此为山中之凡景，而不是洞府中的仙境。山中路转花迷、熊咆龙吟、列缺霹雳、丘峦崩摧，是写天姥山中景物之奇险。而后面訇然中开的洞天里的金银台、仙之人、虎鼓瑟、鸾回车，都是写神仙洞府中的仙界奇景。很明显，前者影写的是人间，而后者所描写的却是仙境。如果说有寓意和影射的话，天姥山山中之景所影射的是世俗人间道路的艰难险阻，权奸当道，而神仙洞府中之景则是李白所追求的理想的神仙世界，这是仙凡对比的两个截然不同的世界。使李白“魂悸以魄动”的是天姥山凡界的“熊咆龙吟”“列缺霹雳”，而李白梦醒之后所失之的则是神仙洞府中仙境的“向来之烟霞”。也就是说，在李白的心中有两个心理情结，一个是游宦，一个是游仙，一直在缠着他不放。二者一直在矛盾着，斗争着，而最后是游仙战胜了游宦。因为小人当道，仕途艰险，要当官就必须以向权贵折腰为前提，而委心屈己、丧失人格的屈辱条件，是李白所不能接受的。因此他大声呐喊：“安能摧眉折腰事权贵，使我不得开心颜！”所以，辞京还山，退隐山林，“且放白鹿青崖间，须行即骑访名山”，去求仙学道，在远离凡尘的山林或仙境中去寻回失落的独立人格，做一个以天地为庐，以麋鹿为友，或与仙人游处的自由人，是他最终的选择。

清人陈沆将李白诗中神仙洞府中的仙境比作是蓬莱宫，说李白“回首蓬莱宫殿，有若梦游”（《诗比兴笺》卷三）。这种说法不够准确。其实李白诗梦中所游的“连天向天横”的天姥山之境，倒像是影射人世的险恶仕途，而山中所藏的另一个世界——神仙洞府，才是寓喻他心中所向往的美好世界。这个远离人间的仙境是与世俗宫廷对立的。李白此诗通过对险恶仕途的否定和对自由仙境的向往，来表达他对探奇览胜自由生活的企望及对摆脱名利羁绊、追求独立人格的愿望。

李白为什么会梦游天姥山呢？原因有三：其一，天姥山东接天台山华顶峰，西

---

① 谢公屐，《南史·谢灵运列传》：“寻山陟岭，必造幽峻，岩嶂数十重，莫不备尽。登蹑常着木屐，上山则去其前齿，下山则去其后齿。”青云梯，谢灵运《登石门最高顶》：“惜无同怀客，共登青云梯。”天鸡，谢灵运《于南山往北山经湖中瞻眺》：“海鸥戏春岸，天鸡弄和风。”

连沃洲山，而剡溪在其附近，是剡中风景最佳处。也就是白居易所说的它是东南山水的“面”和“眉目”。其二，天姥山在唐时是道教圣地，是求仙学道的好地方。《太平寰宇记》卷九十六：“剡县有天姥山，传云登者闻天姥歌谣之响。”天姥，即神话中的西王母，天姥山即以西王母而得名①。道书以其为“第十六福地”（民国八年重修《新昌县志》卷二引《万历新昌县志》）。传说中的刘、阮山中采药遇仙女的故事就发生在新昌县东南三十里的刘门山②。其三，天姥山所在地剡中，是吴越文化和南朝士族精英的集中地，尤其是南朝士族大家的谢氏家族的所在地。这里有丰厚的文化积淀和脍炙人口的历史名人的风流韵事。王子猷剡溪雪夜访戴逵，就是李白最艳羡的魏晋南朝韵事之一，曾在李诗中多次出现③。南朝谢氏的始宁墅，就建在剡溪的下游上虞江旁。李白一生向往景慕的榜样——谢灵运的曾祖叔谢安，其所隐居的东山，就在始宁墅附近④。李白对谢氏宗族中的谢安、谢灵运、谢朓最为景仰，在他们的身上集中了历史文化的精华，无论是政治还是诗歌，他们都是六朝文化高度成就的代表。因此，剡中对李白有一种特别的吸引力。在李白初出三峡时即作了一首诗：“此行不为鲈鱼脍，自爱名山入剡中。”（《秋下荆门》）他还在诗中屡歌东山：“东山高卧时起来，欲济苍生未为晚。”（《梁园吟》）“但用东山谢安石，为君谈笑静胡沙。”（《永王东巡歌十一首》其二）剡中地区是谢氏宗族生息之地，尤其是谢安、谢灵运故居所在地，故李白对这里甚为向往。有此三个原因，李白辞京以后，要来剡中、天姥朝圣和求仙学道，就一点也不奇怪了。

总之，《梦游天姥吟留别》一诗以梦游为契机，以游天姥山为引线，以梦里山中险恶的环境与神仙洞府中美好仙境的对比手法，指斥人间仕途的险恶，赞美仙境之美好，以梦醒之后“安能摧眉折腰事权贵，使我不得开心颜”点题，抒写了诗人对李林甫等小人当道的愤怒，表达出诗人欲诀别世间，前往名山求仙学道，高蹈云林的强烈愿望。

［原载《中国李白研究》（1998—1999 年集）］

---

① 见竺岳兵《天姥山得名考辨》，“李白与天姥”国际学术研讨会论文。

② 《新昌县志》卷十六：“刘门山，县东南三十里。汉永平中，刘晨、阮肇采药至此，山有刘阮祠，山亭采药径，山下居民多姓刘者。”（《嘉泰会稽志》）

③ 见李白《鲁东门泛舟二首》《酬坊州王司马与阎正字对雪见赠》《叙旧赠江阳宰陆调》等诗。

④ 《嘉泰会稽志》卷九：上虞县“东山：在县西南四十五里，晋太傅谢安所居也。一名谢公山，岿然特立于众峰间，拱揖亏蔽如鸾鹤飞舞。其间有谢公调马路，白云、明月二堂”。

盛唐两大布衣山水诗人
——李白与孟浩然

在盛唐诗坛上，有两位终身布衣而喜遨游山水趣味十分相投的诗人，那就是孟浩然和李白。

李白与孟浩然交往虽然不多，但他们却有很深厚的交谊。开元十四年（726）李白在江东吴越一带漫游，而孟浩然这时也恰好在吴越游历，二人始相交于此时。当时李白有《游溧阳北湖亭望瓦屋山怀古赠同旅》，宋蜀本此诗题下有注云："一作赠孟浩然。"此诗中的"同旅"，显然是指孟浩然。开元二十二年（734）韩朝宗至襄州出任荆州长史，此时李白从安陆至襄阳谒韩朝宗，意求举荐，上《与韩荆州书》，而此时孟浩然也在襄阳。《新唐书·孟浩然传》："采访使韩朝宗约浩然偕至京师，欲荐诸朝，会故人至，剧饮欢甚，或曰：'君与韩公有期。'浩然叱曰：'业已饮，遑恤他！'卒不赴。"（唐人王士源《孟浩然集序》亦载此条）这其中的"会故人至"中的故人，当是李白。孟浩然这种视富贵功名如浮云的举动，给了李白极深的印象，后来就写了《赠孟浩然》①一诗，极力推崇孟浩然"红颜弃轩冕，白首卧松云"的高洁人格和高士风采。开元二十三年（735）春，孟浩然开始第三次吴越之游，李白此时正好也在江夏，便到黄鹤楼前来送他，写下了《黄鹤楼送孟浩然之广陵》②的名篇，称其为"故人"，可见二人友谊之深厚。李白比孟浩然约小十二岁，孟浩然是其前辈，故李白对其极其敬仰。在李白所

① 李白《赠孟浩然》一诗，詹锳先生《李白诗文系年》、郁贤皓先生《李白选集》均系于开元二十七年，王辉斌先生《孟浩然研究》系于开元二十一年。因诗中有"红颜弃轩冕，白首卧松云"，显系孟浩然之老年之时。吾从詹说。

② 此诗詹锳先生《李白诗文系年》、郁贤皓先生《李白选集》均系于开元十六年。王辉斌先生《孟浩然研究》系于开元二十三年。按开元十六年秋，孟浩然西入长安应试。其年无入广陵、吴越之事。开元十七年底下第归乡，不久就从洛阳之越，不可能在江夏乘舟到广陵。因此，孟、李不可能在江夏黄鹤楼见面。按王说近是。

交往的诗人中，除贺知章外，孟浩然是他最景慕的前辈诗人了。

孟浩然和李白，同属于山林诗人①。他们一个出身于农家，一个出身于边远山区的平民之家，都没有官宦人家的历史背景。虽然他们各自的身世和经历有所不同，但有两点是相同的，一是他们年轻时都胸怀大志，欲致身于庙堂，报效国家，但都以入仕失败而告终，一生命运坎坷，终身布衣，穷而不改其志，以布衣的兀傲精神独立于世，赢得了世人的尊敬与景仰。二是他们情归于大自然的自由生活，对自然界的山水田园情有独钟。孟浩然约大李白十二岁，又早于李白去世二十二年，对于李白来说是位先辈，二人在生前交情极厚，故李白对他的人品和诗品极为敬重，在《赠孟浩然》一诗中赞孟浩然说："吾爱孟夫子，风流天下闻。红颜弃轩冕，白首卧松云。醉月频中圣，迷花不事君。高山安可仰，徒此揖清芬。"可以说孟浩然是李白一生在唐代诗人中最敬重的一位前辈诗人，其为人和诗风是受到孟浩然很大影响的。下面分四个方面分而论之。

一、布衣精神一脉相传

布衣精神是没有功名的在野士人在权贵面前所保持的一种独立自主的人格。他们不为权势所屈，不以无位而自卑，以道自尊，敢于与王侯相抗，以保持自己人格的尊严。这种精神来自对先秦士人的独立人格和自傲自尊的布衣精神之传统。像战国时的孟子、颜斶②对权贵都有"说大人则藐之"（《孟子·尽心下》）的自傲自尊的兀傲气魄，孟浩然和李白对他们不畏权贵的精神都在不同程度上有所继承。如据《新唐书·孟浩然传》载，孟浩然在长安王维家中见到唐明皇，明皇让他吟诗，他吟道："不才明主弃，多病故人疏。"明皇不悦，说："卿不求仕，而朕未尝弃卿，奈何诬我？"明皇因此放其还乡。孟浩然在皇帝面前竟敢吟

---

① ［美］宇文所安《盛唐诗》中称王维、王昌龄、卢象、储光羲、崔颢等为"京城诗人"，而称李白、高适等人是"外来者"，而孟浩然也是一个"京城诗发展主流之外"的诗人（参见《盛唐诗》，三联书店 2004 年版，第 64、86 页）。本文从孟、李的出身山野和诗歌审美兴趣，定孟浩然和李白为山林诗人，是与"京城诗人"相对而言。

② 《战国策·齐四》："齐宣王见颜斶，曰：'斶前！'斶亦曰：'王前！'宣王不悦。左右曰：'王，人君也；斶，人臣也；王曰"斶前"，亦曰"王前"，可乎？'斶对曰：'夫斶前为慕势，王前为趋士；与使斶为趋势，不如使王为趋士。'王忿然作色曰：'王者贵乎？士贵乎？'对曰：'士贵耳，王者不贵。'"

诵出“不才明主弃”的诗句,分明是当着皇帝的面,对皇帝的不识人才与不用人才之举表示不满,没有一股知识分子的傲气,他是绝不敢为此的。此虽为传说,不一定有其事,但由此可见孟浩然性格之一斑。其二就是前面所引的韩朝宗欲偕孟浩然入京,派人催他上路,他却与故人正在饮酒,说了“业已饮,遑恤他”的狠话后,继续饮酒,终于没有赴韩朝宗之约的事。此条亦说明孟的性格中确实有桀骜不群,不把功名富贵放在眼里的一面。这种布衣的傲气,趋舍行藏在我的独立人格,是比较突出的。所以,他深得李白的青睐,称赞他“红颜弃轩冕,白首卧青云”,这是李白对孟浩然人格的高度评价和礼赞。孟浩然是李白的前辈,他的布衣精神和独立人格对李白是有相当影响的。李白则比孟浩然更发展了一步,他“戏万乘若僚友,视俦列若草芥”(苏轼《李太白碑阴记》):“揄扬九重万乘主,谑浪赤墀青琐贤”(《玉壶吟》),“手持一枝菊,调笑二千石”(《宣城九日闻崔四侍御与宇文太守游敬亭余时登响山不同此赏醉后寄崔侍御二首》其一),甚至于把那些朝中的权贵奸佞视为污点贝锦的“苍蝇”和得志鸣叫的“蹇驴”(见《答王十二寒夜独酌有怀》),可以说他将布衣精神发挥到了极致。从历史的渊源上来讲,孟浩然和李白都是先秦布衣精神的继承和发扬者。若从时代精神上来讲,这种布衣精神正是盛唐时代的下层知识分子自尊自爱、个体人格高扬的表现。

二、山林诗人的山水情结

李白和孟浩然都是山林的诗人,由于他们自幼生长在远离京城的山乡僻野的环境之中,故他们对自然山水有一种特殊的亲近感和审美情趣。他们都很喜爱在自然和山水中徜徉和漫游,有着一种深深的山水情结。孟浩然一生中曾多次出外漫游,三次漫游吴越,还到过江西、湖南和蜀中,写下了大量的优秀的山水诗篇。在他的诗中,有天台山、赤城山的俊秀,桐庐江、剡溪、新安江的清滢,匡庐的雄伟,鄱阳湖、洞庭湖的壮阔及三峡风光的险奇。此外他的家乡襄阳也是风光十分优美的地方,岘山、万山、望楚山、鹿门山是他经常登临的地方,清澈的汉水流过他的村庄涧南园。南方的名山胜水滋润了他的诗歌,因此他写了大量的山水诗和田园诗,其中有许多名篇,如《秋登万山寄张五》《夏日南亭怀辛大》《望洞庭湖上张丞相》《过故人庄》《晚泊浔阳望香炉峰》等诗。其名句如“天边树若荠,江畔舟如月”“荷风送香气,竹露滴清响”“气蒸云梦泽,波撼岳阳城”“绿树村边合,青山郭外斜”“泊舟浔阳郭,始见香炉峰”等让人过目难忘。由于他的山水诗和田园诗的杰出成就,使他成了盛唐与王维齐名的山水田园派诗人。李白的家乡绵州昌明(今四川江油)也同样是一个山川秀丽的地区,他幼年时家依涪江,读书于匡山,对家乡的山水十分热爱,附近的戴天山、大匡山、云雾山、窦圌山、涪江等优美的景色,使他流连忘返,养成了他的山水癖。他最早的诗便是描写家乡山水的风光诗,如《戴天山访道士不遇》《寻雍尊师隐居》等,基本上都是山水诗。年轻时在蜀中漫游,崎岖的蜀道,险峻的剑门,奇秀的峨眉,幽美的青城,清碧的锦江、青衣江及浩荡的嘉陵江和蜀江都在他的诗中留下了山光水影。他“仗剑去国,辞亲远游”的第一个目标,便是“自爱名山入剡中”(《秋下荆门》)中的剡中。和孟浩然一样,越中的山水,也就是谢灵运笔下的越中锦绣山水,特别吸引着李白前去游览。和孟浩然不同的是,李白的漫游足迹走得更远,他漫游的地方比孟浩然更广。他不但走遍了东南的半壁河山,足迹还踏遍了齐、赵、鲁、豫、晋、秦等北方大地,在他的诗中,不但有南方山水的奇秀,还有北方河山的雄浑。尤其是对庐山、泰山、嵩山、华山、太行山及长江、黄河这些名山大川怀着深厚的感情和兴趣,用他那生花的妙笔描绘出其秀美的景色和壮伟的气魄。如“何谢新安水,千寻见底清”(《题宛溪馆》)、“人行明镜中,鸟度屏风里”(《清溪行》)、“天河挂绿水,秀出九芙蓉”(《望九华山赠韦青阳仲堪》)、“登高壮观天地间,大江茫茫去不还。黄云万里动风色,白波九道流雪山”(《庐山谣寄卢侍御虚舟》)、“泰山嵯峨夏云在,疑是白波涨东海”(《早秋单父南楼酬窦公衡》)、“朝饮颍川之清流,暮还嵩岑之紫烟,三十六峰长周旋”(《元丹丘歌》)、“欲渡黄河冰塞川,将登太行雪满天”(《行路难三首》其一)、“巨灵咆哮擘两山,洪波喷箭射东海。三峰却立如欲摧,翠崖丹谷高掌开”(《西岳云台歌送丹丘子》)、“黄河落天走东海,万里写入胸怀间”(《赠裴十四》)等或秀丽或峻伟的诗句,不但描绘出了祖国大好河山的雄伟面貌,而且还写出了诗人的逸情壮怀。孟浩然和李白都是大自然之子、山林之子,他们从山林中走来,而又具有情系山川,回归自然的怀抱。

三、清新自然的审美情趣

李白和孟浩然的诗歌,都有着清新自然的美学特征。李白崇尚“清水出芙蓉,天然去雕饰”(《经乱离后天恩流夜郎忆旧游书怀赠江夏韦太守良宰》)的美学风格,“清水出芙蓉”即其诗像出水芙蓉一样地明丽新鲜,即清新之意,“天然去雕饰”即诗风自然而不雕琢。杜甫称他的诗“清新庾开府”(《赠李白》),谓其诗像六朝诗人庾信的诗歌一样地清新。孟浩然也是一样,清新自然也是其诗的一个重要特点。杜甫说:“复忆襄阳孟浩然,清诗句句尽堪传。”(《解闷十二首》其六)明人谢榛说:“浩然五言古诗近体,清新高妙,不下李杜。”(《四溟诗话》卷二)其实二人说的是一个意思,就是清新之意。说到孟诗的自然,前人也有定评。明人胡应麟说:“孟诗淡而不幽,时杂流丽;闲而匪远,颇觉轻扬。可取者,一味自然。”(《诗薮》内编卷四)清人姚鼐指出:“孟公高华精警不逮右丞,而自然奇逸处则过之。”(《惜抱轩文集 · 五言今体诗抄》卷二)他们清新自然的诗风,都是承陶、谢而来。陶渊明的自然,得自他对田园的安恬自由生活的亲身体验,大小谢诗的清新,来源于他们对自然界青山秀水的深刻感受,也是受益于六朝崇尚自然的审美趣味和“澄怀观道”的玄学体悟。李白和孟浩然二人都对陶、谢等人的田园山水诗十分喜爱,对陶、谢诗风有所继承,同时也是因为他们少年时的乡村山林生活环境的影响和深受崇尚自然老庄之道思想影响的结果。这里应指出的是,李白诗的清新自然之风固然是因为他本身的生活经验和审美情趣与同学陶、谢诗所致,其中也有其深受孟浩然诗风影响的成分。孟浩然的山水诗,所写的多是他家乡的自然风光与他漫游吴越赣湘等南方的清丽山水,而这些地方李白也都去过,也有相似的感受。孟浩然关于描写南方秀丽山水的诗歌,对李白有很大的影响。李白继承学习了孟浩然的自然清新的诗风。如李白的《清溪行》《下泾县陵阳溪至涩滩》《夜泊牛渚怀古》等诗与孟浩然的《经七里滩》《下赣石》《晚泊浔阳望香炉峰》《夜泊牛渚趁钱八船不及》等诗,说明不仅他们在吴越荆湘游历的地方基本相同,而且在诗风上也有明显的承继之处。如果说仅是诗意和诗句上的相似还显皮相,那么更主要的是他们的山水诗在情调和诗风上的相似,是因为他们都是山林之子,对自然山水情有独钟,在心灵感受上冥冥相通,从而造成了他们在描写南方山水方面共有着相似的清新自然的审美情趣。

四、以古为律的自由诗风

五律诗发展到盛唐已呈两种发展趋势,一种是向整饬精工的方向发展,另一种是仍受古体诗的影响,或者是对仗和声律不够整饬讲究,或者是有着律诗的壳子而行笔措意仍用古体诗的作法和气韵,亦称作是"以古为律"①,即虽为律诗,却有着古诗的灵魂。近人王力先生则称之为"古风式的律诗"②。前者的五律以王维为代表,他的五律向以"词秀调雅"(殷璠《河岳英灵集》卷上)和"绮丽精工"(胡应麟《诗薮》内编卷四)著称,而后者却以孟浩然、李白为代表。孟浩然的五律则被认为是"专心古澹"和"乱头粗服"③。所谓古澹,即其律诗有古诗之朴质高古;所谓乱头粗服,即其律诗不拘对偶,较自由随意。也就是说孟浩然常"以古为律",律诗中有古体诗的成分或作法。孟浩然有五律124首(据《四部丛刊》影印明刊四卷本统计),其中符合格律有两联以上对仗的有92首(其中有三联对仗20首),此属于正律;基本符合格律一联对仗的有14首,属首联对仗而颔联不对仗(所谓偷春格)的10首,全不对仗的有3首。诗中声律有三平调的4首,出句有三连仄的4首,四连仄的2首,此属于变律。其变律约占其五律的25%,即四分之一。这个数目也是相当可观的。此外,即使是他的五言正律,其中也有着古诗的气韵,古朴无华,流畅自然,而无雕琢之气。这种现象的出现,一是受到汉魏古诗和陶诗的影响,讲求质朴自然,讲究全篇的思想和意境的浑然一体,而没有明显的秀句,也就是古人说的通篇"气象浑沌,难于句摘"(《沧浪诗话·诗评》)。他的五律通篇一体,平易自然,不像王维的五律,有很

---

① 陈仪云:"以古诗为律,惟太白能之。"(《竹林答问》)其实"以古诗为律"不始于李白,孟浩然的诗也有这种现象。

② 见王力:《汉语诗律学》,上海教育出版社1958年版,第449页。

③ 李梦阳说:"王诗丰缛而不华靡,孟却专心古澹,而悠远深厚,自无寒俭枯瘠之病。"(李东阳《麓堂诗话》)乔亿云:"右丞诗精工,襄阳诗有乱头粗服处,故说者多谓胜王。不知此乃迹耳。境地高下不在此。"(《剑溪说诗》卷上)

多的秀句①,如他的诗《游精思观回王白云在后》:

出谷未停午,至家日已曛。回瞻下山路,但见牛羊群。樵子暗相失,草虫寒不闻。衡门犹未掩,伫立待夫君。

此诗写孟浩然与友人王白云一同游精思观回家途中的情景。首联为叙事,中二联写途中所见所闻,末联写自己先到家,而王白云尚在后,在门前待其归来。颔联化用《诗经》句意,而不见其痕,颈联虽为对仗,却是宽对,此诗虽为律诗,却宛如一首古风。他的另一首名诗《过故人庄》也是如此:

故人具鸡黍,邀我至田家。绿树村边合,青山郭外斜。开筵面场圃,把酒话桑麻。待到重阳日,还来就菊花。

此诗写诗人被田家友人所邀到庄上做客,是孟浩然田园诗的代表作,写得十分亲切有味,自然而不做作。虽为律诗,诗中却不用典,句句是平常语、家常话,宛如古诗一样平易。表面上是至浅至淡,实际上是至深至浓,以至于有人说,就是陶渊明作近体,"想不过如此而已"(《唐诗成法》)。律诗写工巧易,入朴实难,化绚烂为平淡尤难。此诗就是繁华落尽,只留真淳,可谓是唐诗中的逸品,受到后人的高度称赏。

李白的五律也是如此。他也有严谨的正体五律,但多是"以古为律"②的变律,即以古诗的写法来写律诗。清人应时曰:"若太白五律,犹为古诗之遗,情深词浅,又出乎自然"(《李诗纬》),所指的正是他的变律。李白五律有126首,全符合声律且有两联以上者有52首,此外还有属于基本合律对仗有一联以上者有46首,基本合律全无对仗者有14首,此即所谓"变律"。其变律约占其五律的59%,比孟浩然的五律占的比例更大。他的五言变律有的只有首联对仗者(即偷春格),如《长信宫》;只有颔联对仗者,如《宿五松山荀媪家》;只有颈联对仗而颔联不对者,谓之"蜂腰体",如《塞下曲六首》其一;隔句对者,如《送殷淑》前四句"白鹭洲前月,天明送客回。青龙山后日,早出海云来",其中首句与第三句对仗,第二句与第四句是宽对,谓之"扇对"。他的许多五律诗,多如同五古

---

① 杜甫说王维诗"最传秀句寰区满"(《解闷十二首》其八),殷璠也说王维"词秀调雅"(《河岳英灵集》卷上)。

② 陈仅:"以古诗为律,惟太白能之。"(《竹林答问》)这种以古入律的律诗,宋人严羽称为"古律"(《沧浪诗话》卷一),明人李维祯称之为"变律"(《大泌山房集》卷九),近人王力先生则称之为"古风式的律诗"(《汉语诗律学》,上海教育出版社1958年版,第449页)。

诗,不好分辨。如《宿巫山下》:

昨夜巫山下,猿声梦里长。桃花飞绿水,三月下瞿塘。雨色风吹去,南行拂楚王。高丘怀宋玉,访古一沾裳。

这首诗首联似对非对,颔联对仗不工,颈联不对,诗中无一工整的对句,形同古诗,但从声律上看来,都符合律诗的要求。所以说它是一首律诗。他还有一首彻首尾不对仗的五律《夜泊牛渚怀古》:

牛渚西江夜,青天无片云。登舟望秋月,空忆谢将军。余亦能高咏,斯人不可闻。明朝挂帆席,枫叶落纷纷。

此五律彻首尾不对,宋人严羽认为此是盛唐五律之一体:“有律诗彻首尾不对者,盛唐诸公有此体。如孟浩然诗:‘挂席东南望……’,又‘水国无边际’之篇,又太白‘牛渚西江夜’之篇。皆文从字顺,音韵铿锵,八句皆无对偶。”(《沧浪诗话·诗体》)李白此篇显然与孟浩然的《晚泊浔阳望香炉峰》和《舟中晚望》二诗有密切关系。孟浩然二诗皆作于李白《夜泊牛渚怀古》之前①。先看孟浩然的《晚泊浔阳望香炉峰》:

挂席几千里,名山都未逢。泊舟浔阳郭,始见香炉峰。尝读远公传,永怀尘外踪。东林精舍近,日暮但闻钟。

此是孟浩然之名作,历受后代诗家好评。明人胡应麟曰:“孟五言不甚拘偶者,自是六朝短古,加以声律,便觉神韵超然。”(《诗薮》内编卷二)清人王士祯称此诗为“不着一字,尽得风流……色相俱空,政如羚羊挂角,无迹可求,画家所谓逸品是也”(《带经堂诗话》卷三)。沈德潜曰:“(五律)又有通体俱散者,李太白《夜泊牛渚》、孟浩然《晚泊浔阳》……兴到成诗,人力无与。”(《说诗晬语》卷上)此诗因基本上合平仄,因此后人多将它作无对仗之五律来看。此诗最大的特点是自然而不造作,作诗如口语,脱口而出,是诗家最为推崇的“五律有清空一气,不可以炼句炼字求者,最为高格”(《岘佣说诗》)的那种具有汉魏古诗“气象浑沌,难以句摘”的律诗。此诗以象写意,以情驱景,造成一种意象浑融,情景一体的意境,浑然有陶诗之风。再如《舟中晚望》一诗:

挂席东南望,青山水国遥。舳舻争利涉,来往接风潮。问我今何去,天

---

① 孟浩然《舟中晚望》作于开元十八年,《晚泊浔阳望香炉峰》作于开元二十一年。李白《夜泊牛渚怀古》作于开元二十七年。

台访石桥。坐看霞色晚，疑是赤城标。

此诗是严羽认为“彻首尾不对”(《沧浪诗话·诗体》)的律诗，但也有人认为此诗颔联是参差相对，谓之“犄角对”，即“舳舻”与“风潮”对，“利涉”与“来往”对(参见冒春荣《葚原诗说》卷一)，可备一说。但从总的精神上来说，此诗仍是一首符合近体声律的五律诗。因律诗的主要特点就是符合平仄声律，若不讲求平仄，便非律诗。孟浩然和李白的这些无对仗或对仗不十分讲究较自由随意的律诗，有着“古诗的灵魂”①，被后代诗家定为是五律中“以古为律”的变律。它的出现说明孟浩然和李白受汉魏古诗和陶诗的古体诗的影响，将古诗的自由句式融入律诗之中，力求提高律诗的格调，追求一种高古的趣味，同时也在一定程度上解放律诗的束缚，更自由地表达自己的思想情感。这并不意味着他们不善于写律诗或功力不够，因为不管是李白还是孟浩然，他们的正律诗都写得十分精彩②。他们之所以喜爱写“以古为律”、形似古风的五律，是他们的个性所致，那就是力求将律诗写得更自由潇洒，更平易自然，更显示出他们同京城诗人华丽雕琢之风决然不同的具有朴质高古风格的诗篇，在诗中表达他们山林诗人自然率真的审美情趣。

值得一提的还有在五绝方面，李白和孟浩然也有风格极为相似之处。孟浩然的《春晓》“春眠不觉晓，处处闻啼鸟。夜来风雨声，花落知多少”与李白的《静夜思》“床前看月光，疑是地上霜。举头望山月，低头思故乡”③是两首传诵极广的名篇。可这两首绝句都是古绝，写的是一派天籁之音。孟诗是一首押仄韵的折腰体古绝，而李诗是一首不合律的古绝，但都成了千古绝唱。可见诗的好坏，并不在于它是不是合律，而在于它是不是写出了新意和人们的心声。虽然两首古绝都写得随心所欲，明白如话，如同儿歌，却赢得了千百年来人们对它们的喜爱，成了历代传唱的唐诗。其原因就是它们清新自然，扣人心弦。

---

① 此是闻一多《英译李太白诗》中评李白律诗的话，其实也符合孟浩然律诗的实际情况。

② 孟浩然的名诗如《过故人庄》《宿桐庐江寄广陵旧游》《岁暮归南山》《望洞庭湖上张丞相》都是中两联对仗精工，符合平仄声律的正律。李白传说中在宫廷明皇面前醉中“文不加点”挥笔而就的《宫中行乐词八首》都是中两联对仗工整，完全符合声律的美轮美奂之作，说明他们不是不善于写正律，而是写得很好。

③ 李白的《静夜思》后来经过明人的改动，写成了“床前明月光，疑是地上霜。举头望明月，低头思故乡”，更加通俗平易，将“山月”改为“明月”更有普遍意义，因而传诵更广。

结　语

综上所述，可知李白和孟浩然确实有许多相似之处：他们出身山林乡野之家，早年心怀报国之志，出仕不利，后来又回归山林和民间；他们身受老庄道家自然美学思想的影响，热爱大自然，尤喜漫游祖国山川，写了大量的山水诗；他们都终身布衣，有着浓厚的以布衣傲视王侯的兀傲精神和独立人格；他们的诗以清新自然为追求的目标，其律诗有着“以古为律”不受对偶束缚的潇洒自由之风，表现出他们热爱自由、追求解放、高扬主体人格的盛唐精神；孟浩然律诗“古澹”“自然”，李白律诗“犹为古诗之遗”，他们都有很深的汉魏古诗情结，其律诗有着“古诗的灵魂”；孟浩然开山林派之风，李白对其做了继承和发扬，他们的山水诗代表了盛唐山林派的自由之风和杰出成就。应指出的是，孟、李的人格精神和山水诗、五律诗虽然有不少相似的地方，但还是有许多区别的。限于题目和篇幅，就不在这里多说了。

［原载《中国李白研究》(2012 年集)，又载《傅璇琮先生八十寿庆论文集》，中华书局 2013 年版］

文坛千古两谪仙
——李白与苏轼比较研究

在中国诗坛上有两位才华横溢、天马行空式的人物，那就是李白与苏轼。说来也巧，这两位绝代诗人竟有许多惊人的相似之处。比如：他们都是蜀人，并且皆有“谪仙”“诗仙”之誉①；他们都是文艺上的通才，在诗、词、文、赋、书法等方面皆有辉煌的建树；他们的诗歌都具有浓厚的浪漫主义色彩，豪放不羁的艺术风格，并且他们又各是唐诗和宋诗的代表人物。因此，比较研究这两位伟大诗人是很有意义和趣味的。

一、同是宦途失意人

李白和苏轼在出身经历和思想方面都有不少近似之处。他们都出身寒微，幼年又都受过良好的家庭教育，而在仕途经历方面却十分坎坷。

李白出身于一个商人家庭，但其父却很有文化素养。他父亲曾教他读书，“余小时，大人令诵《子虚赋》，私心慕之”（《秋于敬亭送从侄耑游庐山序》）。他“五岁诵六甲，十岁观百家……常横经籍书，制作不倦”（《上安州裴长史书》）。

苏轼出身于一个寒素的地主家庭，受过良好的家庭教育。《宋史·苏轼传》中说：“生十年，父洵游学四方，母程氏亲授以书，闻古今成败，辄能语其要。……比冠，博通经史，属文日数千言。”

---

① 唐以后，亦有人呼东坡为“谪仙人”，认为他是李白后身。如宋王闢之《渑水燕谈录》卷四：“子瞻文章议论，独出当时，风格高迈，真谪仙人也。”清查慎行说：东坡“笔有仙骨，故是太白后身”。（《苏轼诗集》卷二十五注引）

李白一生中，在政治仕途上很不得意。他共参加过两次政治活动。一次是由举荐而入宫为翰林供奉，不到三年即被排挤出京。又一次从政是在安史之乱间参加永王幕府，但却因唐肃宗与永王璘兄弟阋墙，李白被以附逆的罪名逮捕入狱，后又被判“长流夜郎”。虽然在流放途中被赦免，但终未再被朝廷起用。直到代宗继位，才下诏授李白为左拾遗，但此时李白已经去世了。

苏轼自21岁中进士起，虽后来一直做官，但几起几落，一直是失意时多，得意时少。宋熙宁初及元祐初，苏轼在京师任朝官的时间都很短，因为新法派所挤，都只得自请外任地方官。他两次被贬，一次是在中年，被贬至黄州、汝州；一次是在晚年，被贬至“蛮荒之地”的惠州、儋州，都是被人监管，不得参与政事。直到徽宗初立，他临终的前一年，朝廷才召他内迁，诏复朝奉郎，提举玉局观，但他到常州时就因病逝世了。

还有一个相似之处，就是苏轼也坐过监狱。元丰二年舒亶、李定等人弹劾他所作诗文语涉讪谤，于是他被系御史台狱，备经严勘，几至死地。由此可见，唐、宋这两位最大的文豪，其具体经历虽不尽相同，但其道路之曲折却非常相似，身怀奇才而仕途坎坷，屡受打击，这样相似的命运，就奠定了他们思想相近的共同基础。

在中国古代作家中，李白和苏轼都以思想复杂出名。他们的思想都属于儒、道、释互补，兼蓄百家的杂家思想体系。李白自幼通诗书，遍览诸子百家，对儒、道、释、名、法、纵横、兵家均有浓厚的兴趣。晚年在江南遍游名山大川，名刹古寺，从而对佛教也有甚深的因缘。李白早期锐意进取，胸怀大志，要“使寰区大定，海县清一”（《代寿山答孟少府移文书》）。他虽深受道家思想影响，但仍志在“兼济”，只是政治活动失败后，才转向道家和释家的出世思想。儒、道、释及诸子百家思想在李白身上已融为一体，显示了盛唐思想的开放性。苏轼的思想和李白也有些近似，他从小“博通经史”，以儒教立身，向往着“有笔头千字、胸中万卷，致君尧舜，此事何难”（《沁园春·赴密州马上寄子由》）的儒家“兼善天下”的政治理想。随着坎坷的仕途经历，屡受打击的政治遭遇，他也逐渐地接受了佛老思想。他熟读《庄子》和佛经，广与僧人交游，佛、老思想虽然使他消极引退，但也使他放达超脱。可以说，佛老思想不仅帮助他度过了艰难的放逐岁月，使他不曾失去热爱生活、热爱生命、热爱自然的信心和勇气，而且还大大开拓了他人生美学的新境界。通过李白、苏轼的思想可以看出，儒、释、道思想到了唐宋时代已逐渐融合。作为一种民族的心理素质儒、道互补,也就是孟子提出的“达则兼善天下,穷则独善其身”的思想,已逐渐成了封建社会知识分子进退有据、随遇而安借以自慰的人生基本哲学。

二、多才多艺的旷世奇才

(一)唐诗和宋诗的浪漫主义杰出代表

在诗歌方面,李白斗酒诗百篇,“开口成文,挥翰雾散,似天仙之辞”(《李诗通》)。他的诗歌纵横恣肆,豪放不羁,尤其是七言乐府歌行,“杳冥惝恍,纵横变幻,极才人之致”(王世贞《艺苑卮言》卷四),“至如《蜀道难》等篇可谓奇之又奇,然自骚人以还,鲜有此体调也”(殷璠《河岳英灵集》评李白语)。李白奇纵奔放、清新自然的诗风对苏轼有很大影响。苏轼胸怀豁达,风度浪漫,想象力丰富,喜谈老庄,才情过人,其气质颇近于李白。事实上,苏轼对他的乡贤“谪仙人”李白,一向是怀有敬佩之情的,这在他的诗文中一再表现出来。苏轼在《李太白碑阴记》中高度赞扬李白“戏万乘若僚友,视俦列如草芥,雄节迈伦,高气盖世”的傲岸精神。在《书丹元子所示李太白真》一诗中,他鲜明地刻画出一个傲视权贵,粪土王侯的诗人李白之傲岸形象:

> 天人几何同一沤,谪仙非谪乃其游。麾斥八极隘九州,化为两鸟鸣相酬,一鸣一止三千秋。开元有道为少留,縻之不可矧肯求?西望太白横峨岷,眼高四海空无人。大儿汾阳中令君,小儿天台坐忘真。平生不识高将军,手污吾足乃敢嗔,作诗一笑君应闻。

由于对李白诗特别喜爱,东坡不止一次地将李白诗文的原句径引在自己的诗中,反复吟咏。如《送张嘉州》一诗就是其中较为典型的一首:

> 少年不愿万户侯,亦不愿识韩荆州。颇愿身为汉嘉守,载酒时作凌云游。虚名无用今白首,梦中却到龙泓口。浮云轩冕何足言,惟有江山难入手。峨眉山月半轮秋,影入平羌江水流。谪仙此语谁解道,请君见月时登楼。笑谈万事真何有,一时付与东岩酒。归来还受一大钱,好意莫违黄发叟。

此外，东坡还有不少追和李白诗的作品（如《和李太白并叙》等），至于在诗中化用李白诗意的更是不计其数。如《宿州次韵刘泾》："多情白发三千丈，无用苍皮四十围"，《月夜与客饮酒杏花下》："褰衣步月踏花影""花间置酒清香发"等，均是从太白诗句中化来。苏轼还曾在诗中以太白自比，如"苍耳林中太白过，鹿门山下德公回"（《海南人不作寒食……》），可见东坡对太白的倾慕之情。

（二）李、苏诗歌艺术的共同特点

1.太白与东坡二人的丰富想象力可谓古今少有。李白《蜀道难》《梦游天姥吟留别》《北风行》《远别离》等诗，想象力像不羁的天马，上天入地纵横驰骋，创造出了人间未有的神奇世界。他的诗素有"想落天外"之称。东坡诗也是如此。如在《游金山寺》中，他想象出"江心炬火"这样的奇特景象，并把它设想成为神明的责怪。《行琼儋间肩舆坐睡梦中得句……》中他把平常的景色想象成"千山动鳞甲，万谷酣笙钟。安知非群仙，钧天宴未终"的神仙世界。纪昀指出，此诗是"源出太白而运以己法，不袭其貌，故能各有千古"（《苏轼诗集》卷四一）。《望海楼晚景》第一、二首，《八月十五看潮》第五首，同写钱塘潮景，把潮水想象成是雪堆、银山、电光、金蛇，使画面神采飞动，并联想到三千弩兵射潮的神话，更增加了诗的瑰丽色彩。

2.太白和东坡的比喻更是盖世莫比。亚里士多德云："比喻是天才的标识。"李白、苏轼比喻之奇，常常令人叹为观止。如李白把庐山瀑布比作"落九天"的"银河"（《望庐山瀑布》），把娇美的杨贵妃比作"一枝浓艳露凝香"的含露牡丹（《清平调三首》其二），把难消的愁思比作"抽刀断水水更流"的斩不断的流水（《宣州谢朓楼饯别校书叔云》），在《早秋单父南楼酬窦公衡》中把泰山嵯峨的夏云比作"白波涨东海"，在《泾溪东亭寄郑少府谔》中把山间飞翔的白鹭比作"雪点青山云"，等等。苏轼的比喻更是以广博著称，如《百步洪》中在四句中一连用了七个比喻来形容洪水的急骤迅猛，被钱锺书先生誉为"莎士比亚式的比喻"。东坡《饮湖上初晴后雨》绝句"欲把西湖比西子，淡妆浓抹总相宜"的比喻和李白"疑是银河落九天"一样地贴切、新奇。像"人似秋鸿来有信，事如春梦了无痕"（《正月二十日与潘郭二生出郊寻春忽记去年是日同至女王城作诗乃和前韵》）、"作诗火急追亡逋，清景一失后难摹"（《腊日游孤山访惠勤惠思二僧》）等句，其设喻之妙，令人击掌。

3.在诗歌的情感和气韵上，李、苏也有极为相似的地方。他们的七言歌行都有一种排山倒海的力量、暴风骤雨的气势、奔腾澎湃的情感。像东坡的《石炭》《赵令晏崔白大图幅径三丈》《书王定国所藏烟雨江叠嶂图》《次前韵送刘景文》《书丹元子所示李太白真》等诗，皆与太白歌行《将进酒》《庐山谣寄卢侍御虚舟》《答王十二寒夜独酌有怀》《西岳云台歌送丹丘子》等相颉颃，风格上亦近似，皆写得大气磅礴，淋漓酣畅，奔腾流走。“实有手弄白日，顶摩青天之气概。”（汪师韩《苏诗选评笺释》卷五）东坡有些五古，也神似太白。如《庐山二胜》直追太白五言瀑布诗，《寒食雨》二首似太白古风，黄庭坚在诗后题跋云：“东坡此诗似李太白，犹恐太白有未到处。”（《苏轼寒食雨帖墨迹跋》）东坡的一些绝句，如《澄迈驿通潮阁》其一“杳杳天低鹘没处，青山一发是中原”与李白《黄鹤楼送孟浩然之广陵》“孤帆远影碧空尽，惟见长江天际流”写法颇为一致，写得神韵隽永，深得太白绝句风神。

4.在美学思想方面，李、苏都倾向于道家崇尚自然的美学观。李白所追求的是“贵清真”（《古风五十九首》其一）、“天然去雕饰”（《经乱离后天恩流夜郎忆旧游书怀赠江夏韦太守良宰》）的自然清新的美学标准。东坡也是如此。他在《欧阳少师令赋所蓄石屏》中说：“含风偃蹇得真态，刻画始信有天工。”在《书鄢陵王主簿折枝》中说：“诗画本一律，天工与清新。”可见，他追求的也是这种仿佛是得自天工而非人力的自然美。太白诗清真自然，东坡诗“豪迈天成”（《二老堂诗话》），二人的美学观点是颇为一致的。由此便可了解，他们诗歌风格的某些方面为什么会出现惊人的相似之处了。

（三）百代词曲之祖与豪放词开山之祖

在中国词学史上，李白和苏轼同样占有重要的位置。虽然李白传下来的词不多，且有争议，但至今还没有一篇文章能有充分理由彻底否定李白对《菩萨蛮》《忆秦娥》等词的著作权①。所以，历代的词史或唐宋词选集，大都以李白开始。李白这两首词，历代词家都评价很高。宋人黄升《唐宋诸贤绝妙词选》评《菩萨蛮》《忆秦娥》二词为“百代词曲之祖”。清人刘熙载说：“太白《菩萨蛮》

① 关于李白词的真伪讨论可参看拙文《六十年来李白词真伪讨论综述》，载《文学评论丛刊》第三十一辑（1989）。

《忆秦娥》两阕,足抵少陵《秋兴》八首。"(《艺概·词曲概》)王国维《人间词话》甚至于说:"太白纯以气象胜。'西风残照,汉家陵阙'寥寥八字,遂关千古登临之口。"以上诸家之语,几乎是文学史上的定评。

东坡词的地位,甚至比其诗名还要高。他是豪放词的开山之祖。《四库全书提要》云:"词自晚唐、五代以来,以清切婉丽为宗,至柳永而一变,如诗家之有白居易,至轼而又一变,如诗家之有韩愈。遂开南宋辛弃疾一派。"词从东坡起才改变了"词为艳科"、词以婉媚为宗的面貌。东坡的豪放词可以说就是一场词界革命。从此,铜琶铁板的巨响、大江东去的涛声才一掩了花间樽前二八红袖娇声柔气的低吟曼唱。从本质上来说,东坡是"以诗为词",其词风是其超迈豪放诗风在其词中的扩展。东坡的豪放词中洋溢着太白的豪旷超逸精神。太白词在萧飒悲壮中就流露出一股豪放英迈之气,东坡的豪放词乃是太白词的继承和发展。沈祥龙在《论词随笔》中说得很有见地:"唐人词风初开,已分两派。太白一派传为东坡诸家,以气格胜,于诗近江西;飞卿一派传为屯田诸家,以才华胜,于诗近西昆。后虽迭变,总不越此二者。"他给苏轼的豪放词派找出了一个恰当的源头。同时,东坡词与太白诗的精神传承也是有踪迹可寻的。如东坡著名的《念奴娇·赤壁怀古》词"谈笑间,强虏灰飞烟灭"中所描写的周瑜儒将形象和赤壁曹吴交战的情景,都与李白诗有密切关系。李白《永王东巡歌十一首》第二首:"但用东山谢安石,为君谈笑静胡沙",塑造了一个指挥若定、谈笑风生的儒将形象。李白《赤壁歌送别》:"二龙争战决雌雄,赤壁楼船扫地空。烈火张天照云海,周瑜于此破曹公",生动地描绘了赤壁之战烈火燃烧战船的宏大场景。东坡此词对太白此二诗均有借鉴。至于东坡的《水调歌头》"明月几时有,把酒问青天"化用的是李白《把酒问月》"青天有月来几时,我今停杯一问之"的诗句,更是众所周知的了。东坡词中的狂放之情、超逸之思,是与太白诗词精神一脉相传的。清人陈廷焯云:"太白之诗,东坡之词,皆是异样出色"(《白雨斋词话》卷一),刘熙载也说:"东坡词具神仙之姿","若其豪放之致,则时与太白为近"(《艺概·词概》),都明确点出了苏词与李白诗词的承继关系。

(四)开口成文与行云流水

太白赋文虽不及其诗有名,但与唐代诸家相比并不逊色。他的《大鹏赋》《与韩荆州书》《春夜宴从弟桃花园序》《代寿山答孟少府移文书》等,在文学史上都是脍炙人口的名篇。与苏轼的前后《赤壁赋》、《留侯论》、《放鹤亭记》、《石钟山记》等名篇相比,可以说是前后交相争辉。《大鹏赋》在李白生前就极负盛名。李白的同时代人任华盛赞此赋道:“大鹏赋,鸿猷文,嗤长卿,笑子云。”(《杂言寄李白》)太白诸短赋如《阳春赋》《惜余春赋》《登剑阁赋》都写得情深词婉,文采斐然可观,在唐人赋中俱属上乘。东坡赋与太白赋虽格调不同,然细考《赤壁赋》可以看出,其与《大鹏赋》系同出一源,俱得意于《庄子》。所不同的是《大鹏赋》是从《庄子·逍遥游》篇化出,而前后《赤壁赋》则从《庄子·德充符》篇化出。故虽同取于《庄子》而立意不同,然二人之赋所流露出的豪迈超然之气又是相近的。

至于文章,太白与东坡虽一唐一宋,各具面目,但也有相同之处。二人文章或凌厉风发,具有纵横策士之风,或飘逸变幻,颇似庄子之文。李白少喜纵横之术,曾向乡人赵蕤学习过《长短经》,对战国纵横家苏秦、张仪、鲁仲连等很佩服。他有不少文章如《为宋中丞请都金陵表》《为宋中丞自荐表》《与韩荆州书》等,或引经据典,胪陈利害,危言耸听,震动人主,或平交王侯,长揖公卿,纵横捭阖,大言惊人,都颇似《战国策》中的纵横家书。其他文章如《代寿山答孟少府移文书》《秋于敬亭送从侄耑游庐山序》《奉饯十七翁二十四翁寻桃花源序》《春夜宴从弟桃花园序》等,皆写得潇洒飘逸,颇有《庄子》仙风。

东坡文章考其源也是出于《战国策》《庄子》。张戒说:“子瞻文章从《战国策》……中来。”(《岁寒堂诗话》)赵翼说东坡“熟于庄、列、诸子”(《瓯北诗话·苏东坡五》)。东坡议论文雄辩滔滔,意气风发,势如破竹,似《孟子》(孟子就有纵横家风)、《战国策》。如《教守战策》《留侯论》《贾谊论》《韩非论》《刑赏忠厚之至论》等皆雄辩透彻,气势逼人。至如《喜雨亭记》《凌虚台记》《超然亭记》《放鹤亭记》《记承天寺夜游》等,皆写得变幻如意,如行云流水,姿态横生,此盖得之于《庄子》。东坡自己说过:“吾昔有见于中,口不能言,今见《庄子》,得吾心矣。”(《东坡先生墓志铭》)他的一支生花妙笔,也是乞灵于“南华真人”的。

(五)书法“贵天生”与“意造本无法”

李、苏书法貌不同而神同,都是随心所欲,自然天成。

李白生当盛唐之世,与名书法家张旭、贺知章、李阳冰、颜真卿、怀素等人交游,有很高的书法素养。他的行草卓有成就,书法界评价很高。唐人孟棨《本事诗》中就称赞李白《宫中行乐词》手迹“笔迹遒利,凤跱龙拏”。宋代大书家黄庭坚认为其书“大类其诗,弥使人远想慨然。(太)白在开元、至德间,不以能书传,今其行草殊不减古人,盖所谓不烦绳削而自合者欤”(《题李白诗草后》)。太白墨迹在宋代流传尚多,《宣和书谱》中就记载当时御府犹藏太白行书《太华峰》《乘兴帖》,草书《岁时文》《咏酒诗》《醉中帖》等,现仅传《题上阳台帖》。今观其书,风格飘逸潇洒,是出乎性情之自然流露。太白在书法审美情趣上也是崇尚自然美学观:“古来万事贵天生,何必要公孙大娘浑脱舞!”(《草书歌行》)

苏轼书法被誉为宋四大书家之首。他的书法审美观与李白相仿。他说:“我书意造本无法,点画信手烦推求。”(《石苍舒醉墨堂》)又说:“草书非学聊自悟。”(《赠六观老人》)东坡的书法是直法自然,自抒胸臆,不为古人书法所拘束。他的书法虽曾学过二王、颜鲁公、李北海,但又参以己意,别创一格。故苏轼的字和他的诗文一样,“出新意于法度之中,寄妙理于豪放之外”,如“很石当道,长松临渊”,“秋风水波,春山云烟”,于“端庄之外,别具秀逸之风神。正如黄山谷所云:‘此公盖天资解书,比之诗人,是李太白之流。’”(《书林藻鉴》卷九)

综上所述,可以看出李、苏二人才情相似,遭遇相像,思想相仿,风格近似,美学观也基本一致,又都是多才多艺、才华横溢的绝代天才诗人,且苏轼又深受李白思想和艺术风格的影响,故从求同的角度来看,二人确有许多相似之处。

三、诗人之诗与学人之诗

李、苏尽管在许多方面有惊人的相似,然而由于他们个性、身份地位及时代的不同,在他们身上又存在着明显的差异。

1.李、苏之差异,是二人身份和地位之不同所引起的。李白虽然曾为“翰林供奉”,但这并不是正式的官职,他实际上是“一命不沾”的一介布衣。而苏轼自中进士以来,虽屡遭外放和贬谪,但他始终是朝廷命官。由于这一点,两人在行动表现上是大有区别的。李白在思想和行动上要比苏轼自由随便得多,且唐代文禁不严,他说话、写诗也远比苏轼大胆、放肆。而生逢宋世的苏轼却动辄得咎,因诗及祸,不仅两次被贬谪,而且还进了“乌台诗案”文字狱。李白虽也进过监狱，那是主要因为被以“附逆”永王的罪名，而非因诗歌文字。苏轼在被贬期间，处处被人看管监督，远不如李白漫游生涯的自在。因此，东坡诗的火药味要比太白少得多，态度方式也更收敛、含蓄，因为他不可能像李白如大鹏鸟或闲云野鹤一样摆脱礼法无拘无束地生活和歌唱。

2.时代风气之不同，造成两人的明显差异。唐代虽开科取士，以诗赋文章取人，但同时也很重视武备人才。在所设制举的科目中，就有“天下奇才异行”“才堪将帅”“兵术贤才”以及猛士、武士等项目（见《唐大诏令集·举荐》卷一〇二）。唐代诗人不乏文韬武略兼备之才。高适、岑参自不必说，就连文弱的杜甫，年轻时也曾习武练剑、骑马射箭，歌唱与向往过“风尘三尺剑，社稷一戎衣”的壮士生活。李白更是这样。他文武双修，既读书作赋，又习武练剑；既通经学百家，又学过兵法、纵横之术。从性格上来说，他基本上就不是一个儒生。他好奇好动，兴趣广泛。他自幼喜游侠击剑，养成一种路见不平，拔刀相助的侠义性格。他不但有散金济人的义举，而且还曾有与洛阳恶少扬剑格斗的壮举（见《叙旧赠江阳宰陆调》）。再则，唐代道教盛行，当时皇亲国戚、达官贵人甚至一般读书人都曾参加过道教。李白也是如此。他身为道教徒，曾炼过丹，求过仙，后来他也参加过一些佛教的宗教活动，曾与和尚一起谈玄参禅。从某种程度上来说，李白身兼诗人、策士、游侠、羽客于一身，他从来就不是一个单纯的文人。苏轼和李白不同，他的经历就是读书、做官。他基本上是个文人，性格也较沉稳，他虽深受道家思想影响，却从未参加过道教，更没有游侠的壮举。因此东坡的作品虽写得豪放清雄，超迈飘逸，但却缺少李白那种粗犷强横的豪侠之气与求仙学道的丹鼎之气，而具有更多的书卷气。

3.李、苏最大的差异，在于李诗是诗人之诗，而苏诗是学人之诗。李诗以气象胜，而苏诗以理趣胜。推开来说，这也是唐诗与宋诗的重要区别。宋陈岩肖《庚溪诗话》卷上记载：“上（指皇上）一日与近臣论人材，因曰：‘轼方古人孰比？’近臣曰：‘唐李白文才颇同。’上曰：‘不然，白有轼之才，无轼之学。’”这番李、苏区别的话说得很准。李白虽饱读诗书，遍及诸子百家，然其一生中除少年时代有一番苦读外，其他大部分时间都花费在求仙学道、游历名山大川的漫游活动上了。而唐代印刷术尚未普及，唐以前书籍基本上都是抄本，一般人所见书籍有限。科举又是以诗赋为主，一般读书人皆把主要精力用于《文选》《艺文类聚》一类的文艺书籍和典故类书上。且唐人还漫游成风，提倡所谓“读万卷书，行万里路”，如李白还兼习游侠击剑，求仙炼丹，基本上过的不是书斋文士生活。而宋人则不然，尤其是在北宋中期以后，由于印刷术的普及，各种书籍纷纷刊行，又值二程理学盛行，宋代科举又是以策论为主（苏轼本人为了科举就写了一批策论文章），理论空气十分浓厚。宋人的理论思维远超过唐人。同时，宋代统治者片面地接受了中晚唐武人专横割据的教训，因此对武人严加防范，强调偃武修文，鼓励读书做官，文官当权。因提倡唯读书论，故宋人的学问知识普遍比唐人广博。苏轼一生，虽几经动荡，但基本上过的是学者式的书斋生活。像苏轼这样的饱学之士、蜀学领袖、文章大家，写诗时“以文字为诗，以才学为诗，以议论为诗”（《沧浪诗话·诗辨》），逞才炫博，是难以避免的。因唐人多读艺文书籍，故以李诗为代表的唐诗情感多于说理、描绘多于议论、形象多于抽象，故以气象胜，而以苏诗为代表的宋诗，因理学的渗透，策论的影响，时有掉书袋的习气和抽象议论的习惯，诗中哲理趣味较浓，故以理趣胜。像苏轼“横看成岭侧成峰”（《题西林壁》）的理趣诗，李白诗中则基本没有。词、赋、文也是如此。李白词还是以气象胜，而苏词即以著名的《水调歌头》“明月几时有”这首咏月词为例，其中“人有悲欢离合，月有阴晴圆缺，此事古难全”几句议论，就颇具理趣。李白的赋文多叙述和描写，着重形象和意境的刻画，“文中常有诗意”（明陆时雍《诗境总论》），写得如散文诗一般，而苏轼的赋文则议论风发，哲理性极强，即使像《石钟山记》一类的游记也充满了哲理趣味。苏轼的议论文章写得特别多，说理深刻，深中时弊，这是李白文章所不及的。李白和苏轼分别代表唐诗和宋诗两个发展阶段。正如黑格尔在《美学》中所论述的，文艺在发展的过程中逐渐向哲学靠拢①。随着哲学的普及和发展，诗歌、散文逐渐趋向哲理化，是文学发展的必然趋势。

（原载《社会科学研究》1988年第3期）

① 参见朱光潜《西方美学史》下册第十五章《黑格尔美学的几个基本观点》。

东方诗仙与西方诗魔
——李白与拜伦比较研究

在西方浪漫主义诗人中，与李白最为神似的，当推拜伦。他们虽然生活在不同的时代、不同的国度，接受的是截然不同的文化传统，然而，他们传奇般的经历，狂飙般的激情，叛逆反抗的个性，为自由光明而献身的精神，以及他们狂放浪漫的诗人气质，却是多么相像啊！每当我看到拜伦手持利剑，头裹希腊花巾的戎装肖像，就不由得想起李白“高冠佩雄剑，长揖韩荆州”的英武形象。他们的英风侠气，实在令古今中外诗人骚客为之扬眉荡气。这两位诗心侠胆的旷世奇才，为中外的浪漫主义文学增添了多少绚丽的色彩和阳刚之气！

一、叛逆的性格，自由的灵魂

李白与拜伦，二人都有传奇般的经历，英雄般的性格。他们在生前都饱受封建反动势力的迫害和压抑，都有被统治者驱逐和流放的不幸命运，但他们却有着充满叛逆精神的自由灵魂。

李白生活在盛唐的开元、天宝盛世。他出生于西域，少长江汉，幼读诗书，习剑任侠，从小就树立了安社稷、济苍生的宏伟抱负。为实现他的政治理想，他书剑飘零，漫游四海，遭到过地方官吏的凌辱，遇到过市井无赖的纠缠，受到过达官权贵的冷眼，但是，这不但没有使李白气馁，反而激发了他顽强的斗争意志。长安的三年官场生活，更使他认清了统治者的丑恶面目和封建礼法的虚伪，滋长了他对封建统治者和虚伪礼教的叛逆和反抗。他的一生都是在为自由和理想而奋斗。在他的诗中，上自封建帝王、朝廷权贵，下至群小腐儒、斗鸡之徒，他都给以无情的嘲弄和批判。他嘲尧舜、笑孔丘、卑礼法、崇侠道，对黑暗的现实大胆揭露,对腐朽的统治者勇敢批判,表现了他大无畏的英雄性格。他俨然就是东方的拜伦。

拜伦出生于英国的一个破落贵族家庭。他一出生就被他的父亲所遗弃,他们孤儿寡母过了十个春秋的悲惨日子。而且拜伦天生跛一足,这使他孤傲的心灵深受刺激,养成了他忧郁的性格。他在幼年时饱受脾气乖戾的母亲的虐待,中学时又经常受到同学的欺辱,这使他养成了叛逆性格和反抗精神及对弱者的同情心。他十岁时继承了勋爵的爵位,二十岁时成了英国贵族上议院的议员。他曾在上议院两次发表演说,坚决反对镇压破坏机器的工人,揭露并痛斥了英国对爱尔兰人民的压迫。他在《卢德派之歌》中号召:“把一切国王都消灭!”这是英国诗歌史上第一首号召工人起来同压迫者做斗争的诗篇。此后,拜伦公开与英国王室封建贵族统治集团决裂,他写了大量的政治讽刺诗,讽刺暴君乔治三世和摄政王乔治四世,讽刺为封建暴君唱赞歌的无聊文人骚塞等湖畔派的“桂冠诗人”。在《该隐》诗剧中,拜伦借《圣经》中“该隐杀弟”的故事,歌颂该隐对上帝的反抗。由于这些痛斥暴君、亵渎上帝的诗篇得罪了英国王室和贵族统治者,他们便对拜伦横加罪名,大肆讨伐,使得拜伦在国内无法容身,只得流亡国外。但是,拜伦宁肯流亡也不愿意向统治者表示屈服,表现出了他不屈的英雄个性。这也正与李白宁肯辞京还山也不愿与统治者同流合污一样,决不以自由和正义为代价来换取高官厚禄、荣华富贵。由于拜伦公开与英国封建贵族表示决裂,因此,反动统治者都视他为仇敌,呼其为“撒旦”(《圣经》中的魔鬼之名,即恶魔之意)。而李白因参加了永王璘的幕府,又因他非圣无法的狂放行为,也被看作是“世人皆欲杀”的狂人。他们都为封建统治者所不容,成了黑暗社会的罪人。诚如鲁迅所说,拜伦这些摩罗诗人,其“立意在反抗,指归在动作”,他们“大都不为顺世和乐之音,动吭一呼,闻者兴起,争天拒俗,而精神复深感后世人心”(《坟·摩罗诗力说》)。

李白和拜伦都有着自由的灵魂。他们在诗中热烈表达追求自由和个性解放的强烈愿望,竭力抒发他们因受社会压迫和世俗礼法压抑的愤懑感情和精神苦闷。他们有着天才人物不被世人所理解的孤独和寂寞感。

李白在《大鹏赋》中对象征着自由的大鹏鸟进行热烈的歌颂,在他游仙诗中,他向往着自己也能像神仙一样自由自在地生活:“永随长风去,天外恣飘扬!”(《古风五十九首》其四十一)而在现实生活中,他却处处感到压抑和苦闷。

他曾愤怒地呼喊："大道如青天，我独不得出！"（《行路难》其二）他曾发出"古来圣贤皆寂寞，惟有饮者留其名"（《将进酒》）的感叹，产生"人生在世不称意，明朝散发弄扁舟"（《宣州谢朓楼饯别校书叔云》）的出世思想。拜伦在他的《咏锡雍》《卢德派之歌》等许多诗篇中，都一再呼唤着自由，他的一生都在为自由而战。他不但在为争取自己的自由而战，而且还在为祖国人民甚至于全人类的自由而战。他有一首名诗，最能代表他一生的指导思想和行动准则："为自由而战吧，在哪儿都可以！饮弹、绞死，或受封！"（《本国既没有自由可争取》）正是因为拜伦对自由爱得深，所以他对英国这个当时囚禁自由和进步的大牢狱才非常愤恨。而对法国的资产阶级大革命和美国的独立战争，他却很向往。正如鲁迅所说，他"既喜拿破仑之毁世界，亦爱华盛顿之争自由"（《坟·摩罗诗力说》）。

李白和拜伦都为人慷慨，具有英骨侠胆。李白少任侠，好击剑，生性豪爽，乐善好施，慷慨助人。他是大唐的一位诗侠。他不愿像儒生一样平淡地度过自己的一生，而希望像一个英雄为国立功。因此，在安史之乱国难当头的时刻，他挺身而出，怀着报国平叛的愿望，参加了永王李璘的队伍。在军中，他渴望能够像东晋大军事家谢安一样"为君谈笑静胡沙"（《永王东巡歌十一首》其二），消灭安史叛军，维护祖国统一。但事与愿违，他只落得个系狱流放的悲惨下场，使得他当英雄的迷梦落了空。

拜伦也有和李白一样的英雄情怀，乐善好施的侠士美德。对于落难的朋友，他都慷慨相助。在意大利的热那亚，他的好友、著名诗人雪莱不幸溺死海中，是拜伦及其朋友慷慨解囊，安葬了这位客死异邦的贫穷诗人。拜伦还多次在经济上援助意大利的烧炭党，支持他们反抗奥地利殖民统治的斗争。他用自己的钱为他们购买枪支弹药。为了希腊的独立解放，拜伦竟把他的全部家财都捐献了出来，充作军饷。他受希腊独立政府的委命，身任希腊远征军总司令，指挥希腊爱国志士，推翻土耳其的殖民统治。他不仅运筹帷幄，而且还亲临前线指挥，深受希腊爱国将士的爱戴。可惜他出师未捷身先死，年仅三十六岁就为希腊的独立自由献出了宝贵的生命。希腊人民将拜伦之死视为国丧，举国罢市三日，为之举哀。虽然李白与拜伦在这方面的结局不同，但其侠义品格、英雄本色却是十分相似的。

二、崇高的风格，壮丽的诗篇

李白与拜伦诗歌的美学特征,都是属于中西浪漫主义诗歌中的阳刚、崇高之美,体现了他们气势磅礴的英雄性格。

李白诗歌的崇高壮美风格是人所公认的。凡是读过他的《蜀道难》《将进酒》《西岳云台歌送丹丘子》《庐山谣送卢侍御虚舟》及《大鹏赋》等作品的人,都无不为他那壮浪恣肆、咄咄逼人的雄伟气势所感染。他的诗歌是有一种宏伟的气魄的。在诗中,他对大自然宏伟壮观的景物和气象进行肆意描绘和渲染。大自然雄伟的山川景物,与他胸中恢宏的气魄结合在一起,谱成了宏丽的诗篇。祖国的名山大川,莫不在诗中雄姿毕现。像奇险的蜀道、雄伟的泰山、滔滔的黄河、浩浩的长江等奇观美景,都林林总总呈现在诗人笔下。此外,伟大的历史人物、英雄的宏伟业绩也都是李白诗中重要的表现主题。像伟大的哲人老子、孔子、庄子,像杰出的政治家、军事家、文学家傅说、姜尚、管仲、晏婴、鲁仲连、屈原、张良、韩信、诸葛亮、谢安等,都是他经常歌咏的对象。又如楚汉争斗、赤壁鏖兵、烈女报仇、侠士报国等历史故事也常熙熙攘攘奔现于李白腕底。还有“天上白玉京,十二楼五城”的壮丽景象、“欲钓吞舟鱼”的神人任公子、能够“直斩长鲸”的倚天长剑、可以“块视三山,杯观五湖”的神鸟大鹏等,都是李白所喜爱的形象。李白之所以对这些壮美崇高的自然景物、伟大杰出的历史人物以及雄丽神奇的神话传说这样感兴趣,主要是要借助这些伟大壮丽的形象来抒写他胸中的浩然之气,表现他的英勇胆魄。同时,这也是他壮美崇高美学观的自然体现。儒家提倡崇高的道德人格(如孟子所说的“浩然之气”)、道家所推崇的壮大之美(如庄子所说的“大美”),所体现的就是中国美学的阳刚之美。而李白诗歌正是中国阳刚之美的崇高风格的完美体现。

同样,拜伦的诗歌所体现的也是一种壮美的崇高风格。拜伦不喜欢英国田园牧歌式的宁静生活和平原丘陵平淡无奇的风景,而喜欢冒险的事业和高山大海壮阔峥嵘的气象。他喜爱终年覆盖着冰雪的雄伟的阿尔卑斯山,他喜欢波涛汹涌澎湃的浩瀚的地中海,他喜欢在大海里飞舟,在浪潮里游泳。在他的诗中歌咏对象都是些雄奇的景物、傲岸的英雄和壮美的场面。他追怀过曾有过光荣历史的罗马荒墟，凭吊过埋葬拿破仑百万大军的滑铁卢，歌颂过抵御侵略的西班牙女英雄，赞美过粗犷剽悍而又生性自由的海盗。此外，像西班牙精彩的斗牛表演，海上舰船遇到风暴的惊险境况，科林斯围攻搏斗的激烈场面，伊斯迈战役的惨烈情景，在拜伦的诗篇中都有过精彩的描写。在拜伦的诗剧和叙事诗里，他塑造了一系列的拜伦式的英雄。像坚拒魔鬼诱惑的曼弗雷德、反抗天帝的该隐、向社会挑战的海盗康拉德、誓不向宙斯屈服的普罗米修斯等，这些人物形象都有崇高的品格。

拜伦诗的语言丰富多彩，有一种雄伟劲健的魄力和暴风雨般的气势。和李白一样，在他的诗中处处闪耀着他独特的个性。拜伦诗所体现的是西方美学的崇高美，即人与自然、个人与社会是相对立的，在对立的冲突中显现出个人的意志和力量。他的诗歌如狂涛，如疾风，是力的交响、力的礼赞，有一种横扫千军、无坚不摧的宏大气势和力量，具有崇高的风格。

李白和拜伦都有率真的风格，因李白和拜伦都有一颗天真、坦率、真诚的赤子之心。他们的心灵是透明的。他们的城府不深，经常将自己的心事很轻易地吐露给别人。他们透明的人格、真诚的心灵、坦率的态度，宛如赤子之心般的天真，却是与读者的心相通的。我们常为诗人们真挚的感情、真诚的情意、坦率无饰的言语所打动。他们的心灵是向读者敞开着的。他们的所思所想，都通过他们的诗篇毫无隐瞒地呈献给读者，把读者当作他们的知心朋友，让读者与他们一起共享他们的喜怒哀乐。真诚和坦率，使他们的诗歌呈现率真之美。

从诗的内容和题材方面来看，李白和拜伦都写了数量众多的政治抒情诗和讽刺诗，鞭笞社会的黑暗和腐朽，表达他们对祖国和人民的关心热爱之情。他们都热爱大自然，热爱历史和文化，写了许多咏怀古迹和山水风光的优美诗篇，像李白的《蜀道难》《望庐山瀑布》《西岳云台歌送丹丘子》《望天门山》《苏台览古》及拜伦《恰尔德·哈罗尔德游记》中的异国风情诗、《唐璜》中的《哀希腊》都是写景咏怀的名篇。

同时作为东西方两位最著名的浪漫诗人，他们的诗都充满着火一样的激情、梦幻般的丰富想象，有一种浪漫神奇的色彩。他们都常用神话传说和历史传奇来寓意现实，表达理想和愿望。李白诗中既有中国古代神话传说，又有道教中的仙人故事和庄子的寓言故事。而拜伦的诗歌也常常取材于古希腊罗马神话和《圣经》中的传说故事。这些神风仙气扑朔迷离的神话传说，再加上诗人出神入化的丰富想象，使得他们的诗歌产生了一种奇幻瑰丽的浪漫色彩。

三、东方诗仙与西方诗魔

由于时代、经历和个性的差异，东西方文化背景的不同，李白、拜伦二人之间的差异也是显而易见的。毕竟李白是中国古典的浪漫诗人，而拜伦是西方近代的浪漫主义诗人。

李白生活在中国封建社会的极盛时期，接受的是中国传统文化的教育，受到儒、道、释等思想的影响，因此，他既有儒家强烈的入世精神，又有道家激烈的批判意识和释家的超世思想。他对封建统治者既有反叛的一面，也有留恋和幻想的一面。他的一颗爱国济世之心，始终都没有冷却。他对唐玄宗既批判又留恋，他毅然辞京还山，不与统治者同流合污，同时又"去去复去去，辞君还忆君"（《拟古》其十）、"却望长安道，空怀恋主情"（《观胡人吹笛》），表现出矛盾的思想和人格。由于时代的限制，李白不可能同封建礼教及他所身属的社会和阶级作彻底的决裂，他不可能走得太远。因此，他所追求的个性解放和思想自由都是有限度的，甚至于可以说是不自觉的、比较朦胧的要求。而拜伦在英国资产阶级工业革命和法国资产阶级大革命的影响下，勇敢地叛逆了英国封建贵族，站在新兴资产阶级的立场上，像狂飙一样猛烈地向旧阶级、旧制度勇猛宣战，被欧洲的封建阶级和殖民者视为恶魔和洪水猛兽。他的叛逆精神和斗争态度，都要比李白激烈、彻底、鲜明得多，算得上是一个新兴资产阶级的革命之士，而李白只能算是封建社会中地主阶级知识分子中的一个有识之士和较早觉醒者，还没有明显的革命意识，也算不上是一个革命之士。但这并怪不得李白，而是时代限制了他，在他的时代，还没有一个代表新的生产关系的新阶级出现。虽然拜伦狂飙突进，对封建反动势力战斗极力，表现出了大无畏的革命精神，但是他的精神支柱却是资产阶级个人英雄主义。他看不到人民的力量，因此他往往陷入不可自拔的忧郁和苦闷之中，感到非常孤独。拜伦的朋友很少，性格内向孤僻。他不像李白那样豪放旷达，喜欢广泛交游。

拜伦诗中所描写的拜伦式的英雄，如曼弗雷德、该隐、康拉德，都是些性情孤傲、落落寡合、脾气怪谲的人。他们孤身与社会或上帝对抗，内心充满着不为世人所理解的深沉苦闷，性情孤独而忧郁，有浓厚的悲剧色彩。拜伦诗中很少有欢快的调子，虽然其诗不乏俏皮和机智博得人们一笑，但那笑却是辛辣的苦恼人的笑。而李白诗歌在这方面却与他有些不同。李白诗虽然也有愤怒的呼喊、悲愤的倾诉和大胆的讽刺，但李诗的基调却是豪放的、高昂的、明朗的、达观的，而不是忧郁苦闷、悲观绝望的。尤其是李白的游仙诗和游侠诗，所表现的更多的是飘逸奔放或激昂慷慨的情调。这大概是中西文化精神不同的缘故。因为西方是基督精神的罪感文化，人是天生有罪的，人性是恶的，因此，西方人总有负罪和赎罪之感的沉重思想包袱，觉得人生是灰暗的。而中国是儒道的乐感文化，认为人性是善的，人人可为尧舜，美善是人生的主流。儒家教人向善，而道家、释家教人超脱，故思想上没有那么多的沉重负担。故在东方文化中，人的天性是神仙圣贤，而在西方文化中，人的天性却是恶魔撒旦。这也许就是形成诗仙李白和诗魔拜伦的一个原因。

李白和拜伦的诗歌虽然都是以崇高美为主要风格的，但李白的崇高与拜伦的崇高也有所不同，李白的崇高是中国的天人合一，是人与道的合一，物与我的同一。李白常常在酒中和诗的幻想中达到这种物我两忘、天人合一的理想境界。在李诗中的崇高形象就是能与天地往来、与宇宙精神相通的“大人先生”，以及由天人合一精神所幻化出的高山大川、英雄豪杰。

拜伦的诗却与此不同，他的崇高美的风格却表现在天人对立的方面。他所歌颂的人物都是反抗社会、反抗天帝的“撒旦”一般的叛逆者。如该隐和普罗米修斯都是天帝的叛逆者，他们站在“恶魔”的立场上与天帝对抗。他在诗中所描写的海盗与社会的抗争、人与大海的搏斗，就表现出人与社会、人与大自然的对立和冲突，体现出一种不和谐的崇高美，在对立和冲突中来体现人的力量和反抗精神的崇高。但在天人的对立和冲突中，个人总是扮演着一个失败的角色，因此，他的诗歌所表现的是一种悲剧的崇高美。而李白的崇高美中却有飘逸旷达的一面，体现的是一种东方式的天人和谐之美。

在诗的题材内容方面，二人也有所不同。李诗中除了政治抒情诗和风情山水诗，大部分都是赠答送别之诗，歌颂的主要是朋友之间的友情（虽然前人曾讥评他诗中多写妇人与酒，但这只是与中国诗人相对而言，而且李白写妇女的诗多是有寓意比兴的，写爱情的诗还是占极少数）。而拜伦除政治讽刺诗外，所写的不论是抒情诗还是叙事诗，其中多离不开爱情。李白写给朋友的诗，量多而质优,情深而意长。像《送友人》《黄鹤楼送孟浩然之广陵》《闻王昌龄左迁龙标遥有此寄》《沙丘城下寄杜甫》等,都是脍炙人口、传诵千古的名篇。而拜伦的《书赠奥古斯达》《雅典女郎》《当我们俩分别》,以及长诗《海盗》中的《那温柔的秘密深藏在我心底》、《唐璜》中关于唐璜和海蒂的爱情故事,都是对爱情的热烈赞歌,写得最情意缠绵。正如朱光潜所说:这大概是因为中国诗人重仕宦,他们的大半生光阴是在仕宦羁旅中度过,朝夕所接触的不是妇女,而是同僚和朋友。而西方诗人经常可以与妇女一同出入社交场合,女子的社会地位较高,又较有文化教养,容易互相倾慕沟通的缘故(参见《诗论·中西诗在情趣上的比较》)。

李白和拜伦,作为中西方两个最著名的浪漫诗人,他们对中国及世界的浪漫主义诗歌的影响,是十分巨大和深远的。李白对他之后中国所有的重要诗人尤其是浪漫主义诗人都有过重大的影响,像李贺、杜牧、苏轼、辛弃疾、陆游、杨万里、高启、龚自珍等著名诗人,无不深受其惠。他的影响还超出了国界,远及海外。如日本的松尾芭蕉,伊朗的获默·伽亚漠,西方的意象派诗人庞德、艾略特等,都受到过李白的深刻影响。拜伦在西方的影响更为巨大。德国的海涅,法国的雨果,俄国的普希金、莱蒙托夫,波兰的密茨凯维奇,匈牙利的裴多菲等,都很推崇他的诗歌,深受他的影响。拜伦对近代以来的中国诗人和作家也很有影响,如马君武、苏曼殊、郭沫若、鲁迅等诗人和作家都吸收过他的精神营养。尤其是李白与拜伦为争取自由解放,与黑暗社会和反动统治者做斗争的顽强不屈的战斗精神,更是鼓舞着一代代的志士仁人为争取一个更加美好的理想世界而奋斗的有力武器。

(原载《中州学刊》1991 年第 6 期)

王维、孟浩然异同论

一、王、孟是唐代田园山水诗的代表

在唐代诗歌众多的流派中，王维和孟浩然为一大流派。这一诗派因以写山水田园诗为主，故又名为山水田园诗派。他们都以善写五言律、五言古闻名，诗风以“清雅”①、“冲澹”②著称，故世又称为“王右丞体”“孟浩然体”③，合称为王孟体。

从陶渊明、谢灵运到王、孟，山水田园诗终于经过了数百年的努力和发展，达到了历史的鼎盛时期。山水和田园诗也经过了由分到合的综合发展。王、孟的山水田园诗，可以说是集历代山水田园诗之大成，开创了盛唐时期的山水田园诗派，与高适、岑参为代表的边塞诗派双峰并峙，成了盛唐的两大诗派。

若按时间发展的先后顺序来说，王、孟应该颠倒过来，称为孟、王。因为孟浩然无论是在年岁上还是在创作的年代上，都在王维之前，是王维的先辈。孟浩然要比王维大约十二岁。

从个人的经历来看，在孟浩然的一生中，除了两次入京求仕的活动及到张九龄的幕府中一度任从事外，没有什么功名和官职，都是在隐逸中度过的，他可以算是一个典型的盛唐隐逸诗人。而王维却从十九岁中进士后，除了在淇上短

---

① 刘熙载《艺概·诗概》：“王孟及大历十子诗，皆尚清雅。”

② 《批点唐诗正声》：“浩然体本自冲澹中有趣味，故所作若不经思，盛丽幽闲之思，时在言外。”吕夔《重刊唐王右丞诗集序》：“论近体者，必称盛唐，若蓝田王右丞维，亦其一也。其为律绝句，无问五七言，皆庄重闲雅，浑然天成。至于古诗，句本冲澹，而兴则悠长。”

③ 严羽《沧浪诗话·诗体》：“以人而论，则有……孟浩然体……王右丞体。”

暂的隐居及嵩山隐居外，一生都在做官，而且大部分时间都是在朝中做官。在终南和蓝田辋川中，过的是亦官亦隐的吏隐生活，所接触的也多是朝中的王公贵人，有人把他划为是京城诗人，虽然不太准确，其实也不太过分。实际上他是一个“大隐隐朝市”的吏隐诗人。但在王维的周围，确实聚集着一批主要写山水田园诗的诗人，如裴迪、卢象、储光羲、綦毋潜、祖咏等人。这些人中大部分也都与孟浩然有过密切的交往。在山水田园诗派中，王维虽比孟浩然年岁要小，但从山水田园诗总的成就上及王维在诗坛上的领袖地位看，王维在山水田园诗派中的名次确实应在孟浩然之前，称为王、孟不是没有道理的。

写山水田园诗的不光是王、孟派的山水田园诗人，像边塞诗派的高适、岑参、王昌龄、崔颢、李颀等人，也都写有山水田园方面内容的诗歌。大诗人李白和杜甫的诗中，也有为数甚多的山水田园诗，而且他们的山水田园诗的成就其实也并不亚于王、孟。但是，从总的方面来看，他们各自有自己的独特领域和独特的贡献与成就，其主要成就和力量并不在山水田园诗的方面，因此我们并不把他们包括在内。同样，王、孟等人除了山水田园诗，在其他方面也有不少杰作，比如王维的边塞诗，不但有相当的数量，而且成就也相当高，如其《少年行》《老将行》《使至塞上》《观猎》，无不是唐诗选本中必选的名篇。但从总的写作方向和艺术的独特成就方面，他们还是在山水田园诗方面的成绩和影响较大，因此，历代的诗论家都把王、孟认作是山水田园诗的代表。而其写山水田园的诗歌，又以五古和五律最好，于是便称其山水田园诗，尤其是用五古、五律所写的山水田园诗为“王孟体”。

二、王、孟诗精神风貌的相似处

那么，王孟体的诗歌的共同特点是什么呢？也就是说，王维和孟浩然的诗歌有什么共同之处呢？

首先，王、孟二人的诗歌充满着盛唐时代的理想主义精神。他们早年都怀着建功立业的梦想，想为大唐干出一番事业，都是盛唐时代进步势力的追随者。孟浩然早年游洞庭湖时，就向当时为岳州刺史的张说赠《望洞庭湖上张丞相》一诗求荐，表示他愿追随张说干一番事业。他于开元十七年和二十二年两次入京求仕,当时正是盛唐的鼎盛时期,贤人当政,玄宗也正是处于有为之年。开元二十五年,贤相张九龄被贬为荆州长史,孟浩然便毅然从其幕下,署为从事。王维也是如此,他早年登第,入仕较早,也是想为大唐干一番事业的。开元二十二年,张九龄当政为中书令,王维向他献《上张令公》诗求荐,表示愿追随他“致君光帝典”。开元二十三年,他被张九龄擢为右拾遗,感到十分感激,还向张九龄上了《献始兴公》一诗,诗中说:“侧闻大君子,安问党与仇。所不卖公器,动为苍生谋。”对张九龄的用人以贤而不以亲疏、“不卖公器”的正人君子的作风表示钦佩,并表示愿意为“帐下”,但“感激有公议,曲私非所求”,即自己追随张九龄,完全是出于为公为国的考虑,并非为一己之私。后来,盛唐的最后一位贤相张九龄被奸相李林甫排挤出朝后,王维对仕途感到十分失望,从此便采取了“亦官亦隐”的态度,与李林甫辈虚与委蛇,对政事就不再那么关心了。这说明孟、王二人都是怀着一颗报国之心,怀着兴盛大唐的理想,愿为国家和民族贡献一分力量的,正是盛唐时代的这种理想主义的精神,贯穿着他们的思想,激励着他们追求一种理想的境界。虽然在政治上并没有成功,但在他们的山水田园诗中表现了出来。

王、孟的山水田园诗中,盛唐的理想主义精神也得到了充分的展现。他们在诗中,充分地展现了祖国疆域的辽阔、山河的壮丽、林泉的秀美、田园的宁静及各地风土人情的淳厚。盛唐时代人民的安居乐业、物产丰饶、交通发达及国力雄厚都在他们的诗中得以体现。他们的诗也不完全是现实的写照,而带有很浓的理想主义成分。当然这些理想也是离不开社会现实的客观基础的。没有盛唐强大的政治、经济、军事和文化作为后盾,其理想主义也无以表现。

其次,王、孟山水田园诗的风格特征也有共同的地方,那就是“清空”与“雅淡”。明代诗论家胡应麟说:“五言律体,极盛于唐。要其大端,亦有二格:陈、杜、沈、宋,典丽精工;王、孟、储、韦,清空闲远,此其大概也。”(《诗薮》内编卷四)指出他们同有“清空”的特色。纪昀说:“王、孟诗大体相近,而微不同。王清而远,体格高浑。孟清而切,体格俊逸。”(朱庭珍《筱园诗话》卷一引)也指出了他们诗歌“清”的特点。关于王、孟诗的“雅淡”,清人施补华认为,是他们学陶的结果:“陶公诗一往真气,自胸中流出,字字雅淡,字字沉痛。盖系心君国,不异《离骚》,特变其面目耳。……后来王、孟、韦、柳皆得陶公之雅淡,然其沉痛处,率不能至也。境遇使然。”(《岘佣说诗》卷二八)所谓“清空”与“雅淡”,说得明白一点，就是说他们的山水田园诗，在写景方面意境清新，用语雅洁简淡，意象不堆垛，较为疏朗，给人留下较大的想象余地和空间；在情感方面，他们性情淡泊，优雅和缓，有绅士风度，情感表达方面较从容不迫，不像李、杜诗那样昂扬激烈。这虽与他们的气质有关，但也是由他们退隐的生活方式和与世无争的人生态度所决定的。

弊庐在郭外，素产惟田园。左右林野旷，不闻朝市喧。钓竿垂北涧，樵唱入南轩。书取幽栖事，将寻静者论。（孟浩然《涧南即事贻皎上人》）

晚年惟好静，万事不关心。自顾无长策，空知返旧林。松风吹解带，山月照弹琴。君问穷通理，渔歌入浦深。（王维《酬张少府》）

孟浩然这首诗，写了远离朝市，垂钓北涧，听歌南轩，优游林野的隐居之乐。诗中对田园的景色作了简略的描绘，具有陶诗的疏淡之风，而其心胸却平淡如山涧之水，宁静似田野里的晚风，体现出盛唐隐逸之士逍遥于林泉，寄情于田园的生活情趣和淡泊名利的情怀。在天宝年间，唐王朝的朝政被李林甫和杨国忠把持，王维既不能像李白一样毅然辞京还山，与当政的权势决绝，也不敢得罪他们，于是便采取了"万事不关心"的退避态度，退朝之后，便隐入山林，过着亦官亦隐的"吏隐"生活。此诗"松风吹解带，山月照弹琴"二句，以清雅淡疏之笔，创造了一个胸怀高雅、志趣淡泊的山林隐逸之高士形象。从思想上来看，此诗"好静"是思想之"清"，"万事不关心"是心境之"空"。从情意上来看，"松风吹解带"表现的是胸襟之"淡"，"山月照弹琴"吟咏的是风度之"雅"。此二诗最能代表王、孟的"清空""雅淡"之风，这是王、孟诗的主要审美倾向。

王、孟的山水田园诗，在语言方面有一个共同的特点，那就是主要体现在风格"自然"上。清人吴汝伦说："王、孟诗专以自然兴象为佳，而有真气贯注其间。"（高步瀛《唐宋诗举要》卷四引）所谓"自然兴象"即写景自然，所谓"有真气贯注"，即其诗有一份真情贯注其中。"自然"与"真"，皆是老庄的美学观念。老子说："道法自然。"（《老子》第二十五章）庄子说："不真不诚，不能动人。"（《庄子·渔父》）在道家看来，真情是出于自然的，所以二者是一致的。清人刘大勤说："王孟假天籁为宫商，寄至味于平淡，格调谐畅，意兴自然，真有无迹可寻之妙。"（《师友传续录》卷一五）所谓"假天籁为宫商"，即是说其诗的音律自然，不拗口，如天籁自吹，自然成音。所谓"寄至味于平淡"和"意兴自然"，是指其诗不雕琢，少刻画，笔简意淡，而味不少减。如风行水上，自然成纹，诗成后无迹可寻。这正是老庄的"道法自然"在审美思想上的体现。然而,这并不是说他们的诗歌不经锤炼,没有下过钻研的功夫,相反,应是"百炼钢化为绕指柔",正是"既雕既琢,复归于朴"(《庄子·山木》)的结果。在这一点上,王、孟是得陶渊明真传,即"豪华落尽见真淳"(元好问《论诗绝句三十首》其四)。返璞归真是艺术的极致,也是艺术上炉火纯青的境界。

王、孟诗在意象方面的一个特点是他们的诗都富有画意。苏东坡说王维诗"诗中有画"(《东坡题跋》),其实孟浩然诗也有这个特点。清人贺贻孙说:"诗中有画,不独摩诘也。浩然情景悠然,尤能写生。其便娟之姿,逸宕之气,似欲超王而上,然终不能出王范围内者,王厚于孟故也。吾尝譬之:王如一轮秋月,碧天似洗;而孟则江月一色,荡漾空明。虽同此月,而孟所得者,特其光与影耳。"(《诗筏》)因山水田园诗对景色和风光多所描绘,因此,王、孟诗中有画,应是当然之理。不过王、孟于此略有差别,即孟浩然诗多是旅行记游之作,多是动态的画面,似山水长卷,即所谓"写生"是也。而王维的诗,多是静态的画面,无论是山水还是田园的风景,多如画家静穆的田园山水小品。

从情景交融的方面来看,王、孟山水田园诗的"兴象"和"神韵"①,显然比前代更高一筹。即是说,他们的山水诗已不是晋宋时对自然山水形貌的纯粹刻画,而是在形象中已引入兴寄之意,将自己的理想和情感及审美的情趣寄于山水田园的描绘之中,情与景不再是两截,而是融为一体了。在这方面他们继承了陶诗以象写意、情景一体、"气象浑沌"的特点。他们寄意于兴象,寄情于景,其山水田园诗实际上是他们所创造的理想中的山水田园,是隐士的乐土。诗中体现出诗人所追求的情韵和风神。因此,明清的性灵派和神韵派,最推崇的就是王、孟的山水田园诗。

王、孟山水田园诗的这种主要审美倾向,主要是由他们的五古和五律诗体现的。孟浩然集现存诗 271 首,其中五言诗 248 首,约占其诗总量的 92%。王维诗现存 479 首,其中五言诗 366 首②,约占其诗总量的 76%。历代诗家都盛赞王、孟诗最长于五言。清人姚鼐说:"盛唐人诗,固无体不妙,而尤以五言律为

---

① 殷璠《河岳英灵集》卷上:"浩然诗文彩丰茸,经纬绵密,半遵雅调,全削凡体。……无论兴象,兼复故实。"胡应麟《诗薮》内编卷二:"孟五言不甚拘偶者,自是六朝短古,加以声律,便觉神韵超然。"卷四又云:"高、岑、王、孟以韵胜。"

② 孟诗是据佟培基《孟浩然诗集笺注》,王诗是据清赵殿成《王右丞集笺注》统计。

最，此体中又以王、孟为最。以禅家妙悟论诗者正在此耳。”（《惜抱轩文集·五七言今体诗抄序目》）清人李重华也说：“五言律杜老固属圣境，而王孟确是正锋。向后诸名家，竭尽心力，不能外此三家。”（《贞一斋诗说·诗谈杂录》）王士源称孟浩然“五言诗天下称其尽美”（《孟浩然集序》），至于王、孟的五言排律，除杜甫外，被称为是与李白、高适相齐名的“盛唐四家”。五言绝句，王、孟也与李白、崔国辅齐驱“并驾”（并见高棅《唐诗品汇·五言排律叙目》）。

五言诗与七言诗不同。五言诗成熟得较早，在汉末以后就成了诗歌的主要诗体，在“三曹”、“建安七子”、阮籍、陶渊明、谢灵运等人手中就已十分成熟。七言诗虽也起源于汉魏，但到了初唐才初具规模，到了盛唐时代才蔚为大观。五言诗和七言诗，一句之中虽只两字之差，所表现的思想感情力度却大不相同。七言较五言由于多了一个音节，就更加抑扬顿挫，跌宕起伏。盛唐的七言尤其是七言古诗写得跌宕腾挪，气势开张，具有一种意气风发、豪迈飘洒的风格，较适于表现较为外向的大起大落、大气磅礴的思想感情。而五言却不同，尤其是五律和五绝，句子较短，篇幅较小，较适于表现较为内敛的舒缓含蓄、超然冲淡的思想感情，适于描写自然风光和景色。这两种诗体，本身就有所适应的题材范围和语体风格。因此，山水田园诗多用五言，尤其是多用五律（五律中二联对仗尤宜写景），就是可以理解的了。王、孟的五古、五律和五绝之所以写得好，也是因为这些诗体较为适于表现山水田园的恬静风光与隐逸萧散的思想感情。文学史上的王孟体，从内容题材上来说，主要是指山水田园诗，从诗体上来说，主要指的就是五言诗体。

三、王、孟诗个性的差异处

王维与孟浩然虽同是盛唐时代山水田园诗的代表人物，有着共同的政治理想、大体相同的审美倾向、近似的语言风格和嗜于五言的写作情趣，但他们毕竟在人生经历、性格特点、写作习惯、创作方法甚至才性差异等方面都有许多不同，具体表现如下。

人生的经历和身份的差异。孟浩然虽然也曾胸怀理想，致身功名，有志济世报国，但他的一生，毕竟没有做官，是以隐老终身。他一生的名分只是一个隐士，终身布衣。他除了两次入京求仕的活动，一直是生活在家乡田园和漫游活动之中。他的人生经历比起王维来，相对来说要简单得多，思想也单纯得多。他的归隐田园是真隐，而不是假隐。他是真隐士，而不是假隐士；是山人，而不是朝士。他的性格也要比王维坦率耿直得多，在他的身上有一股子布衣的兀傲之气和隐士高人的清高之气。这从两个有关他的传说中可以看得出来。一个是《新唐书》本传上所记载的，说是唐玄宗在王维府第中见到孟浩然："帝问其诗，浩然再拜，自诵所为，至'不才明主弃'之句，帝曰：'卿不求仕，而朕未尝弃卿，奈何诬我？'因放还。"孟浩然在皇帝面前竟敢吟诵出"不才明主弃"的诗句，分明是当着皇帝的面，对皇帝的不识人才与不用人才之举表示不满，没有一股知识分子的傲气，他是绝不敢为此的。此虽为传说，不一定有其事，但由此可见孟浩然性格之一斑。其二也是出于《新唐书》本传（唐人王士源《孟浩然集序》亦载此条）："采访使韩朝宗约浩然偕至京师，欲荐诸朝，会故人至，剧饮欢甚，或曰：'君与韩公有期。'浩然叱曰：'业已饮，遑恤他！'卒不赴。"此条亦说明孟的性格中确实有桀骜不群，不把功名富贵放在眼里的一面。这种布衣的傲气，王维是没有的。其趋舍行藏在我的独立人格，是比较突出的。所以，他深得李白的青睐，写诗赞他"吾爱孟夫子，风流天下闻。红颜弃轩冕，白首卧松云。醉月频中圣，迷花不事君。高山安可仰，徒此揖清芬"（《赠孟浩然》）。这是李白对孟浩然人格的高度评价和颂赞，李白是把他引为同道的。王维是缺乏这种人格魅力的。

王维的人生经历要比孟浩然复杂和丰富得多。他少年得志，很早就中第做官，中间虽经过几次贬谪和挫折，但在仕途上却一直是比较顺当的，由从九品一直做到正四品的大官。他虽也有报国的理想和抱负，张九龄被罢相后，他对仕途心灰意冷，但他并没有辞官，并没有与李林甫等决裂，而是采取消极退避、亦官亦隐的态度，与这些小人虚与委蛇。他的思想和性格都是比较软弱的，对功名富贵也较恋栈。尤其是在安史之乱陷贼被迫为伪官，虽然肃宗并未治其罪，但他却心怀畏惧，从此在朝中抬不起头来，更不用说有所作为了。其明哲保身的哲学，畏首畏尾的心理，使他晚年的诗疲苶不振，意志消沉。他的隐逸有些骑墙的味道，他从来都不是一个真隐士，而是一个"朝隐"或"吏隐"的代表人物，既不失荣华富贵，又不失隐逸之乐。他对后代的失意官僚影响最大，如白居易在中年失意之后，便学的是王维的"朝隐"之道。但王维性情温厚，事母至孝，笃于兄弟友于,朋友交情。当其弟王缙远任蜀州刺史时,他上表愿尽削己官,请求将王缙迁至朝中。对朋友像孟浩然、綦毋潜、裴迪等人交情极笃。他的经历远比孟浩然丰富多彩,既与王公显贵游处,又与下层文士及隐逸交往,曾西至边塞,南赴岭外,见识极广,并且多才多艺,悟性极高,诗、书、画、音乐等均有极高的修养。因此,他的诗作在内容和艺术上都较孟浩然丰厚且富有表现力。在宗教方面,王、孟二人都信佛信道,但孟浩然只是受时俗所染,是浅层次的,诗中只是将佛道字面装点,基本上是一位俗士,而王维却笃于佛教,几与佛徒无异,其诗充满了佛理和禅机。

在诗的内容和题材上,孟浩然由于阅历所限,他本人终身隐逸,故其诗范围仅限于山水田园方面。他虽然也写了几首如《送陈七赴西军》《送告八从军》《送朱大入秦》等鼓励友人报国从军、立功疆场及入秦任侠的诗,但很少有激昂慷慨的作品。除了与友人的交游送友诗,就主要是山水田园诗了。而王维除擅长山水田园诗外,还有应制、饯别、酬赠、咏史、边塞等方面的诗。其中边塞诗的成就也极为突出,像《少年行》《老将行》《从军行》《陇西行》《观猎》《使至塞上》等,都是写边塞的名篇,其成绩仅次于其山水田园诗。而孟浩然却没有到过边塞的经历,也没有写过边塞诗。

同样,在诗歌的体裁上,孟浩然独善五言,其五古、五律、五排、五绝都写得很好,王士源称赞孟浩然说,其"五言诗天下称其尽美矣"(《孟浩然集序》)。而其七古、七律、七绝诗不但写得很少,且成绩远不能与其五言诗相比①。王维诗则众体兼善②。他的五言诗,尤其是他与孟浩然的五律被认为是盛唐之最③,其五绝被认为是与李白齐名④。他的七古除李、杜外,与高适、岑参、李颀齐名⑤,

---

① 谢榛:"浩然五言古诗近体,清新高妙,不下李杜。但七言长篇,语平气缓,若曲涧流泉,而无风卷江河之势。"(《四溟诗话》卷二)王世懋:"诗有必不能废者,虽众体未备,而独擅一家之长。如孟浩然洮洮易尽,止以五言隽永,千载并称'王孟'。"(《艺圃撷余》)

② "唐人诸体诗都臻工妙者,惟王摩诘一人。"(牟愿相《小澥草堂杂论诗》)

③ "盛唐人诗,固无体不妙,而尤以五言律为最,此体中又以王孟为最。以禅家妙悟论诗者正在此耳。"(姚鼐《惜抱轩文集·五七言今体诗抄序目》)

④ "开元后,独李白、王维尤胜诸人。"(《唐诗品汇·五言绝句叙目》)

⑤ "唐七言古诗,整齐于高、岑、王、李,飘洒于太白,沉雄于少陵。"(管世铭《读雪山房唐诗凡例·七古凡例》)

七律仅次于杜甫①,七绝与李白、王昌龄鼎足而立②。王维的集中还有七首六言体。六言体本非王维独创,在初唐中宗时即有,如沈佺期、裴谈等人的《回波乐》即是,但把六言诗推上艺术顶峰的,却非推王维这七首《田园乐》不可。这种六言体,不但孟浩然的集中没有,李、杜、高、岑等人也没有,也可以说是王维迥异盛唐诸公的标新立异吧。由以上对比来看,只能说孟浩然是一个偏才,而王维却是一个全才,除了李、杜,王维确实是盛唐最杰出的诗人。

同样,在艺术的综合素质上来讲,孟浩然也比不上王维。除诗歌外,王维还精于绘画、音乐,在唐代的绘画史上,王维是南宗的开派大师③。在音乐方面,他的修养也很高,传说他为公主弹了一曲《郁轮袍》,深得公主的欣赏,举为解头(见薛用弱《集异记》),又深通乐理④,故其诗多有画意。他是以画家的眼光来看田园和山水的,因此,"江流天地外,山色有无中"(《汉江归泛》),是用中国画高远的视角、散点透视来观察的,而其"大漠孤烟直,长河落日圆"(《使至塞上》)则是以画家的眼睛用横、竖、曲、圆的线条来构图描绘塞上风景的。他的山水诗多用静态的画面来表现,而孟浩然则是以一个不断移动的旅行家的眼光来看山水的,故其山水诗移步换形,多有动感,如一幅幅山水连续镜头组成的山水长卷。对山水的描写上,王诗有时则用画家的皴染手法,层层设色渲染,色彩对比鲜明,如:"荆溪白石出,天寒红叶稀。"(《山中》)"乍向红莲没,复出青蒲飏。"(《鸬鹚堰》)白石与红叶、红莲与青蒲色彩对比,明朗而和谐。而在孟浩然的山水诗中,常用的却是白描手法,缺乏强烈的色彩对比。此外,王诗中是很善于表现声音的,尤其是自然界的声音。在"飒飒秋雨中,浅浅石溜泻。跳波自相溅,白鹭惊复下"(《栾家濑》),"人闲桂花落,夜静春山空。月出惊山鸟,时鸣春涧中"(《鸟鸣涧》)等诗中,你仿佛听到了秋雨的飒飒作响、流水的跳溅声与春夜空山的鸟鸣声。诗中有音乐,这也是王维诗的一个特点。

由于王、孟的出身与身份的差别,致使他们的田园诗和山水诗也产生了一

---

① "王右丞精深华茂,独出冠时;终唐之世,与少陵分席而坐者,一人而已矣。"(管世铭《读雪山房唐诗凡例·七律凡例》)

② "摩诘、少伯、太白三家,鼎足而立。"(管世铭《读雪山房唐诗凡例·七绝凡例》)

③ "禅家有南北二宗,唐时始分。画家之南北二宗,亦唐时分也。但其人非南北耳。北宗则李思训父子,著色山水。……南宗则王摩诘,始用渲淡。"(董其昌《画旨》)

④ 《旧唐书·王维传》:"人有得《奏乐图》,不知其名。维视之曰:'《霓裳》第三叠第一拍也。'好事者集乐工按之,一无差,咸服其精思。"

定的差别。以田园诗来说,孟浩然由于本身就是一位出身于农家并长期隐居在自己家乡田庄的布衣之士,并亲身参加过一些如采樵、种瓜等农业劳动,与村庄内的野老村夫有过真正的交往①,他也是过着真正的隐逸田园的生活,故他所吟咏的田园,可以说是真田园。在这方面,他与陶渊明的田园生活是颇有相同之处的。因此,在他的田园诗中,我们还可以看到盛唐时田家(当然主要是地主方面的生活)某些真实生活面貌和农人的一些真实感情:

昨夜斗回北,今朝岁起东。我年已强仕,无禄唯尚农。桑野就耕父,荷锄随牧童。田家占气候,共说此年丰。(《田家元日》)

田家春事起,丁壮就东陂。殷殷雷声作,森森雨足垂。海虹晴始见,河柳润初移。予意在耕凿,问君田事宜。(《东陂遇雨率尔贻谢南池》)

这些诗都写了孟浩然与农家的交往及对农事的关心。上首写了他"桑野就耕父,荷锄随牧童"的亲事农耕,十分关心气候对农业生产的影响,后首写了他见田中落雨的喜悦心情,末二句说"予意在耕凿,问君田事宜",可见他对农民的劳动生产是时时记在心间的。也就是说,他对赖以生活的农作活动是念兹在兹,十分关心的,并对农人的思想感情确实有一种强烈的认同感,因为他本身就是列于其间的一分子。他与农家人交朋友,时常与他们"把酒话桑麻"(《过故人庄》)。虽然他有时也会超然世外,做他的隐士,但他毕竟离不开他生活的土壤,因此,他的田园诗是入于其内的,有一股浓郁的乡土气息,有一定的农家本色,而不是一味地清高。而王维的田园诗却不同。因王维出身于官宦人家,自己本身又一直是朝廷官员,他所隐居的是自己的别墅,而不是真正的田家。他本身也不曾参加过农业生产劳动,所接触的也多是士大夫式的农家,而不是真正的农人。在他的田园诗中,他只是一位立于田家之外的旁观者,其诗"野老与人争席罢,海鸥何事更相疑"(《积雨辋川庄作》)中的"野老"只是在农村闲居的官僚,即披着农人衣服的士大夫。因之,在他的田园诗中,常有一种居高临下的"干部下乡"的感觉,对农家的疾苦,也只是同情和怜悯式的俯察,而没有切肤的身同实受之感。他的田园诗只是得其形,而孟浩然的田园诗却是得其神。故清

① 参见孟浩然《采樵作》:"采樵入深山,山深树重叠。桥崩卧槎拥,路险垂藤接。日落伴将稀,山风拂薜衣。长歌负轻策,平野望烟归。"《南山下与老圃期种瓜》:"樵牧南山近,林闾北郭赊。先人留素业,老圃作邻家。不种千株橘,惟资五色瓜。邵平能就我,开径剪蓬麻。"

人施补华说王维“其人清贵,盖山泽间仪态,非山泽间性情也。若孟公真山泽之癯矣”(施补华《岘佣说诗》)。

在山水诗方面,二人也有所不同。孟浩然的山水诗,着重于一个旅行者的观感,凭的是热爱山水的兴趣,更着重的是旅行中的过程和即景的感兴,因此他的山水诗多是叙述和描写随时的感受,没有经过过多的沉思,所见不深。而王维的山水诗,却更多地融入自己的理性思考,将人生的哲理与禅思融入诗中,而以意象出之。像“行到水穷处,坐看云起时”(《终南别业》)、“分野中峰变,阴晴众壑殊”(《终南山》)等,直开宋人苏轼等人的理趣诗先河。孟诗常是诗中见人,直抒其情,其感情是外现的,而王诗尤其是他的山水五绝,却貌似客观,人在诗外,其感情是内在的,自己却不露声色。在描写山水景色方面,孟诗对景色并不着意刻画,而是景随情迁,只是点到而已,意象疏朗,胸怀淡然,有陶诗之风,而王诗却精雕细琢,有的诗写景浓墨重彩,色泽鲜明,具有大小谢诗的特点。孟浩然因是南人,又专程多次漫游荆楚吴越,故其诗多写南方秀丽的山水景色,而王维因是北人,对关中、河东、中原及西北边塞的雄伟河山多所接触,故多写北方的雄浑壮丽的山河。他们一南一北,一秀丽一壮美,一真朴一高华,相辅相成,相得益彰,将中国的大好河山之美尽收笔下。

王维和孟浩然诗另一个差异是近古与近今的差异。孟诗近古诗(指汉魏以来的古体诗,主要指五古),而王诗近今诗(指唐代的近体诗,主要指五、七言律体)。明人李东阳说:“唐诗李杜之外,王摩诘、孟浩然足称大家。王诗丰缛而不华靡,孟却专心古澹,而悠远深厚,自无寒俭枯瘠之病。”(《麓堂诗话》)其中指出孟的“古澹”即是指他的诗近古体,而王的“丰缛”,即指近体诗的藻饰。孟浩然的五言诗,无论是五古还是五律,都是多单笔而少复笔,他的五律多有“以古入律”的现象,甚至是全首无一对偶者。如《晚泊浔阳望香炉峰》一诗,就是如此:“挂席几千里,名山都未逢。泊舟浔阳郭,始见香炉峰。尝读远公传,永怀尘外踪。东林精舍近,日暮但闻钟。”此是孟浩然之名作,历受后代诗家好评。王士祯赞此诗曰:“诗至此,色相俱空,政如羚羊挂角,无迹可求。画家所谓逸品是也。”(《带经堂诗话》卷三)沈德潜曰:“(五律)又有通体俱散者,李太白《夜泊牛渚》、孟浩然《晚泊浔阳》……兴到成诗,人力无与。”(《说诗晬语》卷上)此诗因基本上合平仄,因此后人多将它作无对仗之五律来看。其实严格地说起来,还是作为一首五古来看比较合适。此诗最大的特点是自然而不造作,作诗如口语，脱口而出，是诗家最为推崇的“五律有清空一气，不可以炼句炼字求者，最为高格”（《岘佣说诗》）的那种具有汉魏古诗“气象浑沌，难以句摘”的律诗。此诗以象写意，以情驱景，造成一种意象浑融、情景一体的意境，浑然有陶诗之风。再如《舟中晚望》一诗：“挂席东南望，青山水国遥。舳舻争利涉，来往接风潮。问我今何去，天台访石桥。坐看霞色晚，疑是赤城标。”此诗是严羽认为“彻首尾不对”（《沧浪诗话·诗体》）的律诗，但也有人认为此诗颔联是参差相对，谓之“犄角对”，即“舳舻”与“风潮”对，“利涉”与“来往”对（参见冒春荣《葚原诗说》卷一），可备一说。但从总的精神上来说，此诗仍是一首符合近体格律的古诗。

孟浩然的许多五律只有一联对仗，还时有“重以”“因之”之类的语助词（见《寻梅道士张逸人》）。他的诗更近于魏晋的古诗和陶诗，诗中情景并重，相互交融，受以象写意的古诗传统影响很大，如《武陵泛舟》：

武陵川路狭，前棹入花林。莫测幽源里，仙家信几深。水回青嶂合，云度绿溪阴。坐听闲猿啸，弥清尘外心。

此诗“律法清老，意境孤秀”（《唐诗选脉会通评林》），淡淡数笔，便勾画出了一个美丽的桃源之境，虽为五律，却只有“水回青嶂合，云度绿溪阴”一联对仗，且对仗自然，不显雕凿，如古诗一样自然平易。这是浩然五律的一个明显特点。即使是那些中二联对仗的五律，也是带着近体的躯壳，其神韵和精神仍是古诗的，如他的代表作《过故人庄》：

故人具鸡黍，邀我至田家。绿树村边合，青山郭外斜。开筵面场圃，把酒话桑麻。待到重阳日，还来就菊花。

此诗写得十分亲切有味，自然而不做作。虽为律诗，诗中却不用典，句句是平常语、家常话，宛如古诗一样平易，看不出近体诗的雕琢和修饰，也不追求语言的精工，而追求一首诗浑然一体、通篇浑成的效果，而这正是汉魏古诗的传统。虽是近体的躯体，却是古诗的灵魂。表面上是至浅至淡，不甚用意，实际上是至深至浓，锻炼至极，只是无痕迹可寻而已，以至于有人说，就是陶渊明作近体，“想不过如此而已”（《唐诗成法》）。律诗写工巧易，入朴实难，化绚烂为平淡尤难。此诗就是繁华落尽，只留真淳，可谓是唐诗中的逸品，受到后人的高度称赏。

与孟浩然“近古”的特征相比，王维的诗却是以“近今”为特征的。早在王维的同时人殷璠所编选的《河岳英灵集》中，对王维的诗即有“词秀调雅，意新理惬，在泉为珠，着壁成绘，一句一字，皆出常境”的评价。其中说他“词秀调雅，意新理惬”，显然是说他的诗少有汉魏古诗的传统，而具有唐人近体诗的特征。至于“在泉为珠，着壁成绘”，是用绘画的语言说他的诗具有近体诗的藻饰。明人王世贞说他的诗“由工入微，不犯痕迹”（《艺苑卮言》卷四），也指出其诗颇“工”的特点，只是工得不露痕迹罢了。他们的这些说法都切中肯綮。

先说王维的古诗。他的古诗，就与孟诗的古澹质朴有所不同。清人施补华就指出“摩诘五言古，雅淡之中，别饶华气”（《岘佣说诗》）的特点。“言入黄花川，每逐青溪水。随山将万转，趣途无百里。声喧乱石中，色静深松里。漾漾泛菱荇，澄澄映葭苇。我心素已闲，清川澹如此。请留盘石上，垂钓将已矣。”（《青溪》）“秋色有佳兴，况君池上闲。悠悠西林下，自识门前山。千里横黛色，数峰出云间。嵯峨对秦国，合沓藏荆关。残雨斜日照，夕岚飞鸟还。故人今尚尔，叹息此颓颜。”（《崔濮阳兄季重前山兴》）王维的这两首五古，前一首是仄韵诗，后一首是平韵诗，其韵味和汉魏与陶渊明的古诗之写法就很不一样，诗中有大量的对偶句。第一首诗的前八句都是对句，第二首的五至十句也全是对句。这些对句除了平仄格律（及第一首的仄韵）微有不合外，几与律诗无异。也就是说，他的五古的复笔较多，而不像是孟诗大部分是单笔：

> 东旭早光芒，渚禽已惊聒。卧闻渔浦口，桡声暗相拨。日出气象分，始知江路阔。美人常晏起，照影弄流沫。饮水畏惊猿，祭鱼时见獭。舟行自无闷，况值晴景豁。（《早发渔浦潭》）

孟浩然这首诗，通篇都是叙述，写景都是在叙述中进行的，几乎没有对句，即使有，也对得不多，且不甚工。孟诗重视的是诗的通体效果，只重整体，故对字句不甚琢磨。而王诗则对诗的字句打磨得甚工，很突出诗的重点描写，而重点描写多是用对句完成的，故他的五古给人以“别饶华气”的感觉。所谓“词秀”，所谓“调雅”，所谓“在泉成珠，着壁成绘”，主要就是指他诗中这些“秀句”所引发出的效果。而孟诗给人的却是通篇浑成的感觉，即重点不够突出，其诗中的所谓秀句太少，给人的印象就是其诗的“淡”，淡得有些不像诗。相反，王维的古诗是有些太秀了，“淡”味却不足，而且秀得不像是古诗，而像律诗，故明人陆时雍批评他“第律诗有余，古诗不足耳”（《诗镜总论》）。

再说律诗。前面说孟的五律有“近古”的特点，虽有近体的形式，其内质还是古诗的神情，那么王诗就不同了。他的律诗是典型的盛唐律诗，在律诗方面的成就，可以与杜甫媲美①。王、孟二人的律诗相比，“右丞诗精工，襄阳诗有乱头粗服处”（乔亿《剑溪说诗》卷上），也就是说，孟的律诗“乱头粗服”，不够工整，而王诗却有着“精工”的特点。如其《山居秋暝》即是一例：

空山新雨后，天气晚来秋。明月松间照，清泉石上流。竹喧归浣女，莲动下渔舟。随意春芳歇，王孙自可留。

王维诗从工丽入，晚年渐入平淡，其实是更加炉火纯青。此诗是诗评家交口称赞的名篇，或曰：“天光云影，无复人工。”（《历代诗发》）或曰：“随意挥写，得大自在。”（《唐宋诗举要》卷四）这首诗从光影、声色来描绘雨后秋山中的景色，有动有静，色彩满目，清韵盈耳。明月、清泉，以视角为主，以写其静；竹喧、莲动，以听觉为主，以写其声。在诗中营造了一个清幽如画的澄明境界，像“明月松间照，清泉石上流”二句，可谓是诗中的名句，其整丽精工，可谓前古未有，当世所稀。王维在五律方面的建树，较孟浩然为大，较李白为工，较杜甫为早。李白的五律是学孟的，以古入律，基本上也是近体诗的躯壳，古诗的灵魂，也像孟一样，是不甚求工的。杜甫到了秦州时才始以全副力气写五律，比王、孟都要晚得多了。所以说，盛唐的五律基本上是在王、孟（具体地说是王维）手中才开始完全成熟起来的，到了杜甫才达到极盛。

王维不仅五律写得好，其五排、七律在盛唐名都列前茅。“论近体者，必称盛唐，若蓝田王右丞维，亦其一也。其为律绝句，无问五七言，皆庄重闲雅，浑然天成。”（吕夔《重刊唐王右丞诗集序》）论起七律，可以说是孟浩然的弱项。他共有七律四首，皆写得“疲苶不振”（《诗薮》内编卷四），不甚出色。王维的七律，在盛唐诸公中当属圣手。清人姚鼎说：“右丞七律能备三十二相，而意兴超远，有虽对荣观燕处超然之意，宜独冠盛唐。”（《唐宋诗举要》卷五引）王维的七律有二十多首，且多在杜前，因此，他的七律对杜甫是有一定的影响的。说他“独冠盛唐”，当然是除杜之外的，杜的七律也是在入蜀后才多起来。说王维七律是杜甫的先导，一点也不为过。他的七律有的“高华”，有的“清远”，对七律的成熟和发展，王维是有其不可磨灭的功劳的。因此说，王维对盛唐的五、七言律诗的开拓和发展及在唐近体诗中的地位，除杜之外，当为第一。

---

① 张戒《岁寒堂诗话》卷上：“世以王摩诘律诗配子美，古诗配太白，盖摩诘古诗能道人心中事而不露筋骨，律诗至佳丽而老成。”

王、孟的五绝，多是古绝，这是盛唐五绝的常例。因五绝是从六朝来的，故多不合律。故盛唐人作五绝，多是古绝，这似乎是传统。但值得注意的是，孟浩然的七言绝句，却多是合律的，而王维的七绝却多是不合律的古绝。这里试举几例：

潮落江平未有风，扁舟共济与君同。时时引领望天末，何处青山是越中？（孟浩然《济江问舟人》）

荆吴相接水为乡，君去春江正渺茫。日暮征帆何处泊，天涯一望断人肠。（孟浩然《送杜十四》）

新丰美酒斗十千，咸阳游侠多少年。相逢意气为君饮，系马高楼垂杨边。（王维《少年行四首》其一）

渭城朝雨浥轻尘，客舍青青柳色新。劝君更尽一杯酒，西出阳关无故人。（王维《送元二使安西》）

孟浩然的七绝，现传只七首，除一首外，基本都是合律的，这倒符合唐绝句的发展规律。因七绝是在唐代才发展起来的，故大多数是近体，即新声。但对孟浩然来说，与他的“近古”作风不大相合。不合律的在盛唐也有，那也是守古绝的传统之缘故。李白的七绝，就有许多古绝。因李白是不惯于格律的束缚，可以理解。不过对于像王维这样尽力于律诗的诗人来说，其七绝倒多不合律，倒令人有些费解。上举的王维两首绝句，都是他的代表作，《少年行四首》其一，首二句平仄失对，末句中“高楼垂杨边”五字皆平。《送元二使安西》中，二、三句失粘，即所谓的“折腰体”，不是标准的律体诗。

总之，从大处看，王、孟二人有许多共同点，若从细处看，二人又有许多不同之处。唯其有许多共同点，所以二人才共成一个独立于盛唐的山水田园诗派和王孟体；唯其各有特色，才能看出他们各自在唐诗中的独特贡献。

后人在对王、孟的评价中，也众说纷纭，评价不一，有称王胜孟者，有称孟胜王者，也有称王、孟二人不可优劣者。

称王胜孟者，如明人王世贞说：“摩诘才胜孟襄阳，由工入微，不犯痕迹，所以为佳。”（《艺苑卮言》卷四）清人王士祯说：“譬之释氏，王氏佛语，孟氏菩萨语。孟诗有寒俭之态，不及王氏天然而工。惟五古不可优劣。”（刘大勤《师友诗传续录》）即将王维比作是佛，而孟浩然只是菩萨，只是五古方面差可相强。清人叶燮说：“盛唐大家，称高、岑、王、孟。高、岑相似……孟则大不如王矣。……

孟浩然诸体,似乎澹远,然无缥渺幽深思致;如画家写意,墨气都无。苏轼谓'浩然韵高而才短,如造内法酒手而无材料',诚为知言。"(《原诗》外篇下)清人纪昀说:"王孟诗大体相近,而微不同。王清而远,体格高浑。孟清而切,体格俊逸。王能厚,而孟则未免浅俗,所以不及王也。"(朱庭珍《筱园诗话》卷一)他们的看法是王才高、味厚、体全,而孟才短、味薄,只是偏才。

称孟胜王者,如明人许学夷说:"浩然造思极深,必待自得。故其五言律皆忽然而来,浑然而就,而圆转超绝,多入于圣矣。须溪谓'浩然不刻画,只似乘兴',沧浪谓'浩然一味妙悟',皆得之矣。"(《诗源辨体》卷十六)这是说孟诗的"浑然""圆转超绝"与"妙悟",故而入于"圣"。明人李东阳则进一步推许孟浩然说:"王诗丰缛而不华靡,孟却专心古澹,而悠远深厚,自无寒俭枯瘠之病。由此言之,则孟为尤胜。储光羲有孟之古,而深远不及。"(李东阳《麓堂诗话》)这是说孟诗"古澹"而"深厚",胜于王诗的"丰缛"。清人乔亿引时人的看法说:"右丞诗精工,襄阳诗有乱头粗服处,故说者多谓胜王。"(《剑溪说诗》卷上)这是说孟诗"乱头粗服"而不雕琢,故胜王诗的"精工"。清人毛先舒则经过全面的比较,认为"孟他体较王格小减,五言绝句,气更似胜之"(《诗辩坻》卷三)。

王、孟不可轩轾论,如宋人敖陶孙指出:"王右丞如秋水芙蕖,倚风自笑……孟浩然如洞庭始波,木叶微落。"(《臞翁诗评》,见《诗人玉屑》卷二)即是说王、孟各有胜处,无所谓优劣。清人乔亿也说优劣说不妥,指出二人各有优胜:"王孟齐名,李西涯谓王不及孟,竟陵及新城先生谓孟不及王。愚谓以疏古论,孟为胜;以澄汰论,王为胜。二家未易轩轾。"(《剑溪说诗》卷上)清人沈德潜也认为二人相差无几:"襄阳诗从静悟得之,故语淡而味终不薄,此诗品也。然比右丞之浑厚,尚非鲁、卫。"(《唐诗别裁》卷一)清人姚鼐也持各有优胜说:"孟公高华精警不逮右丞,而自然奇逸处则过之"(《惜抱轩文集·五言今体诗抄》卷二)。

看来,王、孟也和李、杜一样,千百年来在评价方面人们争论不休。其实简单地争出个你高我低来,并不是一个很科学和稳妥的办法。因为从接受美学的观点来看,不同时代的审美思潮和不同人的审美角度与个人喜爱的倾向都是不同的,简单地定出一个高下和甲乙来,并不一定就准确与科学,但实实在在地指出他们诗歌的不同审美特色、各自的风格特点及各自的诗学渊源来,还是对他们诗歌的认识有一定帮助的。即我们不仅要从大处看到他们的共同处,还要从细部看到他们各自的相异处,才能更深一步地深入了解和把握他们。若从动态的观点来看其发展和变化，则更能看出他们诗歌发展和前进的走向。即从早年来看，他们都有过盛唐时代的远大抱负和宏伟理想，他们的诗歌都从绚烂方面下过功夫，到了中晚年，他们的心绪才化外向为内向，他们的诗风也逐渐地化绚烂为平淡，诗艺也一步步走向炉火纯青的地步。我们还可以看出，王、孟二人毕竟是在年龄上有差距的，孟浩然的诗歌创作要早于王维。孟诗更具有盛唐早期诗歌的一些特点，比王维更有开拓和创新之功。王维的山水田园诗，有学孟浩然的痕迹，他是在孟诗的基础上更进一步才登上灿烂的峰顶的，有盛唐山水田园诗的集大成之功。也就是说，山水田园诗派和王孟体是他们共同努力创造的结果。

四、王、孟诗对后代诗人的影响

王维、孟浩然以及围绕他们周围的储光羲、裴迪、卢象、綦毋潜、祖咏等一批盛唐诗人所组成的山水田园诗派，造就了山水田园诗的极盛时代，与李、杜等人的山水诗一起，取得了日丽中天的成就。他们对后代的山水田园诗的发展，起着典范和样板的作用。中唐的大历十才子和刘长卿、韦应物、柳宗元等人，晚唐的皮日休、陆龟蒙等人都受其诗的巨大影响。其中尤其是韦应物和柳宗元，在山水田园诗方面所取得的成就，堪与王、孟媲并，后人并称为王、孟、韦、柳。韦应物以多写田园意趣为主，诗以五言为主，诗风以“古澹见致”（叶矫然《龙性堂诗话续集》）。他的诗以抒情写意见长，是学陶、孟的，其山水田园诗亦与孟相近。柳宗元是以写山水记游为主，诗中多有对景物的细致刻画，“过于精刻”（李东阳《麓堂诗话》），颇受大谢诗风的影响，再加上诗中常有一种幽怨的情调①，颇具骚风。在山水诗中注入哲理的意蕴，追求高超的意境，这点又与王维相似，也是学王的结果。柳的田园诗，多反映民间的疾苦，已失陶诗田园自得之趣，是学陶而离陶者。他们或偏于陶、孟，或偏于谢、王，是盛唐山水田园诗的承续和余响。北宋时欧阳修、梅尧臣所提倡的“以闲远古澹为意”（欧阳修《六一诗话》），即是号召学陶渊明与王、孟的。苏轼也对陶、王、韦、柳的“质而实绮、癯而

① 施补华《岘佣说诗》：“柳子厚幽怨有得骚旨，而不甚似陶公，盖怡旷气少，沉至语少也。”

实腴”(《与苏辙书》)、“发纤浓于简古,寄至味于淡泊”(《书黄子思诗集叙》)极为推崇,提出“天工与清新”(《书鄢陵王主簿画折枝》)的美学主张。王安石的山水小诗,虽是从晚唐绝句入手,但从精神上来看,也主要是学王、孟的。南宋的陆游、范成大、杨万里等人的山水田园诗,也都从王、孟诗中得到不少的借鉴和启发。宋以后学王、孟的诗人也不少,但他们在山水田园诗方面都没有什么独特的成就,此处就从略了。

值得注意的是,在诗歌理论方面,从唐宋以后取得了迅速的发展。他们诗歌理论所依据和推崇的样板,就是王、孟诗。司空图论诗提倡“象外之象,景外之景”(《与极浦书》)、“味外之致”,就是以“王右丞、韦苏州澄淡精致”(《与李生论诗书》)为标准的。严羽的诗论标举“妙悟”“兴趣”,主张以禅喻诗,说诗歌如“羚羊挂角,无迹可求。故其妙处透彻玲珑,不可凑泊,如空中之音,相中之色,水中之月,镜中之象,言有尽而意无穷”(《沧浪诗话·诗辨》),心中的诗歌榜样也是王、孟诗①。他的所谓“妙悟”,指的就是自然和天分,而非学力。明代的公安派和竟陵派所提倡的“独抒性灵”(袁宏道《叙小修诗》)及清人王士祯的“神韵”说,所依据的也是王、孟的山水田园诗②。由此可见王、孟的山水田园诗对后代诗学理论的影响之大。

另一个令人注意的现象是,王、孟的山水田园诗对宋元以后的绘画、园林建筑艺术及理论也起着巨大的影响。山水画在盛唐时代就很兴盛,著名画家吴道子的大写意山水和李思训、李昭道父子的金碧山水都很有名。吴道子和李思训曾被玄宗召至大同殿画山水,吴道子一日而成,而李思训却画了数月,唐玄宗赞曰:“李思训数月之功,吴道玄一日之迹,皆极其妙也。”(《太平广记》卷二一二)王维本人也善画水墨写意山水,被后人称为画山水画的南宗。而李思训的写实山水则被称为北宗。吴道子一日而画成嘉陵山水,可见也是属于写意的一种。王维的山水画,其意是和其山水诗相通的。或者说二者本来是一回事,不过是一种用诗歌的形式写出来,一种是用图画的形式画出来。大、小李将军,开了五代和宋的荆(浩)、关(仝)、李(成)、范(宽)的写实山水,而王维却开了元四家

① 严羽《沧浪诗话》:“诗道亦在妙悟,且孟襄阳学力下韩退之远甚,而其诗独出退之之上者,一味妙悟故也。”

② 王士祯所编选的《唐贤三昧集》中所选的主要是王、孟、韦等人的诗。其序中曰:“自王右丞而下四十二人,为《唐贤三昧集》,厘为三卷。”

(黄公望、吴镇、倪瓒、王蒙)的文人写意山水。元以后的写意山水,基本上都是王维南宗的传承。中国的山水画,其主导精神就是回归自然,在自然山水中寄寓作者的返璞归真的思想感情,达到物我一体、天人合一的人生美学境界。这与陶、谢、王、孟等人的山水田园诗的以象寄意,以形传神,从大自然中寻求自己精神的依归,寄山水以达意的美学观都是一致的。山水诗中的上下左右的多重视角,俯察万物、总揽笔下的空间意识,崇尚自然、追求真趣、寄情于山水、澄怀观道的美学观念,对山水画有着深刻的影响。可以说中国的山水画从中国的山水诗中汲取了丰富的审美情趣和思想意蕴,提高了其审美的境界。同样,中国的园林建筑也是如此。中国园林的布局和审美趣味也受到山水田园诗崇尚自然、追求天趣的影响,力求园林与自然和谐一致,与大自然宛如一体。这种回归自然的审美倾向,均与陶、谢、王、孟的山水田园诗的审美情趣有关。

综上所述,王、孟的山水田园诗,既继承了陶、谢的传承,将山水与田园合流,创造出了盛唐足与边塞诗相媲美的山水田园诗的辉煌成就,为后人树立了可供借鉴的诗歌样板,同时为中国文化的繁荣发展做出了可贵的贡献。王孟体作为中国诗歌的诗体和流派,对唐代诗歌的繁荣及为中国诗歌的多样化发展都提供了优秀的凡例,发挥了典范作用。

(原载《太原师范学院学报》2001 年第 4 期,又载《孟浩然研究论丛》第一辑,黄山书社 2011 年版)

唐诗文化精神研究及其他

论唐诗对中华民族文化精神的影响

唐诗是中国传统文化的一大奇观，是中国古典诗歌的顶峰，千百年来，它一直作为一种宝贵的精神食粮滋养着中华民族精神的成长。为什么唐诗能够独擅中国诗坛？为什么它能够在璀璨的唐代文化中独占鳌头并促进着唐代文化及唐以后的整个中国传统文化的成熟与发展？它给唐人及历代中国人的思想和精神影响如何？它所蕴含的优秀文化精神是什么？它对当今弘扬中华民族优秀文化传统及对繁荣社会主义文艺创作有哪些历史借鉴？唐诗作为一种文化现象，确实值得深思和研究。

一、唐诗是唐代文化也是中国文化的精华

中国是一个诗的国度，尤其是唐代，上自帝王将相，下到贩夫走卒，几乎人人会作诗、吟诗。唐人创造出辉耀古今中外的大唐文化，诗是最有代表性的，可以说唐诗是唐文化的璀璨明珠。诗歌是中国文化的核心，诗对中国文化的各个方面都有着强烈的渗透。说中国文化是诗文化，是一点也不过分的。中国人的哲学本是诗的哲学。从儒家说起，儒家所追求的“老吾老以及人之老，幼吾幼以及人之幼”的天下为公的大同世界，就是一个理想的诗的境界。儒家的经典、五经之首的《诗经》，更是以诗的眼光来理解和表现人生的教科书。而道家的经典《道德经》，就是用诗体写成的哲理格言，而一部《庄子》，可以毫不夸张地说，就是一部充满诗意和人生哲理的散文诗。佛教在传入中国时，经过诗化，也是充满诗的境界和理想。佛经所翻译的偈语，就是以诗歌形式写的宗教诗。

唐诗的文化内涵，就是充满诗意的文化，在唐诗中处处有充满哲理的诗篇。如：“白日依山尽，黄河入海流。欲穷千里目，更上一层楼。”（王之焕《登鹳雀

楼》)“白若白鹭鲜,清若清唳蝉。受气有本性,不为外物迁。”(李白《赠宣城宇文太守兼呈崔侍御》)“瞿塘嘈嘈十二滩,人言道路古来难。长恨人心不如水,等闲平地起波澜。”(刘禹锡《竹枝词九首》其七)唐诗中的宗教也是经过诗化的:“忽闻海上有仙山,山在虚无飘渺间。楼阁玲珑五云起,其中绰约多仙子”(白居易《长恨歌》),这是写道教的;写佛教的有“一公栖太白,高顶出云烟。梵流诸壑遍,花雨一峰偏。……鸟来还语法,客去更安禅。昼涉松路尽,暮投兰若边”(王维《投道一师兰若宿》)。这些诗对宗教的神话传说或对宗教徒的生活都灌注了诗的感情,展开了诗的丰富想象,融进了诗的意境,可以说是对宗教的诗化。唐人习惯于诗的思维,最善于在生活中发现美、捕捉美、创造美的意境:“春眠不觉晓,处处闻啼鸟。夜来风雨声,花落知多少。”(孟浩然《春晓》)“几年无事傍江湖,醉倒黄公旧酒垆。觉后不知明月上,满身花影倩人扶。”(陆龟蒙《和袭美春夕酒醒》)唐代诗人在生活中随手采摘美之花朵的本领真令人佩服。唐人所孜孜追求的理想境界是诗的境界:“牛羊散阡陌,夜寝不扃户。问此何以然?贤人宰吾土。举邑树桃李,垂阴亦流芬。河堤绕绿水,桑柘连青云。赵女不冶容,提笼昼成群。缲丝鸣机杼,百里声相闻。讼息鸟下阶,高卧披道帙。蒲鞭挂檐枝,示耻无扑抶。”(李白《赠清漳明府侄聿》)这里所写的恐不全是现实的真实写照,而是李白心目中政治清明的理想境界。而王维所作的《桃源行》:“山口潜行始隈隩,山开旷望旋平陆。遥看一处攒云树,近入千家散花竹。樵客初传汉姓名,居人未改秦衣服”,很显然是陶渊明《桃花源记》的理想国的重现。在安史之乱后,战乱频仍,社会黑暗,民不聊生,杜甫热切渴望“安得务农息战斗,普天无吏横索钱”(《昼梦》)、“安得广厦千万间,大庇天下寒士俱欢颜”(《茅屋为秋风所破歌》)理想的实现;白居易身着新绫袄,心怀恻隐之心,想的是饥寒百姓,想象“争得大裘长万丈,与君都盖洛阳城”(《新制绫袄感而有咏》),想为百姓解除苦寒。这些都是唐人对理想的诗化。其实,中华民族文化所追求的理想境界也就是诗的审美境界。因此,唐诗既是唐代文化的精华,也是中华民族文化的精华。

二、唐诗中所体现的优秀民族文化精神

诗歌是民族心灵最集中的体现，大唐文化中优秀的民族精神在唐诗中表现得尤为突出。那么，在唐诗中所表现的优秀民族文化精神都有哪些方面呢？我认为有以下几点：

（一）热情洋溢的爱国主义精神

唐代诗人以天下为己任，胸怀博大，普遍关心国事，关心国家和民族的命运。尤其是陈子昂、李白、杜甫、高适、岑参、王昌龄、王维、孟浩然、元结、张籍、白居易、韩愈、柳宗元等人，他们继承了前代优秀诗人忧国忧民的传统，或投笔从戎，献身报国，或固守田园，吟咏山川，或远谪遐荒，心怀魏阙，或直言敢谏，为民请命，在他们的诗中充分体现了关心祖国前途命运和人民疾苦的悲天悯人精神。在唐人的边塞诗中，他们"出门不顾后，报国死何难"（李白《幽州胡马客》）的爱国主义情愫得以集中体现。在唐人的田园山水诗中，处处体现出诗人们对祖国山河的热爱，其爱国精神是以潜移默化的审美方式体现出来的。唐人不管是儒家的兼善，还是道家的独善，都是以热爱祖国和家乡与修身为基础的，体现了他们身、家、国一体的爱国主义的人生观。

（二）自强自信、独立自主的奋斗精神

唐人大都有自强不息的奋斗精神，胸怀远大的理想。为实现他们的理想，不怕困难，不怕挫折，一息尚存，奋斗终生。如陈子昂、李白、杜甫、韩愈、刘禹锡等人都是如此，他们有独立自主的自立精神，他们或有自己旗帜鲜明的政治主张，或有自己独树一帜的文学主张，为此目标的实现，他们或结党结社，或独行特操，付诸实践，终生不已。初唐诗人陈子昂率先举起"复古"大旗，在大雅不振、文风浮靡之际，排除一切干扰，大力倡导"汉魏风骨"，提倡"风雅""兴寄"（陈子昂《与东方左史虬修竹篇序》），开一代诗风。李白为实现他"济苍生""安社稷"的政治理想，游遍了大半个中国，"遍干诸侯"，"历抵卿相"（《与韩荆州书》），直到天宝元年才被召入长安。安史之乱后，他为报国平叛，参加了永王璘

的幕府，虽被唐肃宗以“附逆”的罪名长流夜郎，在垂老多病的情况下，仍不忘报效祖国，临终的前一年，在六十一岁时仍要求参加平叛大军，“一申铅刀一割之用”（《闻李太尉大举秦兵百万出征东南懦夫请缨冀申一割之用半道病还留别金陵崔侍御十九韵》），他可谓是为了实现自己的政治理想奋斗了一生。杜甫也是如此，他胸怀“致君尧舜”“济世”的理想，在长安奔走了十年。在任左拾遗时，他勤劳王事，屡次谏诤，却被贬出朝，后被迫漂泊西南，备尝流离之苦，但他始终未忘怀国家的安危和人民的苦难，希望能够为早日平定叛乱、中兴大唐贡献自己的力量。诗人元结是一个具有仁政爱民理想的清正官吏，在他任道州刺史时，道州因连遭战乱，人民稀少，土地荒芜，“不胜赋税”（《舂陵行序》）。就是“西原蛮”也嫌其残破贫穷而未肯再次侵掠，但是朝廷派来的使臣还要强征道州的赋税，元结挺身而出坚决顶住，写诗表示就是丢了乌纱帽也不能从命。他为民请命、独立不移的精神深为后世所钦佩。刘禹锡是唐代著名的革新派思想家和诗人，他是王叔文革新集团的重要成员，因革新失败，二次被贬荒远之地二十余年。当他被召还朝后，他对自己革新的政治信念不但没有灰心，反而斗志弥坚，仍然对朝中反对革新的当权者没有屈服，于是就以《再游玄都观》为题写了一首绝句：“百亩中庭半是苔，桃花净尽菜花开。种桃道士归何处，前度刘郎今又来！”以表示他为坚持革新理想，向保守派当权者挑战的决心。韩愈也是唐代著名的思想家和诗人，他坚守儒家的道统而坚决反对佛老，而唐宪宗却是一个佞佛的皇帝，他冒着被杀头的危险，坚决反对唐宪宗迎佛骨，结果虽然幸免一死，最后还是被贬官潮州。像他们这样坚守自己的政治主张和信仰，富贵不能淫，威武不能屈，岿然独立的诗人还有不少。在他们的身上，充分地表现出唐人的自强自信、独立自主的奋斗精神。

（三）追求思想解放的自由精神

唐人的思想是非常解放的，与其他朝代相比，他们的思想约束要少得多，他们敢于冲决儒教封建礼法的束缚，自由地表达自己真正的思想感情。唐代大多数诗人出入三教，思想心态都很自由，很少有思想框框束缚。最典型的就是李白，在他的身上表现出了唐代诗人的敢想、敢说、敢写、真歌、真哭的大无畏精神。李白自由出入三教，其思想和想象如天马行空，不受拘束，不为任何思想框框所束缚。他不畏权贵，“戏万乘若僚友，视俦列如草芥”（苏轼《李太白碑阴记》)，不留恋富贵，“功名富贵若长在，汉水亦应西北流”(《江上吟》)。他所追求的是人生价值的实现和精神的自由。“天生我材必有用”(《将进酒》)、“乍向草中耿介死，不求黄金笼下生”(《设辟邪伎鼓吹雉子班曲辞》)是他人生的信条。他不迷信圣贤，敢于嘲尧舜，笑孔丘，他容不得世间丑恶的东西，其批判的矛头甚至直指最高的统治者皇帝。得意时，他“仰天大笑出门去”(《南陵别儿童入京》)；愤怒时，他出口大骂：“董龙更是何鸡狗”(《答王十二寒夜独酌有怀》)；悲痛时，他放声大哭：“揽涕黄金台，呼天哭昭王”(《经乱离后天恩流夜郎忆旧游书怀赠江夏韦太守良宰》)；高兴时，他“屈盘戏白马，大笑上青山”(《登敬亭北二小山余时送客逢崔侍御并登此地》)。李白从不掩饰自己的喜怒哀乐，他敢爱敢恨，敢哭敢歌，他的思想和心灵是自由的，这正是盛唐时代思想开放的结果。唐代的文禁相对比较松弛，思想比较宽松，很少有因文得祸的，不像宋以后的朝代，文人动辄得咎，大兴文字之狱。由于思想的多样化，唐代诗人的思想面貌也是丰富多彩的，于是他们或信儒，或崇道，或奉佛，思想都较自由，于是就产生了“诗仙”李白、“诗圣”杜甫、“诗佛”王维……但这并不说明他们的思想单一化，而只是说他们思想的主要倾向而已。

(四)追求崇高理想的献身精神

唐代诗人大都理想远大，抱负非凡，胸怀契、稷之志，要致君尧舜，治国安邦。如李白之“安社稷”“济苍生”(见李白《赠韦秘书子春二首》其二、《梁园吟》)，杜甫之“致君尧舜上”(《奉赠韦左丞丈二十二韵》)的伟大志向，白居易“补察时政，泄导人情”“为君、为臣、为民、为物、为事而作”(见《与元九书》《新乐府并序》)的创作态度，韩愈上继孔孟的道统舍我其谁的雄心壮志，都表现出了唐人对理想主义的执着追求、锲而不舍的浪漫精神。唐人的献身精神使唐诗显现出一种崇高感，充满了一种为理想献身的浪漫激情。正如宋人严羽所说，“唐人与本朝人诗，未论工拙，直是气象不同”(《沧浪诗话・诗评》)。所谓“气象不同”，其中一个重要的区别就是唐诗中热烈追求理想及为理想献身的浪漫激情和峥嵘气象，正是宋诗中所缺少的。同时，唐人对诗歌追求兴象和情韵也有一份浪漫天真的情怀在内，这是对审美自由的一种深层的领悟。

（五）勇于开拓创新的创造精神

唐人在文化方面表现出了惊人的创造力。他们开派立宗，标新立异，创造出了一代文化奇观：在儒学方面，颜师古、孔颖达《五经正义》统一了儒学的思想分歧；道教达到了极盛，出现了司马承祯、吴筠等道教理论家；佛教更是宗派林立，出现了一大批如玄奘、神秀、惠能、鉴真等著名的高僧。在音乐和舞蹈上盛唐已达到极盛，唐代的十部乐，唐玄宗的梨园教坊乐舞驰名中外。书法史上，颜、柳、欧、赵四大家，唐代就占了三家，还有张旭、怀素这样的“草圣”。绘画上出现了吴道子这样的“画圣”，李思训的“金碧山水”为北宗之祖，王维的“水墨山水”开了南宗一派。在诗歌上更是诗派纷呈，争奇斗艳：李白的浪漫主义诗派，高唱人生的理想和自由；杜甫所开辟的现实主义诗派，则始终关怀着大地上苦难的人生；高、岑的边塞诗派，写尽大漠紫塞的雄奇风光和沙场将士安边守土的报国壮志；王、孟的田园山水诗派，用审美的眼光从祖国的田园山川中发现了诗意和风情；元、白诗派的熟软亮丽、通俗易懂，务使“老妪能解”，为其“为君、为臣、为民、为物、为事而作”的新乐府运动服务；韩、孟诗派的横空盘语、峭拔瘦硬，写出了天下节士和寒士内心的不平；李贺、卢仝的瑰奇怪谲，展现出了唐人心灵的神奇天地；温、李的浓艳缠绵，则体现了唐诗丰厚的情致和神韵。唐代诗人以各自的才华和努力耕耘，创作出了千姿百态的诗歌，形成了众多的诗歌流派，在他们的作品中都表现出了一种勇于创造、敢于创新的强烈的自信心与独立自主精神及发自内心的自豪感。唐人最有代表性的文化创造就是唐诗，它标志着中国古典诗歌已攀登上了中国诗歌艺术的顶峰。

（六）善于继承广收博取的包容精神

民族文化精神是一个历史范畴，它有鲜明的时代特征，同时又有一个不断流动变迁的发展过程。唐代文化及其精神是由对前代文化的继承与发展而来的。它继承了先秦文化的创造活力、汉代文化的雄浑博大和魏晋以来文化的奇丽精深，将儒、道、释、侠融为一体，遂成雄博奇伟的一代文化大观。唐诗与唐文化中体现出了善于继承、广泛吸收的包容精神，也表现出了气象恢宏的大唐气度，对待本民族的文化遗产，无论巨细都兼容并蓄。它综合继承了北朝文化的刚健，南朝文化的柔美。唐代文化是中国民族文化精神的成熟时期，唐诗也继承发展了前代诗歌精神的精髓，它从《诗经》、楚辞、汉乐府、南北朝民歌及文人诗歌中汲取思想营养与艺术形式方面的声律和对仗等优点，从内容和形式两个方面全面继承古人的精华，将唐诗发展为成熟诗歌体式，成为中国古典诗歌的标本和范式。唐诗可以说是唐代文化精神的代表，因此也最具有民族精神的文化品格。

（七）勇于吸收外来文化的开放精神

唐人对外一直是实行开放政策，采取"拿来主义"，为己所用。唐人对外来文化如宗教（如景教、袄教、伊斯兰教、摩尼教等）、音乐、舞蹈、绘画等，都采取借鉴吸收的兼容态度。唐诗中对异域的风光、习俗、风物以至于人物有大量的描写，如李白的诗中有"碧玉炅炅双目瞳，黄金拳拳两鬓红"（《上云乐》）的胡人形象的写真，杜甫的诗中有"铁马长鸣不知数，胡人高鼻动成群"（《黄河二首》其二）的胡人骑兵的描写，高适的诗中有"虏酒千钟不醉人，胡儿十岁能骑马"（《营州歌》）的胡人习俗的展示，岑参的诗中有"北风卷地白草折，胡天八月即飞雪"（《白雪歌送武判官归京》）的西域地区风光的素描。同时唐诗中关于东亚的日本、高丽，东南亚的骠国，中亚的康国、龟兹，南亚的天竺等地的风情和歌舞、音乐、绘画等都有所反映。此外，唐诗中的长短句歌行和词都受到外来乐舞的甚深影响。唐诗和唐文化善于将异域新鲜的东西融化吸收，作为精神营养，化为自己的血肉。唐代是封建社会政治清明和经济强盛的时代，也是一个开放向上的时代，反映在文化上，便是文禁松弛，思想宽松，三教（儒、释、道）并盛，百花齐放。文化精神是时代精神的体现，唐诗尤其是盛唐诗中所表现的自由开放、朝气蓬勃的向上精神便是大唐时代精神的鲜明体现。

三、唐诗所追求的真、善、美的人生境界

唐诗所追求的是真、善、美和谐统一的人生境界。中国人的文化心理结构是"儒道互补"，在哲学思想上是这样，在美学上也是这样。儒家的"善美"美学观，孔子讲"尽美尽善"（《论语 · 八佾》），孟子讲人性本善（《孟子 · 滕文公上》），善之"充实之谓美"（《孟子 · 尽心下》）。儒家着重于人生的道德、伦理的

人格美，强调的是人生的社会价值；而道家的“真美”美学观，则着重于人生个体的精神自由美和人与自然的和谐美，强调的是人生的个体价值。老子是崇真嫉伪的，刘勰说：“老子嫉伪，故称美言不信，而五千精妙，则信非弃美也。”（《文心雕龙・情采》）庄子讲“法天贵真”（《庄子・渔父》），认为只有真的才能动人，才是美的。而唐诗既肯定和歌颂仁民爱物、孝亲报国的社会伦理道德的美德的一面，如杜甫对“堂前扑枣任西邻”（《又呈吴郎》）的无食无儿的寡妇的无限同情，白居易对“两鬓苍苍十指黑”（《卖炭翁》）的卖炭老人的深情关切，高适对“力尽关山未解围”（《燕歌行》）的守边战士的倾情歌颂，孟郊对“临行密密缝，意恐迟迟归”（《游子吟》）的慈母的衷心赞美等，他们都有博大的胸襟和仁者之心，是儒家“善美”的体现。同时唐诗又张扬个性自由，提倡自然真诚、追求精神解放的个体需求，如李白“欲上青天览明月”（《宣州谢朓楼饯别校书叔云》）的张狂，陈章甫“心轻万事如鸿毛”（李颀《送陈章甫》）的孤高，李贺“少年心事当拿云”（《致酒行》）的壮怀，张祜“千首诗傲万户侯”（杜牧《登池州九峰楼寄张祜》）的兀傲等，这些坦露真诚的大胆自白，很有当今之世舍我其谁的气概，说明他们都是睥睨万物，傲视权贵，很有个性的人物，在他们身上都有高扬主体人格的解放精神。唐诗中很有些大胆揭露统治者虚伪，批判现实黑暗，反映社会真貌的篇章，这些流露真情和揭出社会真相的崇真嫉伪的诗篇，体现了道家的“真美”观。唐诗将儒家的“善美”与道家的“真美”二者完美和谐地结合在了一起。唐诗所追求的人格伦理美与精神自由美相统一的审美境界，体现了至善、至真、至美的人生价值，是真、善、美的和谐统一。唐诗所追求的这种人生审美的理想境界，才是真正的诗的最高境界。

四、唐诗对中国民族文化精神之影响

唐诗作为中华民族的优秀文化遗产，为中国人民所珍视，千百年来作为一种基本的精神食粮，滋育着中华民族文化精神的成长，积淀为中华民族文化心理深层中不可或缺的一部分。从古至今，唐诗中的优秀诗篇从儿童开始就作为中国文化的基本教材来学习，“白首亦莫能废”（蘅塘退士《唐诗三百首》序）。唐诗对我们民族精神的影响确实是非常深远的。其影响有如下几个方面：

（一）唐诗对中国民族文化的诗化

对哲理的诗化：如唐人王之涣的“欲穷千里目，更上一层楼”等诗，深含哲理；中晚唐以后还出现了许多理趣诗，如刘禹锡的“沉舟侧畔千帆过，病树前头万木春”（《酬乐天扬州初逢席上见赠》）等诗。对宗教的诗化：唐诗对道教、佛教题材的吟咏以及大量的游仙诗与禅诗，在某种程度上是对道教和佛教进行诗的重塑。对人生的诗化：唐人处处以诗人的眼光在生活中来寻诗、觅诗，塑造诗的人生。对理想的诗化：中国人是将理想当作诗的最高境界来追求的，无论是儒家的“大同之世”、道家的“神仙世界”，还是佛家的“极乐世界”都是理想的诗化。总之，中国文化精神的实质是具有诗化特征的，是诗的境界。

（二）唐诗对中国古代文学艺术精神的影响

唐诗对唐以后文学艺术的影响是十分巨大的。首先是对古典诗歌的影响，唐代的近体诗已经定型，成为诗歌的基本写作模式。唐以后的诗、词、曲受唐诗影响很大，很多是吸取了唐人的诗意和语言入词、曲。中国的古代戏曲基本上是诗剧，如《西厢记》《汉宫秋》《桃花扇》等受诗歌尤其是唐诗的影响是很明显的。中国的古典小说中穿插了许多诗词，充满了诗情。尤其是像《红楼梦》这样的文学巨著，书中充满了诗的情趣和氛围，其本身就是诗化的小说。对音乐和舞蹈的影响更是不言而喻的。许多唐诗本身就是歌词，舞蹈、音乐和诗歌都是连在一起的。此外，对书法、绘画、园林建筑的影响也不容忽视，中国的诗、书、画，在唐以后基本上也是三位一体的。书法中的内容，大多数是古今著名的诗歌及对联，中国园林艺术精神也是诗化的，其匾额和楹联大多是取意于唐诗，是园林建筑不可分割的一部分。所以，中国文学艺术的精神具有诗的特质。

（三）唐诗对现当代文学艺术精神的影响

唐诗对当今文化直接的影响表现在对现当代诗词和新诗的创作方面。当代诗词创作势头方兴未艾，主要是受唐诗的影响。毛泽东、朱德、叶剑英、陈毅等老一辈革命家的诗词就受唐诗甚深的影响。新诗创作也是如此，如郭沫若、闻一多、贺敬之、郭小川及台湾诗人余光中等人的新诗，都从唐诗中汲取了唐代诗歌精神和艺术等方面的营养。同时，郭沫若的戏剧，魏明伦等人的戏曲，巴金、张承志及台湾作家琼瑶等人的小说,杨朔、郭风等人的散文,《丝路花雨》等舞蹈,《唐明皇》《杨贵妃》等影视剧以及其他文学艺术也都深受唐诗的影响,弘扬了唐诗中所体现出来的优秀民族文化精神。

五、继承发扬民族文化的优秀传统,重振民族雄风

(一)批判继承以唐诗为代表的优秀文化遗产,呼唤民族文化精神的回归

中国民族文化精神自唐代高度成熟之后,经过了一个衰微、失落与回归的过程。盛唐以后,中国封建社会进入它的衰退期,政治、经济、文化也逐渐衰落,虽几经起伏,不但再也没有恢复到盛唐的水平,至清朝末年,甚至于沦落为半封建半殖民地的境地。“文化大革命”中,“四人帮”大搞民族虚无主义,因此,中国优秀的民族文化精神也随之一度衰落。五四以来中国的有识之士一面批判封建文化,一面寻觅追索对中国优秀传统文化的复归与重建,如鲁迅先生对“民族脊梁”精神的追怀和赞扬等。自改革开放以来,中国正如东方巨龙一样在亚洲崛起,重振民族文化精神的时机已经到来,时代的需要,历史的使命,呼唤着民族文化精神的回归。

(二)重振民族雄风,重塑新时代的民族文化精神

新时代需要建设新的民族文化,因此也需要新的民族文化精神。“洋为中用”“古为今用”是振兴中国文化的两翼。洋为中用,就是要吸收借鉴外国的优秀文化;古为今用,就是要继承发扬本民族的优秀文化传统。要振兴民族精神,繁荣新时期的文艺创作,就必须以唐诗等历史文化遗产为借鉴,继承和弘扬中国优秀民族文化,用马克思主义思想重塑新时代的民族文化精神,讴歌时代精神,重振民族雄风,繁荣社会主义的文艺创作,创造新时期的社会主义新文化。江泽民同志十分重视弘扬中国的优秀传统文化,对唐诗这样的优秀民族文化遗产更是情有独钟。他在全国第六届文代会上的讲话中提到了中国历史上的五位伟大作家屈原、李白、杜甫、关汉卿、曹雪芹,其中有两位是唐代诗人。可见唐

诗在中国民族文化中的重要地位。去年文化部还专门举办了唐诗宋词的吟唱会,江泽民等主要国家领导人亲临会场表示支持。

我们要以邓小平理论精神为指导,批判继承民族文化遗产,弘扬中华民族优秀传统文化,进一步提高民族自信心,为建设社会主义精神文明提供历史借鉴,并以此民族文化精神来振奋人民革命斗志,树立起人民的革命理想,唤起人民的爱国激情,重振民族雄风,充分发挥文学艺术团结人民、鼓舞斗志的作用,唱出时代的最强音,从而促进和推动政治、经济、文化各方面的全面改革和发展。

(原载《河南教育学院学报》2001 年第 3 期)

唐诗与道教文化

中国古代诗歌发展到唐代已进入了诗歌的黄金时代。唐诗是唐文化的精华，是唐文化的典型代表。道教是中国土生土长的宗教，最具有中国文化的特色，对中国人的思想影响最为深刻和久远。鲁迅说过："中国根底全在道教。"①而道教在唐代也发展到了顶峰时期，道教文化在唐代的意识形态和文化领域中，尤其是在文学方面产生的广泛而深远的影响远比人们所想象的要大得多，可以说道教是中国唐代最典型的宗教。因此，唐诗也受到了道教文化强烈的渗透和影响，濡染着浓郁的玄风道味。同时，唐诗对道教进行诗化，起着参与创造道教文化的作用，对道教思想与道教文化的发展和传播也起着推波助澜的作用。因此，二者是相辅相成、相互渗透和相互影响的辩证关系。

一、道教文化对唐诗的渗透和影响

唐代的道教文化对唐诗的影响表现在如下几个方面：

（一）对唐诗思想倾向的影响

道教的思想理论基础，主要是老子和庄子的思想。由于唐代统治者的提倡，对道教的尊崇，《老子》和《庄子》一直作为唐代士子的必读之书。天宝元年立崇玄学，还专开"四子科"以取士，以《老子》《庄子》《文子》《列子》为考试内容。盛唐时道教已达极盛，开元间所修纂的《开元道藏》，据《文献通考》卷二二四云，已多达"三千七百四十四卷"。当然，对于广大士子来说，他们所习之主要

① 《鲁迅书信集》上卷，1918 年 8 月 20 日《致许寿裳》，人民文学出版社 1976 年版。

道教经典仍是《老子》《庄子》。

老、庄对唐诗的影响主要表现在对统治者暴殄天物和儒家虚伪名教的批判、对自由和理想的追求及对个性的追求和实现等方面，实际上起着对封建礼教束缚的解脱、反抗及解放思想的作用。

唐人批判统治者主要有两种武器，一种是儒家的"仁政"，一种是道家的"无为"之道。如杜甫批判唐玄宗的扩边战争："边庭流血似海水，武皇扩边意未已"(《兵车行》)，用的是儒家的"仁政"；而李白批判唐玄宗穷兵黩武："乃知兵者是凶器，圣人不得已而用之"(《战城南》)、"我无为，人自宁"(《胡无人》)，用的却是道家的息争无为的思想。老、庄认为，息事宁人是调节民族和阶级等之间关系的最好办法，提倡息兵息争，在万不得已的情况下才动用武力。至于"无为而治"则是针对统治者对人民搜敛无度、徭役无期、征战无时的残酷剥削与穷兵黩武而提出来的措施，其中含有要爱惜民力的意思。只有使人民休养生息，才可以藏富于民，发展生产力，使国富民强。这与儒家的"仁政"思想是相辅相成的。在唐诗中有大量的反对统治者穷征暴敛、穷兵黩武和讽刺上层统治者骄奢淫逸的诗篇。这些诗大多都受到了老、庄"无争""无为而治"思想的一定影响。这在陈子昂、李白诗中最为明显：

> 圣人不利己，忧济在元元。黄屋非尧意，瑶台安可论？(陈子昂《感遇诗》其十九)
>
> 圣人御宇宙，闻道泰阶平。肉食谋何失，藜藿缅纵横。(陈子昂《感遇诗》其二十九)
>
> 物苦不知足，得陇又望蜀。人心若波澜，世路有屈曲。(李白《古风五十九首》其二十三)

陈子昂的诗，深受道家思想的影响，认为欲使国泰民安，要在不扰民。因此，他对武则天搜刮民脂民膏，耗费大量金钱大修佛寺，表示坚决反对。他用道家的无为之道，来批评武则天不顾百姓死活，大兴土木，营建宫殿和佛寺，举出古代的圣人一心为百姓着想，从不利己的例子：尧帝居住的是草屋，从不兴建宫室，更不用说修建瑶台一类的台榭苑囿了。又认为古时圣人以文德安天下，从不轻易动兵，而如今当政的"肉食者"却轻启边衅，大动干戈，使得天下百姓不得安生。李白对唐玄宗的征南诏之战，也是表示坚决反对，认为应以德服人："如何舞干戚，一使有苗平。"他的指导思想也是道家的息争无为："天地皆得一，澹然四海清。”(《古风五十九首》其三十四)他指出，统治者的穷兵黩武、享乐腐化、妄求长生、贪得无厌的思想根源在于“物苦不知足，得陇又望蜀”，是违背道家的“无欲”“无为”之旨的。

老、庄对儒家思想的批判，主要表现在对儒教的“逆性违天”的虚伪礼教的批评上，而提倡“任情率真”冲决儒家礼法的个性解放。老子认为“夫礼者，忠信之薄而乱之首”(《老子》第三十八章)。庄子说：“屈折礼乐以匡天下之形”是“圣人之过”(《庄子·马蹄》)。他认为“牛马四足，是谓天；落马首，穿牛鼻，是谓人。无以人灭天，无以故灭命，无以得殉民，谨守无失，是谓反其真”(《庄子·秋水》)。就是说，要“不以物害己”(同上)，冲决礼教对人性的束缚，争取个性的自由解放。唐代诗人在这方面是深受益于老、庄之道的。

首先是唐代诗人对儒教信条的怀疑。如礼教要求人们尊孔崇儒，而诗人杨炯却说：“宁为百夫长，不为一书生。”(《从军行》)王维也说：“岂学书生辈，窗前老一经。”(《送赵都督赴代州得青字》)李白更甚，在他的诗中嘲鲁儒、笑孔丘，耻与儒生为伍①。连一向遵守“奉儒守官”信条的杜甫，在长安十年困顿，生活无着，前途无望的困境中，也对儒家的道术发生了怀疑：“儒术于我何有哉？孔丘盗跖俱尘埃！”(《醉时歌》)

儒教要求诗人要“温柔敦厚”，对统治者尤其是皇帝，要为尊者讳，而唐代诗人却敢于在诗中讽刺时政，指斥君失：“周穆八荒意，汉皇万乘尊。淫乐心不极，雄豪安足论？”(《古风五十九首》其四十三)李白此诗将唐玄宗晚期沉湎于酒色，宴游纵乐，不理国事，比作是肆意远游的周穆王和纵情声色的汉武帝，直斥他心怀“淫乐”之欲，算不得是一个“雄豪”的英明之君。“君已富土境，开边一何多。”(《前出塞》其一)杜甫对唐玄宗一味开边的穷兵黩武政策进行了直言不讳的批评。“誓扫匈奴不顾身，五千貂锦丧胡尘。可怜无定河边骨，犹是春闺梦里人！”(陈陶《陇西行》其二)唐代统治者不顾人民死活黩武开边，给广大人民带来了深重的灾难，此诗对其罪行做了沉痛的控诉。“宣室求贤访逐臣，贾生才调更无伦。可怜夜半虚前席，不问苍生问鬼神。”(李商隐《贾生》)此诗借汉文帝招贾谊只问鬼神不问苍生之事，讽刺了唐末的皇帝不顾民生，不任用贤才，只

---

① 李白集有《嘲鲁儒》诗，在《庐山谣寄卢侍御虚舟》中有“我本楚狂人，凤歌笑孔丘”的诗句，在《淮阴书怀寄王宋城》诗中，他向人宣称：“予为楚壮士，不是鲁诸生。”

是关心自己服药长生、求仙飞升的行为。“十二三年就试期，五湖烟月奈相违。何如学取孙供奉，一笑君王便着绯。”（罗隐《感弄猴人赐朱绂》）诗人罗隐一身才艺，连试不第，可是一个玩猴的艺人因得唐昭宗的欢心，却赐予五品的官职①，诗人便愤怒地写出此诗，对昏庸的皇帝进行无情的讽刺。这些直指君王的讽刺诗，无疑都受到了老、庄敢于直斥“圣人之过”的批判精神的鼓舞，是冲决封建礼法束缚的大胆行为。

老、庄思想使唐代诗人非圣无法，鄙弃富贵，傲视功名，公然向封建礼法挑战，对儒家的圣人进行嘲弄，表现出一种大无畏的反叛精神：

礼乐囚姬旦，诗书缚孔丘。不如高枕枕，时取醉消愁。（王绩《赠程处士》）

我本楚狂人，凤歌笑孔丘。手持绿玉杖，朝别黄鹤楼。五岳寻仙不辞远，一生好入名山游。（李白《庐山谣寄卢侍御虚舟》）

屈平词赋悬日月，楚王台榭空山丘。……功名富贵若长在，汉水亦应西北流。（李白《江上吟》）

试问朝中为宰相，何如林下作神仙？一壶美酒一炉药，饱听松风白昼眠。（张令问《与杜光庭》）

王绩这个一心向道的大隐，根本不把封建礼法放在眼里，对儒家的圣人周公旦和孔子也不盲目崇拜，而敢于大胆嘲笑，认为他们为封建礼乐和诗书所束缚，为儒家的道德功名所羁系，形同囚犯，远不如自己退隐林泉饮酒自乐生活得逍遥自在。李白更是一个狂狷之士，他自比楚狂接舆，口唱凤歌以嘲笑孔子在荒乱之世游说列国，到处碰壁而不知醒悟。他以独醒者自居，视功名富贵如粪土，以出世高蹈、漫游山水为放情适志。在他的心目中，只有屈原等人的文学事业才是不朽的，而历代的帝王将相的功名富贵不过是过眼之烟云而已。张令问是中唐的一位隐士，在他的眼中，以当朝宰相之贵，还不如一个在林下高卧隐士的生活自在。富贵与自由相比，他宁肯弃富贵而取自由。这与庄子宁曳尾涂中也不愿做楚国宰相的傲岸精神如出一辙。

老、庄思想还解放了唐人的思想，使他们在诗中无所顾忌，直陈胸臆，直抒

① 据《幕府闲燕录》载，黄巢起义爆发，唐昭宗逃难，有一耍猴人随驾，其所驯之猴，居然能随朝列班，昭宗甚喜，便赐此耍猴人五品官，身着红袍，罗隐有感于此而作此诗。

真情。如陈子昂悲愤交加,登高一哭:"前不见古人,后不见来者。念天地之悠悠,独怆然而涕下。"(《登幽州台歌》)孟浩然傲视功名,慨然高吟:"北阙休上书,南山归敝庐。不才明主弃,多病故人疏。"(《岁暮归南山》)李白恃酒狂放,傲然高唱"天生我材必有用,千金散尽还复来"(《将进酒》)、"安能摧眉折腰事权贵,使我不得开心颜"(《梦游天姥吟留别》)。李颀恃才寄傲,眼空万事:"东门沽酒饮我曹,心轻万事如鸿毛。醉卧不知白日暮,有时空望孤云高。"(《送陈章甫》)李贺困顿失意,愤然长歌:"我有迷魂招不得,雄鸡一声天下白。少年心事当拿云,谁念幽寒坐呜呃。"(《致酒行》)杜牧诗酒放浪,坦言无忌:"落魄江湖载酒行,楚腰纤细掌中轻。十年一觉扬州梦,赢得青楼薄幸名。"(《遣怀》)女诗人李冶和鱼玄机更是不畏世俗之讥,大胆地向情人唱出了爱情之歌,向世俗礼教宣战。

唐代诗人在老、庄思想的影响下,任情率真,坦露胸怀,述情表志,在其诗中充分显示和流露了自己的真思想和真性情,使得唐诗在情韵上更加丰富多彩,真挚感人。

(二)对山水田园诗、隐逸诗的影响

由于道教文化崇尚自然,回归自然,因此对唐代的山水田园诗、隐逸诗的兴盛起着重要的作用,对在诗中展现自然美有着深刻的影响。

道教经典《老子》和《庄子》都崇尚自然,提倡回归自然。老子说:"道法自然。"庄子说:"天地与我并生,万物与我为一。"(《齐物论》)又说:"天地有大美而不言。"(《知北游》)老子和庄子都希望人类能够回到小国寡民,回到原始山林与野兽禽鸟相处、人与自然混沌不分的上古之世。所以后来的道教中有道之士大都有在深山修炼的经历。同时,修道之士都从自然山川天地万物中澄怀悟道。道教的名观胜刹大都建在名山深林之中,道士们为采药炼丹,也经常奔走于名山大川之中,因此,道教就与自然山川和隐逸生活结下了不解之缘。道教和道家回归自然,从自然中寻找灵魂的家园的思想倾向、崇尚自然美的美学思想,都对魏晋以后的诗人尤其是唐代的诗人产生了极大的影响。

六朝的山水田园诗人,如陶渊明、谢灵运等,都深受道家哲学和道教文化的影响,在他们的诗中留下甚深的老庄思想烙印。他们都是官场的失意者,对官场中的尔虞我诈非常厌倦和反感,转而向老庄的出世哲学寻求心灵的安慰,向

退隐山水田园的隐逸生活中寻找心灵的家园。唐代的诗人也接受了这一传统，不但出现了一大批隐逸诗人，形成了一个田园山水诗派，而且很多失意的官员和文人也都从道家和道教的隐逸文化中寻求一方安静的乐土，以憩息疲惫、受伤的心灵。

以王维、孟浩然为首形成田园山水诗派，他们的诗歌都濡染着甚深的道味。

王维的田园山水诗，过去人们都认为是王维奉佛的产物，而对其受道教文化的影响很少注意。且不说佛教禅宗思想中已有甚深的道教思想的成分，其实禅宗本身已是佛、道结合的产物，而且王维这位“诗佛”本人确实也与道教的关系非常密切①。在他的诗中，我们就可以发现有很多与道士交往的诗篇，如《赠焦道士》《赠东岳焦炼师》《送方尊师归嵩山》《送王尊师归蜀中拜扫》《过太乙观贾生房》《送张道士归山》等。此外，他的隐逸诗及与隐士的赠答诗也深受道家思想的影响：

寒山转苍翠，秋水日潺湲。倚杖柴门外，临风听暮蝉。渡头余落日，墟里上孤烟。复值接舆醉，狂歌五柳前。(《辋川闲居赠裴秀才迪》)

中年颇好道，晚家南山陲。兴来每独往，胜事空自知。行到水穷处，坐看云起时。偶然值林叟，谈笑无还期。(《终南别业》)

在前一首诗中，写出老庄悠然自得、逍遥世外的出世境界，“复值接舆醉，狂歌五柳前”二句，充满了任情率真的情趣。后一首诗中诗人则超然物外，心与云闲，表现出一种回归自然、随遇而安的恬淡情趣。在王维的诗中，禅心与道意浑然一体，很难分出哪是禅哪是道了。

田园山水诗派的另一位大诗人孟浩然也是如此。他一生多次漫游，到过不少道教的名山胜景，与道教徒的交往似乎更多，写过不少游览道教名观和与道教徒交往的诗篇，如《寻天台山作》《宿天台桐柏观》《游精思题观主山房》《伤岘山云表观主》《寻梅道士张逸人》《梅道士水亭》《山中逢道士云公》《越中逢天台太乙子》《与王昌龄宴黄道士房》《清明日宴梅道士房》《赠道士参寥》《寄天台道士》等诗。孟浩然一生隐逸，似与道士的出世情怀有更多的相通之处，对田园山水娱情悟道的妙趣深意有更多的领悟，因此，他的诗歌写得更自然超逸：

北山白云里，隐者自怡悦。相望试登高，心随雁飞灭。愁因薄暮起，兴

① 参见史双元《论道家思想对王维生活和创作的影响》，《牡丹江师院学报》1987年第1期。

是清秋发。时见归村人，平沙渡头歇。天边树若荠，江畔舟如月。何当载酒来，共醉重阳节。(《秋登万山寄张五》)

挂席东南望，青山水国遥。舳舻争利涉，来往接风潮。问我今何适？天台访石桥。坐看霞色晓，疑是赤城标。(《舟中晓望》)

在孟浩然的山水诗里，呈现出的是一个道者与世无争的静穆闲淡的境界，不但山中的隐士是那么无忧无虑，就是渡头的行人也是非常悠闲自得。在旅途中，虽然船来船往很是繁忙，但他的心却超然出尘，不问世事。他一心所想的是到天台石桥去看霞起云飞，悠游山水。

田园山水诗派的诗人还有裴迪、储光羲等人，他们与王维过往，相互唱和，过着亦官亦隐的生活。裴迪有《辋川集》二十首，与王维同题唱和，诗中充满了道家山水自然与心灵的契合，物我为一的逸趣。储光羲的田园诗，深得渊明遗风，但诗中却缺少陶诗对田家生活艰辛的体认，更多的是以隐士的眼光、用道家的超然态度和老庄的审美意趣来观察农村。而在他诗中的田园，则如同世外桃源，而田园中的田夫，则如同桃源中隐逸的高人。

当然，这些人不光是写田园山水诗，写田园山水诗的也不只是这些人，像王绩、张九龄、李白、杜甫、张旭、丘为、綦毋潜、韦应物、刘长卿等人，都写了不少的田园山水诗，尤其是大诗人李白更是以写山水诗和隐逸诗著名。他们的田园山水诗和隐逸诗都在不同程度上受到道家自然哲学的影响，是道教文化中回归自然、返璞归真思想的体现，让人充分地领略天地自然田园山川之美，开拓了唐代田园山水诗和隐逸诗的领域，并推动它的兴盛和发展。

(三)为唐诗开辟了新的驰骋空间

道教文化为唐诗开辟了驰骋的新天地，为唐诗提供了丰富的审美意象和意境。如道教文化中的仙宫、仙山、仙境，仪态缥缈、自由自在的各种神仙形象，优美的道教神话和仙话传说等，对唐诗的想象空间的扩展和浪漫风格的表现，有着至深的影响。

道教作为一种宗教，在它的经典中创造了一系列的神祇和神仙、神话仙话故事及各种仙界和仙境。道教中天上有“三十六天”①，地上有“三十六洞天”②、“七十二福地”③，东海中有“十洲三岛”④。道教经典中所记载的神仙多至数百，仅刘向《列仙传》和葛洪《神仙传》所载，就有各种神仙一百五十多人。几乎每一个仙人都有一个动人的故事，它们为中国诗歌提供了一个丰富的想象的新天地。

中国古典诗歌中早就有神话传说的因素，如《诗经》中就出现了“天命玄鸟，降而生商”（《商颂·玄鸟》），即商人始祖契的母亲简狄吞鸟卵而生契，以及周人始祖后稷的母亲姜嫄踩了天帝的脚印而怀孕生后稷（《大雅·生民》）的神话传说。《楚辞》中更是运用了大量的楚国神话传说来拓展诗歌的想象空间，开辟了诗歌新的意境。汉魏以来，随着道教的兴起，仙人故事和神仙世界也被纳入到诗歌的表现领域中来。曹植、郭璞等人的游仙诗，就是成功的尝试。到了唐代，由于道教的空前兴盛，唐代诗人无不受到道教文化的熏染和影响，道教仙宫、仙人故事的传说，更是作为创作的素材被广泛地采入诗歌中，连同中国的古代神话一起组成了唐诗色彩缤纷的浪漫世界。

> 鹤岑有奇径，麟洲富仙家。紫泉漱珠液，玄岩列丹葩。常希披尘网，渺然登云车。鸾情极霄汉，凤想疲烟霞。（王勃《怀仙》）
>
> 梦登绥山穴，南采巫山芝。探元观群化，遗世从云螭。（陈子昂《感遇诗》其三十六）
>
> 灵异寻沧海，笙歌访翠微。江鸥迎共狎，云鹤待将飞。琪树尝仙果，琼楼试羽衣。遥知神女问，独怪阮郎归。（张子容《送苏倩游天台》）
>
> 武皇斋戒承华殿，端拱须臾王母见。霓裳照耀麒麟车，羽盖淋漓孔雀扇。手指交梨遣帝食，可以长生临宇县。头上复戴九星冠，总领玉童坐南面。……顾谓侍女董双成，酒阑可奏云和笙。红霞白日俨不动，七龙五凤遥相迎。（李颀《王母歌》）
>
> 海上桃花千树开，麻姑一去不知来。辽东老鹤应慵惰，教探桑田便不回。（曹唐《小游仙九十八首》其四十六）

---

① 《魏书·释老志》。

② 《云笈七签》卷二七。

③ 《云笈七签》卷二七。

④ 《云笈七签》卷二六。

在这个奇异的仙境里，不但可以漱琼液、登云车、驾云螭、采紫芝、尝仙果、试羽衣，而且还可以见到仙女董双成、麻姑及女仙总领王母娘娘等神仙。在“三李”的诗中，这种情况表现得尤为突出。

李白是唐代浪漫主义诗人最杰出的代表，他的诗歌受到道教文化强烈的渗透。道教中的仙境经常在他的诗中出现，道教中的神仙几乎都在他的诗中做过表演：

天上白玉京，十二楼五城。仙人抚我顶，结发受长生。（《经乱离后天恩流夜郎忆旧游书怀赠江夏韦太守良宰》）

余尝学道穷冥筌，梦中往往游仙山。何当脱屣谢时去，壶中别有日月天。（《下途归石门旧居》）

西上莲花山，迢迢见明星。素手把芙蓉，虚步蹑太清。霓裳曳广带，飘拂升天行。邀我登云台，高揖卫叔卿。（《古风五十九首》其十九）

洞天石扇，訇然中开。青冥浩荡不见底，日月照耀金银台。霓为衣兮风为马，云之君兮纷纷而来下。虎鼓瑟兮鸾回车，仙之人兮列如麻。（《梦游天姥吟留别》）

在他的诗中，不但有天上的仙界白玉京，神仙世界中的金银台，昆仑山上的群玉山、阆风、瑶台，东海中的三神山，而且还有人间道教圣地泰山、华山、嵩山、衡山、恒山、峨眉、匡庐、天台、赤城、崂山、王屋、横望等名山的福地洞天。在他诗中出现的神仙，有天帝玉皇、女仙的首领西王母、月中仙子嫦娥、三天真皇之母上元夫人、仙童月光子、仙女麻姑、明星、玉女等，有得道成仙的仙人，如黄帝曾向之问道的广成子、仙人浮丘公、神农时的雨师赤松子、尧时已三千岁的洪崖公、千岁翁安期生、周灵王太子子晋、骑羊仙人葛由、秦时授兵法于张良的黄石公、汉武帝时的谪仙人东方朔、悬空于河上的仙人河上公、能隐入酒壶的仙人壶公、化鹤仙去的仙人丁令威、能降伏白龙的陵阳子明、骑鹤仙人子安、乘鲤仙人琴高、驾凤仙去的秦国公主弄玉、服菖蒲成仙的韩众、凌风而行的仙人卫叔卿、能化石为羊的仙童金华牧羊儿等。他的诗为道教创造出了一个五彩缤纷的仙人世界。

李贺也是一个深受道教文化浸润的诗人。在他的诗中，可以说是一个充满道教神灵和仙鬼的“牛鬼蛇神”世界：

南风吹山作平地，帝遣天吴移海水。王母桃花千遍红，彭祖巫咸几回

死。(《浩歌》)

秦妃卷帘北窗晓,窗前植桐青凤小。王子吹笙鹅管长,呼龙耕烟种瑶草。(《天上谣》)

先辈匣中三尺水,曾入吴潭斩龙子。……提出西方白帝惊,嗷嗷鬼母秋郊哭。(《春坊正字剑子歌》)

梦入神山教神妪,老鱼跳波瘦蛟舞。吴质不眠倚桂树,露脚斜飞湿寒兔。(《李凭箜篌引》)

桂叶刷风桂坠子,青狸哭血寒狐死。古壁彩虬金帖尾,雨工骑入秋潭水。百年老鸮成木魅,笑声碧火巢中起。(《神弦曲》)

在李贺的诗中,不管是历史上的神话传说,还是道教中的神鬼,总是任其随意驱遣,构成了一幅幅使人惊心动魄的画面,使他的诗歌呈现出一种瑰丽的浪漫色彩。

晚唐诗人李商隐更是与道教结下了不解的情缘。他年轻时,曾“学仙玉阳东”(《李肱所遗画松诗书两纸得四十一韵》),即在河南济源市的玉阳山,也就是玉真公主曾经修过道的地方求仙学道。他还曾与女冠宋华阳姊妹过从甚密,有《赠华阳宋真人兼寄清都刘先生》《月夜重寄宋华阳姊妹》等诗。在李商隐的诗中,有不少歌颂道教中女仙的诗,如《圣女祠》《重过圣女祠》《华山题王母祠》《瑶池》《嫦娥》等。其中有些诗被认为是有关李商隐与女冠相恋之词的①:

偷桃窃药事难兼,十二城中锁彩蟾。应共三英同夜赏,玉楼仍是水精帘。(《月夜重寄宋华阳姊妹》)

云母屏风烛影深,长河渐落晓星沉。嫦娥应悔偷灵药,碧海青天夜夜心。(《嫦娥》)

前一首是李商隐与宋华阳姊妹有恋情之隐,故有此作。后一首明写嫦娥,其实是暗喻某女冠入道后对以前恋情的眷恋和思念。在他的一些无题诗中,也常常用道教中的一些典故来表达他对恋人的思念之情:

闻道阊门萼绿华,昔年相望抵天涯。岂知一夜秦楼客,偷看吴王苑内花。(《无题二首》其二)

---

① 参见杨柳《李商隐评传》第 87 页,江苏人民出版社 1981 年版,黄世中《唐诗与道教》第 116 页,漓江出版社 1996 年版。

刘郎已恨蓬山远，更隔蓬山一万重。(《无题四首》其一)

蓬山此去无多路，青鸟殷勤为探看。(《无题》)

萼绿华是道教传说中的一名美丽的仙女，刘郎是指入天台山遇仙女的刘晨，蓬山是指仙境蓬莱山，青鸟是指为西王母传情的"信使"青凤，此皆借仙人故事和典故来表达他对情人的思念之情。这些道教中优美的仙话故事，给李商隐朦胧隐晦的无题诗更增添了一层缤纷绮丽的神秘色彩。

以上这些诗所写的是一个人间所未有的自由理想的世界，是一个幻想的王国。在道教想象的世界里，诗人可与仙人交游，与仙女传情，同他们一起凌空翱翔，或漫游仙境，或羽化升仙，完成他们对人生的一种超越，实现他们心中的愿望和理想。

(四)对诗人思维方式的影响

道教文化对唐代诗人的创作思维方式也产生了重大的影响，使他们从现实的逻辑思维中超脱出来，以幻想思维来罗织现实生活中并不存在的虚幻世界或在现实中实现不了的理想境界。

宗教的本身不是对社会现实和宇宙的真实的客观反映，而是人们一种主观的虚构。它与文学创作有一定的相通之处，尤其是浪漫主义的文学创作更是如此。因此，浪漫主义的文学创作，常常从宗教的神话中来借取文学创作的素材、方法，袭用它们的思维方式。道教作为宗教的一种，它所表现的是一个超现实的虚幻世界，所运用的思维方式也不是现实的逻辑思维，而是一种超现实的幻想思维。这种幻想思维，有以下几个特点：

1.不受现实制约的非理性。如李白的《元丹歌》：

元丹丘，爱神仙，朝饮颍川之清流，暮还嵩岑之紫烟。三十六峰长周旋。长周旋，蹑星虹，身骑飞龙耳生风，横河跨海与天通。我知尔游心无穷。

此诗写元丹丘身骑飞龙，跨蹑星虹，不但能够在嵩山三十六峰周旋，而且能跨河越海，直与天通。这都是在古代现实中不可能实现的事，只有在想象的天地才能够出现。又如白居易的《长恨歌》中的临邛道士，为寻杨贵妃的仙魂，他能够"排空驭气奔如电，上天入地求之遍。上穷碧落下黄泉，两地茫茫皆不见"，后来在"海上仙山"上才找到了她。这种非理性的幻想思维和理性的逻辑思维大不相同，它具有不受现实制约的虚幻性，即非理性，这在浪漫诗人的作品中常常可以见到。

2.不合现实逻辑的思维跳跃性。一些浪漫诗人的诗歌特点是其意象常常是大幅度地跳跃，随着想象的思绪忽东忽西，惝恍迷离，变幻多端。这种幻想思维，常常不受正常的思维逻辑的约束，具有自由联想的性质。这在李白和李贺的诗中特别明显。如李白的歌行阖辟纵横，变幻超忽，“如兵家之阵，方以为正，又复为奇，忽复是正，奇正出入变化，不可纪极”（范德机《诗评》）。李白的《蜀道难》《远别离》《梁甫吟》等诗尤为如此。李贺的七古也是这样，诗中的意象常常是随意性的拼接，或意断词连，或词意俱断，其诗甚费猜解。“长吉七古，不可以理求，不可以气求，譬之山妖木怪，怨月啼花，天壤间宜有此事耳。”（《岘佣说诗》）

3.异想天开的奇幻性。这些诗都想象奇特，匪夷所思，具有一种梦幻色彩，如李白的《梦游天姥吟留别》、李贺的《梦天》、李商隐的《七月二十八日夜与王郑二秀才听雨后梦作》等。以《梦天》为例：

> 老兔寒蟾泣天色，云楼半开壁斜白。玉轮轧露湿团光，鸾佩相逢桂香陌。黄尘清水三山下，更变千年如走马。遥望齐州九点烟，一泓海水杯中泻。

李贺此诗在梦中升天，遨游月宫，从天上俯视人间，只觉得时光如箭，须臾之间，沧海桑田，天上一瞬，世上已是千年。大地渺如九点烟，大海小如一杯水，宛如今日宇航员在太空下望地球一样。这种奇幻的景象，在一千多年前的古代，在现实生活中是绝对看不到的，只有用超人的想象，运用超人的幻想思维或在梦幻中才能达到。

卢仝的《月蚀》诗，更是奇想百出。在诗中，他把月食想象成月亮被精怪“妖蟆”即蟾蜍所食，他乞求上苍命仙女嫦娥、东方之神苍龙、西方之神白虎、南方之神火鸟（即朱雀）、北方之神玄武，以及荧惑星、岁星、土星、辰星、太白金星、天狼星及二十八宿诸星将来搭救月亮。最后天帝遂其所请，在众神的搭救下，“妖蟆”才被诛，吐出月亮。其想象之丰富，幻想之奇特，令人拍案叫绝。此外，像马异的《答卢仝结交诗》、刘叉的《冰柱》等诗皆写得光怪陆离，都是运用丰富的想象，以幻想思维创作出来的奇幻篇章。严羽曰：“玉川之怪，长吉之瑰诡，天地间自欠此体不得。”（《沧浪诗话 · 诗评》）王世贞也说：“至于卢仝、马异、李贺之

流，说者谓其'穿天心，出月胁'，吾直以为牛鬼蛇神耳。"（《师友传信录》）

唐代诗人在佛、道宗教幻想思维的影响下（其中尤以道教为甚），写出了一大批上天入地，纵横驰骋，无拘无束，舒卷自如，想象丰富的富有浪漫主义色彩的杰作，以达到他们追求思想自由、个性自由、人生理想和审美的理想境界的实现。

弗洛伊德说得好，文学是诗人的白日梦，是在现实中得不到的东西，要在文学中实现。唐代的诗人大都具有极高的政治抱负和崇高的人生理想，但是，在严酷的现实面前，他们的抱负和理想常常得不到实现。因此，他们所受到的思想压抑和怀才不遇的苦闷就需要从诗歌中得到排解和宣泄。而道教文化提供的广阔自由的思维空间和自由无拘的幻想思维方式，则给他们以自由驰骋的天地和方式，使他们在现实中实现不了的理想和需求能在虚幻的世界中得以实现和满足，从而使其失衡的心理重新得到平衡。

4.对唐诗审美情趣的影响。道家的审美观和儒家的审美观不同，儒家的审美观是"善美"系统，着重于人的道德伦理方面和人的社会属性，而道家的审美观则是"真美"系统，着重于人与自然的关系和人的自然属性。在道家"真美"观的影响下，唐代诗人对自然情趣情有独钟，强调诗的天然无雕饰的自然美、自由美。其诗风比较素朴自然，厌恶虚伪，性情真醇。

唐代诗人大都有一股率真之风，他们的诗歌或直抒胸臆，或直陈己见，毫无忌讳，敢爱敢恨，嬉笑怒骂，真歌真哭，从不隐瞒自己的真情感、真性情：

> 君不能狸膏金距学斗鸡，坐令鼻息吹虹霓！君不能学哥舒横行青海夜带刀，西屠石城取紫袍！吟诗作赋北窗里，万言不直一杯水！（李白《答王十二寒夜独酌有怀》）
>
> 杜陵野客人更嗤，被褐短窄鬓如丝。日籴太仓五斗米，时赴郑老同襟期。得钱即相觅，沽酒不复疑。忘形到尔汝，痛饮真吾师。清夜沉沉动春酌，檐前细雨灯花落。但觉高歌有鬼神，焉知饿死填沟壑！（杜甫《醉时歌》）
>
> 二十解书剑，西游长安城。举头望君门，屈指取公卿。（高适《别韦参军》）
>
> 河西幕中多故人，故人别来三五春。花门楼前见秋草，岂能贫贱相看老。一生大笑能几回，斗酒相逢须醉倒！（岑参《凉州馆中与诸判官夜集》）

我当二十不得意，一心愁谢如枯兰。衣如飞鹑马如狗，临岐击剑生铜吼。（李贺《开愁歌》）

这些诗毫不掩饰诗人心中的真实情感，他们或直言不讳地指斥时政，或愤怒发泄心中的不满，或真率地表白自己的功名之心，或悲慨地向人直陈自己的穷愁之苦，或畅怀痛饮，或放声大笑，不受儒家温柔敦厚诗教的任何约束，没有丝毫的作伪之态，直接向人们袒露内心的真情。可见他们的创作心态是非常坦诚自由的。

尤其是一些身入道门的女道士，她们更是无所忌讳，向人坦率地倾诉她们爱情的悲欢离合：

离人无语月无声，明月有光人有情。别后相思人似月，云间水上到层城。（李冶《明月夜留别》）

人道海水深，不抵相思半。海水尚有涯，相思渺无畔。携琴上高楼，楼虚月华满。弹得相思曲，弦肠一时断。（李冶《相思怨》）

山路欹斜石磴危，不愁行苦苦相思。冰销远涧怜清韵，雪远寒峰想玉姿。莫听凡歌春病酒，休招闲客夜贪棋。如松匪石盟长在，比翼连襟会肯迟？虽恨独行冬尽日，终期相见月圆时。别君何物堪持赠？泪落晴光一首诗。（鱼玄机《春情寄子安》）

李冶和鱼玄机是两位女道士，俱善诗。她们虽处道门，但是并不守道门清规。相反，她们既身处方外，更不受世俗礼法的约束，在道家任情率真的思想影响下，对爱情的追求反而更加大胆而勇敢，公开在诗中表达自己对情人热烈的恋情和相思之苦。这是一般世俗中的妇女万万做不到的。

庄子说："可以言论者，物之粗也；可以意致者，物之精也。"（《庄子·秋水》）即是说，真正能用言语表达出的东西，往往是粗浅表面的，而深层精致的东西，往往是语言所表达不出的。也就是说，所言并不能完全尽其所指，有些东西只能意会而不能言传。言作为意的载体，只能达意的一部分，而不能达其全部。这言所不能达的部分，只能依靠听者或读者用自己的悟解和想象来"意会"和补充。道家这种"言不尽意"的文学观启示了唐代的诗人，要使诗歌的语言更富有启发性，以充分调动读者的思维和想象，要使唐诗意境更加空灵流动，余韵深远，才能启人深思，给读者留下丰富的想象空间。因此，唐诗在道家这种理论的影响下，写得更加语简而意丰，更富有言外之意，味外之旨，发人深思，启人联想。这在唐诗的短篇如五律和五、七言绝句中更加明显：

道由白云尽，春与清溪长。时有落花至，远闻流水香。闲门向山路，深柳读书堂。幽映每白日，清辉照衣裳。（刘昚虚《阙题》）

朱雀桥边野草花，乌衣巷口夕阳斜。旧时王谢堂前燕，飞入寻常百姓家。（刘禹锡《乌衣巷》）

寂寂花时闭院门，美人相并立琼轩。含情欲说宫中事，鹦鹉前头不敢言。（朱庆馀《宫词》）

美人珠帘下，独坐颦蛾眉。但见泪痕湿，不知心恨谁？（李白《玉阶怨》）

松下问童子，言师采药去。只在此山中，云深不知处。（贾岛《寻隐者不遇》）

刘昚虚的诗中，只是将隐士所隐居的幽美环境如白云、清溪、流水、落花、闲门、深柳、清辉等描绘了一番，诗中并没有一字写及隐士，可是一位超然世外、意趣高雅的高士形象已隐然在读者心目中出现。刘禹锡的《乌衣巷》诗末二句通过堂前翩飞的燕子依旧，而王谢的大宅却早已换主，成了普通百姓之家，物是而人非，写出了一种深沉的历史沧桑之感，含意是非常深刻的。朱庆馀则通过宫中的美人在鹦鹉面前不敢说话，透出了宫人在深宫中沉重的压抑感，她们连说话的自由也被统治者剥夺了。李白的《玉阶怨》写了一个宫殿珠帘后颦眉独坐、泪痕满面的美人，末句问道："不知心恨谁？"却问而不答。心恨谁呢？他没有说，也不必说，这只有读者来寻找答案了。贾岛的诗虽然给了答案，但也等于没有答。"只在此山中，云深不知处。"他把读者的思绪引入了一个广阔的空间，由读者自己去自由驰骋。这些诗只是给读者一个特定的意境或意象，提示或暗示了一下思维的导向，启发读者来打开联想的大门，其言外之意全在不言之中。

道家自然素朴的美学观，对唐代诗人影响更大。唐诗以"清丽"为美，相对来说，唐诗比起宋诗来写得更自然浑朴，无人工雕凿痕迹。李白、王维、孟浩然、张旭、韦应物、柳宗元等人的诗，就深得道家自然美学观的影响，以清丽为宗，写得自然清丽无雕凿痕。尤其是李白，更是以"清水出芙蓉，天然去雕饰"的自然天成的诗风著名。由此可见道教文化"真美"的美学观对唐代诗风影响之大。

二、唐诗对道教文化的促进与重塑

事物的影响总是相互的。在道教文化影响唐诗创作的同时,唐诗也对道教文化起着相反的影响作用。

(一)唐诗对道教文化的宣传普及起着重要的作用

由于唐诗在唐代是一种普及面极广的文学样式,唐代朝野上下、男女老幼、三教九流皆能诗,读诗、写诗是唐代社会的一种基本文化方式。明人胡应麟说:“甚矣,诗之盛于唐也!……其人则帝王、将相、朝士、布衣、童子、妇人、缁流、羽客,靡弗预也。”(《诗薮》外编卷三)甚至于西域边陲的少数民族,也有人能读诗作诗。因此,唐代道教利用诗歌的形式对道教文化进行宗教宣传。据《全唐诗》所载,与道教有关的唐诗多达二千四百多首,有道味及受到道教文化影响的唐诗就更多了。唐代的不少道士用诗歌的方式,对道教的基本教义、理论、故事传说进行宣讲。

唐朝道士中会作诗的甚多,但他们的诗流传下来的却不是很多。能诗者有孙思邈、司马承祯、张氲、司马退之、叶法善、赵惠宗、张果、李遐周、吴筠、陈寡言、杜光庭、郑遨、范尧佐、徐灵府、吴子来、吕岩等人,女道士有李冶、鱼玄机、元淳等人。此外,像唐代的杨贵妃、玉真公主等人也都当过女道士。清人龚自珍说,有唐“一代妃主凡为女道士可考于传记者,四十余人”(《上清真人碑书后》),她们之中也有善诗者,如杨贵妃等。道士们有用诗宣讲道教哲理的:

> 生我于虚,置我于无。至精为神,元气为躯。散阳为明,合阴为符。形为灰土,神为仙居。众垢将毕,万事永除。(赵惠宗《遗简诗》)

有用诗讲炼丹的:

> 取金之精,合石之液。列为夫妇,结为魂魄。一体混沌,两精感激。河车覆载,鼎候无忒。洪炉烈火,烘焰翕赫。(孙思邈《四言诗》)

有用诗讲道教修炼的:

> 退仙时此地,去俗久为荣。今日登云天,归真游太清。泥丸空示世,腾举不为名。为报学仙者,知余朝玉京。(叶法善《留诗三首》其三)

修成金骨炼归真，洞锁遗迹不计春。野草漫随青岭秀，闲花长对白云新。风摇翠筱敲寒玉，水激丹砂走素鳞。自是神仙多变异，肯教踪迹掩红尘。（张果《题登真洞》）

不践名利道，始觉尘土腥。不味稻粱食，始觉精神清。罗浮奔走外，日月无短明。山瘦松亦劲，鹤老飞更轻。逍遥此中客，翠发皆长生。（司马退之《洗心》）

有在诗中吟咏道士隐居修炼生活的：

醉卧茅堂不闭关，觉来开眼见青山。松花落处宿猿在，麋鹿群群林际边。（陈寡言《山居》）

此生此物当生涯，白云青松便是家。对月卧云如野鹿，时时买酒醉烟霞。（吴子来《留观中诗二首》其一）

有咏道士成仙得道拥有神通的：

朝游北越暮苍梧，袖里青蛇胆气粗。三入岳阳人不识，朗吟飞过洞庭湖。（吕岩《绝句》）

有咏道教神仙的：

往岁真人朝玉皇，四真三代住繁阳。初开九鼎丹华熟，继蹑五云天路长。烟锁翠岚迷旧隐，池凝寒镜贮秋光。时从白鹿岩前往，应许潜通不死乡。（杜光庭《题仙居观》）

此外，吴筠还作有《高士咏》五十首，其中所咏之神仙有混元皇帝、广成子、南华真人、冲虚真人、洞灵真人、通玄真人、文始真人等，得道的高士有长沮、桀溺、老莱子、汉阴丈人、段干木、南郭子綦、商山四皓、河上公、东方朔、严君平、严子陵、向子平、庞德公、陶渊明等。

除了道士们用诗歌的形式宣传道教宗旨、歌咏道教人物和隐居求仙的生活，唐代还有许多与道士有交往和与道教有联系的诗人，也写了许多游览道教名山道观，吟咏以道教文化为题材的音乐、绘画、舞蹈、故事以及向往求仙学道生活的诗篇。如：王绩的《游仙诗四首》是写遨游仙境的；卢照邻的《怀仙引》也是一首游仙诗；沈佺期的《再入道场纪事应制》是写宫中道教斋醮活动的；孟浩然的《寻天台山》是写寻访道教名山的，《与王昌龄宴王十一》是写道士生活的；

王维的《华岳》《终南山》①是描绘道教名山的；王昌龄的《就道士问周易参同契》是写向道士请教丹经的；李白的《凤笙篇》是写道教音乐的②；杜甫的《冬日洛城北谒玄元皇帝庙》诗中有关于道观壁画的描写③；白居易的《霓裳羽衣舞歌》是写道教舞蹈的，《长恨歌》中也有与道教舞蹈有关的描绘④；李贺的《神弦曲》描绘了女巫作法召鬼的场面；李商隐的《嫦娥》写的是月中嫦娥的故事；等等。这些诗歌，从各个方面宣传了道教的宗教哲学、宗教艺术、神仙故事和道士们的生活，使道教文化以诗歌的形式在唐代民众中广泛流传。

（二）唐诗对道教文化的诗化

道教文化具有宗教的热忱和想象，而唐诗又给道教文化进行了诗的提炼和加工，使之更具有诗的意境和浓郁的诗情，使道教诗化，从而参与了对道教文化的创造与重塑。

诗歌等文学创作在某些方面与宗教有些相似，如都需要献身的热忱和丰富的想象。一个优秀的诗人，他对诗的追求和热爱犹如一个道教徒对自己的宗教信仰一样地痴迷，把自己的身心交给所要献身的文学事业。同时，诗歌同宗教一样，需要丰富的想象，用以创造一个自由美好的超凡世界，需要超越现实的羁绊，以达到至美的理想境界。因此，在某种程度上来说，宗教本身也就是一个理想的诗的世界。而唐诗中有关道教的诗歌，正是以诗的形式为道教创造了诗的氛围和境界。下面我们且看唐代诗人一些关于道教仙境和仙人的描绘及对求仙学道生活的诗化：

传闻海水上，乃有蓬莱山。玉树生绿叶，灵仙每登攀。一食驻玄发，再

---

① 终南山又称太乙山或太一山。“太乙”当出于道教“中黄太一”的信仰。终南山在唐代是道教名山，《三秦记》曰：“其山从长安向西，可二百里，中有石室灵芝，常有一道士不食五谷，自言太乙之精。”太乙山故以此得名。

② 《凤笙篇》云：“仙人十五爱吹笙，学得昆山彩凤鸣。……重吟真曲和清吹，却奏仙歌响入云。”

③ 《冬日洛城北谒玄元皇帝庙》中有关于吴道子画道教壁画的描写：“画手看前辈，吴生远擅场。森罗移地轴，绝妙动宫墙。”《剧谈录》：“玄元观壁上有吴道子画五圣真容及老子化胡经事。丹青绝妙，古今无比。”

④ 《霓裳羽衣舞曲》是道教乐舞，据《逸史》云，是唐玄宗梦游月宫时将天上的仙乐记录而成。《长恨歌》中有“骊宫高处入青云，仙乐风飘处处闻。缓歌慢舞凝丝竹，终日君王看不足。渔阳鼙鼓动地来，惊破霓裳羽衣曲”。

食留红颜。(李白《杂诗》)

逸辔登紫清,乘光迈奔电。阆风隔三天,俯视犹可见。玉阕摽敞朗,琼林郁葱蒨。(吴筠《步虚词十首》其二)

李白《杂诗》写的是在蓬莱仙境中,长满了结着长生果的玉树,在这里做一个长生不老的仙人,是再美好不过的了。吴筠的《步虚词十首》其二则想象驾着一辆飞车在紫清中遨游,在空中向下遥望,只见传说中的阆风仙境,隔着云雾遥遥在望,朦胧之中可以看见白玉的大门宽敞明亮,花园中的琼林玉树郁郁葱葱。这些道教的仙宫和仙境经过诗人的精心刻画,充满了诗情画意,令人十分神往。

诗人对道教神仙十分钟情,尤其是对仙女的描写更是仙姿绰约,楚楚动人。白居易在《长恨歌》中对杨贵妃死后成仙的一段描写,就是非常生动的一例:

忽闻海上有仙山,山在虚无飘渺间。楼阁玲珑五云起,其中绰约多仙子。中有一人字太真,雪肤花貌参差是。金阙西厢叩玉扃,转教小玉报双成。闻道汉家天子使,九华帐里梦魂惊。揽衣推枕起徘徊,珠箔银屏迤逦开。云髻半偏新睡觉,花冠不整下堂来。风吹仙袂飘飘举,犹似霓裳羽衣舞。玉容寂寞泪阑干,梨花一枝春带雨。

正是诗人的生花妙笔,为人们塑造了这样一个玉肌花貌、仙袂飘飘、美丽多情的仙子形象。

道教中的修炼隐居的道人生活也被诗人们刻画得十分具有诗意,如孟浩然的《梅道士水亭》:

傲吏非凡吏,名流即道流。隐居不可见,高论莫能酬。水接仙源近,山藏鬼谷幽。再来迷处所,花下问渔舟。

诗中,将道士的深山隐居之所描绘成了一个桃花流水的世外桃源,读了之后,令人十分向往。诗人施肩吾也有一首描写向往神仙生活的诗:"夜静门深紫洞烟,孤行独坐忆神仙。三清宫里月如昼,十二宫楼何处眠?"(《清夜忆仙宫子》)这首诗把道士的隐居之所想象成神仙的"十二宫楼",在月明如昼的夜里,道士们过着神仙般快乐的日子。李白更是想象出奇,在他的诗中,求仙学道者不但可以与仙人一起"食枣大如瓜","闲与仙人扫落花"(《寄王屋山人孟大融》),而且还可以与仙人一道凌空飞升,遨游天界:

飘然挥手凌紫霞,从风纵体登鸾车。……遨游青天中,其乐不可言!(李白《飞龙引二首》)

道士郭修真也有诗写了同样的求仙飞升的愿望:“华岳无三尺,东瀛仅一杯。入云骑彩凤,歌舞上蓬莱。”(《会真诗》)诗中写了他游仙下望人间的情景。只见高耸入云的华山,在高空中看起来如同一堆不满三尺的石堆,而浩渺的东海,则宛如一杯清水。他骑着彩凤在云间飞行,向着蓬莱仙境飞去,去过无忧无虑、载歌载舞的神仙生活。

正是唐代诗人们用丰富的想象和诗歌的天才将道教文化加以诗化,为道教创造了诗一般的意境,才更加引起人们对道教的向往和皈依。从某种意义上来说,是唐代诗人们把唐代的道教重塑成一个充满着诗意的宗教世界。

三、唐代诗人对道教文化发展的贡献

前面已经说过,是唐代诗人参与了对唐代道教文化的创造。历数唐代著名的诗人,他们多多少少都与道教有过一定的关系,有的诗人关系还相当密切。如唐初隐逸诗人王绩,“初唐四杰”中的卢照邻,盛唐时的诗人贺知章、孟浩然、王维、李白,中晚唐时的诗人李贺、司空图、李商隐、曹唐等,都与道教关系密切。连“诗佛”王维、“诗圣”杜甫、新乐府运动的倡导人白居易甚至以反佛老大倡儒家道统的韩愈,也都与道教有过一定的瓜葛①。

王绩是唐初有名的隐士,贞观初,辞官归里,纵情诗酒,自号“东皋子”,“以《周易》《庄》《老》置床头,无他用心也”(《唐才子传》卷一)。他经常与道士和隐士往还,集中有游仙诗四首及隐逸诗多篇,表达了他对道教仙人世界的向往和对田园山水隐逸生活的流连,开唐人咏游仙、写隐逸之先河。卢照邻对道教的信仰更深,他因病辞官归隐,自称“晚受乎于老庄”(《释疾文》),不但写诗作文与道士赠答往还,求仙学道,而且还炼食丹药。他有《怀仙引》等诗,抒发其愿从仙人游的意愿。他的诗篇中大都表达了道家富贵无常,不如求仙远举的思想。贺知章因喜道,天宝初,八十多岁“上疏请度为道士,求还乡里”(《旧唐书·贺知章传》)。贺知章当道士,对李白影响极大,李白赐金还山后,也在齐州

① 韩愈集中有《华山女》《答道士寄树鸡》《送张道士》《同窦韦寻刘尊师不遇》《饮城南道边古墓上逢中丞过赠礼部员外少室张道士》等诗,晚年曾服硫黄等丹药。

受道录，加入道教。李白对道教文化贡献甚伟。在他的作品中，可以说他为道教创造了一个诗的神仙世界，称他为“诗仙”，是当之无愧的。杜甫虽然一生“奉儒守官”，基本上是一个儒生，但他少年时也曾一度热心于道教，曾到王屋山小有洞天访过道①。他在《赠李白》诗中曾说道：“李侯金闺彦，脱身事幽讨。亦有梁宋游，方期拾瑶草。”他的《饮中八仙歌》和《送孔巢父谢病归游江东兼呈李白》等诗均颇有道风。王维、孟浩然等山水田园派诗人受道教之影响及对道教的弘扬前已有所述，此不重复。白居易晚年信奉佛老，在其诗中吟咏道教的诗篇甚多，其中咏道教歌舞的诗，如《霓裳羽衣舞歌》等尤为著名。他因武元衡被刺，上书请捕贼被贬后，曾一度向心入道：“曾犯龙鳞容不死，欲骑鹤背觅长生”(《酬赠李炼师见招》)，而且也曾有服食丹药的经历(见《早服云母散》诗)。李贺在诗中则构建了一个“牛鬼蛇神”(杜牧《李长吉歌诗叙》)的鬼神世界，丰富了道教的鬼神文化，人称“鬼才”。司空图在道家审美观的影响下，提出了“味外之旨”的诗学理论，他的《诗二十四品》系统地勾画出道家美学的理论体系，为道教文化做出了贡献。李商隐的无题诗则明显地体现出道家“意在言外”的审美情趣和意境朦胧的诗学氛围。曹唐早年曾当过道士，对道教神仙情有独钟。他曾写过《大游仙诗》五十首②、《小游仙诗》九十八首，是唐人写游仙诗最多的一个。在他的游仙诗中，融进了自己“悲欢离合”(《唐才子传》卷八)的身世和经历，颇有才思，被称颂一时。

唐代的道士吴筠、施肩吾、杜光庭、吕岩和女道士李冶、鱼玄机等也都是唐代著名的诗人。吴筠是道士中善诗者之一，《全唐诗》收其诗多达一百二十多首。施肩吾和杜光庭是唐末著名的道士，也都善于作诗。施肩吾多写神仙生活，风格奇丽；杜光庭多是对道教名山胜观的题咏，诗风清遒。吕岩，即传说中的八仙之一吕洞宾，是晚唐时的道教诗人③。《全唐诗》收其诗四卷，共二百八

---

① 参见陈贻焮《杜甫评传》上卷，上海古籍出版社 1982 年版，第 93 页。

② 《唐才子传》卷八云曹唐“作《大游仙诗》五十篇”，但《全唐诗》载其诗二卷，其中有《小游仙诗》九十八首，却无《大游仙诗》，在卷六四〇载有其七律《汉武帝将候西王母下降》等游仙题材的诗十七篇，可能是其《大游仙诗》的一部分。

③ 吕岩其人，《全唐诗》卷八五六有小传，谓其为礼部侍郎吕渭之孙。河中府永乐县人，咸通考进士不第，遇钟离权得道，不知所往。据陶敏考证，其人是宋人伪托。参见《全唐诗人名考证》，陕西人民教育出版社 1996 年版，第 1047 页。但詹石窗却认为吕岩实有其人，约生于公元 789 年，约卒于五代末，见《道教文学史》，上海文艺出版社 1992 年版，第 298 页。

十多首，多为伪托之作，但诗的数量甚多。他的诗多是修道悟道、劝世度人和云游题赠之作，在后世流传甚广。在道士中，他的影响远非他人可比。李冶和鱼玄机则是唐代不可多得的女诗人。其诗多写她们修道生活，与诗人们的交游及爱情的悲欢。她们的诗冲决罗网，直抒性情，开拓了诗的境界和题材。

除了上面所举的例子，还有许多唐代诗人，如钱起、秦系、顾况、于鹄、韦渠牟、孟郊、杨衡、李涉、高骈、皮日休、陆龟蒙、张乔、徐夤、陈陶等，都以道教文化为题材写出了许多动人的诗歌。唐代的诗人们用他们丰富的想象和浓情诗意为道教文化的各方面创造出诗的氛围和意境，他们的诗歌对唐代道教文化的创造、促进和发展都做出了不可磨灭的贡献。

（原载《中国诗歌与宗教》，香港中华书局 2000 年出版）

墨家与唐代侠士文学

在先秦诸子中,孔墨都是一时之显学,“世之显学,儒、墨也”(《韩非子·显学》)。然而,它们的命运却大不相同,孔子的儒学至汉武帝时被定为一尊,两千多年来一直是中国封建社会的统治思想。而墨翟的墨学,却在汉时就已默默无闻,“墨氏之学,亡于秦季,故墨子遗事,在西汉时已莫得其详”(《墨子闲诂·墨子后语上》)。

墨氏之学哪里去了呢?难道到了汉代便消失了吗?作为学术上的一个流派,它是被“罢黜百家,独尊儒术”的汉武帝罢黜了,但它的精神却没有消失,而是由显学变隐学,汉以后的侠便是墨家的精神后裔,墨家的思想精髓“兼爱”思想作为精神支柱由侠一直继承着。

一

鲁迅先生说:“孔子之徒为儒,墨子之徒为侠。”①此话真是一语破的,明白地指出了侠与墨的承继关系,给我们点明了研究墨子的新启示。

由于墨家的“兼爱”学说,与儒家“尊尊亲亲”的宗法思想产生了根本性的冲突,两家如同冰炭水火,互不相容。“亚圣”孟子对墨子视若寇仇,把它与杨朱并视为洪水猛兽,大加挞伐:

> 天下之言,不归杨,则归墨。杨氏为我,是无君也;墨氏兼爱,是无父也。无君无父,是禽兽也。……杨、墨之道不息,孔子之道不著,是邪说诬民,充塞仁义也。仁义充塞,则率兽食人,人将相食。吾为此惧,闲先圣之

① 《鲁迅全集》第四卷《流氓的变迁》,人民文学出版社1957年版,第123页。

道，距杨墨，放淫辞，邪说者不得作。（《孟子·滕文公下》）

关于杨朱的学说，与本题无关，这里且不论述。那么孟子对墨子的“兼爱”学说为什么看作是“淫辞”和“邪说”而如此恨之入骨呢？

这就要从儒家的思想基础说起了。原来儒家思想的核心“仁”是建立在宗法思想“亲亲”的基础上的。孟子说：“亲亲，仁也。”（《孟子·告子下》）儒家的经典《礼记》上说：“上治祖祢，尊尊也；下治子孙，亲亲也。……其不可得变革者，则有矣。亲亲也，尊尊也，长长也。”（《礼记·大传》）也就是说，儒家的思想根基是建立在家族制的基础之上的，一切由“亲”（父）开始，然后再扩展到“尊”（君）、“长”（长辈）。也就是说，儒家的仁爱是以宗族为核心，逐渐地向外扩展，是主张“爱有等差”的。孟子有句名言叫作“物之不齐，物之情也。……比而同之，是乱天下也”（《孟子·滕文公上》）。即是说，儒家的“君君、臣臣、父父、子子”的等级制和万物皆有差别一样是天经地义的，谁要否定这个等级制度，谁就是“乱天下”的乱臣贼子，谁就是“禽兽”，可人人得而诛之。而墨子的“兼爱”思想，却正是否定儒家这个等级制的。他所主张的“兼爱”是无等级差别的“爱无差等”（《孟子·滕文公上》）的“博爱”：

天下人皆相爱，强不执弱，众不劫寡，富不侮贫，贵不傲贱，诈不欺愚，凡天下祸篡怨恨可使毋起者，以相爱生也。（《墨子·兼爱中》）

既然“天下人皆相爱”，哪还能显示出君父的特权和威严？没有等级制度还怎样治理天下？这样做社会岂不是乱了套？所以墨子才被孟子骂作是“无君无父”的“禽兽”，因此墨家的“兼爱”思想才被视为是“淫辞”和“邪说”，理所当然地被儒家所诅咒和被统治者所罢黜。

但是，真理是骂不倒的，正义的思想和精神也是禁止不了的。统治者所不喜欢的东西，便正是广大人民所喜爱的东西。墨子思想的精华“兼爱”，虽被儒家所咒骂和统治者所禁止，但并没有失传，而是由公开变成潜在，由上层而转入民间。墨家的传承者侠士和“兼爱”思想所衍生的侠义精神，却在社会的底层，薪火相传，生生不息。

二

中国的侠士由来已久。也就是说，自从墨家诞生起，便有了侠。墨子主张：

有力者疾以助人，有财者勉以分人，有道者劝以教人。若此则饥者得食，寒者得衣，乱者得治。（《墨子·尚贤下》）

墨子这种助人为乐的“兼爱”精神，是与司马迁所说的游侠“赴士之厄困”（《史记·游侠列传》）的扶危济困的侠义精神是相符合的。而墨子所说的“言必信，行必果，使言行之合，犹合符节也”（《墨子·兼爱下》），有诺必承，言而有信的行为与《史记》中侠士“其言必信，其行必果，已诺必诚”（《史记·游侠列传》）的侠义之风也是如出一辙的。墨子本人就是一个言必信、行必果，仗义行侠的大侠。春秋时代，大国欺负小国，经常发生弱肉强食的不义之战。墨子高举“兼爱”的大旗，主张“非攻”，也就是反对以大欺小、以强凌弱的侵略战争。他一生中多次为反对侵略战争的正义事业而奔走。公输般为楚造云梯成，将攻宋国，墨子听说后，从鲁（阳）出发，走了十日十夜来到楚国之都郢，说服了楚王，及时地阻止了这场侵略战争。后来鲁阳文君将攻郑国，墨子知道后又前去说之以理，说服了鲁阳文君停止攻郑。其后，齐国将攻伐鲁国，又是墨子前去说服了齐国的将领项子牛（事见孙诒让《墨子传略》）。墨子的一生都是在为扶危济困的正义事业而奔忙，“孔席不暖，墨突不黔”（班固《答宾戏》），就是说墨子像孔子一样为天下事而终日奔劳，连将席子坐暖和将炉灶的烟囱染黑的工夫都没有。墨子及其门人为人们做好事，即使是牺牲了个人性命也在所不惜：“墨子服役者百八十人，皆可使赴火蹈刃，死不还踵。”（《淮南子·泰族训》）并且他们功成不受赏，施恩不图报，过着极其简朴和艰苦的生活，墨子及其门徒“以裘褐为衣，以支蹻为服，日夜不休，以苦为极”（《墨子传略》）。

战国以来的侠士，基本继承了墨家的传统。从《史记》中的《游侠列传》《刺客列传》和《鲁仲连列传》以及战国孟尝、信陵、平原、春申四公子列传和《汉书·游侠传》中记载的荆轲、高渐离、豫让、鲁仲连、聂政、冯谖、毛遂、侯嬴、朱亥、朱家、郭解、剧孟、万章、楼护、陈遵、原涉等人，或怀恩报主，或行刺暴君，或不辱使命，或为人排忧解难，或杀身成仁，皆有“赴火蹈刃，死不还踵”的墨家的大智大勇的献身精神。尤其像朱家、郭解这样的“闾巷之侠”，专以“振人不赡”“专趋人之急，甚己之私”（《史记·游侠列传》）为务，甚得墨家“兼爱”之旨。

由于侠士“以武犯禁”，直接扰乱了封建统治秩序，屡被统治者所禁，因此，《汉书》以后在史书中就不被记载了。但这并不意味着从此侠士就不再存在，相反，它深潜于民间，不绝如缕。

三

任侠精神，被认为是唐代的四大精神之一①。正是任侠精神，使唐人奋发进取，疾恶如仇，激浊扬清，热情相助，笃于交谊。这正是墨家的“兼相爱”精神的体现。表现在思想方面，任侠思想一般并不单纯显现，它往往与其他思想结合在一起：侠与儒家思想结合，有忠臣义士的视死如归，拼死敢谏；侠与尚武精神结合，有英雄豪杰的感恩图报，效命疆场；侠与自由精神结合，有怀才不遇落拓之士的非礼无法，放浪不羁。表现在情操方面，有人面对生死英武不屈，有人敝屣富贵视若浮云，有人轻财重施行侠仗义，有人重交然诺生死不渝。表现在民间社会活动方面，有群雄结义时的英雄意气，农民起义时的劫富济贫等。

唐初的名将李勣，一身侠气。年轻时仗义疏财，“与其父皆好惠施，拯济贫乏，不问亲疏”。投唐后，每次作战胜利时“所得金帛，皆散之于将士”。“事捷之日，多推功于下，以是人皆为用，所向多克捷”。他原为李密旧部，后李密叛唐，为唐高祖所杀，李勣表请收葬，他亲“服衰绖，与旧僚吏将士葬密于黎山之南，坟高七仞，释服而散，朝野义之”。他的旧友单雄信，因从王世充被俘，当斩，他以官爵赎之，唐高祖不许。在单雄信临刑时，他“对之号恸，割股肉以啖之，曰：‘生死永诀，此肉同归于土矣！’”，并收养了单雄信的儿子（俱见《旧唐书·李勣传》）。李勣可算是唐代武将中讲侠义之气的一个典型。魏征可算是文臣中的典型，他是知恩报主的典型。他原是李密的旧人，后又辅佐太子李建成。李建成被诛，唐太宗不但没有记他的仇，反而很信任他。因此他对太宗尽心竭力，极力强谏，屡进谠言。他曾对人说：“主上既以国士见待，安可不以国士报之

① 见陈伯海《唐诗学引论》，知识出版社 1988 年版，第 58 页。

乎?"(《旧唐书·魏征传》)"为知己者死",是侠义精神的表现之一。初唐著名诗人陈子昂其父祖皆"以豪侠闻",其父陈元敬,瑰玮倜傥,当他家乡遭饥荒时,他"一朝散粟万斛以赈贫者,而不求报"(赵儋《故右拾遗陈公旌德碑》)。陈子昂本人少年时也颇有父祖之风,"以富家子任侠尚气"(《唐才子传》卷一)。施恩而不图报,确为典型的任侠之风。盛唐时,李邕的事迹也许更能说明当时的任侠风气。李邕年轻时不畏权势,曾助宋璟请将张昌宗兄弟付法推断,武则天不应,李邕在阶下大声说:"臣观宋璟之言,事关社稷,望陛下可其奏!"后武则天怒气渐消,才准了宋璟将张昌宗治罪的请求。事后有人问李邕官职卑下,若惹恼了武则天将有杀身之祸,为什么如此不顾风险?李邕回答:"不愿不狂,其名不彰。若不如此,后代何以称也?"后来,李邕得祸,罪当死,系于狱中。有许州人孔璋上书,愿代李邕而死。孔璋书中称赞李邕说:"刚毅忠烈,难不苟免。往者张易之用权,人畏其口,而邕折其角;韦氏恃势,言出祸应,而邕挫其锋。虽身受谪屈,而奸谋中损,即邕有大造于我邦家也。且斯人所能者,拯孤恤穷,救乏赈惠,积而便散,家无私聚。"史称李邕为"贾生、信陵之流"(《旧唐书·李邕传》)。像李邕这样不畏权势、冒死敢谏的勇敢精神及"拯孤恤穷,救乏赈惠"的助人之风,孔璋出于大义代李邕受死的感人之举,不正是唐代侠义精神的最好体现吗?至于大诗人李白"少以侠自任"(范传正《唐翰林学士李公新墓碑并序》),"东游维扬,不逾一年,散金三十余万,有落魄公子悉皆济之"(《上安州裴长史书》)的任侠事迹,更是众所周知的了。

更重要的是,侠义作为一种精神,一直活在下层人民的心中。在历代农民起义运动中,侠义精神都作为一种团结民众的精神支柱而存在。他们所打出的"劫富济贫"和"均贫富"的旗帜,就充满了墨家的"兼爱"意旨。唐末黄巢农民起义军打击豪强,掠其家产,他们"遇贫民于路,争行施遗"(《旧唐书·黄巢传》),受到了百姓的支持和欢迎。唐以后的义军组织,特别是明清以后的帮会社团,也都有墨家巨子组织制度的影子,他们讲信义,重然诺,共甘苦,轻生死,都有浓厚的墨家之风。他们"四海之内,皆为兄弟"的行为准则,也正是"兼爱"思想的体现。

四

墨家的侠义精神,更是中国文学的宝贵思想滋养,在文学作品中有着充分的体现。

汉魏以来,以武行侠的侠士逐渐成了文人骚客的歌咏对象。也许是武侠的精神感染了诗人和文士,也许是诗人和文士不甘于自己白面书生的文弱地位,也许是武侠和文士在精神上是一种互补,总之,歌咏侠士精神的诗歌与描写侠士形象的传奇和小说便应运而生,从而给中国文学注入了一股新鲜血液,增添了一道新的风景线。曹魏的曹植在"捐躯赴国难,视死忽如归"的"幽并游侠儿"(《白马篇》)的形象上,就寄托着他希望赴身国难,建立边功的愿望和理想。晋宋之际的陶潜本是位隐士,但他却写出了一首《咏荆轲》,在诗中对在易水边诀别众人的"雄发指危冠,猛气充长缨"的侠士荆轲倍加赞颂,表达了他的思想精神"金刚怒目"①式的另一面。刘宋的鲍照对"骢马金络头,锦带佩吴钩"的游侠儿"负剑远行游"(《代结客少年场行》)的英武洒脱充满了羡慕之情。

到了唐代,诗人对侠士更是情有独钟。"初唐四杰"身上都有些任侠尚武的精神。王勃在《滕王阁序》中慨叹自己"无路请缨,等终军之弱冠;有怀投笔,慕宗悫之长风"。杨炯在《从军行》诗中说:"宁为百夫长,胜作一书生。"卢照邻对游侠十分向往:"长安重游侠,洛阳富才雄。玉剑浮云骑,金鞍明月弓。"(《结客少年场行》)骆宾王在军中慷慨而歌:"城上风威冷,江中水气寒。戎衣何日定,歌舞入长安。"(《在军登城楼》)郭震借咏宝剑以抒壮怀:"精光黯黯青蛇色,文章片片绿龟鳞。非直结交游侠子,亦曾亲近英雄人。"(《宝剑篇》)

盛唐时代,由于国力的强盛,经济的繁荣,人们的精神面貌也呈现出奋发有为、积极向上的青春活力,尤其是盛唐的诗人们,他们一个个胸怀壮志,理想远大,思想也较开放活泼。他们常常不安于现实平淡的生活,满怀激情地去追求浪漫的理想。他们的诗歌也不再安于描写日常生活,而是向往大漠的风日、边塞的风情和不平凡的侠士生活。

---

① 《"题未定"草(七)》,《鲁迅全集》第六卷,人民文学出版社 1957 年版,第 343 页。

边塞派的诗人,他们有的人已把理想化为行动,偃文尚武,投笔从戎,亲赴边塞,有过侠士般的英雄生活的体验,因此写起来更深挚亲切。如高适笔下的侠士就非常豪迈:“单车入燕赵,独立心悠哉。宁知戎马间,忽展平生怀。”(《酬裴员外以诗代书》)“万里不惜死,一朝得成功。画图麒麟阁,入朝明光宫。大笑向文士,一经何足穷!”(《塞下曲》)岑参满怀豪情地在马上歌唱:“功名只向马上取,真是英雄一丈夫!”(《送李副使赴碛西官军》)“逐虏西逾海,平胡北到天。封侯应不远,燕颔岂徒然?”(《送张都尉东归》)王昌龄写道:“气高轻赴难,谁顾燕然铭!”(《少年行》)崔颢写道:“少年负胆气,好勇复知机。仗剑出门去,孤城逢合围。杀人辽水上,走马渔阳归。”(《游侠篇》)以山水田园诗著名的王维也对侠士报国边庭的生活十分赞赏:“孰知不向边庭苦,纵死犹有侠骨香!”(《少年行》)在这些诗中,侠士的豪情都是与报国守边、建立功勋联系在一起的。还有的诗是写侠士的桀骜不驯、任情纵放的浪漫生活的。在李颀的笔下,我们可以看到一个个狂放不羁、颇具英风的侠士形象。如他写高适和梁锽:“五十无产业,心轻百万资。屠酤亦与群,不问君是谁。饮酒或垂钓,狂歌兼吟诗”(《赠别高三十五》),“梁生倜傥心不羁,途穷气盖长安儿。……一言不合龙额侯,击剑拂衣从此弃。朝朝饮酒黄公垆,脱帽露顶争叫呼。庭中犊鼻昔尝挂,怀里琅玕今在无?时人见子多落魄,共笑狂歌非远图。忽然遣跃紫骝马,还是昂藏一丈夫!”(《别梁锽》)这些诗就典型地刻画出了当时文士倨傲的心理状态和藐视富贵、睥睨公侯的侠风傲骨。终老林下的老夫子孟浩然,其实内心也有英风豪气在鼓荡,他曾侠气凌云地高唱:“游人五陵去,宝剑直千金。分手脱相赠,平生一片心。”(《送朱大入秦》)杜甫年轻时也是个“性豪业嗜酒,嫉恶怀刚肠”的傲岸人物,也曾有过“放荡齐赵间,裘马颇清狂”(《壮游》)的豪士生活,写了一些恃酒使气、借剑述怀的诗篇。盛唐的这些诗人无不借咏侠来一抒胸中的壮志豪情和抑塞不平之气。

中晚唐的诗人虽不及盛唐诗人有剑胆侠骨,但行侠尚武仍是诗人们所向往的一种心理情结。李益、卢纶等人的边塞诗,张籍、李贺等人的乐府诗,都有对侠士赴边报国的歌唱。张籍写道:“斩得名王献桂宫,封侯起第一日中。”(《少年行》)李贺写道:“报君黄金台上意,提携玉龙为君死。”(《雁门太守行》)贾岛“十年磨一剑,霜刃未曾试。今日把示君,谁有不平事”(《剑客》),则借任侠一展胸中之豪情。以写艳词著名的温庭筠也写过边塞词和咏侠诗,他的《侠客行》

云:“欲出鸿都门,阴云蔽城阙。宝剑黯如水,微红湿余血。白马夜频嘶,三更霸陵雪。”这些中晚唐的诗人对任侠的热情虽有所消减,但仍有不少诗人借咏侠士与宝剑,以抒心中抑郁之情。诗人的人生失意,仕途坎坷,都借咏剑侠而感慨系之。

唐代诗人之中,写侠最多又最好的当然要数李白。他写有关任侠的诗歌,约有一百多篇。这些诗中,有的是歌唱古代侠士排难解纷、功成不受赏的高尚情操的:“齐有倜傥生,鲁连特高妙。明月出海底,一朝开光耀。却秦振英声,后世仰末照。意轻千金赠,顾向平原笑。”(《古风五十九首》其十)有的是歌颂侠士们重然诺,讲义气,忠于友谊的优良品德的:“闲过信陵饮,脱剑膝前横。将炙啖朱亥,持觞劝侯嬴。三杯吐然诺,五岳倒为轻。眼花耳热后,意气素霓生。”(《侠客行》)有的是借对游侠儿的热情赞颂,来表达自己的爱国热忱和对权贵的傲视:“发愤去函谷,从军向临洮。叱咤经百战,匈奴尽奔逃。归来使酒气,未肯拜萧曹。”(《白马篇》)有的是对豪侠自由放诞生活表示羡慕和向往,以显示诗人鄙视礼法,追求个性自由的:“五陵年少金市东,银鞍白马度春风。落花踏尽游何处,笑入胡姬酒肆中。”(《少年行二首》其二)李白和唐人这些咏侠的诗,充分地展现了大唐时代的诗人们任侠尚武的时代风气和昂扬向上的进取精神,其中也对侠士们见义勇为,扶危济困,排难解纷,乐于助人的“兼爱”精神表示由衷的敬仰和企羡。

如果说诗人们只是借咏侠来抒情,寄寓感慨,主要歌颂的是侠义精神,那么唐代的文士们则多以小说来表达他们对侠士们由衷的向往和企盼。唐人在传奇小说中就塑造了不少侠士形象,为后人开了先河。著名的有《虬髯客传》中的风尘三侠(虬髯客、李靖、红拂)、《红线传》中的侠女红线、《昆仑奴》中的昆仑奴磨勒、《聂隐娘》中的侠女聂隐娘、《无双传》中的侠士古押衙等,都写得形象生动,绘声绘色,对后代的武侠小说有很大的影响。明清以后,一部《水浒传》可以说大半是为侠士作传。此外,像《水浒后传》《儿女英雄传》《三侠五义》《绿牡丹》《小五义》等,都写出一批路见不平,拔刀相助,或共保圣君贤相,或志在除暴安良的英雄豪杰。

侠士和任侠精神之所以在中国文学中兴盛,是因为“侠的精神又有较强的辐射力,足以向其他社区(按:陈伯海将中国传统文化分为乡镇、山林、江湖和都市四大块)渗透。其所标榜的‘言必信,行必果’‘重然诺,轻生死’以及仗义疏财、扶危济困之类的品行,已经升华为一种社会道德,不仅与士大夫文人宣泄抑郁不平之气的愿望相结合,后来还成为市井小民对于除暴安良、劫富济贫理想的寄托,在传统文化的演进中有着重要的影响”①。更有人用一句精彩的话将此总结为“千古文人侠客梦”:“可以说,武侠小说不以写实见长,而主要是写梦的文学——尤其是其中的侠客形象,更是作家和读者‘英雄梦’的投射。”②这些评论对墨侠对中国文学的影响都说得切中肯綮。

从以上的简述中可以看出墨家与侠的密切关系,墨子的“兼爱”思想及其衍生的侠义思想对中国传统文化及唐代文学影响之巨大。墨子的“使天下兼相爱,爱人若爱其身”(《墨子·兼爱上》)的“兼爱”思想和侠士的重诺守信、见义勇为、扶危济困、施恩不图报的侠义精神,正是中华民族的传统美德,即使是在今天也有其可继承发扬的合理成分,这是一笔宝贵的精神财富,需要我们去认真地研究和清理。

(原载《唐代文学研究》第8辑,广西师范大学出版社2000年出版)

① 陈伯海:《中国文学史之宏观》,中国社会科学出版社1995年版,第38页。

② 陈平原:《千古文人侠客梦》,人民文学出版社1992年版,第9页。

诗酒风流
——试论酒与酒文化精神对唐诗的影响

一、诗是酒之华，酒乃诗之媒

从唐诗丰富多彩的咏酒诗和唐人大量的酒后所作的精彩诗篇来看，这些诗确实是唐人酒文化营养基中所孕育出的精神花朵。可以毫不夸张地说，好的唐诗几乎有一半是在酒兴中写出来的。且不说像王绩的《过酒家》，李白的《将进酒》《襄阳歌》《月下独酌》，杜甫的《醉时歌》《饮中八仙歌》，王维的《渭城曲》，孟浩然的《过故人庄》，王翰的《凉州词》，白居易的《问刘十九》《劝酒》，皮日休的《酒中十咏》，陆龟蒙的《和袭美春夕酒醒》等一系列的咏酒诗，就是那些不是咏酒的许多名诗，也大都是诗人酒后之作。唐代有哪一位诗人不喝酒？又有哪一位诗人光喝酒不作诗的呢？所以说，唐人的诗是与酒有着密切关系的。五万多首唐诗，其中直接咏及酒的诗就有六千多首，其他还有更多的诗歌间接与酒有关。可以说，唐诗中有一半诗是酒所催生出来的。因此，诗是酒之华，从唐诗的实际情况来说，是一点也不过分的，请看下面的几首诗：

满卷才子诗，溢壶圣人酒。……此时吸两瓯，吟诗五百首。（寒山《诗三百三首·满卷》）

醉后乐无极，弥胜未醉时。动容皆是舞，出语总成诗。（张说《醉中作》）

灯花何太喜，酒绿正相亲。醉里从为客，诗成觉有神。（杜甫《独酌成诗》）

李白一斗诗百篇，长安市上酒家眠。天子呼来不上船，自称臣是酒中

仙。(杜甫《饮中八仙歌》)

酒中得意吟诗,醉后出语成诗;酒中诗思敏捷,醉里能出好诗。寒山、张说和杜甫确实道出了诗与酒之间内在的密切关系。诗之于酒恰如花之于本,互为表里,相依为伴。

从另一个角度来说酒与诗的关系,那就是酒乃诗的基素之一。因为酒是诗的催生剂和重要的物质触媒,同时,酒的文化精神也是诗的一个重要的精神支柱。那么,什么是酒文化精神呢?借用西方的一个术语,酒文化精神,就是酒神精神。按照西方文化的说法,酒神精神代表狂醉、热情、享乐、反抗、追求自由和表现生命与自我本能等。其中心精神就是放松身心,追求精神自由。这种精神,和我国诗歌的艺术精神是相通的。我国古典诗歌的艺术精神,基本上就是一种表现的艺术,是一种追求表现心灵自由的艺术,它所追求的一个主要方面就是一种浪漫的、超尘脱俗的、自由的精神境界。而这种精神境界,正是醉乡里的境界。人在现实生活中,要受到现实制度的种种制约,尤其是在封建社会中,封建礼教束缚着人们的思想和行动,动辄得咎,是很少有自由可言的。只有在梦中和醉中,人们的思想才从现实的约束中得以解脱,精神的翅膀才得以展开,自由地飞翔。正是醉中自由的天地,才给诗歌提供广阔辽远的飞翔空间。酒文化精神,也就是自由的精神,解放的精神。从这个意义上来说,酒文化精神乃是诗的一个重要精神支柱,诗的自由之魂。因此,在此基础上,李白才得以"一斗诗百篇",而杜甫才能"诗成觉有神",而张说才能"出语总成诗"。酒之于诗,其功可谓大矣。

二、酒壮诗之胆,诗助酒以名

诗与酒的关系是相互的。酒不但给诗提供了创作思想的宽松环境,同时也给予诗以胆量和魄力,而诗却使酒脱俗化雅,提高了它的文化品位。

酒壮英雄胆。三杯老酒下肚,满身热血上涌,诗人们就可以摆脱现实生活中的一切羁绊,勇敢地抒发自己的壮怀,想说自己想说的心里话,做自己想做的事。如李白喝了一斗酒之后,就敢于"天子呼来不上船,自称臣是酒中仙",张旭就敢于"脱帽露顶王公前"(杜甫《饮中八仙歌》),以发濡墨,醉写草书,杜甫这个平时规规矩矩的儒生就敢于大发牢骚："儒术于我何有哉，孔丘盗跖俱尘埃！"(《醉时歌》)张祜这名小才子也胆敢"千首诗轻万户侯"(杜牧《登池州九峰楼寄张祜》)，凸显出诗人们独立的兀傲的自由人格。李白曾借着酒气，大骂朝中李林甫一类的权贵是秽点贝锦的"苍蝇"，是人所不齿的"鸡狗"和"得志鸣春风"的"蹇驴"(《答王十二寒夜独酌有怀》)。他甚至指斥晚年昏聩的唐玄宗为历史上的昏君"殷纣王"和"楚怀王"(《古风五十九首》其五十一)。即使是性格狂放的李白，若不是在醉中，他也是绝不敢如此放肆大胆的。

酒还是诗的保护神。陶渊明曾在一首诗中说："若复不快饮，空负头上巾。但恨多谬误，君当恕醉人。"(《饮酒二十首》其二十)就是说，在醉中若说了过头的话，做了过激的事，但考虑当事人是喝醉了酒，就理应得到原谅。因此，在历史和现实生活中便出现了借酒骂座、借酒使气的种种现象。天宝初，唐明皇与杨贵妃在兴庆宫沉香亭前赏牡丹，特召李白前来写新词。当时李白在宁王府已喝得大醉，被小黄门抬至御前，杨贵妃口含清水，将他喷醒，李白"欣承诏旨，犹苦宿酲未解，因援笔赋之"，写了《清平调词三首》，其二曰："一枝红艳露凝香，云雨巫山枉断肠。借问汉宫谁得似，可怜飞燕倚新妆。"韦叡《松窗杂录》记载："会高力士终以脱乌皮六缝(靴)为深耻，异日太真妃重吟前词，力士戏曰：'始谓妃子怨李白深入骨髓，何拳拳如是？'太真妃因惊曰：'何翰林学士能辱人如斯？'力士曰：'以飞燕指妃子，是贱之甚矣。'太真颇深然之。"(以上两条均见《松窗杂录》)元人萧士赟则进一步说："予谓使力士而知书，则'云雨巫山'岂不尤甚乎？《高唐赋序》谓神女常荐先王以枕席矣，后序文曰'襄王复梦遇焉'。此云'枉断肠'者，亦讥其曾为寿王妃，使寿王而未能忘情是'枉断肠'矣。"清人王琦辩之说，汉宫飞燕是唐人诗中常用之典，并无讥刺之意，且李白也不敢如此大胆。因此词是太白奉诏而作，若以宫闱中暗昧之事以隐喻之，是想让玄宗知道呢，还是不想让他知道呢？如其不知，言之何益？如其知之，是批龙逆鳞而履虎尾也。因此得出结论说："非至愚极妄之人，当不为此。"(萧、王之说，俱见《清平调词三首》其二"备考"，《李白全集校注汇释集评》卷五)我则认为，李白以杨妃比飞燕，并非仅此一处，所比皆有贬义。如"宫中谁第一，飞燕在昭阳"，说玄宗"君王多乐事，还与万方同"(李白《宫中行乐词八首》其二、其三)。"飞燕皇后轻身舞，紫宫夫人绝世歌。圣君三万六千日，岁岁年年奈乐何？"(《阳春歌》)李白不认为巫山神女仅是位美丽的女神，而是认为她也是个荒淫的人物：

“神女去已久，襄王安在哉？荒淫竟沦没，樵牧徒悲哀。”（《古风五十九首》其五十八）所以，李白把杨贵妃比作巫山神女和赵飞燕，确实是寓讥刺之意在内。那么既然当面讥刺唐玄宗和杨贵妃，是冒着杀头风险的，为什么李白还敢如此大胆张狂呢？唯一的原因只能解释为，因他此时“宿醒未解”，即还在醉中。他是仗着酒胆才写出这样的话来。或者他也可能是无意为之，那就是说，他是在醉中潜意识的支配下才说出如此大胆之言的。就是明皇知道了，明皇也不好明言声张，并以此来治他的罪，“君当恕醉人”嘛。再说，这样一来那不就是等于当面承认自己的丑事了吗？最后唐明皇只好以“非廊庙器”为借口，将李白赶出宫廷。这件事最能说明酒壮诗人胆及酒所起的保护神的作用。

诗助酒以名。饮酒本来是件俗事，但因历代的名人尤其是诗人饮酒赋诗，才使酒渐具雅趣。诗使酒化俗为雅，提升其地位名声，提高了它的文化品位。更重要的是一些著名的文人和诗人赋予酒以新的内容和文化内涵，使酒从此不仅是一种日常生活的饮料，饮酒也不仅是一般的生活现象，而一跃成为与作诗齐名的文化活动，使饮酒与作诗一样成了文人的风流韵事。当然，这首先应归功于魏晋名士。《世说新语·任诞》中说：“王孝伯言：‘名士不必须奇才，但使常得无事，痛饮酒，熟读《离骚》，便可称名士。’”那么能饮酒又能作诗者，更是名士无疑。“竹林七贤”中的人物都是能饮者，而其中的阮籍、嵇康还是著名的诗人。晋宋之际的陶渊明，更是一个能酒善诗的大家。陶诗中说：“不觉知有我，安知物为贵。悠悠迷所留，酒中有深味。”（《饮酒二十首》其十四）陶渊明已将饮酒提高到哲理的层次。刘伶的《酒德颂》中说，酒能使人进入“无思无虑，其乐陶陶”的醉乡世界。魏晋的名士们大大地提高了酒的地位和饮酒的文化品格，他们的观点对唐人影响甚巨。

唐人在魏晋名士的影响下推波助澜，把酒的地位捧得更高。初唐诗人王绩也作了一篇《醉乡记》，其中说：“醉之乡……其土旷然无涯，无丘陵阪险；其气和平一揆，无晦明寒暑；其俗大同，无邑居聚落；其人任情，无爱憎喜怒，吸风饮露，不食五谷。其寝于于，其行徐徐。与鸟兽鱼鳖杂处，不知有舟车器械之用。昔者黄帝氏尝获游其都，归而杳然丧其天下，以为结绳之政已薄矣！”王绩把醉乡说成是《庄子》中的上古之世，那是一个无机心、无争斗、无爱憎喜怒的大同世界。李白说：“三杯通大道，一斗合自然。但得酒中趣，勿为醒者传”（《月下独酌》），将饮酒说成是通大道、合自然的必然手段。皮日休《酒中十咏》序说：“余饮至酣,徒以为融肌柔神,消沮迷丧。颓然无思,以天地大顺为堤封;傲然不持,以洪荒至化为爵赏。抑无怀氏之民乎?葛天氏之民乎?……若余者,于物无所斥,于性有所适,真全于酒者也。”皮日休认为酒能全德,能适性,醉乡是最好的去处。拾得认为醉中世界“无思亦无虑,无辱也无荣”(《拾得诗·般若》)。权德舆认为醉乡是遗形之所,“暂得遗形处,陶然在醉乡”(《跌伤伏枕有劝醲酒者暂忘所苦因有一绝》)。聂夷中认为醉乡中可乐天和,“与君入醉乡,醉乡乐天和”(《劝酒二首》其一)(一作孟郊诗)。徐夤认为醉乡之中无有利名,“醉乡路与乾坤隔,岂信人间有利名?”(《劝酒》)总之,唐人把饮酒的好处说得无以复加,把醉乡说成是天堂,在诗中反复吟咏,这样,无形中就把饮酒提高到能够达道的地位,使酒的名声扶摇直上,身价日增。可以说,酒的价值和地位是靠唐诗给捧起来的。

三、酒予诗以壮思,诗予酒以雅怀

从唐诗的兴盛和创作的角度上来讲,酒的功劳更是不可泯没。唐诗的兴盛虽然原因多样,但酒的促进作用不可小视。酒刺激了诗兴和诗人的创造力,如前所述,唐代有许多诗歌都是在歌席酒筵上所作,或是在朋友间欢饮酬唱、一个人独酌沉吟中写成的。总之,大多都与酒有些关系。至于从创作的角度来讲,酒是扫愁帚,更是钓诗钩。

《文心雕龙·神思篇》中说:“是以陶钧文思,贵在虚静,疏瀹五脏,澡雪精神。”就是说,只有在相对虚静的状态下,才能进入创作的过程,在虚静的环境里,才能够文思活跃,想象驰骋。“故寂然凝虑,思接千载;悄然动容,视通万里。”怎样才能达到虚静的状态呢?最好的办法是饮酒。在酒中,最好在似醉非醉的微醺之时,最容易进入刘勰所说的“虚静”状态。即在酒精的作用下,把自己从现实喧闹中隔离出来,进入一个相对虚静的环境中,此时才能进入创作状态。而此时的思维却处于最活跃的状态,脑细胞之间的线路忽然接通,脑波的电流畅通无阻,诗思像电流一样,沿着思维的网络奔跑。此时的想象就像是插上了翅膀,在思维的时间和空间中自由地飞翔。此即刘勰所说的“思接千载”和“视通万里”了。张说的“出语总成诗”,李白的“敏捷诗千首”(杜甫《不见》),

杜甫的“诗成觉有神”(《独酌成诗》),也正在此时。

酒能激发出诗人的创作激情和灵感,关于此点白居易也有深刻体会。他在诗中多次写道:“醉来狂发咏”(《偶吟》),“酒狂又引诗魔发”(《醉吟二首》其二),等等。他晚年的诗多写于醉中。李贺在喝酒喝到兴头时,诗情便像潮水一样地撞击着心胸,觉得腹中憋得难受,诗句像流水一样,直到天明时分才流淌完:“酒阑感觉中区窄……吟诗一夜东方白。”(《酒罢张大彻索赠诗》)这种现象在唐人中是屡见不鲜的。

在醉中,诗人的想象力也特别丰富。平时所想不到的奇思妙语,独特构思,都会突然出现,有时连诗人自己也觉得不可思议。像李白的《月下独酌》:“举杯邀明月,对影成三人”,这样的奇思妙想,若不是在醉中,李白也很难想象得出来。李贺的“桃花乱落如红雨”(《将进酒》),这样美妙的诗句,也只能是酒中的产物。“客醉花能笑,诗成花伴吟”(戎昱《花下宴送郑炼师》),酒醉中常有独特之思,诗人高兴,花也会发笑,诗作已成,花也会跟着诗人伴吟。“诗句乱随青草发,酒肠俱逐洞庭宽。浮生聚散云相似,往事微茫梦一般。”(李群玉《重经巴丘追感》)诗人的想象确实十分丰富而奇妙,在醉中可谓是涉笔成趣,触目成诗。

同时,酒也能给诗人创造宽松的心理环境,可以让诗兴任意发挥。这点唐人也有自觉的认识。杜甫诗曰:“宽心应是酒,遣兴莫过诗。”(《可惜》)朱庆馀说:“醉里求诗境。”(《陪江州李使君重阳宴百花亭》)看来,这是唐人的经验之谈。正是在酒中,诗人的思想也最为解放。按照弗洛伊德的说法,此时诗人的“本我”,已突破了“超我”的思想防线,大胆地自由地写我之所思,书我之所想,坦率地表达自己的真思想、真性情。许多唐人的好诗,都是在这样的自由状态中写出来的。而这样良好的自由状态,正是酒创造出来的。酒对诗歌创作的贡献,过去人们却很少提起,因此,这里说得再多些也不算过分。

诗也给予酒以强烈的影响。前面已经指出,诗对酒的品味给予全面的提升,做了雅化,酒事成了文人骚客得以表现风流儒雅风度不可缺少的活动和手段。文人饮酒与武人或下层百姓的吆五喝六、大嚷大叫、猜拳划枚、大碗筛酒的饮酒方式有着很大的区别。一般来说文人雅士的酒具比普通百姓的更加精美,造型更具有艺术性,其喝酒氛围更加有文化气息,其饮酒方式更加有文化内涵。如文人行酒,其酒令就有许多种,或射覆,或投壶,或拔酒筹,或行文字令,或击鼓传花,或斗牌投骰,等等。唐代文人酒令的名目,如历日令、罨头令、瞻相令、巢云令、手势令、旗幡令、拆字令、不语令、急口令、四字令、言小名令、雅令（千字文令、诗令、经史令）、招手令、骰子令、鞍马令、抛打令、下次据令、卷白波等就有20多种①。尤其是诗人的雅集，常常是当场分韵赋诗，以诗决胜负。文人骚客给酒事赋予了深厚的文化内涵，酒就不仅是一种普通的饮料，饮酒就不仅是单纯地为了解渴过瘾，而是一项高雅的文化活动，而且酒也成了诗所歌咏的重要对象之一，酒事活动经诗歌的雅化，也具有了审美价值，成了诗歌内容不可或缺的一部分。因此，从这个意义上来说，是诗赋予酒以雅怀。饮酒成了诗人风流高雅的表现，诗丰富并提高了酒的文化内涵。酒的地位能与诗相比并，是诗人的功劳，诗酒风流甚至成了诗人雅士的一种标志。宋人有首诗说："有梅无雪不精神，有雪无梅俗了人。日暮诗成天又雪，与梅共作十分春。"（卢梅坡《雪梅》）此诗本来是咏雪与梅的，现在我把它略改几字，改成咏诗与酒的关系："有诗无酒不精神，有酒无诗俗了人。日暮诗成人又醉，酒诗并作十分春。"

四、酒和酒文化与唐诗不可分割之关系

前面已经说过，唐诗中涉及酒的诗就有六千多首，间接与酒有关的几乎是唐诗的半数，酒与酒事活动就是唐诗所吟咏的对象之一，实际上酒已是唐诗不可分割的一部分。文学艺术包括诗歌，都是现实生活的反映。在唐人的生活中，酒就扮演着生活中的重要角色。大凡朝廷官宴、乡社聚会、节日往来、送别饯行、朋友相逢、个人独酌、听歌观舞等，上自帝王将相，下至平民百姓，都与酒密切相关，而这些都在唐诗中得到了充分的反映。唐代的酒与酒文化可以说是唐诗的重要组成部分。

唐诗中有相当多的名篇，都是酒诗或与酒有关的诗。试想，唐诗中若是没有了李白的《将进酒》《月下独酌》《把酒问月》，杜甫的《饮中八仙歌》，王维的《渭城曲》，孟浩然的《过故人庄》，王翰的《凉州词》，李贺的《致酒行》等名篇，唐诗无疑将会大为减色。

再者，酒已经浸入了唐诗的灵魂。就是说，唐诗中充满了酒文化的精神。

---

① 参见王昆吾：《唐代酒令艺术》，东方出版中心1995年版，第3页。

关于酒文化的精神，前面已有所论。酒文化精神和我国儒家的和乐认同精神、道家的愤世嫉俗的逍遥自由精神及佛禅的超尘脱俗的遗世独立精神是一致的。其中心精神就是解放心灵束缚，追求精神自由和激发创造的活力。正因为如此，唐诗中浸透着尚侠重义、积极向上的奋发精神，大胆揭露黑暗现实、追求思想解放的批判精神，超越现实束缚、积极争取人格独立的自由精神，昂扬奋发、生机勃勃的创造精神。这些精神都是与酒文化精神息息相关的。

作为唐诗的创造者，唐代的诗人们大都有嗜酒的爱好，他们根本离不开酒。酒已经成为他们生活中不可或缺的必需品，也是他们创作诗歌时不可缺少的基本物质条件。我们可以从大量的唐诗中看到这一点。王绩说："平生唯酒乐，作性不能无。朝朝访乡里，夜夜遣人酤。"（《田家三首》其三）李白说："三百六十日，日日醉如泥。"（《赠内》）杜甫说："把酒从衣湿，吟诗信杖扶。敢论才见忌？实有醉如愚。"（《徐步》）白居易说："但遇诗与酒，便忘寝与餐。高声发一吟，似得诗中仙。引满饮一盏，尽忘身外缘。"（《自咏》）韩愈说："一壶情所寄，四句意能多。秋到无诗酒，其如月色何？"（《酬马侍郎寄酒》）李敬方说："日日无穷事，区区有限身。若非杯酒里，何以寄天真？"（《劝酒》）从以上诗句来看，诗人实是离不开酒的，并且论起关于酒与诗的密切关系时，他们常在诗中诗与酒并提："一见醉漂月，三杯歌棹讴。"（李白《楚江黄龙矶南宴杨执戟冶楼》）"客醉挥金碗，诗成得绣袍。"（杜甫《崔驸马山亭宴集》）"林间暖酒烧红叶，石上题诗扫绿苔。"（白居易《送王十八归山寄题仙游寺》）"情为世累诗千首，醉是吾乡酒一樽。"（温庭筠《杏花》）唐代诗人与酒、唐诗与酒之间的密切关系于此可窥一斑。

最后，酒对促进唐诗创作的繁荣和发展也不容忽视。无论是酒给唐诗创作所提供的思维空间，酒楼酒肆给诗人所提供的诗歌创作交流场所，还是酒文化精神给诗歌所提供的精神理念和审美情趣，都给诗增添了十分丰富的具有活力的因素。

五、唐诗之酒文化精神对中国文化之影响

唐诗中的六千多首咏酒和涉及酒的诗是一笔宝贵的文化财富，它将中国的酒文化与唐代诗歌完美地结合在一起，形成了独具风味和特色的咏酒诗。这些

诗仿佛散发着酒的芳香，闪耀着酒的晶莹色彩，映现出大唐时代丰富多彩的生活。大唐的酒仙、酒圣、酒学士和醉吟先生们，他们的风采，他们的狂放，他们的豪饮，他们的才情，都通过他们精彩纷呈的咏酒诗向我们做了充分的展示。唐诗中那些优秀的篇章，当然也包括那些咏酒诗佳作，作为中国古典诗歌的不可多得的艺术珍品，彪炳于文学史册，为后人树立了学习的样板。唐以后的咏酒诗词，很少有不受唐代咏酒诗的影响的。如宋代大诗人苏轼，他的著名的《水调歌头》中的"明月几时有，把酒问青天"的精彩词句，就是从李白的《把酒问月》诗中"青天有月来几时，我今停杯一问之"中化用来的。苏轼还有一首《月夜与客饮酒杏花下》，其中有"褰衣步月踏花影，炯如流水涵青蘋。花间置酒清香发，争挽长条落香雪。山城酒薄不堪饮，劝君且吸杯中月"，此诗则明显受李白《月下独酌》"花间一壶酒"一诗的影响。北宋词人秦观的《江城子》"小槽春酒滴珠红，莫匆匆，满金钟"的词句，是从李贺《将进酒》"琉璃钟，琥珀浓。小槽酒滴真珠红"诗句中化出。杜牧《九日齐山登高》"江涵秋影雁初飞，与客携壶上翠微。……但将酩酊酬佳节，不用登临恨落晖"，其中的"与客携壶上翠微""不用登临恨落晖"二句，北宋诗人黄庭坚在其《南乡子·重九》一词中直接袭用之："黄菊满东篱，与客携壶上翠微。已是有花兼有酒，良期。不用登临恨落晖。"南宋诗人杨万里《重九后二日同徐克章登万花川谷月下传觞》诗曰："天既爱酒自古传，月不解饮真浪言。举杯将月一口吞，举头见月犹在天"，是从李白《月下独酌》"天地既爱酒，爱酒不愧天""月既不解饮"等句中化出。南宋大诗人陆游《池上醉歌》"饮如长鲸海可竭，玉山不倒高崔嵬。半酣脱帻发尚绿，壮心未肯成低摧"，是从杜甫《饮中八仙歌》中"饮如长鲸吸百川"和"脱帽露顶王公前"等句意中化出。金代诗人元好问《后饮酒五首》其四诗云："酒中有胜地，名流所同归。人若不解饮，俗病从何医？……一饮三百杯，谈笑成歌诗。"其诗意也是从李白《将进酒》"会须一饮三百杯"等句意中化出。元代诗人杨维桢《红酒歌》中有句云："桃花美酒斗十千，垂虹桥下水拍天。虹光散作真珠涎。……预恐沙头双玉尽，力醉未与长瓶眠。径当垂虹去，鲸量吸百川。我歌君扣弦，一斗不惜诗百篇。"此诗化用王维《少年行》"新丰美酒斗十千"，杜甫《醉歌行》"酒尽沙头双玉瓶"、《饮中八仙歌》"饮如长鲸吸百川""李白一斗诗百篇"等诗句的句意。明代高启、方孟式所作《将进酒》都深受李白、李贺《将进酒》诗的影响。明代周宪王《拟不如来饮酒歌》则是全拟白居易的《劝酒十四首·不如来饮酒》诗等。此外,还有许多诗人学唐代咏酒诗是袭其意而不袭其辞,着重发扬了唐诗那种兀傲不羁的精神与诗酒放浪的情怀的。另有些诗是后人表达对李白、杜甫和饮中八仙诸人等人格的倾慕之情的,都说明唐代咏酒诗的巨大影响和唐代酒仙酒圣的人格魅力。

唐代的酒文化精神是带有一种放浪不羁的浪漫色彩的。那种追求自由、展示个性、追求独立人格的解放精神,颇具大唐时代精神的风采。像李白"天生我材必有用"(《将进酒》)的豪迈自信,杜甫"酒酣击剑蛟龙吼"(《从事行赠严二别驾》)的愤世狂放,白居易"各以诗成癖,俱因酒成仙"(《醉后重赠晦叔》)的诗酒放达,李贺"少年心事当拿云"(《致酒行》)的雄心壮志,聂夷中"我愿东海水,尽向杯中流"(《饮酒乐》)的酒中豪气,戴叔伦"且向白云求一醉"(《对酒示申学士》)的浪漫飘逸,罗隐"酒贯馀杭渌满樽"(《送程尊师之晋陵》)的落拓潇洒,无不显示唐人酒中心态的旷达与大气,思想的自由开放。这种自由开放的酒神精神,对中国的民族性格增添了不少生机活力。

诗酒风流,一直是国人对中国文人潇洒人格的一种赞美和艳称,也是魏晋唐宋以来中国文化的一种美好的传统。它给我们素称文静沉稳、少年老成的民族性格注入了一种浪漫热情、激情狂放的元素,使得中华民族的心理性格充满活泼的生机。

中国人民族性格中崇尚中庸的思想由来已久。孔夫子的哲学思想是"允执其中"(《论语·尧曰》),他的最高道德标准是"中庸"之道:"中庸之为德也,其至矣乎!"(《论语·雍也》)孔子最喜欢的学生是"不违如愚"的少年老成的颜回,而批评最多的是有血气之勇的子路。因此,后代儒家还根据孔子的道德标准,专门从《礼记》中节编了一本《中庸》的书,将中庸之道奉为修德立身之本。儒家这种修德立身的结果,是培养了一批循规蹈矩、谨小慎微、不敢越雷池半步的慎微君子,其负面作用是使人动辄得咎,无所适从。这样就极大地束缚了中国人的自由的意志和活泼的创造力。而道家提倡无为和虚静,一味讲"坐忘"的修身功夫。佛家提倡坐禅,使人入寂入静,息怒不争。这些都导致中国人民族性格趋于文静沉稳,相对来说,其沉稳冷静有余,而热情活泼、浪漫激情不足,缺乏青春的活力。而酒神精神,却以火一样热烈的激情、青春浪漫的活力,注入中国民族的精神性格之中,它使文静与活泼、沉稳与狂放、激情与老成的性格之间相辅相成、优势互补,使我们的民族性格发展得更加完善、成熟。

当然,酒与酒文化精神并不是完美无缺的。酗酒和酒文化精神中的非理性因素一直是困扰中国人的思想与行动的负面因素。可以说,从酒的产生之日起,酒的副作用就被中国人所认知。中国最早的文献《尚书》中就有《酒诰》一篇,诏告酗酒可招致亡国的训示。如同世上所有的事物都有两面性一样,酒既可以成事,也可以败事。历史上以酗酒亡国的事例屡有发生,如商纣王就是以酒乱政亡国的古代帝王。历代的亡国之君差不多都是沉湎于酒色的昏聩之君,就连英明一时的盛唐天子唐玄宗,晚年也是在酒色中玩物丧志,几乎失了天下的。同时,酗酒对于身体健康也是有害的。如大诗人李白的死,就与饮酒过度有关。皮日休《七爱诗·李翰林》中说李白"竟遭腐胁疾,醉魄归八极"。据郭沫若考证,"腐胁疾"是"急性脓胸症",是"酒精中毒"的结果①,酒的副作用不可小估。酒文化精神中纵酒行乐的享乐意识,对唐人也起着一定的消极影响。它在某种程度上消解了唐人奋发向上的斗志,淡化和疏解了对国家民族的使命感和责任感,而退缩到乐天保和与自我享乐的个人小天地中。如李白的情绪颓废时,以酒浇愁:"处世若大梦,胡为劳其生。所以终日醉,颓然卧前楹"(《春日醉起言志》)、"三百六十日,日日醉如泥"(《赠内》),等其高兴时也要"一日须倾三百杯"(《襄阳歌》)地纵乐狂饮。因此他的某些饮酒诗也有着相当浓厚的沉湎于酒自我麻醉的颓废情绪。白居易晚年乐天保和,不复过问国事,尽日饮酒为事:"年年老去欢情少,处处春来感事深。时到仇家非爱酒,醉时心胜醒时心"(《重到城七绝句·仇家酒》)、"诗听越客吟何苦?酒被吴娃劝不休。从道人生都是梦,梦中欢笑亦胜愁"(《城上夜宴》),等等。他在《醉吟先生传》中写道:"若舍吾所好,何以送老?因自吟《咏怀》诗云:'抱琴荣启乐,纵酒刘伶达。放眼看青山,任头生白发。不知天地内,更得几年活?从此到终身,尽为闲日月。'吟罢自哂,揭瓮拨醅,又引数杯,兀然而醉。既而醉复醒,醒复吟,吟复饮,饮复醉;醉饮相仍,若循环然。由是得以梦身世,云富贵,幕席天地,瞬息百年,陶陶然,昏昏然,不知老之将至。古所谓得全于酒者,故自号为醉吟先生。"晚年的白居易,过着衣食不愁,在酒中醉生梦死的富贵闲人的闲适生活,酒已消解了他当年当左拾遗时以诗谏君、为民请命的斗志。杜牧本是一个胸怀大志很有抱负的志士,失意后却混迹青楼,以酒色自娱,过着"落魄江湖载酒行,楚腰纤细掌

---

① 见《李白与杜甫》,人民文学出版社 1971 年版,第 81 页。

中轻。十年一觉扬州梦,赢得青楼薄幸名”(《遣怀》)的放荡生活。他们低沉消极的原因,虽不全在酒,然而,酒文化中的享乐意识的消极作用,酒的负面影响对唐人思想的消极影响也是显而易见的。

唐代诗人对酒的害处也有明智的认识:“荀沉而乱,狂而身,祸而族,真蚩蚩之为也。”(皮日休《酒中十咏》序)“甚矣频频醉,神昏体亦虚。肺伤徒问药,发落不盈梳。”(李建勋《中酒寄刘行军》)其中就把酗酒的弊端和危害的结果说得很明白。唐人不但对酒的弊端有所认识,而且还有人公然写诗宣布戒酒。徐夤就写了《断酒》一诗:“因论沉湎觉前非,便碎金罍与羽卮。采茗早驰三蜀使,看花甘负五侯期。窗前近火刘伶传,坐右新铭管仲辞。此事十年前已说,匡庐山下老僧知。”此诗明确地表示了诗人戒酒的决心,他碎罍毁卮,烧了刘伶传,座前竖起了禁酒的座右铭,从此改饮酒为喝茶。这说明唐人不光知道喝酒的好处,也清楚地知道酗酒的坏处。因此,我们在继承前人的文化遗产时,要分清精华与糟粕,好的方面要继承发扬,其副作用和缺点要尽量地加以避免。这才是正确的态度。

[原载《河北大学学报》2002 年第 2 期,又载(加拿大)《文化中国》2002 年第 4 期]

李商隐无题诗解构

一、李商隐无题诗创作的心态

李商隐创作无题诗的心理状态是什么呢？应是唯恐人不知，又恐人太知。为什么这样说呢？

大约李商隐所写的情事有不好公开的一面，有想让人家知道又不想让人全知道的矛盾心理。全不想让人知，何必写？不想让人全知，故写成了诗谜，让人猜解。猜对了，我心自知；猜不对，暗自高兴，说明我手段高明，你猜不着。你猜对了，我有遁词可辩，可避免现实纠纷，顾全脸面；你猜不对，也不妨碍我感情的宣泄，对难以忘怀的情感的记录，往事的回忆。因无题诗所写的是他难于启齿的情事，而又忍耐不住，不得不吐的感情宣泄，因而只能以曲折的表现手法，语意多歧的语言，朦朦胧胧的意境，来表达他不愿明说的情怀。一方面是必须写，不写就心中憋得难受；一方面是不便写，写得太白了会惹出意想不到的麻烦或面子上也挂不住。他要写无题诗的原因是出于诗人的一种传达欲，或者说是感情与人分享的欲望，很想让情人或知情的朋友分享他的感情的喜与忧，但能知道其中隐情的人不能太多，只限于当事人或少数知心朋友。再则是出于诗人的一种表现欲，在用一种新的手法来创作诗歌，即以此来表现他的诗艺技高一筹，不同凡响。他的无题诗的写作，大多是出于这种欲人知又不欲人全知的矛盾心理。挠人心痒，逗人索解，故其诗欲显却隐，欲盖故彰，半遮半掩，羞羞答答，朦朦胧胧，使人如堕五里雾中。

二、诗谜与无题诗

诗谜与无题诗结构有相似之处，创作时都是先有谜底，而后有谜面。按照谜底来写谜面，谜面即诗的表层描写，形成一个比喻系统，或叫象征系统。以此来象征、影射、比喻谜底，引导读者向谜底方面联想、猜测，让人从表面的意象系统（喻）去寻找深层的作者之意（隐）。如《易》中之“象”之于“意”，象是比喻系统，意是象之所指的谜底和答案。象是喻指，意是所指。作者调动一切艺术手段，都是以象指意的。

举一个例子来说，《红楼梦》第二十二回，曹雪芹为宝钗拟写了一首灯谜诗：

朝罢谁携两袖烟，琴边衾里总无缘。晓筹不用鸡人报，五夜无烦侍女添。焦首朝朝还暮暮，煎心日日复年年。光阴荏苒须当借，风雨阴晴任变迁。

这首谜语的谜底是“更香”。既然是制谜，当然是先有谜底，然后以谜底为目标用各种与香有关的形象、意象组成谜面。燃香当然是有烟的，因此，诗谜的首句便以烟的意象，使人朝着燃香时所冒的烟方面联想。第二句是说这种烟与琴与衾无关，即指明这种烟不是弹琴时所燃的炉香，也不是熏衣被用的熏香。第三句是说它不是计时用的竹筹或铜筹（即铜漏），它与鸡人（宫中报时官员，他们用的是铜筹，而不用更香）无关，但又与计时有关。第四句是说它与侍女无关，也不是夜间须经常添油的油灯，但又与夜有关。五、六两句是刻画更香的特征，“焦首”即指香头是被燃着的，又不冒火。“煎心”即指香是从外向内燃烧着。“朝朝暮暮”和“年年月月”都与计算时间有关。最后两句是说，每个夜晚，无论是风雨阴晴，时光荏苒，它都在冒烟。更香是一种为夜间打更的人特制的一种线香，每燃完一支，恰是一更，故名更香。整个谜面组成一个象征系统，而这个象征系统的指向，就是更香，然而这只是第一个层面。另一个层面是它的寓意系统。整个诗谜是在暗示薛宝钗以后的凄凉的寡居命运：携两袖空烟，暗示她荣华过后两手空空；与琴与衾无缘，是暗示她没有与宝玉琴瑟和谐、同衾共枕的命运；“晓筹不用鸡人报，五夜无烦侍女添”，是暗指她将来长夜寂寞，无人相伴；“焦首朝朝还暮暮，煎心日日复年年”，是暗喻她将度过忧伤痛苦的一生；末二句是喻指，不管是阴晴风雨，光阴荏苒，她的苦痛都是无法消解的。此诗第一句是从杜甫《和贾至早朝大明宫》“朝罢香烟携满袖”诗句化出，第三句是从王维《和贾舍人早朝大明宫之作》“绛帻鸡人报晓筹”诗句中化出。整首诗谜典雅精工，也可以说是一首无题诗。

下面，我们再来看一首李商隐的无题诗：

来是空言去绝踪，月斜楼上五更钟。梦为远别啼难唤，书被催成墨未浓。蜡照半笼金翡翠，麝薰微度绣芙蓉。刘郎已恨蓬山远，更隔蓬山一万重。

此诗的表层意象所指，显系一首写与情人幽会，而情人不至的情诗。首二句写相期约会，等了一夜，而情人不至。三、四两句，恍惚中似与情人相会，醒来是一场空梦。起来写了一封情书，却无处可寄。五、六两句似回忆梦中情景，与情人相会的场所。七、八两句写与情人相见之难，真是如同相隔千山万水一般。此诗的谜底，显系写自己失恋。然而此诗的深层之意，又似别有所指。清人胡以梅云：“此诗内容，起言君臣无际会之时，或指当路止有空言之约，二三四是日夕想念之情，五六言其寂寞，七八言隔绝无路可寻。若以外象言之，乃是所欢一去，芳踪便绝。再来却是空言也。”（《唐诗贯珠》）这首无题诗在结构上与上面所提的曹雪芹代书中主人公薛宝钗所作的诗谜是非常相似的，属于异体同构之作。有鉴于此，苏雪林才将他的无题诗说成是“用各种典故制成”的“巧妙诗谜”，因而戏称他为“诗谜专家”（参见苏雪林《唐诗概论》第十八章）。她的说法是有一定的道理的。

三、猜谜与解诗

如果说写谜与写诗属于创作美学的范畴，那么解谜和解诗则属于读者的接受美学的范畴。作为谜语来讲，每个谜语都有一定的猜解范围和提示。如“打一字”“打一物”“打一人名”或“打一地名”等，有的还指出是“谐音”或是“解意”等。这些提示当然都是诗谜的作者所给的。其实无题诗的作者也是如此，只不过是这些提示有的留下了，有的没有留下，原本在作者的心中都是有的。李商隐的诗谜有两种，一种是有答案的，一种是无答案的（其实也是有答案的，就是作者没有说或不愿说）。有答案的如《泪》《蜂》等咏物诗，答案就是题目。如《泪》：

永巷长年怨绮罗，离情终日思风波。湘江竹上痕无限，岘首碑前洒几多？人去紫台秋入塞，兵残楚帐夜闻歌。朝来灞水桥边问，未抵青袍送玉珂。

此诗诗中不见“泪”字，但整篇都写的是泪的典故。诗面意象所指方向，皆让人向“泪”的方面联想。若抹去此诗的题目，它就恰似一首写泪的诗谜。清人赵臣瑗曰：“一二先虚写，一是宫娥，二是思妇。此二种人，最善于泪，故用以发端。中二联，皆泪之典故，然各有不同，三四是为人之泪者，五六是为己之泪者。送终感恩，悲穷叹遇，尽于此矣。七八再虚写天下之泪，无有多于送别，而送别之泪，无有多于灞桥，故用收煞。”（《山满楼笺注唐人七律》）此是诗的表层义。此诗的深层义，或说引发义，当不止写泪，而是写出了自己长期沦落下僚，怀才不遇，壮志不得实现的悲伤。此诗句句咏泪，诗面的指归也在泪，故诗人以“泪”作题。

那些无答案的就是无题诗。这些无题诗，诗面大都是写艳情的，之所以题作无题，大概是诗人故作玄虚，故意将诗的表层义说成是喻体，即暗示读者说，此诗是别有寓意的。有时诗人故意制造迷宫，让人上圈套。如诗人曾说自己的诗是“楚雨含情尽有托”以自我标榜，故意将读者的目光从诗面中的艳词丽句上面引开，让你去猜其他的含义。

至于是否真的别有寄托，当然只有诗人一个人心里最清楚，或是真的别有寓意，或者是诗人故意放的烟幕弹，而仅是写自己的情事，只是不好明白说出罢了。而索解诗篇的人（即猜谜者），却是自以为找到了提示的。解诗如同猜谜。读者的猜解则是从相反的方向进行的，是沿着诗面所指示的喻象来寻找诗中所喻指之意的。没有谜底的谜语，就可能有多种猜解。无题诗就如同没有谜底的诗谜，在读者的心中就可能有多种答案：着重于政治与个人遭遇方面的，都从李商隐与牛李党争方面的关系来加以索解；着重于艳情方面的，都从李义山的爱情遭遇来试探；着重于人生哲理方面的，则从李商隐对人生的感悟来解他的无题诗。各人从李诗中找到了提示，从不同的方面和角度来进行索解，都以为是猜到了谜底，得其真意，其结果是见仁见智。因作者的答案今已不存，或根本都没有打算告诉读者，谁是真解，就难以确知了。

四、何以无题诗如此歧解

钱锺书有个理论叫作“喻之多边”，即比喻有多种指向，并非与所喻指之事物皆是一对一的关系，而是一对多的关系。比喻只是在某些方面相似，并非全部相似，能画上等号。如“一枝梨花春带雨”，只是在洁白美丽而又带有晶莹露珠的意象方面，有似于杨贵妃的戚容的美丽，并非杨贵妃的丽容就是一枝带雨的梨花。因之喻象也只是在某些方面可以与所指的意象有相同之处。所谓“形象大于思维”，即是此意。喻象的多边性，导致了李商隐无题诗的意象系统之所喻指，并非就一定是李商隐原来写诗时的意象。再加上语词的多义性，更增加了诗的歧义。这是从诗的文本方面来说明无题诗可能招致的歧义。

更重要的一个方面，是从诗的接受者即读者的角度来说明无题诗的意旨之所以众说不一。解诗者并非一定是要诗的意象符合其原意，而是为了个人的文学主张（或适应某一文学派别的主张），而来理解甚至故意曲解原意，以达到解诗者“六经注我”的目的。经学家欲把李商隐看成是一个圣洁的君子，故以比兴说诗，其无题诗含有深切的政治含意；浪漫文人把李商隐看成是一个多情的才子，故将无题诗解成是李商隐恋爱的自述；哲学家把李商隐说成是一个深通哲理的哲人，故从其诗中看出了深沉的人生哲理。从读者的接受美学来看，他们解诗的美学观不同，爱好不同，目的不同，因之其解读也就不同。

以上原因造成了李商隐无题诗众多的歧解。这种歧解并非就没有意义，这些歧解叠加和增添了李商隐无题诗的内涵，丰富了无题诗的意义和文化意蕴，增加了读者参与创造的兴趣，激活了李商隐诗所生发出的旺盛的生命力，从这个意义上说是好事而不是坏事。

至于什么是李商隐无题诗的原意和真解，只有待于诸位李商隐专家来深入探讨和考证。但即便你的是真解，也未必一定都会得到读者的赞同。读者是不会让你就此完结探讨李商隐无题诗的使命的。他们要让李商隐的无题诗永远保持着一种神秘，一种永不了结的生命力。既然李商隐对其无题诗的态度是人不能不知，但又不能太知，而读者又各怀己见和不同的目的来解其所见所知，因此，李商隐的无题诗也就永远不会有一致的看法和结论。

（原载《中州学刊》2002 年第 4 期）

附录

一、作者出版著作目录

1.《李白思想艺术探骊》，中州古籍出版社 1991 年 2 月版。

2.《李白与中国传统文化》，台湾群玉堂出版公司 1991 年 9 月版。

3.《李白与唐代文化》，中州古籍出版社 1994 年 6 月版。

4.《李白全集校注汇释集评》（主编詹锳先生，本人为主撰人之一），百花文艺出版社 1996 年 12 月版。

5.《李白诗全译》（与詹福瑞、刘崇德等人合著），河北人民出版社 1997 年 10 月版。

6.《〈李太白集〉诠释与解读》，中国少年儿童出版社 2003 年 5 月版。

7.《李白诗选》，中华书局 2005 年 1 月版。

8.《李白研究管窥》，河北大学出版社 2002 年 3 月版。

9.《咏月古诗百首》，海燕出版社 1999 年 11 月版。

10.《乐府诗鉴赏辞典》（主编之一），中州古籍出版社 1990 年 3 月版。

11.《中国帝王学——〈贞观政要〉白话版》，台湾远流出版公司 1991 年 12 月版。

12.《纵横学读本——〈长短经〉白话版》，台湾远流出版公司 1991 年 12 月版。

13.《大指导力——〈宋名臣言行录〉白话版》（与任崇岳合作），台湾远流出版公司 1991 年 12 月版。

14.《便民通纂校释》（与李传国合著），四川人民出版社 1992 年 11 月版。

15.《中华诗词经典》（与刘建龙合著），河南人民出版社 2001 年 10 月版。

16.《诗酒风流赋华章——唐诗与酒》，河北人民出版社 2002 年 12 月版。

17.《盛唐骄子李白传》，郑州大学出版社 2002 年 4 月版。

18.《王孟体诗选》,河北大学出版社 2004 年 5 月版。

19.《贞观政要注译》(与张弦声合著),中州古籍出版社 2005 年 5 月版。

20.《杜甫研究论集》(主编),中州古籍出版社 1996 年 9 月版。

21.《杜甫与中原文化》(主编),河南人民出版社 2007 年 12 月版。

22.《李白与唐代文化》(修订版),安徽大学出版社 2009 年 12 月版。

23.《李杜之变与唐代文化转型》,大象出版社 2009 年 8 月版。

24.《杜甫诗选》,中州古籍出版社 2011 年 10 月版。

25.《文化盛唐的诗仙李白》,安徽大学出版社 2013 年 3 月版。

26.《唐诗品汇》校点本(与胡永杰合著),中华书局 2015 年 1 月版。

27.《杜甫与地域文化》(与胡永杰、隋秀玲合著),社会科学文献出版社 2016 年 10 月版。

二、作者发表主要论文目录

1.《李白嘲孔辨》,载《江汉论坛》1981 年第 6 期。

2.《李白诗歌的真与美》,载《河北大学学报》1982 年第 2 期。

3.《试论易安词的师承与创新》,载《中州学刊》1982 年第 5 期。

4.《李白由东鲁入京考》,载《河北大学学报》1983 年第 1 期。

5.《李白、杜甫、高适的梁宋之游》,载《中州今古》1984 年第 4 期。

6.《李白诗歌与庄子美学》,载《中州学刊》1984 年第 6 期。

7.《李清照[渔家傲]“记梦”系晚年所作》,载《河南大学学报》1985 年第 2 期。

8.《李白律诗浅探》,载《文学论丛》1985 年第 2 期。

9.《儒道释结合镕铸百家的开放型思想——李白思想新论》,载《中州学刊》1986 年第 2 期。

10.《李白〈上李邕〉写于蜀中》,载《社会科学研究》1986 年第 6 期。

11.《李白与赵蕤的〈长短经〉》,载《中日李白研究论文集》,中国展望出版社 1986 年版。

12.《李商隐诗的双重意象》,载《河南社联》1987 年第 2 期。

13.《李白诗歌与孙子兵法》,载《中州学刊》1987 年第 6 期。

14.《李白与佛教思想》,载《唐代文学论丛》第 9 辑,1987 年。

15.《〈大鹏赋〉与〈逍遥游〉》,载《天府新论》1987 年第 5 期。

16.《李白与庄子哲学》,载《荆门大学学报》1987 年第 2 期。

17.《以情贯注以诚动人——论李白诗歌的情感审美特征》,载《绵阳师专学报》1988 年第 4 期。

18.《关于曹操等在〈诗品〉中的品第问题》,载《中州学刊》1988 年第 4 期。

19.《文坛千古两谪仙——李白与苏轼比较研究》,载《社会科学研究》1988 年第 3 期。

20.《略考"山东李白"之由来》,载《荆门大学学报》1988 年第 2 期。

21.《自由精神与理想主义——李白思想新探》,载《文学遗产》1988 年第 5 期。

22.《李白词真伪讨论述评》,载《唐代文学研究年鉴》1989 年。

23.《李白歌诗与盛唐草书》,载《李白学刊》1989 年第 1 期。

24.《壶中别有日月天——李白与道教》,载《李白学刊》1989 年第 2 期。

25.《李白与魏晋风度》,载《李白研究》1989 年第 1 期。

26.《大唐一诗侠——李白与任侠》,载《中州学刊》1990 年第 4 期。

27.《李白〈菩萨蛮〉新证》,载《李白研究》1990 年第 2 期。

28.《李白与屈骚精神》,载《祁连学刊》1990 年第 2 期。

29.《诗仙与诗魔——李白与拜伦比较研究》,载《中州学刊》1991 年第 6 期。

30.《李白与南阳诸葛亮》,载《诸葛亮躬耕地考》,社会科学出版社 1992 年 8 月版。

31.《杜甫在河南的生活与创作》,载《杜甫研究学刊》1993 年第 1 期。

32.《李白〈菩萨蛮〉词补证》,载《中国首届唐宋诗词国际学术讨论会论文集》,江苏教育出版社 1994 年 8 月版。

33.《李白与唐代酒文化》,载《河北大学学报》1994 年第 3 期。

34.《李白与唐代的隐逸之风》,载《天府新论》1994 年第 6 期。

35.《李白与中国传统文化》,载《河北大学学报》1993 年第 2 期。

36.《南陵在哪里》,载《中国李白研究》(1994 年集),安徽文艺出版社 1996 年版。

37.《李白诗歌与唐代绘画》,载《殷都学刊》1995 年第 2 期。

38.《李白诗歌与唐代文化精神》,载《河南社会科学》1995 年第 1 期。

39.《李白与唐代的干谒之风》,载《中州学刊》1995 年第 2 期。

40.《李白诗歌与盛唐音乐》,载《文学遗产》1995 年第 3 期。

41.《李白与谢朓山水诗》,载《谢朓与李白研究》,人民文学出版社 1995 年 9 月版。

42.《道家与中原文化》,载《中州今古》1995 年第 4 期。

43.《李白与唐代儒学》,载《孔子研究》,齐鲁书社 1996 年版。

44.《李杜绝句比较论》,载《杜甫研究论集》,中州古籍出版社 1996 年 9 月版。

45.《李白东都洛阳献赋考》,载《中国李白研究》(1995—1996 年集),安徽文艺出版社 1997 年 8 月版。

46.《李白初入东都洛阳略考》,载《苏州铁道师范学院学报》1997 年第 2 期。

47.《李杜七古异同论》,载《中州学刊》1998 年第 2 期。

48.《裴斐先生与李白研究》,载《文学遗产》1998 年第 5 期。

49.《李白"三十成文章,历抵卿相"是在东都洛阳》,载《唐代文学研究》第 7 辑,又载《詹锳先生八十华诞纪念文集》,河北大学出版社 1998 年版。

50.《万里长江的风情画卷——李白与长江》,载《中国李白研究》(1997—1998 年集),安徽文艺出版社 1998 年版。

51.《墨与侠——兼谈墨子对中国文化的影响》,载《信阳师范学报》1999 年第 1 期。

52.《也谈古籍整理的学术规范问题》,载《河北大学学报》1999 年第 2 期。

53.《李白王昌龄绝句异同论》,载《殷都学刊》1999 年第 4 期。

54.《二十世纪中国古典文学研究的回顾和反思》,载《中州学刊》2000 年第 1 期。

55.《不是幡动,是心动——试用接受美学的观点重新解释李杜优劣论》,载《河南社会科学》2000 年第 1 期。

56.《李白研究五十年》,载《山西大学师范学院学报》2000 年第 3 期。

57.《墨子与唐代侠士文学》,载《唐代文学研究》第 8 辑,广西师范大学出版社 2000 年版。

58.《唐诗与道教文化》,载《中国诗歌与宗教》,香港中华书局 2000 年版。

59.《李杜之变是唐诗主潮之大变》,载《杜甫研究学刊》2000 年第 3 期。

60.《李白与谢灵运的山水诗——兼论〈梦游天姥吟留别〉的诗旨》，载《中国李白研究》(1998—1999 年集)，安徽文艺出版社 2000 年版。

61.《苏雪林〈唐诗概论〉对唐代文学研究的贡献》，载《海峡两岸苏雪林教授学术研讨会论文集》，台湾“亚太综合研究院”2000 年版。

62.《詹锳先生与二十世纪李白研究》，载《中国李白研究》(2000 年集)，安徽文艺出版社 2000 年版。

63.《论唐诗对中华民族文化精神的影响》，载《河南教育学院学报》2001 年第 3 期。

64.《郭子仪不曾报恩》，载《文史知识》2001 年第 10 期。

65.《王维孟浩然异同论》，载《太原师范学院学报》2001 年第 4 期，又载《孟浩然研究论丛》第一辑，黄山书社 2011 年版。

66.《古代文学研究与现代阐释》，载《殷都学刊》2002 年第 1 期。

67.《老子与中原文化——兼论老子思想对现代化的启示》，载《中原文化与现代化》，大象出版社 2002 年版。

68.《李商隐无题诗解构》，载《中州学刊》2002 年第 4 期。

69.《中晚唐诗人对李白的评价》，载《中国李白研究》(2001—2002 年集)，黄山书社 2002 年版。

70.《诗酒风流——试论酒与酒文化精神对唐诗的影响》，载《河北大学学报》2002 年第 2 期。

71.《诗酒风流——关于酒与唐诗的随想》，载(加拿大)《文化中国》2002 年第 4 期。

72.《酒仙、酒圣、酒徒——李白杜甫白居易咏酒诗之比较》，载《杜甫研究论集》，天马图书有限公司 2002 年版。

73.《吴融评传》，载《浙籍文化名人评传》，浙江大学出版社 2003 年版。

74.《学术转型期的李白研究(1901—1949)》，载《千年诗魂蜀道李白》，四川大学出版社 2003 年版。

75.《唐诗与时代精神》，载(澳门)《中华诗词学刊》2004 年第 4 期。

76.《毛泽东对唐宋诗词的继承与创新》，载《南阳师范学院学报》2004 年第 5 期。

77.《北宋人对李白集的整理甄辨与辑佚》，载《中国古典文学与文献学研究》第2辑，学苑出版社2003年版。

78.《发扬杜甫精神，建设先进文化》，载《诗圣吟风颂》(前言)，天马图书有限公司2003年版。

79.《李杜之变与唐代文化转型》，载《中州学刊》2004年第4期。

80.《杜甫与河洛文化》，载《根在河洛——第四届河洛文化国际研讨会论文集》，大象出版社2004年版。

81.《毛泽东与杜甫》，载《鹤壁职业技术学院学报》2004年第1—2期。

82.《李杜之变与唐代文化思潮的转型》，载《中州学刊》2004年第4期。

83.《继承与超越——论李白诗风与地域文化的关系》，载《中国李白研究》(2005年集)，黄山书社2005年10月版。

84.《李白诗歌与自由精神》，载《中国中古文学研究》，学苑出版社2005年12月版。

85.《李杜诗歌的审美差异及其原因》，载《中州学刊》2005年第3期。

86.《李杜审美差异论》，载《唐代文学研究》第11辑，广西师范大学出版社2006年5月版。

87.《唐诗成熟的标志——论杜甫律诗的成就》，载《杜甫研究学刊》2006年第1期。

88.《论李杜五言古诗之嬗变》，载《中州学刊》2006年第5期。

89.《杜甫与中国和谐文化精神》，载《中州学刊》2007年第3期。

90.《杜甫审美思想的和谐理念》，载《杜甫研究学刊》2007年第4期。

91.《李杜律诗之变及其原因》，载《唐代文学研究》第12辑，广西师范大学出版社2006年版。

92.《杜甫、韩愈对河洛文化精神的传承与发扬》，载《河洛文化与闽台文化》，河南人民出版社2008年版。

93.《务本致用的中原文化精神是杜甫诗歌的主调》，载《黄河科技大学学报》2008年第4期。

94.《套路与变通——谈李白五律诗中的应酬诗》，载《中国李白研究》(2008年集)，黄山书社2008年版。

95.《李白、杜甫与黄河》，载《李白文化研究》(2008)，巴蜀书社2009年版。

96.《李杜与唐代南北文化交流》，载《杜甫研究学刊》2009年第3—4期。

97.《李白的园林山水诗》,载《中国李白研究》(2009年集),黄山书社2009年版。

98.《李白与唐代的〈文选〉学》,《李白文化研究》(2009),巴蜀书社2010年版。

99.《杜甫与唐代中原作家群体》,载《中州学刊》2011年第1期。

100.《继承杜甫精神,弘扬杜甫文化——纪念诗圣杜甫诞生1300周年》,载《四海诗人颂诗圣》,河南人民出版社2012年版。

101.《盛唐两大布衣山水诗人——李白与孟浩然》,载《中国李白研究》(2012年集),又载《傅璇琮先生八十寿庆论文集》,中华书局2013年版。

102.《杜甫与洛阳京城文化》,载《中原文化研究》2013年第1期,又载《文史论丛》2014年卷,社会科学文献出版社2014年11月版。

103.《杜甫的人格魅力》,载《中州学刊》2013年第3期。

104.《杜甫在秦州的李白情结》,载《杜甫研究学刊》2014年第1期。

105.《杜甫与长安京城文化》,载《杜甫研究论集》,西安出版社2013年版。

106.《杜甫与唐代中原的“文选学”》,载《中原文化研究》2014年第1期。

107.《杜甫在陇右的思亲怀友诗》,载《杜甫研究学刊》2015年第1期。

108.《从古代诗教到当代诗教——诗教源流及其发展》,载《中原文化研究》2015年第2期。

109.《李杜与异地文化中的冲突与交融》,载《杜甫研究学刊》2016年第2期。

110.《李杜战争观的异同及其原因》,载《中国李白研究》(2015年集),黄山书社2016年版。

111.《江山幸得诗仙助——论李白对中国旅游文化的影响》,载《李白研究论丛》第六辑,四川美术出版社2016年版。

112.《李杜文化精神对当代的启示》,载《李白研究论丛》第六辑,四川美术出版社2016年版。

113.《李白月文化与西昌月文化》,载《李白研究论丛》第七辑,四川美术出版社2016年版。

114.《追梦达人李白》,载《李白研究论丛》第八辑,四川美术出版社2016年版。